Identiteit

Nora Roberts bij Boekerij:

Series van Nora Roberts:

Het eiland van de drie zusters-trilogie
1 *Dansen op lucht* • 2 *Hemel en aarde* • 3 *Spelen met vuur*

Ierse trilogie
1 *Meer dan liefde* • 2 *Gesloten hart* • 3 *Vergeet haar niet*

Teken van Zeven-trilogie
1 *Verbonden door het lot* • 2 *Op zoek naar de bron* •
3 *De kracht van het hart*

Sterren-trilogie
1 *Een ster van vuur* • 2 *De baai der zuchten* • 3 *Het glazen eiland*

Cirkel-trilogie
1 *De cirkel van zes* • 2 *Dans van de goden* • 3 *De stille vallei*

Dromen (Templeton-trilogie*)*
1 *Verover je droom* • 2 *Koester je droom* • 3 *Vind je droom*

Drie dochters (Concannon-trilogie*)*
1 *Geboren in vuur* • 2 *Geboren in ijs* • 3 *Geboren in schande*

De bron-trilogie
1 *Het begin* • 2 *Vanuit het duister* • 3 *De komst van de kracht*

Bruiden-kwartet
1 *Dromen in beeld* • 2 *Armen vol rozen* • 3 *Proeven van liefde*
• 4 *Geluk als besluit*

De BoonsboroInn-trilogie
1 *Voor nu en altijd* • 2 *De eerste en laatste* • 3 *Alles voor elkaar*

Drakenhart-trilogie
1 *Ontwaken* • 2 *Ontluiken* • 3 *Ontvouwen*

Voor familie

Die waarin je wordt geboren
en de familie die je maakt

DEEL 1

Plannen

Een plan is slecht als het niet gewijzigd kan worden.
– Publilius Syrus

Thuis gelukkig zijn is het toppunt van alle ambitie.
– Samuel Johnson

1

Haar dromen en doelen waren eenvoudig en weinig in getal. Als voormalig legerkind was Morgan Albright haar hele jeugd van land naar land en van werelddeel naar werelddeel getrokken. Door het werk van haar vader werden haar wortels kort en oppervlakkig zodat er snel verplaatst kon worden. In de eerste veertien jaar van haar leven was ze van legerbasis naar legerbasis verhuisd, van staat naar staat en van land naar land. Daarna waren haar ouders gescheiden.

Ze had nooit een keus gehad.

In de drie jaar na de scheiding had haar moeder haar meegetrokken van de ene plek naar de andere. Een klein stadje hier, een grote stad daar, op zoek naar... Morgan had het nooit precies geweten.

Vlak voor haar achttiende verjaardag had ze haar wortels zelf uitgegraven om zich te verplanten naar de universiteit. En daar had ze onderzocht wat haar doelen, dromen en keuzes nou precies waren.

Ze studeerde hard en richtte zich op het behalen van twee hoofdvakken. Bedrijfskunde en hotelmanagement – keuzes die rechtstreeks naar haar droom zouden leiden.

Ergens neerstrijken en zich daar wortelen. Een eigen huis, een eigen bedrijf.

Van haar alleen.

Ze bestudeerde kaarten, wijken en verschillende klimaten, en verfijnde haar keuze met betrekking tot waar ze die wortels precies wilde planten als ze haar beide bullen eenmaal had behaald. Ze wilde in een oudere, gezellige buurt wonen, een plek waar restaurants, kroegen en mensen waren. Op een goede dag zou ze niet alleen een eigen huis hebben, maar ook een eigen bar.

Eenvoudige doelen.

En met die kersverse diploma's op zak viel haar keus op een voorstadje van Baltimore, Maryland. Oude huizen met een tuin, betaalbaar omdat de buurt nog geen gentrificatie had ondergaan.

Ze had haar studie betaald door als serveerster te werken en zodra ze eenentwintig was als barkeeper. En ze had gespaard.

Haar vader – de kolonel – was niet naar haar buluitreiking gekomen. En hoewel ze cum laude was afgestudeerd, had hij haar niet gefeliciteerd met haar prestatie. Dat verbaasde haar niets, omdat ze heel goed wist dat ze, nog voordat de inkt op de echtscheidingsakte was opgedroogd, niet meer voor hem had bestaan.

Haar moeder en haar grootouders van moederskant waren er wel. Destijds had ze niet geweten dat het de laatste keer zou zijn dat ze haar opa zou zien. Hoewel hij een stevige, actieve en gezonde man van zeventig was, overleed hij de winter na haar afstuderen. Door een val van een ladder. Een misstap. Zo was hij er nog, zo was hij weg.

Ondanks haar verdriet was dat een les die Morgan ter harte nam.

Hij liet haar twintigduizend dollar na en, minstens zo waardevol, herinneringen aan wandeltochten in de Green Mountains van Vermont tijdens bezoekjes in de zomer.

Dankzij het geld verhuisde Morgan van haar piepkleine appartementje naar een klein huis. Háár huis. Eentje waar weliswaar veel aan moest gebeuren, maar wel een met een tuin – waar ook nog van alles aan moest gebeuren.

Dankzij de drie kleine slaapkamers en twee piepkleine badkamers kon ze een huisgenoot nemen om de maandelijkse hypotheekaflossing te drukken en een deel van alle dingen die er aan het huis en de tuin moesten gebeuren te betalen.

Bovendien had ze twee banen. Vijf of zes avonden per week stond ze achter de bar van een gezellige buurtkroeg die de Next Round heette. En omdat ze nu een eigen huis had, nam ze een tweede baan als officemanager bij een aannemersbedrijf – een echt familiebedrijf.

Ze ontmoette haar huisgenote bij een tuincentrum in de buurt, waar ze stond te dubben welke vaste planten ze moest nemen. Dankzij Nina, die wel raad wist met een zieltogende tuin, maakte haar twijfel plaats voor blijdschap, en tijdens die eerste bloeiende lente in een huis van zichzelf, trok Nina bij haar in.

Ze genoten van elkaars gezelschap, maar wisten ook wanneer ze elkaar met rust moesten laten.

Op haar vijfentwintigste had Morgan haar eerste droom laten uitkomen en volgens haar berekeningen zou ze haar tweede doelstelling nog voor haar dertigste kunnen verwezenlijken.

Haar enige uitspatting stond op de smalle oprit. Het zou een paar jaar duren voordat ze de Prius had afbetaald, maar het was een betrouwbare auto die haar goedkoop van en naar haar werk zou brengen. Als het mooi weer was, ging ze overdag op de fiets naar haar kantoorbaan, maar als ze een auto nodig had, had ze er een. Nina noemde de auto 'Morgans secundaire doelstelling'.

Het kleine huis in Newberry Street kon inmiddels bogen op een mooie tuin, nieuwe witte verf en een nieuwe voordeur die ze vrolijk lichtblauw had geschilderd.

Haar baas bij Greenwald's Builders had haar geholpen met het opnieuw lakken van de oude hardhouten vloeren, verkocht haar de verf tegen kostprijs en begeleidde haar op het pad van reparaties en onderhoud.

Ze had haar wortels geplant en voelde zichzelf opbloeien.

Er verscheen een glimlach op haar gezicht bij het zien van de krokussen die hun vrolijk gekleurde trompetjes speelden langs haar – onlangs opnieuw – bestrate tuinpad. Eind maart bracht veranderlijk weer, maar ook heerlijke voorbodes van de lente. Nina en zij hadden de afgelopen herfst een Amerikaanse kornoelje in de voortuin geplant en ze zag dat de bloemknoppen op springen stonden.

Binnenkort, dacht ze. Ze liep met haar fiets naar het fietsenrek en zette hem op slot. Hoe veilig de buurt ook was, het zou dom zijn om het lot te tarten.

Ze deed de voordeur open en aangezien Nina's niet-zo-betrouwbare auto langs de stoep stond, riep ze: 'Ik ben het, en ik ben laat.' Ze liep door de woonkamer en bedacht zoals altijd hoeveel opener die ruimte zou zijn als ze de muur wegbrak die de keuken afsloot en aan het zicht onttrok.

Het geld voor dat project had ze al opzijgezet, dus misschien kon dat komend najaar gebeuren. Misschien voor Kerstmis. Wie weet.

'Ik ben niet laat,' riep Nina terug. 'En ik heb een date!'

Nina had altijd een date. Logisch, dacht Morgan, want Nina was een razendknappe, vrolijke meid met maar één baan.

Op het bed lagen verschillende – duidelijk afgekeurde – outfits en

Nina stond voor een manshoge spiegel de volgende te bekijken. Haar inktzwarte haar viel langs de rug van een strakke rode jurk die alle welvingen van haar kleine lichaam omsloot. Haar donkere ogen sprankelden toen ze Morgan via de spiegel aankeek. 'Wat vind je ervan?'

'Ik denk vaak dat ik een hekel aan je heb. Goed, waar ga je naartoe en met wie ga je?'

'Ik ga uit eten met Sam. Bij Fresco's.'

'Chic! Ja, die rode is super.' En ze was er een tikje jaloers op. De enige echte teleurstelling tussen de twee huisgenotes was dat ze geen kleren konden uitwisselen omdat Morgan lang en slank en Nina klein en volslank was.

'Die moet je nemen. Is dit niet week drie waarin je exclusief met de enorm lekkere Sam aan het daten bent?'

'Bijna vier.' Nina draaide een rondje. 'Dus...'

'Ik zal heel zachtjes doen als ik thuiskom.'

'Ik vind hem echt heel leuk, Morgan.'

'Ik ook.'

'Nee, ik bedoel écht leuk.'

'O.' Met schuin gehouden hoofd keek Morgan haar vriendin aan. 'Ik weet al dat hij jou ook écht heel leuk vindt, meer dan leuk zelfs. Zijn gezicht spreekt boekdelen. Als jouw gevoelens dezelfde kant op gaan, keur ik hem als vriendin zijnde officieel goed.'

Nina wierp haar schitterende haar over haar schouder en slaakte een van haar typische dromerige zuchten. 'Ik weet bijna zeker dat mijn gevoelens die kant al op zijn gegaan.'

'Officiële goedkeuring. Ik moet me omkleden voor mijn werk.'

'Van werk naar werk. Ik moet dit allemaal weer opbergen en deze kamer aan kant maken. Ik wil niet dat Sam denkt dat ik een sloddervos ben.'

'Dat ben je ook niet.' Wel chaotisch, dacht Morgan, maar die chaos hield Nina beperkt tot haar eigen ruimte.

In tegenstelling tot Nina's bonte chaos, lavendelkleurige muren en een toilettafel vol met opmaak- en haarproducten was Morgans slaapkamer bijna spartaans.

Ze gebruikte de derde slaapkamer – die niet groter dan een kast was – als kantoor, dus dit was een toevluchtsoord. Stemmig blauwe muren, wat kunst die ze van straatartiesten in Baltimore had gekocht, een wit dekbed en witte kussens en een kleine maar knusse fauteuil om in te lezen.

Ze trok haar officemanagertenue uit – grijze broek, witte blouse, marineblauw jasje – en deed barkeeperskleding aan – zwarte broek, zwarte blouse. In de badkamer opende ze de lade waar haar make-up keurig geordend lag zodat ze alles makkelijk kon vinden. En daar veranderde ze haar dag-uiterlijk in haar avond-uiterlijk.

De korte, schuine bob waarin ze haar blonde haar droeg was heel geschikt voor beide banen, maar voor haar werk als barkeeper zette ze haar ogen dramatischer aan en stiftte ze haar lippen dieper rood. Dankzij jarenlange ervaring had ze de metamorfose in minder dan twintig minuten voor elkaar.

Omdat zij niet luxe ging dineren bij Fresco's haastte ze zich naar de keuken en pakte een yoghurtje uit de koelkast. Dat at ze staand terwijl ze zich voorstelde dat de muur weg was, dat de kastjes nieuwe deurtjes en handgrepen hadden, dat er wat open planken waren en –

'*Amiga mía*, je hebt voedsel nodig.'

'Yoghurt is voedsel.'

Nina, die inmiddels een kamerjas droeg, zette haar handen in haar zij. 'Iets wat een mes, een vork en kauwen vereist. Je bent van nature lang en slank – trut – maar als je niet eet, word je mager en uitgemergeld. Echt, een van ons moet leren koken.' Met de koraalrood gelakte nagel van haar wijsvinger wees ze naar Morgan. 'Ik nomineer jou.'

'Ja, dat zal ik in mijn vrije tijd gaan doen. Bovendien ben jij degene met een moeder die kookt als een godin.'

'Kom zondag ook eten bij mijn ouders. Zeg nou niet dat je moet werken, of je spreadsheets moet doen of wat dan ook. Je weet dat mama en papa dol op je zijn. En mijn broer Rick komt ook.'

Met de yoghurt in haar ene en een lepel in haar andere hand zwaaide Morgan met haar handen alsof ze een schoolbord uitwiste. 'Hoe graag jij het ook wilt, ik ga niet met je broer daten. Daar komt alleen maar ellende van. Ik wil jou niet kwijtraken als huisgenote omdat je broer en ik met elkaar daten, met elkaar naar bed gaan en uit elkaar gaan.'

Nina hield een gouden creool bij haar ene oor en een hanger met drie ringen bij haar andere. 'Welke?'

Morgan wees naar de hanger. 'Chiquer.'

'Mooi. En misschien ga je met Rick daten, ga je met hem naar bed en worden jullie verliefd.'

'Geen tijd voor. Vraag het me over twee, of drie, jaar nog eens, dan heb ik misschien wel tijd.'

'Ik hou ook van schema's, maar niet voor de liefde. En nu heb je me afgeleid van ons gespreksonderwerp. Je moet eten.'

'Ik neem wel iets in de bar.'

'Avondeten. Zondag,' zei Nina bevelend toen Morgan het bakje weggooide en de lepel afspoelde. 'Ik zeg tegen mama dat je komt, en zodra ik iets tegen mama zeg, staat het vast.'

'Dat aanbod sla ik echt niet af. Laat me eerst deze week doorstaan. We hebben het verdraaid druk bij Greenwald's. In de lente wil iedereen gaan verbouwen, schilderen of een patio aanleggen.' Ze liep naar de deur en griste onderweg haar handtas mee.

'Daar hou ik je aan. Voordat ik me mooi ga maken, bel ik eerst mijn moeder.'

'Jij bent van jezelf al mooi.'

Op een sukkeldrafje liep Morgan naar de auto. Blij dat ze al wat tijd had ingelopen, reed ze de acht-komma-zeven kilometer naar het centrum van de stad.

De winkels langs de straat, die door de plaatselijke bewoners de Market Mile werd genoemd (al was hij eigenlijk anderhalve mijl lang), zouden binnen het uur sluiten. Maar dankzij de restaurants en cafés zou Market Street tot laat op de avond goed verlicht en druk blijven.

In de meeste gebouwen van roze of wit geschilderde baksteen zat op de begane grond een bedrijf, met daarboven appartementen. De Next Round vormde daar geen uitzondering op en verhuurde voornamelijk aan bezoekers of medewerkers die het niet erg vonden om boven een kroeg te wonen.

Ze draaide van Market Street af en reed naar de parkeerplaats aan de achterkant van de kroeg. Nadat ze haar auto had afgesloten, liep ze over het knarsende grind naar de keuken achter in de zaak en stapte de hitte en het lawaai in.

Naast burgers en mosselen serveerde de Next Round ook nacho's met frites, uienringen, gefrituurde augurken en drie verschillende soorten kippenvleugels.

Als ze haar eigen kroeg opent, wil ze iets meer, hopelijk verrassende bargerechten serveren. Maar dan kon ze waarschijnlijk beter eerst leren koken, want je wist maar nooit wanneer je moest bijspringen.

'Hoi, Frankie,' riep ze naar de vrouw die voor de grillplaat stond. Ze hing haar jack aan een haak. 'Hoe gaat-ie?'

'Redelijk.' Met haar wolk inktzwart haar veilig weggestopt onder een witte muts keerde Frankie drie dikke burgers om. 'Roddy en zijn broers willen een hapje eten voor hun dartstoernooi. Wees maar blij dat je niet hoefde te werken met happy hour. We hadden het stikdruk.'

'Ik hou van stikdruk.'

Ze begroette de twee chefs de partie, de tiener die de afwas deed en de serveerster die net binnenkwam om een bestelling loaded nacho's op te halen. Hoewel haar dienst pas over tien minuten zou beginnen, liep ze de deur door en betrad de bar.

Een ander soort lawaai, dacht ze. Niet het gesis van vlees op de grill, het hakken van messen of het gekletter van servies. Hier vulden stemmen de grote ruimte met de lange, zwarte toog, tafels en stoelen. Uit de jukebox schalde muziek, maar niet zo hard dat de gesprekken werden overstemd.

Ze zag Roddy en zijn broers – stamgasten – aan hun vaste tafeltje met banken bij het dartboard zitten. Ze dronken bier en aten nootjes. Coors voor Roddy en zijn broer Mike en Heineken voor hun broer Ted, dacht ze. Als hun vader ook kwam, zou hij een biertje van de tap bestellen met een borrel.

Ze deed het luik van de bar open zodat ze achter de toog stond, waar de barkeepers werkten. Zij was de aflossing van Wayne, die net een schijfje citroen op een flesje Corona deed.

'Het is nu even wat rustiger,' zei hij, haar zijn altijd stralende glimlach toewerpend. 'Die kerel aan het einde van de bar heeft een rekening geopend. Hij zit aan zijn tweede wodka-tonic, dus hou een oogje op hem.'

Hij bracht de Corona naar een andere krukzitter, praatte eventjes met hem en liep toen weer naar Morgan. 'Wacht op zijn date – via Match.com – eerste keer. Zij is te laat, hij is zenuwachtig.'

Leuke vent, een beetje nerdachtig, dacht Morgan. Ze durfde er geld op in te zetten dat hij een heel gamesysteem in zijn woonkamer had staan. 'Begrepen.'

'Oké, dan ga ik uitklokken. Fijne avond.'

Zoals altijd keek ze de voorraden na – het ijs, de limoenen en citroenen, de olijven, de kersen. Ze maakte een paar bestellingen voor tafeltjes klaar en wilde net weer naar meneer Corona gaan toen er een vrouw van rond de dertig binnenkwam. Na even nerveus om zich heen te hebben gekeken, liep ze naar de man aan de bar.

'Dave? Ik ben Tandy. Het spijt me dat ik wat laat ben.'

Hij fleurde zichtbaar op. 'O, dat geeft niks. Leuk je te leren kennen. Zullen we aan een tafeltje gaan zitten?'

'Nee, dit is goed. Vind jij dit ook goed?' Ze ging op de kruk naast hem zitten.

Morgan liep achter de toog naar hen toe terwijl zij vol schroom en hoop naar elkaar glimlachten. 'Hoi. Wat mag het zijn?'

'O. Eh... Mag ik een glas chardonnay?'

'Natuurlijk. Prachtige oorbellen heb je trouwens in.'

'O.' Tandy bracht een hand naar haar linkeroor. 'Dank je.'

'Ja, die zijn heel mooi,' zei Dave. 'Je ziet er geweldig uit.'

'Dank je. Jij ook.' Ze lachte terwijl Morgan de wijn inschonk. 'Je weet het maar nooit, hè? Ik was zo zenuwachtig dat ik een blokje om ben gegaan. Daarom ben ik aan de late kant.'

'Ik was zo zenuwachtig dat ik hier veel te vroeg was.'

En het ijs was gebroken, dacht Morgan, waarna ze de wijn serveerde. Dat was een van de redenen waarom ze zo graag in een bar werkte. Je wist nooit wat er zou ontstaan, eindigen, opbloeien of breken in een gezellig buurtcafé.

Tegen de tijd dat Roddy en zijn broers hun burgers hadden verorberd, werd het druk in de zaak. Het Match.com stel besloot toch een tafeltje te nemen en bestelde een portie nacho's. In gedachten wedde Morgan met zichzelf dat er een tweede date zou volgen.

Dartpijlen bonsden tegen het bord, vergezeld met gejoel en gefluit van de toeschouwers.

Een man van begin dertig kwam binnen. Ze vond dat hij op een incognito filmster leek met zijn donkerblonde haar, scherpe gelaatstrekken en zijn in de sportschool getrainde lichaam. Hij droeg een jeans, laarzen en een lichtblauwe trui die zo te zien van kasjmier was. Hij ging op een kruk zitten.

Ze liep naar hem toe. 'Welkom in de Next Round. Wat mag het zijn?'

'Ik zie jou wel zitten.' Hij wierp haar een gemoedelijke en innemende grijns toe. 'Maar laten we beginnen met een biertje. Heb je lokaal bier van de tap?'

'Uiteraard.' Hoewel er geprinte lijsten in houders op de bar stonden somde ze de keuzes op.

'Kun jij er een voor me uitkiezen?'

'Waar heb je zin in?'

'Nog zo'n beladen vraag.'

Ze glimlachte naar hem. Die wilde een praatje bij zijn drankje, dacht ze. En daar was niks mis mee. 'In een biertje.'

'Soepel, maar niet saai. Vol, maar niet overstelpend. Aan de donkere kant.'

'Laten we deze proberen.' Ze pakte een proefglaasje en tapte het vol.

Hij nam een slok en keek haar over de rand van het glas aan. 'Ja, prima. Goede keus.'

'Dat is mijn werk.'

Voordat hij weer iets kon zeggen, kwam een van de serveersters naar haar toe. 'Die tafel met meiden daar is blijven steken in de jaren negentig. Vier cosmo's, Morgan.' Ze liep met haar blad met lege glazen naar de keuken en Morgan ging voor haar aan de slag.

'Jij verstaat je vak,' merkte de nieuweling op toen ze de drankjes mixte.

'Anders hadden ze me niet aangenomen. Ben je in de stad voor zaken?'

'Zie ik eruit alsof ik hier niet thuishoor?'

In feite wel, dacht ze. Zijn kleren wezen op rijkdom, maar hij liep er niet mee te koop. 'Ik heb je hier nog nooit gezien.'

Aan de andere kant van de zaak steeg gejuich op. 'Dartstoernooi,' zei ze.

'Ik snap het. Fanatiekelingen?'

'O, op hun eigen manier. Kan ik nog iets anders voor je halen? Wil je de menukaart?'

'Is het eten hier goed?'

'Jazeker.' Ze pakte een menukaart en legde die naast hem. 'Kijk maar even. Neem de tijd.'

De cosmo's waren klaar, dus liep ze naar de andere kant van de bar. Onderweg nam ze een bestelling op, maakte die klaar en kletste ondertussen met een paar stamgasten. Daarna liep ze weer terug.

'Ik wil graag een Market Street Burger, tenzij jij me vertelt dat ik dat beter niet kan doen.'

'Het is niet voor niets een klassieker. Als je van een beetje pit houdt, moet je er een portie gekruide frites bij nemen.'

Hij hief zijn handen op. 'Tot nu toe heb je me alleen goede dingen aangeraden.'

Lachend liep ze naar het apparaat en voerde zijn bestelling in.

Roddy, één meter vijfennegentig lang en ruim honderdtien kilo zwaar, kwam aan de bar staan. 'Nog een rondje, liefje. Hoe gaat-ie?' zei hij afwezig tegen Knappe Vent terwijl Morgan zijn bestelling klaarmaakte.

'Koud biertje, knappe barkeepster, sportwedstrijd. Kan niet beter.'

'Zeg dat wel. Ik ga aan kop in de halve finale. Geef me wat geluk voor de finale, Morgan.'

Ze boog zich voorover en drukte haar lippen op de zijne. 'Zet hem op.'

'Reken maar.' Met de biertjes liep hij weg.

'Je vriend?'

Ze wierp een blik op haar klant. 'O, nee. Roddy en zijn broers, de darters, zijn stamgasten. Zijn vriendin is een collega van me bij mijn andere baan.'

'Twee banen? Ambitieus. Wat is die andere?'

'Officemanager bij een bouwbedrijf. Wat doe jij?'

'Ik zou graag zeggen dat ik doe wat ik wil, want dat probeer ik wel. Ik werk in de IT. Ik ben een paar maanden in deze contreien voor een consultingopdracht.'

'Waar kom je vandaan?'

'Ik ben veel onderweg. Oorspronkelijk kom ik uit San Francisco, maar tegenwoordig woon ik in New York. Meestal dan. Woon jij hier?'

'Nu wel.'

Er kwam een andere serveerster naar de bar die snel een bestelling afratelde.

'Legerkind,' zei ze terwijl ze ermee aan de slag ging.

'Dan weet je hoe het is om van hot naar her te reizen.'

'Inderdaad. En ik ben blij dat ik dat achter me heb gelaten.'

Toen zijn bestelling werd gebracht, keek hij aandachtig naar het bord. 'Jullie beknibbelen niet op de porties.'

'Zeker niet. Wil je een tafeltje?'

Met een innemende glimlach zei hij: 'Het uitzicht hier bevalt me wel. Ik ben Luke,' voegde hij eraan toe. 'Luke Hudson.'

'Morgan. Aangenaam.'

Hij at, bestelde nog een biertje en bleef tot het toernooi voorbij was. Hij stelde vragen, maar leek niet opdringerig. Kroegpraat, vond Morgan. Ze stelde zelf ook vragen.

Hij logeerde in een hotel in de buurt. Zijn bedrijf was bereid een woning voor hem te huren, maar hij hield van hotels en vond het leuk om de plaatselijke sfeer op te snuiven tijdens zijn reizen.

Hij vroeg waar haar vader gestationeerd was geweest, en welke plaatsen ze het leukst had gevonden van alle plaatsen waar ze had gewoond. Gezellig gekeuvel terwijl zij drankjes mixte, de bar schoonveegde en met andere klanten babbelde.

'Ik moet weer eens gaan,' zei hij. 'Ik had helemaal niet zo lang willen blijven, maar zo te zien heb ik hier mijn stamkroeg gevonden.'

'Een betere is er niet.'

'Tot ziens.' Toen hij opstond, verbaasde hij haar door haar zijn hand toe te steken. En hij hield de hare net wat te lang vast terwijl hij haar glimlachend aankeek. 'Het was echt heel leuk om tijd met je door te brengen, Morgan.'

'Leuk om met je gepraat te hebben.'

'We zullen het nog een keer doen.'

Hij betaalde contant en gaf een bijzonder royale fooi.

Een paar avonden daarna kwam Luke binnen tijdens haar late dienst. Het was quizavond in de Next Round en daardoor behoorlijk rumoerig, aangezien de verschillende groepen hun antwoorden riepen.

'Kies maar een ander lokaal biertje voor me,' zei hij tegen Morgan. 'Iets... avontuurlijks.' Hij keek even achterom naar de quizdeelnemers. 'Geen darts vanavond?'

'Quizavond. Iedereen mag meedoen, dus roep vooral als je een antwoord weet.'

'Wat kun je winnen?'

'Eeuwige roem.' Ze overhandigde hem een proefglaasje.

'Interessant en avontuurlijk,' vond hij. 'Het heeft een volle kersensmaak. Doe er maar een van.'

Ze trok aan de hendel van de tap en keek hem glimlachend aan. 'Wil je er nog iets bij?'

'Voorlopig alleen het bier. Het was een lange dag.'

'Het leven in de wereld van technologie?'

'Dat is interessant en avontuurlijk, net als dat bier. Hoe gaat het in jouw wereldje?'

'Druk, maar daar hou ik van.'

Ze maakte bestellingen klaar, waarbij ze van de ene kant van de toog naar de andere liep, maar omdat iedereen opging in de quiz had ze daarna even een adempauze.

'Wat doe je als je het niet druk hebt?' vroeg Luke.

'Zodra dat een keer gebeurt, zal ik het je laten weten.'

'Je moet af en toe vrij nemen. Brein, lichaam en geest en zo. Vertel eens wat je doet op je vrije dagen.'

'Schilderen. Mijn huis is nog niet af. En nu het lente wordt, gaan we bezig met de planten.'

'We?'

'Mijn huisgenoot.'

'Is hij handig?'

'Het is een zij, en ze is een kei in de tuin visueel aantrekkelijk maken. Ze werkt in een tuincentrum. Binnenshuis kan Nina niet echt uit de voeten, maar daar red ik me aardig.'

'Bouwbedrijf.' Hij wees naar haar. 'Handig.'

'Het helpt.'

'Bij een eigen huis komt veel onderhoud kijken. Daarom heb ik waarschijnlijk nooit een huis gekocht. Ik ben niet echt handig. Om over mijn baan nog maar te zwijgen.' Hij wees opnieuw naar haar. 'Legerkind, dus je wilde je ergens vestigen.'

'Precies.' Ze mixte een whisky sour en tapte twee biertjes voordat hij haar aandacht weer wist te trekken.

'Als ik vragen mag, waarom heb je voor deze streek gekozen?'

'Het had wat ik wilde. Vier seizoenen, dicht genoeg bij de grote stad zonder er middenin te liggen, geen klein voorstadje, maar ook niet al te groot. Precies ertussenin.' Ze zette een nieuwe kom pretzels voor hem neer.

'Het is een leuke wijk, maar wel toe aan een opknapbeurt, waar jijzelf al mee bezig lijkt te zijn. Daarom ben ik hier. Huizenbezitters en bedrijven zijn op zoek naar betere technologische mogelijkheden en er zijn een paar nieuwbouwprojecten waar mensen meer willen weten over huizen met slimme technologie. En je hebt nieuwe eigenaren die hun oude huis willen renoveren en doorverkopen of alleen willen opknappen.' Schouderophalend zei hij: 'Wat ik doe hoort bij de infrastructuur. Iedereen heeft thuis tegenwoordig een kantoor, en dat kan ik inrichten. Jij hebt er vast ook een.'

'Jazeker. Qua slimme technologie valt het wat tegen, maar ik heb er genoeg aan.'

De quiz eindigde met gejuich en boegeroep en een stormloop op drankjes en snacks. Terwijl ze bezig was, zag ze dat hij een babbeltje begon met een andere krukzitter. Over honkbal. Daar leek hij genoeg over te weten om een geanimeerd gesprek te voeren. 'Klaar voor de volgende?'

'Ja, graag. Wil jij er ook nog een, Larry? Ik trakteer.'

'Dat sla ik niet af. Hoe loopt Nina's auto?'

'Op z'n laatste benen.'

Hoofdschuddend wreef Larry over zijn korte baard. 'Ze moet ermee langskomen.'

'Ik zal het tegen haar zeggen. Larry is de beste monteur van hier tot Baltimore,' zei ze tegen Luke. 'Hij weet Nina's auto ook ver na de houdbaarheidsdatum nog aan de praat te houden.'

'Ik doe mijn best. Bevalt de Prius nog?'

'Die is perfect.'

Ze zette hun drankjes neer en maakte nog een bestelling klaar voor een tafel van zes. Larry begon over auto's en hun motoren en ook daar leek Luke genoeg van te weten om het gesprek gaande te houden.

'Ik moet ervandoor.' Larry stond op. 'Moeder de vrouw zal nu wel thuis zijn, of ze is er bijna. Leuk je gesproken te hebben, Luke. Bedankt voor het drankje.'

'Graag gedaan.'

'Nog eentje?' vroeg Morgan aan hem.

'Twee is mijn taks. Ik moet gaan, want morgen staat mij ook een drukke dag te wachten.' Hij betaalde zijn rekening en gaf een meer dan gulle fooi. 'Ik zou zeggen: werk niet te hard, maar ik weet bijna zeker dat je dat toch gaat doen. Leuk je weer gezien te hebben.'

'Succes in de wereld van technologie.'

Nadat hij haar een grijns had toegeworpen, slenterde hij de kroeg uit.

Zijn volgende bezoekje was op een bomvolle vrijdagavond. Zij en de parttimebarkeeper werkten hard om iedereen te bedienen. Aangezien alle krukken bezet waren, leunde Luke met zijn ellebogen op de bar, aan de kant waar zij bezig was.

'Verras me maar. Ik heb een verdomd goede week gehad.'

'Gefeliciteerd. Heb je het weekend vrij?'

'Ach, morgen wat administratie en een planning maken, maar inderdaad. Heb je suggesties voor wat ik kan doen?'

'Je kunt naar Baltimore gaan. De Inner Harbor, het aquarium, en de Orioles spelen hun eerste wedstrijd van het seizoen in Camden Yards.'

'Heb je zin om mee te gaan en me een rondleiding te geven?'

Ze kon niet zeggen dat zijn vraag uit de lucht kwam vallen. Ze wist heel goed wanneer een man belangstelling had. Ze hield het luchtig – dat hoorde bij haar werk. 'Gaat niet. Zaterdag moet ik thuis van alles doen en zondag heb ik al een afspraak. Maar bedankt voor de uitnodiging.'

Hij proefde van het biertje dat ze hem aanreikte. 'Ik leer heel wat over de plaatselijke biertjes. Deze is lekker, geef me er maar eentje.' Hij wachtte tot ze het grote glas voor hem had getapt. 'Luister, als ik te opdringerig ben of als je al een relatie hebt, moet je het gewoon zeggen. Baat het niet, dan schaadt het niet. Maar heb je zin om een keertje met me te gaan eten? Op een avond waarop je niet hoeft te werken? Voel je niet verplicht,' voegde hij eraan toe toen ze aarzelde. 'Gewoon een maaltijd en wat praten. Hou je van pizza?'

Zijn achteloze toon stelde haar op haar gemak. 'Ik heb zo mijn twijfels over iedereen die daar niet van houdt.'

'De pizza bij Luigi's is lekker.'

'Je vindt hier de beste tenten.'

'Wat zeg je ervan? Een pizza, een wijntje. We kunnen elkaar daar ontmoeten.'

Wanneer had ze voor het laatst een echt afspraakje gehad? Daar wilde ze niet over nadenken. Waarom ook niet? 'Ik heb maandagavond vrij.'

'Zeven uur bij Luigi's?'

'Prima. Klinkt goed.'

'Zullen we telefoonnummers uitwisselen? Ik hoop dat je niet van gedachten zult veranderen, maar voor het geval je dat wel doet...'

Ze haalde haar telefoon uit haar zak en pakte de zijne aan, zodat ze hun gegevens konden invoeren.

'Als je nog een poosje wilt blijven en een zitplaats wilt, het stel dat drie en vier krukken verderop zit stapt waarschijnlijk op zodra ze hun drankjes en nacho's op hebben.'

'Dank je. Ik blijf nog even.'

Ze wierp hem een glimlach toe en ging weer aan het werk.

Hij wist een kruk te bemachtigen, dronk zijn twee biertjes en vertrok kort na middernacht. 'Maandagavond,' zei hij. 'Prettig weekend.'

'Jij ook.'

'Wat een lekker ding.' Gracie de serveerster keek hem na. 'En hij heeft een oogje op je, meid.'

'Misschien. Hij lijkt aardig, betrouwbaar – maar over een paar maanden vertrekt hij weer.'

'Je moet het ijzer smeden als het vuur gloeiend heet is.'

'Misschien,' zei ze nogmaals.

2

Op zaterdagochtend was het tijd voor huishoudelijke klusjes. Ze deed de was, maakte de boel schoon en droomde over het slopen van muren, over nieuwe verf en nieuwe werkbladen. Ze deed de wekelijkse boodschappen, ook degene die op Nina's lijst stonden, en hing de bon op het prikbord in de keuken zodat het verrekend kon worden bij de maandelijkse afrekening.

Toen Nina 's middags uit haar werk kwam met een tray viooltjes, zakken potgrond en turf, sjouwden ze hun potten naar buiten.

Op een goede dag wilde ze bloembakken voor de ramen, dacht Morgan. Maar ze wilde ook nieuwe luiken en een leuke kleine veranda aan de voorkant. Volgens haar berekeningen kon ze zich dat volgend voorjaar allemaal veroorloven. En tot die tijd zou ze genieten van de viooltjes.

'Vertel eens wat meer over die Luke.'

Met haar hoody dichtgeritst tegen de koud-voor-april bries drukte Morgan de aarde rond de vrolijke viooltjes aan. 'Er valt niet zoveel te vertellen. Hij is IT'er en kennelijk een goede, anders zou zijn bedrijf hem niet weken of maanden ergens detacheren. Of hoe ze dat ook maar noemen. En hij kleedt zich goed. Niet bekakt goed, maar gewoon goed.'

'Je zei dat hij adembenemend knap is.'

'Ja, want dat is ook zo. Goede manieren, vriendelijk. Drinkt niet meer dan twee biertjes. Het is een pizza-date met een man die veel reist voor zijn werk, Nina. We gaan niet samen servies uitzoeken.'

Nina duwde haar zonnehoed omhoog. 'Wanneer heb je voor het laatst een pizza-date of wat voor date dan ook gehad?'

'O, hou op.'

'Je hebt nooit een date omdat je altijd glimlacht en nee zegt. Waarom heb je nu ja gezegd? Omdat hij knap is?'

Een tikje schaapachtig haalde Morgan haar schouders op. 'Dat kan zeker geen kwaad. Ik kan best oppervlakkig zijn. Maar hij is interessant en praat niet de hele tijd over zichzelf. Hij luistert ook. Dat is leuk. Ik vind hem leuk.'

'En tijdelijk.'

'Ja, maar op dit moment is dat een pluspunt. En over een jaar of vijf, zes, zeven zal het leuk zijn om een vaste relatie te krijgen.' In haar ogen, flessengroen net als die van de kolonel, verscheen een dromerige blik. 'Verliefd worden, rustig de tijd nemen, overwegen om een gezin te stichten. Jemig, wat zijn dit schattige bloemen. Zeg nou zelf, was het niet slim van me om een huisgenote te nemen die in een tuincentrum werkt?'

'Superslim. Als het grote moment voor mij aanbreekt, en momenteel is Sam de beste kandidaat, wil ik grote, bonte bloemperken, dus heb ik een grote tuin nodig. Een klein huis is geen probleem, maar wel met een gigantische tuin.' Ze ging ruggelings op het koele gras liggen. 'Schaduwbomen en sierplanten, grote snijperken en struiken voor vlinders waar kronkelende paden doorheen lopen. Gekke vogelhuisjes en waterornamenten. Ik wil het allemaal.'

Morgan ging languit naast haar liggen. 'We kunnen wel een gek vogelhuisje kopen. En ik weet niet precies wat een snijperk is, maar nu wil ik er een.'

'Kan ik regelen.' Ze pakte Morgans hand en kneep er even in. 'Ik vind het hier heerlijk. Het is niet de reusachtige tuin van mijn dromen, maar hij heeft veel mogelijkheden. Vooral omdat jij me de vrije hand geeft.'

'We doen allebei waar we goed in zijn.'

'Je kan die knappe kerel hier te eten vragen.'

'Wij kunnen niet koken, weet je nog?'

'We kunnen heus wel wat in elkaar flansen. Ik kan mama vragen om een simpel gerecht dat ingewikkeld lijkt. Ze weet wel iets. Kom, laten we de boel hier opruimen en naar binnen gaan om te kijken wat je aan moet trekken voor je date.'

'Het is maar pizza, Nina.'

'Vandaag pizza, morgen... wie zal het zeggen? We doen allebei waar we goed in zijn,' bracht Nina haar in herinnering terwijl ze rechtop ging zitten. 'Daten is mijn vakgebied. Voor de pizza-date met de Knappe Reizende Kerel denk ik aan casual sexy.'

'De kans bestaat dat er niet zoiets in mijn kast hangt.'

'Geloof me, ook dat kan ik regelen.'

Zaterdagavond was ze benieuwd of de Knappe Reizende Kerel de Next Round binnen zou snellen. En ze vroeg zich af wat het over haar zei dat ze teleurgesteld was toen dat niet gebeurde. Aangezien de zaak stampvol was, hield ze zich voor dat het maar goed was.

De volgende dag draaide ze ook een korte middagdienst omdat de zondagse barkeeper een acute blindedarmoperatie moest ondergaan. Vervolgens ging ze rechtstreeks van de kroeg naar Nina's familiedineetje waar ze genoot van een heerlijke paella en vrolijk gezelschap.

Op maandag ging ze na haar werk op de fiets naar huis. Aangezien ze een deel van haar weinige vrije tijd in het weekend had besteed aan het nakijken en nogmaals nakijken van haar financiën, waarna ze een schatting had gemaakt van wat ze zich kon permitteren, had ze met haar leidinggevende op het bouwbedrijf gepraat over de kosten van het slopen van de muur en het renoveren van de keuken – nieuwe apparatuur, nieuwe werkbladen, nieuwe kastjes. Alles.

Met dat bedrag in haar hoofd paste ze tijdens de fietstocht naar huis haar plannen aan om alles financieel rond te kunnen breien. De kastjes niet vervangen, maar verven, voorlopig althans, want ze weigerde het keukeneiland waar ze van droomde op te geven.

Toen ze haar fiets wegzette, kwam Nina naar de voordeur.

'Je hebt niet veel tijd meer.'

'Ik heb anderhalf uur. Bijna.'

'Kom gauw binnen, amiga mía. Er is werk aan de winkel. Ik zal je opmaken.'

'Ik weet hoe dat moet, hoor.'

'Jij weet hoe je je moet opmaken als officemanager en als net flirterig genoege bartender. Maar weet je ook hoe je je moet opmaken voor een sexy-casual-pizza date?'

'Dat is wel heel specifiek, maar ik denk het wel.'

'Denken is niet goed genoeg.' Nina stak een vinger omhoog. 'Mijn badkamer. Alles staat al klaar. Ik heb een kruk voor je gehaald, aangezien je bijna vijftien centimeter groter bent dan ik.'

'Ruim vijftien centimeter.'

'Ja, wrijf het maar in, Langbeen.'

Omdat ze nou eenmaal Nina was, gebruikte ze bijna de helft van de tijd die Morgan had om haar werk te vervolmaken.

'Volgens mij is mijn gezicht vijf kilo zwaarder geworden.'

'Het is elk gram waard. Kijk dan toch. Je hebt van die prachtige groene ogen, maar nu zijn ze helemaal schitterend! Jeetje, ik ben echt goed.'

Daar kon Morgan niets tegenin brengen, vooral niet omdat haar ogen heel groot en dieper groen leken en haar huid er blozend en fris uitzag, ondanks – of dankzij? – het eindeloze laagjes opbrengen en blenden.

'De rode lipgloss werkt echt heel goed,' vond Nina, aandachtig naar het eindresultaat van haar harde werken kijkend. 'Met matte lippenstift zou het sexy-sexy zijn geworden. Dit is prima. Je hebt volmaakte lippen, net vol en breed genoeg. Ga je aankleden.'

'Wat ga jij vanavond doen?'

'Ik blijf thuis.' Nina volgde haar de slaapkamer in om te controleren of Morgan wel de kleren aan zou trekken die zij al had uitgekozen.

'Echt?'

'Er zijn meer dan genoeg van mama's kliekjes van gisteravond. Ik ga een rust- en beauty-avond houden. Bubbelbad, haarmasker, gezichtsmasker. Een láng bubbelbad met een glas wijn en kaarsen. Mezelf lekker verwennen. En daarna wil ik alles over jouw date horen.'

'Het is maar pizza, hoor.' En nu maakten al deze voorbereidingen haar nerveus.

'Je moet ergens beginnen. Jezus, wat heb jij een fantastische kont,' voegde ze eraan toe toen Morgan zich in een strakke spijkerbroek wrong. 'Superlange benen die eindigen in een piepklein kontje.'

Morgan keek even achterom en schudde met de kont in kwestie. 'Sta je nou met me te sjansen?'

'Als de Reizende Kerel dat niet doet, spoort hij niet.'

'Ik zit niet op versierpogingen te wachten.' Morgan liet de felblauwe sweater over haar hoofd glijden. 'Misschien, als de omstandigheden gunstig zijn, is een subtiel poginkje acceptabel.'

Onder toeziend oog van Nina verruilde ze haar oorbellen voor lange hangers, trok ze haar beste laarzen aan en liet ze haar armen in het steengrijze leren jack glijden dat ze met Kerstmis van haar moeder had gekregen. 'Kan ik er zo mee door?'

'Je bent de verpersoonlijking van vrijblijvende seks.' Nina haalde een kleine verstuiver uit haar zak. 'Door de nevel lopen,' beval ze, waarna ze spoot.

Rollend met haar ogen liep Morgan erdoorheen.

'Perfect. Nu gaan we snel iets drinken.'

'Maar ik wil een wijntje nemen bij het eten.'

'Je gaat nu een kwart glas drinken, alleen om tot rust te komen. En als je helemaal uit de band springt en twee wijntjes neemt bij het eten, maak dan na afloop een wandeling met je date door Market Street. Naar het park en de vijver en weer terug. O, dan heb je mijn blauwe gebloemde sjaal nodig. Die maakt het echt helemaal af.'

Klokslag zeven uur, ondanks Nina's aandringen dat ze niet precies op tijd moest komen, liep ze Luigi's binnen. Daar bruiste het zoals een goed restaurant volgens haar hoorde te doen, en het rook er naar saus, kruiden en gesmolten kaas.

Tot haar opluchting zag ze Luke al aan een tafeltje met hoge banken zitten en de glimlach die hij haar toewierp toen hij haar in het oog kreeg, deed haar ego zeker geen kwaad.

Hij gleed van de bank af toen ze naar hem toe liep, pakte haar hand en drukte een zachte zoen op haar wang. 'Je ziet er fantastisch uit.'

'Dank je. Ik hoop dat je niet lang hebt zitten wachten.'

'Ik ben er pas net. Wat een prachtig jack,' zei hij terwijl hij haar hielp bij het uittrekken ervan.

'Cadeautje van mijn moeder.'

'Ze heeft een uitstekende smaak. Toen ik hier kwam, heb ik meteen een fles rode wijn besteld. Ik hoop dat dat goed is. Als je liever iets anders wilt, kunnen we het veranderen.'

'Rood is prima. Hoe was je weekend?'

'Productief. Ik heb je raad opgevolgd en heb een bezoekje gebracht aan de Inner Harbor.' Hij glimlachte naar de serveerster die de wijn kwam brengen.

'Hebben jullie al een keus gemaakt?'

'Kun je ons nog een paar minuutjes geven?'

'Geen probleem. Neem de tijd.'

Luke hief zijn glas op. 'Op een gezellige avond met fijn gezelschap. Ik dacht echt dat je van gedachten was veranderd.'

'En gratis pizza mislopen?'

Lachend zei hij: 'Wat wil je erop?'

'Wat dan ook, alles of niets. Met pizza kun je niet fout zitten.'

'Ah, zo hoor ik het graag. En hoe was jouw weekend?'

'Ook productief. Nina en ik hebben viooltjes geplant. Elke keer dat ik ze zie, moet ik glimlachen.'

'De huisgenote die in een tuincentrum werkt?'

'Precies.'

'Jullie zijn goed bevriend.'

'Inderdaad.' De eerste echte, permanente vriendin die ze in haar nomadische bestaan had gemaakt. 'Het is geweldig om iemand te hebben die je ritmes begrijpt. Meestal is zij al weg als ik opsta om naar mijn werk te gaan en ligt ze al in bed tegen de tijd dat ik thuiskom uit de Next Round.'

'Dat helpt ongetwijfeld. Ik bedoel dat jullie allebei een eigen schema hebben, en dus allebei ruimte voor jezelf.'

'Ja, dus als we wel tegelijk thuis zijn, genieten van elkaars gezelschap. Is het raar om geen routine, buren of vrienden in de buurt te hebben?'

'Op dit moment bevalt het me prima.' Hij liet zich achterover zakken, een man die lekker in zijn vel zat en vol zelfvertrouwen was. Iets wat zij heel aantrekkelijk vond.

'Op een goede dag zal ik me wel ergens willen settelen. Maar ik zie een hoop van het land en ontmoet heel veel mensen.' Hij liet zijn spontane, stralende glimlach zien. 'Zoals jou.'

Hij had zelf ook een goed ritme, dacht ze. Precies flirterig genoeg. 'Je moet je werk wel ontzettend leuk vinden, en ik vermoed dat je er heel goed in bent.'

'Ik ben er dol op. Systemen creëren die naadloos aansluiten bij de wensen van de klant. Problemen oplossen, het leven van mensen makkelijker maken en hun horizon verbreden. Misschien wil je me een keer jouw huis laten zien, dan kan ik je wat ideeën aan de hand doen.'

'Wie weet.'

Opnieuw glimlachend zei hij: 'Goed, pizza.'

Uiteindelijk dronk ze twee glazen wijn en genoot ze van elke minuut. Hij vertelde haar verhalen, hoe hij de slimme technologie voor een ranch in Butte, Montana had ontworpen en bizons had zien grazen op de vlakten. En hij luisterde naar haar plannen voor een nieuwe keuken en droeg zelfs suggesties aan, die goed genoeg waren om aan haar lijst van wensen en dromen te worden toegevoegd.

Hij stelde voor om een stukje te gaan lopen.

De avondbries was vrij stevig, maar wel aangenaam na het warme restaurant. En het was vreselijk lang geleden dat ze een wandeling met iemand had gemaakt, dat ze hand in hand met iemand had gelopen.

Het was al bijna tien uur, veel later dan haar bedoeling was geweest, toen hij haar naar haar auto bracht.

'Ik wil je graag nog eens zien, op deze manier. Niet dat het vervelend is om op een kruk aan de bar te zitten terwijl jij aan het werk bent. Maar ik wil je graag nog eens zien. Ik heb een flexibel schema. Dat kan ik aanpassen aan het jouwe.'

Misschien was Nina in haar hoofd gekropen, want tot haar verbazing nodigde ze hem uit om te komen eten. 'Volgende week maandag bij mij thuis. Die dag komt mij het beste uit.'

'Kun je koken?'

'Nee. Dat moet ik op mijn lijst zetten van dingen die ik moet leren, maar nee.'

'Dan kan Nina vast koken.'

'Ook niet, maar haar moeder wel, en zij wil ons vast wel helpen. Als je bereid bent dat risico te nemen.'

'Ik hou van avontuur. Is zeven uur goed?'

'Ja, zeven uur is prima.'

'Ik zal er zijn. Wat is het adres?'

Ze stak haar hand uit voor zijn telefoon en voegde dat toe aan zijn contacten. 'Ik kan je wel een routebeschrijving geven.'

'Ik ben goed bevriend met meneer Google. En ik kom ook gewoon naar de kroeg. Misschien ga ik zelfs mijn geluk beproeven met darten.'

'Roddy is bijna onverslaanbaar.'

'Dat risico neem ik.'

Daarna boog hij zich naar haar toe voor wat volgens haar een subtiel gebaar was. Precies de juiste druk van zijn lippen op de hare. Hij drong zich niet op, maar maakte wel indruk. En het gefladder dat ze al heel lang niet had ervaren was de volmaakte kers op de avond.

'Tot ziens, Morgan.'

'Tot ziens. Ik vond het heel erg leuk.'

'Ik ook. Rij voorzichtig.'

Ze reed voorzichtig, al zweefde ze een beetje door de lichte roes van zijn afscheidskus.

En toen ze het huis in zweefde, werd ze opgewacht door Nina, rozig van haar verwenavondje en lekker in haar pyjama gehuld. 'Goed, ik heb aan één blik genoeg om te weten dat dit een enorm succesvolle eerste date was. Vertel! Heeft hij met je gesjanst?'

'Net genoeg. Ik vind hem echt heel aardig.' Met een blije zucht plofte ze op een stoel. 'Hij kan goed luisteren en hij is grappig. Hij is op allerlei plekken geweest en hij kan goed verhalen vertellen.' Ze trok haar schouders op en liet ze weer zakken. 'En toen hij me een afscheidskus gaf, kreeg ik vlinders in mijn buik.'

'Wat voor kus was het? Ik wil details horen.'

'Ik kan hem alleen zacht en een tikje dromerig noemen. Niet opdringerig, niet vol vuur. Gewoon gemoedelijk en effectief. Van de weeromstuit heb ik hem aanstaande maandag te eten gevraagd.'

'Jemig!' Nina sprong op en deed een dansje. 'Holy shit. Hij heeft je toch niet gedrogeerd? Of gehypnotiseerd?'

'Hij is een aardige, waanzinnig knappe, interessante man. Dat is alles.'

'Dat is meer dan genoeg. We zullen mama's hulp inroepen om iets te bereiden. Of wil je dat ik me maandag uit de voeten maak?'

'Nee,' zei ze heel gedecideerd. 'Doe dat alsjeblieft niet. Ik heb hem alleen uitgenodigd omdat jij er ook zou zijn.'

'Moet ik Sam ook vragen?'

'Ja, dan is het wat gelijker verdeeld of zo. Niks chics, Nina. Gewoon een gezellig etentje. Laten we het vrijblijvend houden.'

'Vrijblijvend sexy. Dat kunnen we best, Morgan.'

'Anders kunnen we altijd iets laten bezorgen.' Ze stond op. 'Tijd om naar bed te gaan. Ook voor jou. Je moet morgen om acht uur beginnen.'

'Ik ga al, maar eerst stuur ik mama een appje zodat ze alvast kan bedenken wat we moeten maken. Ik ga niet tegen je zeggen dat je lekker moet dromen, want dat doe je natuurlijk toch wel. Tot morgen. O, ik kan niet wachten om de man te ontmoeten die Morgan Albright voor het eten heeft uitgenodigd!'

Op dinsdagavond bracht Luke een bezoekje aan de kroeg. Hij begon meteen een praatje met haar en een stel stamgasten. Hij was al een poosje bezig met het verbeteren van zijn dartvaardigheden en die konden ermee door. Hij dronk zijn twee biertjes en at wat kippenvleugeltjes.

'Je hebt een vriendje.' Gracie bewoog haar wenkbrauwen een paar keer op en neer.

'Nee. Hij blijft maar een paar maanden hier in de stad.'

'Ik zei niet dat hij je minnaar voor altijd was.' Het licht knipperde om aan te geven dat het de laatste ronde was en Gracie rolde met haar schouders. 'Het is wel een gladjanus. Persoonlijk vertrouw ik dat soort mensen niet. Ongeveer vijftien jaar geleden heb ik bijna een eerste echtgenoot gehad. Die stapte zo van mijn bed in dat van mijn nicht Bonnie.'

'Dan is het maar goed dat hij niet mijn bijna eerste echtgenoot is.'

'Dan kun je van zijn gladheid genieten.'

En waarom ook niet, dacht Morgan toen hij weer kwam op de quizavond. Dat hij meedeed leverde hem extra punten op haar persoonlijke scorekaart op.

Ze had een interessante man die duidelijk belangstelling voor haar had en met wie ze, gezien haar drukke schema, niet heel veel tijd kon doorbrengen. Maar daar leken ze allebei genoegen mee te nemen.

Dat wilde niet zeggen dat ze zich niet verheugde op maandagavond. Al was het met enige angst omdat er gekookt moest worden en met zenuwen omdat het hun tweede date was.

Ze schoof wat met haar werktijden en nam een uur eerder vrij bij het bouwbedrijf. En haar fietstocht naar huis door het zachtere weer dat eindelijk aanvoelde als april, gaf haar humeur een extra opkikker.

Binnen een paar weken werd het echt lente en zouden overal kleuren tevoorschijn springen. Vlak bij haar huis zag ze een paar forsythiastruiken die al hun vrolijke botergeel lieten zien en de grote wilg bij het hoekhuis van haar straat liet een zweem van groene blaadjes zien.

In haar eigen tuin bloeiden lippenstiftrode tulpen en de azalea's die Nina haar bij haar eerste bezoek aan het tuincentrum had aangeraden zaten vol in de knop en zouden zeer binnenkort hun lieflijke roze kleur tonen. Misschien klonk het gek, maar die bloemen gaven haar het gevoel dat ze deel uitmaakte van deze wijk.

Ze zette haar fiets weg, glimlachte naar de viooltjes en ging naar binnen, waar keiharde muziek klonk. Kennelijk was Nina eerder thuisgekomen dan zij. Ze gooide haar sleutels in de kom die op het tafeltje bij de voordeur stond, hing haar jack en haar handtas in de gangkast en liep naar de keuken waar het een grote bende was.

Nina had haar haar in een staart gebonden en droeg een schort dat onder de spetters van de hemel mocht weten wat zat. Nina's mama had haar een schort gegeven en een tweede meegegeven voor Morgan.

Hun kleine aanrecht stond boordevol met flessen, potten en kruidenpotjes. Voor zover Morgan kon beoordelen bestonden de vlekken op Nina's nieuwe schort uit een beetje van alles.

'Het is me gelukt!' In Nina's opengesperde ogen lag een enigszins wilde blik. 'Ik heb de marinade voor de karbonaadjes gemaakt. Het is me gelukt, Morgan.' Met een zwaai trok ze de koelkast open. 'Zie je wel?'

Voorzichtig boog Morgan zich naar voren en keek door de plastic folie in de glazen kom, die ze speciaal voor deze gelegenheid van Nina's moeder hadden geleend.

'Dat hebben deze handen gedaan!'

'En het ziet...' – ze boog zich verder naar voren en snoof de geur op – '... en ruikt precies zoals het moet. Moet je even gaan zitten?'

'Misschien wel. Jij moet de aardappels doen. Aangezien we mannen op bezoek krijgen, eten we aardappelen en vlees. En asperges omdat het april is. Al die dingen moeten worden klaargemaakt. Daarna moeten we de tafel mooi dekken en onszelf mooi maken. Wat heeft ons bezield?'

'Daar is het te laat voor. De tafel is geen probleem, dat kun jij prima. Maar als je het even niet meer weet, zal ik je helpen. Ze laten altijd tafelschikkingen zien bij die woonprogramma's. Die verdraaide aardappels lukken me heus wel. Als jij de marinade kunt maken, kan ik die verdraaide aardappels doen. Kom maar op!'

Ze deed een schort voor. Zoals het recept van Nina's moeder voorschreef boende ze de aardappels schoon en sneed die in partjes, waarna ze aan zichzelf ging twijfelen, want de partjes waren niet allemaal even groot en wat zou dat voor gevolgen hebben? Wel zag ze tot haar tevredenheid dat haar schort bij lange na niet zoveel op een Jackson Pollock-schilderij leek als dat van Nina.

Nauwgezet volgde ze de instructies van Nina's moeder op, wat niet meeviel, want in plaats van exacte hoeveelheden beval zij om: je ogen en je neus te gebruiken.

Dus begon ze. Ze mengde kruiden in een kom en snoof en keek. Nadat ze alles bij elkaar had gedaan en de olie had toegevoegd verdeelde ze de aardappels over een bakblik en hoopte er het beste van.

Het dekken van de tafel liet ze aan Nina over omdat die daar heel goed in was. Zij begon met het opruimen van de keuken, want daar was zij heel goed in.

Nu al doodmoe verruilde ze haar werkkleding voor een kaki capribroek en een felroze T-shirt en vroeg ze zich in alle oprechtheid af hoe mensen erin slaagden om dit elke dag te doen. En ze moesten nog beginnen met de asperges en de broodjes moesten nog worden opgewarmd. Ze bond haar schort weer voor.

Nina, die er zo fris uitzag als een lenteochtend, ontmoette haar in de gang. 'Goed, alleen nog olijven, kaas en wat rauwkost. Dat kunnen we heel goed. Jammer dat de keuken zo klein is, je kunt er niet gezellig met zijn allen staan.'

'Volgend voorjaar,' zei Morgan stellig. 'Goh, het ruikt hier zowaar lekker, Nina. Het ruikt alsof we wisten wat we deden.' Heup aan heup stonden ze in de oven te turen. 'En het ziet er ook goed uit. Weet je echt zeker dat de asperges maar een minuut of tien nodig hebben?'

'Mama weet het zeker,' zei Nina plechtig. 'Maar we moeten ze afsnijden voordat de mannen komen, dus dat moet nu. En dan om ongeveer kwart over zeven beginnen we heel nonchalant aan de asperges. Welke vijf minuten wil jij doen? Het stomen of bakken?'

'Jezus. Jezus. Stomen.'

'Dat wil ik ook. Goed, dan.' Nina stak haar vuist uit om steen, papier, schaar te doen. 'Ik tel tot drie.'

'Verdomme,' zei Morgan toen Nina's steen haar schaar vermorzelde.

Om zeven uur speelde de muziek fluisterzacht, was de oven op de warmhoudstand gezet en stonden de hapjes uitgestald.

Precies op de afgesproken tijd werd er aangeklopt.

'Schorten af!' beval Nina.

Ze deden samen open en zagen twee mannen op de stoep staan.

'We kwamen tegelijk aan.' De aanbiddelijke Sam met zijn bril met schildpadmontuur reikte Nina een bos roze tulpen en Morgan een fles wijn aan.

'Ik doe het andersom.' Luke overhandigde Morgan een bos paarse hyacinten in een transparante ballonvaas. 'Hoi, Nina. Ik ben Luke.' En hij overhandigde haar nog een fles wijn.

En na alle inspanningen en alle zorgen liep alles op rolletjes.

Met glazen wijn dromden ze de keuken en de piepkleine alkoof in waar de eettafel stond. Ze had het idee dat Luke en Sam al snel een band hadden – de IT'er en de redelijk fanatieke gamer hadden meer dan genoeg te bespreken.

In de hoop dat hun geluk zou aanhouden, deed Morgan boter in de koekenpan voor de asperges.

'Er gaat niks boven een zelfbereide maaltijd als je op reis bent.' Achteloos drukte Luke een zoen op haar wang. 'Ik stel het heel erg op prijs.'

'Laten we hopen dat het echt een zelfbereide maaltijd blijkt te zijn en geen schreeuw om hulp.'

Lachend zei hij: 'Het ruikt heerlijk. Is het goed als ik me even ga opfrissen?'

'Tuurlijk. De gang links van de woonkamer, de deur aan de rechterkant.'

'Over tien minuten kunnen we eten,' verkondigde Nina.

Sam sloeg een arm om haar heen. 'Ik kan niet geloven dat jullie dit allemaal hebben gedaan. De hele dag gewerkt en dan ook nog zo'n maaltijd klaarmaken.'

'Je hebt het nog niet geproefd,' merkte Morgan op.

'De hele dag gewerkt,' herhaalde Sam en hij drukte een zoen op Nina's kruin. 'En ook nog tijd gemaakt om te koken.'

Vrolijk hief Nina haar gezicht naar hem op voor een kus.

'Goed, daar gaan we.' Morgan liet de asperges in de gesmolten boter glijden en stelde vijf minuten in op haar telefoon. Ze roerde en schudde ze om, en ze probeerde haar neus en ogen te gebruiken voor het zout en de peper.

Terwijl zij met de koekenpan in de weer was, hielp Sam Nina met het uit de oven halen van de karbonaadjes en de aardappels, waarna ze de broodjes erin legden om op te warmen.

'Teamwork. Mijn vijf minuten zitten erop. Jouw beurt, Nina.'

Ze verwisselden van positie en Morgan schikte de karbonaadjes op een schaal - van Nina's mama - en strooide er, zoals opgedragen, verse rozemarijn overheen als garnering.

'Sorry.' Luke kwam weer binnen. 'Ik kreeg een telefoontje dat ik echt moest aannemen.'

'Geen probleem. Hier zijn we bijna klaar.' Morgan keek hem aan. 'Alles in orde?'

'O ja, een kleine aanpassing in het rooster voor morgen. Kan ik hier iets doen?'

'Waarom schenk jij de glazen niet nog eens vol? Misschien hebben we het nodig.'

Aan tafel, na het bereiden en opdienen, nam Sam de eerste hap. 'Schatje,' zei hij tegen Nina, waarna hij naar Morgan glimlachte. 'Ander schatje.'

Nina nam een hapje van haar karbonaadje. 'O-o. Wij zijn hier goed in, Morg. En nu?'

'Een zelfbereide maaltijd als je op reis bent. Dames.' Luke hief zijn wijnglas op. 'Op de chef-koks.'

'En op mama. Ze kan trots op ons zijn, Morgan.'

Ondanks de lange dag genoot Morgan van elke minuut. Een echt etentje, bij haar thuis, de eerste keer zonder dat er iets was afgehaald of bezorgd. Gesprekken, vrolijkheid, af en toe Lukes hand op de hare.

Ze vond het lief dat de mannen erop stonden om af te ruimen en de afwas te doen en ze ontspande zich tijdens de koffie met red velvettaart - gekocht bij een bakker.

'Ik vind het vervelend om hier een einde aan te maken. Deze avond zal het hoogtepunt van mijn reis worden. Maar volgens het rooster moet ik morgen om acht uur bij de klant zijn.'

'Waar moet je zijn?' vroeg Sam.

'In Baltimore. Een huizenflipper heeft twee rijtjeshuizen naast elkaar gekocht en wil er één woning van maken, met slimme tech. Ik denk dat ik er een paar dagen bezig zal zijn. Misschien zelfs drie.' Schouderophalend zei hij: 'Ze hebben het eind vorige week in mijn agenda gepropt. Een vriend van een van de bazen.'

'Acht uur in Baltimore. Dan moet je vroeg op.'

Hij knikte naar Nina. 'Ja, zeg dat wel. Maar het is een leuke uitdaging om twee oude rijtjeshuizen om te bouwen tot een stadsvilla met slimme tech, zonder de geschiedenis ervan geweld aan te doen.' Hij keek even rond. 'Ik wil dit huis dolgraag voor je aanpakken. Het heeft een goede structuur, Morgan.'

'Ja, dat vind ik ook. Als die muur wordt weggehaald, zal ik naast ruimte misschien ook slimme tech op de lijst zetten.'

'Bel me dan vooral. Ik beloof dat ik je dan in mijn agenda zal zetten. Bedankt, Nina. En bedank je moeder namens mij.' Hij stond op. 'Het was allemaal overheerlijk. Heel leuk om je ontmoet te hebben, Sam. Ik denk dat ik volgende week wel een gaatje heb om naar je systeem te kijken. Er is altijd wel een manier om wat toeters en bellen toe te voegen.'

'Dat zou fantastisch zijn.'

Morgan liet hem uit.

'Als ik terug ben, zal ik naar de Next Round komen. Over een paar dagen. Is het goed als ik je af en toe een appje stuur vanaf mijn eenzame hotelkamer in Baltimore?'

'Tuurlijk.'

'Mag ik je mee uit eten nemen als ik terug ben? Misschien iets luxers dan pizza?'

'Dat lijkt me leuk.'

Toen hij haar kuste, iets inniger dan de eerste keer, met zijn lichaam net iets dichter tegen het hare gedrukt, bedacht ze dat het haar heel leuk leek.

'Veel succes in Baltimore.'

'Als je goed bent in je werk, heb je geen succes nodig, maar toch bedankt. Welterusten en echt heel erg bedankt voor het eten.'

Ze keek hem na toen hij op deze miezerige avond in april naar zijn auto liep die langs de stoep stond. En toen ze de deur dichtdeed, dacht ze dat ze wellicht op een vreemde manier een vriendje had. Tijdelijk.

Nina stak haar hoofd om de kamerdeur. 'Ik hoorde de voordeur dichtgaan, dus... Ik vind hem echt heel aardig!'

'Ik ook.' Sams hoofd verscheen naast dat van Nina.

'Ik ook, dus het is unaniem.'

'Je moet vragen of hij aanstaande zondag bij mama komt eten. Zij is je Maryland-mama en ze zal het geweldig vinden.'

'Misschien. Ik zal erover denken. Nou, ik ga slapen. Zie ik je morgenochtend, Sam?'

'Reken maar,' zei Nina, waarop hij moest grijnzen.

Ze maakte zich klaar om naar bed te gaan. Net toen ze erin stapte, kreeg ze een berichtje van Luke.

Woensdag. Donderdag op zijn laatst. Ik zal je missen tot ik je weerzie.

Hoewel ze glimlachte en een warmte door haar lichaam voelde gaan, aarzelde ze. Toen schudde ze haar hoofd en reageerde met de waarheid.

Ik zal jou ook missen. Trusten.

Toen ze zich lekker uitstrekte in bed, glimlachte ze nog steeds.

3

Gezien de leeftijd en het weinige onderhoud dat de eigenaresse liet uitvoeren was het niet verrassend dat Nina's auto op dinsdagochtend weigerde te starten. De immer hoffelijke Sam reed haar naar haar werk en de hoofdschuddende Larry sleepte de wagen naar zijn garage.

Toen Nina thuiskwam, klaagde ze over een zere keel en over Larry's slechte nieuws wat betreft de reparaties.

'Er moet een nieuwe accu in, iets over v-snaren, nog iets moeilijks plús de versnellingsbak. Larry schat de rekening op zo'n vijfhonderd dollar.' Ze stak haar handen omhoog. 'Poef, zomaar foetsie.'

'Wat vervelend voor je.' Omdat ze dat echt vond, sloeg Morgan haar armen stevig om Nina heen. 'Je hebt thee met honing nodig. Ik maak het wel.'

'Dank je.' Met lodderige ogen en een bleek gezicht plofte Nina neer. 'Ik heb een hekel aan voorjaarsverkoudheid, maar zo te voelen wordt dit er een. En in combinatie met die vijfhonderd dollar voel ik me echt beroerd.'

'Zal ik soep maken?' Morgan opende een kastje en pakte een blik. 'Niet zo lekker als de kippensoep van je moeder, maar...'

'Ja, graag. Ik denk dat ik ga douchen en dan lekker in bed kruip met die soep met vermicelli, toast en thee. En dan ga ik eerst een vrolijke film streamen en daarna deze rotdag wegslapen.'

'Toe, ga lekker douchen en kruip dan onder de wol. Ik zal troosteten voor je klaarmaken. Ik kom het zo brengen.'

'De beste huisbaas ooit. Ik wil je dolgraag nog een keer omhelzen, amiga mía, maar ik wil je niet besmetten met wat ik onder de leden heb.'

Toen Morgan met het dienblad de slaapkamer in liep, zat Nina lekker in bed met haar laptop en een doos tissues.

'Dank je. Superbedankt. Ik voel me al wat beter.'

'Misschien moet je morgen een luierdag in bed houden.' Morgan zette het blad neer en legde haar hand op Nina's voorhoofd. 'Zo te voelen heb je geen koorts.'

'Alleen een stomme aprilverkoudheid en het is vreselijk druk op het werk.'

'Je kunt mijn auto wel nemen om ernaartoe te gaan.'

'Ik heb voor de heen- en terugweg al een lift, maar nogmaals superbedankt.' Ze pakte de thee, blies erop en nam een slokje. 'O, precies wat ik nodig heb. Ik sta bij je in het krijt.'

'Wie heeft er voor mij gezorgd toen ik vorig najaar buikgriep had?'

'Ikke, want we zijn vriendinnen. Ik ga vroeg pitten om snel weer beter te worden.'

'Stuur me maar een berichtje als je iets nodig hebt. Ik zal jou niet appen voor het geval je slaapt, maar ik zal wel even controleren of je ligt te pitten als ik thuiskom.'

'Ik heb alles wat ik nodig heb, en ik ga wat NyQuil nemen. Dan slaap ik zo.' Ze nam een lepel soep. 'Niet mama's soep, maar kippensoep met vermicelli helpt altijd. Werk ze!'

Toen Morgan na haar dienst thuiskwam, was Nina diep in slaap. En toen ze wakker werd in een leeg huis, ging ze ervan uit dat Nina weer beter was.

Halverwege de ochtend appte Luke dat hij waarschijnlijk een dag extra in Baltimore moest blijven. Morgan las het berichtje tussen het uitschrijven van een rekening voor de voltooide renovatie van een badkamer en het beantwoorden van een telefoontje van iemand die een offerte wilde voor de uitbreiding van een veranda.

Ze zat in haar kantoor/receptieruimte met uitzicht op de parkeerplaats. Dat uitzicht stoorde haar niet, want daardoor zag ze precies wie er kwam en ging.

In een hoek stond een weelderige sanseveria die daar, althans volgens haar informatie, twintig jaar eerder was neergezet door de vrouw van de grote baas. Ondertussen was de plant bijna één meter tachtig en stond hij in een rode pot die zij niet met haar armen kon omvatten.

Bill Greenwald – tweede generatie baas – had haar verteld dat zijn moeder per se had gewild dat de plant de mascotte van het bedrijf zou worden. Zolang de plant het goed deed, zou het bedrijf dat ook doen.

Bills vrouw, Ava, deed nog elke dag haar gereedschapsriem om en zette haar veiligheidshelm op om mee te werken met de ploeg. Op de bouwplaats wist iedereen dat Ava de voorman was en dat ze niet met zich liet sollen.

Bills broer, Bob, een plaatselijke advocaat, regelde de juridische kant van het bedrijf. Jack en Ella, de twee kinderen van Bill en Ava, werkten samen met hun ouders.

Ze dacht vaak dat ze de hechte, kibbelende familie Greenwald zou missen als de dag aanbrak waarop ze haar eigen zaak zou openen.

Net toen ze het appje las, kwam Bill binnen in zijn gebruikelijke outfit van timmerspijkerbroek en een openhangend flanellen overhemd over een T-shirt. Hij had gespierde armen, op zijn grijzende haar prijkte een honkbalpet van Greenwald's Builders en zijn vriendelijke ogen gingen schuil achter een vierkante bril met metalen montuur. 'Die gezichtsuitdrukking ken ik. Berichtje van je nieuwe vlam?'

'Hij is wel nieuw, maar ik zou hem niet mijn vlam noemen.'

Hij priemde met zijn wijsvinger naar haar. 'Als je het weet, weet je het. Mijn vader had Ava in dienst genomen en ik werkte al een maand of langer met haar. Geen centje pijn, behalve dan dat ik had ontdekt dat ze prima met een hamer overweg kon en niet met zich liet sollen. Maar op een dag moest ze hard lachen. Je kent die lach wel.'

Hard en uitbundig. 'Jazeker.'

'Door die lach was ik reddeloos verloren. "Dat is de ware, Bill," zei ik tegen mezelf. Geen twijfel mogelijk. Wen er maar aan. Aanstaande september is dat zevenentwintig jaar geleden en ondertussen ben ik er behoorlijk aan gewend. Maar goed, ik heb een afspraak met de bouwinspecteur bij de Moreni-klus. Daarna moet ik naar de Langston-sloop om te kijken of ik die lach nog een keer kan horen. Als alles goed gaat, ben ik tegen drieën weer terug. Anders laat ik het je wel weten.'

'Ik zal het fort bewaken.'

'Dat doe je altijd.'

En dat deed ze graag, dacht Morgan toen Bill vertrok en zij nog wat werk verzette.

Ze ging haar waterfles vullen bij de waterkoeler en toen ze weer aan haar bureau zat, stuurde ze Luke een reactie.

Hopelijk houdt dat in dat het goed gaat. Als je zondag terug bent, en geen andere plannen hebt, heb je dan zin om samen met ons bij Nina's ouders te gaan eten?

Het duurde een paar minuten, maar toen kwam zijn antwoord.

Leuk! Het gaat hier goed en ik kom terug.

Blij dat te horen. Zondags wordt er vrij vroeg gegeten. Meestal gaan we er rond vier uur heen en eten dan om vijf uur. Waarschuwing: veel mensen, veel herrie, veel eten.

Ik doe mee. Zal ik je om vier uur ophalen?

Prima.

Ik hoop je vrijdagavond te zien, maar in elk geval tot zondag. Moet verder.

Hij voegde er een bloememoji aan toe.

Toen haar smiley op zijn scherm verscheen, gebruikte hij zijn solenoidkaart om het bedroevende slot van haar achterdeur te openen. Mensen, en dan vooral vrouwen, waren echt achterlijk.

Hij keek om zich heen in een huis dat hij als bouwval beschouwde. Al maakte de degelijke structuur en de locatie het de moeite waard.

Erin en eruit, bracht hij zichzelf in herinnering, en hij liep meteen door naar haar thuiskantoor. Daar zou hij de software verwijderen die hij tijdens zijn 'toiletbezoek' afgelopen maandagavond had geïnstalleerd.

Er zouden geen sporen worden achtergelaten.

Daarna zou hij in een paar uur een bijzonder lucratieve week afsluiten. En alles afronden op zijn unieke manier.

Ze zou hem eerder zien dan ze verwachtte.

Hij beeldde zich in dat hij haar ombracht op de parkeerplaats van de kroeg, naast haar auto. En als ze niet de laatste was die naar buiten kwam – wat meestal wel het geval was – dan zou hij ín de auto zitten, verscholen achterin.

Vervolgens: verrassing! En tot slot de finale: haar lichaam ergens dumpen en de auto naar een kennis in Baltimore rijden. De ik-ben-woke-Prius inruilen en vrolijk zijn weg vervolgen.

In elk geval had hij haar niet eerst hoeven neuken. Maar ja, hij was een man die zijn doelwitten goed kende en hij had geweten dat Morgan niet zomaar met iemand het bed indook. Hij had zich tijd, moeite en gezeik bespaard.

Maar jemig, in alle andere opzichten had ze zich wel gemakkelijk laten beetnemen.

Met zijn handen in chirurgische handschoenen gestoken opende hij haar laptop en startte hem op. Daarbij vroeg hij zich in alle oprechtheid af waarom de vrouw niet wat van haar zuurverdiende geld besteedde – of had besteed – aan nieuwere apparatuur. Hij was al begonnen met het verwijderen toen hij zachte voetstappen achter zich hoorde.

Met een onschuldige glimlach op zijn gezicht draaide hij zich om en zag Nina – die er bepaald niet florissant uitzag – in de deuropening verschijnen.

'Luke?' Haar stem klonk schor en ze hoestte toen ze zijn naam zei. 'Wat doe je hier?'

'Hoi! Ik heb Morgan kunnen overhalen om me wat software op haar laptop te laten installeren. Ik wilde je niet wakker maken.' Ze was overduidelijk ziek, dus hij besloot dat het tijd was om te improviseren. Vandaar dat hij zijn beste meewarige gezicht opzette. 'Ze zei dat je je niet lekker voelde en dat je waarschijnlijk lag te slapen. Het spijt me dat ik je wakker heb gemaakt.'

'Voorjaarsverkoudheid. Voel me shit. Mijn baas heeft me naar huis gestuurd, me zelfs naar huis gebracht. Ik wilde net... Hoe wist Morgan dat ik ziek thuis was? Heeft Angie haar gebeld?'

Te gecompliceerd, besloot hij. En blijkbaar zag ze iets in zijn ogen, want hij las iets in de hare. Daar stond: vlucht.

Voordat ze de kans kreeg, greep hij de laptop en haalde ermee uit.

Met een dreun raakte die haar ene slaap en de andere sloeg tegen de deurpost.

Ze gaf bijna geen kik.

Toen ze viel, haalde hij nogmaals uit met de laptop – toch een kutding – en sloeg haar nog een keer.

Zij had dit voor hem verneukt waardoor hij dit niet op zijn manier tot een einde zou kunnen brengen met Morgan. Dan maar een plaatsvervanger.

'Verkeerde plek,' zei hij toen hij neerknielde en haar op haar rug rolde zodat hij zijn handen om haar keel kon leggen. 'Verkeerde moment om ziek thuis te zijn, teef. Verkeerde vrouw, maar het moet maar.' Zoals altijd gaf het hem een kick om iets levends dood te knijpen.

Hoewel haar ogen ronddraaiden en haar hielen op de grond roffelden, kwam ze geen moment meer echt bij.

Hij liet haar en de kapotte laptop op de grond liggen. Terwijl hij in gedachten zijn plannen aanpaste, zocht hij in de keuken naar een vuilniszak. Die vulde hij met Nina's laptop, telefoon en wat sieraden die volgens hem het verpanden niet waard waren. Ook trof hij in haar portemonnee en ondergoedlade in totaal achtenvijftig dollar aan.

Daarna doorzocht hij Morgans kamer. Die had zowaar een aantal goede sieraden. Diamanten oorknopjes – klein, maar een mooie kleur en slijpvorm. Ze leken oud, vast familiestukken. Hij gooide ook wat van de goedkope sieraden in de zak. Zonde om het niet te doen, dacht hij terwijl hij verder zocht.

Doelwitten hadden thuis altijd wat contant geld verstopt. Dat van Morgan – vijf opgerolde briefjes van twintig – vond hij in een paar sportsokken.

Hij griste haar autosleutel mee uit de schaal bij de voordeur en verliet het huis vervolgens op dezelfde manier als hij was binnengekomen. Met zijn elleboog brak hij een van de ruiten van de achterdeur.

Het zou eruitzien als een inbraak met tragische afloop. Ach, wat sneu.

Hij drukte op de knop om de auto te openen en gooide de zak met inhoud in de achterbak. Achteruit reed hij de oprit af en reed toen in de tegenovergestelde richting van het stadscentrum. Meeneuriënd met Billy Eilish' cover van 'Yesterday' zette hij koers naar Baltimore.

Net toen Morgan naar huis wilde gaan, begon het te plenzen. Ze keek op de regenradar op haar telefoon. Een korte bui die naar het westen trok. Ze besloot te wachten tot het weer droog was en stuurde Nina een appje om haar dat te vertellen. Ook vroeg ze of Nina trek had in wat Chinese afhaalgerechten.

Toen er geen reactie kwam, fronste ze haar wenkbrauwen. 'Hardnekkige verkoudheid, misschien,' mompelde ze, kijkend naar de regen. 'Een dutje na het werk.' Voor alle zekerheid bestelde ze wat extra noedels en garnalen in zoetzure saus.

Een kwartier later fietste ze weg in een vochtige lucht, maar onder een vrolijk zonnetje. Ze haalde de maaltijd op die ze had besteld en stopte die, en haar handtas, veilig in haar fietsmand.

Ze verwachtte een rustig avondje in de Round aangezien het op woensdag meestal niet zo druk was. Het terras was nog niet geopend, al zou dat binnenkort gebeuren.

Als ze haar eigen zaak had, wilde ze een groot terras met een pergola, en ze zou ook terrasverwarmers nemen zodat de klanten er altijd konden zitten, behalve als het ijskoud was of regende.

Meer zitplaatsen, meer verkochte drankjes, meer winst.

Toen ze haar auto niet op de oprit zag staan, maakte haar hart een sprongetje van schrik. Ach, waarschijnlijk had Nina ergens naartoe gemoeten. Misschien had ze meer NyQuil willen kopen. Al vroeg ze anders altijd om toestemming.

Ze ging naar binnen en knikte toen ze de lege sleutelschaal zag. Ze borg haar jack en handtas op en liep naar Nina's kamer. Die was beslist thuisgekomen en weer weggegaan, dacht ze. De doos met tissues stond weer op bed.

Dat vroeg om meer thee met honing, dus liep ze naar de keuken om water te koken en de afhaalmaaltijd weg te zetten.

Ze verstijfde letterlijk toen ze de gebroken ruit van de deur zag en de glasscherven op de grond zag liggen. Met stokkende adem deinsde ze achteruit terwijl ze haar telefoon uit haar zak probeerde te vissen. Het enige waar haar brein aan kon denken was het noodnummer één-één-twee.

'Één-één-twee. Wat is uw noodgeval?'

'Een inbraak, een inbraak. De keukendeur.'

Ze keek in de richting van de slaapkamers en daarna in die van haar kantoor. En ze zag de hand, de onderarm en het bloed in de gang.

'O, god! O, god, het is Nina!' Ze rende naar haar kantoor en liet zich op de grond vallen. 'Schiet op. Schiet alstublieft op. Newberry Street 229. Ze is gewond. Er is bloed. Ze beweegt niet.'

'Hulp is onderweg. Kunt u me uw naam geven?'

'Morgan. Nina is gewond, er is bloed. Ik denk... Ik denk dat ze dood is. Nee. Nee. Nee. Wat kan ik doen? Wat moet ik doen?'

'Morgan, is er een indringer in huis?'

'Ik weet het niet. Ik weet het niet. Ze ademt niet. Ik voel geen hartslag. Help me.'

'Hulp is onderweg. Hoor je de sirenes? Je kunt het beste naar buiten gaan, Morgan. Wacht daar maar op de ambulance en de politie.'

'Ik laat haar niet alleen. Moet ik mond-op-mondbeademing doen? Ik... Ik heb een cursus gevolgd. Ze is koud. Jezus, wat is ze koud. Ik moet een deken halen.'

'Is Nina koud?'

'Ik ga een deken halen.'

'Morgan, de ambulance is er. Hoor je de sirenes? Laat ze binnen, Morgan. Ga de deur opendoen.'

Ze was op weg naar de bank om een plaid te pakken, maar veranderde van koers en rukte de voordeur open. 'Schiet op, alstublieft. Ze is koud en ze bloedt. Ze wil niet wakker worden.'

Ze rende achter het ambulancepersoneel aan en bleef toen staan met haar handen kruislings voor haar mond geslagen.

De ene, een vrouw met donkerrood haar en zachtblauwe ogen, keek haar aan. 'Hoelang is ze al zo, mevrouw?'

'Dat weet ik niet. Ik ben net thuis. Ik was laat, de regen, en ik ben eerst nog naar de Chinees gegaan, en toen kwam ik thuis en zag ik het gebroken glas en toen Nina. Kunnen jullie haar wakker maken?'

'Ik meld het wel,' mompelde de mannelijke verpleegkundige, waarop de vrouw naar Morgan liep. 'Laten we even gaan zitten.'

'Brengen jullie haar naar het ziekenhuis?' Ze voelde iets hards en zwaars op haar borst drukken. Ze kreeg geen adem. In haar oren rinkelde iets hoogs en schels. 'Ze moet naar het ziekenhuis.'

'Het spijt me vreselijk, maar we kunnen niets meer voor je vriendin doen. Ze is overleden.'

'Nee. Nee.'

'Het spijt me. Je verkeert in shock. Laten we gaan zitten.'

'Nee. Nee,' herhaalde Morgan op hetzelfde moment dat de verpleegkundige haar naar de bank leidde. 'Ik... Ik heb de afhaalmaaltijd van de Chinees laten vallen. Op de grond.'

'Dat komt later wel.' Ze liet Morgan plaatsnemen op de bank en sloeg de plaid om haar heen toen ze begon te beven. En ze keek op toen er twee geüniformeerde agenten binnenkwamen door de openstaande voordeur. 'De overledene ligt verderop in de gang bij mijn partner. De één-één-twee-beller verkeert in shock. Het lichaam is koud, minstens een paar uur. Kun je me vertellen hoe je heet?'

'Morgan. Morgan Albright. Zij is Nina. Nina Ramos.' De tranen begonnen te stromen. 'Toe, help haar alsjeblieft.'

'Ik ga water voor je halen. Blijf hier maar zitten en praat met deze agent.'

'Mevrouw Albright.' De agent nam naast haar plaats. Morgan probeerde zich op zijn gezicht te concentreren, maar dat werd telkens scherp en weer wazig.

'Ik ben agent Randall. Kunt u me vertellen wat er is gebeurd?'

'Ik weet het niet. Ik weet het niet. Het regende. Ik had geen zin om in de regen naar huis te fietsen, dus ik heb gewacht tot het droog was, en ik had trek in Chinees, dus ben ik langs de afhaalchinees gegaan. Nina reageerde niet toen ik haar een appje stuurde, maar ze is verkouden, dus misschien lag ze te slapen. Dacht ik. Misschien. En mijn auto was weg en de hare is in de garage, dus misschien had zij hem gepakt omdat ze iets moest halen. Dat is prima. Ze weet dat het prima is.'

'Uw auto? Wat voor een?'

'Eh. Dank je.' Alles leek nu heel ver weg. Als de verkeerde kant van een telescoop. Met trillende handen nam ze de beker aan. 'Een Prius.'

'Wat voor kleur, uit welk jaar? Weet u het kenteken?'

'Hij is blauw. Donkerblauw. Uit 2019. Ik... Ik kan me het kenteken niet herinneren. Ik weet het niet meer.'

'Geeft niks. Dus u kwam thuis en trof Nina aan?'

'Ik kwam thuis en toen heb ik in haar kamer gekeken. Ze was vroeger uit haar werk gekomen want de doos tissues stond op haar bed. Ze is verkouden. En ik wilde thee voor haar zetten. Ik heb de ketel op het vuur gezet. O, dat ben ik vergeten. Dat moet ik weer uitdoen.'

'Heb ik al gedaan,' zei de verpleegkundige. 'Niets aan de hand.'

'Ik zag het gebroken glas. Ik zag het en ik werd bang en toen heb ik één-één-twee gebeld. Toen zag ik haar. Ik zag haar arm en het bloed.'

'Waar was u voordat u thuiskwam?'

'Op mijn werk. Bij Greenwald's Builders. Het begon te regenen.'

'Precies om vijf uur. Maar het duurde niet lang.'

'Nee. Ik heb op de buienradar gekeken en besloot te wachten tot het weer droog was. Daarna heb ik het eten besteld.'

'Hoe bent u thuisgekomen?'

'Op mijn fiets. Als het mooi weer is, ga ik overdag meestal op de fiets naar mijn werk. En als Nina geen date heeft, eten we meestal iets voordat ik weer naar mijn werk ga.'

'Bij Greenwald's?'

'Nee, nee. Naar mijn tweede baan, bij de Next Round.'

'U bent de bartender,' zei Randall. 'U kwam me al zo bekend voor. Ik ben er een paar keer geweest. Mevrouw Albright, kunnen we iemand voor u bellen? Kunt u vannacht ergens terecht?'

'Ik woon hier.'

'Kunt u vannacht wellicht ergens anders slapen?'

'Ik heb geen...' Opeens drong het in alle hevigheid tot haar door en werd alles glashelder. 'Ze is dood. Nina is dood. Er heeft iemand ingebroken en die heeft haar dat aangedaan. We hebben niet eens iets van waarde. We hebben helemaal niets.'

'Laten we even kijken of er iets is gestolen. Zullen we in Nina's kamer beginnen?'

Ze stond op en liep de slaapkamer in met het verschrikkelijke besef van Nina's dood. 'Ik zie haar laptop niet. Haar ouders hadden haar voor Kerstmis een MacBook gegeven. Niet afgelopen kerst, maar die ervoor. Hij was roze. De hoes. En haar telefoon. Een iPhone. Maar die kan in haar zak zitten.' Ze haalde diep adem. 'Iemand heeft haar ladekast doorzocht. Ze is slordig, maar ze laat de laden nooit zo openstaan.'

‘Kunt u erin kijken zonder iets aan te raken?’

‘De dozen liggen op de grond. De doorzichtige opbergdozen voor haar sieraden. Ze had niks waardevols, maar ze bewaarde haar sieraden in die dozen en die liggen nu op de grond. Ze moet wat contant geld hebben gehad – ik weet niet hoeveel – maar een klein bedrag bij haar ondergoed. Het kan niet meer dan honderd dollar zijn geweest.’

‘Verder nog iets?’

‘Ik weet het niet.’

‘Laten we in uw kamer gaan kijken.’

Ze stak de gang over en haalde diep adem. ‘Ik ben niet slordig. Iemand heeft mijn spullen doorzocht. Ik had, o god, ik had kleine diamanten oorknopjes en een antiek gouden medaillon dat van mijn overgrootmoeder is geweest. De rest was allemaal namaakspul. Ik had vijf opgerolde briefjes van twintig in die sokken die op de grond liggen.’

Ze kneep haar ogen dicht en onderdrukte de neiging om heen en weer te wiegen.

‘Mijn laptop, in mijn kantoor. De kamer waar… De andere kamer. Die lag op de grond. Hij lag op de grond en hij was kapot en er was bloed. Dat is toen niet tot me doorgedrongen. Ze hebben haar ermee geslagen. Het ding lag kapot en bebloed op de grond. Ze hebben haar geslagen en vermoord. En ik was niet thuis om haar te helpen.’

Ze veegde de tranen weg die maar bleven stromen. ‘De sleutel lag niet in de schaal bij de deur. Die hebben ze gezien en toen zijn ze gewoon weggereden in mijn auto nadat ze dat bij haar hadden gedaan.’

Weer haalde ze diep adem. ‘Het kenteken is 5GFK82.’

‘Daar kunnen we wat mee.’

‘U moet uitzoeken wie dit heeft gedaan. Ze zou ze alles hebben gegeven waar ze om vroegen. Dit was niet nodig geweest. Ze werkt bij tuincentrum Let It Bloom. Iemand moet haar naar huis hebben gebracht, want haar auto is in de garage. Dus iemand weet hoe laat ze thuiskwam. Haar moeder…’

Op dat moment brak ze, dus liet ze zich op de grond zakken en gaf haar tranen de vrije loop.

Ze wilden haar een mild kalmeringsmiddel geven, maar dat sloeg ze af. Voelen was alles wat ze nu kon, en dat wilde ze niet kwijt. Ze drongen erop aan dat ze ergens anders naartoe zou gaan terwijl zij hun werk deden.

Ook dat sloeg ze af.

In haar eentje zat ze buiten. Dwong zichzelf om de bar te bellen, wat tot meer tranen leidde, en tot aanbiedingen om ergens anders te slapen.

Bill kwam – ze vermoedde dat haar avondbaas haar dagbaas had gebeld. Zonder iets te zeggen sloeg hij zijn armen om haar heen. 'Je gaat nu met mij mee naar huis,' zei hij nadat ook haar nieuwste huilbui voorbij was.

'Dat kan ik niet. Echt niet. Ik ben bang dat ik hier nooit terug zal kunnen komen als ik nu wegga. Dat ik hier nooit meer zal kunnen wonen als ik vanavond wegga. Het is mijn thuis. Ik heb mijn thuis nodig.'

'Ik ga nieuw glas in die gebroken ruit zetten en een fatsoenlijk nachtslot op die deur installeren. En ik zal Ava vragen om mijn auto te brengen. Die kun jij voorlopig lenen. Ik heb de pick-up. Ik laat je hier niet achter zonder auto. En daarmee uit.'

'Oké. Dank je. Ze moeten mijn auto opsporen zodat ze kunnen uitzoeken wie dit heeft gedaan. En daarna moet de dader voor altijd naar de gevangenis.'

'Reken maar, schatje. Neem morgen vrij. Kom pas weer werken als je het gevoel hebt dat je het kunt. Snap je?'

'Ik wil, móét, morgen naar Nina's familie. Ik wil me vanavond niet opdringen. En Sam... De agenten zeiden dat ze met hem zouden gaan praten, en ik mocht het hem nog niet vertellen. Ik ben niet gek, ze willen er zeker van zijn dat hij hier niet is geweest. Hij zou haar nooit iets aandoen, maar ze moeten met hem praten. Ik moet morgen ook met hem praten.'

'Als je iets nodig hebt, zijn er zat mensen die je maar wat graag willen helpen. Jij bent hier belangrijk, Morgan.' Hij gaf een klopje op haar knie. 'Ik ga die deur maken.'

Nadat ze ver na middernacht eindelijk alleen was – er leken dagen verstreken in plaats van uren – las ze het visitekaartje dat ze van een agent had gekregen. Van een bedrijf dat plaatsen delict reinigde.

De plaats delict waarvan ze hadden gezegd dat ze hem hadden opgeruimd, alsof het een tafel vol vieze vaat was.

De plaats waar Nina was gestorven.

Maar ze zou het bedrijf niet bellen. Het ging om Nina, dus zou ze het zelf doen. Het was het laatste wat ze kon doen voor iemand van wie ze had gehouden alsof het haar zus was.

Dus pakte ze, midden in de nacht in een huis waar de stilte echode, een emmer en een harde borstel.

Ze hadden de laptop meegenomen – bewijs. Ze hadden foto's en filmpjes gemaakt en naar vingerafdrukken gezocht. De rechercheurs hadden met haar gesproken – vragen, vragen, telkens opnieuw. Maar ze hadden het bloed op de deur, de deurpost en de muur, net in het kantoortje, laten zitten.

Het kostte veel tijd, al helemaal omdat ze een keer moest overgeven en het haar twee keer te veel werd. Maar ze kreeg het voor elkaar. En als het nodig was zou ze het allemaal nog een keer doen bij daglicht.

Ze gooide de afhaalmaaltijd weg en gunde zichzelf een glas wijn, in de hoop dat ze daardoor beter zou kunnen slapen.

En in de stilte, de leegte, ging ze in Nina's bed liggen met het kussen dat naar Nina's shampoo rook dicht tegen zich aangedrukt.

En hoewel ze dacht dat ze helemaal was uitgehuild, kwamen de tranen opnieuw.

Eindelijk, toen de dageraad van de volgende ochtend in april, aanbrak, zakte ze weg in een vredige slaap.

4

Morgan was aan het watertrappen in een put van verdriet. Ze mocht niet kopje-onder gaan, mocht zichzelf niet gewoon onder water laten verdwijnen. De politie kwam nog een keer met haar praten. Ze moest vragen beantwoorden, officiële verklaringen afleggen. Daardoor bleef het verdriet vers en het water in de put diep.

Nina's familie was haar familie geworden en als zij kopje-onder ging kon ze hen niet helpen. Ze zat bij hen, rouwde met hen, deed haar best om te helpen met het regelen van de uitvaart.

Allebei haar bazen stonden erop dat ze een week vrij nam en haar collega's brachten eten langs. Ovenschotels, pastagerechten, gebraden ham en kip.

Dat eten deelde ze met Sam. Als hij niet bij Nina's familie was, was hij bij haar. Hij had zijn eigen put.

Ze zat naast hem terwijl ze allebei met lange tanden zaten te eten van de ovenschotel die onlangs was bezorgd.

'Nog steeds geen nieuws over je auto?'

'Nee.' Aangezien hij wijn had meegenomen als zijn bijdrage aan de maaltijd waar ze allebei niet veel trek in hadden, nam ze een klein slokje. 'Ik vrees dat die voorgoed verdwenen is. De agenten zeggen dat niet ronduit, maar wat ze wel zeggen maakt het maar al te duidelijk. Ik heb vandaag de verzekeringsclaim ingediend.'

Vol medeleven wreef hij over haar hand. 'Nachtmerries?'

'Tja, ach.'

'Ik ook. Mijn aanbod staat nog steeds, hoor. Je hoeft het maar te zeggen als je wilt dat ik hier blijf slapen of als je bij mij wilt logeren.'

'Weet ik.'

'Of bel me als je een slechte nacht hebt.'

Nu wreef zij over zijn hand. 'Dat geldt andersom ook. Het was heel aardig van Bill om me zijn auto te lenen, maar ik moet een nieuwe zien te regelen. Voordat ik weer aan het werk ga.'

'Als je daar hulp bij nodig hebt, moet je het zeggen.'

'Dank je.'

Ze zei niet dat de verzekering veel minder zou uitkeren dan zij voor de auto had betaald, aangezien die tweedehands was en flink wat kilometers op de teller had, waar ook nog eens haar hoge eigen risico vanaf ging. Dat probleem zou ze later wel oplossen.

'We hebben vandaag de laatste spullen uit haar kamer ingepakt. Nina's zus, moeder en ik.'

Hij knikte en keek haar echt aan. 'Voordat ik naar jou ging, ben ik even bij haar ouders langsgegaan. De foto's die je samen met hen hebt uitgezocht voor de dienst zijn perfect.'

'Ze geven mij nergens de schuld van.'

'Omdat het niet jouw schuld is.'

'Verstandelijk weet ik dat. Of bijna. Maar... Ik had echt nooit verwacht dat er hier iemand in zou breken. Echt, wat heeft het die klootzak opgeleverd? Zelfs de auto is niet veel waard. Had ik maar betere sloten geïnstalleerd of een alarmsysteem gekocht.'

'Hou op.' Ditmaal pakte hij haar hand en hield die vast. 'Hou daarmee op. Ze heeft mij een berichtje gestuurd om te vertellen dat haar baas haar naar huis had gestuurd. Dus we kunnen ook zeggen "had haar baas haar maar niet naar huis gestuurd". Ik kan zeggen "was ik maar langsgekomen om haar hoestsiroop of zo te brengen of om soep voor haar te maken". Er zijn allerlei hadden-we-maars. Maar de enige die hier schuld aan heeft is de persoon die dit op zijn geweten heeft. Verder niemand.'

Omdat ze dat wist, knikte ze. Maar toch. 'Het was echt heel moeilijk om haar laatste spullen in te pakken en uit haar kamer te halen. Om er in mijn eentje weer naar binnen te gaan en te zien dat er niets meer van haar was.'

'Ze vond het heerlijk om hier met jou te wonen. Ik wist dat het lastig zou worden om haar over te halen om te gaan samenwonen met mij omdat ze het zo naar haar zin had bij jou.'

In haar keel welden brandend hete tranen op. 'Wilde je haar dat dan vragen?'

'Ik wilde nog een poosje wachten.' Met een flauwe glimlach tikte hij tegen zijn slaap. 'Strategie. Ik weet dat het pas een paar weken serieus tussen ons was, maar ik wilde al veel langer een echte relatie met haar.'

'Dat wist ze.'

'Echt waar?'

In zijn ogen zag ze verdriet, even onmetelijk als het hare. 'O, absoluut. Jij was geen scharrel voor haar, Sam. Je zou wat overredingskracht nodig hebben gehad, maar ze zou ja hebben gezegd.'

'Hoe moeten we hier overheen komen, Morgan? Wat moeten we zonder haar beginnen?'

'Ik weet het niet. Ik zie steeds voor me hoe we haar slaapkamer hebben geverfd voordat ze hier kwam wonen. Ik had het huis toen zelf pas een paar weken, dus eigenlijk is Nina er hier vanaf het begin bij geweest. Tegen de tijd dat we klaar waren zat die lila verf in haar haren en op haar gezicht.' Morgan zag het voor zich alsof het gisteren was gebeurd. 'En hoe ze me heeft laten zien hoe je plantjes moest planten, en hoe ze geen genoegen nam met mijn weigering en me mee heeft gesleept naar mijn eerste etentje bij de familie Ramos.'

'Een familie uit duizenden.'

'Ze wilde me aan haar broer Rick koppelen.'

Sam nam een slok bier. 'Tja, nou. Nee.'

Dat ontlokte een half lachje aan haar dichtgeknepen keel. 'Ik herinner me de avond waarop ze jou had meegenomen naar de Round zodat ik je kon beoordelen.'

'We hebben tequila's gedronken.'

'Inderdaad. En o god, de avond dat we hebben gekookt. Toen ik uit mijn werk kwam, stond ze daarzo. De keuken zag eruit alsof er een bom was ontploft. Ze had een wilde blik in haar ogen omdat ze erin was geslaagd de marinade voor de karbonaadjes te maken.'

'Het was een geweldige avond.'

'Een fantastische avond.'

Hij duwde nog wat eten over zijn bord. 'Heb je nog altijd niets van Luke gehoord?'

'Ik denk dat die is verdwenen, net als mijn auto. Hij heeft nooit gereageerd op mijn appje en telefoontje over Nina. Sommige mensen kunnen gewoon niet omgaan met emotionele ontreddering, of hebben daar geen zin in.' Ze haalde haar schouders op. 'Dat kun je maar het beste weten voordat het serieus wordt.'

'Hij leek zo betrouwbaar.'

'Altijd onderweg, en daar is hij vanaf het begin eerlijk over geweest. Maar betrouwbaar voor zolang het duurt.' Opnieuw haalde ze haar schouders op. 'Nu is hij weg. Het doet er niet toe,' zei ze, en ze meende het. 'Hij doet er niet toe.'

Voordat Sam wegging, controleerde hij zoals altijd de achterdeur. 'Ik zie je morgen weer. Als je wilt, kan ik je ophalen.'

'Ik heb Bills auto.'

'Ik ben nog nooit naar een begrafenismis geweest.'

'Ik ook niet.' Het idee alleen deed haar maag samentrekken. 'We zullen elkaar erdoorheen slepen.'

'Precies.' Hij sloeg zijn armen om haar heen, wat hij ook altijd deed. 'Doe de deur achter me op slot.'

Ze wist dat hij bleef wachten tot hij de sloten hoorde klikken, net zoals ze wist dat ze zelf heel obsessief de achterdeur nog een keer zou controleren. En voor ze ging slapen ook de voordeur.

In haar eentje ging ze Nina's lege kamer binnen, waar de vrolijk gekleurde muren donkerder waren op de plekken waar foto's hadden gehangen. En natuurlijk posters van bloemen, altijd bloemen voor Nina. En het vierkant waar haar prikbord had gehangen zodat ze plek had voor de tekeningen van haar kleine neefjes en nichtjes. Ook had ze daar briefjes aan zichzelf en kaartjes met afspraken opgeprikt. Afgezien van die vormen was er niets meer waaruit bleek dat Nina Ramos hier had gewoond.

Ze zou een andere huisgenoot moeten zoeken. Zonder die inkomsten kon ze zich de hypotheek en alle andere dingen niet echt permitteren. Maar ze wist niet of ze het zou kunnen verdragen dat er iemand anders in deze kamer woonde.

Ze deed het licht uit, trok de deur dicht en zei tegen zichzelf dat ze het zou regelen omdat ze nou eenmaal geen keus had.

De volgende ochtend om tien uur zat ze naast Sam op de bank achter de rijen met Nina's familieleden. Haar ouders, grootouders, broers en zussen, neven en nichten, tantes en ooms en tantezeggers, van wie sommigen uit andere staten kwamen of zelfs helemaal uit Mexico.

De kerk zat stampvol met familie, vrienden, collega's, mensen die bij haar op school hadden gezeten en klanten van het tuincentrum. Een van haar nichtjes zong, en het klonk prachtig.

Haar zus hield de afscheidsrede, maar er waren ook andere mensen die iets zeiden. Aangezien Nina's moeder Morgan had verzocht om iets te zeggen, gleed ze van de kerkbank, liep langs de met bloemen bedekte kist en praatte over vriendschap. Ze vertelde dat Nina haar had geholpen om van haar eerste huis een echt thuis te maken, haar had geleerd haar eerste tuin aan te leggen en dat Nina haar een familie had gegeven terwijl de hare zo ver weg woonde.

Het was allemaal net een droom, het ritueel, de muziek, de bloemen, de woorden – zelfs die van haarzelf.

Na afloop vroeg ze zich af waarom ze zich niet anders voelde dan ervoor. En toen ze met de anderen naar de begraafplaats reed, dacht ze dat ze zich na de begrafenis, na dat ritueel en die woorden, minder verdrietig zou voelen, een gevoel van afsluiting zou hebben, of daar in elk geval een eerste aanzet van zou voelen.

Maar toen ze opnieuw naast Sam ging zitten en zijn hand beetpakte alsof ze zonder die houvast weg zou zweven, veranderde er niets. De pastoor sprak meer woorden waarvan ze begreep dat die troost moesten bieden, al voelde zij zich er niet door getroost.

Wel voelde ze de koele aprillucht op haar gezicht en zag ze het groene gras en het grijs en wit van de marmeren grafstenen. De bloemen, zo veel bloemen voor Nina.

Ergens in de buurt zong een vogel.

De zon weerkaatste op het geboende hout van de kist en verlichtte de deken van witte rozen die erop lag.

Ze dacht aan Nina, die erin lag in de lichtroze jurk die haar moeder had uitgezocht. Er was geen opbaring geweest, maar Nina's moeder had gewild dat ze de roze jurk zou dragen en een wit rozenknopje in haar haar zou hebben.

Maar Nina lag niet in die kist, dacht Morgan. Zij lag niet in die met zijde afgezette doos in haar roze jurk en met een roos in haar haar. Ze was vertrokken naar de plek waar de mensen heengaan die ons verlaten. Ze was al weggeweest voordat Morgan thuis was gekomen en haar op de vloer had aangetroffen. Ze was al weggeweest.

Graven en grafstenen en woorden en muziek waren niet voor de doden, maar voor de levenden die ze achterlieten.

Op de een of andere manier kon ze zich door die overtuiging heel even laten wegzinken. Heel even drukte ze haar gezicht tegen Sams schouder en gaf ze toe aan het overweldigende verdriet.

Toen ze weer adem kon halen en de frisse lentelucht weer kon voelen, kon ze het een heel klein beetje afsluiten.

Om de beurt omhelsde ze alle familieleden. Ze condoleerde en werd gecondoleerd met een hoofdpijn die kwam opzetten als een onweersbui.

Toen ze terugliep naar Bills auto dacht ze: nog een onderdeel. Nog een ritueel voor de levenden. Terug naar het ouderlijk huis voor een gezamenlijke maaltijd.

De aanwezigheid van al die mensen hielp meer dan ze had verwacht. Er werd gegeten en gedronken, er werden tranen weggepinkt, maar er werd af en toe ook gelachen wanneer er verhalen werden gedeeld en herinneringen werden opgehaald.

Toch glipte ze na een uurtje weg omdat de hoofdpijn aanhield en de vermoeidheid toesloeg. Ze wilde niets liever dan de zwarte jurk uittrekken, waarvan ze wist dat ze die nooit meer zou dragen, en gaan slapen.

Alleen zijn voordat ze alles wat hierna kwam het hoofd moest bieden. Voordat ze het leven weer het hoofd moest bieden.

Toen ze op haar oprit parkeerde, stapten er twee mensen uit een auto die langs de stoep stond. Ze bleef staan toen ze in hun zwarte pakken het pad naar de voordeur op liepen.

Geen journalisten, dacht ze. Die had ze de afgelopen week leren herkennen en ontwijken. Meer agenten? Mensen van de verzekering?

Waarom nu? Wat wilden ze van haar? Wat kon ze nog meer vertellen?

'Mevrouw Albright?' De man – grijzend haar en een compact lichaam – hield een penning op. De vrouw – donkere huid, donker haar in korte dreads en een vreemd koele blik in haar donkerbruine ogen – deed hetzelfde.

'FBI-agenten Morrison en Beck. Kunnen we u even spreken?'

Terwijl haar hoofd vreselijk bonsde, keek Morgan naar de identiteitsbewijzen. 'FBI? Ik begrijp er niets van.'

'We weten dat u een zware dag heeft gehad, maar mogen we even binnenkomen om het uit te leggen?'

'Gaat het over Nina?'

'Ja, mevrouw.'

Ze voelde het kleine stukje op weg naar afsluiting weer wegglippen.

'Goed.' Ze ging hen voor. 'Ik heb met de politie gepraat en een verklaring afgelegd. Ik weet echt niets meer.' Ze deed de deur van het slot en ging naar binnen. 'Ik kan koffiezetten,' bood ze aan, eigenlijk alleen uit beleefdheid.

De vrouw – Beck – knikte licht. 'Als het niet te veel moeite is.'

'Nee, geen probleem. Ga zitten. Ik ben zo terug.'

Morrison ging echter niet in de woonkamer zitten, maar liep achter haar aan naar de keuken. 'U hebt een leuk huis.'

'Dank u wel.' Ze zag hem naar de achterdeur kijken toen ze met de koffie begon. 'Bill, mijn baas, heeft de deur gemaakt. De politieagenten, ik bedoel de rechercheurs die de dag na de andere agenten en de forensische mensen kwamen, zeiden dat we het kapotte glas mochten vervangen en een nachtslot mochten installeren.'

'Natuurlijk.'

'Eerst zat er alleen een slot met draaiknop op. Hij heeft het glas gebroken en toen zo zijn hand naar binnen gestoken en de knop omgedraaid.'

'Hij?'

'Hij, zij, meerdere mensen. Ik weet het niet.'

'Ze was onverwachts thuisgekomen uit haar werk?'

Nog een keer, dacht ze. Ze moest alles opnieuw vertellen.

'Ze hebben haar naar huis gestuurd omdat ze ziek was. Ze was verkouden en dat was erger geworden op haar werk. De collega die haar naar huis heeft gebracht omdat haar auto in de garage was, zei dat ze onderweg ergens waren gestopt zodat ze DayQuil kon kopen. Ze moet in bed hebben gelegen, want het flesje stond op het nachtkastje en er lag een doos tissues op haar bed.'

Ze zorgde dat haar handen bezig bleven en pakte bekers, melk, suiker, lepeltjes en een dienblad.

Ze zou hun het hele verhaal opnieuw vertellen en als ze waren vertrokken, kon zij eindelijk gaan slapen, dacht ze. 'De rechercheurs zeiden dat hij waarschijnlijk meteen naar mijn kantoor is gegaan, of omdat hij daar wilde beginnen of om zich te verstoppen omdat hij haar had gehoord. Er had niemand thuis moeten zijn, maar er was wel iemand. Hij was in het kantoortje en zij liep er naar binnen, of wilde dat doen, en toen heeft hij haar vermoord. Hoe vaak moet ik dat nog zeggen?'

'Zal ik het dienblad dragen?'

Ze liet hem zijn gang gaan want ze wilde zitten. Ze wilde gaan zitten en dit achter de rug hebben.

Zodra ze de woonkamer in kwamen, pakte Beck de draad op. 'Dus uw autosleutel lag altijd bij de voordeur? Duidelijk in het zicht?'

'Ja. Jezus.' Haar redelijke ik wist dat ze alleen hun werk deden, maar de rest van haar werd nijdig. 'Dat heb ik ook al allemaal verteld. De sleutel lag in de schaal bij de deur. Als je binnenkomt, leg je hem in de schaal zodat je hem altijd kunt vinden. Hij dacht dat er niemand thuis zou zijn. Dat denken de rechercheurs althans.'

Vechtend tegen haar verdriet drukte ze haar vingers tegen haar ogen. Doe dit, dan heb je het achter de rug, dacht ze.

'Hij heeft ingebroken en Nina vermoord omdat ze thuis was. Hij heeft onze sieraden gestolen, die overigens niet veel waard waren, en ik had honderd dollar opgerold in een sok zitten. Dat heeft hij ook gepakt. Plus het contante geld dat in haar lade lag. Dat kan nooit veel zijn geweest. Hij heeft haar MacBook en haar telefoon meegenomen. Het had geen zin om mijn laptop mee te nemen want die is kapotgegaan toen hij haar ermee sloeg. Bovendien was die al vijf jaar oud en dus niet veel meer waard. Daarna heeft hij de sleutel uit de schaal gepakt en is hij weggereden in mijn auto. Verder weet ik niets.'

Beck opende een dunne aktetas en haalde er een foto uit. 'Herkent u deze man?'

Zijn haar was langer en nonchalant en stijlvol verwaaid, maar verder...

De hoofdpijn liet misselijkheid door haar maag golven. 'Luke Hudson.'

'Waar kent u hem van?'

'Ongeveer drie weken geleden kwam hij naar de kroeg waar ik 's avonds werk. De Next Round. Hij kwam naar de kroeg. Ik sta achter de bar. Hij wilde een plaatselijk biertje proberen en knoopte een praatje aan. Hij zei dat hij een paar maanden in de buurt was. IT-werk, slimme woningen en kantoren.'

Omdat haar handen trilden, stopte ze die onder haar dijen. 'Maar dat is niet waar, hè? Anders zouden jullie hier niet zijn. Heeft hij dit gedaan? Ik snap niet hoe dat kan. Heeft hij dit gedaan?'

'Is hij wel eens hier geweest?' ging Morrison verder, zonder op haar vraag in te gaan. 'In uw huis?'

'Eén keer. We hebben hier gegeten, Nina en Sam, hij en ik. Nina had een relatie met Sam Nichols. We hadden ze uitgenodigd voor een etentje op de... de... de...' Ze hield even op met praten en drukte haar lippen stevig op elkaar. 'De maandagavond voordat ze is gestorven. Mijn vrije avond.'

Beck schreef iets in een notitieboekje.

Morgan wreef over haar armen, die inmiddels koud waren geworden. 'Ik... Hij is een paar keer in de kroeg geweest. Hij heeft lokale biertjes gedronken, wat gegeten en een praatje gemaakt. Hij was vriendelijk, maar niet opdringerig. Hij praatte ook met andere bezoekers. Nadat hij een paar keer was geweest, nodigde hij me uit voor een etentje. Niets bijzonders, pizza, en ik dacht: waarom niet? We spraken af dat we elkaar bij Luigi's zouden ontmoeten en we hebben pizza gegeten en wijn gedronken.'

'Had u een seksuele relatie met hem?'

Ze keek Beck aan. 'Nee. Hij is een handvol keren in de kroeg geweest. We zijn een keer pizza gaan eten, en Nina en ik besloten om Sam en hem uit te nodigen voor het eten. Op maandagavond, want op maandag heb ik 's avonds vrij. Dat heb ik al gezegd,' wist ze ineens weer. 'Ik heb zondag- en maandagavond vrij tenzij we mensen te kort komen achter de bar.'

'Dus hij is hier komen eten?' vroeg Morrison.

'Ja.' Ze legde haar handen weer onder haar dijen. 'We hebben gekookt – het was de eerste keer voor ons allebei dat we een echte avondmaaltijd bereidden. En hij zei dat zijn rooster was veranderd en dat hij een klus in Baltimore had, van een dag of twee, drie. Hij heeft me een paar keer geappt toen hij weg was.'

'Heeft hij de kamer waar jullie drieën waren op enig moment verlaten?'

'Nee, we...' Ze trok haar handen los en drukte haar vingers weer tegen haar ogen. Nu zat de hoofdpijn ook daar. 'Ja. Ja, toch wel. Hij vroeg of hij zich mocht opfrissen. Het toilet is daar.' Ze wees. 'Toen hij terugkwam, verontschuldigde hij zich dat het zo lang had geduurd. Hij zei dat hij een telefoontje had moeten aannemen.'

'Hoelang is hij weg geweest?'

'Ik weet het niet. We dronken wijn en we stonden te kletsen, en... wacht. Wacht.' Ze haalde haar handen door haar haar. 'Asperges. Ik denk... Ja, bijna tien minuten. Heeft hij dit gedaan? Wie is hij? Waarom zou hij zoiets doen? Voor een MacBook en een tweedehands Prius? Dat slaat nergens op.'

'Deze man heet Gavin Rozwell en dit is de manier waarop hij te werk gaat. Hij is een psychopaat, een oplichter, een seriemoordenaar. En u bent precies zijn type, mevrouw Albright.'

'Ik? Welk type dan?'

'Een slanke blondine, single, tussen de vierentwintig en dertig. De uniseksnaam is een plus.'

Ze hoorde de woorden die Beck sprak, maar ze leken in een vreemde, buitenlandse taal gesproken te worden. 'Hè?'

'Dat maakt het eenvoudig voor hem om uw identiteit te stelen en Morgan Albright te worden. Voordat hij die kroeg binnenliep, heeft hij waarschijnlijk grondig onderzoek naar u gedaan.'

'Dat slaat nergens op,' zei ze. 'Waarom zou hij mijn identiteit willen? Ik ben niemand. Ik heb niks.'

'U hebt dit huis,' zei Morrison. 'U had een auto. U hebt twee banen, dus u hebt ongetwijfeld een bankrekening.'

'Maar in de eerste plaats omdat hij er een kick van krijgt,' voegde Beck eraan toe. 'Hebt u toevallig creditcards?'

'Ja, een. Die gebruik ik voornamelijk om boodschappen te doen en te tanken, en ik betaal het bedrag elke maand af. Dat is een goede manier om mijn kredietwaardigheid te vergroten.'

'Waarschijnlijk heeft hij de limiet ervan verhoogd en er minstens nog een aangevraagd en daar ook de hele bestedingsruimte van gebruikt. Bankiert u online?'

'Ja. Mijn werkrooster...'

'Hebt u uw saldo de afgelopen week ook bekeken?'

'Nee. Waarom zou ik? We hebben Nina net begraven. Vandaag. We hebben Nina vandaag begraven.'

'Zou u dat nu kunnen doen?'

Ze stond bijna op om naar haar kantoor en haar laptop te gaan, maar toen schoot het haar weer te binnen en pakte ze haar telefoon.

Het beetje kleur dat ze nog op haar gezicht had trok weg. 'Dat kan niet kloppen. Dat kan niet. Hier staat dat ik minder dan tweehonderd dollar heb. Ik had twaalfduizend, net iets meer. Ik ben al jarenlang aan het sparen. Dit moet een vergissing zijn.'

'Dit is een geval van cyberdiefstal, mevrouw Albright. Ik vind het heel vervelend voor u,' ging Morrison verder. 'Maar waarschijnlijk is het nog erger. U bent woningeigenaar, net als zijn andere slachtoffers. De kans is groot dat hij met behulp van uw identiteit en de informatie die hij van uw computer heeft gehaald hypothecaire leningen en wellicht ook een zakelijke lening heeft afgesloten. Dat zal hij hebben gedaan bij kredietverstrekkers en niet bij banken en hij zal hebben toegestemd in een hogere rentevoet om het geld snel te krijgen. Dankzij de malware die hij in de tien minuten die hij weg was vermoedelijk op uw computer heeft geïnstalleerd kreeg hij toegang tot uw rekeningen.'

'Hij is bijzonder bedreven op dat gebied,' pakte Beck de draad op. 'Waarschijnlijk is hij in eerste instantie het huis binnengekomen zonder die ruit te breken. Het was zijn bedoeling om de malware te verwijderen en weer te vertrekken. Maar mevrouw Ramos was thuis en heeft hem gezien. Daarom heeft hij de inbraak in scène gezet en toen uw kostbaarheden en het contante geld gestolen om de rest te verbloemen.'

'Mevrouw Albright.' Morrison wachtte tot ze haar glazige blik op hem richtte. 'Het spijt ons vreselijk wat u is overkomen. Wat uw vriendin is overkomen. Mijn partner en ik zitten al jaren achter Rozwell aan. De gebeurtenissen hier deden niet onmiddellijk een belletje rinkelen omdat mevrouw Ramos niet zijn gebruikelijke type is, het type waar hij op mikt. Ze was klein, met donker haar, had de verkeerde naam, was geen huiseigenaar, en dan nog die onbeholpen inbraak. Toen verscheen er bij een zoekopdracht een artikel waarin u werd genoemd. Uw huis, uw auto.'

'En u bent wel zijn type,' nam Beck het weer over. 'Zodra hij klaar was met u financieel uitknijpen, zou hij u hebben vermoord. Hij kende uw dagindeling, uw gewoontes en hij had uw vertrouwen gewonnen. Hij zou u ergens alleen hebben getroffen en hetzelfde bij u hebben gedaan als hij bij mevrouw Ramos heeft gedaan.'

'Maar u leeft nog. U bent het eerste slachtoffer met wie we kunnen praten.'

'Ik moet...' Abrupt stond ze op en rende naar het toilet. Toen ze klaar was met overgeven, spetterde ze water in haar gezicht en maakte van haar hand een kommetje om haar mond en keel te spoelen. In de spiegel zag ze een schim van zichzelf, spierwit en met glazige ogen. Nu de misselijkheid was weggetrokken, voelde ze zich alleen nog maar verdoofd.

Ze ging terug en liet zich weer op de stoel zakken. 'Wat moet ik doen?'

'Ik weet dat dit een schok is,' begon Morrison. 'Ik weet dat dit een heel moeilijke tijd is. Kunnen we iemand voor u bellen?'

'Nee. Wat moet ik doen?'

'U bent de eerste met wie we kunnen praten,' herhaalde Beck. 'Voor zover wij weten bent u de enige overlevende. U moet ons alles vertellen wat u nog weet. Wat hij heeft gedaan, heeft gezegd. U zei dat hij u heeft geappt, en die berichtjes willen we graag kopiëren. Wat betreft de identiteitsdiefstal en uw situatie raad ik u aan zo snel mogelijk een advocaat in de arm te nemen om dat zo goed en kwaad als het gaat op te lossen.'

'Hoe moet ik dat betalen?' wilde ze weten. 'Ik ben blut. De eerste keer dat hij in de kroeg kwam was een dinsdagavond,' herinnerde ze zich, en vervolgens vertelde ze hun alles wat haar te binnen schoot.

Haar situatie verergerde en bleef zich verergeren.

In de zes daaropvolgende weken werd de volledige omvang van de schade die Gavin Rozwell had aangericht pas echt duidelijk en die was gigantisch. Het was hem gelukt om haar laatste hypotheekaflossing naar een andere bankrekening te sluizen en hij had haar laatste twee salarisuitbetalingen – van elke baan een – weten te bemachtigen. Hij had 8.321,85 dollar uitgegeven met haar creditcard en daarnaast had hij nog twee creditcards van grote merken aangevraagd en daar in totaal ruim vijftienduizend dollar mee uitgegeven.

Hij had een tweede hypotheek op haar woning afgesloten, op haar naam en met behulp van al haar financiële gegevens. Door de verbouwingen waar ze bloed, zweet en tranen in had gestoken was de waarde van het huis gestegen en was haar kredietwaardigheid uitstekend. Hij had het maximale bedrag geleend en had vijfentwintigduizend dollar in zijn zak kunnen steken. Daarnaast had hij een zakelijke lening voor starters van nog eens vijfentwintigduizend weten te bemachtigen, met haar huis als onderpand.

Eigenlijk had hij niet twee leningen bij twee verschillende kredietverstrekkers mogen krijgen, maar toch was hem dat gelukt – en ze hoorde dat hij dat al eerder voor elkaar had gekregen.

Het bedrag dat de verzekeringsmaatschappij haar uitkeerde voor haar gestolen auto was nauwelijks genoeg om de nog openstaande lening af te betalen.

Het enige wat haar nog restte waren schulden, juridisch getouwtrek en verdriet.

Wat het vreemd genoeg nog erger maakte, was dat hij Nina's MacBook had gebruikt om haar povere spaarsaldo te plunderen in de uren tussen haar dood en het moment dat Morgan haar had gevonden.

Van Morgans trots was niets meer over toen ze haar oma belde en om geld voor een advocaat vroeg.

Weliswaar hadden haar beide werkgevers haar financiële hulp aangeboden, maar daar had ze nog net te veel trots voor. En ofschoon ze zich ervoor schaamde, accepteerde ze het aanbod van Nina's auto. Ze moest werken en ze had vervoer nodig om op haar werk te komen.

Die zomer plantte ze niets in de tuin.

Toen er op een zondagochtend halverwege juli twee mannen bij haar langskwamen, bleek dat er nog een lening op haar naam was afgesloten. Omdat ze in een oogopslag zag dat het schuldinners waren, deed ze de grasmaaier uit en wachtte af.

'We zoeken Morgan Albright.'

'Dat ben ik.'

De twee mannen keken elkaar even aan. 'Je lijkt anders niet op hem.'

'Omdat ik geen hem ben,' zei ze vermoeid. 'Als dit over de tweede hypotheek, de zakelijke lening of de creditcarduitgaven gaat: mijn advocaat is ermee bezig.'

'Je hebt een betalingsachterstand, Morgan. Meneer Castle heeft je in goed vertrouwen twintigduizend geleend. Op één juli had je het hele bedrag met rente moeten terugbetalen. En sindsdien is de rente opgelopen.'

'Ik ken geen meneer Castle en hij heeft me niks geleend. Mijn identiteit is gestolen en ik kan jullie de nummers geven van mijn advocaat en de FBI-agenten die de zaak onderzoeken.'

'Meneer Castle heeft geen boodschap aan jouw sores, meid. Morgan Albright heeft dat geld aangenomen, dus Morgan Albright moet betalen.'

'Waarom geef je ons niet tien procent, om je goede wil te tonen?' stelde de tweede man voor. 'Je wilt echt geen problemen.'

Ze hadden haar net zo goed om de maan en een stel planeten kunnen vragen. 'Ik heb alleen maar problemen! Ik heb geen tien procent van iets, want hij heeft alles gejat. Je moet een man hebben die Gavin Rozwell heet. Hij heeft het geld van die meneer Castle meegenomen.' Ze hief haar handen op. 'Ik heb twee banen en ik kan nauwelijks mijn rekeningen betalen. De advocaatkosten stapelen zich op omdat hij nog twee leningen op mijn naam heeft afgesloten. Het is een nachtmerrie. Godsamme nog aan toe, hij heeft mijn vriendin geslagen en gewurgd. Ga hem zoeken. Vind die klootzak alsjeblieft, want daar lijkt de politie niet toe in staat.'

'Wat een verhaal. Daarvoor geven we je een week extra. Maar als we terugkomen, zal het er een stuk minder beleefd aan toe gaan.'

Ze belde de politie en de FBI-agenten.

En de volgende ochtend waren de banden van Nina's auto doorgesneden.

Al haar tranen waren op. Ze mocht dan de hele weg naar haar werk zitten trillen, ze zou geen traan meer laten. Ze vertelde het niet aan Bill of iemand anders, alleen aan de politie. Ze werd al moe bij het idee om erover te moeten praten.

Om de hypotheek te kunnen betalen – niemand wilde de kamer huren van een vrouw die was vermoord – draaide ze extra diensten op maandagavond. Een cadeautje van haar baas, want ze wist dat ze haar eigenlijk niet nodig hadden.

In plaats van dat ze naar huis zou fietsen om zich daar te verkleden en eventueel een boterham te eten, nam ze haar barkleren mee nadat ze de lekke banden had gezien. Ze verkleedde zich in het toilet van Greenwald's en maakte zich daar zo goed en kwaad als het ging op.

Dat betekende weliswaar dat ze na twaalf uur 's nachts naar huis zou moeten fietsen, maar ze had reflectoren en een koplamp. Geen probleem, hield ze zichzelf voor.

Ze bediende stamgasten en mixte cocktails voor toeristen.

Er ging een man op een lege kruk zitten. Stevige bouw, halverwege de vijftig, inktzwart haar met een lichte slag erin. Hij droeg een babyblauw poloshirt – Lacoste – en een zomerpantalon.

'Mooie avond,' zei hij.

'Zeg dat wel. Wat mag het zijn?'

'Bombay gin en tonic met een schijfje limoen. Leuke tent,' voegde hij eraan toe. Hij keek even om zich heen. 'Prettige sfeer.'

'Dat vinden wij ook. Is dit uw eerste bezoek?'

'Ja. Ik ben op doorreis. Kom jij hier uit de buurt?'

'Tegenwoordig wel.' Toen ze hem zijn drankje serveerde, legde hij een blaadje uit een notitieboek neer met een getal erop. 'Dat is het bedrag dat hij me vanaf vandaag verschuldigd is.' Daarna hief hij een hand op. 'Ik ben niet gekomen om jou problemen te bezorgen. Ik ben hier gekomen voor een persoonlijk gesprekje, op een openbare plek.'

Haar keel maakte een klikgeluidje toen ze probeerde te slikken, maar daar niet in slaagde. 'Ik heb geen geld.'

'Ik zei dat híj...' – hij tikte even op het blaadje – '... me dit verschuldigd is. Niet jij. Hij heeft ons allebei belazerd. Mijn werknemers hebben me je verhaal verteld. Ik hoor heel veel zielige verhalen, een hoop onzinverhalen, maar dat van jou bleek te kloppen.'

Hij tilde zijn drankje op en keek haar aan terwijl hij een slokje nam. 'Goeie hoeveelheid Bombay. Maar ik ben dus gekomen om je te vertellen dat je van mij geen problemen hoeft te verwachten.' Hij stopte het papiertje weer in zijn zak. 'Deze schuld hoef jij niet te betalen. Het leek me verkeerd om die toe te voegen aan je lijst met problemen, dus die kun je doorstrepen.'

Nadat hij nog een paar slokjes had genomen, zei hij: 'Hij heeft me een zielig verhaal opgedist. Hij weet het mooi te brengen. Daar hoeven we verder niet over uit te weiden, want dan word ik kwaad. Hij had jouw naam, jouw adres, waar je werkt. Beide banen. Weet je nog iets anders over hem dan ik heb gelezen in de krantenartikelen en zo?'

‘Geen idee. Daar heb ik niks van gelezen. Ik kon het niet opbrengen.’

Hij knikte enkel. ‘Ik heb het gelezen over je vriendin en ik heb haar foto gezien. Mooie meid. Alleen zieke klootzakken doen dat met mooie meisjes.’

Hij pakte een geldclip en trok er twee briefjes van vijftig uit.

‘Jij en ik staan quitte. Ik geef je mijn woord en daar houd ik me altijd aan. Ik vind het heel vervelend dat je zo veel problemen hebt.’

‘Meneer Castle.’ Ze schoof de briefjes naar hem terug. ‘Dit is te veel.’

‘Ik betaal mijn schulden,’ zei hij hoofdschuddend, en daarna liep hij de zaak uit.

Toen ze de volgende ochtend buiten kwam, had Nina’s auto vier nieuwe banden.

5

Toen de zomer dat jaar plaatsmaakte voor de herfst kon Morgan niet genieten van de wisseling van de seizoenen omdat ze de realiteit het hoofd moest bieden.

Bezuinigend op van alles en nog wat probeerde ze haar hoofd boven water te houden. Maar de kosten van haar advocaat werden al snel hoger dan het bedrag dat haar oma haar had geleend. Ze kon zich er echter niet toe zetten om meer geld te vragen, vooral niet omdat het haar heel duidelijk was dat haar leven dreigde te verworden tot een eindeloze cyclus van werken, rekeningen, schulden en zorgen.

Haar moeder en oma wilden op bezoek komen, maar omdat ze ook dat vooruitzicht niet aankon praatte ze het uit hun hoofd.

Zelfs met werkweken van bijna tachtig uur raakte ze achterop. Nina's auto – die altijd Nina's auto zou blijven – had meer reparaties nodig en hoewel ze wist dat Larry haar slechts het minimale in rekening bracht, namen die een flinke hap uit haar budget.

De dag nadat ze genoeg van haar budget had weten vrij te maken om de kale banden van haar fiets te vervangen besloot haar wasmachine in opstand te komen en de boel onder water te zetten.

Daarna gingen haar lichten uit.

Die rekening had ze betaald, maar Gavin Rozwell bleek nog een rotgeintje te hebben uitgehaald. Met behulp van haar klantnummer had hij haar contract beëindigd. Terwijl zij haar best deed om dat probleem op te lossen – waarbij de man van de energiemaatschappij volhield dat het opnieuw inschakelen van de stroom kosten met zich meebracht – ontdekte ze dat hij haar woonverzekering had opgezegd en een enorme frauduleuze claim had ingediend bij haar zorgverzekeraar.

De advocaat verzekerde haar dat het allemaal kon worden rechtgezet. Voor meer juridische kosten, meer proceskosten, meer geld dat zou worden uitgegeven in de hoop het later terug te krijgen.

In november legde ze zich erbij neer dat ze financieel kopje-onder dreigde te gaan en niet voor een derde keer boven zou komen.

Samen met Sam bezocht ze Nina's graf met de hagelwitte steen. De harde wind verspreidde dorre bladeren en het wolkendek was boos en grijs met de belofte van regen die als ijzel zou vallen.

Ze hadden geen bloemen meegenomen. Ze waren het erover eens geweest dat Nina het vreselijk zou vinden als ze bloemen zouden neerleggen die zouden verleppen en doodgaan in de kou.

'Ik weet dat ze niet hier is.' Morgan legde haar hoofd tegen Sams schouder. 'Soms voel ik haar nog in het huis. Dat helpt. Is dat gek?'

'Ik vind van niet.' Hij sloeg een arm om haar heen. 'Ik ga om de paar weken eten bij haar familie omdat het helpt. Ik heb jou daar al een poosje niet meer gezien.'

'Ik heb nauwelijks tijd voor mijn volgende ademteug.'

'Ik vind het zo erg voor je, Morgan. Ik blijf maar hopen dat de situatie beter voor je wordt.'

'Ik ga het huis verkopen.'

'O, toe.' Hij deed een stap naar achteren en pakte haar bij de armen. 'Er moet toch iets zijn om dat te voorkomen.'

'Ik kan de kosten gewoon niet meer opbrengen. Als ik de hypotheek betaal, raak ik achterop met iets anders. Als ik iets anders betaal, mis ik een hypotheekaflossing. Ik word bedolven onder rekeningen van mijn advocaat, en de ellende houdt niet op.'

Ze haalde diep adem. 'Kunnen we een stukje lopen? Ik heb het gevoel dat ik Nina hiermee opzadel, en dat is wel degelijk vreemd aangezien ik zonet nog zei dat ze hier niet is.'

'We gaan lopen.' Daarbij nam hij haar hand in de zijne. 'Ik moet iets voor je kunnen doen. Je hebt heel veel mensen die je maar al te graag willen helpen, Morgan.'

'Dat weet ik, maar hij heeft niet alleen mij geruïneerd, hij heeft ook dat huis voor me verpest. Hij heeft alle vreugde eruit gezogen, Sam. Tegenwoordig is het huis een last, niet langer mijn thuis maar een extra blok aan mijn been dat ik elke dag moet meeslepen. Ik weet niet hoelang het zou duren tot ik alles weer een beetje op de rit heb, maar ik weet wel dat het me jaren gaat kosten om weer op het punt te komen waar ik was.'

'Die vieze hufter. Waarom kunnen ze die klootzak niet vinden?'

'Ik heb geen idee. Helemaal in het begin, toen hij de eerste paar keer in de kroeg was geweest, noemde Gracie – je weet wel: de hoofdserveerster bij de Next Round – hem een gladjanus. En ze zei dat ze dat soort mensen niet vertrouwde. Jezus, had zij even gelijk.'

'Wat ga je doen?'

'Het huis te koop zetten. De makelaar heeft me aangeraden om te wachten tot maart of april, en volgens haar kan het best eens lang duren voordat het verkocht is. Maar daar moet ik een begin mee maken. Ik zal er blijven tot het is verkocht, want ik heb geen andere keus, maar ik moet er een begin mee maken.'

Ze keek naar de grafstenen, de monumenten, de bloemen die zouden verleppen en doodgaan.

'En daarna verhuis ik naar Vermont.'

'Ach, verdomme, Morgan.'

'Ik kan niet hier blijven en een stap terug doen door een appartement te huren. Ik wil niet elke keer dat ik naar mijn werk ga, boodschappen doe of benzine in Nina's auto gooi geconfronteerd worden met het besef dat alles wat ik had weg is. Dat kan ik niet aan.'

'Ik begrijp het, Morgan. Echt waar.'

'Ik heb gisteravond met mijn moeder en mijn oma gepraat. Ik mag bij hen komen wonen. Eigenlijk hebben zij ook geen keus.'

'Misschien kun je met het huis wachten tot in het nieuwe jaar. Dan geef je jezelf iets meer tijd.'

'Het is mijn thuis niet meer,' zei ze. 'En ik beleef geen enkele lol meer aan mijn beide banen. Opstaan, werken, me omkleden, werken, naar bed gaan, en weer van voren af aan beginnen, maar wel de hele tijd bang zijn. Zo wil ik niet leven.'

'Neem even afstand van al dit gedoe. Ga met me mee naar het familie-etentje.'

'Ik kan het niet, echt niet. Dan gaan ze aandringen over Thanksgiving, dat doen ze nu al. En het is makkelijker om met een smoesje af te bellen. Ik kan dit jaar niet doen alsof ik me dankbaar voel. Vertel het ze nog niet. Alsjeblieft.'

Ze bleef staan en draaide zich om zodat ze zijn handen kon pakken. 'Ik zal het ze vertellen zodra het huis is verkocht.'
'Als dat is wat je wilt.'
'Ja. Ik moet weer terug. De makelaar heeft me een lange lijst met aanpassingen gegeven die ik volgens haar moet uitvoeren voordat het huis kan worden bezichtigd.' De tranen sprongen haar in de ogen. 'Ik moet de lila muren overschilderen. In Nina's slaapkamer.'
'Dat zou ze niet erg vinden.'
'Nee.' Morgan keek achterom naar de witte steen. 'Ze zou het begrijpen.'
Verf was goedkoop, net als haar arbeid. Ze schilderde de muren in een neutraal gebroken wit waarvan ze besloot dat ze het zelf afschuwelijk vond. Ze liet zich leiden door de woon- en kluszender HGTV en gaf het hele huis verkoopbevorderende neutrale kleuren.
Ze haalde persoonlijke spullen weg en stopte foto's en een stel leuke, maffe snuisterijen in dozen. Ze boende elke centimeter van wat eens haar thuis was geweest, maar dat nu de belichaming vormde van een strijd die ze al had verloren.
Het huis stond zes weken te koop zonder ook maar een bod te krijgen, waarna de makelaar voorstelde om de prijs een klein beetje te laten zakken. Daar stemde Morgan mee in, en ze maakte het huis opnieuw schoon voor iets wat de makelaar een post-feestdagen open huis noemde. Half januari, nadat de prijs nog ietsje was verlaagd, verkocht ze haar woonkamermeubels, waardoor ze de rekeningen makkelijker kon betalen. Ook stond ze zich toe om even een diepe zucht te slaken.
En ze zocht uit hoe je jezelf failliet kon laten verklaren.
Er werd een bod uitgebracht.
'Het is twintigduizend onder de vraagprijs, dus ze proberen er een slaatje uit te slaan. Ik stel voor dat we een tegenbod doen van...'
'Accepteer het nou maar.' Het was zondagavond en ze zat aan de tafel in de wetenschap dat er weer mensen in het huis waren geweest terwijl zij met een kop koffie in een café had gezeten. Mensen die er hadden rondgekeken, zich een oordeel hadden gevormd en zich hadden voorgesteld wat zij eraan wilden veranderen.
'Morgan, ik weet dat dit zwaar voor je is geweest, maar na aftrek

van alle kosten hou je met dat bedrag niet genoeg over om je uitstaande schulden te betalen. Laat me mijn werk doen. Laat me een tegenbod doen.'

'Oké.' Ze staarde in de kom soep uit blik die ze probeerde te eten. 'Maar ik geef je toestemming om dit bod te accepteren als je tegenbod hen afschrikt. Ik moet verder met mijn leven.'

'Begrepen. Je hoort nog van me.'

'Dank je.' Ze duwde de kom soep opzij en trok de oude laptop die Sam haar had gegeven naar zich toe. *Geen ge-maar, Morgan,* had hij gezegd. *Neem dat stomme ding gewoon aan.*

Ze had het stomme ding aangenomen en voerde nu een paar berekeningen uit. Belinda de makelaar had natuurlijk gelijk. Het bod dat op tafel lag zou niet voldoende zijn om haar schuld af te betalen. Maar in plaats van ongeveer driehonderdduizend te moeten betalen, zou er grofweg nog zevenduizend openstaan.

Daar viel mee te leven. Momenteel leefde ze met iets veel ergers.

Belinda belde haar terug. 'De kopers zijn bereid het verschil te delen. Ik wil graag nog een tegenbod doen.'

'Neem het aan. Neem het alsjeblieft aan. Dan ben ik ervanaf.'

'Ik snap het, maar ik vind het afschuwelijk dat je genoegen neemt met minder dan het waard is.'

'Belinda, er is een vrouw vermoord in dit huis. We weten allebei dat het daardoor automatisch minder waard wordt voor de meeste kopers.'

'Je verdient beter.'

'Ik neem wat ik kan krijgen. Hoe snel kan de overdracht plaatsvinden?'

'Over dertig dagen.'

'Goed, ik zal klaar zijn. Bedankt voor alles. Dat meen ik echt.' Met gesloten ogen liet ze zich achterover zakken en kon alleen maar opluchting voelen.

De dertig dagen vlogen voorbij. Ze diende haar ontslag in bij haar twee bazen en hielp met het inwerken van haar opvolgers. Aangezien zij die toch niet meer nodig had, verkocht ze de rest van haar meubels, de inhoud van haar keukenkastjes en zelfs haar schoonmaakspullen. Of ze gaf het weg.

Hoezeer ze zich er ook tegen wapende, afscheid nemen bleek moeilijker dan ze had verwacht.

Op de ochtend van de overdracht, toen ze het lege huis voor de laatste keer afsloot, veranderde de opluchting waar ze zich aan vast probeerde te klampen in verdriet. Later zou ze wel huilen. Ze beloofde zich een reusachtige huilbui ergens in de toekomst.

Nu al het papierwerk was afgehandeld en de nieuwe eigenaars straalden, troostte ze zich met de gedachte dat iemand anders zou houden van het huis dat niet langer van haar kon zijn. Misschien zouden zij die muur wegbreken en een mooie kleine veranda aan de voorkant laten bouwen.

Ze verliet het makelaarskantoor met een cheque die gelijkstond aan amper twee weken werken. Maar omdat het haar het beste leek om niet terug te denken aan de blijdschap die ze had gevoeld toen ze ditzelfde kantoor als huiseigenaar had verlaten, verdrong ze dat.

Ze stapte in Nina's auto, waar haar gepakte koffers al in lagen, en zette koers naar het noorden.

Voorheen had ze elk jaar de trein genomen voor haar kerstbezoek aan Vermont – behalve het afgelopen jaar toen ze Kerstmis in haar eentje had doorgebracht. Toen was dat een leuk reisje geweest met haar ene koffer, tas met cadeautjes en al die kerstvreugde.

Over de rit van de voorstad van Baltimore naar Westridge in Vermont zou ze volgens de gps op haar telefoon ruim acht uur doen. Ze hoopte het te halen zonder ergens te hoeven overnachten. En ze hoopte nog harder dat Nina's auto niet de geest zou geven.

Ze verliet de eerste tekenen van de lente en reed de ferme greep van de winter binnen, met wiegende bomen en een korte natte sneeuwbui.

Nadat ze eerst om Philadelphia en daarna om New York heen was gereden, stopte ze om te tanken en haar benen te strekken. Op de parkeerplaats at ze de helft van de dubbele boterham met pindakaas en jam die ze had meegenomen en ondertussen keek ze naar een stel dat een grote hond met een krullende vacht uitliet.

Zelf had ze op de lange termijn ook een hond willen nemen, dacht ze. Nadat ze haar eigen zaak was begonnen. Geen grote hond, maar ook niet zo'n piepklein beestje dat in een handtas paste. Een leuke hond van redelijke afmetingen die aan haar voeten zou komen liggen als ze de administratie deed en die door de achtertuin zou rennen, maar niet in de borders zou graven. Een lieve, rustige hond die ze als dartele pup in huis zou nemen.

In gedachten zag ze haar fantasiehond lekker op haar voltooide veranda liggen genieten van de zomerzon. Of geduldig wachtend in haar vrolijke, open keuken terwijl zij zijn etens- en waterbak vulde. of haar kwispelend tegemoet lopend als ze uit haar werk kwam. Dan had ze natuurlijk wel een hondenluik nodig, van de keuken naar het terras en de tuin. En...

Abrupt hield ze op met dromen en kneep haar ogen dicht. 'Hou op. Gewoon kappen. Dat is voorbij.'

Haar eetlust was verdwenen, dus wikkelde ze de rest van haar dubbele boterham weer in het papier en vervolgde ze haar weg.

Ze reed door Connecticut en kwam in Massachusetts. Het landschap aan weerskanten van de snelweg was bedekt met een laag dikke, smetteloos witte sneeuw terwijl de loodgrijze hemel nog meer sneeuw beloofde. Uit de oprijzende heuvels waaide een gure wind die sneeuwvlokken liet dwarrelen en zweven.

Op een gegeven moment ging het verkeer zo langzaam dat ze zichzelf net zo voelde zweven als de sneeuw, dus stopte ze nog een keer en liep door de ijskoude lucht. Nu het rap minder licht werd, gaf ze bijna toe aan haar verlangen naar een fatsoenlijk motel, een warme, stille kamer en slaap. In plaats daarvan kocht ze een grote koffie en stuurde haar moeder een berichtje dat ze over een paar uur zou arriveren.

We wachten op je. Er staat een grote pan runderstoof voor je klaar. Rij voorzichtig.

Ze had afgesloten met een hart-emoji, waardoor Morgan zich verplicht voelde om er eentje terug te sturen.

Alle borden van logies negerend, reed ze Vermont en de Green Mountains binnen.

Hier vond je echte schoonheid – al was die momenteel bevroren. Dat was iets wat ze niet kon ontkennen en tijdens haar bezoekjes met kerst en de korte zomervakanties in haar jeugd had ze er altijd met volle teugen van genoten.

Bergen, bossen en valleien, allemaal met sneeuw bedekt, vormden een typisch Amerikaans winterschilderij. Ze volgde de kronkelwegen door het droomlandschap en voelde bijna iets van haar afvallen toen de maan – niet meer dan een sikkeltje – door de wolken brak en zijn blauwe licht op al het wit liet schijnen.

Tijdens haar sporadische en veel te korte bezoekjes in de zomervakantie had ze met haar opa wandeltochten gemaakt door het bos. Hij had elk pad gekend. Nu ze steeds dichter in de buurt kwam van de plek waar hij zijn hele leven had gewoond merkte ze dat ze hem hier erger miste dan waar dan ook.

Hij had geluisterd naar haar dromen.

Maar eerlijk was eerlijk, dat hadden haar oma en haar moeder ook gedaan. Al had haar moeder vaak enigszins afwezig geleken. Maar opa had altijd geluisterd, alsof er op dat moment niets anders bestond dan haar woorden en wensen.

Nu reed ze door zijn wereld en dacht ze terug aan alle kleine dingen die hij haar had geleerd. Hoe ze ergens een spijker in moest slaan zonder met de hamer haar duim te raken. Hoe ze een kompas moest gebruiken. Hoe de pootafdrukken van een hert eruitzagen, en die van een beer. Hoe ze moest vissen, iets wat ze niet leuk had gevonden en alleen had gedaan om tijd met hem door te kunnen brengen. Ditmaal zou hij er niet zijn, dacht ze, en dat koude, harde feit bezorgde haar een steek in haar hart.

Ze reed verder naar het westen en de weg verliet de bossen en doorkruiste grote steden en hun buitenwijken, stadjes en hun buitenwijken. En eindelijk, bijna tien uur nadat ze was vertrokken, bereikte ze het robuuste oude huis in tudorstijl dat op de besneeuwde helling stond. Achter de ramen brandde licht en uit de twee schoorstenen kringelde rook.

Nadat ze de auto voor de garage tot stilstand had gebracht en een diepe zucht had geslaakt omdat ze het had gehaald, stapte ze uit op haar rubberen benen om haar twee koffers uit de auto te sjorren.

De kou sneed als een met ijs omhuld mes door haar heen en de gierende wind liet de bevroren bomen kraken. Maar haar moeder en oma hadden de sneeuw van de oprit geblazen, weg van het brede, met straatstenen geplaveide pad. Doodmoe sjorde ze de koffers al hotsend de twee treden op naar de overdekte deur en klopte aan.

De deur ging zo snel open dat ze wist dat ze hadden zitten wachten. En het viel haar ogenblikkelijk op: een portretstudie in gedeeld DNA. Ze leken sprekend op elkaar met hun slanke gestalte, felblauwe ogen en de prachtige botstructuur van hun gezicht die ook op hoge leeftijd nog mooi zou zijn.

Een tel later voelde ze vrouwenarmen om zich heen en werd ze omhuld door de vertrouwde geur van haar moeder en haar oma.

'Sluit die kou buiten, Audrey. Laat mij eens naar dit meisje kijken.' Olivia Nash legde haar handen op Morgans schouders om iets van afstand te creëren en nam haar aandachtig op. 'Uitgeteld, zeker?'

'Het was een lange rit, oma.'

'Nou, doe snel je jas uit. Er staat runderstoof voor je klaar. Ik zou zeggen: neem er een glas whisky bij, maar als ik het me goed herinner heb je dat nooit lekker gevonden.'

Haar moeder nam haar jas, das en muts aan en bleef er vervolgens mee in haar handen staan om Morgan zelf ook goed te bekijken. 'Wat denk je van een glas wijn bij die stoofschotel?'

'Heerlijk.' Al had ze eigenlijk in allebei geen trek. Ze verlangde naar een bed en een donkere kamer. Toch liet ze zich meevoeren van de hal, langs de woonkamer met het knappende haardvuur en de studeerkamer die vroeger haar opa's toevluchtsoord was geweest, naar wat ze hadden omgebouwd tot een grote living met een gezellig zitgedeelte, een eetgedeelte en een ruime open keuken die uitkwam op de besneeuwde tuin en het bos erachter. Alles keurig netjes, een weerspiegeling van de twee praktisch ingestelde vrouwen die hier woonden.

'Ga maar lekker aan de ontbijtbar zitten,' beval Olivia. 'Audrey, pak jij de wijn, dan schep ik voor haar op.'

Ze gingen aan de slag met een vanzelfsprekendheid waaruit bleek dat ze eraan waren gewend samen te werken, te wonen en te leven.

Haar oma had haar haar staalgrijs laten worden en droeg het jongensachtig kort. Haar rug was nog altijd kaarsrecht en volgens Morgan bewoog ze zich niet als een vrouw die de zeventig was gepasseerd. Uit de pan op het glimmende fornuis schepte ze twee keer zoveel runderstoof als Morgan op haar beste dag op had gekund.

Audrey zette een glas dieprode wijn op de bar en streek met haar hand over Morgans haar. 'We hebben ook vers zuurdesembrood. Dat heb ik vanochtend gebakken.'

'Gebakken?'

'Een vriendin heeft me afgelopen najaar een desemstarter gegeven, dus ik moest het op zijn minst proberen. Ik vond het leuk en volgens mij ben ik er best goed in geworden.' Ze sneed een royale snee van een rond brood dat op een snijplank lag.

Ze droeg haar graanveld-in-de-zon-haar nog altijd lang, uit haar gezicht getrokken in een keurige staart. Haar handen – die Morgan altijd heel elegant en teer had gevonden – duwden de botervloot naar haar toe.

'Ik ben benieuwd hoe je het vindt.'

'Graatmager.' Olivia plaatste de kom, een lepel en een stoffen servet voor Morgan. 'Daar gaan we wat aan doen. Alles komt goed.' Ze gaf een kneepje in Morgans hand. 'Zullen we allemaal een glas wijn nemen, Audrey?'

'Ja, goed idee.'

Terwijl haar moeder nog twee glazen pakte – die van Waterford, zag Morgan – nam ze een hap van de runderstoof. 'Het is heerlijk.' Daarna at ze een stukje van het brood. Ze glimlachte van verbazing omdat ze de zuivere waarheid kon zeggen. 'Het is allemaal heerlijk. Ik vind het echt heel lief van jullie dat ik mocht komen.'

'Daar wil ik niets van horen.' Olivia priemde met haar wijsvinger in de lucht en pakte haar wijnglas met haar andere hand. 'Waag het niet! Je bent mijn enige kleinkind. Je moeders enige kind. Dit is je thuis. Ook als je hier vlakbij een nieuw thuis maakt, dit zal altijd je thuis blijven. Vanaf nu zijn we met z'n drietjes.' Ze hief haar glas op. 'Op ons drieën.'

Met een knikje pakte Morgan haar glas en nam een slokje. 'Jullie hebben, eh... glazen deurtjes geplaatst in een aantal bovenkastjes. Mooi.'

'Ze hebben ook verlichting.' Olivia liep naar de muur en drukte op een knop waardoor er glazen en het goede servies zichtbaar werden. 'Wanneer hebben we dat ook alweer besloten, Audrey?'

'Afgelopen voorjaar, tijdens de grote schoonmaak. Ik heb je toch foto's gestuurd, Morgan?'

'Ja, maar nu ik het met eigen ogen zie... Het spijt me dat ik niet met Kerstmis ben gekomen. En ik weet dat jullie allebei bij mij op bezoek wilden komen, maar ik...'

'Dat komt een andere keer wel.' Olivia ging op een van de krukken zitten. 'Vanavond hebben we het daar niet over. We zullen alles bespreken, alles waar jij over wilt praten, en ik herhaal: alles komt goed. Maar voor vanavond is het genoeg dat je er bent.'

Morgan knikte nog een keer en nam nog een paar happen. 'Hoe gaat het met de winkel?'

'O, die is best druk, nietwaar Audrey?'

'Wintermensen.' Audrey nam ook plaats op een kruk. 'Die komen graag naar de stad om iets te kopen wat hier in de buurt is gemaakt. We gaan uitbreiden met een wijn streepje koffie streepje theebar.'

'Echt?'

'Ze heeft me weten over te halen. Jeetje, wat kan je moeder zeuren.' Lachend trok Olivia een gezicht naar haar dochter. 'Ik vind het afschuwelijk dat ze gelijk had en dat ik zo lang heb geaarzeld. Als alles goed gaat, kunnen we volgende week open.'

'Luxe koffie en thee, en warme chocolademelk in dit jaargetijde. Voor de zomergasten ijskoffie, ijsthee, verse limonade en dergelijke. En wijn het hele jaar door.'

'Klinkt geweldig.' Al kon ze zich niet voorstellen dat haar moeder dat had bedacht. 'Waar komt het eigenlijk?'

'Dat is nou precies de reden dat ze zo lang heeft geaarzeld.'

'Ze heeft net zo lang aangedrongen tot ik toegaf. We hebben die stoffige zaak voor nepantiek naast ons gekocht. We moesten nota bene de muur tussen de twee panden laten weghalen om die stoffige oude rotzooi op te knappen. Ze heeft misbruik gemaakt van mijn ouderdom en mijn zwakke geest.'

'Ja, vast. We zetten ook een paar tafeltjes met stoelen neer en we gaan koekjes en scones verkopen. Eenvoudige dingen. Dan kunnen de mensen koffiedrinken na het winkelen of winkelen na het koffiedrinken. Of wijn drinken en dan nog meer winkelen,' zei Audrey lachend.

'We hebben de nutteloze oude open haard in dat pand laten openbreken en opknappen en daarna hebben we er een elektrische haard in geplaatst.'

'Dat is... heel erg slim.'

'We hebben er heel lang over lopen dubben, hè mam? Een open haard zou voor die echte Vermont-sfeer hebben gezorgd, maar dit is veiliger en schoner.'

Hier hadden ze haar niets over verteld, dacht Morgan terwijl ze zat te eten en luisterde naar hun gesprek over de verbouwing. Omdat ze hadden geweten dat zij verwikkeld was in haar eigen problemen.

Na een poosje schoof ze de kom opzij. 'Ik zit vol. Het is heerlijk. Net als het brood, mam. Ik ben echt onder de indruk. Maar ik kan geen hap meer op. Die rit heeft me volkomen uitgeput. Als jullie het goedvinden wil ik graag naar boven, mijn spullen uitpakken en gaan slapen.'

'Je hoeft niet om toestemming te vragen.' Olivia stond op. 'Kom, dan helpen we je even.'

Ze sjouwden de koffers omhoog naar de kamer waar ze altijd sliep – twee deuren verwijderd van de grote slaapkamer en tegenover de kamer van haar moeder. Maar toen ze naar binnen ging, zag ze nog meer veranderingen.

Weg was het ouderwetse behang met rozenknopjes. In plaats daarvan hadden ze de muren in een zacht, troostend blauw geschilderd dat mooi afstak tegen het donkere houtwerk. Zoals gewoonlijk glansde de vloer, maar werd die nu ook gesierd door een blauw-wit kleed met een subtiel bloemdessin.

Ze hadden het bed verruild voor een tweepersoonsexemplaar dat een messing hoofd- en voeteinde had. Het was opgemaakt met een wit dekbed en blauw-witte slopen. Op het voeteinde lag een opgevouwen sprei in verscheidene blauwtinten.

In plaats van dat de rozenknopjes op de muren zaten, stonden ze in een vaas op de ladekast. En in de hoek stond een stoel naast een rond tafeltje met een leeslamp erop.

'Wat mooi allemaal.'

'Wacht maar, het wordt nog mooier.'

Olivia opende een deur naar een aangrenzende badkamer. Een ruime douchecabine, een donkerblauw badkamermeubel dat een wit blad met een blauw aderpatroon had. Op open planken lagen donzige handdoeken en de glazen potten met badzouten, olie en wattenbollen gaven alles een vrouwelijke touch.

'Het is zo... Dit hadden jullie niet allemaal hoeven doen.'

'Hou op met die onzin,' zei Olivia ferm. 'Nash-vrouwen... en er stroomt meer dan genoeg Nash-bloed door jouw aderen, doen wat ze willen doen. Misschien niet meteen of elke keer, maar uiteindelijk bijna altijd.'

'We hebben gewoon de aangrenzende kamer in een badkamer en een kast veranderd. Als we gasten krijgen, zijn er meer dan genoeg kamers over. Het is fijn om allemaal een eigen badkamer te hebben.'

'Dat maakt het leven een stuk gemakkelijker,' zei Olivia gedecideerd. 'De grote badkamer aan het einde van de gang is er nog steeds, net als het toilet beneden. Dit grote, oude huis kon wel wat veranderingen gebruiken.'

Met samengeknepen ogen keek ze haar dochter aan. 'Dat wil niet zeggen dat we binnenkort de andere badkamers gaan slopen.'

Audrey glimlachte alleen. 'Uiteindelijk wel. Kunnen we je helpen met uitpakken, schatje?'

'Nee, nee. Zo veel heb ik niet bij me.'

'Dan laten we je alleen.' Olivia deed een stap naar voren en drukte een zoen op haar wang. 'In dat kastje onder de planken in de badkamer staan flesjes water als je dorst hebt. Je weet waar je ons kunt vinden als je iets nodig hebt.'

'Jazeker. En jullie zullen je erbij moeten neerleggen dat je een bedankje krijgt. Dank jullie wel. Dit is echt prachtig.'

Audrey trok haar dochter tegen zich aan en drukte haar wang tegen de hare. 'Welterusten, Morgan.' Ze verlieten de kamer en sloten de deur.

Omdat ze het achter de rug wilde hebben, pakte ze haar spullen uit zonder er goed over na te denken wat waar naartoe moest. Gewoon alles wegleggen, uit het zicht, net als de koffers zelf.

Aangezien ze het gevoel had dat ze haar kleren al een jaar aan had, kleedde ze zich uit en haalde een pyjamabroek en een shirt uit de ladekast die ze er nog maar net in had gelegd.

Ze stapte onder de douche en liet het water op zich neerdalen. Warm, heerlijk warm.

Daar kreeg ze haar huilbui terwijl de stoom opsteeg en het water op de tegeltjes roffelde.

Ze had verloren, ze had gefaald. Ze had niets meer wat echt van haar was.

Ze huilde om Nina, haar beeldschone vriendin.

Ze huilde om het huis waar nu anderen woonden. Om de twee banen die ze heerlijk had gevonden, het leven dat ze had opgebouwd, de toekomst waarop ze had gehoopt.

Helemaal leeg draaide ze de kranen dicht en trok haar pyjama aan. Zoals haar was geleerd, hing ze haar natte handdoek op om te laten drogen voordat ze aan haar avondritueel begon.

Daarna ging ze op de rand van het bed zitten en luisterde naar de wind en het huis dat langzaam tot rust kwam. Een huis waar zij nu woonde, waar ze deze prachtige kamer had door de gulheid van twee vrouwen die van haar hielden.

'En nu?' vroeg ze zich hardop af. 'Wat moet ik nu doen? Waar moet ik beginnen?'

Morgen, dacht ze toen ze onder de frisse lakens en het zachte dekbed kroop. Dat zou ze morgen uitvogelen. Of de dag daarna.

Of... dacht ze, waarna ze het licht uitdeed, haar ogen sloot en als een blok in slaap viel.

6

Toen ze gedesoriënteerd wakker werd, dacht ze eventjes dat ze nog droomde. De mooie kamer met de troostende tinten blauw, de manier waarop het licht door de ramen viel, het leek allemaal vreemd en onbekend.

Ineens schoot alles haar weer te binnen en moest ze zich verzetten tegen het sterke verlangen haar ogen weer dicht te doen en ontsnapping te zoeken in de slaap. Maar nee, dat had geen zin. Je verstoppen door te gaan slapen loste niets op. Wanneer ze weer wakker werd, zou het leven dat ze had opgebouwd nog steeds aan diggelen liggen en was Nina nog steeds dood.

Ze moest vooruit. Hoe dan ook. Waar dan ook. De enige keus was verdergaan. Iets dóén.

Ze stond op en kleedde zich aan. Omdat ze dat gewend was, maakte ze het bed op en klopte de kussens op voordat ze naar beneden ging.

Olivia zat aan het keukeneiland, gekleed in een zwart sweatshirt met daarop in witte letters: IK BEN TEGEN. Ze dronk koffie uit een reusachtige mok terwijl ze een kruiswoordpuzzel maakte op haar tablet.

Morgan wees op de tekst. 'Wáár ben je op tegen?'

'O, op van alles en nog wat. Ik zal koffie voor je zetten. We hebben dat luxe apparaat gekocht toen we de boel hier hebben verbouwd.'

'Laat mij maar. Ik ben tenslotte barkeeper… geweest,' verbeterde Morgan zich. 'Ik ben niet bang voor espressomachines. Sorry dat ik zo lang heb geslapen.'

'Na die lange autorit van gisteren had ik je pas veel later verwacht. Zal ik een ontbijtje voor je maken?'

'Nee, bedankt. Ik heb geen trek. Maak alsjeblieft geen nodeloze drukte voor mij.'

'Oma's zijn ervoor geschapen om nodeloze drukte te maken voor hun kleinkinderen. Dat maakt ons gelukkig. Wil je soms dat ik ongelukkig ben?'

'Ik ben niet bang voor espressomachines,' mompelde Morgan terwijl de bonen werden gemalen en de koffie in de mok stroomde die ze eronder had gezet. 'Maar wel voor oma's.'

'Dat komt doordat we heel wijs zijn en die wijsheid scherpt onze gewiekstheid. Ah, ik zie dat jij nog steeds een wolkje koffie in je melk met suiker hebt.'

'Ik dacht dat jij op dit uur in de winkel zou staan.'

'Je moeder heeft de ochtenddienst voor haar rekening genomen. Ze is nog maar net vertrokken.'

Nippend en knikkend leunde Morgan met haar rug tegen het aanrecht. 'Dus jullie wisselen diensten af om een oogje op mij te kunnen houden?'

'Daar lijkt het wel op,' zei Olivia ontspannen. 'En ik heb haar gevraagd of ik vanochtend thuis mocht blijven omdat ik het gevoel heb dat je makkelijker aan je oma dan aan je moeder kunt vertellen wat er allemaal in je hart en je hoofd omgaat. Als ik het mis heb, kan ik mijn dienst ruilen met die van Audrey... maar ach, wanneer heb ik het ooit mis?'

'Wat er in mijn hart en hoofd omgaat?' Morgan deed haar ogen dicht. 'Ik heb alles verloren, en dan vooral mijn beste vriendin.' Ze deed haar ogen weer open. 'Nina's moeder heeft me verteld dat mam en jij haar hebben geschreven. Dat heeft haar heel erg goed gedaan.'

'We hebben Nina alleen via jou gekend, maar daardoor maakte ze voor ons deel uit van de familie.'

'Nadat Nina... Nou ja, ik ben echt alles kwijtgeraakt. Mijn spaargeld: weg. Mijn huis is nu van een ander. Mijn auto is weg, en ik wéét dat dat eigenlijk onbelangrijk is, maar ik was dol op die wagen. Mijn plannen, mijn doelen en mijn trots zijn verdwenen, net als mijn gevoel van veiligheid en mijn zelfvertrouwen. Alles in een keer foetsie.' Ze maakte een wegwerpgebaar. 'Een jaartje geleden had ik alles onder controle, mijn hele leven stond op de rit. En nu? Nu heb ik echt niets meer en woon ik bij mijn oma.'

'Oké.' Olivia pakte haar mok en nam een slok. 'Je hebt recht op al die emoties. Sterker nog, als ik in jouw schoenen stond, zou ik een flinke woede-uitbarsting hebben.'

Woede, dacht Morgan. Olivia Nash deed niet aan zelfmedelijden. 'Ik heb er een paar gehad.'

'Mooi zo. Dat is gezond. Die uitbarstingen heb je verdiend. Je hebt recht op al die emoties,' herhaalde Olivia. 'Zelfs wanneer je het mis hebt.'

'In welk opzicht heb ik het dan mis?'

'Dus jij vindt dat je "echt niets meer" hebt? Je hebt verdomme jezelf nog: Morgan Nash Albright. Wáág het niet om dat te vergeten. En dit is niet het huis van je oma, dit is het huis van de familie Kennedy-Nash. En ja, ik noem de naam van je opa als eerste. Luister: neem alle tijd die je nodig hebt om te zwelgen in zelfmedelijden, uit te slapen of welke god je maar wilt te vervloeken. Je bent zwaar te grazen genomen, wat voor een sterke, slimme vrouw als jij een enorme klap is. Echt ronduit klote. Als je klaar bent met razen en tieren en zwelgen in zelfmedelijden kun je bepalen hoe je verder wilt.'

'Het is klote. Zwaar klote. Waarom heeft verder niemand dat tegen me gezegd?'

'Omdat niemand anders je oma is. Heb je het nooit tegen jezelf gezegd?'

'Ik voelde me al schuldig als ik het zelfs maar dacht.' Maar nu niet meer omdat oma het als eerste had gezegd. 'Iedereen had medelijden met me, maar...'

'Niemand was kwaad namens jou of heeft laten zien dat ze kwaad waren. Geloof me, ik ben meer dan razend namens jou. En je moeder ook, op haar eigen tactvollere manier. Het liefste zou ik de ballen van die rotzak bont en blauw schoppen en zijn lul er bij de wortel afdraaien.' Schouderophalend nam Olivia nog een slok koffie. 'Maar dat is mijn weinig tactvolle manier van doen.'

'Ik weet niet waarom,' zei Morgan na een poosje, 'maar dat helpt echt.'

'Mooi.'

'Ik moet een baan zien te vinden.'

'Voorlopig "moet" je niets. Ga zitten, dan maak ik een omelet voor je.'

'Oma...'

'Niemand slaat mijn omeletten af.' Olivia ging staan. 'Toe, ga zitten. Ik wil je om een gunst vragen.'

'Wat dan?'

'Ik wil dat je twee weken de tijd neemt om te slapen, te eten, te lezen, films te kijken, te wandelen of een sneeuwpop te maken. Wat je maar wilt.' Ze haalde eieren, kaas en spinazie uit de koelkast. 'Alle spanning van het afgelopen jaar staat overduidelijk op je gezicht te lezen, kindje van mijn kindje.'

Daar viel weinig tegen in te brengen, dacht Morgan terwijl ze ging zitten. Dat zag ze elke keer wanneer ze in de spiegel keek.

'Neem de tijd. Als je iets om handen wilt hebben, prima. Kom naar de winkel, dan zetten we je een paar uur per week aan het werk. Maar anders is dit jouw tijd om weer tot jezelf te komen.'

'Ik heb toch een baan nodig?'

'Dat is waar en die zul je heus wel vinden. Twee weken de tijd nemen om op adem te komen verandert daar niets aan. Bovendien willen je moeder en ik wat tijd met je doorbrengen. En ik vind dat jij tijd met ons moet doorbrengen, en nogmaals... wanneer heb ik het ooit mis?'

Morgan zweeg terwijl Olivia eieren klutste in een kom en een koekenpan warm liet worden op het fornuis.

'Ik voel me zo'n mislukkeling, oma.'

'Daar kom je wel overheen, want dat ben je niet en dat ben je ook nooit geweest. De vaste grond onder je voeten is weggeslagen. Ik weet hoe dat voelt omdat het mij ook is overkomen.'

'Toen opa stierf.'

'Ja, precies, maar je opa en ik zijn een heel leven samen geweest en ik kan teren op alle mooie herinneringen. Ik kan ze uitkiezen zoals je bonbons uit een doos kiest, elk met zijn eigen smaak. Maar ik had het over veel langer geleden. Ik heb ooit een kindje verloren.'

'Wat?' Abrupt ging Morgan rechtop zitten. 'Wanneer? Niemand heeft me ooit verteld dat...'

'Je moeder was nog maar net twee, dus zij heeft er geen herinnering aan. Ik heb het haar pas na Steves overlijden verteld.'

'Wat erg voor je.'

'Steve en ik hadden dit grote, prachtige huis gebouwd en dat wilden we vullen met kinderen. We wilden er minstens vier en toen Audrey kwam, waren we dolgelukkig. Ons mooie meisje, ons eerste kind. Ach, het ging allemaal zo gemakkelijk. En daarna, precies volgens schema, raakte ik opnieuw in verwachting.' Ze goot het geklutste ei in de koekenpan en deed de kaas en de spinazie erbij. 'Ik was acht maanden zwanger. We waren bijna klaar met het inrichten van de kinderkamer en we kibbelden over de naam voor het kindje. De gebruikelijke dingen. Maar toen ging er iets mis. Alles ging mis. Ik raakte het kindje kwijt en kreeg te horen dat ik nooit meer zwanger zou kunnen worden. Het was een jongetje. Gestorven nog voor zijn eerste ademteug.'

'O, oma.'

'Naast dat verdriet, en ik weet wat Nina's moeder nu voelt omdat ik het zelf heb gevoeld, maar naast dat verdriet voelde ik me een mislukkeling. Ik had mijn kind verloren en kon nooit meer zwanger worden.' Ze keerde de omelet om met de zwierigheid van een Franse chef-kok. 'Het was een moeilijke, pijnlijke periode, maar we hebben ons erdoorheen geslagen. We hadden immers onze mooie dochter nog. Steve had zijn werk. En ik ben gaan pottenbakken.' Ze schoot in de lach. 'Ik kon er helemaal niks van en ik ben er nooit beter in geworden. Ik ben een zakenvrouw, geen kunstenaar, maar door mijn pogingen er eentje te worden, heb ik veel respect en grote bewondering gekregen voor kunstenaars en ambachtslieden. Het heeft mijn leven een nieuwe wending gegeven.'

'Die scheve groene mok op zijn bureau in de studeerkamer waar zijn potloden in stonden,' zei Morgan. 'Hij heeft een keer gezegd dat jij die lang geleden had gemaakt.'

'Het had een vaas moeten worden,' zei Olivia hoofdschuddend. 'Die man hield echt van me. "Ga die spullen verkopen, Livvy," zei hij tegen me. "Jij weet wat mooi is en hoe je dingen aan de man moet brengen. Je hebt alleen een plek nodig om het te kunnen verkopen."'

'Dus Crafty Arts was zijn idee?'

'Alweer zo'n bonbon uit de doos. Ik ben opgehouden met het maken van lelijk aardewerk en we zijn de winkel begonnen. Eerst in een heel klein pand. Maar dat winkeltje groeide, net als Audrey. Er ging een nieuwe wereld voor me open. Weliswaar een andere wereld dan ik had gepland, maar toch een goede.' Ze schoof de omelet op een bord en zette dat neer voor Morgan. 'Jij zult ook nieuwe plannen maken en een nieuwe wereld opbouwen. Maar eerst moet je eten.'

'Dank je wel. Fijn dat je me dit hebt verteld. En oma? Mag ik die scheve, groene mok hebben? Die zal me herinneren aan opa en jou en aan het inslaan van nieuwe wegen.'

Olivia liep om het keukeneiland heen, drukte een kus op Morgans slaap en trok haar even tegen zich aan. 'Natuurlijk mag je die hebben. En prent dit goed in dat drukke koppie van je: de man die dit alles op zijn geweten heeft zal daar ooit voor boeten. Of jij het nou te weten komt of niet, hij zal ervoor boeten. Karma is niet enkel een kreng, het is een rechtvaardig kreng. En hij zal jou niet breken, want dat laat je niet gebeuren. Neem twee weken voor jezelf,' voegde ze eraan toe.

'Twee weken,' zei Morgan instemmend. 'Ik hou van je, oma.'

'Ja, allicht. En ik van jou. Hup, ga eten.'

Zo gezegd zo gedaan. Ze at en ze sliep. Ze maakte wandelingen en zat bij de open haard met een boek. En op dag drie vroeg ze zich af hoelang ze dit vol zou kunnen houden zonder stapelgek te worden. Haar oma mocht dan willen dat ze twee weken voor zichzelf nam, maar Morgans karakter was ingesteld op bezig zijn. Op dag drie, toen Olivia en Audrey aan het werk waren, ging ze achter haar tweedehandslaptop zitten en opende ze de spreadsheet die ze maanden geleden had gemaakt.

De werkelijkheid was niet veranderd sinds de laatste keer dat ze die had bestudeerd. Platzak bleef platzak. Maar ditmaal ging ze aan de slag met toekomstverwachtingen. Het stond buiten kijf dat ze zolang als ze wilde of zolang als nodig was in de mooie blauwe kamer kon blijven wonen zonder huur te hoeven betalen. Maar haar karakter verlangde ook van haar dat ze haar steentje zou bijdragen.

Ze kon wat huishoudelijke taken overnemen, maar haar dames hadden een schoonmaakploeg die een keer per week langskwam, en het drietal vrouwen dat het grillige huis in tudorstijl schoonmaakte, deed dat al bijna tien jaar. Als zij ging schoonmaken zou ze mensen brodeloos maken.

Dat was onaanvaardbaar.

De was doen? Ook dat werd voor het grootste deel door het trio schoonmaaksters gedaan.

Ze zou de boodschappen kunnen doen, maar koken voor haar dames wilde ze hun niet aandoen. Dan moest ze daar eerst een stuk beter in worden.

Boodschappen halen en afwassen na de maaltijden dan? Dat zou haar ongeveer drie uur in de week bezighouden, zodat er nog een heleboel tijd overbleef.

Ze had werk nodig. Een baan. Ze moest geld verdienen.

En de eerste stap om dat te bereiken was naar de stad rijden, kijken of er ergens personeel werd gevraagd en een bezoekje brengen aan de winkel. En nee, ze was niet van plan om daar te gaan werken. Dat leek veel te veel op gratis huisvesting.

Ze maakte zich op, en omdat ze in geen maanden naar een echte kapper was geweest, knipte ze haar haar zelf een beetje bij. Ze zou beslist geen baan bij een kapsalon krijgen, maar het kon er best mee door.

Ze verruilde de trainingsbroek en het sweatshirt dat ze droeg voor een tegen de winterkou bestand zijnde legging, laarzen en een thermoshirt met daaroverheen een rode trui. Even kwam ze in de verleiding om weer gewoon naar haar kamer te gaan, maar voordat ze van gedachten kon veranderen trok ze snel haar jas aan, zette een wollen muts op en deed een sjaal om waarna ze naar buiten liep en de nietaflatende winterkou in stapte.

Ze bad dat Nina's auto het zou doen. Die sputterde een beetje en hijgde en pufte daarna nog wat, maar sloeg toen aan.

Na minder dan tien minuten verliet ze de beschutting van de met sneeuw bedekte bomen, stak ze de smalle brug over het bevroren riviertje over en draaide ze de hoofdstraat op.

Ze vermoedde dat Westridge het midden hield tussen een tamelijk groot dorp en een kleine stad. Het was beslist schilderachtig te noemen, vooral getooid in een winterkleed. Ze wist dat elk seizoen veel toeristen trok. Wintersport, zomeractiviteiten, herfstkleuren en lentewandeltochten. Jagen, vissen en vogels bekijken.

Het grote resort in Westridge met zijn chique chalets en nog veel chiquere hotelsuites trok de beter gesitueerde toeristen naar dit gebied en bood hun al die activiteiten tezamen met buitengewoon lekker eten, een voortreffelijke wijnkelder, twee bars – een bijzonder gemoedelijke chaletbar en een luxere bar met glazen wanden en een vierkante, stenen open haard voor de après-ski of de après-wat-de-gasten-ook-maar-wensten.

Het stadje bood een hele reeks van restaurants variërend van eetcafés tot exclusieve vijfsterren gelegenheden. Ook waren er allerhande winkels, boetieks en sportzaken, toeristenwinkeltjes met allerlei souvenirs uit Vermont, kunstgalerieën en nog veel meer.

Veel van die zaken lagen dicht bij elkaar in de hoofdstraat, waaronder Crafty Arts, de winkel van haar oma. Of, zoals Morgan zag dat er tegenwoordig op het uithangbord stond: CRAFTY ARTS AND WINE CAFÉ.

Zelfs nu, zo laat in het winterseizoen, nog voordat de lentedooi was ingezet, was het er... behoorlijk druk, dacht ze. Aangezien ze het stadje niet goed kende, moest ze zoeken naar een plekje om te parkeren. Ze herinnerde zich een kleine parkeerplaats achter Crafty Arts, maar ze wist niet hoe ze daar via de glooiende weggetjes en de drukke kruisingen moest komen.

Maar goed, een parkeerplek in de hoofdstraat – toen ze er eindelijk een wist te vinden – gaf haar de kans om langs de belangrijkste winkels te lopen en te kijken of er misschien personeel werd gevraagd.

Restaurants, allerlei winkels, cafés, een bakkerij en een chic uitziende bar. Ze zou als serveerster aan het werk kunnen gaan, maar een baan als bartender stond boven aan haar verlanglijsje. In de zijstraten zag ze een galerie, lage appartementencomplexen, nog meer winkels, een artsenpraktijk en een wijnzaak... met een kleine wijnbar. Daar wilde ze ook gaan informeren naar een baan.

Op een minder winderige dag zou ze het stadje beter verkennen, nam ze zich voor. Maar nu bleef ze staan voor het Crafty Arts and Wine Café.

Iemand was bijzonder kunstzinnig te werk gegaan bij de inrichting van de etalage. Op tafels en plateautjes van verschillende hoogtes stonden kunstvoorwerpen van geblazen glas en schalen van hout en keramiek. Een zachte, grijze sprei was over de rug van een schommelstoel gedrapeerd.

Eenmaal binnen vond ze warmte. Niet alleen qua temperatuur, maar ook in de verlichting en in de glanzende houten vloer. Aan alle muren hingen schilderijen. In oude vitrinekasten waren handgemaakte sieraden en kleine voorwerpen van keramiek, zilverwerk en koper uitgestald. In een andere vitrinekast waren kaarsen te zien. Op planken stonden glinsterende voorwerpen van geblazen glas.

Een lange, antieke boekenkast was omgebouwd tot toonbank. De vrouw erachter kletste met een klant terwijl ze aankopen inpakte. Achter haar spreidde een prachtige, gebrandschilderde pauw zijn staart.

De vrouw achter de toonbank keek glimlachend op. 'Kan ik u ergens mee helpen?'

'Nog niet, dank u wel. Ik kijk even rond.' Ze slenterde verder. Haar oma en haar moeder hadden ontzettend veel werk verricht sinds ze hier voor het laatst was geweest. Op houten en smeedijzeren tafels stonden nog meer keramische objecten, lampen, snijplanken en schalen.

Ze liep naar boven. Als ze zich niet vergiste, had de eerste verdieping vroeger dienstgedaan als opslagruimte en als kantoor van haar oma. Nou, dat was nu niet meer zo. Hier zag ze textiel. Handgemaakte sjaals, handschoenen, mutsen, tafelkleden en lopers. Handgemaakte zeep en lotions, nog meer meubilair en kunst.

Als ze deze winkel was binnengegaan in de tijd dat ze nog een besteedbaar inkomen had, zou ze nooit met lege handen naar buiten zijn gegaan.

Toen ze weer naar beneden liep, passeerde ze een stel dat net naar boven ging en zag ze dat de vrouw achter de toonbank nu afrekende met een andere klant.

'Hebt u alles kunnen vinden?'

'Jazeker. Het spijt me, ik had me moeten voorstellen, maar u had het druk. Ik ben de kleindochter van Olivia.'

'Jij bent Morgan! O, lieve hemel.' De vrouw nam Morgans handen in de hare. 'Ik heb met je moeder op de middelbare school gezeten! Wat leuk om je te leren kennen. Ik ben Sue Newton.'

'Ook leuk om jou te leren kennen.'

'Ze zijn in het café. Dat gaat aanstaande zaterdag open. Er moeten nog wat laatste dingetjes worden afgewerkt. Ga maar naar ze toe. Het wordt echt fantastisch.'

Voor de brede opening hing een groot stuk plastic dat ze opzij duwde, waarna ze een grote, lichte ruimte in stapte. Ze hadden ook plastic voor het brede raam aan de voorkant gehangen, wat Morgan heel inventief vond.

Laat de mensen maar raden tot de grootse opening. En dat die groots zou worden, kon ze wel zien.

Ze hadden hier dezelfde houten vloerplanken laten leggen om voor een mooie overgang van het ene vertrek naar het andere te zorgen. Aan de roomkleurige muren hing nog meer kunst. Geen kans onbenut laten om iets te verkopen. De deurlijsten en de andere betimmering hadden ze donker en stemmig gemaakt, wat een prachtig contrast vormde.

De bar paste goed bij de kleur van de betimmering en had een granieten toog met donkere strepen die prachtig bij de crèmekleurige muren stond. In het café stonden ronde tafeltjes, statafels, een aantal tafels voor vier personen en een paar met donkerblauw leer beklede zitjes. En om geen enkele verkoopmogelijkheid onbenut te laten was er een hoekje met wijnstoppers, glazen, kurkentrekkers, mokken, theekopjes en koffie- en theeaccessoires.

Ook hadden ze een cassetteplafond laten aanbrengen, wat de ruimte zowel een elegante als gezellige uitstraling gaf.

Zonder erbij na te denken ging ze achter de bar staan. Planken, een koelkast, een ijsklontjesmachine, een wijnkoeler, een flessenhouder, een plek voor barbenodigdheden en een plek voor doekjes om de toog mee droog te maken. Ze pakte een in leer gebonden menukaart en trok haar wenkbrauwen op bij het zien van de ruime keus. Voordat ze de kaart weer terug kon leggen en achter de bar vandaan kon lopen, kwamen haar dames uit het achterste deel van de zaak.

'Echt, dit wordt een succes,' zei Audrey net. Toen ze Morgan zag riep ze: 'Wat een verrassing! En? Wat vind je ervan?' Ze spreidde haar armen.

'Ik ben diep onder de indruk. Alles is verbazend mooi. Jullie hebben de bovenverdieping van hiernaast veranderd en die ziet er prachtig uit. En dit is echt schitterend. Elegant, maar niet té. Efficiënt, maar niet saai.'

'We moeten nog wat puntjes op de i zetten, maar aanstaande zaterdag kunnen we open.' Olivia wenkte haar. 'Kom de keuken eens bekijken. We gaan ook gebak verkopen, en daar moesten we verdorie een professionele keuken voor installeren. Al weet ik zeker dat die zijn geld zal terugverdienen.'

Ze liep naar binnen door de klapdeur.

De keuken blonk zoals een keuken hóórde te blinken. Het roestvrij staal glansde. Op stalen planken stonden potten, pannen en keukengereedschap. De grote afzuigkap boven het 6-pitsfornuis straalde professionaliteit uit, net als de indrukwekkende koelruimte. Een vaatwasser, een spoelbak, een dweildroogwagen en de grootste, glimmendste mixer die ze ooit van haar leven had gezien droegen ook bij aan die uitstraling.

'Alles is aanwezig. Jullie hebben de ruimte echt fantastisch benut.'

'En we hebben de laatste inspectie van de voedsel- en warenautoriteit doorstaan.' Audrey veegde met een hand over haar voorhoofd en wipte even op en neer op haar tenen waardoor haar glanzend blonde paardenstaart bewoog. 'Het moest zo compact mogelijk, want we hadden nog ruimte nodig voor...' Ze deed een deur open.

'Asjemenou!' zei Morgan.

Ze hadden een wijnkelder gemaakt, drie muren waren van vloer tot plafond bedekt met wijnrekken en al die rekken lagen weer vol met flessen wijn.

'Hier hebben we de witte wijnen,' begon Audrey. 'Amerikaans, Frans, Italiaans enzovoort, en daar de rode wijnen. Daar liggen de rosés, en daarginds de mousserende wijnen. De sommelier van het resort heeft ons geholpen.'

'Omdat hij een oogje heeft op je moeder.'

'Mam.'

'Daar is geen woord van gelogen.'

Toen ze de lichte blos op de wangen van haar moeder zag, was Morgan even met stomheid geslagen.

'Misschien een klein oogje. Maar goed, hierboven zijn het kantoor en extra opslagruimte. We gebruiken de oude kantoorruimte boven Crafty Arts nu als extra winkelruimte.'

'Ik heb het gezien. Ik ben boven wezen kijken. Het ziet er schitterend uit.'

'Ja, dat vind ik ook. We hebben een deur, eentje die je aan de kantoorkant op slot kunt doen, zodat we via die bovenverdieping naar beneden kunnen gaan als dat nodig is. Er komt zo veel op ons af dat ik in een permanente staat van doodsangst en opwinding verkeer.'

'Nou, ik kan je zonder enig vooroordeel of voorbehoud vertellen dat het echt super is.'

'Ik ben zo blij dat je er bent.' Audrey sloeg haar arm even stevig om Morgan heen. 'Jij mag er deel van uitmaken. Je komt aanstaande zaterdag toch wel even kijken?'

'Reken maar. Ik wil wel bijspringen als barkeeper als jullie hulp nodig hebben.'

'Echt waar?' Audreys gezicht begon te stralen.

Olivia glimlachte enkel.

'Niet als vaste baan, maar gewoon om mijn familie te helpen. Jullie hebben inmiddels vast wel barkeepers ingehuurd.'

'We hebben er twee,' zei Olivia. 'En we denken dat een van hen het in zich heeft om de manager te worden. Maar daar zouden we graag jouw mening over horen. En je zou ons een groot plezier doen als je hier aanstaande zaterdag een oogje in het zeil wilt houden.'

'Afgesproken. Volgende week ga ik een baan zoeken, maar ik zal hier ook bijspringen. Als ik iets kan doen om jullie op gang te helpen, zal ik dat zeker niet laten.'

'Wat denk je ervan om ons nu al te helpen met die laatste puntjes op de i?' Olivia gebaarde dat ze de ruimte weer uit moesten. 'We moeten de toiletruimte nog inrichten.'

'Het moet een unisekstoilet worden dat ook geschikt is voor gehandicapten,' voegde Audrey eraan toe.

'Daar moet nog kunst voor worden uitgezocht. En er moet een tafel of een kastje in. En we moeten nog kleedjes kiezen voor de tafeltjes in het café. Allemaal van dat soort dingetjes.'

'Nou, op dit moment is mijn agenda toevallig leeg.'

'Geweldig. En na afloop neem ik mijn twee meisjes mee uit eten.'

Ze vermaakte zich kostelijk. Een paar uur dacht ze niet aan alles wat ze was kwijtgeraakt of hoe ze nu verder moest. Ze genoot van de tijd die ze doorbracht met haar moeder en oma, van het overleggen over de juiste kunst en inrichting en van het uitvoeren en weer veranderen van hun plannen. En misschien drukte ze enigszins haar stempel op dit familiebedrijf met haar suggestie om voor wat extra luister een lichtsnoer rond het grote raam te hangen.

Ook genoot ze van het etentje, al verbaasde het haar dat haar oma niet voor een chic restaurant had gekozen, maar voor een maaltijd in een pizzeria met een karaf rode huiswijn.

Tegen de tijd dat ze naar bed ging had ze het gevoel dat ze daadwerkelijk iets had volbracht. Misschien, hopelijk, lag de tijd van zwelgen in zelfmedelijden nu achter haar.

In de dagen erna verdeelde ze haar tijd tussen het oppoetsen van haar cv en het helpen met de voorbereiding van de opening. Ze pakte kopjes, schoteltjes, melkkannetjes en suikerpotten uit die haar oma bij een plaatselijke pottenbakker had besteld, waste ze af en zette ze op de planken. Wit aardewerk beschilderd met een rode klaver: de officiële bloem van de staat Vermont.

'Ze zijn volmaakt, oma.'

'Dat vind ik ook.'

'Je moet ze nog prijzen voor de verkoop.'

'Dat heb ik inderdaad overwogen.'

'Ik hoop dat je het gaat doen. Ik heb nog een idee.'

'Hoeveel gaat me dat kosten?'

'Ik denk dat het op de lange termijn juist geld gaat opleveren. Goed, dit is dus een wijnbar en sommige wijnen kopen jullie bij plaatselijke wijnboeren. Stel je voor dat jullie je koffiebonen en thee ook van plaatselijke producenten gaan betrekken? Dan kunnen jullie die hier ook gaan verkopen. Thee in mooie blikjes, koffie in elegante zakjes. In de omgeving zitten een paar koffiebranders en jullie zouden kunnen gaan samenwerken met een theeplantage. Vermont heeft er een aantal.'

'Dat is geen gek idee.' Peinzend kneep Olivia haar ogen tot spleetjes. 'Eigenlijk is het een verdomd goed idee.'

'Crafty Arts draait om wat kunstenaars en ambachtslieden in Vermont te bieden hebben. Ik heb een beetje marktonderzoek gedaan.' Ze grabbelde in haar tas en haalde er een map uit.

'Een beetje?'

'Nou ja, toen ik eenmaal was begonnen, werd het steeds uitgebreider. Het is iets om in de toekomst over na te denken.'

'Zal ik doen.' Olivia zette haar felrode leesbril op die aan een ketting om haar hals hing en las de eerste pagina's vluchtig door. 'Het is een goed idee, Morgan. Je hebt ons de afgelopen dagen enorm geholpen. Je hebt een goed stel hersens, een goede kijk op de zaken en je bent niet bang om je handen uit de mouwen te steken. We zijn je echt dankbaar.' Ze liet de map zakken. 'Kan ik je echt niet overhalen om de manager van het nieuwe café te worden?'

‘Je hebt mij niet nodig, oma. Anders zou ik je zeker hebben geholpen om de boel aan de gang te krijgen. Maar mam en jij doen dit samen. Heus, jullie kunnen dit prima aan. Ik moet zelf een baan zien te vinden.’

‘Zoiets had ik al verwacht. Laat me je dan vertellen dat ik heb gehoord dat Après, dat is de grote bar van het resort, een bartender annex manager zoekt. Althans, met ingang van volgende week. Hun hoofdbarkeeper heeft net ontslag genomen. Zijn vrouw heeft een baan aangeboden gekregen in South Carolina en ze gaan verhuizen.’ Olivia legde de map neer. ‘Omdat ik van je hou, heb ik mijn trots ingeslikt en ben ik met Lydia gaan praten.’

‘Lydia?’

‘Lydia Jameson. Wij kennen elkaar al heel lang. Langer dan we ons kunnen herinneren, en haar man was goed bevriend met jouw opa. Zij heeft als een van de leidinggevenden een flinke vinger in de pap bij dat resort... of eigenlijk wel tien vingers. Als je hun je cv stuurt zijn ze bereid om ernaar te kijken voordat ze de vacature openbaar maken.’

‘Bij het resort, dus. Ik ben nog nooit in Après geweest, maar ik heb hun website bekeken en ik wilde daar toch al langsgaan. Dank je wel.’ Ze sloeg haar armen om Olivia heen.

‘Het is niet gezegd dat je die baan ook krijgt.’

‘Dat weet ik. Dat is verder aan mij. Maar het is een kans, en zelfs een kans om te doen waar ik goed in ben.’

‘Stuur je cv naar Lydia. Ik heb haar e-mailadres. Zoals ik al zei, kennen we elkaar al een hele tijd. En schrijf een goede sollicitatiebrief.’

‘Zal ik doen. Bedankt, oma. Of ik die baan nou krijg of niet, ik zal hier zo veel mogelijk blijven bijspringen.’

‘Daar rekenen we op.’

Die avond googelde ze Lydia Jameson om een idee van haar te krijgen en daarbij ontdekte ze waarom Lydia en Olivia elkaar al zo lang kenden. Beiden waren geboren en getogen in Vermont en ze stamden allebei af van families die al heel lang in New England woonden. Goed opgeleide, beschaafde, onverzettelijke vrouwen die niet met zich lieten spotten. Allebei zakenvrouw. Lydia’s bedrijf was veel groter dan dat van Morgans oma, maar een bedrijf was een bedrijf.

Ze besteedde een uur aan het schrijven en herlezen van een kladversie van haar cv en het opstellen van een sollicitatiebrief. Die moest formeel en eerbiedig van toon zijn, met een persoonlijk bedankje omdat ze Morgans sollicitatie in overweging wilde nemen.

Met één hand op de scheve groene mok haalde ze een keer diep adem en drukte op VERSTUREN.

Een nieuwe kans. En ze had nog andere mogelijkheden, bracht ze zichzelf in herinnering. Misschien was ze niet terechtgekomen op de plek die ze had verwacht, maar ze had hier wel kansen.

Een nieuwe kans om ergens te wortelen, wat ze zo graag wilde.

Rusteloos liep ze de trap af. In de keuken zag ze Audrey – met haar haar los om haar schouders – die net een glas wijn voor zichzelf inschonk. Daar was die lichte blos weer.

'Betrapt.'

'Mag ik er eentje met je meedrinken?'

'Ik ben zo zenuwachtig. Ik hoopte dat een glas wijn me zou helpen om in slaap te komen. Ik kan niet geloven dat het café morgen opengaat. Eerst was het maar een idee, toen kwam de planning en daarna het werk en nog meer planning. En nu?' Ze reikte Morgan een glas aan. 'Nu is het zover en ben ik een bonk zenuwen. En je oma slaapt als een roos. Echt, die vrouw is nooit zenuwachtig.'

'Omdat zij weet dat jullie een succesformule in handen hebben.'

'Denk je dat echt?'

'Nee, dat wéét ik. Luister, van detailhandel en kunstverkoop heb ik weinig verstand, maar van een wijnbar wel. Ik ben even gaan kijken in die wijnhandel een paar straten verderop en daar hebben ze een prachtige wijnbar. Klein, donker en stemmig, goed georganiseerd met een inrichting van zwaar, donker hout. En jullie café is fris en kunstzinnig, kortom een compleet andere uitstraling. En dan de manier waarop het deel uitmaakt van de winkel die jullie al hadden, nou ja, vanaf morgen dan. Dat is gewoon verdomd slim gedaan. Net zoals het serveren van koffie en thee slim is. En het verkopen van zelfgemaakt gebak. Jullie hebben overal aan gedacht, mam.'

'Dat hou ik mezelf ook telkens voor, maar uit jouw mond klinkt het veel beter.'

Ze had haar moeder altijd vrij wispelturig gevonden. Een vrouw die zich niet kon settelen, iemand die zich niet aan een genomen besluit kon houden. Maar dat zag ze nu niet.

'Het spijt me dat ik niet vaker van me heb laten horen en maar zo weinig op bezoek ben gekomen.'

'Jij moest je eigen leven opbouwen. En je hebt wel degelijk van je laten horen. Lieverd, ik heb vrienden die alleen iets van hun volwassen kinderen horen wanneer zij contact opnemen met hen, en ze alleen zien als zij naar hen toegaan. Jij hebt altijd om de paar weken gebeld, je hebt e-mails gestuurd en je bent altijd met Kerstmis langsgekomen. Je hoeft nergens spijt van te hebben. Ik ben vreselijk trots op je.'

'Nou, dan is er tenminste iemand trots op me.'

'Hou op. Als ik in jouw schoenen had gestaan zou ik me nog steeds onder de dekens verstoppen. Jij bent een doener, Morgan. Dat ben je altijd al geweest.'

'Jij ook,' besefte Morgan.

'Ikke?' Audrey schoot in de lach en nam een slok wijn. 'Ik was meer het volgzame type.'

'Dat ben ik niet met je ee...' Ze maakte haar zin niet af omdat de telefoon in haar zak overging. 'Dat is het signaal voor een e-mail. Wie zou dat nou kunnen zijn? Het is al na elven.'

'Kijk maar gauw.'

Morgan pakte haar telefoon, veegde over het scherm en las het bericht. 'O, god. Ik heb zondagochtend om elf uur een sollicitatiegesprek bij Après.'

'O! Dat is geweldig! Echt fantastisch! Nu kunnen we allebei een bonk zenuwen zijn. O! Kom, we schenken ons nog een keer in, nemen ons glas mee naar boven en dan gaan we kijken wat je moet aantrekken. Daar ben ik nou goed in.'

'Ik, eh... oké. Ja. Ik had nooit gedacht dat ze zo snel zou reageren.'

'Lydia Jameson? In de fabel van de hardloopwedstrijd tussen de schildpad en de haas zou zij de haas zijn. En ze wint altijd. Kom, laten we kijken wat er in je klerenkast hangt.'

7

Hoewel ze nooit eerder een grootse opening had bijgewoond, vond Morgan de opening van dit café bijzonder groots. Om klokslag tien gingen de deuren open en stroomden de mensen binnen. Ze hielp bij het serveren van mimosa's, koffie, thee en scones die tijdens het eerste uur na de opening gratis waren.

Ze maakte kennis met de burgemeester, een vrouw met een dikke blonde bob en een kakelende lach.

De politiecommissaris, een slanke, knappe man van begin dertig met staalblauwe ogen kwam ook even langs en bestelde een zwarte koffie. Ook hij leek iedereen te kennen, wat ze als een pluspunt voor een politiecommissaris beschouwde. Toen ze zag dat hij vertrok met een boodschappentas, nam ze aan dat hij iets had gezien wat hij graag wilde hebben of dat hij wist hoe belangrijk het was om de plaatselijke middenstand te steunen. Misschien allebei, maar zij gaf hem er opnieuw bonuspunten voor.

In het pas geopende café gonsde het van alle stemmen, goedkeurende opmerkingen en vragen.

Hoewel ze eigenlijk alleen tijdens het eerste uur na de opening had willen helpen, bleef ze uiteindelijk drie uur.

'Je moet nu echt even een pauze nemen,' zei Olivia toen Morgan de volgende tafel afruimde.

'Niks aan de hand. Ik hou van aanpakken, oma. En het is veel te lang geleden dat ik me zo goed heb gevoeld. Zie je die dames aan die tafel voor vier? Tijdens hun studie, tien jaar geleden, waren ze kamergenoten. Na hun studie gingen ze elke zomer een week met z'n allen op vakantie. Maar omdat ze tegenwoordig allemaal een gezin hebben, maken ze daar nu een lang weekend in de winter van. Ze logeren in het resort en zijn vandaag naar de stad gekomen om te winkelen. Het is hun laatste dag hier.'

'Hoe weet je dat allemaal?'

'Ik ben een verdomd goede barkeeper. Mensen praten met me. Ze hebben het hier ontzettend naar hun zin gehad, en deze winkel beschouwen ze als een leuk extraatje. Zoals je wel ziet aan alle Crafty Arts-tassen onder hun tafel nemen ze een heleboel souvenirs mee naar huis. Ga ze even gedag zeggen,' voegde Morgan eraan toe terwijl ze de tafel afveegde. 'Dat zullen ze geweldig vinden.'

'Dan ga ik dat meteen doen.'

Acht uur nadat de deuren open waren gegaan, deden ze de zaak dicht waarna alle personeelsleden begonnen te juichen. Toen Morgan het seintje kreeg, ontkurkte ze een fles champagne en schonk ze iedereen een glas in om de geslaagde opening te vieren.

Olivia liet pizza's bezorgen voor alle medewerkers – wie had ooit kunnen denken dat dát haar oma's favoriete maaltijd was? – en iedereen was blij met die extra brandstof aan het einde van een geslaagde dag.

Daarna, toen alleen zij drieën er nog waren, ging Olivia zitten en legde haar voeten op een stoel. 'Nee, ik geef niet alleen mijn pijnlijke voeten rust, ik zit ook te genieten van ons succes.'

'We hebben het dagrecord verbroken van artikelen die we in de winkel hebben verkocht, mam,' zei Audrey.

Op Olivia's gezicht verscheen een zelfvoldane glimlach. 'Ja, dat heb ik gehoord.'

'En zelfs mét de speciale aanbiedingen ter gelegenheid van de opening en alles wat we mensen cadeau hebben gedaan, heeft het café twintig procent meer opgeleverd dan we hadden verwacht. Boem! Hatsiekiedee!' Audrey liet zich in een stoel zakken, stak haar armen omhoog en zwaaide enthousiast met haar handen.

'Moet je zien,' zei Olivia, 'daar zit de vrouw die als kind nog geen dollar in haar zak kon houden, al naaide ik die zak dicht. En nu maakt ze uit haar hoofd de kas op.'

'Ik ben altijd goed geweest met getallen... alleen wat minder wanneer er een dollarteken voor stond.' Ze legde haar laarzen met smalle hakken op een andere stoel en maakte met een zucht de zilveren haarspeld in de vorm van een libelle los. Morgan vond dat die speld haar moeders haar de hele dag op magische wijze uit haar gezicht had gehouden. 'Ik zit ook te genieten.' Ze haalde haar handen door haar haar en schudde even met haar hoofd, waarna het weer in model viel alsof ze net bij de kapper vandaan kwam.

Magie, dacht Morgan opnieuw.

'We hadden niet verwacht dat je de hele dag zou blijven, Morgan. Je hebt ons geweldig geholpen. En je bent niet uit het veld te slaan. Telkens wanneer ik op... instorten stond, keek ik naar jou en zag ik jou onverstoorbaar doorgaan alsof het je geen enkele inspanning kostte.'

'Zal ik jullie zeggen wat ik denk?'

'Ga vooral je gang.'

'Ik ga eerst cappuccino's voor ons maken en daarna zal ik het vertellen.' Ze liep naar het espressoapparaat achter de bar en ging aan de slag. 'Dit is pas jullie eerste dag, en het zal niet elke dag zo druk worden als vandaag.'

'O.' Audrey liet haar zwaaiende handen zakken en knipte met haar vingers. 'Weer een illusie armer!'

'Maar...' Geamuseerd keek Morgan even achterom naar het tafeltje, 'jullie hebben beslist een succesformule in handen. En ik zal jullie vertellen waarom dat volgens mij zo is.'

Het espressoapparaat siste terwijl ze de melk opschuimde.

'Om te beginnen is dit een schitterende winkel en hebben jullie aandacht besteed aan alle kleine details. Dat is belangrijk. Jullie hebben goed personeel weten te vinden. Een paar nieuwelingen hebben hun ritme nog niet helemaal gevonden, maar dat komt nog wel. Jullie gaan allebei respectvol om met het personeel, en dat is ontzettend belangrijk.' Ze zette de drie cappuccino's op een dienblad, legde er lepeltjes bij en zette er een suikerpot op waarna ze met het blad naar de tafel liep. 'Ik ken jullie ondernemingsplan niet, en dat hoeft ook niet. Wat ik wel weet, is dat jullie uitstekende producten verkopen met een ongedwongen klasse. Dat is precies waar deze gelegenheid om vraagt. Maar...'

'O, jee,' mompelde Audrey.

'Jullie moeten nog één ander personeelslid aannemen. Jullie hebben iemand nodig, vooral in het hoogseizoen, die inzetbaar is op elke afdeling. Iemand die wijn kan serveren, koffie kan zetten, in een oogwenk een tafel kan afruimen en kan bedienen, maar ook achter de toonbank in de winkel kan staan. Iemand die voldoende weet over kunst en de handvaardigheidsproducten en de ambachtslieden door wie die worden vervaardigd om vragen van klanten te kunnen beantwoorden. Er zijn vandaag vragen gesteld die het bedienend personeel hier, deze vrijwilliger inbegrepen, moest doorverwijzen naar jullie of naar de andere winkelmedewerkers.'

'Daar zeg je zoiets. Wil jij die baan misschien?'

Morgan keek haar oma aan en schudde haar hoofd. 'Nee, dat is niet waar ik goed in ben. Jullie hebben een coördinator nodig. Iemand die overal inzetbaar is. Maar er is tijd genoeg om er eentje te vinden. Als jullie dat eenmaal hebben geregeld, moeten jullie echt een fotoboek laten maken met recepten uit de keuken en de bar van het café en wat foto's van kunst- en ambachtsproducten. Foto's van wijn bijvoorbeeld, in glazen die jullie hiernaast verkopen. De koffiecake van het café tentoongesteld op een van jullie schalen en biscotti op een andere schaal, dat soort dingen. Jullie kunnen die foto's laten maken door een plaatselijke fotograaf. Dat sluit dan weer aan bij waar het jullie om begonnen is: lokaal vervaardigde producten die alleen hier te koop zijn.'

Olivia ging ontspannen zitten. 'Moet je haar eens horen! Ik ben vervloekt met intelligent nageslacht.'

'Jij bent anders wel degene die deze zaak op poten heeft gezet,' bracht Audrey haar in herinnering. 'Een fotoboek, een beetje als een koffietafelboek. Ik zie het al helemaal voor me! Weet je welke fotograaf ideaal zou zijn?'

'Tory Phelps,' zeiden ze in koor.

'Het duizelt me een beetje.' Olivia stak een hand op. 'Eerst dat nieuwe personeelslid, want daar heeft Morgan gelijk in. De tijd dat jij of ik zeven dagen per week diensten van acht tot tien uur kon draaien ligt achter ons, Audrey.'

'Dat ben ik met je eens. Maar ik kan Tory wel even polsen, gewoon om te horen hoeveel zij voor zoiets zou rekenen. Dan weten we meteen of het haalbaar is of niet. Ze is goed, hoor,' zei ze tegen Morgan. 'We hebben foto's van haar in de winkel hangen en vorig jaar hebben we een tentoonstelling van haar werk georganiseerd. Ze geeft fotografie op het *community college*.'

'Je moeder is dol op nieuwe projecten.'

'Ja, dat weet ik.' Morgan keek even rond in het café. 'En dit project is uitstekend geslaagd.'

'Dat valt niet te ontkennen.' Olivia gaf een bemoedigend tikje op de hand van haar dochter. 'Laten we naar huis gaan. Morgan heeft morgen een sollicitatiegesprek, dus ze moet vannacht goed slapen.'

Lekker slapen lukte echter niet omdat er allerlei gedachten door Morgans hoofd bleven spoken. Stel dat ze de baan niet zou krijgen? Dan kon ze natuurlijk elders gaan zoeken, maar...

Moest ze tegen haar dames zeggen dat ze toch die baan als coördinator zou nemen? Ze zou het werk ongetwijfeld aankunnen. Ze kon zich verdiepen in kunst en ambachten, en in de kunstenaars en de ambachtslieden. Ze wist al hoe ze leiding moest geven aan personeel en hoe ze een bedrijf moest runnen.

Misschien werd het tijd om haar eigen doelen en dromen in de ijskast te zetten en de baan te accepteren die haar oma en haar moeder haar hadden aangeboden. Al was ze eigenlijk nog niet bereid om alle dromen waar ze zo hard voor had gewerkt opzij te schuiven. Als ze vijf jaar stug doorwerkte, hier bleef wonen en spaarde, zou ze misschien écht overnieuw kunnen beginnen.

Misschien.

Bij dat 'misschien' viel ze in slaap, maar de volgende ochtend werd ze al vroeg weer wakker en bleef ze in bed liggen om al die gedachten opnieuw de revue te laten passeren.

Toen ze naar beneden ging om koffie te zetten, zat haar moeder aan de ontbijtbar met haar laptop. Haar goudblonde haar zat in een vlecht en ze droeg een zuurstokroze ochtendjas.

'Goedemorgen. Ik zoek uit hoe het maken van een koffietafelboek in zijn werk gaat. En daar komt nogal wat bij kijken!'

'Dat geloof ik graag.'

'Maar het is zo'n goed idee. En nu zit het hier.' Audrey tikte tegen haar slaap. 'Ik kan het niet meer uit mijn hoofd krijgen. Ik wil alles zo veel mogelijk doorgerekend en uitgezocht hebben voordat ik ermee naar je oma ga. Die aanpak werkt het beste bij haar.'

Net toen Morgan een mok wilde pakken, zag ze naast het espressoapparaat een doosje van Crafty Arts en een kaartje met haar naam erop.

'Wat is dit?'

'Gewoon een aardigheidje van oma en mij als geluksbrengertje voor je sollicitatiegesprek straks. Als je ze niet mooi vindt... doe je maar alsof je dat wél vindt. Ik heb dat doosje daar neergezet omdat ik niet wist of je al op zou zijn voordat oma en ik naar de zaak zouden gaan.'

Zo nodig bereid om te liegen, maakte Morgan het doosje open. De diamantjes op twee kleine creolen lieten de op manchetknopen lijkende oorbellen glinsteren. Doen alsof was niet nodig. 'Ze zijn prachtig.'

'We dachten dat ze mooi zouden staan bij de kleren die je voor vandaag hebt uitgekozen.'

'Volgens mij heb jij die uitgekozen.'

'Nou ja, ik heb je erbij geholpen. Maar die kleren hingen tenslotte in jouw kast. Dus je vindt die oorbellen mooi?'

'Ik vind ze gaaf.' Om het te bewijzen deed Morgan ze in. 'Hoe staan ze?'

'Ze passen precies bij je. Mooi, vlot en van goede kwaliteit. Zal ik een ontbijtje voor je maken?'

'Nee, ik krijg nu toch geen hap door mijn keel.' Morgan drukte een hand op haar buik. 'Ik ben zenuwachtig.'

'Logisch. Wie zou dat niet zijn? Maar je hoeft alleen jezelf te zijn, Morgan. Het resort mag zich gelukkig prijzen met jou, en dat zeg ik als bedrijfsleider, iets waarvan ik nooit had gedacht het te worden. Ik heb je gisteren gadegeslagen, lieverd, en je weet wat je doet.'

'Dat dacht ik vroeger ook. En ik ben beslist niet van plan om met een negatieve houding naar dat sollicitatiegesprek te gaan. Ik heb echt dringend een steuntje in de rug nodig. Iemand anders dan mijn moeder of mijn oma moet me vertellen dat ik goed genoeg ben.'

'Die vuile klootzak heeft je godverdomme flink te grazen genomen.'

Morgan trok haar wenkbrauwen op. 'Wat slaat mijn moeder een grove taal uit.'

'O, schelden en vloeken heb ik altijd gekund, ik heb het je alleen nooit laten horen. Misschien was het dom van me om in jouw bijzijn altijd de schone schijn op te houden. Maar gedane zaken nemen geen keer. Ga naar dat sollicitatiegesprek en wees gewoon jezelf, Morgan. Als zij je dat duwtje in de rug niet geven, zijn het sufferds.' Audrey deed haar laptop dicht en ging staan. 'Ik moet me aankleden. Wij zijn waarschijnlijk al naar de zaak voordat jij weg moet.' Ze keek haar dochter aan en legde een hand op Morgans wang. 'Laat je na afloop even weten hoe het is gegaan? Stuur een berichtje of kom anders naar de winkel.'

'Doe ik. Bedankt voor de oorbellen. Ik voel ze gewoon geluk uitstralen.'

Ze trok de door haar moeder goedgekeurde kleding aan. Een saliegroene blouse, nauwsluitende zwarte broek en hoge zwarte laarzen. Daarna deed ze de boterzachte leren blazer aan en moest toen toegeven dat Audrey de spijker op de kop had geslagen, zoals altijd wanneer het op mode aankwam.

Ze zag er professioneel en zelfverzekerd uit en was helemaal zichzelf. Nu moest ze alleen niet vergeten om zich ook zo te gedragen.

Weer beneden gaf ze zichzelf een peptalk terwijl ze haar buitenkleding aantrok:

Je wéét wat je doet.

Je hebt een goed cv.

Misschien kom je tot de ontdekking dat je die baan eigenlijk niet wilt, maar je neemt hem toch aan omdat je hem nodig hebt.

Sissend ademhalend bij het voelen van de koude wind, liep ze naar Nina's auto en slaakte een zucht van verlichting toen die startte. Omdat ze wist dat de verwarming het pas zou doen als ze alweer was uitgestapt, reed ze rillend naar de stad.

Toen ze langs Crafty Arts reed, zag ze een stelletje uit de deur van het café komen. Ze droegen allebei winkeltassen. Dat beloofde veel goeds voor de tweede dag, dacht ze, waarna ze door het stadje reed en dat vervolgens achter zich liet.

Ze sloeg linksaf en reed over een hobbelige brug over de rivier. Het water dat onder haar stroomde baande zich een onrustige weg over de rotsblokken, terwijl zij onrustig rillend achter het stuur zat.

Na de volgende bocht reed ze tussen dik besneeuwde bomen door die aan weerskanten van de weg stonden. Ze besloot de verwarming te proberen terwijl ze een heuvel op ging, en toen die koele in plaats van steenkoude lucht uitblies, nam ze daar genoegen mee.

Bij de eerste aanblik van de tussen de besneeuwde bomen verscholen liggende chalets, moest ze bekennen dat ze de aantrekkingskracht van een wintersportvakantie in de kou nooit zou begrijpen.

Nee, dan liever een tropisch strand of een zonovergoten villa in Italië. Dat was pas vakantie. Een chalet in de bossen van Vermont? Geld neertellen om te bevriezen in een skilift of te schaatsen op een bevroren meer? Bekijk het maar.

Zeg dat vooral niet als je die baan in de wacht wilt slepen.

Ze volgde de bordjes naar het resort terwijl ze over de slingerende wegen omhoogreed.

Het hotel, even wit als de besneeuwde omgeving, was eerder stijlvol dan opzichtig met zijn vier etages en rechte, robuuste vormgeving. De begane grond was aan beide kanten uitgebouwd, wat ze al wist omdat ze de website van het hotel aandachtig had bestudeerd.

Ook wist ze wat ze binnen zou aantreffen: winkels, twee restaurants, twee bars en lounges, een binnenbad, een fitnesscentrum, een kleine spa, vergaderzalen, een balzaal voor bruiloften en partijen en tweeënvijftig hotelkamers waaronder een tiental suites.

Achter het hotel verrezen de bergen met hun skipistes. Ze besloot ter plekke dat ze daar alleen onder bedreiging van een vuurwapen naartoe kon worden gesleept, maar zelfs dan zou een kogel misschien een betere keus zijn.

Ze reed het parkeerterrein op en merkte dat het – zelfs nu het wintersportseizoen bijna voorbij was – flink zoeken was naar een vrij plekje. Het hotel had een parkeerservice, maar omdat ze vermoedde dat die alleen voor gasten was, parkeerde ze Nina's auto zelf, om vervolgens de flinke afstand – het leek bijna de lengte van een footballveld – naar de ingang van het hotel met zijn brede, verwarmde porticus lopend af te leggen.

Eenmaal binnen zag ze nog meer wit in de vorm van glanzend marmeren vloeren. Ook zag ze een vierkante, fel brandende open haard met daaromheen gemakkelijke stoelen en banken waarop mensen ook zo laat in de ochtend nog zaten te genieten van een kop koffie. Een ronde tafel werd bijna helemaal aan het zicht onttrokken door een enorm bloemstuk dat naar de lente rook.

Ze haalde even diep adem, stak de lobby over en liep daarna via een doorgang met een brede boog Après binnen.

Ze had de website aandachtig bestudeerd en wist wat ze kon verwachten. Maar toen ze de bar betrad, kon ze alleen denken: O, god. O, god. Ik wil die baan!

Een grote glazen wand bood uitzicht op de wereld buiten. De bergen, de hellingen, een stukje van het meer, de bossen en paden en iets wat vermoedelijk de tuin rondom een groot buitenterras zou worden wanneer de winter zijn greep eindelijk liet verslappen.

Er stonden tafels van donker glanzend hout, ook hier was voor stijlvol gekozen, en op elke tafel stonden een waxinelichtje onder een glazen koepel en een bloemenvaasje. De stoelen en hoge banken nodigden uit om nog wat langer te blijven zitten op het zachte steengrijze leer.

De bar zelf strekte zich uit langs een zijmuur zodat het personeel erachter de hele ruimte kon overzien. De toog, die net als de tafels van donker hout was gemaakt, leek antiek door het diepe houtsnijwerk, en dat gold ook voor de wand erachter, die bestond uit vier zuilen met bogen erboven en spiegelplaten ertussen.

Ze wenste ogenblikkelijk dat deze bar van haar was.

Het espressoapparaat – koperkleurig, met talloze buizen en knoppen – stond op een apart werkblad naast de achterwand. In een discrete nis aan het andere uiteinde van de toog bevond zich de kassa. De klapdeuren leidden ongetwijfeld naar de keuken.

In gedachten maakte ze aantekeningen met betrekking tot haar toekomst. Aanblik van de bar: bijzonder stijlvol. Indeling: uitstekend.

Ze kon niet wachten om achter die bar te gaan staan, te kijken waar alles stond en de tappen te controleren – aan elke kant van de toog waren er zes. Net toen ze ernaartoe liep – gewoon om heel even een kijkje te nemen – kwam er een man met een bak in zijn handen door de klapdeuren.

Hij was lang, vrij slungelig en droeg zijn korte haar in leuke, nette twists. Hij ging gekleed in een wit overhemd, een zwart vest en een zwarte broek. Op zijn koperen naamplaatje stond NICK.

'Goedemorgen,' zei hij glimlachend. 'Après gaat pas om half twaalf open, maar in de lobby serveren ze koffie, thee en warme chocolademelk. Ik wil met alle plezier je bestelling opnemen.'

'Nee, dank je. Ik heb een afspraak met mevrouw Jameson. Nell Jameson. Ik ben aan de vroege kant.'

'Morgan Albright?' Zijn glimlach werd breder toen hij de bak op de bar zette en daarna met een uitgestoken hand op haar af liep. 'Ik ben Nick Tennant. Ik sta hier overdag achter de bar. Jij komt solliciteren op die managerspositie, hè? Leuk je te leren kennen.'

'Insgelijks. Jullie hebben echt een schitterende bar.'

'Nou en of.' Trots keek hij om zich heen. 'Maar goed, ik ben bevooroordeeld. Ik werk hier al tien jaar... dat wil zeggen, in Après. Daarvoor heb ik vier jaar tijdens alle vakanties in het resort gewerkt.'

'Tien jaar.'

'Ja.' Onderzoekend nam hij haar op met zijn diepliggende bruine ogen. 'En ik zal meteen antwoord geven op de vraag die jij uit beleefdheid niet wilt stellen. Ik wilde geen manager worden. Ik vind het fijn om gewoon na een werkdag van acht uur naar huis te kunnen gaan voor het avondeten. We hebben net een baby gekregen.'

'O, gefeliciteerd. Laat eens zien.'

Met een grijns pakte hij zijn telefoon en liet haar de screensaver zien: een foto van een baby'tje met dezelfde sprekende ogen als haar vader en een grote bos kroeshaar. Met de roze strik in haar haar en het roze jurkje met ruches was het op en top een meisje.

'Sprekend haar vader. Hoe heet ze?'

'Shila. Haar mond heeft ze van haar moeder, maar verder lijkt ze ontzettend op mij. Heb jij kinderen?'

'Nee.'

'Kinderen veranderen alles.' Hij glimlachte nog een keer naar de baby op zijn screensaver en borg toen zijn telefoon weer op. 'Ik heb wel overwogen om hier manager te worden en de bijbehorende avonddiensten te draaien. Maar dan moet je ook komen als er een probleem is. Om nog maar te zwijgen over het maken van werkroosters en het bijhouden van de administratie. Oké, als manager verdien je méér, maar... Nee, een baan van half elf tot half zeven bevalt me wel. Ik kom binnen om half elf, bekijk de voorraden en controleer of de fusten nog vol genoeg zijn en daarna maak ik de garnituren. Nou ja, jij weet verdorie hoe het in zijn werk gaat.'

'Jazeker.'

'Daarna open ik de bar, sta ik erachter en aan het einde van de dag sluit ik die weer en klok ik uit. Meestal ben ik 's avonds tegen kwart voor zeven weer terug bij mijn meisjes. Op die manier heb ik het beste van twee werelden.'

'Zo te horen wel.'

'Toe, ga aan de bar zitten. Dan schenk ik een fris voor je in.'

'Graag. Mag ik misschien... Ik zou echt heel graag even achter de bar kijken.'

'Kom maar.' Hij leidde haar om de toog heen en pakte een glas.

Schoon, glanzend en ordelijk, zag ze. Precies zoals het hoorde. IJsblokjesmachine, makkelijk bereikbare flessenhouder, glanzend schone spoelbak, wijnkoelers, cocktailshakers, kurkentrekkers, messen, roerstaafjes, afneemdoekjes, cocktailservetten. Alles even smetteloos als de flessen en de glazen tegen de achterwand van de bar.

'Wat vind je ervan?'

'Volgens mij weten de eigenaars en de bartenders hier wat ze doen.'

Hij wees even met zijn wijsvinger naar haar en zette daarna haar drankje op de bar. 'Ik kan wel een berichtje naar Nells kantoor sturen om ze daar te laten weten dat je er bent.'

'Hoeft niet, hoor. Op deze manier kan ik de indeling nog even bekijken en me inwendig voorbereiden.' Ze liep om de toog heen en ging op een kruk zitten. 'Ik ben er niet aan gewend om aan deze kant van de toog te zitten.'

'Hoelang ben je al barkeeper?'

'Bijna zeven jaar. Ik ben ermee begonnen in mijn laatste studiejaar, en ik wist meteen dat ik mijn plekje had gevonden. Ik hoef jou niet te vragen of je het leuk vindt om hier te werken. Je lijkt me niet het type dat ergens tien jaar zou blijven, plus de vier jaar in de vakanties, als dat niet zo was.'

'Het is echt een geweldig bedrijf. Ik heb mijn vrouw hier leren kennen. Corrine werkt op de afdeling Reserveringen. Nou ja, nu heeft ze ouderschapsverlof, maar als Shila zes maanden is, wil ze in elk geval parttime terugkomen. Ik heb hier veel vrienden gemaakt en ze behandelen me hier goed. En dan heb ik je nog niet eens verteld over Hal. Hij is de hoofdbutler van de club lounge en hij werkt hier al zevenentwintig jaar. En dat is niet eens het record.'

'Nee?'

'Mevrouw Finski. Iedereen, óók de familie Jameson, noemt haar mevrouw Finski. Toen zij met pensioen ging, was ze hier zesendertig jaar hoofd van de huishouding geweest.'

'Nou, dat getuigt van trouw van het personeel.'

'Die trouw heeft de familie Jameson verdiend. Ze zijn heel goed voor hun mensen.'

'Bedankt, Nick.'

Morgans eerste gedachte was dat Nell Jameson – van wie ze een foto op de website had gezien – bruiste van de energie.

Dankzij haar modieuze laarzen was ze net iets langer dan één meter zestig, en haar fitness-slanke figuur was gekleed in een roestbruine jurk die net tot haar knieën kwam. Haar prachtige bruine haar met highlights zat in een losse wrong.

Hoewel Nell er op de foto verdomd goed uitzag, zag ze er in levende lijve nog beter uit, vond Morgan. Misschien kwam het door die energie of door haar sprekende bruine ogen.

De vrouw bewoog zich met een uitstraling van totale zelfverzekerdheid. 'Nell Jameson.'

'Morgan Albright.'

Ze gaven elkaar een hand en namen elkaar onderzoekend op.

'Ben ik te laat?'

'Ik was aan de vroege kant.' Wees jezelf, dacht Morgan. 'Ik wilde voor het sollicitatiegesprek graag een indruk opdoen van de bar.'

'En? Wat vind je ervan?'

'Van deze toog?' Morgan streek met een hand over de toog. 'Deze zou ik zelf wel willen hebben.'

'Dat snap ik best. Mijn opa heeft hem hiernaartoe laten verschepen vanuit Dublin.'

'Ik dacht al dat het een echte, originele toog was. En de rest is ook prachtig. Chic, maar toch gemoedelijk. Ordelijk en efficiënt ingedeeld. Details die niet per se door de klanten worden gezien, maar wel worden gevoeld. En het uitzicht is natuurlijk een cadeautje.'

'Ramen met thermisch glas, getint om de schittering te verminderen. Vanaf hier kun je de skihellingen zien. Ski je ook?'

'Nooit van mijn leven.'

'Oké. In de lente en de zomer, tot diep in de herfst heb je hier uitzicht op de negende tee bij het meer. 'Kun je golfen?'

'Nee. Maar ik heb wel in tuinen gezeten en ik heb er zelfs een paar beplant. Ik neem aan dat het uitzicht op de tuin, als die niet onder de sneeuw is bedolven, behoorlijk spectaculair is.'

'Nou en of. Kom, laten we aan een tafel gaan zitten en beginnen.'

Nell stak een vinger op. 'Maar eerst kun je me misschien wat praktische vaardigheden laten zien. Maak maar eens een Kir Royal voor me.'

'Graag, maar dan wil ik eerst je identiteitsbewijs zien.'

Ze hoorde Nick even naar adem happen, maar ze bleef Nell strak aankijken.

'Meen je dat nou?' vroeg Nell.

'Anders mag ik je niets inschenken.'

'Ik ben zevenentwintig.'

'Ja, dat zeggen ze allemaal. Het spijt me, maar qua uiterlijk kun jij makkelijk voor iemand van twintig doorgaan. Dat kan best door je buitengewone DNA en spectaculaire botstructuur komen, maar ik vind dat het risico voor deze bar én mezelf niet waard.'

'Zijn dat jouw persoonlijke regels?'

'Ja, en ik hoop dat jullie hier dezelfde regels hebben, want anders ben ik de verkeerde persoon voor deze betrekking.'

'Ik begrijp het.' Nell zette haar aktetas op de bar en maakte hem open. Ze pakte een sierlijke leren portefeuille uit een van de zakken en haalde daar haar rijbewijs uit.

Morgan bekeek het aandachtig, glimlachte en zei: 'Bedankt.'

Haar hart begon even te bonzen toen ze om de toog heen liep, maar daarna kwam ze tot rust. Tenslotte verstond ze haar vak.

Ze vulde een flûte met ijsblokjes en koud water, zette dat opzij en ging op zoek naar een fles crème de cassis, een citroen en een schilmesje. 'Op de website staat dat jij de Hospitality-manager bent.'

'Dat klopt.'

Morgan haalde een fles champagne uit de wijnkoeler. 'Dus dan vallen Après, de Lodge Bar, de restaurants én de roomservice onder jou?'

'En de juicebar in de fitnessruimte en de snackbar naast de lift. En als de gasten van de chalets het willen, doen we boodschappen voor hen.'

'Dat is nogal wat.' Behendig maakte Morgan de fles open met een elegante, gedempte plop.

'Ik heb een uitstekend team.'

'Ik heb alleen nog kennisgemaakt met Nick, maar als hij representatief is voor de anderen, dan is dat zonder meer waar.'

Ze gooide het ijs in het glas. Ze deed op het oog een eetlepel crème de cassis in de flûte en hield die toen schuin om er champagne bij te schenken. 'Vind je dat het werken voor een familiebedrijf zowel gemoedelijke als uitdagende aspecten heeft?'

'Ja.' Geïntrigeerd liet Nell haar kin op haar vuist rusten. 'Hou jij nou een sollicitatiegesprek met mij?'

'O, ik probeer gewoon een gezellig praatje te maken.' Met het mesje sneed ze een plakje van de citroen, haalde het vruchtvlees eruit en maakte er een perfecte citroenkrul van. Daarna schonk ze champagne bij tot de rand van het glas, voegde de citroenkrul toe en zette het hoge glas op de toog op een cocktailservetje. 'Geniet ervan.'

Nell nam een slokje en zette de flûte toen weer neer. 'Oké, die is volmaakt. Ik was niet van plan om hem echt op te drinken, maar hier maak ik een uitzondering voor. Kom, dan gaan we aan dat tafeltje zitten.'

Toen Nell naar een tafel met banken bij het raam liep, wierp Nick Morgan een grijns toe en stak zijn duim op.

'Voor we verdergaan moet me van het hart...' – begon Nell toen Morgan tegenover haar ging zitten – '... dat ik het vreselijk vind wat er met jou en je vriendin is gebeurd. Echt vreselijk.'

'Bedankt.'

'En dan is er nog iets wat me van het hart moet. Ik vond het ronduit irritant dat mijn oma dit sollicitatiegesprek heeft geregeld. Daarmee begaf ze zich op mijn terrein.'

'O.' Verdomme! 'Dat kan ik begrijpen.'

'Oma's.' Ditmaal verscheen er een stralende glimlach op Nells gezicht. 'Het is maar goed dat ik dol ben op de mijne.'

'Dat ben ik ook op de mijne.'

'Goed, laten we dat hoofdstuk dan maar afsluiten.' Nell maakte haar aktetas opnieuw open, haalde er een map uit en sloeg die open. 'Je cv is indrukwekkend. Maar er staat niet bij dat je een managersfunctie hebt vervuld in de Next Round in Maryland.'

'Daar ben ik alleen barkeepster geweest. Maar bij Greenwald's Builders was ik officemanager.'

'Je werkgever bij de Next Round heeft me verteld dat je daar de werkroosters maakte, de inventaris opmaakte, goederen bestelde en zelfs kleine reparaties en onderhoud deed.'

'Zo nodig.'

'Twee woorden om naar te leven. Hij heeft ook tegen me gezegd dat jij de op een na beste barkeeper was die hij heeft gehad in de eenendertig jaar dat hij die bar nu heeft.'

'Big Mac. Dat was de beste.'

Nell glimlachte opnieuw. 'Precies. Maar Big Mac kwam alleen als beste uit de bus omdat hij kon zingen als een engel en met zijn forse postuur eventuele herrieschoppers wist te intimideren. Maar je baas vond jou betrouwbaarder en flexibeler, dus het verschil is minimaal. Hij had gehoopt de bar aan jou te verkopen als hij met pensioen ging.'

'Hij... Watte?' Dat kwam hard aan. 'Daar had ik geen idee van.'

'Hij kennelijk ook niet, dat besef is pas gekomen na jouw verhuizing. Ben je van plan om in Westridge te blijven?'

Het idee dat ze bijna haar eigen bar had gehad bracht haar even van haar stuk. Maar dat moest ze loslaten, want die tijd was voorbij. Wat nu telde was het hier en nu.

'Ik wil me ergens settelen. Ik ben van Maryland naar Vermont verhuisd. Daarginds heb ik niets meer en mijn familie woont hier.'

'Als kind van een militair heb je op heel veel plekken gewoond. Heb je lievelingsplekken?'

'Nee, niet echt. Het is allemaal maar tijdelijk, en dat weet je als je eraan begint.'

'Dus dan is het beter om je nergens aan te hechten.' Nell knikte en hoewel Morgans cv voor haar op tafel lag, keek ze er niet naar. 'Als student heb je in bars en restaurants gewerkt, dus je hebt ervaring als serveerster en je weet hoe je gasten moet bedienen. Dus je moet een goed idee hebben van wat de obers en serveersters allemaal voor hun kiezen krijgen. Om even terug te komen op de managementkant van het verhaal... je baas bij Greenwald's was bijzonder over je te spreken.'

Het verbaasde Morgan dat Nell haar referenties nu al had nagetrokken, maar ze antwoordde soepel: 'Het was heel fijn om voor de familie Greenwald te werken.'

'Een familiebedrijf.'

'Ja, op en top.'

'Je oma en je moeder runnen ook een familiebedrijf.'

'Klopt.'

'Ik ben trouwens dol op Crafty Arts. En ik moet hoognodig een bezoekje brengen aan dat nieuwe café.'

'Het ziet er geweldig uit.'

'Maar je wilde daar niet werken?'

'Een wijnbar is leuk, maar het is geen echte, volledige bar. Ze zouden me er kunnen gebruiken, maar ze hebben me niet per se nódig.'

'Vind je dat het werken voor een familiebedrijf zowel gemoedelijke als uitdagende aspecten heeft?'

Voor de eerste keer schoot Morgan in de lach. 'Nou en of.'

Nell liet zich achterover zakken en nam een slok van haar drankje. 'Waarom wil je eigenlijk in een bar werken?'

'Ik hou van mensen. Een bar is een trefpunt. Als je achter de toog staat, verwachten de mensen dat jij hun een drankje serveert. Maar je moet ook hun gemoedstoestand kunnen inschatten. Je hebt mensen die in een vrolijke of feestelijke stemming zijn, mensen die een zware dag achter de rug hebben en snakken naar wat ontspanning, mensen die verdrietig of kwaad zijn en mensen die gewoon een praatje willen maken. Dat moet je allemaal kunnen inschatten als je hen bedient. Ik ben goed in het mixen van drankjes en in het bepalen van de sfeer. Ik hou van bars. Ze zijn een klein universum op zich.'

'Hoe kom je daar zo bij?'

'Daarginds is de boze buitenwereld.' Met haar vinger tekende ze een cirkel in de lucht. 'Maar in een bar kun je even op adem komen. Of je nou uit een vergadering komt die rampzalig is verlopen, of de gevraagde opslag niet hebt gekregen... in een bar kun je op adem komen. Of je kind nou een tien heeft gehaald voor een proefwerk spelling of dat je net promotie hebt gemaakt, een bar is dé plek om het te vieren en goed nieuws met anderen te delen. Een bar in een resort zal wat minder stamgasten hebben, maar ook daar komen mensen uit de omgeving.'

Ze wees naar een lege tafel. 'Daar heb je bijvoorbeeld een zakelijke vergadering,' zei ze. 'En aan een andere tafeltje zit een pasgetrouwd stel elkaar verliefd aan te kijken. Twee stellen, oude vrienden van elkaar die samen op een korte vakantie zijn. Een bruiloftsgezelschap. Al die mensen zie ik als ik achter de toog sta. En de indeling hier is geweldig omdat ik tegelijkertijd aandacht kan besteden aan de mensen die op de krukken aan de bar zitten.'

'Wat verwacht je van het bedienend personeel?'

'Hetzelfde als van mezelf. Drankjes serveren, stemmingen inschatten en erin meegaan. Geen praatje beginnen voordat jij wordt aangesproken. Wil je een fooi? Glimlach dan, maak oogcontact en besteed aandacht aan de klant. En bedien alle tafels even snel. Ook een vriendelijke bediening moet efficiënt zijn. Eerst bedienen, morren komt later. Als je hulp nodig hebt, zeg het me dan. Het is mijn taak om bij te springen. Zo nodig.'

'Oké. Ik heb ongeveer een kwartier. Laten we de arbeidsvoorwaarden bespreken en daarna zal ik je naar mijn assistent sturen die je een rondleiding zal geven.' Ze nam nog een slok van haar drankje. 'Als we het eens worden, kun je aanstaande maandag met de training beginnen. Ik wil dat je eerst een hele week met Don, onze huidige manager, aan de slag gaat voordat ik je in je eentje aan het werk laat gaan.'

Morgan legde haar handen op haar schoot, verstrengelde haar vingers en drukte die hard tegen elkaar. 'Gaat het echt zo makkelijk?'

Ditmaal keek Nell aandachtig naar haar drankje voordat ze nog een slok nam en daarna keek ze Morgan recht in de ogen. 'Ik kan ook mensen inschatten.'

Anderhalf uur later liep Morgan nog altijd beduusd Crafty Arts binnen. Een stuk of zes mensen neusden rond terwijl Sue een artikel aansloeg op de kassa.

'Hoi, Morgan. Je moeder en je oma zijn net naar boven gegaan, naar het kantoor.'

'Bedankt.'

Ze liep naar boven en zag haar moeder aan de computer zitten terwijl haar oma meekeek over Audreys schouder.

'Mam, ik denk dat we het moeten formuleren als "belangstelling hebbend voor", in plaats van "ervaring vereist". Als we eenmaal iemand hebben aangenomen, kunnen we hem of haar wel train... Hé, Morgan!' Audrey vouwde haar handen onder haar kin. 'En? Hebben die oorbellen je geluk gebracht?'

'Reken maar. Ik ben aangenomen.'

'Logisch,' zei Olivia schouderophalend, maar haar ogen glinsterden toen Audrey opsprong om Morgan te omhelzen en samen met haar dochter op en neer te springen. 'De Jamesons zijn niet dom.'

'Mijn training begint morgen en ik heb een proeftijd van drie maanden. En daarna? Automatische salarisverhoging. Jezus, ze hebben me meer geboden dan ik verdiende bij de Next Round en hier hebben ze ook nog eens goede secundaire arbeidsvoorwaarden. En, en... o god, ik ga leiding geven aan een team van drieëntwintig personen, inclusief keukenpersoneel.'

'Dat moeten we vieren,' zei Audrey. 'We nemen je mee uit eten.'

Morgan gaf toe aan haar ingeving. 'Ik wilde varkenskarbonaadjes maken.'

Audrey knipperde met haar ogen. 'Wil jij gaan koken?'

'Het is een recept van Nina's moeder. Ik heb het een keer eerder gemaakt. Dat lukt me vast nog wel een keer. Ik ga varkenskarbonaadjes maken met haar gekruide aardappeltjes,' herhaalde ze omdat ze een nare herinnering wilde verdrijven. 'En we dekken de tafel met het mooie porseleinen servies en het goede bestek. Zó wil ik het graag vieren.'

Ze maakte zich los van haar moeder. 'Oma, bedankt dat je de deur daarginds voor me op een kier hebt gezet. En ik wil jullie allebei bedanken voor die geluksoorbellen. Misschien doe ik die wel nooit meer uit. Ik ga nu naar de supermarkt en daarna ga ik voor jullie koken.'

Ze gaf haar moeder en haar oma allebei een snelle omhelzing. 'En als het afschuwelijk smaakt? Liegen.'

8

De mate van stommiteit en goedgelovigheid van de mensheid bleef hem verbazen.

En verrukken.

Want zonder die heerlijke zwakten zou hij nooit kunnen leven in de stijl die hem toekwam.

Gavin Rozwell had al vroeg geleerd dat vrouwen hem bijna oneindige mogelijkheden tot uitbuiting en manipulatie boden. De manier waarop hing natuurlijk af van het doelwit. Sommigen gingen al voor de bijl bij het zien van een knap uiterlijk. En hij wist dat hij knap was, want dat was hem van jongs af aan verteld.

Bij anderen moest je je charme aanwenden. En die kon hij in alle gewenste hoeveelheden opdienen. In vleugjes, in hogere doseringen of met scheepsladingen tegelijk, afhankelijk van het doelwit en de situatie. Dat talent had hij nou eenmaal.

Sommigen hielden juist meer van de ruwe aanpak en ook dat was geen probleem. Toch zorgde hij doorgaans dat hij niet te ruw was. Althans, tot hij een einde maakte aan hen.

Je had vrouwen die vielen voor de eenzame man, de piekeraar, de dichter, de gemoedelijke vent of de man met het korte lontje.

Hij beschikte over een miljoen persoonlijkheden die hij kon aantrekken als een maatpak.

Bij sommige types vormden zielige verhalen de ingang. Zoals de man die onlangs weduwnaar was geworden of de man wiens vrouw hem ontrouw was.

De truc? Je aanpassen aan de verlangens van het doelwit.

En daar was hij een meester in.

Maar goed, dat had hij dan ook al op jonge leeftijd geleerd door naar zijn eigen moeder te kijken die in de ene smoes na de andere trapte. Zij geloofde oprecht dat ieder mens een kern van goedheid had, hoe diep verborgen ook. Volgens zijn goeie ouwe moeder was niemand puur slecht, niet door en door. En in haar wereld had geen kwaad bestaan. Tenslotte had God die wereld geschapen, en God was goed.

Hoe vaak ze ook in elkaar was geslagen, ze was blijven geloven dat goedheid altijd overwon.

Zijn moeder de heilige.

Zijn moeder de domme gans.

Zij had hem beschouwd als haar geschenk, haar knappe, slimme jongetje. Natuurlijk had zijn vader haar afgetuigd bij de zeldzame gelegenheden dat hij überhaupt aandacht aan haar schonk. En daarna kwamen de excuses. Van háár, nooit van hem. *Hij heeft een zware dag achter de rug en dan wordt hij kwaad. Ik had ook niets tegen hem moeten zeggen.*

Nadat zijn vader met de noorderzon was vertrokken en zelfs het geld had meegenomen dat zij onder haar goedkope, degelijke witte beha's en slipjes had verstopt, zelfs toen vergoelijkte ze het nog. *Hij houdt te veel van ons om te blijven.*

Dus hij – haar geschenk – had slechts zwakte in zijn moeder gezien: de zwakte van een vrouw, klaar om uitgebuit te worden.

Voor haar werd hij de liefhebbende, toegewijde zoon terwijl zij laaggeschoold werk deed voor klootzakken die haar nauwelijks genoeg betaalden om de huur te kunnen betalen. Met een eenvoudig bosje paardenbloemen of met een uit knutselpapier geknipt hart verzekerde hij zich ervan dat ze hem op zijn wenken bediende. En wanneer hij vijf of tien dollar stal uit het koffieblik dat ze in de provisiekast bewaarde, zag ze dat niet of wilde ze dat niet zien.

Op school deed hij het uitstekend. Hij had een goed stel hersens en gedroeg zich uitermate beleefd. En hij gebruikte het zorgvuldig opgebouwde vertrouwen om zowel medeleerlingen als onderwijzers geld te ontfutselen.

Hij had talent voor computers en bij het aanscherpen van dat talent vernietigde hij in de tweede klas van de middelbare school het leven van zijn geschiedenisleraar.

Die klootzak had hem een zeven min gegeven!

Toen hij er eenmaal mee begon, bleek het hacken van computers opmerkelijk eenvoudig. En kinderporno uploaden op de homecomputer van meneer Stockman was een uitdaging die hij met plezier aanging.

Stockman verloor zijn baan, zijn vrouw en zijn kinderen en zat zes jaar in de gevangenis.

Stop die zeven min maar in je reet, klootzak.

De afscheidsspeech die hij na zijn eindexamen op de middelbare school mocht geven had zijn moeder - en anderen - tot tranen geroerd. Hij aanvaardde een studiebeurs voor Michigan State University. Hoewel hij uit verscheidene universiteiten kon kiezen beweerde hij dat hij dicht bij zijn moeder in Detroit wilde blijven, zodat hij regelmatig terug kon rijden om haar te helpen. En dat deed hij heel trouw, terwijl hij wachtte tot de lente van zijn tweede semester om zijn eerste moord te plegen.

Een schok! Een drama! De zinloze moord op een eenenveertigjarige vrouw tijdens een inbraak in haar vervallen huurwoning terwijl haar enige zoon, haar liefhebbende en toegewijde zoon, honderdveertig kilometer verderop in zijn studentenkamer lag te slapen.

Haar negentienjarige zoon, die tijdens haar uitvaart helemaal was ingestort, liep niet langer het risico om naar een pleeggezin te worden gestuurd of een wettelijk verplichte voogd toegewezen te krijgen en hij proefde de vrijheid.

Hij verzilverde haar levensverzekering, die ze op zijn aandringen had genomen - gemoedsrust voor slechts vijftien dollar per maand - en Gavin Rozwell, geboren psychopaat, trok de wijde wereld in.

Daar bloeide hij op.

Een tijdlang reisde hij alleen maar rond en leidde een luxeleventje. Maar het geld van de verzekering raakte natuurlijk op.

Dus organiseerde hij af en toe een eenvoudig zwendeltje, wat zowel leuk als winstgevend bleek te zijn. Daarna ging hij over op identiteitsdiefstal, wat hogere winsten en grotere tevredenheid opleverde. Maar die bezigheden waren niet echt spannend. Hij kreeg er geen kick van. Geen intense roes.

Dus begon hij tijdens het reizen plannen te bekokstoven en vond hij zijn ware roeping.

Hij wist heel goed dat hij met het vermoorden van al zijn doelwitten eigenlijk keer op keer zijn moeder van het leven beroofde. Hij had immers altijd tienen gehaald voor zijn psychologietentamens. Maar wat dan nog? Hij genoot ervan, telkens weer. Het beëindigen van een leven, de geschokte blik in de ogen van zijn slachtoffers wanneer hij hen wurgde, bracht hem terug naar het moment dat hij in de ogen van zijn moeder had gekeken.

Wie zei dat het verleden een gesloten boek was?

Hij vond het heerlijk om zijn slachtoffers eerst van al hun waardevolle spullen te beroven – voor hem vormde dat het hoogtepunt van de opwinding – precies zoals zijn vader alles waar zijn moeder waarde aan hechtte had afgenomen.

Nou ja, behalve hem, natuurlijk.

Nu, op een prachtige lenteochtend – met het alias Oliver Salk – zat hij op het terras van zijn hotel in Maui zijn tweede kop koffie te drinken, genietend van de ochtendlucht en het uitzicht.

In de twaalf jaar na de moord op zijn moeder had hij het er flink van genomen en een luxeleventje geleid. De tweehonderdvijftigduizend dollar van de levensverzekering had hem de middelen en de gelegenheid gegeven om het leven te leiden dat hem op het lijf was geschreven.

Hij hief zijn koffiekopje en bracht een toost uit. 'Bedankt, ma.'

Nou, hij had het verdiend. Net zoals hij elke dollarcent erna had verdiend, want het wás per slot van rekening werk. Werk dat tijd, vaardigheden en slimheid vergde. De weken, vaak maanden, waarin hij onderzoek deed en plannen beraamde, eisten hun tol. Daar kwamen dan nog de onkosten bij van het in stand houden van zijn uiterlijk waar hij telkens íéts aan veranderde, de kosten van het aanschaffen van nieuwe identiteiten en de daarbij behorende kleding.

Sommige van zijn slachtoffers verwachtten seks, iets waar hij eerlijk gezegd niet van hield. Maar hij beschouwde het als de prijs voor het zakendoen.

Zo was er die vrouw in Portland van drie... nee, vier jaar geleden. Mijn god, dat mens was onverzadigbaar geweest als het op seks aankwam. Maar ja, hij had bijna achthonderdduizend dollar van haar gestolen voordat hij een einde aan hun relatie had gemaakt. En aan haar.

Hij was in goeden doen, genoot van zijn leven, zijn werk en zijn reizen. Zijn succespercentage was volmaakt geweest omdat hij daar hard voor werkte. Hij had het volste recht op volmaaktheid.

Tot Morgan Albright. Zij was hem door de vingers geglipt.

Dat stak nog steeds, en hij durfde wel aan zichzelf te bekennen dat die misser hem van slag had gebracht. Behoorlijk van slag had gebracht. Zelfs zo erg dat hij de behoefte had gehad een pauze in te lassen en zichzelf een lange vakantie had gegund.

Dat kreng zou inmiddels wel met de politie hebben gepraat of met die etters van FBI-agenten, en misschien, heel misschien, had hij tijdens zijn gesprekken met haar iets over zichzelf prijsgegeven wat hij beter niet had kunnen doen.

Heel onwaarschijnlijk, maar die onzekerheid knaagde aan hem en had hem gedwongen een adempauze te nemen en voor een afstand van een paar duizend kilometer tussen hen te zorgen.

Tenslotte kon hij zich dat veroorloven. Eerst een tijdje in San Diego, daarna een paar maanden in Malibu en vervolgens was hij in Hawaï van eiland naar eiland getrokken.

In zijn ogen ging er niets boven een verblijf in een goed hotel aan het strand. En zoals het gezegde luidde: de boog kan niet altijd gespannen zijn.

Maar zelfs in luxehotels aan prachtige stranden dacht hij aan haar en blééf hij aan haar denken. Alles wat voor haar van waarde was geweest had hij haar afgepakt, maar ze had het overleefd. Zij had zijn reeks van successen onderbroken en dat vrat aan hem.

Dat moest hij rechtzetten, hij moest haar uit de weg ruimen en zijn geluk weer opeisen. Bovendien verveelde hij zich. Hij kon pas genieten wanneer zijn boog gespannen was. Hij miste zijn werk en daarom was hij onderzoek gaan doen.

Hij moest zijn geluk weer opeisen en aan een nieuwe reeks successen beginnen voordat hij met Morgan zou afrekenen.

Er waren twee mogelijke kandidaten op het vasteland, en binnenkort zou hij de gelukkige winnaar uitkiezen. Maar Morgan? Zij had bewezen dat mensen dom en goedgelovig waren en te allen tijde door hem te grazen konden worden genomen.

Ze had haar wachtwoorden veranderd – alsof dat iets uitmaakte – en het afgelopen jaar had ze haar toch al weinige social media-accounts opgedoekt.

Haar moeder was echter op alle social media te vinden. Zij zette regelmatig berichtjes online over het familiebedrijf in Vermont. Mooie foto's, opgewekte marketing, met een persoonlijke noot.

Daardoor wist hij dat Morgan platzak naar Vermont was verhuisd en bij haar mammie en oma was ingetrokken. Dankzij al die opgewekte berichtjes van haar moeder kon hij haar in de gaten houden. Al voordat hij die armetierige bar binnen was gelopen had hij onderzoek gedaan naar haar familie, het huis van haar oma en het familiebedrijf, dus hij wist precies hoe alles in elkaar stak en hoe het er financieel voorstond.

Als hij er klaar voor was zou hij de social media-accounts van haar moeder gebruiken om een achterdeurtje te vinden om Morgan te hacken.

Als hij er klaar voor was.

Misschien was het voorbestemd geweest dat ze hem de eerste keer was ontglipt. Het idee van 'voorbestemd' kalmeerde hem. Hoewel ze hem pijn had gedaan door te blijven leven, kon hij haar nog veel meer pijn doen door haar eerst nog een tijdje te laten leven en vervolgens opnieuw alles van haar af te pakken.

Voor die tweede poging zou hij van tactiek moeten veranderen, een compleet andere werkwijze moeten bedenken. Maar wel eentje die de kans bood op meer, veel meer. Meer geld, meer pijn en meer voldoening voor hem.

Stel je voor – het was maar een ideetje – dat hij ze alle drie zou vermoorden? Dat was de moeite van het overwegen waard.

Maar eerst moest hij zich opnieuw in het spel bekwamen. Hoog tijd om die gelukkige winnaar uit te kiezen en een plan te gaan smeden.

Morgan vond het heerlijk om weer aan het werk te zijn; de regelmaat, de structuur, het rooster. Zodra ze haar werkkleding aantrok, voelde ze zich productief en bekwaam. En nadat ze het personeel had leren kennen, maakte ze weer deel uit van een team.

De training bleek simpel zat. Après was zonder meer groter en luxer dan elke bar of bedrijf waar ze tot dan toe had gewerkt, maar ze zou het beslist aankunnen.

Misschien was ze een tikje geïmponeerd na haar bezoek aan de wijnkelder – al die wijnrekken met kwaliteitswijnen die veel ouder waren dan de wijnen die zij in het verleden had gedecanteerd. Maar ook dat kon ze beslist aan.

De menukaart van de keuken was een stuk luxer en uitgebreider dan die van de Next Round, en de gasten hier kregen op esdoornhout geroosterde amandelen en Picholine-olijven in plaats van bakjes pretzels en pinda's bij hun drankjes geserveerd, maar dat was slechts een kwestie van stijl.

Ze doorliep de trainingsweek moeiteloos terwijl ze het soort gasten serveerde die ze tijdens haar sollicitatiegesprek met Nell had beschreven. En hoewel ze Nick als de beste van alle barkeepers beschouwde, had ze verder geen klachten. Wat het bedienend personeel betrof kon je zo zien dat die mensen goed getraind waren.

Aan het einde van de week werd haar gevraagd om naar het kantoor van Lydia Jameson te komen.

Ze had een groot kantoor verwacht, iets koninklijks wat paste bij de vrouw wier foto ze op de website had bestudeerd en wier levensloop ze had gegoogeld. In plaats daarvan trof ze een bescheiden, zakelijk aandoende ruimte aan, met een degelijk bureau en een stoel met een kaarsrechte rugleuning die zich kon meten met Lydia's ruggengraat.

Lydia's donkerblonde haar viel in zachte golven om haar krachtige gezicht met scherpe gelaatstrekken. Haar jukbeenderen en kin leken wel uitgesneden met een diamant. De lijntjes die met het verstrijken van de jaren op haar gezicht waren verschenen deden niets af aan haar uiterlijk, maar gaven haar juist een uitstraling van wijsheid. En van onverzettelijkheid.

Haar ogen waren diep goudbruin en ze droeg een bril met een zwart montuur. Haar klaproosrode lippen glimlachten niet terwijl ze Morgan aandachtig aankeek.

'Neem plaats.' Haar gedecideerde stem paste precies bij haar gezicht terwijl ze naar een stoel wees met een hand die werd gesierd door een verlovingsring en een trouwring met een oogverblindende prinses-geslepen diamant. 'En welkom bij de familie Jameson.'

'Dank u wel. Ik ben dankbaar dat ik erbij mag horen.'

'Je lijkt op Olivia, en ook een beetje op Audrey. Ik stel me zo voor dat je je ogen van je vader hebt.'

'De kleur, inderdaad.'

'Ik heb groot respect voor Olivia en in de afgelopen jaren heb ik dat ook voor je moeder gekregen. Dát is de reden waarom je hier bent. Of liever gezegd is dat de reden waarom je de kans hebt gekregen om hier te zijn.'

'Dat begrijp ik. En daar ben ik ook dankbaar voor.'

'En zo hóórt het ook. Ik heb je sollicitatiegesprek door Nell laten afhandelen omdat ik het gevoel had dat ik me daar niet mee moest bemoeien. Ik heb ook groot respect voor mijn kleindochter.'

'En zo hoort het ook.'

Na die opmerking trok Lydia haar wenkbrauwen even op. 'Nell heeft tegen me gezegd dat je een aanwinst voor dit resort zult zijn. En dat was Don met haar eens.'

'Ik ben vastbesloten om hen niet teleur te stellen.'

'Ben jij een vastbesloten persoon, Morgan?'

'Jazeker.'

Lydia reageerde niet op het antwoord, maar bleef Morgan aandachtig aankijken. 'Voor een vastbesloten persoon moet het moeilijk zijn om helemaal opnieuw te beginnen, maar zonder vastberadenheid slaagt een mens niet. Je vorige werknemers waren zeer te spreken over je trouw jegens hen. Hier stellen we trouw ook op prijs en je zult merken dat die wederzijds zal zijn.'

'Dat waardeer ik, en dat heb ik al met eigen ogen mogen aanschouwen. Nick Tennant werkt hier al tien jaar, Opal Reece twaalf en Adam Fine zestien. En er zijn nog meer mensen die hier al even lang of zelfs nog langer werken. Als mensen niet goed worden behandeld en als er geen wederzijds respect of wederzijdse trouw is, blijven ze niet zo lang ergens werken. Ik zal mijn best doen voor het bedrijf, mevrouw Jameson. En dat houdt in dat ik goed werk lever.'

'Ik verwacht niets minder van Olivia's kleindochter. Dus nogmaals, welkom bij de familie Jameson.' Ditmaal stond Lydia op en stak een hand uit.

'Hartelijk dank.'

Toen Morgan terugliep naar Après stond ze zichzelf eindelijk weer toe om adem te halen. Ze was er behoorlijk zeker van dat ze de laatste test had doorstaan.

Op haar eerste dag als manager van Après deed ze haar geluksoorbellen in. En arriveerde ze een uur voordat haar dienst begon voor een vergadering met Nell en haar moeder – Drea Jameson: de evenementencoördinator.

De vergadering vond plaats op Drea's kantoor, dat groter was dan dat van Lydia, en was ingericht met een roze tweezitsbank en twee met gebloemde stof beklede stoelen.

Morgan vond die vrouwelijke toets goed passen bij Drea Jameson, met haar loshangende, kastanjebruine haar, porseleinwitte huid en dromerig blauwe ogen. Ze droeg een auberginekleurige kokerjurk met een jasje dat tot haar taille kwam. Morgan had het vermoeden dat de grijze pumps met naaldhakken de kleine, tengere vrouw wat langer lieten lijken.

'Allereerst wil ik me verontschuldigen voor het feit dat ik nog geen kans heb gezien om Après even binnen te lopen en mezelf voor te stellen.'

'Met twee bruiloften, een verjaardagsfeest, een zakelijk banket en de reünie van de familie Grototti heb je daar de afgelopen weken ook weinig gelegenheid voor gehad.'

Drea glimlachte, en Morgan vroeg zich af of ze de kleur van haar lippenstift speciaal had gekozen omdat die bij de kleur van de tweezitsbank paste of dat het slechts een gelukkig toeval was. Ze besloot dat het een bewuste keuze moest zijn.

'Nell zei al dat je opmerkzaam bent.'

'Evenementen kosten tafels in de bar.'

'Ja, dat is waar.' Ze overhandigde een map aan Morgan. 'Dit is een lijst van evenementen voor de komende vier weken. Don vond het fijn om die elke maand digitaal en op papier te ontvangen. Je zult met wijzigingen te maken krijgen zoals toevoegingen en afzeggingen. Het uiteindelijke aantal gasten wordt aangegeven met rood.'

Morgan opende de map en las de geprinte vellen vluchtig door. 'Het wordt druk. Maar druk is goed. Ik hoef zelf alleen digitale kopieën te krijgen, al wil ik wel graag dat er een uitdraai in de keuken komt te hangen. Maar dat kan ik zelf regelen. En ik wil graag dat de wijzigingen op tijd worden doorgegeven.' Ze keek op. 'Is het mogelijk om een lijst te krijgen voor de komende vier à zes maanden?'

'Natuurlijk. Don vond het fijner om de zaken wat beknopter te houden.'

'Op die manier kan ik verder vooruitkijken en heb ik meer inzicht in de planning voor de lange termijn zodat ik rekening kan houden met vakantieaanvragen, verzoeken om van dienst te wisselen en weet ik alvast bij welke evenementen er een bar en barkeepers worden gevraagd. Willen de gasten bijvoorbeeld een volledige bar mét gedestilleerd of alleen wijn, bier en fris?' Ze keek Nell aan. 'Ik snap dat zoiets onder jouw taakomschrijving valt, maar bij evenementen met een privébar zitten er minder tafels vol in Après, in elk geval tijdens het evenement. En voor die privébars is personeel nodig dat bij Après of bij de Lodge Bar vandaan gehaald moet worden.'

'Dat is waar.' Nell hield haar hoofd schuin. 'Verder nog iets?'

'Nou, hoewel bedrijfsevenementen een relatief klein deel van de omzet van het resort vormen, komen de aanwezigen wel naar de bar om te netwerken en voor informele ontmoetingen. Dus als ik weet wat er in de komende zes maanden op het programma staat, kan ik voor voldoende voorraad zorgen. Afgelopen vrijdagavond moesten we een fles 1800 Silver tequila lenen van de Lodge Bar.'

'Hoveniersbedrijf Knox Seed and Soil,' zei Nell. 'Vrijdagavond is hun vaste tequila-shots avond. Daar hadden we op voorbereid moeten zijn.'

'Don had zijn aandacht er niet bij.' Drea tilde haar koffiekopje op. 'En dat is begrijpelijk. Ik kan een lijst naar je inbox hier in het resort mailen met daarop alle geboekte evenementen voor het komende half jaar, met een meer gedetailleerde vooruitblik op de komende twee maanden.'

'Dat zou heel fijn zijn. Bedankt.'

Nell hield haar hoofd opnieuw schuin. 'Verder nog iets?'

Après was weliswaar niet haar bar, maar... 'Nou, nu ik toch bezig ben, zal ik mijn geluk verder op de proef stellen en je nog iets vragen. Ik wil graag een signatuurdrankje introduceren dat elk seizoen verandert, zoals de spa hier dat doet met wisselende scrubs en lotions voor de gasten. De vrucht van de staat Vermont is de appel, dus we zouden een cidercocktail, met of zonder alcohol, op de drankenkaart kunnen zetten voor de herfst of winter, of in de winter een glühcider. Een sprankelend mixdrankje met cider voor de lente, en sangria voor de zomer. Zoiets. Of, als je het goed vindt, zou ik in overleg met de spa kunnen inspelen op hun speciale acties.'

'En als hun speciale actie nou een lavendelscrub is?' vroeg Nell. 'Dat wordt volgende week namelijk hun lente-aanbieding.' Ze zette haar lege kopje neer. 'Maar dat wist je vast al.'

En omdat dat zo was, had Morgan haar antwoord klaar. 'Lavendelmargarita's, lavendel gin-fizz, champagnecocktail met lavendel. Dat moet ik van tevoren weten zodat ik de lavendelsiroop en de lavendeltakjes voor de garnering kan bestellen. Maar in lente- en zomerdrankjes kun je echt alle kanten op met lavendel.'

'Ik wil die lavendelmargarita wel proberen,' zei Drea. 'Het klinkt heerlijk. Wat denk jij ervan, Nell?'

'Voor het hele resort of exclusief voor Après?'

'Daar ga jij over.'

'Ja, dat is waar. Laten we eens kijken of we iets kunnen organiseren met de spa. Als het aanslaat, wil ik het graag voor het hele resort. Wat mij betreft ga je het volgende week uitproberen in Après.'

'Geweldig, dan bestel ik alles wat we nodig hebben.'

'Ik loop wel even met je mee naar buiten.' Nell ging staan.

'Welkom aan boord, Morgan.' Drea kwam ook overeind. 'En zeg tegen je moeder en je oma dat ik ze mis tijdens yoga.'

'Yoga?'

'In studio Om, in South Alley, een zijstraat van High Street. We proberen altijd om op woensdagochtend naar de les van negen uur te komen, maar vanwege hun nieuwe café-project en mijn drukke agenda zijn we er alle drie al een maand niet meer geweest. Voor mij is het waarschijnlijk al zes weken geleden. Zeg maar dat ik alles op alles zet om deze week wel te komen.'

'Doe ik.'

'Ze mediteert ook nog,' zei Nell toen Morgan en zij samen door de receptieruimte van de kantoorvleugel liepen met de vele rinkelende telefoons en drukke assistenten. 'Mediteer jij ook?'

'Alleen wanneer ik bewusteloos ben.'

Lachend schudde Nell haar haar naar achteren, dat die dag los op haar schouders hing. Een meer casual look in combinatie met haar grijze broek en marineblauwe trui. 'Dat geldt ook voor mij. Ik weet niet goed of het idee van een lavendelmargarita me fascineert of verbijstert.'

'Kom volgende week even langs. Dan maak ik er eentje voor je.'

'Ja, misschien doe ik dat.' Ze haalde haar zoemende telefoon uit haar zak. 'Nou, voor mij geen meditatie of margarita's. Succes vanavond,' voegde ze eraan toe waarna ze vlug de andere kant op liep.

'Druk is goed,' mompelde Morgan. Ze wuifde of knikte naar wat personeelsleden die ze inmiddels had leren kennen terwijl ze zich over de marmeren vloer naar de lobby begaf en onder de boog door liep. Het begon erop te lijken dat ze haar plekje had gevonden, dacht ze.

In de bar was het druk, wat een bar volgens haar hoorde te zijn. Sommige mensen dronken iets voordat ze gingen dineren in een van de restaurants en andere namen genoegen met de hapjes die door de bar werden geserveerd. Ze keek even rond en zag een stel zakenlui dat hun hoofden bijeen had gestoken en een fel gesprek voerde. Drie vrouwen die zaten te lachen en een wijntje dronken.

Ze bleef staan toen ze de twee mannen zag die een biertje dronken. Nog meer Jamesons, dacht ze. De pater familias, Michael 'Mick' Jameson: de man die samen met zijn vrouw Lydia Jameson Miles de chaletcamping en een hotel met twintig kamers had uitgebreid tot het Resort in Westridge. Hij zat aan tafel met Nells broer Liam: de jongste telg van de familie.

De twee generaties samen leverden een mooi plaatje op, dacht Morgan. De opa met zijn verweerde gezicht en sluike tingrijze haar en de kleinzoon met zijn warrige bruine haar en gladde gezicht waar nog geen rimpels op te zien waren. Toch zag je meteen dat ze familie van elkaar waren, opa gekleed in een sweatshirt en kleinzoon in een hoody terwijl ze onder het genot van een biertje een geanimeerd gesprek voerden.

Over zaken? Over ditjes en datjes? Of allebei? vroeg ze zich af terwijl ze naar de bar liep en achter de toog ging staan.

'Je bent vroeg.' Nick maakte net een bestelling klaar. Een chardonnay, een zinfandel en een cabernet sauvignon.

Morgan begreep dat die drankjes voor de drie dames aan tafel vijf waren bestemd.

'Alle tafels hebben een rekening lopen,' zei Nick tegen haar.

'Toen ik binnenkwam, gingen er net twee mensen aan de kant van de lobby zitten.'

'Lacy is al bij ze geweest. Ze is nu in de keuken om een kaasplankje voor ze te halen. Onze bazen zitten aan tafel acht.'

'Ik heb ze gezien.'

'Ze drinken Heady Toppers,' noemde hij het biermerk. 'Als ze nog een ronde bestellen, doe er dan een portie kaasfrietjes bij, ook al hebben ze die niet besteld. Daar is Mick dol op.'

'Begrepen. Toe, ga naar huis. Ik administreer je fooien wel.'

'Jij bent hier nu de baas.'

'Ja, daar lijkt het wel op.'

Een man die net leek te zijn ontwaakt uit een diepe slaap nam plaats op een barkruk.

'Goedenavond. Wat mag ik voor u inschenken?'

Met een dromerige glimlach keek hij haar aan. 'Ik heb net voor het eerst een massage met warme stenen gehad. Heb jij er wel eens een gehad?'

'Nog niet.'

'Moet je beslist doen. De laatste keer dat ik me zo ontspannen heb gevoeld was toen ik... nee, ik heb me nog nooit zó ontspannen gevoeld. Mijn vrouw krijgt nu zo'n massage. Als ze daarmee klaar is, komt ze ook naar de bar. We zijn hier voor het eerst.'

'En? Hoe bevalt het?'

'Ik overweeg om hier te gaan wonen. Mijn vrouw wil straks vast een glas champagne. De dure. Ze weet nog niet dat ze er eentje krijgt, maar dat komt nog wel. Ik wil graag zo'n ambachtelijk biertje uit deze streek proberen. Marie. Zo heet mijn vrouw.'

Morgan besloot dat Marie een bofkont was. En toen de bofkont in kwestie kort daarna de bar in liep, zag ze dat ze het bij het rechte eind had gehad.

Marie liet zich slap op een barkruk zakken. 'Jeetje, Charlie. Waarom heb ik dat nooit eerder ontdekt?' Ze knipperde even met haar ogen toen Morgan een glas champagne voor haar neerzette. 'Champagne?'

'Dat heb je verdiend. We zijn achttien jaar getrouwd,' zei hij tegen Morgan. 'We hebben drie kinderen en dit is de eerste keer in zestien jaar dat we met z'n tweeën weg zijn.'

'Nu voel ik me net een prinsesje. Ik weet dat we eigenlijk onze mooie kleren zouden aantrekken en chic zouden gaan dineren, maar Charlie, ik voel me zo slap als een vaatdoek.'

'Nou, ik ook, hoor. Is het eten hier lekker?' vroeg hij aan Morgan.

'Nou en of. Waarom gaan jullie niet bij het raam zitten? Dan breng ik jullie drankjes. Bekijk de menukaart en als jullie hier willen eten, zal ik jullie reservering in het restaurant annuleren.'

'Wat aardig van je.' Marie slaakte een diepe zucht. 'Alles is hier zo mooi en iedereen is ontzettend aardig. Ik vind het hier geweldig. Charlie, we zijn mijn zus een grote bos bloemen schuldig omdat ze ons over deze plek heeft verteld.'

Terwijl Morgan de gasten onder haar hoede nam, brachten de Jamesons hun lege glazen naar de bar en gingen op een barkruk zitten.

'Nog een ronde graag. Heady Toppers.'

Morgan zette de glazen in de spoelbak. 'Met een portie kaasfrietjes?'

Mick kreeg een brede grijns op zijn gezicht en leek even net zo jong als zijn kleinzoon. 'Mijn reputatie is me vooruitgesneld. Wat zeg je ervan, Liam? Zullen we een portie delen? Maar niks tegen je oma zeggen, hoor.'

'Dus jij trakteert? Nou, graag.'

Ze typte de bestelling in en tapte de biertjes.

'Ik weet niet wát je tegen dat stel daarginds hebt gezegd,' zei Mick terwijl hij naar Charlie en Marie knikte. 'Maar het heeft ze blij gemaakt. En daar draait het hier om, mensen blij maken.'

'Daar hadden hun hot stone-massages al voor gezorgd. Ik geloof dat ik er nu zelf ook eentje wil.' Ze serveerde het bier en zag dat Charlie haar wenkte. 'Jullie zullen me even moeten excuseren.' Terwijl ze naar hun tafel liep, gebaarde ze dat de ober met haar mee moest lopen.

Zodra ze weer terugkwam bij de bar pakte ze een champagne-emmer.

'Restaurant The Glade is een reservering kwijt. Charlie en Marie eten vanavond hier: clubsandwich voor haar en een steaksandwich voor hem. Geen uien bij de steak want Charlie heeft plannen voor vanavond.' Ze liet haar wenkbrauwen een paar keer op en neer gaan en vulde de emmer met ijsblokjes. 'Ze sluiten hun eerste dag in het resort af met een fles champagne. Een dure.'

'Die champagne krijgen ze van het huis,' zei Mick tegen haar.

'O, dat is... geweldig aardig.'

'Ik ga ze even gedag zeggen terwijl jij een fles op ijs zet. Niet alle frites opeten, Liam.'

'Typisch Mick,' zei Liam hoofdschuddend.

Ze rekende af met de zakenlui, maakte een paar dry martini's en keek naar Charlie en Marie die met hun glazen klonken.

'Jij laat moeilijk werk makkelijk lijken.' Mick dronk zijn glas leeg. 'En ik weet hoeveel moeite je daarvoor moet doen. Kom, dan gaan we weer, partner.' Hij gaf Liam een klap op zijn schouder en legde daarna drie briefjes van twintig dollar op de toog. 'Ga zo door.'

'Dank u wel, meneer Jameson.'

'Zeg maar Mick. We zijn hier tenslotte familie.'

'Kun jij skiën, Morgan?' vroeg Liam.

Ze schudde haar hoofd.

'Dat leren we je wel.'

'Nee, liever niet.'

'Als er geen ski's, wandelschoenen of tokkelbanen aan te pas komen is Liam niet geïnteresseerd,' Mick gaf haar een knipoog en daarna vertrok het tweetal.

Tot haar verbazing waren haar dames nog op toen ze thuiskwam. 'Waarom liggen jullie nog niet in bed? Het is bijna twee uur 's nachts.'

'Het was je eerste werkdag als manager. We hebben een pot thee gezet van onze nieuwe thee uit Vermont.' Audrey schonk een derde kopje in. 'Ga zitten, drink wat thee en vertel ons hoe het is gegaan.'

'Eigenlijk had ze vanavond naar de bar willen gaan, maar dat heb ik haar gelukkig uit haar hoofd kunnen praten, dus wees blij dat het bij een kop thee midden in de nacht blijft,' zei Olivia.

Morgan pakte het kopje en ging in een stoel bij de nog smeulende haard zitten. 'Het ging geweldig. Ik heb een gesprek met mevrouw Jameson gehad; Lydia Jameson, bedoel ik. En daarna heb ik werkoverleg gehad met Drea en Nell. Ik moest van Drea zeggen dat ze jullie mist bij yoga en dat ze hoopt dat ze woensdag wel kan komen.'

'Wij ook. Vonden ze je idee van die signatuurdrankjes leuk? Die per seizoen wisselen?'

'Ik heb toestemming gekregen om dat uit te proberen. Daarna heb ik meneer Jameson ontmoet in de bar. Ik mocht hem Mick noemen. Hij was daar met zijn kleinzoon Liam. Dus nu moet ik alleen nog met de tweede generatie kennismaken, namelijk Rory Jameson. En met Miles, het oudste kleinkind.'

'Die familie heeft heel wat gedaan voor deze omgeving.' Olivia nam een slok van haar thee. 'Het resort levert ons en de andere middenstanders van Westridge veel klandizie op.'

'En ze zitten altijd vol ideeën die ze met anderen willen delen. Net als jij.' Audrey hief haar theekopje bij wijze van toost. 'Ik denk echt dat die thee een succes wordt.'

'Het lijkt beslist een hechte familie. Ik vind het echt fijn om daar te werken. En aangezien ik daar nu werk en een salaris verdien, en de fooien trouwens ook verdomd goed zijn, wil ik graag huur gaan betalen.'

'Daar komt niets van in. Ik heb al eens nee gezegd,' ging Olivia verder toen Morgan wilde protesteren. 'Ik neem géén geld van je aan. Neem ik soms geld aan van jou, Audrey?'

'Nee.'

'Precies. Zonder Audrey had ik in mijn eentje in dit huis gezeten en had ik er waarschijnlijk niet kunnen blijven wonen. Dat was te veel geweest voor een vrouw van mijn leeftijd, in haar eentje. Bovendien was het huis veel te leeg. Nu woon jij hier en je mag zo lang blijven als je wilt. Op een dag zul je weer een eigen thuis hebben, maar voorlopig is dit je thuis. Als je wat extra taken wilt, is dat wat anders. Je zou een keer per maand voor het avondeten kunnen zorgen. Op je vrije dag.'

'Wil je dat ik ga koken?'

'Die varkenskarbonaadjes waren heel erg lekker,' bracht Audrey haar in herinnering. 'Daar hoefden we niet over te liegen. Daar kun je het bij houden of je kunt nieuwe recepten proberen. Zie maar. Mam en ik koken graag, maar het zou leuk zijn om een keer een maaltijd te eten die we niet zelf hebben bereid of hebben afgehaald.'

'Koken leert je om onafhankelijk te worden,' voegde Olivia eraan toe. 'Het verbaast me nog steeds dat je nooit hebt leren koken aangezien je in alle andere opzichten het toonbeeld van onafhankelijkheid bent, juffrouw Albright.'

'Eigenlijk zou ik liever juffrouw Nash zijn,' zei Morgan.

'Nou, voor de helft ben je dat al,' zei Olivia glimlachend. 'Ik vind dat je voor een auto moet gaan sparen, eentje waarbij je moeder en ik geen doodsangsten uitstaan als je erin rijdt. We zijn Nina's familie dankbaar voor die auto, maar dat ding kan het elk moment opgeven. Gemoedsrust is me liever dan geld.'

'Oké.'

'Binnenkort gaan we weer aan de slag in de tuin en dan kunnen we je hulp goed gebruiken,' zei Audrey.

'En jezus nog aan toe, meid. Stop met je eigen haar bijknippen.' Olivia trok een gezicht. 'Ga naar Styling, de kapsalon vlak bij onze winkel. Die levert goed werk af.'

Morgan haalde een hand door haar haar. 'Ik dacht dat het er best goed uitzag.'

'Nee,' zei Audrey gedecideerd. 'Ik weet dat je een budget hebt opgesteld. Ze is ook het toonbeeld van zuinigheid,' zei ze tegen haar moeder. 'Maak geld vrij voor een knipbeurt. Je gaat tegenwoordig elke dag met mensen om. Je moet er op je best uitzien.'

'Een gezichtsbehandeling kan ook geen kwaad.'

Morgan sloeg beide handen voor haar gezicht. 'Mijn gezicht!'

'Dat is heel mooi, hoor.' Audrey glimlachte geruststellend. 'Maar je moet gewoon eens lekker verwend worden. In het resort geven ze geweldige gezichtsbehandelingen, en daar krijg je personeelskorting. Je moet jezelf eens lekker verwennen. En nu moeten we onszelf allemaal verwennen met een schoonheidsslaapje.'

'Ik was de kopjes wel af. Ik kan tot twaalf uur vanmiddag in bed blijven liggen.' Niet dat ze dat ging doen, maar de mogelijkheid was er, dacht Morgan.

'Nou, welterusten dan maar.' Audrey omhelsde haar dochter. 'En gefeliciteerd met je eerste dag als manager.'

Onder de afwas bedacht Morgan dat ze altijd in een huis met vrouwen had gewoond. Haar vader was eerst heel vaak afwezig geweest en toen helemaal verdwenen. Daarna had ze een huis met Nina gedeeld. Maar ze had nog nooit twee vastberaden vrouwen tegenover zich gehad.

9

Vrijdagavond. Voor velen het einde van de werkweek, maar in Après een drukke avond. En dan was Morgan altijd in haar element. Terwijl ze mixte, schudde, roerde en tapte, bedacht ze dat ze nu haar plekje had gevonden, ondanks het afschuwelijke jaar dat ze achter de rug had.

Ze had een baan nodig gehad omdat ze de kost moest verdienen, en bij haar eerste poging had ze er meteen een gevonden die ze leuk vond. En die haar in staat stelde om de Morgan van vroeger terug te vinden.

De vakkundige Morgan, de Morgan die plannen maakte en hard werkte om die te verwezenlijken. De Morgan die de gave had om wat zonneschijn te brengen in het leven van een vreemde.

Ondanks alles wat Gavin Rozwell haar had afgenomen, had ze haar vaardigheden nog, en na een moeilijke periode had ze ook haar ruggengraat teruggevonden. En ze was van plan om beide te benutten.

Aan de bar bediende ze Keith en Martin, een stel dat hun vijfjarige trouwdag vierde. Ze maakte droge wodka-martini's met drie olijven voor hen en luisterde naar hun plannen voor het weekend.

'Hij gaat vast naar de fitnesszaal.' Keith, aanbiddelijk met zijn marineblauwe brilmontuur, rolde met zijn ogen. 'En hij zal mij meeslepen.'

'Omdat ik van je hou.'

'Ja, ja.'

'En daarna gaan we zwemmen.' Martin nam de eerste slok van zijn drankje. 'Allemachtig! Dát is pas een martini. Zeg, wil je misschien met ons mee naar Burlington om daar elke vrijdagavond martini's voor ons te maken? We zouden je als een prinses behandelen.'

'Krijg ik dan ook een tiara?'
'Allicht.'
'Nou, dan wil ik wel.'

Ze liep langs de toog om een bestelling klaar te maken die haar was doorgegeven door een van de serveersters. En ze wist dat Opal – hier al twaalf jaar in dienst – behoorlijk wat bedenkingen had over de nieuwe manager.

Terwijl Morgan de bestelling klaarmaakte, rekende Opal – drieënveertig jaar oud, stevig postuur, bruin haar in een bloempotkapsel – af met de mensen aan een tweede tafel.

'Als je traag bent met de drankjes, krijgen we minder fooi.'

Morgan voegde een sinaasappelschilletje en een kers toe aan een whisky sour en tapte daarna een pils.

'Krijg je klachten over de bediening?'

'Nog niet.'

Beleefd blijvend om de sfeer plezierig te houden, schonk ze een glas merlot in en mixte daarna een traditionele sidecar. 'Laat me maar weten wanneer dat wel zo is.'

'Don werkte sneller.' Na die opmerking beende Opal weg met de drankjes.

Je kon niet bij iedereen in de smaak vallen, althans niet bij allemaal tegelijk, hield Morgan zich voor. Maar als Opal zo doorging, wilde Morgan wel een gesprek onder vier ogen met de vrouw hebben.

Ze maakte een bestelling klaar voor een andere tafel – ditmaal zonder gezeur over de snelheid – en serveerde barhapjes en drankjes aan de gasten die aan de toog zaten. Omdat Keith en Martin het leuk vonden, flirtte ze luchtig met hen en rond twaalf uur 's nachts rekende ze met hen af.

Vanuit een ooghoek zag ze dat een man op een kruk aan het einde van de toog ging zitten en op zijn telefoon begon te scrollen. Zo te zien is hij alleen, dacht ze terwijl ze naar hem toe liep. 'Goedenavond. Wat mag het zijn?'

'Een cab sauv,' zei hij zonder op te kijken.

Ze pakte een glas voor rode wijn. Eenling, dacht ze. Een gesprekje voeren was niet nodig. Ondanks zijn flanellen overhemd, spijkerbroek en dikke bruine haar dat tot op de kraag van zijn overhemd kwam, straalde hij 'driedelig pak' uit.

Ze zette de wijn voor hem neer. 'Als u nog iets te eten wilt bestellen, moet u het nu doen. Over tien minuten gaat de keuken dicht.'

Met voorovergebogen hoofd en druk met zijn duimen typend schudde hij zijn hoofd.

Ze liet hem alleen met zijn wijn en zijn telefoon.

Een half uur later, toen de tafels steeds leger werden en er mensen binnendruppelden voor een slaapmutsje, zat hij nog steeds aan het einde van de toog, druk in de weer op zijn telefoon. Het glas wijn was half leeg.

Een paar minuten voor de laatste ronde kwam er een groep van drie mannen binnen. Begin veertig, dacht ze, en overduidelijk met al redelijk wat drankjes achter de kiezen.

Schaterlachend gingen ze aan de bar zitten. De middelste man wees naar haar. 'Jij bent nieuw. Ik ben hier al drie keer geweest en toen was je een man. Een half jaar geleden. Was het wel een half jaar geleden? Toen was je een man.'

'U hebt voor de helft gelijk. Ik bén hier nieuw.'

Hij wierp haar een door en door beschonken glimlach toe. 'Je bent er een stuk knapper op geworden.'

'Dank u wel. Wat kan ik voor u doen?'

Hij leunde naar voren en grijnsde. 'Raad eens.'

'Nou, als u niet in het resort logeert, raad ik u een Uber aan.'

Knipperend met zijn ogen liet hij die opmerking bezinken. Daarna sloeg hij met een hand op de bar waarna hij begon te lachen. 'Een Uber,' herhaalde hij terwijl zijn metgezellen ook begonnen te lachen. 'Wat zit er in een Uber?'

Met een brede glimlach boog ze zich naar voren en keek diep in zijn waterige oogjes. 'Jij en je vrienden, tenzij jullie hier in het resort logeren.'

'We logeren hier verdomme in de Presidential club-suite.'

Aangezien het eerder trots dan geërgerd klonk en hij zijn sleutelkaart pakte en ermee wapperde, bleef ze glimlachen. 'Ik heb gehoord dat die geweldig is. Wat hebben jullie eigenlijk te vieren?'

'Mijn scheiding. Ik ben weer een vrij man!' Hij spreidde zijn armen zo onbesuisd dat hij allebei zijn vrienden een dreun verkocht, die weer begonnen te lachen. 'Heb je zin om met me mee naar boven te gaan en het feestje daar voort te zetten, schatje?'

‘O, dat klinkt heel verleidelijk, maar wat denk je ervan dat ik jou je laatste drankje van vanavond inschenk?’

‘Ah. We drinken boilermakers als echte mannen die solidair met elkaar zijn.’

‘Drie pils met drie whisky’s, dus. Komt eraan.’

‘Mijn ex probeerde me te ontmannen,’ beweerde hij terwijl Morgan de cocktails klaarmaakte.

‘Nou, aangezien jullie nu boilermakers drinken als echte mannen is ze daar niet in geslaagd.’

‘Ik heb haar twaalf jaar van mijn leven gegeven.’ Zijn metgezellen klopten hem allebei op de schouder en aten wat van de amandelen die Morgan voor hen op de bar had gezet.

‘Dan kunnen jullie nu drinken op de volgende twaalf.’ Ze zette de drankjes op de bar. ‘Deze zijn van het huis.’

‘Ah. Weet je schatje, als ik met jou was getrouwd, zou ik dat nu nog steeds zijn.’

‘Dat is het liefste wat iemand vanavond tegen me heeft gezegd. Geniet ervan, heren.’

Ze bediende de rest van de achterblijvers en de mensen die een slaapmutsje kwamen halen en ging toen naar de eenling aan het einde van de bar. ‘Laatste ronde. Kan ik nog een cab sauv voor je inschenken?’

‘Mineraalwater met ijs, graag, zonder bubbels.’ Daarna keek hij op. ‘Die situatie heb je goed aangepakt.’

Heel even was ze compleet van haar à propos en keek ze hem alleen uitdrukkingsloos aan. Hij had tijgerogen: bruin, geconcentreerd en enigszins woest. Even was dat het enige wat ze zag. Daarna drong de rest tot haar door.

De geprononceerde hoeken van zijn gezicht en zijn scherpe kaaklijn. Als je hem vijfenveertig of vijftig jaar ouder maakte en de kleur van zijn ogen in blauw veranderde, was hij sprekend zijn grootvader.

‘Dank u wel, meneer Jameson.’

‘Miles. Bij dit bedrijf doen we niet aan “meneer” en “mevrouw”.’ Hij keek naar het drietal aan de andere kant van de bar terwijl zij zijn mineraalwater inschonk. ‘Ik geef de beveiliging wel een seintje. Die zal er wel voor zorgen dat de heren veilig op hun kamer komen.’

'Ze waren niet bedreigend, hoor. Die ene man is gewoon verdrietig.'

'O, ja?'

'Een scheiding, al heb je die zelf aangevraagd en was die hard nodig, blijft een verdrietige aangelegenheid.'

'Morgen wordt hij wakker met knallende koppijn en is hij nog veel verdrietiger.'

Zijn telefoon liet de eerste noten van 'Bad to the Bone' horen. 'Verdomme.'

Morgan liep bij hem vandaan toen hij zijn telefoon van de bar pakte.

Toen het drietal de bar uit waggelde, stond Miles op. Hij legde een biljet van twintig dollar op de toog en liep achter de mannen aan.

Haar eerste week als solobarmanager eindigde met een razenddrukke zaterdagavond – haar idee van perfectie. Op zondag – geen dag- en geen avonddienst – keek ze naar haar moeder die brood bakte en naar haar oma die een kip roosterde in de oven.

En haar opdracht was aardappelen schoonmaken en in vieren snijden en wortels schillen. Het voelde huiselijk en gemoedelijk, en ze vond het fijn om haar moeder enthousiast te horen vertellen over de krokussen die bloeiden in de sneeuw.

'Het wordt morgen en dinsdag ruim tien graden boven nul.'

'Maar op woensdag worden er sneeuwbuien verwacht,' zei Olivia.

Met een zucht keek Audrey naar haar moeder. 'Dat weet ik, maar de lente komt er echt aan. Sneeuwbúíen, geen dik pak sneeuw. De lente in Vermont wordt alleen maar mooier omdat hij zo lang op zich laat wachten. Jij gaat deze week die lavendeldrankjes maken, hè Morgan?'

'Ja, dus laten we het bij buiten houden en ons focussen op de krokussen.'

Buiten lag nog een sneeuwtapijt, maar ze zag stukken waar dat dunner werd en hier en daar zelfs wat kale grond. Struiken en bossages waren bezig hun winterkleed af te schudden. IJspegels dropen en glinsterden.

Ze dacht aan de viooltjes die Nina en zij een jaar geleden om deze tijd hadden geplant. Ze wilde er een paar kopen en die planten ter nagedachtenis aan Nina en om haar dames een glimlach te ontlokken.

Ze stapte bij de snijplank vandaan. 'Zijn deze zo goed?'

'Ze kunnen ermee door. Nu moet je ze in die kom doen en olijfolie toevoegen.'

'Hoeveel?'

'Gebruik je ogen.'

'Godsamme.'

'Daarna doe je er een beetje honing bij en wat citroenrasp. En vervolgens breng je het op smaak met zout, peper en oregano. Je kunt toch cocktails maken? Nou, dan lukt dit je ook wel.'

Het lukte haar – hoopte ze – en ze legde de aardappelen op een bakplaat die ze vervolgens in de oven schoof.

'Toen mama brooddeeg maakte, woog ze alles af.'

'Bakken is een heel ander verhaal.'

In plaats van met haar oma in discussie te gaan, besloot Morgan van onderwerp te veranderen. 'Ik was nog vergeten om te vertellen dat ik de laatste Jameson-telg heb ontmoet. Miles.'

'Had je een vergadering met hem?' vroeg Audrey.

'Nee, hij kwam vrijdagavond in de bar. Laat. Hij heeft ongeveer een uur over een glas cab sauv gedaan terwijl hij de hele tijd op zijn telefoon aan het appen was.'

'Een echt werkpaard,' zei Olivia. 'Dat is hij altijd al geweest.'

'Moet je horen wie het zegt,' merkte Audrey op.

Schouderophalend keek Olivia haar dochter aan en pakte toen een fles witte wijn uit de wijnkoelkast. 'Sierpaarden zien er mooi uit, werkpaarden klaren klussen.'

'Hij is niet zo knap als z'n broer en zus. Zijn gezicht is te grof om echt knap te zijn. Maar hij is een heel aantrekkelijk werkpaard.' Morgan pakte glazen. 'Ze zijn trouwens allemaal heel aantrekkelijk.'

'Zeg dat wel. Mijn tante, van de Nash-kant, is met een Jameson-neef getrouwd. Ik ben bruidsmeisje geweest. Ik denk dat ik een jaar of zes was en ik kan me nog precies herinneren hoe mooi alles was,' zei Olivia.

'Dat wist ik niet.'

In haar grijze sweatshirt met het vredesteken in regenboogkleuren erop keek Olivia achterom. 'Dat waren de oom en tante van je overgrootouders. Dus je hebt hier en daar Jameson achterneven en -nichten. Ik droeg een jurkje van roze organza en ik had roze rozenknopjes in mijn haar.' Olivia pakte het glas wijn dat Morgan haar aanreikte. 'Dat kan ik me ook nog herinneren. En dat ik met mijn vader heb gedanst en daarna met mijn broer Will.'

William Nash. Morgan wist dat hij naar Vietnam was gegaan en daar was gesneuveld.

'Maar goed, onze families kennen elkaar al heel lang en in allebei komen sierpaarden en werkpaarden voor.'

Audrey haalde haar brood uit het onderste deel van de oven en liet haar schouders even tevreden op en neer gaan waarna ze het op het koelrek legde. 'Was Miles niet verloofd?'

'Nee. Wel bijna, volgens de geruchten, maar tot een verloving is het nooit gekomen. Lydia laat nooit iets los over persoonlijke familieaangelegenheden, maar ik weet toevallig dat ze blij was dat die verloving niet doorging.'

'Nou je het zegt, Drea heeft het tijdens yoga nooit over haar gehad. Wie was die verloofde eigenlijk? Ik weet het niet meer. Ze kwam niet uit deze streek.'

'Telg uit een rijke suikerfamilie uit Brattleboro.' Om haar voeten wat rust te geven ging Olivia op een kruk zitten. 'Op en top sierpaard. De kleindochter van Edgar Wineman. Zo'n lieveling van de societykaterns. Bestaan die eigenlijk nog? Die lees ik al heel lang niet meer. Ik vond *Rolling Stone* magazine interessanter.'

'Waarschijnlijk bestaan ze nog steeds.' Gefascineerd ging Morgan naast haar zitten. 'Vertel, wat is er dan gebeurd?'

'Ik heb geen idee. Maar ik neem aan dat een kleinkind van Lydia en Mick zo verstandig is geweest om zich niet lang te binden aan een sierpaard dat graag pronkt en rondhuppelt in plaats van te werken.'

'Oké. Geef me eens een samenvatting van alle familieleden. Lydia Jameson ken ik al, maar de rest.'

'Nou, goed dan. Mick is een slimme visionair die niet bang is om zijn handen uit de mouwen te steken. Het liefst zou hij de hele tijd in de buitenlucht doorbrengen. Iets wat je opa Steve en hij ook een hele tijd hebben gedaan. Mick is een geboren sportman. Op mijn dertiende was ik vreselijk verliefd op hem.'

'Ga nou gauw!'

'Je boft dat ik eroverheen ben gekomen, anders zou je hier nu geen wijn zitten te drinken. Rory, Micks oudste, heeft rechten gestudeerd. Hij regelt de juridische zaken van de familie. Hij heeft zijn eigen firma, en een van de dochters van zijn zus werkt met hem samen. Zijn zus, Jacie, is ongeveer van je moeders leeftijd. Zij is architectuur gaan studeren en heeft haar man op de universiteit leren kennen. Zij hebben hun eigen zaak in New York, maar je zult ze een aantal keer per jaar in het resort aantreffen. Hun tweede dochter is binnenhuisarchitecte en werkt voor hen.'

'Hechte familie.'

'Inderdaad. Van Drea moet je al een indruk hebben gekregen tijdens jullie bespreking. Ze is een slimme tante.'

'En ook heel aardig,' merkte Audrey op.

'Dat klopt. En ze heeft een engelengeduld, wat waarschijnlijk hard nodig is bij het organiseren van alle evenementen. Diplomaten zouden nog wat van haar kunnen opsteken. Roer eens in die groenten, Morgan.'

Ze stond op en deed wat van haar werd gevraagd. 'En de derde generatie?'

'Laat ik met de jongste beginnen. Liam is meer dan een knap gezicht, maar allejezus, dat gezicht mag er zeker ook zijn. Hij lijkt op zijn grootvader: sportief aangelegd en hij is graag in de buitenlucht. Zijn ouders waren zo verstandig om hem die eigenschappen te laten benutten. Qua geduld lijkt hij meer op zijn moeder, vind ik. De keren dat ik met hem te maken heb gehad, leek hij me een opgewekte jongeman.'

'Zo kwam hij ook op mij over,' beaamde Morgan terwijl ze weer ging zitten.

'Wat vastberadenheid betreft lijkt Nell ontzettend op haar oma. Je kunt op haar bouwen en ze pikt geen onzin van wie dan ook. Ze houdt niet van uiterlijk vertoon en ze doet regelmatig inkopen bij de plaatselijke middenstand. Goed… en nu Miles.' Olivia nam een slok van haar wijn en dacht even na. 'Miles laat zich niet een, twee, drie doorgronden. Tegenwoordig woont hij in zijn eentje in het huis van zijn grootouders. Lydia en Mick hebben het huis aan hem overgedaan toen ze vonden dat het te groot voor hen was geworden. En groot is het. Ik denk dat Rory en Drea heel tevreden zijn in hun eigen huis, vandaar dat het grote huis naar hun zoon is gegaan. Waar Liam een opgewekte inborst heeft en met iedereen over van alles en nog wat kan praten, iets wat ik met eigen ogen heb gezien, is zijn broer meer het stille type. Miles is beleefd en goedgemanierd, ook dat heb ik zelf gezien, maar hij is nogal op zichzelf. Maar goed, nu Mick en Lydia half met pensioen zijn en Rory zijn eigen advocatenkantoor heeft, leidt Miles het schip of gaat dat binnenkort doen.'

'Een schip met veel lagen en details.'

Olivia knikte. 'Een schip met heel veel dekken én een trotse nalatenschap die in stand gehouden moet worden. Ben je daar gelukkig, Morgan?'

'Ja, ontzettend. Het was niet wat ik voor ogen had, maar ik voel me er thuis. Het is een fijne werkplek en meer kan ik niet verlangen.'

'Natuurlijk wel.' Olivia gaf een paar klopjes op Morgans hand en stond toen op om de kip te bedruipen. 'Maar het is een begin.'

Een keer per maand – zondagmiddag stipt om drie uur – hielden de Jamesons een familievergadering. De traditie schreef voor dat die plaatsvond in het reusachtige victoriaanse huis waar Miles' grootouders meer dan een halve eeuw als echtpaar hadden gewoond.

Hoewel het huis nu van hem was, beschouwde hij zijn grootouders nog steeds als de gastheer en -vrouw en als het hoofd van de familie. Als kind had hij zich tijdens het 'vergader'-deel van zulke zondagen vaak met een boek teruggetrokken in de bibliotheek of had hij in de achtertuin gespeeld. Nadat Nell was geboren had hij haar gepest of genegeerd en toen Liam er was had hij de baas over hem gespeeld of met hem samengespannen.

De goeie ouwe tijd.

Op zijn zestiende had hij apetrots zijn eerste vergadering bijgewoond en geleerd wat de verantwoordelijkheden en uitdagingen waren van het runnen van een familiebedrijf dat niet alleen de familieleden inkomen verschafte, maar qua inkomsten en werkgelegenheid ook belangrijk was voor de plaatselijke gemeenschap.

Omdat de familievergaderingen al decennialang werden gehouden verliepen ze soepel en gestructureerd, al kwam het karakter van elk familielid duidelijk naar voren. Hij kon het zich niet anders voorstellen.

Hij bereidde zich voor op de vergadering door in zijn kantoor op de eerste verdieping van het torentje aan de oostkant spreadsheets en grootboeken te bekijken en rapporten en prognoses door te nemen. Vanaf die plek had hij uitzicht op de voortuin, de heuvels en de kleine appelboomgaard waar hij als kind in de bomen was geklommen en op een kinderlijke manier had gedagdroomd.

De hond die Miles' nooit had gewild lag te slapen voor de open haard, waarvan het huis er in totaal meer dan tien had.

De hond die hij Howl had genoemd omdat het beest altijd keihard jankte, had vorige winter als zwerfhond van dubieuze oorsprong en met vreemde manieren beslag op Miles en het huis gelegd.

Nadat Miles alles had doorgenomen pakte hij zijn laptop en zijn ordner met de geprinte dossiers en zette de haard uit die zijn grootouders op een gegeven moment tot gashaard hadden laten ombouwen. Howl deed een oog open en gromde in zijn keel.

Miles negeerde hem, liep zijn kantoor uit en nam de trap aan de achterkant van het huis die uitkwam in de keuken.

De hond stond op en liep zoals altijd achter hem aan. Het dier met de ruige grijze vacht, kwispelende staart en lange hangoren sloeg hem gade terwijl hij zijn laptop en ordner op de tafel in de eetkamer legde, de lampen in de eetkamer aandeed en de open haard aanstak.

Miles liep terug naar de keuken, deed de tuindeuren open en zei: 'Eruit.'

Howl sjokte de veranda op, daalde het trapje af en liep de tuin in waar hij de tijd doorbracht met het bewaken van het terrein tegen eekhoorns, het rollen in de sneeuw die hier en daar nog lag en het meehuilen met de wind.

Met veel vallen en opstaan had Miles de hond geleerd om naar de bijkeuken te komen wanneer het dier weer naar binnen wilde. En Howl had hém getraind om een voorraad oude handdoeken in de bijkeuken te bewaren als het baasje – afhankelijk van het seizoen – geen sneeuwsporen of modderige pootafdrukken in huis wenste.

Aangezien zijn moeder een ham mee zou brengen, hoefde hij alleen voor koffie en fris tijdens de vergadering en voor wijn bij de maaltijd na afloop te zorgen. Elke vergadering nam iemand anders het eten mee, wat ook weer een spreadsheet en een rooster vergde, maar de regeling werkte uitstekend.

Hij zette koffie, genietend van wat hem het liefste was: de stilte en de eenzaamheid. Ondanks de afmetingen hield hij van het huis met al zijn eigenaardigheden. Hij hield van de wirwar van kamers al snapte hij heel goed dat zijn grootouders ervoor hadden gekozen de muur tussen de keuken en de eetkamer te laten wegbreken zodat de ruimte groter leek. Net zoals hij begreep dat het heel praktisch was dat ze alle open haarden op de bovenverdiepingen in gashaarden hadden laten veranderen.

Sinds hij in het huis was getrokken had hij maar weinig veranderd. Waarom zou je dat doen als het prima bij je paste? En iets veranderen, zo wist hij, bleef zelden tot één ding beperkt. Een verbouwing was als omvallende dominosteentjes: er kwam geen einde aan.

Met de koffie, de suiker, de melk en de kopjes op een dienblad liep hij naar de eetkamer en zette het op het dressoir van walnotenhout. Nadat hij een kop koffie voor zichzelf had ingeschonken, ging hij voor het raam staan kijken naar de hond die door de sneeuw rolde alsof het een zomerse weide was.

Maar hij zag ook dat de bomen knoppen hadden gekregen en dat op de grond stukjes groen – nog wat bleekjes, maar desalniettemin groen – te zien waren. Binnenkort zou het onderhoudsteam niet meer komen met sneeuwblazers en sneeuwscheppen, maar met zitmaaiers en verse mulch.

Waar de hond dan opnieuw doorheen zou rollen.

In het bos en langs de wandelpaden zou de trillium uitbarsten in kleur. De judasboom zou zijn fluorescerende bloesem krijgen, waarna de bladknoppen zouden openbarsten op de plek waar zijn vader en zijn grootvader, ver voor zijn geboorte, een boomhut hadden gebouwd.

Als de Jamesons iets bouwden dan bouwden ze iets degelijks, dacht hij toen hij ineens de stemmen en de voetstappen van zijn ouders – de eerste gasten – hoorde. Ze waren binnengekomen toen hij had staan dagdromen.

'Je ruikt de lente,' zei zijn moeder terwijl zijn vader de grote schaal op het keukeneiland zette.

'Ik ruik ham.'

Omdat zijn moeder zich helemaal thuisvoelde, zette ze ovenschalen in de ovens en zette die op de warmhoudstand.

'Die ruikt inderdaad lekker, maar de geur van de lente blijft langer hangen.'

'Waar is die hond?' Rory hield een bot van buffelhuid zo groot als een sequoia op.

'Die is buiten nat en vies aan het worden.'

'Zo hoort het ook.' Rory legde het bot neer en nam de jas van zijn vrouw aan. Die hing hij samen met de zijne op in de bijkeuken. 'Wil je koffie, schat?'

'Nee, bedankt. Hallo, vreemdeling.' Ze gaf Miles een stevige omhelzing. 'Ik heb je de hele week nauwelijks gezien.'

'Het is druk geweest.'

'Vertel mij wat.'

Terwijl Drea haar laptop en dossiers in gereedheid bracht, liep Rory naar de deur en keek naar buiten, met zijn handen in zijn zakken gestoken. Hij was een rijzige, slanke man die een rood corduroy overhemd droeg, waarvan Miles aannam dat zijn moeder het had uitgezocht, en een spijkerbroek die wit werd bij de knieën. Normale kleding voor zijn vader wanneer zijn advocatenkleding niet vereist was. Rory's dikke bruine haar werd grijs bij de slapen en ook elders waren hier en daar een paar grijze haren te zien.

'Hoelang is die hond al buiten?' vroeg hij aan Miles.

'O, een dag of twee à drie. Ik laat hem zijn eigen kostje bij elkaar scharrelen.'

Rory wierp een blik over zijn schouder naar zijn zoon.

'Ongeveer tien minuten en hij vindt het fijn om buiten te zijn. Zoals je ziet.'

'Nou, hij vindt het hier binnen ook fijn. Ik ga hem binnenlaten. En ik zal hem schoonvegen, meneer Pietlut.'

'Hij mist Congo,' mompelde Drea toen Rory de bijkeuken in liep om de hond te roepen.

'Weet ik.'

Het liefst zou Rory de oude bostonterriër hebben meegenomen naar de rechtbank, maar omdat dat niet ging, had hij zijn geliefde Congo elke dag meegenomen naar kantoor als zijn stille vennoot.

'Ik mis hem ook. Als je zeventien jaar een hond hebt gehad is het moeilijk om afscheid te nemen. Ik weet dat we destijds de juiste beslissing hebben genomen, want het arme dier leed pijn. Maar tot je vader aan een nieuwe hond toe is, zal hij al zijn liefde aan de jouwe geven.'

Hij hoorde zijn vader tegen de hond praten en Howls zachte gejank van blijdschap.

'Ja, dat merk ik.' Op dat moment hoorde hij dat zijn grootouders binnenkwamen en omdat hij hun gewoonten kende, schonk hij twee kopjes koffie in.

Tegen drieën zat de hele familie rond de eettafel, zijn moeder met een mineraalwater, Liam met een cola en de rest met koffie.

Ze namen rapporten en prognoses door, sloten oude dossiers af en maakten nieuwe plannen. Een van die nieuwe plannen was Liams voorstel voor een touwenparcours.

'Ik heb de kostenanalyse gemaakt voor de bouw en de verzekering ervan, en pa heeft de juridische kant bekeken. Als het goed is kunnen jullie alles nu op jullie scherm zien.'

'Ik weet dat die dingen populair zijn,' begon Drea, 'maar ik begrijp gewoon niet waarom mensen op en in touwen willen klimmen of aan schommelende platforms willen hangen.'

'Om dezelfde reden waarom ze op ski's of een snowboard van een heuvel af willen suizen. Het is gewoon leuk. En het zou ook inkomsten bij warm weer kunnen genereren voor de Adventure-afdeling.'

'Vroeger hadden de mensen genoeg aan wandel-, kano- of kajaktochten.' Met haar leesbril op tuurde Lydia naar de prognoses.

'De tijden veranderen, lieveling.'

Ze wierp een korte blik naar haar man die tegenover haar zat. 'Dat is waar.'

'De klimmuur die we vijf jaar geleden hebben laten bouwen was een succes. In het zomerseizoen is dat ding in de weekeinden altijd volgeboekt en op werkdagen ligt het boekingspercentage tussen de veertig en zeventig procent. En de tokkelbaan maakt het helemaal af. Dit seizoen gaan we al die activiteiten opnemen in een Avonturenpakket. Voeg de klimmuur of tokkelbaan toe aan je wandel-, fiets- of kajaktocht. Volbreng drie avonturen en krijg vijftien procent korting op een aankoop bij Outfitters. Als we het touwenparcours op tijd gebouwd krijgen, kunnen we dat er dit seizoen nog aan toevoegen. Anders het seizoen erna.'

Lydia tikte met een vinger op de tafel. 'Miles, jij hebt nog helemaal niet gezegd of je voor of tegen bent.'

'Ik vind dat Liam zijn plannen zelf moet verdedigen en volgens mij heeft hij dat met verve gedaan. Hij heeft me net zo lang aan mijn hoofd gezeurd tot ik een keer naar het White River Resort ben gegaan om hun touwenparcours uit te proberen. Het is uitdagend, maar ontzettend leuk. En het is daar een groot succes.'

'White River is drie keer zo groot als ons bedrijf,' merkte Lydia op.

Liam grijnsde. 'Wij zijn klein, maar sterk, oma.'

'Liam is duidelijk vóór.' Mick spreidde zijn handen. 'Miles, ik neem aan dat jij ook vóór bent?'

'Ja.'

'Nell?'

'Ik ook.'

'En mijn lieve Drea?'

Ze gooide haar haar naar achteren en wierp haar schoonvader een flirterig glimlachje toe. 'Lieve Mick, laat ik meteen maar zeggen dat ik nooit zal begrijpen waarom iemand geld zou betalen om aan een touw te hangen, maar ik stem vóór.'

'Dat geldt ook voor de juridische afdeling,' voegde Rory eraan toe.

'En voor mij,' zei Mick. 'Stem jij ook vóór, Lydia? Dan is het unaniem.'

'Wie niet met zijn tijd meegaat, is passé.' Ze wees naar haar man. 'En als jij denkt dat jij zelf in de touwen kunt gaan hangen dan heb je het mooi mis, Ier van me.'

'Spelbreker.'

'Geweldig!' riep Liam. 'Volgende week ga ik meteen met de ontwerper en de bouwer aan de slag. Bedankt, allemaal. Je hebt nooit verteld dat je in White River bent gaan kijken.'

Miles haalde zijn schouders op. 'Afgelopen herfst. Als ik het een rotidee had gevonden, had ik het je ook niet verteld. Je hebt je idee goed verkocht.'

'Heb je nog meer nieuwe ideeën, Liam?'

'Nee, opa. Ik neem genoegen met deze overwinning en trek me terug.'

'Heb jij nog agendapunten, Drea?'

'Ik wil per seizoen wat dingen veranderen bij de evenementen die we aanbieden. Momenteel werken Nell en ik een idee uit voor deze zomer. We willen een doordeweekse picknick gaan organiseren. Eentje met een vast menu, elke woensdagavond, lange tafels aan het meer, twee bars, een lopend buffet met koks die het vlees snijden en live muziek.'

'Picknick bij het meer,' borduurde Nell voort op dat thema. 'De chef-kok van de Lodge en ik overleggen al over het menu. We willen het eenvoudig en toegankelijk houden en zorgen dat kinderen, vegetariërs en veganisten ook aan hun trekken komen. Eigenlijk is het gewoon hetzelfde als wat we zondags op Buffet Night in de Lodge doen, maar dan doordeweeks en buiten.'

'Toen we alleen de Lodge nog hadden, kampeerde ik vaak bij het meer.' Mick bestudeerde de kostenplaatjes waarna hij ineens fronste. 'Die barbecues kosten een stuk meer dan een fornuis of een koekenpan boven een kampvuur.'

'De tijden veranderen,' zei Lydia.

Mick schoot in de lach. 'Touché. Maar ik moet zeggen dat het idee me wel aanstaat. Lange tafels, mensen die bij elkaar zitten. Dat schept een band.'

'We zullen de echte cijfers klaar hebben voor onze volgende vergadering.'

'En het menu kan natuurlijk altijd worden aangepast,' voegde Drea eraan toe. 'De afdeling Hospitality creëert in samenwerking met de spa een seizoensdrankje, te beginnen met lavendelmargarita's.'

'Wat is dat nou voor drankje?' wilde Mick weten.

'Een idee van de nieuwe manager van Après. Volgens mij is het een slimme zet. Nell heeft zo haar twijfels, maar ik niet,' ging Drea verder. 'Vooral omdat Morgan er eentje voor me heeft klaargemaakt.'

'Dat heeft ze niet voor mij gedaan.'

Schouderophalend keek Drea haar dochter aan. 'Jij hebt ook niet gezegd dat je er eentje wilde proberen. Ze beweert ook dat ze een speciaal drankje kan maken dat aansluit bij de scrub of lotion die de spa op dat moment in de aanbieding heeft, en ik geloof haar. Daar komt nog bij dat ik ons beleid heb aangepast en haar een lijst met de evenementen voor het komende half jaar heb gegeven.'

'Daar was ik het wel mee eens. Op die manier kunnen we het personeel efficiënter inzetten. Weten jullie waar ik nog steeds niet over uit kan? Dat ze me tijdens haar sollicitatiegesprek naar mijn identiteitsbewijs heeft gevraagd.'

'Je identiteitsbewijs? Hoezo?' vroeg Miles.

'Ik wilde haar een cocktail zien maken en toen zei ze dat ze mijn legitimatie wilde zien voordat ze me dat drankje zou geven.'

Rory barstte in lachen uit. 'Meisje van me, dat moet je opvatten als een compliment.'

'Nou, ik vond het vooral van lef getuigen.' Nell haalde haar schouders op. 'Maar inderdaad, je kunt het ook als compliment zien. Ik vond het vreselijk dat Don wegging, maar ik moet bekennen dat zij beter is in het aansturen van personeel. Opal mag dan klagen dat Morgan te traag mixt en uitschenkt...'

'Als Opal chagrijnig is, vindt ze water nog te nat.'

'Dat is waar,' zei ze tegen Liam. 'Maar feit is dat de fooien zijn toegenomen en dat ook de inkomsten van Après een klein beetje, niet veel, zijn gestegen.'

'Ze weet van wanten,' merkte Miles op.

Lydia hield haar hoofd schuin. 'O?'

'Ik was vrijdagavond even in Après. Zo rond middernacht. En toen stond ze in haar eentje achter de bar. Het was behoorlijk druk en de bediening was vlot. Ik heb tenminste geen enkele vertraging gemerkt, zelfs niet toen ze te maken kreeg met een man die samen met zijn twee bijzonder aangeschoten vrienden zijn scheiding wat al te uitbundig vierde. Die drie hadden hem al flink hangen toen ze aan de bar gingen zitten.' Omdat Miles zelf aan zijn taks zat qua koffie ging hij over op water. 'Voordat ze nog een rondje voor hen inschonk, controleerde ze eerst of ze wel in het resort logeerden, maar dan op een manier waar die mannen geen aanstoot aan namen. En toen de pas gescheiden man haar probeerde te versieren, wimpelde ze hem af op een manier die zijn trots intact liet.'

'Ze is niet voor niets de kleindochter van Olivia Nash,' merkte Mick op.

'Zat jij in Après toen je me dat appje stuurde?'

'Jij had mij als eerste geappt.'

Nell deed haar mond open, dacht nog eens na en zei toen: 'Kan kloppen.'

'Op vrijdag rond middernacht zouden jullie allebei eens iets anders moeten doen dan werken.'

'Ze hebben mij allebei een appje gestuurd, maar ik was niet aan het werk.'

Nell keek haar jongste broer aan. 'Hoe heet ze?'

Liam grijnsde slechts.

'En daarmee sluit ik deze vergadering.' Mick gaf zijn kleinzoon een knipoog. 'Tijd om te gaan eten.'

10

Op haar vrije dag zwichtte Morgan voor de druk en nam ze plaats in een stoel van kapsalon Styling.

De kapster, Renee, droeg haar goudbruine haar met roze punten in een prachtige visgraatvlecht. Na een blik op Morgans haar verzuchtte ze: 'Meid, wat heb je in vredesnaam uitgevoerd?'

'Ik heb mijn haar gewoon een beetje... bijgeknipt.' Verdedigend ging Morgan met een hand door het haar in kwestie.

'We zullen één ding afspreken.'

'O, ja?'

'Als mijn werk je bevalt, knip je jezelf nóóit meer bij.' Ze ging met haar vingers door Morgans haar. 'Mooie, gezonde bos. Van nature blond, net als je moeder. Je bent een bofkont. Wat voor coupe wil je?'

'Iets simpels waar ik niet al te veel aan hoef te doen. Vroeger had ik het iets korter en wat meer schuin geknipt. Maar zó kort durfde ik het zelf ook weer niet te maken.'

'Godzijdank.' Met tot spleetjes geknepen ogen bestudeerde Renee Morgans gezicht in de spiegel. 'Je hebt een mooi, diamantvormig gezicht met krachtige lijnen. We gaan voor iets brutaals met pit.'

'O, maar ik, eh...'

'Geloof me, je zult het geweldig vinden.'

Na de wasbeurt, die heerlijk aanvoelde, liet Morgan zich achterover zakken in de kappersstoel. Terwijl Renee haar knipte vielen haar het geroezemoes en de vele geuren in de salon op.

Morgan had nooit veel tijd in kapsalons doorgebracht. Ongeveer elke zes weken liet ze zich even snel bijknippen. Hupsakee klaar. Maar in deze zaak leken de mensen langer te blijven en werden er uitgebreide gesprekken gevoerd in de pedicurestoelen en aan de manicuretafels. De geluiden van knippende scharen en zoemende tondeuses vermengden zich met de stemmen van klanten.

Eigenlijk net een soort bar, dacht ze. Een wereldje dat bestond uit vaste klanten, mensen die even kwamen binnenwippen en het personeel dat hen bediende.

'Ik vind het een mooie coupe,' zei Renee terwijl ze iets op haar handen spoot en die daarna samenwreef. 'En je haar heeft volume, dus je hoeft er niet veel in te doen, tenzij je er overdreven veel werk van wilt maken.' Ze ging met haar vingers door Morgans haar. 'En dit spul kun je bijvoorbeeld op je haar doen voor het föhnen, zoals ik nu doe. Maar je kunt het ook tussen twee wasbeurten door op droog haar aanbrengen.'

'Oké.'

Glimlachend ging Renee aan de slag met een föhn en een borstel. 'Kijk goed wat ik doe. Geloof me, je zult er bijna geen onderhoud aan hebben. Door de laagjes is het een pittig kapsel maar heeft het ook iets nonchalants. En de lange, schuine pony is echt een statement. Het ziet er niet overdreven bewerkelijk uit, maar valt wel mooi.'

Stomverbaasd keek Morgan naar de verandering die plaatsvond. Weg was de schuine, op een lengte geknipte coupe van vroeger en weg waren de resultaten van haar inderdaad onbeholpen pogingen om zichzelf bij te knippen.

Nu had ze een leuke, frisse coupe die inderdaad niet erg bewerkelijk leek, want het ontbrak haar simpelweg aan de tijd en de vaardigheid om zoiets bij te houden. De coupe die ze nu had was makkelijk, nonchalant en – zo nam ze aan – brutaal en pittig. Ze keek Renee aan in de spiegel en zei: 'Ik knip mezelf nooit meer bij.'

'Dat hoor ik graag.'

'Kan ik meteen een nieuwe afspraak maken voor wanneer jij denkt dat ik weer moet langskomen?'

'En dat hoor ik nog veel liever. We zullen je meteen inplannen.'

Na haar bezoek aan de kapper reed ze naar de kwekerij die een stukje buiten de bebouwde kom van Westridge lag waar ze viooltjes kocht, plus bloempotten en alles wat ze verder nodig had om die te planten.

Toen ze haar dames hoorde thuiskomen, schonk ze wijn in.

'Morgan, die viooltjes! Wat schattig! En er ruikt iets ontzettend lekker. Heb jij gekookt? Vandaag is het toch niet jouw beurt om te... O, mijn god!' Audrey bleef ineens stokstijf staan. 'Je háár. Het zit fantastisch.'

'Vind je?'

'Ja. Draai je eens om. Toe, draai je eens om. Ik vind het prachtig. Mam, kom eens naar ons meisje kijken!'

'Ik kijk al. Het staat je goed, hoor. Jong en zelfverzekerd. Wat ben je eigenlijk aan het koken?'

'Ik vond een recept voor restjes kip dat makkelijk leek. Maar die dingen lijken altijd makkelijker dan ze zijn, dus daar trap ik niet meer in. Maar ik denk wel dat het lekker is. Ik heb een hapje geproefd en het smaakte goed. Chili con carne met kip.'

'Wat een verrassing. Drie verrassingen in een keer. En allemaal even leuk.' Audrey pakte het glas wijn dat Morgan had klaargezet. 'Jij hebt het vandaag maar druk gehad.'

'Dat voelde goed. Het was allemaal fijn.'

'Kom dan gaan we lekker zitten.' Olivia pakte haar glas wijn. 'Om ons gewoon even goed te voelen.'

Toen Nell even voor twaalf uur 's middags Après binnenwandelde, stond Morgan achter de bar om alles in gereedheid te brengen.

'Ten eerste: geweldig kapsel.'

'Bedankt. Kan ik iets voor je inschenken?'

'Nog niet. Waar is Nick?'

'Bij de tandarts voor een wortelkanaalbehandeling.'

'Au.' Onwillekeurig zoog Nell lucht tussen haar tanden door.

'Dat doet me eraan denken dat ik hier nog een tandarts moet zoeken.'

'Draai je nu een dubbele dienst? Is er niemand die even voor je kan invallen?'

'Een van Charlenes kinderen is ziek thuis. Rob heeft vandaag twee uur les en zijn eindexamens komen eraan, dus ik wilde hem niet vragen. Ik heb Becs gebeld, maar zij heeft gisteren al een dubbele dienst gedraaid vanwege Charlenes zieke kind. De Lodge heeft een besloten feest, dus het leek me onlogisch om daar iemand weg te halen als ik zelf kon komen. Maar het geeft niks. Ik heb alles onder controle.'

'Hoe ziek is dat kind? En om wie van de twee gaat het? Jack of Lilah?'

'Jack, en zijn koorts is vanochtend gezakt. Hij is aan de beterende hand.' En, dacht Morgan, het was veelzeggend dat Nell ernaar had gevraagd en dat ze de namen van Charlenes kinderen kende.

'Oké. Mijn broers komen zo. We gaan vergaderen en daarna een hapje eten.' Ze keek op haar horloge. 'Ik ben aan de vroege kant. Miles zal stipt op tijd zijn en Liam is steevast te laat.' Ze ging op een barkruk zitten en tikte op een kartonnen bordje dat voor een vaasje met een paar takjes lavendel erin stond. 'En?'

'Die drankjes lopen best goed. Een groep van vijf mensen – jaarlijkse gasten die een spa-arrangement hadden geboekt – hebben twee rondjes besteld. Wil jij er ook een proberen?'

'Nog niet. Mijn moeder zei dat de cocktail die je naar haar kantoor had laten brengen heerlijk was. Gewiekst, hoor. Eerst uitzoeken wáár ze is en haar dan zo'n drankje sturen. Ik heb respect voor gewiekstheid.'

'Ik ben blij dat ze het lekker vond.'

'Nou en of. Ik wil wel een latte.'

'Wat zou je zeggen van een lavendellatte?'

Nells gezicht hield het midden tussen fascinatie en afschuw. 'Neem je me in de maling?'

'Nee. Zin om er eentje te proberen?'

'Als ik nu nee zeg, klink ik als een schijterd. Dus dat is nog gewiekster van je.'

'Jij bent geen schijterd.' Morgan liep naar het espressoapparaat. 'Als je het niet lekker vindt, zal ik een normale voor je maken. Ik heb iets gehoord over dat nieuwe zomerevenement. De picknick aan het meer?'

'O ja?' Nell ging anders zitten op haar kruk zodat ze Morgan bezig kon zien. 'Nieuwtjes doen hier snel de ronde.'

'Zeker als je goed luistert. Ik vind het een geweldig idee. Heb jij het bedacht?'

'Mijn moeder en ik hebben het al brainstormend samen verzonnen.'

'Nou, goed idee. Mijn personeel zal onderling gaan kibbelen over de vraag wie er tijdens die picknicks mag bedienen. Maar het is een leuk idee, dat houdt de boel fris en nieuw. Net als een lavendellatte,' zei ze terwijl ze een grote mok voor Nell neerzette.

'Nou, dat laatste moet nog blijken. Heb je al over dat touwenparcours gehoord?'

'Nee. Kennelijk luister ik toch niet goed genoeg. Krijgt het resort een touwenparcours?'

'Liams idee. Daar gaat onze vergadering van straks over, nou ja, voor het merendeel dan.' Ze zweeg even en nam voorzichtig een slokje koffie. En toen nog eentje. 'Ja, dit is echt heel lekker. Wie verzint zoiets in godsnaam?'

'Ik geloof dat ze er in Azië mee zijn begonnen.'

'Maakt niet uit.' Ze nam nog een slok. 'Ik zal tegen mijn assistent zeggen dat hij nog zo'n bordje moet maken. En te oordelen naar de zelfvoldane uitdrukking op je gezicht is dat precies waar je op had gehoopt.'

'Kijk ik zelfvoldaan?' Morgan voelde met haar handen aan haar gezicht. 'Ik dacht dat ik stilzwijgend tevreden keek. Kijk, bij de Next Round had ik niet met zo'n drankje hoeven aankomen, maar bij de clientèle hier zal het aanslaan. Als je er het hele seizoen dezelfde prijs voor vraagt als voor een normale latte, de kosten voor de extra ingrediënten en de arbeid zijn namelijk minimaal, zullen we er heel wat verkopen.'

'Afgesproken. Ha, Miles.' Nell ging weer anders zitten toen haar broer binnenkwam. 'Proef eens.'

Hoofdschuddend keek hij Morgan aan. 'Een zwarte koffie, graag. Draai jij tegenwoordig dagdiensten?'

'Wortelkanaalbehandeling, ziek kind en eindexamen,' zei Nell, 'Morgan draait een dubbele dienst. Toe, proef even.'

'Jezus nog aan toe.' Nadat hij snel een slokje had genomen, verscheen er een oprecht verbaasde uitdrukking op zijn gezicht. 'Koffie met bloemensmaak? Waarom in godsnaam?'

'Miles is een purist als het op koffie aankomt. Als het niet zwart is, is het geen koffie.'

'Dan is deze voor hem.'

'Precies. Liam zal wel een cola willen als hij komt.'

'Kaasfrietjes erbij?'

Miles hield Morgans blik vast. Nee, die man was geen mooi sierpaard, dacht ze opnieuw. Maar wel echt een bijzonder aantrekkelijk werkpaard.

'Waarschijnlijk wel. We gaan achter in de zaak zitten.'

Morgan keek ze na toen ze naar een tafeltje met banken liepen en zag dat hij nog steeds geen net pak droeg. Een zwarte broek, een fris blauw overhemd en nette schoenen die volmaakt bij zijn recht voor z'n raap-houding pasten.

Ze wist ondertussen dat Nell een pittige tante was die niet met zich liet sollen, maar gelukkig was ze erin geslaagd om haar iets te laten ontdooien. Miles leek zo mogelijk nog ontoegankelijker, maar daar zou ze ook wel wat op verzinnen.

Het werd drukker in de bar. Omdat er in de Lodge een besloten feest werd gehouden, zouden de mensen die een hapje wilden gaan eten naar Après komen. Mooi, dacht ze terwijl ze haar eerste bestellingen klaarmaakte. Op die manier zou ze wat omhanden hebben.

Toen Liam binnensnelde – hoge wandelschoenen, zwarte trui, spijkerbroek – wees Morgan naar het tafeltje achterin.

'Ik ben iets aan de late kant. Ze hebben toch nog niet besteld?'

'Nee.'

'Fijn. Mag ik een...'

Ze zette een groot glas cola met een citroenschilletje op de rand voor hem neer.

'Geweldig, perfect. Je kunt gedachtelezen.'

Hij haastte zich naar de anderen.

Liam was niet ontoegankelijk, dacht Morgan. Eerder een lieverd. Daarna richtte ze haar aandacht op de twee vrouwen – overduidelijk zussen, misschien zelfs een tweeling – die net op twee barkrukken gingen zitten.

De vrouw links trok haar wenkbrauwen op toen ze het kartonnen bordje zag. 'Wat is een lavendelmargarita?'

'Iets heerlijks,' verzekerde Morgan haar.

Ze draaide haar dubbele dienst en nog voor vijven plaatste ze het nieuwe bordje voor de lavendellatte op de bar. Nell had zich aan haar woord gehouden.

Rond middernacht, net toen ze begon te mijmeren over een lekkere warme douche en een zacht, warm bed, waren er nog zes tafels, vijf tafels met banken en vijf van de acht barkrukken bezet.

Miles kwam naar de toog, ging op een kruk aan het einde ervan zitten en pakte zijn telefoon.

De tweeling, achtendertig jaar en afkomstig uit Middlebury, maakte een zussentripje van drie dagen. Na afloop van hun luxe etentje waren ze weer naar Après gekomen om een afzakkertje te halen. Lavendelmargarita's. Nadat Morgan de drankjes had geserveerd liep ze naar Miles.

'Een cab sauv?' vroeg ze.

Hij knikte enkel, dus schonk ze de wijn voor hem in en liet hem verder met rust.

Veertig minuten later nam ze afscheid van de tweeling en vroeg ze zich af hoe haar leven eruit zou hebben gezien met een tweelingzus. Of een tweelingbroer. Of gewoon een broer of zus.

Toen het rumoerige gezelschap aan de tafel voor zes vertrok, werd het een stuk stiller in de zaak. Nu waren er alleen nog twee mannen aan de bar met nog een paar slokjes bier in hun glas, een groep van vier die een fles wijn deelden, een stel dat aan hun tweede martini zat... en Miles.

'Laatste ronde, heren. Willen jullie nog iets bestellen?'

Ze bedankten en betaalden hun rekening. De groep van vier vertrok enkele minuten daarna.

'Ik reken wel af met tafel drie, Holly. Houd jij het voor vannacht maar voor gezien.'

'Het is inderdaad nacht geworden. Ik had verwacht dat tafel drie al een uur geleden zou vertrekken om de beddenvering te laten piepen.'

'Die martini's zijn hun voorspel.'

Lachend liep Holly naar de keuken om haar jas te pakken. Morgan pakte twee glazen, deed er ijsklontjes in en schonk er mineraalwater zonder prik bij. Eentje zette ze voor Miles neer.

'Dank je wel,' zei hij zonder op te kijken. 'Je hebt de laatste ronde al omgeroepen, en meneer en mevrouw Martini zijn nog steeds aan het drinken, dus die mededeling is hun kennelijk ontgaan. Kon je Holly de bar niet laten sluiten?'

'Nee. De kapitein is altijd de laatste die het schip verlaat. En meneer Martini is weliswaar getrouwd, maar niet met haar.'

Nu keek Miles wel op met een nieuwsgierige blik in zijn kalme tijgerogen. 'Waarom denk je dat?'

'Hij draagt een ring. Zij niet.'

'Misschien wordt de hare vermaakt.'

'Zou kunnen... maar is niet zo. Ze is twaalf, misschien vijftien jaar jonger dan hij.'

'Dat zegt nog niets.'

Ze zag dat ze zijn belangstelling had gewekt en kreeg voor het eerst het gevoel dat ook Miles een beetje ontdooide.

'Nee, op zichzelf niet.' Ze wierp een steelse blik op het tweetal en nam een slok van haar water. 'Maar wanneer ze niet aan het flikflooien zijn, zoals ze de hele avond al hebben gedaan, is hij aan het woord en luistert zij met grote ogen, alsof hij de fascinerendste man is die ze ooit heeft ontmoet, en toen zij naar het toilet liep, zat hij naar haar kont te kijken. Hij was nog net niet aan het kwijlen.'

'Misschien vinden ze elkaar nog steeds heel aantrekkelijk.'

'Toen zij naar het toilet was, kreeg hij een telefoontje en volgens mij was dat van mevrouw Martini. Dat irriteerde hem en hij handelde het snel af. Je kunt rustig stellen dat hij kortaf was. Vervolgens nam hij een grote slok van zijn drankje en frunnikte met een chagrijnige kop aan zijn trouwring. Meteen daarna bestelde hij de tweede ronde.'

'Indirect bewijs.'

Morgan leunde op de bar. 'Hou jij van een gokje, Miles?'

'Misschien.'

'Dan wed ik om een ongekreukt één dollar-biljet dat ik gelijk heb.'

'Misschien heb ik niet zo'n biljet op zak.'

'Dan hou ik het tegoed. Maar goed, hij heeft tegen zijn vrouw gezegd dat hij een zakelijke afspraak buiten de stad had. Dat geloofde ze niet dus heeft ze hem gebeld en hem appjes gestuurd. Hij heeft zijn nieuwe scharrel verteld dat hij in een langdurige, moeizame scheiding is verwikkeld. Misschien gelooft zijn scharrel dat, misschien ook niet, maar ze houdt er hoe dan ook behandelingen in de spa en een mooie hotelkamer aan over. En die platina armband waar ze steeds aan zit te friemelen komt uit de juwelierszaak van het resort. Ik heb hem in de etalage zien liggen. Echt een prachtding.'

'Pardon?' Meneer Martini wenkte en Morgan stopte hun rekening in een mapje.

Miles keek haar na toen ze ermee naar hun tafel liep. Ze sprak kort met het tweetal terwijl hij haar fooi erbij schreef en de rekening ondertekende.

'Nog een prettige avond, meneer en mevrouw Cabot.'

Giechelend kroop de vrouw tegen meneer Martini aan. 'O, we zijn niet getrouwd, hoor. Althans, nóg niet.'

Morgan ruimde de lege glazen af en veegde de tafel schoon met een doekje dat ze daarna achter haar broekband stak.

'Ik ben je een dollar schuldig.'

'Inderdaad. Een ongekreukt biljet.' Ze zette de martiniglazen, het wijnglas, de lege waterglazen, de cocktailshakers en de garnituurbakken op een dienblad en bracht dat naar de keuken.

Toen ze weer terugkwam, was hij verdwenen. Schouderophalend leegde ze de ijsemmers en maakte de spoelbak schoon. Ze sloot de kassa af, deed de geldlade op slot en maakte de toog en de flessen nog een keer grondig schoon.

Hij kwam terug, gekleed in een zwarte jas en sjaal.

'Het spijt me, meneer, maar de bar is gesloten.'

'Ik loop even met je op naar buiten.'

'O. Bedankt, maar je hoeft echt niet...'

'Ik moet mijn auto toch ophalen. Ga je jas halen.'

Ze trok haar jas aan, deed een sjaal om, zette haar gebreide muts op en trok daarna haar handschoenen aan.

Toen ze dik ingepakt voor hem stond, keek hij haar aan. 'Ben je soms van plan om naar het poolgebied te reizen?'

'Deze koude nachten in Vermont doen me nog niet echt aan de lente denken.'

Nadat hij het licht had uitgedaan, keek ze nog een keer achterom – alles in orde – en liep met hem onder de boog door.

Ze liepen de rustige lobby door waar de nachtportier aan zijn bureau een paperback zat te lezen.

'Goedenacht, Walter.'

'Welterusten, Morgan. Welterusten, Miles. Rij voorzichtig.'

Eenmaal buiten werden ze getroffen door een bijtende kou. Weliswaar minder fel dan vorige maand maar toch nog behoorlijk venijnig, vond Morgan.

Ze sloegen linksaf en liepen over het brede voetpad, weg van de tuin en de parkeerplaats voor gasten naar die voor het personeel. De Jamesons hadden allemaal een eigen parkeerplaats met hun naam op de stoeprand. Zijn auto – een degelijke zwarte SUV – stond alleen, maar in plaats van erbij te blijven staan, liep hij verder met haar.

'Mijn auto staat daar. Bedankt voor het meelopen.'

'Meen je dat nou?' Hij liep naar Nina's auto toe. 'Je hebt meer dan een biljet van één dollar nodig als je daarin rondrijdt.'

Als dat niet de pure waarheid was, zou ze haar stekels hebben opgezet. 'Ik ben al op zoek naar een andere.' Binnenkort, dacht ze.

'Zoek dan sneller. Ik wacht wel even om te zien of dat ding ook echt start.'

'O, dat doet hij wel. Nogmaals bedankt. Welterusten.'

Ze liep door de koude buitenlucht naar haar auto en stapte in. Binnen was het zo mogelijk nog kouder. De motor gromde en kuchte. Ze sloot haar ogen en deed een schietgebedje. Toen de motor aansloeg, nam ze zich heilig voor om haar volgende vrije dag écht op zoek te gaan naar een andere auto.

Maar nu hoefde deze haar alleen maar naar huis te brengen. Ze wierp een blik in de achteruitkijkspiegel en zag Miles staan. Met zijn handen in zijn jaszakken wachtte hij tot ze was weggereden.

En ze dacht: ja, volgens mij heb ik hem een heel klein beetje weten te ontdooien.

De week vloog voorbij. Nadat ze haar loon en het merendeel van haar fooiengeld op de bank had gezet, zocht ze maandagochtend op internet naar een occasion. Ze kwam tot de conclusie dat ze zich een goede, betrouwbare tweedehandsauto kon veroorloven, al zou ze het zich makkelijker kunnen veroorloven als Nina's auto het nog één maandje volhield.

'Eén maandje maar,' mompelde ze.

De winter verloor steeds meer aan kracht en ook al maakte de lente daar niet volop gebruik van en bleven sneeuw en kou op de loer liggen, het ergste was achter de rug.

Met één maand extra zou ze een aanzienlijk grotere aanbetaling kunnen doen op een nieuwe wagen zodat ze uiteindelijk minder zou hoeven afbetalen. En ze had Nina's auto alleen maar nodig om naar haar werk te gaan, af en toe boodschappen te doen of ermee naar de stad rijden als ze haar dames ging helpen in het café. Daarom liet ze de zoektocht naar een andere auto even voor wat het was en ging op zoek naar makkelijk te bereiden recepten.

Toen die haar hadden afgeschrikt, besloot ze een eindje te gaan wandelen.

Even uitwaaien, dacht ze terwijl ze haar wandelschoenen aantrok. Nadenken over haar volgende stap. Ze kon niet tot in het oneindige pas op de plaats blijven maken.

Maar ze had een baan, hield ze zichzelf voor toen ze naar buiten liep. Een goede baan, waar ze dol op was. Ze had onderdak en ze vond het samenwonen met haar dames een leerschool.

Ze miste haar huis niet. Na Nina's dood had ze zich daar niet meer echt thuis gevoeld. Ze miste Nina, en zou dat altijd blijven doen. En ze miste haar vriendschap met Sam. Ook miste ze haar collega's en haar bazen die als haar familie waren geworden toen ze zich in Maryland had gesetteld.

Ze bleef even staan en keek naar de schokkend blauwe hemel en de bergen. Maar dit had ze daar niet gehad, dacht ze. Het uitzicht vanuit haar achtertuin in Maryland had niet op een schilderij geleken.

Hier in Vermont had ze ook vier seizoenen. En zag ze daar de eerste tekenen van de lente niet? En de verandering in de lucht en het licht?

Haar volgende stap?

'De auto, Morgan. Dat weet je best. Stel je niet aan en ga op zoek naar een auto.'

Want het ging niet alleen om het geld. Als ze deze auto wegdeed, verloor ze de laatste connectie met Nina, met vroeger.

Ze ging weer naar binnen en kleedde zich als een vrouw die wist wat ze wilde. Ze haalde de paperassen erbij: het vrijwaringsbewijs dat Nina's ouders hadden ondertekend toen ze de auto op haar naam hadden laten schrijven, de verzekeringspapieren, informatie van de bank en alles wat ze verder nog kon bedenken.

Nadat ze alles in een map had gestopt, deed ze haar geluksoorbellen in. Ze kon wel wat geluk gebruiken bij het onderhandelen over de prijs en de afbetalingen.

Waarschijnlijk zou ze weinig tot niets voor haar oude auto terugkrijgen, maar ze zou er het beste van maken.

'Autodealers willen auto's verkopen, nietwaar? Dus zij zullen er ook het beste van willen maken.'

Ze frutselde aan haar haar. Brutaal en pittig, bracht ze zich in herinnering. Daarna ging ze naar beneden om haar jas aan te trekken.

Toen ze de voordeur opendeed om te vertrekken zag ze de FBI-agenten Morrison en Beck in de porticus staan.

'Mevrouw Albright. Wilde u net weggaan? We kunnen een andere keer terugkomen.'

Ze staarde Morrison aan. 'Ik ging net... Nee, geeft niets. Kom binnen.' Ze deed een stap naar achteren als iemand die gevangen zit in een droom. 'Ik zal jullie jassen even aannemen.' Toen ze dat had gedaan, hing ze die keurig in de gangkast. 'Ik zal koffiezetten.'

'Doet u geen moeite,' zei Beck tegen haar. 'Kunnen we even gaan zitten?'

'Ja, natuurlijk.'

In de woonkamer namen de FBI-agenten ieder een stoel, dus ging zij op de bank zitten. Ze verstrengelde haar vingers en legde haar handen in haar schoot.

'Hij... hij heeft het opnieuw gedaan, maar nu met een ander. Jullie zijn gekomen om me te vertellen dat hij het met een ander heeft gedaan. Is ze dood?'

'Een vrouw in Tennessee, even buiten Nashville. Single,' ging Beck verder. 'Een slanke blondine van negenentwintig. Haar zus heeft haar twee dagen geleden gevonden toen het slachtoffer niet reageerde op telefoontjes of appjes en niet op haar werk was verschenen.'

'Haar bankrekeningen zijn leeggehaald. Er zijn allerlei leningen afgesloten op haar naam met haar huis als onderpand. Haar auto is gestolen. De zus heeft Gavin Rozwell herkend als de man met wie het slachtoffer sinds een paar weken iets had.'

'Ik begrijp het.' Maar eigenlijk begreep ze het niet. Ze kón het gewoon niet begrijpen.

'Deze keer noemde hij zich John Bower,' zei Beck tegen haar. 'Hij deed zich voor als freelancefotograaf die aan een boek werkte. Haar naam was Robin Peters.'

'Wat erg. Ik vind het vreselijk wat haar is overkomen. En ik vind het vreselijk voor haar familie. Maar ik snap niet waarom jullie helemaal hierheen zijn gekomen om me dit te vertellen.'

'Bij eerdere gelegenheden heeft hij nooit iets achtergelaten. Als het slachtoffer sieraden droeg, nam hij die mee, samen met alle andere waardevolle zaken. Maar in dit geval bleek het slachtoffer dit te dragen.' Beck overhandigde Morgan een foto.

‘Dat… dat is mijn medaillon. Dat heb ik van mijn oma gekregen. Het was van háár moeder geweest. Er zitten fotootjes in. De ouders van mijn oma. Ik snap het niet. Heeft hij haar dit gegeven voordat hij haar vermoordde?’

Morrison wachtte tot Morgan hem aankeek. ‘Nee, we denken van niet. De zus herkende het sieraad niet. En geen van Robin Peters collega’s heeft het haar ooit zien dragen. En in plaats van de foto’s die er volgens uw verklaring ten tijde van het incident in zaten, troffen we déze foto’s aan.’

Ze nam de volgende foto aan en staarde naar de afbeelding van haar eigen gezicht en dat van de man die zij had gekend als Luke Hudson.

DEEL 2

Nieuw begin

Morgen naar frisse wouden en grazige weiden.
– John Milton

Alle begin is moeilijk
– Spreekwoord

11

Ze werd overweldigd door paniek, die gonsde in haar oren en haar keel blokkeerde. 'Wat is dit? Wat bedoelt hij hiermee? Hij kan ons onmogelijk als een stel beschouwen. We zijn nooit... zo serieus was het niet, zelfs niet toen ik dacht dat hij...'

'Rozwell hééft geen normale relaties, Morgan.' Beck koos haar woorden zorgvuldig uit. 'Volgens ons ben jij de enige van zijn beoogde doelwitten die het heeft overleefd en voor zover we weten is dit de eerste keer dat hij een trofee die hij van een doelwit heeft gestolen bij een volgend slachtoffer heeft achtergelaten.'

'Trofee,' herhaalde ze.

'Voorwerpen die hij wellicht zal houden,' legde Morrison uit. 'Aangezien we een aantal voorwerpen hebben teruggevonden, weten we dat hij de kostbaarste spullen verkoopt of verpandt, maar we hebben geen aanleiding om te denken dat hij alles van de hand doet. De kans is groot dat hij een of meerdere voorwerpen van zijn slachtoffers bewaart.'

'Als trofeeën.' Natuurlijk had ze daar wel eens van gehoord. Ze las boeken, keek naar films. Maar het bracht nieuwe ontzetting teweeg. 'Als... Als een hertenkop aan de muur. Maar hij heeft mijn medaillon niet gehouden.'

'Hij heeft het op dit slachtoffer geplaatst in de wetenschap dat we het zouden herkennen als het jouwe. Zelfs zonder de foto's erin zouden we het hebben herkend als een van de voorwerpen die zijn gestolen op de dag dat mevrouw Ramos is vermoord.'

'Waarom zou hij dat doen?' Eigenlijk wist ze dat al. 'Om me bang te maken,' zei ze voordat een van de agenten kon reageren. 'Om me te laten weten dat hij me niet vergeten is. Om... Om te suggereren dat er een band tussen ons bestaat. Wat maakt hem dat uit?' wilde ze weten. 'Hij heeft gewonnen. Hij heeft Nina vermoord, mijn beste vriendin. Hij heeft alles van me afgepakt. Ik ben alles kwijtgeraakt waar ik voor had gewerkt. Ik ben zelfs mijn huis kwijt.'

'Maar je leeft nog,' was het enige wat Beck zei.

'Nina niet.'

'Hij had het niet op Nina voorzien. Hij heeft haar gedood als noodgreep, niet uit lust. Het was de eerste keer dat hij faalde. Hij heeft gemist. Jij leeft nog,' herhaalde Beck. 'En je bouwt je leven weer op.'

Stap voor moeizame stap, dacht ze. En nu?

'Dus jullie zeggen, of eigenlijk doet hij dat, dat hij nog niet met me klaar is. Volgens jullie kan hij het nog een keer proberen. Wat moet ik doen?' Ze stond op en begon te ijsberen met haar armen strak om haar bovenlichaam geslagen. 'Weer verhuizen, me ergens verstoppen, mijn naam veranderen? En wat schiet ik daarmee op? Als hij me echt wil vinden, dan lukt hem dat toch wel.'

'Hij wil dat je bang bent,' zei Morrison. 'Hij wil in je hoofd kruipen. Want jij bent in het zijne gekropen. En dat steekt hem, Morgan. Dat kwetst zijn ego en daardoor heeft hij nu een grote fout gemaakt. Wij zijn nu gewaarschuwd, net als jij.'

'Wat schiet ik daarmee op?' Ze plofte weer op haar stoel. 'Moet ik voortaan de hele dag over mijn schouder kijken en lijdzaam afwachten tot hij opnieuw probeert me iets aan te doen? En hoe zit het met mijn moeder en mijn oma?'

'Ik raad je aan om een alarmsysteem te installeren.'

'Hebben we al,' zei Morgan vermoeid. 'Maar dat gebruiken we nooit.'

'Begin daar dan mee,' zei Morrison bot. 'Morgan.' Hij boog zich naar voren. 'Ik zeg niet dat je nergens bang voor hoeft te zijn, maar in bepaalde opzichten ben je wel in het voordeel.'

'Noem er eens een paar, want dat gevoel heb ik nou helemaal niet.'

'Je weet hoe hij eruitziet. Weliswaar verandert hij zijn uiterlijk – haarkleur, gezichtsbeharing, gekleurde contactlenzen, een bril – maar je kent hem. Bij jou kan hij zijn gangbare methoden niet meer gebruiken. Hij moet iets nieuws bedenken en jij kunt het hem moeilijk maken. Een alarmsysteem is het belangrijkst.'

'Je werkt 's avonds,' ging Beck verder. 'Koop een paniekknop, en zorg dat je je sleutels en de paniekknop in je hand hebt als je naar buiten gaat. Laat altijd een beveiliger of collega met je meelopen naar je auto. Controleer de bandenspanning en de benzinemeter in je auto voordat je ergens naartoe rijdt. Doe hem altijd op slot en kijk op de achterbank voor je instapt.'

'We hebben het plaatselijke politiekorps al een foto van Rozwell gegeven,' zei Morrison. 'Geef jij er ook een aan de beveiliging op je werk en aan het personeel in de winkel van je moeder en oma. Om jou kwaad te doen zal hij dicht bij je in de buurt moeten komen. Maak dat lastig voor hem.'

'Hij kan anders ook van een afstand een kogel door mijn hoofd schieten.'

'Dat geeft hem geen voldoening.' Beck zei het zo gemoedelijk dat Morgan even moest lachen.

'Nou dan is het goed.'

'Hij is iemand die er dichtbij wil zijn. Het moet een persoonlijke confrontatie zijn, want voor hem is het persoonlijk. Het kan zijn dat hij dit alleen heeft gedaan om een lange neus naar ons te maken en jou bang te maken. Maar ik wil je met klem adviseren om deze voorzorgsmaatregelen te nemen.'

'Zorg ervoor dat je telefoon altijd is opgeladen en dat je hem bij je hebt,' voegde Morrison eraan toe. 'Bel ons en de plaatselijke politie zodra hij contact met je probeert op te nemen. Bel ons zelfs als je het gevoel hebt dat er iets niet klopt. Het kan geen kwaad om een cursus zelfverdediging te doen. Al is dat een tip die ik iedereen geef. Je beste verdediging tegen hem is gewoon je leven leven.'

'Binnen zijn criteria.'

Becks toon werd iets milder. 'Het beste wat je kunt doen is je gezonde verstand gebruiken. Je bent een verstandige vrouw, Morgan. Blijf dat vooral. Het spijt me dat we je dit moesten komen vertellen. Het spijt me dat we hem nog niet te pakken hebben. Wij denken dat hij zich bijna heel vorig jaar gedeisd heeft gehouden omdat jij hem een knauw hebt gegeven. Maar nu is hij weer tevoorschijn gekomen en heeft hij opnieuw fouten gemaakt.'

'Het medaillon.'

'Onder andere.' Beck wierp een blik op haar partner en kreeg een knikje. 'De bewijzen duiden erop dat hij het slachtoffer langer dan vierentwintig uur in haar eigen huis gevangen heeft gehouden voordat hij haar ombracht. Dat risico heeft hij nooit eerder genomen. Haar zus had een sleutel van het huis, en dat wist hij. Ze had elk moment kunnen langsgaan. Gedurende die periode heeft hij met een buurvrouw van het slachtoffer gesproken, hij is zelfs doelbewust naar buiten gegaan om een praatje met haar te maken. In haar verklaring zegt de getuige dat ze het vreemd vond dat het slachtoffer niet zelf naar buiten kwam, aangezien ze graag tuinierde. De buurvrouw heeft er geen melding van gemaakt, maar dat had ze wel kunnen doen. Dat heeft hij allemaal geriskeerd, vermoedelijk om zijn ego te strelen na zijn mislukking met jou en na de lange periode waarin hij niets heeft gedaan.'

'Maar de vrouw is alsnog dood.'

'Ja. Zij kende hem niet en had geen kans om voorzorgsmaatregelen tegen hem te nemen. Maar jij wel.' Beck legde een gele envelop op de tafel. 'Hier zitten verschillende foto's van Rozwell in plus een beschrijving en een lijst van zijn bekende gewoonten en rituelen. Mijn kaartje en dat van mijn partner zitten er ook in. We hebben al met de plaatselijke politie gesproken. Geef deze alsjeblieft aan je werkgever en je familie. Als je dat moeilijk of vervelend vindt, zullen wij het doen.'

'Nee, ik doe het wel.'

'We zijn dag en nacht bereikbaar.' Morrison stond op. 'Néém die voorzorgsmaatregelen, Morgan.'

Ja, nogal wiedes, dacht ze toen ze weer alleen was. Ze had toch zeker geen keus?

Ze zou beginnen met het alarmsysteem dat haar oma kort na het overlijden van haar opa had laten installeren, maar dat niemand ooit gebruikte. Ze moest de instructies en code weliswaar opzoeken in haar oma's administratie, maar toen ze het huis verliet met de envelop had ze het systeem ingeschakeld.

Ze vond het vreselijk dat haar hart tekeerging toen ze naar buiten ging en dat ze inwendig beefde toen ze naar haar inderdaad niet afgesloten auto liep en op de achterbank keek. Haar tank was nog voor driekwart vol, dus dat was prima, maar ze had geen flauw idee hoe ze de bandenspanning moest controleren.

Maar dat zou ze uitzoeken.

Zelfs tijdens de korte rit naar Westridge merkte ze dat ze overdreven vaak in de achteruitkijkspiegel keek en voelde ze haar lichaam bij elke tegenligger verstijven.

Op de parkeerplaats achter Crafty Arts deed ze haar auto op slot, waarna ze de warme, uitnodigende winkel binnenliep.

Sue en een klant stonden te lachen alsof ze oude bekenden waren. Misschien waren ze dat ook wel. Haar moeder stond bij een vitrinekast met een andere klant die net een hanger probeerde.

Audrey glimlachte naar Morgan zonder haar gesprek met de klant te onderbreken. 'Hij past echt schitterend bij je teint. En ik vind deze oorbellen er heel mooi bij. Dezelfde stijl, maar het is geen set.'

'Breng me niet in verleiding, Audrey.' Maar de vrouw hield al een van de oorbellen bij haar linkeroor.

'Doe ze maar even in. Je weet dat je het wilt. Kijk hoe ze voelen. Hoe vind jij ze, Morgan? Irene, dit is mijn dochter Morgan.'

'Dus jij bent Morgan?' Irene deed een van haar eigen oorbellen uit en gaf die aan Audrey. 'Je moeder heeft het heel vaak over je. Geen wonder dat je zei dat ze knap was, Audrey. Ze lijkt sprekend op je. En ik vind die oorbellen prachtig. Verdorie nog aan toe.'

'Ze staan heel mooi,' wist Morgan uit te brengen. 'En die hanger is echt schitterend.'

'Ja, je hebt helemaal gelijk. Goed Audrey, sla alles maar aan. Maar daarna moet ik hier snel weg voordat mijn creditcard in vlammen opgaat.'

'Is oma er?' vroeg Morgan.

'Ze is net naar boven gegaan.'

'Kun jij ook naar boven komen als je klaar bent? Eventjes maar.'

'Tuurlijk.'

Ze liep door het café – drie tafeltjes waaraan mensen thee zaten te drinken – en slaagde erin te glimlachen tegen degene die de drankjes klaarmaakte terwijl ze naar de trap liep die van de keuken naar het kantoor leidde.

Omdat het haar even wat te veel werd ging ze kort op een trede zitten om zich te herpakken. Doe het gewoon, zei ze tegen zichzelf.

Nog voordat ze het kantoor betrad, hoorde ze de stem van haar oma. Olivia zat achter het bureau en keek op haar computerscherm terwijl ze een telefoongesprek met een leverancier voerde.

'Als je het volgende week kunt bezorgen, willen we er twee van alles, met een totaal van zes. En bedonder me niet met de kwaliteit van de klank, Al. Ze moeten er niet alleen mooi uitzien, maar ook goed klinken. Ik reken op je. Dinsdag is prima. Tot dan. Dag.'

Ze verbrak de verbinding. 'Windorgels. Zes stuks. En volgende week krijgen we voedersilo's voor kolibries, tuinstekers, vogelhuisjes en dergelijke binnen. Een duidelijk teken dat de lente in aantocht is.'

Ze pakte haar thee en keek toen eens goed naar Morgans gezicht. 'Wat is er aan de hand? Want er is iets.'

'Ik wil alleen...'

Ze hield op met praten toen Audrey naar binnen snelde. 'Wat is er gebeurd? Er is iets aan de hand. Ik zag het in je ogen.'

'Ga allebei zitten,' beval Olivia. 'Morgan, haal even diep adem en zeg dan wat je te zeggen hebt.'

'Hij heeft weer iemand vermoord, een vrouw in Tennessee. O god. Jezus. De FBI-agenten zijn het me thuis komen vertellen.'

'Audrey, haal wat water voor je dochter.'

'Nee, nee, het gaat wel.' Nadat Morgan haar moeders hand had gepakt om haar tegen te houden, vervolgde ze haar verhaal. 'Mijn medaillon, of eigenlijk jouw medaillon, oma. Dat heeft hij haar omgedaan. Hij heeft de fotootjes eruit gehaald en ze vervangen door eentje van mij en eentje van hem. Volgens de FBI-agenten was dat een fout van hem, maar...'

Ze vertelde hun alles wat Beck en Morrison haar over de moord, de zus en de buurvrouw hadden verteld.

'Waardoor verandert iemand in een monster?' mompelde Olivia. 'Worden ze zo geboren of is het een keus? Waarschijnlijk is het allebei mogelijk, of een combinatie van beide.'

Audrey stond op en schonk een glas water in uit de fles die altijd klaarstond. Dat gaf ze aan Morgan. 'Langzaam drinken. Je blijft hier. Je gaat niet opnieuw verhuizen. Ik zie gewoon aan je dat die gedachte bij je is opgekomen.'

'Nou, vergeet die dan maar snel. Ditmaal vormen de Nash-vrouwen een eendrachtig front. Punt uit.' Met een vinnig handgebaar maakte Olivia een eind aan de discussie.

'Hij heeft Nina vermoord omdat ze toevallig thuis was. Stel dat...'

'Stel dat, stel dat.' Nu hief Olivia allebei haar handen op. 'Stel dat hij morgen wordt overreden door een vrachtwagen? Nou moet je even goed naar me luisteren. Je gaat niet verhuizen. Dan zouden je moeder en ik ons de hele tijd zorgen over je maken. Zet dat maar uit je hoofd, Morgan. We moeten dat stomme alarmsysteem gaan gebruiken.'

'Heb ik ingeschakeld voordat ik hiernaartoe ging. Ze zeiden dat we dat moesten doen, dus dat heb ik gedaan. En ik moet een paniekknop aanschaffen. Ik wil dat jullie er ook een nemen.'

'Dan doen we dat.' Audrey wreef even over Morgans arm. 'We zullen met de politiecommissaris gaan praten. Ja, we gaan met Jake praten.'

'Dat hebben zij al gedaan. En ze zeiden dat ik jullie een van deze foto's van hem moest geven. En hun visitekaartjes.'

Nadat Olivia de foto die Morgan haar overhandigde aandachtig had bestudeerd, knikte ze. 'We zullen er hier een van in de winkel hangen, en ook een in het café, zodat iedereen het gezicht van die vuile moordenaar kan zien.'

'O, oma.'

'Audrey, we gaan er kopieën van maken zodat de andere winkeliers die ook kunnen ophangen. Laat hem maar eens proberen om zijn gezicht in Westridge te vertonen. Laat hem het maar eens proberen. Die lul moet met zijn gore fikken van haar afblijven.'

'Mam!'

'Dergelijke taal bezig ik alleen wanneer de situatie erom vraagt. Ik ga ervan uit dat ze tegen je hebben gezegd dat je deze ook aan het resort moet geven?'

'Ja.'

'Ik weet niet wat ze nog meer tegen je hebben gezegd, maar tot nu toe vind ik het allemaal heel verstandig klinken. En nu is het mijn beurt. Jij gaat die oude rammelkast van je inruilen voor een gloednieuwe auto. Een nieuwe, veilige, betrouwbare auto. En die ga ik je voorschieten.'

'Oma.'

'Val je oma niet in de rede,' zei Audrey.

'Ik ga je rente in rekening brengen en je zult me in maandelijkse termijnen afbetalen, precies zoals je zou doen bij een kredietverstrekker. We zullen samen de looptijd voor de lening bepalen. Dan hebben je moeder en ik gemoedsrust en blijft jouw trots intact. Dat is allemaal belangrijk.'

'Ik heb al naar occasions gekeken en...'

'Nieuw.' Opnieuw maakte Olivia een gedecideerd handgebaar. 'Nieuw, veilig en betrouwbaar. En geschikt voor de strenge winters van Vermont. Ik zal je de naam geven van de verkoopster bij wie ik mijn laatste twee auto's heb gekocht. We zijn een goede prijs overeengekomen en als ze me in de toekomst nog eens een auto wil verkopen, kan ze dat ook maar beter met jou doen.'

'Morgan, wees verstandig en zeg dank je wel,' zei Audrey.

'Ik ben oma echt heel dankbaar. Jullie allebei.' De dankbaarheid zorgde voor een brok in haar keel en een warm gevoel in haar hart en haar buik. 'Maar ik weet niet of ik nog een baan zal hebben als ik dit aan de familie Jameson vertel.'

'Ga vooral niet op zoek naar problemen, want die vinden jou wel,' adviseerde Olivia haar. 'Doe gewoon wat je moet doen. En daarna ga je naar dat autobedrijf. Ik heb haar kaartje.'

Olivia pakte een visitekaartmap zo dik als een baksteen en bladerde erdoorheen. 'Hier is het. Ik zal haar bellen om te vertellen wat je zoekt, en wat ik verwacht.' Daarna pakte ze een chequeboek. 'Niet thuiskomen zonder fatsoenlijke auto.' Ze schreef de naam van het autobedrijf op de cheque, dateerde en ondertekende hem, maar liet het vakje voor het bedrag leeg. 'Als je weer terugkomt, zullen we de aflossingen regelen.'

'We zullen thuis op je wachten als je klaar bent.' Audrey pakte Morgans hand en drukte die even tegen haar wang.

'Ja, we zullen thuis op je wachten, maar zonder die stomme code komen we het huis niet in. Wat is die?'

Tot Morgans verbazing ontsnapte haar een kort lachje en ze somde de code op.

Zelfs al gierde Nina's auto op weg naar het resort, Morgan dwong zich om nog niet aan auto's te denken. De kans bestond dat ze hier dadelijk werkloos weer weg zou rijden, en in dat geval was een nieuwe auto totaal onnodig.

Op de parkeerplaats voor personeel deed ze de wagen op slot en liep over de loopbrug. In de lobby pronkte een groot nieuw lentebloemstuk en opnieuw bedacht ze hoe fijn ze het vond om hier te werken. De mensen waren aardig, er hing een prettige sfeer en ze hield van het werk dat ze deed.

En nu kon Gavin Rozwell dat allemaal van haar afpakken. Weer kon hij heel veel van haar afpakken.

Hoewel zij op maandag niet werkte, kende ze de roosters van de anderen uit haar hoofd. Nell, haar directe leidinggevende, had een bespreking om de laatste hand te leggen aan het menu van een bruiloft die binnenkort zou worden gevierd.

Niet alleen leek het nutteloos om die bespreking te onderbreken of te wachten tot die voorbij zou zijn, maar ze had het idee dat ze met deze kwestie naar de hoofddirectie moest. En Lydia Jameson werkte op maandag altijd in haar kantoor.

Ze liep naar de kantoorvleugel en zag dat Lydia's deur openstond. Lydia zelf zat aan haar bureau achter haar computer.

'Draai je weer een dubbele dienst?'

'Nee, mevrouw. Hebt u een minuutje?'

Lydia wenkte haar en Morgan ging naar binnen en sloot de deur.

Op hetzelfde moment nam politiecommissaris Jake Dooley plaats in Miles' kantoor. Ze waren al bevriend sinds de onderbouw en omdat hij Miles even goed kende als zichzelf vertelde Jake het hele verhaal bondig en duidelijk.

Al luisterend bekeek Miles de foto van Rozwell die Jake hem had gegeven.

'Goed. En geef me nu jouw indruk. Niet die van hen, maar die van jou.'

'Hij heeft domme risico's genomen – een praatje met de buurvrouw, haar een paar dagen in leven houden terwijl haar zus een sleutel had. En uit alles wat ik in dat dossier heb gelezen blijkt dat hij dergelijke risico's nooit eerder heeft genomen.'

Jake ging verzitten en tikte met een vinger op de foto. 'Hij is niet iemand die gepakt wil worden, Miles. Daarvoor geniet hij te veel van wat hij doet. We hebben het hier over een sadistische psychopaat die bovendien verwend en hebzuchtig is. Tot nu toe is hij altijd bijzonder voorzichtig geweest. Neem nou dat medaillon,' ging hij verder. 'Niet alleen heeft hij dat achtergelaten op het slachtoffer, maar hij heeft ook de foto's erin vervangen door foto's van hem en Morgan. Nou, die boodschap laat aan duidelijkheid niets te wensen over.'

'In haar verklaring heeft ze gezegd dat ze geen relatie hadden.'

'Nee, geen relatie. Maar zij blijft wel door zijn hoofd spoken. Ze is belangrijk voor hem. Door haar is zijn geluk omgeslagen. Hij wil haar geen moment laten vergeten dat hij nog niet met haar klaar is. Hij wil dat ze daarvan doordrongen is en dat ze in angst leeft.'

'Als ze niet bang voor hem is, is ze een sukkel en zo komt ze niet op me over. Ik zal met de beveiliging praten, en ook met de familie en met haar.'

'Mooi. Als je haar spreekt, zeg dan dat ze me altijd kan bellen. Mocht ze vragen hebben, dan zal ik mijn best doen om die te beantwoorden. Ik weet dat ze een alarmsysteem hebben. Als ze dat niet gebruiken, dan zullen ze dat binnenkort wel doen.'

'Reken maar.'

'Ik ga op zoek naar Nell.' Jake kwam overeind. 'Zij is Morgans directe chef toch? Ik wil dat zij hier ook van op de hoogte is.'

'Oké. Zodra ik met Morgan heb gesproken, zal ik je laten weten wat ze te zeggen had.'

Eenmaal alleen bekeek hij Rozwells foto nog even aandachtig. Daarna stond hij op. Eerst zou hij zijn grootmoeder inlichten en daarna een voor een de anderen.

'Zo te zien heb je problemen,' zei Lydia tegen Morgan. 'Heeft het iets met Après te maken?'

'Nee, mevrouw, het is iets persoonlijks.'

'Nou, ga dan maar zitten. Laat maar horen.'

'U weet wat er is gebeurd toen… voordat ik…'

'Neem de tijd,' zei Lydia toen Morgan ophield met praten. 'Dit heeft te maken met de man die je vriendin heeft vermoord en jouw identiteit heeft gestolen.'

'Ja. De FBI-agenten die het onderzoek leiden zijn bij me thuis geweest om me te vertellen dat hij een paar dagen geleden nog een vrouw heeft vermoord.' Ze ratelde haar verhaal af terwijl de spanning door haar maag gierde.

'Zit zijn foto in die envelop?'

'Ja.'

'Nou, laat eens zien.'

Heel stuntelig en met twee handen wist ze er een foto uit te halen, waarna ze opstond en hem Lydia over het bureau aanreikte. 'Mevrouw Jameson, ik heb er begrip voor als u deze problemen ver bij het resort, de gasten en uw familie uit de buurt wilt houden.'

'Knap. Maar wel heel glad. Gladjanussen zijn nooit mijn type geweest.' Ze legde de foto neer, vouwde haar handen eroverheen en keek Morgan toen aan. 'Je werkt hier nu ongeveer een maand.'

'Ja, mevrouw.'

'Ik had je ingeschat als iemand die snel van begrip is. Dat is een van de redenen dat je de baan hebt gekregen. Je leert snel. Maar als jij denkt dat de familie Jameson zo laf en onverschillig is, dan moet ik mijn mening over je herzien.'

Het stroomde allemaal door haar heen, een tsunami van emotie, stress en opluchting. Ze barstte in snikken uit en liet zich weer op haar stoel ploffen, waarna ze haar handen voor haar gezicht sloeg.

Na een kort klopje deed Miles de deur open. 'Oma, ik... O, verdomme.'

'Geef dat meisje een zakdoek.'

'Heb ik niet.'

'Kom binnen en doe de deur dicht.'

'Misschien kan ik beter...'

'Nu!' Na die woorden trok Lydia een lade open en haalde er een doos tissues uit. 'Geef deze aan haar en ga een glas water voor haar halen. Gedraag je niet als een oen.'

'Sorry. Ik ben gewoon...'

'Huil maar lekker uit. Dat heb je wel verdiend. Die moordzuchtige klootzak heeft nog een vrouw vermoord in Tennessee.'

Lydia vertelde hem de bijzonderheden een stuk samenhangender dan Morgan ze haar had weten te geven. En hoewel Miles het verhaal al kende, luisterde hij zwijgend toe.

'Ze dacht dat we haar erom zouden ontslaan.'

'Dan is ze dom.'

'Ze is niet dom, maar over haar toeren, wat iedereen met een beetje verstand kan zien.'

'Het spijt me.' Zichtbaar vechtend om zichzelf weer onder controle te krijgen, veegde Morgan met een hand haar tranen weg. 'Het spijt me.'

'Wat heb jij gedaan dat je spijt?'

Met betraande ogen keek Morgan naar Lydia. 'Ik weet het niet. Echt niet. Wist ik het maar.' Ze trok meer tissues uit de doos. 'Jezus, ik ben een emotioneel wrak. Dat kan me wel spijten.'

'Verontschuldiging aanvaard. Miles?'

'Oké. Jake, de politiecommissaris,' voegde hij eraan toe voor het geval Morgan dat nog niet wist, 'is al met me komen praten. We zullen kopieën maken van de foto's en ervoor zorgen dat de beveiliging die heeft. Net als de afdeling Reservations, de receptionisten, de managers van de restaurants en bars, enzovoorts. Oma, we moeten haar een van de personeelsvoertuigen lenen. Je moest eens zien in wat voor brik ze rijdt. Je kunt er gewoon op wachten tot ze een keer pech krijgt tussen het resort en het huis van de familie Nash.'

'Ik ga een nieuwe auto kopen. Vandaag nog. Mijn oma wilde van geen nee weten.'

'Olivia Nash is een verstandige vrouw. Van haar kleindochter verwacht ik hetzelfde. Jij maakt nu ook deel uit van de familie Jameson en binnen die familie zorgen we voor elkaar. Begrepen?'

'Ja, mevrouw. Ik ben jullie heel dankbaar.'

'Blijf gewoon je werk goed doen, zoals je tot nu toe hebt gedaan. Dat is meer dan genoeg dank. Miles, breng Morgan naar haar auto.'

Morgan stond op. 'Ik kan mijn werk goed doen en alsnog dankbaar zijn. Bedankt.'

'Deze kant op.'

Hij nam haar mee naar links, langs meer kantoren, en bleef toen staan voor een toilet. 'Ga maar even iets aan je gezicht doen.'

'Zo erg?'

'Erg genoeg.'

Ze ging naar binnen, zag dat hij gelijk had en kalefaterde zich zo goed mogelijk op. 'Zo beter?' vroeg ze toen ze weer naar buiten kwam.

'Kan ermee door. Voortaan zal er 's avonds iemand van de beveiliging met je meelopen naar je auto. Jake zei dat jullie thuis een alarmsysteem hebben. Zet dat aan. Koop niet weer een wrak. Je hebt een auto met vierwielaandrijving nodig.'

Vreemd genoeg putte ze troost uit zijn zakelijke, no-nonsensetoon. 'Ik weet het.'

'Heb je al eens een auto gekocht?'

'Ja. Ik had een leuke Prius. Die heeft hij gestolen.'

'Zorg dat je niet de vraagprijs betaalt omdat je moe bent en hoofdpijn hebt.'

In haar binnenste voelde alles verkeerd, wazig en dom. 'Ik ben moe. En ik heb hoofdpijn.'

'En betaal niet de vraagprijs voor alle extra opties.' Hij wachtte terwijl zij de auto van het slot deed.

Ze knikte alleen maar en stapte in.

Hij hield het portier vast en keek omlaag naar haar. 'Morgan, iemand die weigert de verantwoordelijkheid op zich te nemen voor zijn of haar fouten is een rotzak. Maar als je de verantwoordelijkheid op je neemt voor iets wat niet jouw schuld is dan ben je een sukkel. Niets van dit alles is jouw schuld. Ga een auto kopen.' Na die woorden deed hij het portier dicht.

Toen ze wegreed stond hij haar opnieuw na te kijken met zijn handen in zijn zakken. Vervolgens ging hij weer naar binnen om een ingelaste familievergadering te beleggen. Op die manier zou het minder tijd kosten.

Ze kocht een auto. Aan het proces en de uiteindelijke uitkomst beleefde ze lang niet zoveel plezier als bij de aanschaf van haar eerste auto, maar ze had een auto. En ze betaalde niet de vraagprijs, al schreef ze dat meer toe aan het feit dat haar oma klant was bij dit autobedrijf dan aan haar eigen onderhandelingskunsten.

Hoe dan ook, ze was nu de trotse eigenaar van een nieuwe compacte SUV die geen moeite zou hebben met de winter, wanneer het weer zover was. Een hybride auto die voldeed aan haar economische en ecologische normen en die niet hijgde, tikte of kuchte. Als ze meer aan Nina's auto had overgehouden dan een meewarige blik van de verkoopster, was dat mooi meegenomen.

Haar dames waren inderdaad eerder thuis dan zij en zaten blijkbaar op haar te wachten, want ze kwamen allebei naar buiten toen ze de oprit opreed.

'O, wat een dotje!' Audrey sloeg haar handen ineen. 'Wat een mooie blauwe kleur.'

'Ziet er degelijk uit.' Met een goedkeurend knikje liep Olivia er een rondje omheen. 'En veilig.'

'Degelijk, veilig en schattig. Goed gedaan, Morgan.'

'Het is een hybride. Ik rijd niet veel en bij het resort hebben ze een paar laadpalen, dus hij is ook praktisch.'

'Dan voldoet hij aan alle eisen.' Omdat Audrey troost wilde bieden sloeg ze een arm om Morgans middel. 'Je bent doodop, schatje. Laten we naar binnen gaan, dan kun je iets eten. Je oma heeft haar gerookte tomatensoep gemaakt. Zal ik daar een lekkere kaastosti bij maken?'

'Dank je, dat klinkt heerlijk.' Eenmaal binnen had Audrey Morgans jas al opgehangen voordat Morgan goed en wel besefte wat er gebeurde. 'Ze hebben me niet ontslagen of me gevraagd om ontslag te nemen.'

'Nee, natuurlijk niet. Wil je thee? Wil jij even water opzetten, mam?'

'Misschien kan ze beter een stevige borrel nemen om weer wat kleur op haar wangen te krijgen, maar we zullen het bij thee houden. Ga zitten, Morgan. Je hebt het doorstaan, en dat is het belangrijkste.'

Ze ging aan de ontbijtbar zitten en drukte haar vingers tegen haar ogen. 'Ik heb gehuild. Jezus, ik stortte helemaal in op het kantoor van mevrouw Jameson.'

Nadat Olivia de gaspit onder de ketel had aangezet draaide ze zich weer om. 'Het was vast niet de eerste keer dat Lydia tranen in haar kantoor heeft gezien.'

'En terwijl ik nog zat te huilen kwam Miles binnen. Hij zei dat ik stom was.'

Audrey hield even op met het beboteren van sneden zuurdesembrood. 'Omdat je zat te huilen?' vroeg ze met vuurspuwende ogen.

'Nee, nee. Omdat ik dacht dat ze me zouden ontslaan. En ik voelde me dom, en opgelucht, en ze waren zo aardig. Zakelijk, maar aardig, waardoor ik me nog dommer en opgeluchter voelde.' Ze liet haar handen zakken. 'Hij zei zelfs dat ze me een auto van het resort moesten lenen omdat de mijne een wrak was.'

'Nou, daar had hij gelijk in.' Audrey belegde de boterhammen royaal met belegen cheddarkaas. 'En daarmee bedoel ik niets ten nadele van Nina en haar familie.'

'Nina wist dat het een wrak was. Ik heb de Jamesons verteld dat oma had verordonneerd dat ik vandaag een nieuwe auto moest gaan kopen en toen zei mevrouw Jameson dat Miles me naar mijn auto moest brengen. Daarna zei hij tegen me dat ik iets aan mijn gezicht moest doen omdat ik er niet uitzag. En na die huilbui zag ik er ook echt niet uit. En hij zei ook dat ik niet de vraagprijs moest betalen.'

'Echt iets voor een man.' Olivia zette de thee voor Morgan neer. 'Er een beetje van uitgaan dat een vrouw de hersens niet heeft om een goede deal te sluiten.'

'Ik denk eerder dat het kwam omdat ik er verschrikkelijk uitzag. Bovendien heb ik al vanaf het moment dat ik de voordeur opendeed en de FBI-agenten zag staan een mist in mijn hoofd en ik weet bijna zeker dat hij dat aan me kon zien.'

Moe, echt doodmoe, wreef ze met haar knokkels in haar ogen. 'Ik verwachtte min of meer dat hij zou zeggen dat hij mee zou gaan om te onderhandelen, zodat ik het niet zou verknallen. Maar in plaats daarvan zei hij dat je geen rotzak bent als je de verantwoordelijkheid op je neemt voor iets wat jouw schuld is, maar dat je een sukkel bent als je dat doet voor iets wat je niet hebt gedaan. Of zoiets.'

'Heb je het verknald?' vroeg Olivia terwijl de tosti in de koekenpan begon te spetteren.

'Volgens mij niet.'

'Is het jouw schuld wat dat monster heeft gedaan?'

'Nee...'

'Waag het niet om daar een maar aan toe te voegen. Het antwoord is nee.'

Morgan knikte, te moe om haar tegen te spreken. 'Ik heb alle papieren van de auto en ook het totaal wat ik ervoor heb betaald na het inruilen van de oude.'

'Dat regelen we morgen allemaal wel.' Olivia schepte soep in een kom terwijl Audrey de tosti in de koekenpan omdraaide. 'We zullen een afbetalingsregeling opstellen en je kunt de eerste termijn betalen op vijftien mei. En de tweede op vijftien juni.'

'Goed. Hij heeft heel veel veiligheidssnufjes.'

'En hij is schattig.' Audrey zette de schuin doorgesneden tosti naast de kom soep en legde er een stoffen servet bij.

'Ja, hij is schattig. Ik weet dat ik hem geweldig zal vinden als de mist in mijn hoofd is opgetrokken.' Ze nam een hap soep en voelde die warm en soepel door haar gehavende binnenste glijden. 'O, wat is dit lekker.' Met een zucht nam ze een hap van de tosti. 'Echt heerlijk.'

Toen Audrey haar haar streelde, drukte Morgan haar gezicht tegen haar moeders schouder.

'Het komt goed, schatje.' Over het hoofd van haar dochter keek Audrey haar moeder aan. 'Alles komt goed.'

12

Alle Jamesons verzamelden zich om een tafel in de kleine vergaderkamer. Aangezien ze door overlappende roosters niet eerder dan zeven uur bij elkaar konden komen, bestelde Miles sandwiches en kleine salades bij de roomservice. In dit geval, omdat hij de vergadering had belegd, zat hij aan het hoofd van de tafel.

'Nu ik de FBI-agenten heb gesproken, kan ik jullie een update geven over de appjes die ik jullie eerder vandaag heb gestuurd. Er valt weinig toe te voegen aan alles wat we wisten toen we Morgan in dienst namen en na wat ze oma vanmiddag heeft verteld. De FBI houdt Gavin Rozwell verantwoordelijk voor de moord op tien vrouwen, waaronder die op het slachtoffer in Tennessee een paar dagen geleden.'

'Tien,' mompelde Mick. 'Lieve hemel.'

'In een tijdsbestek van dertien jaar. Volgens het daderprofiel van de FBI is hij een psychopaat, een kwaadaardige narcist en een sociopaat die geen schuld of wroeging kan voelen. Jake heeft daar nog sadistisch en hebzuchtig aan toegevoegd, en daar heeft hij gelijk in.'

'Hij kleedt ze financieel uit.' Aandachtig bestudeerde Nell de foto van Rozwell die Miles had laten rondgaan. 'Daarna vermoordt hij ze. Ja, ik durf wel te zeggen dat Jake gelijk heeft.'

'Volgens hun profiel symboliseren de vrouwen die hij uitkiest zijn moeder,' ging Miles verder. 'Dat geldt in elk geval voor degenen op wie hij het in de afgelopen vier jaar had voorzien. Allemaal een slank postuur, blond, single, uniseks voornaam en allemaal in het bezit van een eigen woning en een auto of pick-up. Zijn moeder was de eerste van zijn tien slachtoffers.'

'Heeft hij zijn moeder vermoord?' Met een mengeling van schrik en walging liet Liam zijn sandwich weer op zijn bord vallen. 'Jezus.'

'Zijn vader mishandelde haar voortdurend en is vervolgens met de noorderzon vertrokken, in haar auto en pas nadat hij eerst een extra hypotheek op hun huis had genomen en al het geld van hun bankrekening had gehaald,' zei Nell. 'Jake heeft me wat informatie gegeven. In feite doet hij alsof hij zijn vader is en gebruikt hij die vrouwen om zijn moeder telkens opnieuw te straffen.'

'Hij is slim en hij is ook een bijzonder bedreven hacker,' voegde Miles eraan toe. 'Komt heel charmant over en verandert van uiterlijk en personage om zijn doelwit van dat moment in te palmen. De FBI denkt dat hij uitgebreid onderzoek naar de vrouwen doet voordat hij er een uitkiest, maar over het algemeen slechts twee tot vier weken nodig heeft om ze in te palmen, voordat hij hun identiteit overneemt, al hun geld steelt en ze vermoordt.'

'Het is niet genoeg voor hem om ze financieel te ruïneren.' Rory, nog in pak vanwege een rechtszitting, nam het verslag nadenkend door. 'Eerst zorgt hij dat hij financieel beter van hen wordt zodat hij zijn levensstijl kan bekostigen. Hij verraadt hun vertrouwen, maar dat is niet genoeg. Hij wurgt hen met zijn blote handen, wat heel persoonlijk is.'

'Hij heeft Morgan anders niet te pakken gekregen,' zei Drea.

'Maar hij heeft wel haar vriendin vermoord,' merkte Liam op.

'Maar niet Morgan en zij was degene in wie hij veel tijd en moeite had gestoken.'

'Precies.' Miles knikte even naar zijn moeder. 'Voor zover de FBI weet is zij de enige die hem is ontglipt.'

'Een narcist mag nooit falen van zichzelf.' Nell prikte in haar salade. 'Of zal in elk geval geen mislukking toegeven. Maar goed: het medaillon dat hij heeft achtergelaten. Hij speelt met haar. Hij wil haar laten weten dat hij zijn plan alsnog ten uitvoer wil brengen. Op een door hem gekozen tijdstip.'

'Dat zijn de FBI en Jake met je eens. En ik ben het weer met hen eens wat betreft de maatregelen die wij kunnen nemen,' zei Miles. 'De beveiliging heeft zijn foto en de belangrijkste informatie, net als alle afdelingsmanagers. En ik heb de receptionisten, portiers, parkeerbedienden en hotelbutlers aan de lijst toegevoegd. Een van de beveiligers zal Morgan elke avond na sluitingstijd naar haar auto brengen. En vanaf nu parkeert ze aan de voorkant, op de parkeerplaats voor de gasten.'

'Beter,' beaamde Mick. 'Op de parkeerplaats voor personeel hebben we wel bewakingslampen, maar die voor de gasten is zichtbaar vanuit de hoofdingang.'

'We zullen zorgen dat haar telefoon een sneltoets krijgt voor de beveiliging hier.'

'Ze sluit Après vaak alleen af,' zei Nell nadenkend. 'Ik vind dat ze er iemand bij moet krijgen.'

'Goed idee.' Drea bleef aantekeningen maken op haar tablet. 'De kans dat die maniak iets bij haar zal proberen wordt kleiner als er iemand bij haar in de buurt is. Naast al zijn andere eigenschappen is hij ook nog eens laf.'

'Ik kan haar vanaf nu overdag laten werken. Zonde van haar vaardigheden, maar het kan.'

Hoofdschuddend keek Miles zijn zus aan. 'Dat zal ze weigeren. Ik heb het ook overwogen, maar behalve dat zij het niet zal willen, zijn mensen laat op de avond voorzichtiger. Ze is zeker niet onbezonnen, dus ik ga er niet vanuit dat ze risico's zal nemen.'

'Ze is een verstandige jonge vrouw.' Het was de eerste keer dat Lydia iets zei. 'We hebben al beleid en protocollen om de veiligheid van onze gasten en het personeel te waarborgen. Die kunnen we uitbreiden met extra maatregelen voor deze specifieke omstandigheden. Is iedereen het daarmee eens?'

'Ja, natuurlijk.' Mick gaf een klopje op de hand van zijn vrouw. 'Ze hoort bij de resortfamilie en wij zorgen goed voor onze familie. Daar wil ik nog aan toevoegen dat haar stijl achter de bar me bevalt. Hoewel ik er niet bij kan dat iemand lavendel met tequila mixt, heeft ze een vlotte manier van doen.'

'O, ik zou nu wel zo'n lavendelmargarita lusten.'

'Zal ik een drankje voor je kopen als de vergadering gesloten is, schat?'

'Daar houd ik je aan,' zei Drea glimlachend tegen haar man.

'Meer nieuws heb ik op dit moment niet. Ik hou contact met de FBI-agenten en met Jake, en we kunnen onze maatregelen aanpassen wanneer de situatie daarom vraagt. Nell, wil jij Morgan een appje sturen over haar nieuwe parkeerplek?'

'Is goed. Ik zal vragen of ze morgen een half uur eerder wil komen zodat we dit allemaal kunnen bespreken. En ik wil ook weten waarom ze naar oma is gegaan en niet naar mij.'

'Ze dacht dat we haar zouden ontslaan.'

Met grote ogen keek Liam zijn grootmoeder aan. 'Maak het nou! Ze zou beter moeten weten.'

'Nu weet ze dat wel,' zei Miles.

'Maar toch. Hoe dan ook, ik zal morgenochtend met de managers van de Adventure-teams gaan praten, dan zijn zij ook op de hoogte. En als we hier klaar zijn, ga ik ervandoor. Ik heb een date.'

'Liam Jameson heeft een date!' zei zijn zus zogenaamd geschokt. 'Bel de media!'

'Je bent gewoon jaloers.'

'Een beetje.'

Hij gaf haar een por terwijl hij opstond. 'Je zou ook een date kunnen hebben als je niet zo kieskeurig was.'

'Jij zou minder dates hebben als je wat kritischer was.'

'Misschien, maar dan zou ik nu alleen naar de bioscoop moeten. Goedenavond, allemaal.'

'O, was ik maar weer vijfentwintig,' zei Mick.

'Op je vijfentwintigste was je anders verloofd met mij.'

Hij greep Lydia's hand en drukte er een kus op. 'Precies. Waarom trakteer ik jou niet op een drankje, mijn eigenste schat?'

'Ja, waarom doe je dat niet?'

'Miles, Nell, willen jullie iets gaan drinken met de oudere generaties?'

'Dolgraag, maar er ligt helaas nog werk op me te wachten.' Onder het praten verzamelde Miles zijn papieren.

'Ik wil wel,' zei Nell. 'Ik kom over een paar minuten.'

Toen ze alleen waren, keek Miles zijn zus aan. 'Wat?'

'Denk je dat hij iets in het resort zal proberen?'

'Die kans lijkt me niet zo groot. Het ligt meer voor de hand dat hij iets zal proberen bij haar thuis of als ze van het resort naar huis rijdt.'

'Ja, dat denk ik ook. Als hij haar thuis aanvalt, kunnen wij niets doen. Maar hier kunnen we wel voorzorgsmaatregelen nemen.' Nell stond op en sloeg de riem van haar aktetas over haar schouder. 'Ik mag haar graag.'

'Ja, ze is heel aardig.' Hij wikkelde zijn onaangeroerde sandwich in een servet.

'Ik bel roomservice wel om ze de boel te laten opruimen.'

'Eet jij die overgebleven helft van de jouwe nog op?'

'Nee, ik laat opa dadelijk borrelhapjes voor me kopen.'

Hij pakte nog een servet en wikkelde die om haar halve sandwich. 'Dan neem ik ze allebei mee. Nell, wil je vanaf nu met de anderen naar buiten lopen als jullie weggaan?'

'Ik ben zijn type niet.' Ze trok even aan haar bruine haar.

'Loop gewoon niet in je eentje naar je auto. Doe me een plezier.'

'Goed, omdat jij het bent.'

Tevreden liep hij de kamer uit met haar en vertrok toen naar huis.

Tijdens de eerste rit in haar nieuwe auto naar haar werk voelde Morgan voorzichtige vonkjes van vreugde ontstaan. De motor liep zo soepel en stil en de auto rook heerlijk. Ze vond het ingebouwde scherm prachtig en ze nam zich voor de adressen voor thuis, haar werk en de winkel zo snel mogelijk in de navigatie te programmeren. Gewoon omdat ze het leuk vond.

Wat ze niet leuk vond was het bevel om haar auto op de parkeerplaats voor de gasten te zetten, maar ze zou er zonder protest gehoor aan geven. De familie Jameson had haar hun volledige steun toegezegd, iets wat ze zeker niet hadden hoeven doen. Zonder klagen hun bevelen opvolgen was wel het minste wat zij kon doen.

Ze zag de blik in de ogen van de portier toen ze bij binnenkomst naar hem zwaaide. Het nieuws had kennelijk al de ronde gedaan. Daar zou ze ook niet over klagen, en ze zou haar best doen om zich minder ongemakkelijk en bekeken te voelen.

Op weg naar de kantoorvleugel werden haar nog meer blikken nageworpen en ze hield zich voor dat dat niet meer dan normaal was. Mensen waren bezorgd of nieuwsgierig. Of allebei.

Omdat Nell de deur van haar kantoor open had laten staan, kon Morgan haar binnen zien rondlopen terwijl ze een telefoongesprek voerde via haar headset. De energie die om Nell heen hing vibreerde bijna. Die dag had ze haar haar opgestoken en droeg ze een bruine broek en een mouwloze blouse met een v-hals. Over de rugleuning van haar bureaustoel hing een crèmekleurig leren jasje.

'Absoluut. Alles is klaar en tot in de puntjes geregeld. Ja, de afdeling Hospitality zal zorgen dat de gevraagde items om twee uur worden afgeleverd in de kamer van de bruid en om half drie in de kamer van de bruidegom.'

Ze keek Morgan aan en rolde met haar ogen. Daarna wees ze naar een stoel. 'Ik heb mijn moeder vanochtend nog gesproken. Alles voor de tafeldecoratie is bezorgd. Ja, en de trouwbedankjes. Het is niet nodig om dat ook nog bij haar na te vragen. Het wordt een prachtige bruiloft, mevrouw Fisk. We hebben alles in de hand. Ja, wij kijken er ook naar uit. Tot zaterdag.'

Nell beëindigde het gesprek en plofte op een stoel. 'De moeder van de bruid.'

'Zo'n vermoeden had ik al.'

'Ik durf er een miljoen dollar op in te zetten dat ze mijn moeder of mij, of ons allebei, voor vijf uur vanmiddag nog een keer zal bellen.'

'Al had ik een miljoen dollar, die weddenschap zou ik niet aangaan. En jouw baan ambieer ik ook niet.'

'Mooi, want eigenlijk vind ik mijn werk heel leuk. Er zal vanbinnen wel iets fundamenteel mis met me zijn, maar ik doe het echt graag. Maar goed, ik wilde je even vertellen dat we alles hebben geregeld met de beveiliging.'

'Dat stel ik echt heel erg op prijs. Ik weet hoeveel tijd en moeite zoiets kost.'

'Dat viel reuze mee. We hebben goede beveiliging en nu zijn we ons bewust van de situatie. Morgan, ik wilde je vragen waarom je niet bij mij bent gekomen over die situatie. Dacht je soms dat ik minder begripvol en behulpzaam zou zijn dan mijn oma?'

'Nee. O god, nee. Jij had een bespreking, over de bruiloft van zaterdag.'

'O jezus. Ook met mevrouw Fisk.' Ze haalde een hand door haar haar. 'Ik wist niet dat je op die tijd was geweest. Zou je anders bij mij zijn gekomen?'

'Ja.'

Ze zei het zonder enige aarzeling en Nell knikte. 'Oké. Ik wilde je alleen even vertellen dat mijn deur altijd voor je openstaat. Want dat is echt zo,' voegde ze eraan toe. 'Ook als je alleen even stoom wilt afblazen. Ik zou echt niet weten wat ik in jouw situatie zou doen. Hoe ik ermee om zou moeten gaan.'

'Waarschijnlijk zou je niet in tranen zijn uitgebarsten in aanwezigheid van je bazen.'

'Meervoud?'
'Net toen de waterlanders begonnen te stromen kwam Miles binnen.'
Nells lippen krulden omhoog en ze strekte haar benen voor zich uit. 'Ik lach niet om jou, maar om zijn reactie, die ik net in gedachten voor me zag. Iets van: "O shit".'
'Ja, zo ongeveer. Je kunt wel stellen dat ik me even helemaal liet gaan. Maar nu gaat het weer prima.'
'Echt?'
'Wat kan ik anders? Mijn leven gaat door. Ik moet werken. Thuis schakelen we nu het alarmsysteem in. Voor ik ergens naartoe rijd moet ik kijken hoeveel benzine ik nog heb en hoe de bandenspanning is. Niet alleen moet ik de auto op slot doen, maar ook de achterbank controleren. Zoals me is aangeraden heb ik paniekknoppen besteld. En ik moet op zoek naar een cursus zelfverdediging.'
'Nou, dan ken ik wel iemand.'
'Hè? Jij?'
'Nee, maar... Zie ik er soms uit alsof ik niet voor mezelf op kan komen?' Nell spande de biceps van haar rechterarm.
'Eerder zou ik ja hebben gezegd. Maar nu zeg ik: wauw.'
'Die spieren heb ik aan Jen te danken. Zij is een personal trainer en de manager van het fitnesscentrum. Als werknemer mag je daar gebruik van maken. Je krijgt korting op personal training en Jen geeft elk kwartaal een cursus zelfverdediging in de gymzaal van Westridge High School. Je hebt de lentecursus net gemist, maar ga even met haar praten hier bij het fitnesscentrum.' Nell keek op haar horloge. 'Je hebt nog bijna vijfentwintig minuten. Ga nu maar naar haar toe.'
'Nu meteen?'
'Waarom zou je wachten? Ik app haar wel om te zeggen dat je eraan komt.'
Niet met de baas in discussie gaan, zei Morgan tegen zichzelf terwijl ze naar het fitnesscentrum beneden ging.
Nog geen kwartier later had ze haar eerste sessie geboekt voor de volgende dag. Ze had een yogabroek. Niet dat ze aan yoga deed, maar ze had er wel een broek voor. Ook had ze een sportbeha, al sportte ze eigenlijk niet. Dat leek voldoende aangezien ze had berekend dat ze

een keer per week een trainingssessie kon inplannen tot ze die zelfverdediging een beetje onder de knie had.

Dankzij de personeelskorting vielen de kosten mee, zelfs voor haar beperkte budget. Bovendien wist ze nu dat Jen – die er angstaanjagend fit uitzag – Nicks zus was. Dat gaf hun een band die ongetwijfeld tot gemakkelijke trainingen zou leiden.

Zoals haar was opgedragen kwam ze een kwartier eerder om op te warmen op de loopband, elliptical of hometrainer, dat mocht ze zelf weten. Ze fietste graag, maar de hometrainer zag er vreemd uit en de elliptical vond ze te ingewikkeld. Lopen leek haar de veiligste optie.

In de zaal was een handjevol mensen in de weer met de griezelig uitziende apparaten. Ze waren aan het gewichtheffen of lagen op matjes en deden zo te zien pijnlijke stretches.

Ze stapte op een loopband en na het display even bestudeerd te hebben, programmeerde ze hem voor het toegewezen kwartier op een matige helling en snelheid. En ze voelde zich heel zelfvoldaan terwijl de muziek van haar telefoon door haar oordopjes schalde.

Op het glooiende terrein aan de andere kant van de ramen zag ze wat struiken die vanwege de lente overwogen om in bloei te komen, en een aantal stoutmoedige narcissen en tulpen die nog strak in de knop zaten.

Dit voelde lekker. Lopen op een loopband kon ze wel en misschien zou ze er zelfs van genieten. Want nu haar leven eindelijk weer regelmaat had, miste ze het overdag fietsen. Al was deze energieke wandeling op een plek natuurlijk niet hetzelfde. Als het zomer werd, kon ze misschien ergens een goede tweedehandsfiets op de kop tikken en de heuvelachtige weggetjes gaan verkennen. Ze kon zelfs af en toe naar het stadje fietsen.

Ze had nu meer vrije tijd dan voor haar verhuizing. Hoewel ze even had overwogen om overdag een parttime baantje te nemen, had ze dat idee weer verworpen. Dan kon ze geen middagdiensten draaien in Après, mocht het een keer nodig zijn, of bijspringen in het café als haar dames handen tekortkwamen.

En zelfs met de afbetalingen voor de auto wist ze binnen haar budget te blijven en kon ze langzaam weer wat sparen. Een half jaar, dacht ze. Over een half jaar zou ze weer doelen voor de lange termijn gaan stellen.

Het verbaasde haar hoe makkelijk en snel een kwartier voorbij ging. In gedachten gaf ze zichzelf een schouderklopje omdat ze had getraind en stapte toen van de band af.

Ze zag Jen, fit en aantrekkelijk in een rode tanktop en een sportbroek met rode en zwarte golven, waardoor Morgan zich in haar oude zwarte yogabroek ogenblikkelijk slonzig voelde.

Jen stond te praten met een man bij de gewichten die ondertussen bicep curls deed. Het duurde even voordat Morgan haar blik over twee lange, sterke benen in een zwart sportshort, een mouwloos grijs shirt waar al een streepje zweet op zat en rollende spierbundels omhoog had laten gaan en ze zijn gezicht zag.

Haar aanvankelijke verbazing dat zweet bij sommige mensen zo verdomd sexy kon zijn veranderde in verwarring. Wie had kunnen denken dat Miles zo gespierd was?

En lieve God, waarom moest hij zitten zweten in het fitnesscentrum terwijl zij net een oude yogabroek, uitgelubberde sportbeha en een aftands T-shirt droeg?

Omdat ze onmogelijk naar hen toe kon gaan keek ze om zich heen, koortsachtig op zoek naar iets wat niet al te moeilijk leek, zodat ze de indruk zou wekken dat ze wist wat ze deed. Net toen ze concludeerde dat bijna alle apparaten op martelwerktuigen leken, riep Jen haar.

'Morgan!' Jen hief een hand op en wenkte haar.

Pech, dacht Morgan toen ze naar de andere twee liep. Miles nam het gewicht in zijn andere hand en bleef curls doen.

'Sorry, ik moest Miles iets vragen.'

'Geeft niks. Geen probleem.'

'Heb je een kwartier gedaan?'

'Ja.'

'Hoe ver ben je gekomen?'

'Hè? O, bijna anderhalve kilometer, denk ik.'

'Volgende keer wat verder. Laten we beginnen. Bedankt, Miles.'

Hij zei alleen 'hm-m' en ging verder met zijn bicep curls.

'Als het druk is in de sportzaal gebruik ik deze ruimte voor personal trainingssessies,' zei ze. 'Of voor privéyogalessen.'

De kamer was maar klein, met een spiegelwand en planken waar yogaballen, medicijnballen, banden en matjes op lagen. In een hoek stond een rek met losse gewichten.

'Goed, wat doe je als iemand je aanvalt?'

'Hem een stomp in zijn gezicht geven?'

'De keel is beter.'

'Echt?'

'Maar. Stel er komt een kolossale klootzak op je af, wat is dan je eerste neiging?'

Morgan trok haar schouders op. 'Gillen en hard wegrennen.'

'Precies. Als je kunt gillen en wegrennen, dan moet je dat doen. Als dat niet kan, moet je je verstoppen. Afhankelijk van de situatie kunnen beide mogelijkheden als eerste komen. Als beide niet mogelijk zijn, moet je vechten.'

Morgan balde haar vuist. 'Hem een stomp tegen zijn keel geven.'

Jen draaide zich met een ruk om en greep Morgan van achteren beet. 'Hoe? Je hebt geen ruimte om je vuisten te gebruiken.'

'Zijn we dan weer terug bij gillen?'

'Maak zo veel mogelijk lawaai, maar verdedig jezelf. We beginnen met de basisregel, en die is samen te vatten als: PINK.'

'Dat heb ik wel eens gehoord.'

'Plexus solaris.' Jen gaf Morgan een por in de hare. 'Instap of wreef,' vervolgde ze waarbij ze haar voet op die van Morgan zette. 'Neus. Kloten… of kruis als we het beleefd willen houden.' Ze bracht haar hand vlak naar Morgans kruis. 'Benader me van achteren, grijp me beet en kijk ernaar in de spiegel. Ik zal je geen pijn doen.'

Zodra Morgan haar armen om Jen heen sloeg, boog die zich met haar hele gewicht naar voren. 'Je buigt voorover om jezelf meer ruimte te geven. En dan doe je dit.'

Ze voelde de lichte druk van Jens elleboog tegen haar plexus solaris. 'Je elleboog is je sterkste wapen. Sterker dan je vuist – maak er gebruik van en zorg dat je niet aarzelt. Je wilt je aanvaller niet alleen pijn doen, maar ervoor zorgen dat zijn grip verslapt zodat jij meer ruimte krijgt. Zijn wreef is een zwakke plek, dus val die aan.' Jen zette haar hiel, zachtjes, op die van Morgan. 'De kans is groot dat zijn greep na die twee klappen dusdanig verslapt dat jij je om kunt draaien. Dit.' Ze bracht haar hand omhoog met de muis naar voren en tikte daar even op met haar andere hand. 'Een harde, snelle klap omhoog op de neus, vanaf de neusvleugels naar boven en dan weer snel terug. Dan de knie, hard, fel en recht in zijn edele delen. Je elleboog, je hiel, de muis van je hand en je knie zijn allemaal sterk en hard en zullen heel wat schade aanrichten.'

'Zodat ik daarna gillend kan wegrennen.'

'Als dat mogelijk is, absoluut. Maar laten we beginnen met die vier stappen.'

Het voelde aangenaam, als een dans. Het voelde alsof ze echt iets dééd.

'Ja, goed zo. Niet nadenken, je moet gewoon PINK uitvoeren. Volgende week zal ik zorgen dat er een vrijwilliger in een beschermend pak is. Dan kun je je echt uitleven.'

'Dat zou ik fijn vinden. Wie had ooit kunnen denken dat ik het leuk zou vinden om iemand te slaan?'

'Maar stel dat hij je met je rug tegen een muur heeft gedrukt.' Jen duwde Morgan zacht tegen de muur en kwam vlak voor haar staan. 'En dat hij zijn handen om je hals heeft.'

Jen bracht de hare omhoog, maar liet ze toen haastig weer zakken en stapte naar achteren. 'Shit, sorry. Ik dacht er niet bij na.'

'Geeft niet. Ik weet dat ze je hebben verteld wat ik heb meegemaakt. Dat is de reden dat ik hier ben. Doe het voor.'

'Hij houdt je tegen de muur gedrukt, je kunt je knie niet omhoog doen of de goede hoek maken met je elleboog. De meeste mensen hebben dan de neiging om naar de handen te klauwen die hun ademtoevoer afknijpen. Dat heeft geen zin. Wat is zijn zwakke punt in die situatie? Zijn ogen. Ga voor zijn ogen. Vingers werken prima, maar je duimen zijn het beste. Duw je duimen in zijn oogballen alsof je die door zijn achterhoofd naar buiten wilt drukken.'

'Mag ik "bah" zeggen?'

'Pas als je los bent. Je duimen zullen zijn greep laten verslappen, want ze zullen zijn ogen laten branden als het vuur van duizend zonnen. Als je rechtop staat, kijk zo, ram je knie dan zo hard mogelijk in zijn ballen en stoot je elleboog in zijn buik. En als je een stomp kunt uitdelen?' Ze pakte Morgans hand en bracht hem naar haar eigen keel. 'Mik dan hierop, of daarop.' Na die woorden verplaatste ze Morgans hand naar haar neus. 'Je vuist of de muis van je hand, een snelle stoot en daarna meteen weer terugtrekken. Laten we dat eens proberen.'

Ze oefenden het een keer of zes.

'Goed zo. Echt heel goed.' Jen gaf een zachte, vriendschappelijke stomp op haar schouder. 'Je leert snel.'

'Ik moet er nog steeds bij nadenken en ik weet natuurlijk dat jij me geen pijn zult doen en daarom ben ik niet in paniek.'

'Als het eenmaal een tweede natuur is geworden zul je het ook kunnen als je in paniek bent. Geloof me, ik spreek uit ervaring.'

'O, wat erg voor je.'

'Misschien kunnen we een keer verhalen uitwisselen onder het genot van zo'n lavendelmargarita. Maar nu heb je nog maar twintig minuten. We gaan de aandacht verleggen. Toen ik vroeg naar je fitnessroutine zei je dat je die niet hebt. Vroeger fietste je bij mooi weer ongeveer vijftien kilometer per dag. Daarom heb je zulke sterke benen.'

'Ik heb mijn fiets verkocht toen ik ging verhuizen, maar ik overweeg om er weer een te kopen als het zomer wordt.'

'Goed idee. Je fietst graag, dus dat zul je het ook echt gaan doen. Maar ondertussen...' – glimlachend kneep ze even in Morgans biceps – '... gaan we krachtoefeningen doen voor je bovenlichaam.'

Verdedigend kruiste Morgan haar armen terwijl Jen naar het rek met losse gewichten liep. 'Moet dat echt?'

'De meeste mannen die een vrouw aanvallen doen dat omdat ze vrouwen zien als zwak, als slachtoffer. We hebben net een aantal handelingen en verdedigingsmethoden geoefend die je kunt gebruiken tegen een aanvaller die waarschijnlijk groter en sterker is dan jij. Maar dat betekent niet dat je zelf niet sterk kunt worden, en als je dat bent, zijn die handelingen en verdedigingsmethoden veel effectiever.'

Nadat Jen twee gewichten had gepakt en die aan Morgan had gegeven, glimlachte ze opnieuw. 'Laten we zorgen dat je sterk wordt.'

In de daaropvolgende twintig minuten leerde ze niet alleen hoe ze haar arm-, been- en borstspieren moest trainen, maar ook hoe ze moest staan en ademhalen – twee dingen waarvan ze had gedacht dat ze die allang kon – en hoe ze de spieren moest stretchen nadat ze die zo hard had afgebeuld dat ze in brand stonden.

'Goed, echt heel goed. Je zweet zelfs.'

'Echt wel.'

'Volgende week zelfde tijd voor de zelfverdediging. En verder wil ik dat je hier drie keer per week komt trainen.'

Wrijvend over haar armen, die hun bezwaren duidelijk kenbaar maakten, deed Morgan haar best om zich niet ontmoedigd te voelen. 'Hier?'

'De andere twee dagen daar. Een kwartier cardio, en dan iets sneller zodat je ruim anderhalve kilometer doet. Een kwartier bovenlichaam, kwartier benen en billen en, om te beginnen, vijf minuten buik en dan tien minuten stretchen. Als ik er niet ben om je oefeningen voor je buik, billen en benen voor te doen, zal Ken of Addy dat doen.'

'Ik heb niet altijd een uur om...'

'Drie uur per week, voorlopig. Zorg dat je gemotiveerd raakt en maak er tijd voor. Neem tussendoor een rustdag.' Ze gaf Morgan een fles water. 'Zorg dat je voldoende drinkt. Tot overmorgen.'

'Dank je. Min of meer.'

Lachend liep Jen de ruimte uit.

Gulzig drinkend liep Morgan naar de spiegel en spande haar spieren. 'Au,' zei ze terwijl ze over haar biceps wreef. 'Drie keer per week? Drie keer per week zodat ik niet zwak ben.'

Goed, dacht ze. Goed, ik zal het proberen. Een maand. Een maandje maar.

Ze wilde de zaal verlaten, maar stopte en draaide zich weer naar de spiegel toe. 'Ik kan niet drie keer per week dit aandoen. Dan sta ik voor schut.'

Outfitters, besloot ze. Ze kreeg korting, dus hoeveel pijn kon het doen? Nou, ze zou de uitgaven hoe dan ook in haar portemonnee voelen, dacht ze, maar toch liep ze naar de grote zaal waar zwetende mensen in de weer waren met gewichten of renden – allemaal uit vrije wil.

Ik doe dit een maand, beloofde ze zichzelf. De kleding die ze moest aanschaffen om niet voor schut te staan, zou ze beschouwen als investering in haar eigen kracht, fitheid en zelfvertrouwen. Maar zelfs met de korting deden die kleren haar portemonnee meer pijn dan ze had verwacht.

Toen ze zich 's avonds bij Après meldde, deed ze dat met zere armen, een zere kont – dankzij die stomme squat lifts – en zere beenspieren, die haar lieten merken dat het heel lang geleden was dat ze anderhalve kilometer in snel tempo had gelopen.

Nick wierp haar een stralende glimlach toe. 'Jen zei dat je het geweldig hebt gedaan.'

'Je zus is een monster.'

'Ja, dat zegt iedereen. Beetje spierpijn?'

'Wat denk je zelf?' Nadat ze haar blik snel over alle tafeltjes had laten gaan, haastte ze zich naar de keuken om die te controleren.

'Je went er wel aan,' zei hij toen ze weer terugkwam.

'Ik betwijfel het.'

'Even iets anders... met happy hour was het hier stikdruk. Onze signatuurdrankjes doen het goed bij de gasten.'

'Fijn om te horen. Maak het drankje voor die man aan het einde van de bar en daarna kun je uitklokken. Ik breng het wel naar hem toe.'

'Doe ik. Mijn moeder past vanavond op de kleine en wij gaan naar de bioscoop. Ik ben dol op mijn kleine schat, maar het is leuk om weer eens uit te gaan met mijn grote schat.' Hij tapte een pilsje voor de gast aan de bar en zette er een glas witte wijn naast. 'Zijn vrouw komt zo, hij heeft een rekening geopend, kamer 305. Ik ga ervandoor.'

'Veel plezier.'

Ze schonk in, tapte, depte op en serveerde en slaagde er bijna in haar zeurende spierpijn te vergeten. Bijna.

Rond middernacht ging Miles op een kruk zitten.

Ze zette een glas cab sauv voor hem neer. 'Niet je vaste avond,' merkte ze op.

'Heb ik die dan?'

'Vrijdagavond.'

Schouderophalend zei hij: 'Ik moet nog wat werk afmaken. Ik heb jou nog niet eerder bij fitness gezien,' zei hij voordat ze weg kon lopen om hem rustig zijn wijn te laten drinken.

'Mijn eerste keer. Niet alleen daar, maar in welk fitnesscentrum dan ook.'

Twee amberbruine ogen namen haar aandachtig op, alsof ze een puzzel was die moest worden opgelost. 'Ben je echt nog nooit naar de sportschool geweest? Helemaal nooit?'

'Ik had andere prioriteiten dan een abonnement bij een sportschool.'

'Streamde je thuis dan work-outs?'

'Nee.' Waarom voelde ze zich nou opgelaten? 'Niet iedereen... sommige mensen... ik fietste. Ik fietste bijna elke dag naar het bouwbedrijf waar ik werkte.'

'Aha.' Toch pakte hij zijn wijn in plaats van zijn telefoon. 'En?'

'Ik fietste,' zei ze nogmaals. 'Heen en terug ruim vijftien kilometer. En andere dingen.'

'Zoals?'

'Nou... normale dingen.'

Er verscheen een geamuseerde blik in zijn ogen. Dat had ze nog niet eerder zien gebeuren. Naast de irritatie die ze ervoer, bekroop haar ook het verlangen die blik daar te kunnen houden.

'Heeft Jen je afgebeuld?'

'Het had een les zelfverdediging moeten worden, en zo begon het ook. En toen ineens was het van "Neem deze gewichten. Nog vijf keer."'

'Doet het pijn?'

'Nou en of. En nu wil ze dat ik drie keer per week naar die martelkamer ga. En als ik niet kom opdagen, vrees ik dat ze me zal opsporen en me zal laten boeten.'

'Ik weet zeker dat je trouw zult komen opdagen.'

'Waarom dan?'

'Omdat jij geen slappeling bent die zomaar opgeeft.'

Niet wetend hoe ze dat moest interpreteren liep ze naar een andere gast aan de bar om diens bestelling op te nemen. Toen ze even achteromkeek, was hij druk met zijn duimen aan het typen, dus liet ze hem verder met rust.

Bij de laatste ronde zette ze een glas mineraalwater zonder prik voor hem neer. 'Ben je hier om een oogje op mij te houden?'

'Ik moest nog werken en had zin in een glas wijn.'

'Gisteravond kwam Lou van de beveiliging rond sluitingstijd binnen en heeft hier gewacht tot ik klaar was. Is dat wat jij nu doet?'

'Ik zit hier om mijn glas wijn leeg te drinken en dit werk af te maken. Maar aangezien ik hier toch ben, kan ik net zo goed even met je meelopen naar je auto als je hier hebt afgesloten.'

‘Ik vraag me af wanneer jouw familie tot de slotsom komt dat ik voor meer problemen zorg dan ik waard ben.’

Na die woorden legde hij zijn telefoon neer. ‘Ten eerste zit mijn familie niet zo in elkaar. En als jij denkt dat je niet wat problemen waard bent, moet je nodig je zelfvertrouwen opkrikken.’

‘Daar was ik vandaag in de fitnessruimte toch mee bezig? Het doet een beetje pijn.’

‘Daar kom je wel overheen. De laatste gasten vertrekken.’

‘Ja, ik zag het.’

Wat later, nadat hij met haar naar buiten was gelopen, liep hij een rondje om haar auto heen. ‘Dat is een hele verbetering.’

‘Ja, ik weet het. Voordat ik instap, moet ik op de achterbank kijken en daarna de benzinemeter en de bandenspanning controleren. Deze auto laat het je weten als je banden te zacht zijn. Ik weet niet hoe, maar het is wel zo.’

‘Goede voorzorgsmaatregelen.’

‘Neem jij die ook?’

‘Nee.’

Met een zucht keek ze op de achterbank. ‘Ik ga niet naar die stomme sportschool omdat ik bang ben voor Jen – al ben ik dat wel een beetje – en ook niet omdat ik niet iemand ben die zomaar opgeeft. Ik ga ernaartoe omdat ik weiger een zwakkeling te zijn.’

‘Dat komt in feite op hetzelfde neer.’

‘Misschien wel. Dank je.’ Ze drukte op de afstandsbediening van de autosleutel om het portier te openen. ‘Welterusten.’

Voordat ze wegging keek ze eerst op de meters en daarna in de achteruitkijkspiegel. Daar stond hij weer terwijl hij haar nakeek, dacht ze.

Ze merkte dat ze daar langzamerhand aan gewend raakte.

13

Het werd lente. Bloemen gingen open, bladeren ontvouwden zich en Morgan borg opgelucht haar winterspullen op.

Haar oma mocht dan geen huur willen hebben, maar Morgan wist dat ze nooit nee zou zeggen tegen bloemen. Tijdens haar bezoek aan het tuincentrum werd ze overspoeld door bitterzoete herinneringen aan Nina. Maar het bracht ook troost om de stem van haar vriendin in haar oor te horen fluisteren terwijl zij door de winkel dwaalde en planten uitzocht.

Ze besteedde een aangename ochtend en middag aan het uitkiezen, kopen en vervoeren van haar selectie en vervolgens aan het bepalen welke planten in de potten moesten komen die ze uit de tuinschuur had gehaald. Daarna plantte ze de kleurrijke eenjarigen in perken waar al uitlopende overblijvers in stonden.

Toen het alarm van haar telefoon ging, borg ze eerst haar gereedschap op en ging toen naar binnen om zich op te frissen en om te kleden voor haar werk. Een fijne, productieve dag, dacht ze. Eentje waarop ze niet met haar ziel onder haar arm had rondgelopen, maar echt iets nuttigs had kunnen doen.

Die dag werd nog veel fijner toen ze beneden kwam en opgewonde stemmen hoorde.

'O, moet je die kleuren zien! En kijk hoe ze die potten bij elkaar heeft gezet, met verschillende hoogtes. Echt een blikvanger.'

'Zal ik je eens wat zeggen, Audrey? Ik wilde dat oude, gammele rekje weggooien, maar moet je het nu eens zien.'

'Spuitverf en nieuwe schroeven,' zei Morgan toen ze het terras achter het huis op liep. 'Vinden jullie het mooi?'

'Het is prachtig.' Audrey boog voorover om de geur van heliotroop op te snuiven. 'Echt een geweldige verrassing bij thuiskomst.

En de bloemen die je aan de voorkant hebt geplant zijn ook allemaal zo mooi. Je moet er de hele dag mee bezig zijn geweest.'

'Het was leuk om te doen. Ik ben nog niet helemaal klaar.' Ze wees naar de overgebleven trays met plantjes. 'Maar ik dacht dat jullie ook wel wat lol zouden willen hebben door mee te beslissen waar die moeten komen.'

'Heb je het tuincentrum leeggekocht?' vroeg Olivia.

'Bij lange na niet. Ze zitten bomvol. Ik heb nog geen tijd gehad om de tuinmeubels naar buiten te halen en schoon te maken, maar dat kan ik morgen doen.'

'Dat zou ik fijn vinden, Morgan. En ik stel dit ook op prijs.'

Nog altijd stralend keek Audrey om zich heen. 'Ik had geen idee dat je dit allemaal kon.'

'Van Nina geleerd. En als je weinig geld hebt, worden staalwol, schuurpapier en verf je beste vrienden. Maar goed, ik moet naar mijn werk. Tot morgen.'

'Ze ziet er zo gelukkig uit,' mompelde Audrey.

'Inderdaad. Ze begint uit het dal te klimmen. Ons meisje moet iets te doen hebben, en dat heeft ze nu.'

Met een hand ging Audrey over het zoetgeurende schildzaad dat over de rand van een van de potten golfde. 'Ik wist echt niet dat ze dit kon, niet op deze manier.'

'Nu weet je dat wel.'

Audrey pakte haar moeders hand en kneep er even in. 'Er waren vast ook veel dingen over mij die je niet wist.'

'Dochters groeien op en gaan hun eigen leven leiden. Zo hoort het.'

'Ik weet niet wat er van me zou zijn geworden als ik niet terug had kunnen komen om hier een leven op te bouwen.'

'Maar je was hier welkom en je bent teruggekomen.'

'Ik weet dat zij hier misschien niet zal blijven, maar... ik hoop dat de tijd die we hier samen hebben de afstand tussen ons zal verkleinen. En die afstand is mijn schuld.'

'Hou op.'

'Nee, echt,' zei Audrey nadrukkelijk. 'Ik had het beter moeten doen. Ik had keuzes, maar zij niet. En ik weet dat ze hier niet zou zijn gekomen, bij mij, niet naar mij, als ze een keus had gehad.'

'Zoals de jongens uit Liverpool al zongen: *all you need is love*. Wat je volgens mij ook nodig hebt zijn comfortabele schoenen en een borrel na een lange werkdag, maar liefde is het allerbelangrijkste. Ze houdt van je, Audrey.'

'Ja, dat is waar. En daar bof ik mee. Morgan en ik zijn afzonderlijk van elkaar andere mensen geworden. Maar nu hebben we deze tijd om, nou ja... samen te groeien, net als alle zomerbloeiers die ze heeft geplant. En ik ga elke minuut ervan koesteren.'

'Ik ook. Zullen we voor het eten in de schuur gaan kijken of er nog meer dingen staan die wij hadden willen weggooien, maar waar ons meisje mee kan spelen omdat het haar blij maakt?'

In plaats van dat Miles vanuit het resort naar huis reed, maakte hij een omweg naar Jake. Zijn vriend woonde aan de rand van het stadje in een klein prefab houten huis met een bovenverdieping en een kleine, overdekte veranda aan de voorkant.

Miles had Jake geholpen met de aanleg van het terras aan de achterkant, die een overkapping had zodat Jake het hele jaar door kon barbecuen.

Eten dat niet werd bezorgd of afgehaald hoorde volgens Jake thuis op de barbecue.

Toen Miles zijn auto voor het huis tot stilstand bracht, zag hij twee hangpotten boven de balustrade van de veranda waar iets kleurigs uit hing. Dat betekende dat Jakes moeder onlangs op bezoek was geweest. Jake zou de planten braaf water geven, niet alleen omdat hij vond dat hij het zijn moeder verplicht was, maar ook uit vrees voor haar toorn.

Omdat Miles hier kind aan huis was, liep hij naar de voordeur en ging naar binnen. Hij kon in een keer helemaal naar de keuken aan de achterkant van het huis kijken, waar Jake bij het aanrecht stond en gehakt tot een hamburger vormde.

'Hoi. Wil je een biertje?'

'Nou je het vraagt.'

Miles deed de koelkast open en zag het bier, een fles melk, blikjes cola, een fles mangosap waar Jake vreemd genoeg dol op was en een eenzaam pakje boter.

'Ik ben pas net thuis. Ik moest voorkomen dat er een handgemeen ontstond vanwege hondenpoep in het net geschoffelde bloembed van Anne Vincent. Ken je haar?'

'Nee.'

'Ga haar vooral uit de weg. Mevrouw Vincent was ervan overtuigd dat de poep afkomstig was van de dwergkeeshond van haar buurvrouw, te weten Gigi. Dus heeft ze de poep opgeschept en het voor de voordeur bij de buren gedeponeerd. Wat werd gezien door de achtjarige zoon van de buren in kwestie. Te weten Charlie Potter.'

'Die ken ik ook niet.'

'En Charlie heeft het tegen zijn moeder gezegd, te weten Kate Potter.'

Miles ging aan de ontbijtbar zitten en nam een slok van zijn biertje. 'Ken ze alsnog niet.'

'De daaropvolgende confrontatie, die bestond uit gegil, grof taalgebruik en wat geduw over en weer verontrustte Charlie zo erg dat hij de politie heeft gebeld.'

'Vandaar dat jij er was.'

'Ik was op weg naar huis en het lag op mijn route.' Omdat Miles er was, begon Jake aan een tweede hamburger. 'Beide vrouwen waren, en ik zal me ouderwets uitdrukken, nijdig. Ik kan niet zeggen dat ik voor mijn leven vreesde, maar ik vreesde wel dat ik twee vrouwen mee zou moeten nemen naar het bureau.'

'Om nog maar te zwijgen over die jongen en de hond.'

'Precies. De ene vrouw beweerde dat Gigi de tuin nooit onaangelijnd verlaat sinds die ene keer afgelopen najaar toen het hondje wist te ontsnappen en in de chrysanten van de buurvrouw heeft gegraven. En de andere ging tekeer over blaffen en poepen, net op het moment dat Charlie het huis uit kwam met de verdachte in zijn armen. Pak die broodjes en die zak chips even.' Hij wees naar de hamburgerbroodjes en het terras, waarna hij met het bord hamburgers naar de al rokende barbecue liep. 'Maar goed, hoewel ik mezelf als een expert op het gebied van gelul beschouw, want als je dat niet bent, word je namelijk geen politiecommissaris, ben ik beslist geen expert als het op hondenpoep aankomt. Maar een blik op het formaat van die hond en het formaat van de drol was voldoende om te weten dat Gigi onschuldig is.'

De hamburgers werden op de barbecue gelegd en begonnen te sissen.

'Heb je dat tegen ze gezegd?'

'Jazeker, maar in nettere en professionelere bewoordingen. En nader onderzoek, waarbij Charlie enkele nuttige inzichten aandroeg, wees uit dat er verschillende grotere honden in de buurt wonen waaronder, aldus Charlie, ook een grote golden retriever die Stu heet. Die woont slechts een paar huizen verderop, weet voortdurend uit zijn tuin te ontsnappen en poept graag elders.'

Jake draaide de burgers om. 'Kortom: ik zei tegen Anne Vincent dat ik de poep zou verwijderen als zij bereid was de kosten te betalen om het bewijs te laten analyseren zodat het ras geïdentificeerd kan worden. Wat natuurlijk kolder is. Anders moest ze het zelf weghalen en het stoepje schoonmaken mits Kate Potter ermee instemde geen aangifte te doen. En ik adviseerde haar om soortgelijke acties in de toekomst achterwege te laten. Daarop volgde een hoop gekrijs en toen zei ze dat ze de volgende hond die in haar tuin kwam zou neerschieten.'

'Jezus nog aan toe.'

'Ja, ga haar uit de weg als je kunt. Dus toen zei ik dat ze in dat geval onmiddellijk in een van mijn cellen zou belanden. Bij die woorden zette ik mijn strenge gezicht op omdat ik kwaad was, en toen krabbelde ze meteen terug.' Met een soepele beweging legde hij de hamburgers op een bord.

Omdat Miles zijn vriend door en door kende, had hij de sauzen en papieren bordjes al uit het kastje onder de barbecue gepakt.

Ze gingen aan de tafel zitten die Jake op de middelbare school bij handvaardigheid had gemaakt, maakten hun hamburgers naar eigen smaak klaar en openden de zak chips.

'En hoe was jouw dag?'

'Minder enerverend dan de jouwe.'

'Hoe gaat het met Morgan?'

'Naar omstandigheden redelijk. Nadat jij me over Rozwell was komen vertellen, ben ik naar oma's kantoor gegaan en toen zat ze daar. Huilend.'

'Nou, het is ook niet niks.'

'Zeg dat wel. Daarna besloot ik een work-out te gaan doen in het fitnesscentrum en toen was ze bezig op de loopband. Ze had dat ding op wandeltempo staan. Wat heeft het nou voor zin om op zo'n toestel te trainen als je gaat wandelen?'

Schouderophalend nam hij nog een hap. 'Later begreep ik dat Jen met haar aan de slag is gegaan. Zelfverdediging, personal training.'

'Jen de Vernietiger?'

Miles moest er even om grijnzen en haalde toen nog een keer zijn schouders op. 'Die avond ben ik even naar de bar gegaan. Ze had duidelijk spierpijn. Maar goed, ze heeft een fatsoenlijke auto gekocht.'

'Merk, model, jaar, kleur? We willen een oogje in het zeil houden.'

Miles vertelde het hem en Jake sloeg de informatie op in zijn geheugen. Terwijl hij Miles aankeek, at hij al krakend een chipje. 'Zo te horen doe jij dat ook.'

'De beveiliging weet ervan,' begon Miles.

'Ongetwijfeld. Maar ik bedoelde jou. Persoonlijk.'

'Ze werkt voor ons.'

'Net als flink wat andere inwoners van Westridge. Ik ken jou goed genoeg om te weten wanneer je gevoelens voor iemand krijgt.'

'Ik heb helemaal geen gevoelens. En zij heeft al genoeg aan haar hoofd.'

'Dat laatste kan ik niet tegenspreken. Wil je nog een biertje?'

'Nee, bedankt. Ik moet thuis nog wat doen en het wordt tijd dat ik de hond te eten geef.' Maar hij bleef nog even zitten en dronk zijn biertje heel langzaam op. 'De situatie is gecompliceerd.'

'Dat hoef je mij niet te vertellen.'

Morgan werd niet blij van fitness, maar ze hield vol. Misschien wel omdat ze zich geïntimideerd voelde door Jen, dacht ze terwijl ze een serie tricep kickbacks deed. En misschien ook enigszins omdat ze zich een ietsjepietsje sterker voelde.

Maar voornamelijk omdat de drie uur per week haar iets te doen gaven. Iets wat actief en productief was. En zweterig.

Daarentegen werd ze wel blij van de cursus zelfverdediging. Die gaf haar het gevoel dat ze sterker, slimmer en zelfbewuster werd. Ze moest bekennen dat ze ervan had genoten om op Richie de piccolo in zijn beschermende pak te rammen.

Maar de training met gewichten en het doen van lunges vond ze even afschuwelijk als de weerzinwekkende apparaten of de martelingen die Jen voor haar had opgesteld. Maar omdat ze wist dat Jen haar haviksogen elk moment op haar kon richten, ging Morgan in een wijdbeense squat staan, wat haar geduchte instructrice de godin-houding noemde – ze kon de pot op! – en begon aan een serie curls die haar biceps lieten branden.

'Ik heb je appjes gestuurd.'

Het lukte Morgan niet helemaal om een boze blik te onderdrukken toen ze opkeek en Nell voor zich zag staan. Nell met haar volmaakt in model zittende glanzende haar en perfecte make-up. Nell in haar niet-bezwete lentejurkje en mooie roze slingback-pumps.

'Ik ben aan het sporten. Mijn handen zijn bezet.'

'Ik zie het. Tracie zei dat ze je hier had gezien.' Zo soepel als een honkbalcatcher achter de plaat hurkte Nell in een squat. 'Ik wil je om een gunst vragen.'

'Een gunst?' Vastbesloten om haar oefening af te maken, nam Morgan het gewicht in haar andere hand en begon aan de tweede helft. 'Als ik ja zeg, doe jij dan de buikspieroefeningen die hierna op het programma staan.'

'Daar schiet jij niks mee op. Ik had Loren van de Lodge en Tricia van Après vanavond ingeroosterd bij de bruiloft van Janson.'

'Weet ik. Kunnen dijen eigenlijk opensplijten?' vroeg Morgan hijgend. 'Volgens mij gaan de mijne zo opensplijten. Waarom wil Jen me dood hebben?'

'Loren heeft zijn vinger uit de kom.'

'Door fitness?'

'Basketbal. Ringvinger van zijn rechterhand. Niet gebroken, maar hij zit wel in een spalk. En dat blijft ook nog wel even zo.'

'Wat erg. Dat moet pijn hebben gedaan. Misschien wel evenveel pijn als openbarstende dijen. Of zelfs nog meer. Nou, zo kan hij natuurlijk niet achter de bar staan bij die bruiloft. Heb je nog iemand nodig van mijn team?'

'Ja, jou.'

'Ik ben de tel kwijt, maar ik weet zeker dat ik er vijftien heb gedaan.' Heel langzaam ging Morgan rechtop staan. 'Ik ben klaar met deze set. En ik leef nog. Alles, maar dan ook alles, brandt.'

'Dat is ook de bedoeling. Luister...'

'Dat kun jij makkelijk zeggen. Jouw armen lijken op die van Linda Hamilton in *Terminator Two*.'

'Dank je. Morgan...'

'Ja, ja.' Ze liet zich op een bankje ploffen. 'Zelfs met die bruiloft van ongeveer tweehonderd gasten is de vrijdagavond een van onze drukste avonden.'

'Van zeven uur 's avonds tot middernacht zal het minder druk zijn, aangezien de Janson-bruiloft dit weekend vijfendertig procent van ons gastentotaal is. Nick heeft al gezegd dat hij een dubbele dienst wil draaien. Ik kon jou niet bereiken,' zei Nell toen Morgan wat zweet wegveegde en haar aanstaarde. 'Ik heb gevraagd of hij jouw dienst wil overnemen als jij de bruiloft doet en dat vond hij goed.'

'Of hij doet de bruiloft.'

'Dat zou kunnen, maar... Tricia werkt in de weekenden in Après omdat ze een van de besten is. Van alle bartenders in de Lodge heeft Loren de meeste ervaring. Nick is heel goed, maar ik wil liever niet dat hij de bruiloft doet nadat hij al een volledige dienst heeft gedraaid. Alleen als het echt niet anders kan.' Na een korte stilte ging ze verder: 'De bruid is Ariel Janson. En zij is mevrouw Fisk – herinner je je haar nog? – maar dan erger. Ze is het schoolvoorbeeld van een bruidzilla. Het moet allemaal volmaakt zijn. En mijn moeder vraagt ook of je deze gunst wilt verlenen.'

'Ik sta hier op de loonlijst. Je zou me ook kunnen bevelen om het te doen.'

'Maar dat doen we dus niet. We vragen het.'

Morgan pakte de sporthanddoek die op haar bank lag en veegde haar gezicht af. 'Weet je wanneer ik voor het laatst zo erg heb gezweet?'

'Nee.'

'Nog nooit. Alleen wijn en bier of een volledige bar?'

'Volledige bar. Twee volledige bars, eentje in de noordwestelijke hoek van de balzaal en eentje in de zuidwestelijke. Ze heeft twee signatuurcocktails. Haar kleuren zijn lavendel en perzik, dus de drankjes zijn een *it's peachy* – oftewel een *bellini*. En een *flying high*, oftewel een *aviation*, omdat die lavendelkleurig is. Ik heb een recept voor de aviation.'

'Ik weet hoe ik een aviation moet mixen.'

'Echt? Ik had er nog nooit van gehoord. En Loren en Tricia ook niet, al hebben ze er een gemaakt voor het voorproeven, en die is goedgekeurd. Daarom hebben we jou dus nodig. Jij weet het al.'

'Best. Prima. Wat...'

'Fantastisch. Heel erg bedankt. Ik zal je alle informatie appen, maar je moet om zes uur hier zijn voor de laatste instructies. De plechtigheid is om zeven uur, diner om half acht, gevolgd door dansen, met een liveband, van half negen tot middernacht. Als ze langer door willen gaan, zullen ze diep in de buidel moeten tasten, maar mama denkt dat ze dat wel zullen doen. Hou er maar rekening mee dat het tot één uur vannacht zal duren.'

'Oké. Wil je echt mijn buikspieroefeningen niet doen?'

'Dankzij mij heb je even pauze gehad. Bovendien zegt Jen dat je een machine bent.'

Daar fleurde Morgan bijna van op. 'Echt?'

'Een machine die hier en daar nog wat geolied moet worden, maar wel een machine.' Nell kneep even in Morgans biceps. 'Je kunt het voelen. Ik moet verder. Ik app je nog wel.'

Morgan bleef nog even op de bank zitten terwijl ze haar arm boog en kneep. Misschien kon je het inderdaad een beetje voelen.

Nu moest ze de kwelling van gewone crunches, bicycle crunches en leg lifts ondergaan voordat ze even kon gaan kijken of Nick alles had wat hij nodig had. Daarna zou ze naar huis gaan, zich douchen en het schema voor de rest van haar dag omgooien.

Hoewel ze eerder achter de bar had gestaan bij bruiloften, was geen daarvan zo uitgebreid of formeel geweest. Of zo strak gepland.

Ze hadden de balzaal omgetoverd tot een lentetuin, eentje die fonkelde door kristallen en schitterde door kaarsen. Zelfs op haar bar stond een bosje perzikkleurige rozen in een slanke zilveren vaas.

Andere reusachtige bloemdecoraties flankeerden het platform waar de band zou gaan spelen. Dat werd op dit moment door een wit gordijn gescheiden van de rest van de balzaal.

Dat had de bruid zo gewild.

Nog meer bloemen omhulden de dubbele deuren waardoor zij de balzaal zou betreden.

Op tafels die waren gedekt met lavendelpaarse tafellakens en perzikkleurige lopers stonden boeketten waar lichtsnoeren doorheen waren gevlochten zodat de bloemen fonkelden. Bij de stoelen, allemaal met een hoes overtrokken, was een boeketje achter de bandjes op de rug gestoken.

Aan het einde van een witte loper stond een prieel dat compleet bedekt was met bloemen. Een stuk links daarvan zou een strijkkwartet spelen voor aanvang van de plechtigheid en ook wanneer de bruidsmeisjes - acht in getal - en het bloemenmeisje en de ringdrager in processie over de loper zou schrijden.

Bovendien zou het kwartet speciaal door de bruid geselecteerde muziek spelen tijdens bepaalde gedeeltes van de plechtigheid en later tijdens het diner.

De gasten zouden door de bruidsjonkers naar hun toegewezen tafel worden geëscorteerd, waar de serveersters en obers hun drankbestelling zouden opnemen - die voor de plechtigheid beperkt bleef tot champagne, een van de signatuurcocktails of een non-alcoholische versnapering. Tot klokslag zeven uur zouden de barkeepers die bestellingen klaarmaken, want op dat moment zouden de bruidegom en zijn getuige de balzaal door de zijdeur betreden.

Gasten die na zevenen arriveerden mochten de balzaal pas in als de bruid en haar vader bij het prieel waren. De bruid had bevolen geen enkele uitzondering toe te staan.

'De plechtigheid duurt een kwartier,' ging Drea verder. 'Als de bruid en de bruidegom klaar zijn, mogen de gasten drankjes bestellen aan tafel of bij een van de bars terwijl het personeel het prieel en de loper weghaalt. Het merendeel van de foto's is dan al gemaakt, al zullen de fotograaf en videograaf ook tijdens de plechtigheid aanwezig zijn, en zullen er ook na de plechtigheid nog ongeveer een half uur foto's worden gemaakt. De bruid wil dat het diner om half acht begint met de eerste gang, de salade. Daarna wordt het bruidsgezelschap aangekondigd, de ouders van de bruidegom en van de bruid, en dan het gelukkige stel. Zodra zij hebben plaatsgenomen, gaat het diner verder en gaan de bars weer open. Om half negen wordt het gordijn weggetrokken en gaat de band spelen.'

Ze somde de verdere rituelen en de bijbehorende timing op - de eerste dans, de dans van moeder en zoon, vader en dochter, het aansnijden van de bruidstaart, het gooien van het boeket.

Om half zeven nam Morgan haar plaats in achter de bar en kwamen de eerste gasten binnen. In hun smokings en lange avondjurken pasten ze precies bij de zaal. Ze vond alle o's en ah's heel terecht.

Toen kreeg ze het druk met het klaarmaken van perzik- en lavendelkleurige drankjes en het inschenken van mineraalwater met prik.

Ze wist niet of ze het aan de veeleisende bruid of aan Drea te danken had, maar alles ging van een leien dakje toen klokslag zeven uur de muziek veranderde. De bruidsmeisjes in hun lavendelpaarse jurken met op hun hoofd een kroon van perzikkleurige rozenknopjes schreden over de loper.

Iedereen glimlachte bij het zien van de ringdrager en het bloemenmeisje – hij in zijn piepkleine smoking met lavendelkleurig gilet en zij in haar perzikkleurige prinsessenjurk.

Daarna volgde de dramatische pauze voordat de bruid, aan haar vaders arm, in de deuropening verscheen.

Het lukte Morgan maar net om zelf geen 'ah' te zeggen.

De bruid droeg een jurk van een sprookjesprinses, sneeuwwit met een meterslange rok en een strak, strapless lijfje dat glinsterde als het licht erop viel. Haar inktzwarte haar was opgestoken, maar een paar kunstzinnig golvende lokken vielen volmaakt om haar gezicht.

Ook zij droeg een bloemenkroon, grootser dan die van haar bruidsmeisjes, en een sluier die als een ragfijne wolk over haar rug golfde.

Ze mocht dan een nachtmerrie zijn geweest om mee te werken, maar uit de blik waarmee ze naar de man keek die onder het prieel stond te wachten, en uit de blik die hij haar toewierp, sprak liefde, dacht Morgan.

Drea glipte de zaal in en kwam naar Morgan toe. Heel zachtjes zei ze: 'Pfoe.'

'Het is schitterend. Echt adembenemend.'

'Dat is precies wat ze wilde. En weet je?' Ze knikte naar de plek waar de bruid en bruidegom de geloften uitwisselden. 'Dit is de eerste keer in weken dat ik haar gelukkig en ontspannen zie.'

Ze glipte weer naar buiten.

Morgan keek naar de kus en zag de bruidegom de hand van zijn bruid naar zijn lippen brengen toen ze zich naar hun gasten draaiden. Hoe zou het voelen om eruit te zien als een prinses? En hoe zou het voelen als je iemand had die zo naar je keek als deze bruidegom naar zijn bruid? Alsof alles wat hij zich ooit had gewenst in haar ogen te lezen stond.

Toen stapte het bruidspaar onder het prieel vandaan en liep over de loper en kreeg zij het prompt heel erg druk.

De band speelde de sterren van de hemel. Omdat ze een publiek hadden dat uit drie generaties bestond wisselden ze gouwe ouwen af met covers van recente hits en flink wat classic rock-nummers. De dansvloer was voortdurend stampvol en liep alleen leeg bij de rituelen als het aansnijden van de gigantische, uit vier lagen bestaande bruidstaart.

Om twaalf uur 's nachts schatte Morgan dat de helft van de gasten afscheid had genomen. Maar de andere helft was nog enthousiast aan het feesten.

Het verbaasde haar niets toen ze te horen kreeg dat de vader van de bruid erin had toegestemd de bar een uur langer open te houden.

Ze schonk in, roerde, schudde en genoot van de muziek en het spektakel.

Het verbaasde haar wel om Miles te zien binnenkomen – en dat hij in zijn casual overhemd en jeans niet uit de toon viel tussen alle smokings en avondjurken.

Dat weet ze aan zijn onzichtbare pak.

'Meneer, het spijt me, maar dit is een besloten gelegenheid.'

Hij wierp een blik op de weinige flessen gekoelde champagne die nog in ijsemmers achter haar stonden. 'Hoeveel heb je er daarvan verkocht?'

'Als je de flessen op de tafels meetelt denk ik bijna honderd. De signatuur-bellini en de gewone champagne waren heel populair. Ik gok dat de aviations met afstand op de derde plaats kwamen, na de champagne en het bier.'

'Heb je het over zonnebrillen of piloten?'

'Het is een drankje, Miles.'

Precies op dat moment verscheen de getuige van de bruidegom – zonder jasje, das en gilet – bij de bar. 'Hoe gaat-ie, Morgan?'

'Prima, Trevor. Nog een rondje voor Darcie en jou?'

'Absoluut. Beste feest ooit. Ik kom de drankjes zo halen. Eerst moet er gedanst worden.'

'Ken je die vent?' vroeg Miles.

'Nu wel. Hij en de bruidegom – en dat is Hank, die man daar met de bloemenkroon op zijn hoofd – zijn al bevriend sinds de lagere school.'

Ze deed ijs in een flûte en een martiniglas om ze te koelen en pakte een mengbeker. 'Trevor en Darcie hebben bijna tien maanden een relatie. Het is dik aan,' zei ze terwijl ze ijs in de mengbeker deed. 'Een aviation,' ging ze verder, 'of in dit geval, als een van de twee signatuurcocktails: een flying high. Gin, citroensap, marasquin en crème de violette.'

Tijdens het schudden van de ingrediënten pakte ze een fles champagne uit de ijsemmer. Ze haalde de zilveren stop eraf en gooide het ijs toen uit de flûte.

Terwijl Miles toekeek, slaagde ze erin de champagne in te schenken en daarna het eerste drankje uit te schenken in het martiniglas. Ze voegde het perziksap toe aan de champagne en toen Trevor terug kwam dansen, had ze de drankjes klaarstaan op kleine servetjes.

'Top!' Hij stak zijn hand in zijn zak en haalde er een geldclip uit. 'Ik heb alleen nog briefjes van twintig.'

'Je hoeft geen...' begon Morgan.

'Neuh, je bent het waard.' Hij propte een briefje van twintig in de fooienpot. 'Hé, is dit jouw meisje?' vroeg hij aan Miles.

'Nee.'

'Grote fout, man. De beste barkeeper die er rondloopt. En een lekker ding. Eh... zeg maar niet dat ik dat laatste heb gezegd tegen Darcie.'

'Mijn lippen zijn verzegeld,' verzekerde Morgan hem. 'Geniet van je aviation, Trevor.'

'Reken maar!' Hij nam een grote slok van zijn cocktail en liep toen met de glazen naar de dansvloer.

'Het is paars. Waarom is het paars?'

'Violet,' verbeterde Morgan hem. 'En dat komt door de crème de violette.'

'Ja, dat snap ik wel, maar ik begrijp het waarom erachter niet. Hoelang hebben ze nog? Een kwartiertje?'

'Ongeveer.'

'Ik ben zo terug.'

Om kwart over één was het personeel de balzaal aan het opruimen en pakten de bandleden hun instrumenten in. Ze hielp de catering met het veilig opbergen van de alcohol en bond haar laatste zak lege flessen dicht.

'De mensen van de catering zullen die naar de container buiten brengen,' zei Miles. Hij keek even om zich heen. 'Jouw werk zit erop.'

'Het was mijn eerste evenement in het resort, maar ik mag wel stellen dat jullie weten hoe je een feest moet geven.'

'We hebben er hier morgen nog een, dus we zullen de tafels afruimen en de hoezen van de stoelen halen, maar er wel een aantal laten staan.'

'Heb je nog een barkeeper nodig nu Loren uit de running is?'

'Nee. Een kleiner feest voor een tweede huwelijk. Jouw werk zit erop,' herhaalde hij, en hij pakte haar arm. 'Ik loop even met je mee naar buiten.'

'Eigenlijk wil ik eerst even naar Après.'

'Dat is gesloten.'

'Weet ik en Nick is geweldig. Hij is nauwgezet en betrouwbaar, maar hij is er niet aan gewend om af te sluiten, vooral niet tijdens het weekend. Ik ben verantwoordelijk voor Après, dus ga ik er even kijken.'

Schouderophalend leidde hij haar door gangen, langs de randen van de lobby en onder de boog door. Hij deed de lampen aan en zij keek om zich heen.

Alle tafels, banken en stoelen zagen er schoon uit. De schoonmakers dweilden elke ochtend de vloer en lapten de ramen een keer per week.

'Tevreden?'

Zonder acht op hem te slaan liep ze naar binnen en ging achter de bar staan. Schoon, netjes opgeruimd, alle bakken en dienbladen stonden gewassen uit te druipen en de gootstenen waren schoongemaakt.

'Waarom zie je er niet moe uit?' vroeg hij terwijl zij haar ronde deed.

'Ik ben een nachtbraker,' zei ze afwezig.

'Een nachtuil of een vampier?'

'Ligt aan de nacht en zo te zien heeft Après ondanks het evenement een goede avond gedraaid.'

'Ik zie de voorraad.' Hij liep zelf ook om de bar heen en pakte een fles cabernet van het rek. 'Ik neem een glaasje.' Hij keek om zich heen terwijl hij de kurk uit de fles trok. 'Wil jij ook iets drinken? Je hebt vrij.'

'Ik... Ja, graag.' Ze zette twee rodewijnglazen op de bar en drukte een stop op de fles nadat hij ze had volgeschonken.

'Tafel met banken.' Hij wees, liep ernaartoe en ging zitten.

Ze liep er ook heen en ging met een diepe zucht zitten. 'Ik weet nog hoe het is om te zitten. Maar de laatste keer is een poosje geleden.'

'Je hebt recht op pauzes tijdens een evenement.'

'Ja, Tricia en ik hebben die om de beurt genomen.' Maar het was verdomd fijn om gewoon even te zitten. Nadat ze een slokje van de wijn had genomen slaakte ze nog een zucht. 'Doe je dit vaak? In een lege bar zitten?'

'Nee. En jij?'

'Ja, eigenlijk wel. Niet dat ik dan wijn drink, vooral niet een cabernet van dit merk, maar een lege bar heeft een heel eigen persoonlijkheid. Die in Après is rustig en gezellig met een vleugje subtiele elegantie. Heel aangenaam.'

Eigenlijk zou hij het niet moeten vragen, hij hield helemaal niet van prietpraat. Maar omdat hij het wilde weten, stelde hij de vraag toch. 'Waarom barkeeper?'

'Nou, dan kan ik veel tijd doorbrengen in bars, maar dan wel nuchter. Ik hou van bars. Ik hou van mensen. Dat kan niet anders als je in de hospitalitybranche werkt.'

'Ik werk ook in die branche. Maar ik ben niet bijzonder gesteld op mensen.'

Ze sloeg hem aandachtig gade terwijl hij een slok nam. Zijn ogen wisten precies hoe ze zich op jou moesten focussen als hij het echt wilde, dacht ze. 'Dat slaat nergens op. Je hebt elke dag met mensen te maken.'

'Ik bedoel maar.'

'Nou, ik hou van mensen. Een barkeeper heeft het altijd druk, maar het is vrolijk werk. De mensen komen omdat ze zich willen ontspannen of omdat ze iets te vieren hebben. En je hebt natuurlijk de eenzame zielen die alleen op zoek zijn naar een praatje. Daar ben ik voor. Zeg, als je niet van mensen houdt, waarom kom je dan op vrijdagavond naar Après? Of liever gezegd: waarom kom je uitgerekend op vrijdagavond als de tent stampvol is?'

'Als je iets gaat drinken in een drukke bar is de kans maar klein dat iemand een praatje met je aanknoopt. Dan kan ik nog wat werk doen, even rustig bijkomen en een glas wijn drinken. Maar ga je naar dezelfde bar als het rustig is dan zal iemand een praatje met je willen aanknopen. "Lekker weertje, hè?", "Wat vind je van de Chicago Cubs?" Iets.'

Aha, dacht ze. Nu had ze het door. 'Jij gebruikt je telefoon als schild.'

Hij glimlachte flauwtjes. 'Ik gebruik hem om werk op te doen en ja, hij fungeert ook als schild. Wat ik me afvraag is hoe je bent begonnen als bartender, en hoe je volgens – hoe heette hij ook alweer? Trevor? – de beste ter wereld bent geworden.'

'Trevor was met zijn zoveelste aviation bezig,' bracht ze hem in herinnering.

'Ik heb je bezig gezien en ik weet precies waarom mijn moeder en mijn zus jou hebben gevraagd voor dat bijzonder vermoeiende evenement van vanavond.'

'Tijdens mijn studie werkte ik eerst als serveerster. Jezus, dat was pas hard werken.' Ze had geen idee of het door de lege bar, de wijn of het gezelschap kwam, maar ze voelde zich volkomen ontspannen. 'Het kan heel bevredigend zijn, maar je hebt echt van die types die – om allerlei verschillende, situatiegebonden redenen – alles wat hun niet bevalt aan de maaltijd afreageren op de serveerster. Toen heb ik besloten dat ik niet als serveerster mijn brood wilde verdienen en dat ik ook geen restaurant wilde leiden.'

Ze liet zich achterover zakken en nam nog een slokje. 'De winstmarges van een restaurant zijn ontzettend klein. Je verdient geld met de bar. Uit louter cynische motieven heb ik een cursus barkeepen gedaan, en dat vond ik leuk. Heel leuk. Dus toen ik eenentwintig was, ben ik opgehouden als serveerster en begonnen als bartender, en toen ging ik het nog veel leuker vinden.'

Helemaal relaxt deed ze haar ogen eventjes dicht. 'Mijn plan was om genoeg geld te verdienen en genoeg ervaring op te doen om mijn eigen zaak te beginnen. Een gezellig buurtcafé. Afgaand op mijn conservatieve berekeningen had ik nog drie jaar te gaan. En toen...'

Schouderophalend nam ze nog een slokje. 'Bij jou is het niet zo moeilijk te raden hoe je in dit werk bent gerold. Derde generatie hôtelier, het oudste mannelijke kleinkind van die generatie. Heb je ooit overwogen iets anders te gaan doen?'

'Tuurlijk wel.'

'Zoals?'

'Indiana Jones. Mijn versie van Indiana Jones, de eenzame avonturier/antropoloog.'

'Ieder kind dat die films heeft gezien wil Indy worden.'

'Ik heb het over vorig jaar.'

Lachend schudde ze haar hoofd. 'Dan moet je wel zo'n hoed hebben. Zonder hoed kan niemand Indy zijn. Maar wilde je dit...' – ze gebaarde om zich heen om het hele resort aan te duiden – '... en al het werk dat daarbij komt kijken? Want jouw familie werkt zich hier een slag in de rondte.'

'Geen van de andere dingen die ik wilde worden is blijven hangen. Ja, ik wilde dit. En we werken allemaal hard omdat we dit willen.'

'Dat is duidelijk te zien. De werknemers hier houden van hun werk en zijn blij met de arbeidsvoorwaarden en daarom zijn ze goed in wat ze doen. Dat komt doordat de leiding het goede voorbeeld geeft. Vroeger werkte ik overdag voor een familiebedrijf. Dat was weliswaar veel kleiner, maar in wezen komt het op hetzelfde neer. En de bar waar ik hiervoor werkte had goede managers. Dat kan ik niet zeggen van de bar waar ik in mijn laatste studiejaar werkte. Maar ik heb er veel geleerd en daar gaat het om.' Ze zette haar lege glas neer. 'Ik kan er nog een voor jou inschenken, maar ik moet naar huis.'

'Nee, eentje is genoeg.'

Ze bracht de glazen naar de keuken. Terug in de bar keek ze nog een keer rond en deed toen de lichten weer uit.

'Nick is een waardevolle kracht.'

'Dat weten we.'

'Hetzelfde geldt voor zijn zus. Weliswaar is ze een helse duivelin, maar toch: een waardevolle kracht.'

'Ze wordt niet voor niets Jen de Vernietiger genoemd. Geen jas?'

'Er ligt er een in de auto, mocht het nodig zijn.' Ze stapte de koele, zoetgeurende buitenlucht in. 'Nee, niet nodig. Over waardevolle krachten gesproken, je hoveniers.'

Ze staken de parkeerplaats over waarbij ze om het eiland liepen waarover meanderende rivieren van rode, witte en zachtroze plantjes stroomden.

Bij de auto keek ze eerst op de achterbank en klikte toen de portieren open. 'Bedankt voor het drankje en het escorte.'

'Graag gedaan.'

Ze stapte in en keek op de metertjes. Natuurlijk bleef hij buiten staan en keek hij haar na toen ze wegreed.

En terwijl ze wegreed, dacht ze dat ze net een vreemd soort date hadden gehad.

Omdat ze niet precies wist wat ze daarvan moest denken, besloot ze dat hij het waarschijnlijk helemaal niet zo zag. Maar als hij het wel als een vreemd soort date zou beschouwen, dan vond dat ze dat helemaal niet erg.

14

Op zaterdag sliep Morgan uit en toen ze eindelijk naar beneden ging om koffie te halen, zag ze haar oma op het terras zitten met een glas ijsthee. Omdat iemand kennelijk muffins had gebakken, griste Morgan er eentje mee, waarna ze met haar koffie én haar muffin naar buiten liep. 'O, moet je die lucht voelen! Perfect. Niet heet, niet koud.' Genietend ging ze zitten en beet in haar muffin. 'Waar is mama?'

'Die is een paar uur naar de winkel. Een van onze kunstenaars komt een nieuwe sieradencollectie brengen en Audrey wilde alle stukken van een prijskaartje voorzien en in een vitrinekast leggen. Ik zei dat ze vooral haar gang moest gaan, maar dat ik lekker hier ging zitten om te genieten van al het werk dat mijn kleindochter heeft verzet.'

'Mama en jij zijn hier ook bezig geweest. Ik vind dat windorgel geweldig.'

'Hoe ging het gisteravond?'

'Ik ben nog nooit op zo'n chique bruiloft geweest. Als je alle zomerbloeiers neemt die we hier in de tuin hebben geplant, plus alle overblijvers die er al stonden en dat aantal verdubbelt, zijn het nog altijd minder bloemen dan er in die balzaal stonden. Echt, het was adembenemend. Alles. Al die mannen in smoking en de vrouwen in avondjurken. Maar de jurk van de bruid was het spektakelstuk.'

'Zo hoort het ook.'

'Ze straalde als een sprookjesprinses. En nadat ze Drea en Nell maandenlang tot wanhoop had gedreven, zag ze er nu eindelijk gelukkig en ontspannen uit. God, het was echt heel romantisch. Bloemen, muziek, kaarslicht. Je kunt niet anders dan bewondering voor haar hebben omdat ze precies wist wat ze wilde en bewondering voor de Jamesons omdat die haar wensen exact hebben weten te vervullen.'

'En vermoedelijk ook voor haar vader omdat hij de rekening heeft betaald.'

'Die moet gigantisch zijn geweest. Ik heb meer dan drieduizend dollar aan fooi gekregen.'

'Wat zeg je nou?'

Lachend hief Morgan haar armen naar de hemel. 'Drieduizendtweehonderdzesenzestig dollar aan fooi voor mij alleen. Ik heb wel eerder op een bruiloft achter de bar gestaan, en dan ga je vaak met een leuk bedrag naar huis, maar dit heb ik nog nooit meegemaakt.'

'Misschien heb ik het verkeerde beroep.'

'Het is bijna alsof je betaald krijgt om naar een feest te gaan. Niet helemaal, want die mensen hebben ons de hele avond flink beziggehouden. Maar dat was het dubbel en dwars waard.'

'Je hebt je werk blijkbaar uitstekend gedaan.'

'Dat mag ik graag denken. Met een open bar kan het twee kanten opgaan. Sommige mensen geven grote fooien omdat de drankjes gratis zijn en andere mensen nemen dan juist niet de moeite om een fooi te geven. In dit geval had de gulheid de overhand.'

Ze nam nog een hapje van de muffin. 'Aan het eind kwam Miles even langs. Ik geloof dat hij degene is die me voortaan op vrijdagavond naar mijn auto zal brengen.' Ze ging iets anders zitten. 'Jij kent hem al heel lang. Is het je ooit opgevallen dat hij nooit een net pak draagt, maar eigenlijk toch wel?'

'Ik kan je even niet volgen.'

'Nou, dat hij... Kijk, Superman draagt zijn pak onder zijn gewone kleren, wat nergens op slaat. Maar goed, hij draagt zijn Supermanpak dus onder zijn dagelijkse kleding, zodat niemand het ziet. Bij Miles is het precies andersom. Het is net alsof hij een onzichtbaar kostuum over zijn gewone kleren draagt. Het gaat om kracht, oma. Superman draagt zijn pak onder zijn kleren zodat je het niet ziet. Miles draagt het zijne over zijn kleding, het is onzichtbaar en toch geeft het hem een uitstraling van kracht.'

'Het is me nooit zo opgevallen.'

'Ik kan geen hoogte van hem krijgen.' Iets wat ze vanaf de eerste keer dat hij aan het eind van de bar was gaan zitten wel had gewild, dacht ze. 'Volgens mij heb ik wel door hoe de andere Jamesons qua karakter in elkaar steken, maar van hem krijg ik niet echt hoogte. Na afloop van het bruiloftsfeest wilde ik nog even bij Après kijken. Nick is niet gewend om de zaak te sluiten, en al helemaal niet op vrijdagavond.'

'Mijn meisje heeft een groot verantwoordelijkheidsgevoel.'

'Ik ben ook verantwoordelijk. Dus we gingen er naar binnen en ik liep in gedachten mijn checklist na. En hij pakte een fles wijn en vroeg of ik iets wilde drinken. En toen dacht ik: waarom niet? Daarna zijn we gaan zitten met een glas wijn en hebben we een echt gesprek gevoerd. In de auto op weg naar huis had ik het vreemde gevoel dat het een soort date was geweest. Denk jij dat ook?'

'Moeilijk te zeggen, want ik was er niet bij.' Zichtbaar geïntrigeerd draaide Olivia haar stoel wat meer naar Morgan. 'Zijn er avances gemaakt?'

'Nee. Nee. Helemaal niet. Het was alleen een gesprek onder het genot van een drankje. Maar het was dus een echt gesprek, en dat is niks voor hem. Hij vroeg waarom ik barkeeper was geworden en ik heb hem gevraagd of hij ooit iets anders had willen doen dan voor het familiebedrijf werken. Je kent het wel, zo'n aftastend gesprek dat typisch is voor een eerste date.'

'Het is een aantal decennia geleden dat ik een eerste date heb gehad, maar dat herinner ik me nog wel.'

'Er hing een bepaalde sfeer, ook al zaten we alleen even gezellig te babbelen na een lange werkdag.'

'Hij is een bijzonder aantrekkelijke jongeman.'

'Nou en of. Ze zijn allemaal aantrekkelijk.'

'Voel jij je tot hem aangetrokken?'

'Lichamelijk? Ik ben een heterovrouw en hij is een stuk, dus nogal wiedes. Hij kan heel bot en wat zwaarmoedig zijn en normaal gesproken zou dat me niet aanspreken, maar die eigenschappen worden gecompenseerd door iets… tja, iets vriendelijks. Hij brengt me niet alleen naar mijn auto, iets wat hij ook aan anderen kan overlaten, zelfs als hij nog op het resort is. Nee, hij wacht tot ik ben weggereden. Dat duurt maar een minuutje langer, maar het is heel attent.'

'Hij is opgevoed als gentleman, om respect en waardering te hebben voor de mensen die voor hem werken. Mick nam hem vroeger wel eens mee en dan gingen ze bij Steve in de werkplaats zitten.'

Olivia keek naar de werkplaats die tussen de bomen achter in de tuin stond. Ze had Steves kleren weggegeven, zijn kantoor anders ingericht, maar ze was nog niet in staat geweest om zijn werkplaats leeg te halen.

'Dat wist ik niet.'

'Miles is altijd op me overgekomen als iemand met een oude ziel. Hij heeft een bepaalde blik in zijn ogen.'

'Hij heeft prachtige ogen.'

'Hm-m. Zou jij hem zien zitten als hij jou ziet zitten?'

Morgan dacht van wel, maar toen sloeg de twijfel toe. 'Dat zou waarschijnlijk niet erg slim zijn, hè? Ik werk voor hem. Niet direct, maar hij is een van de grote bazen. Ach, het was gewoon leuk om iets te drinken met een knappe, interessante man. De laatste keer dat ik dat heb gedaan was een tijdje terug. Een hele tijd terug, zelfs.'

'Je moet eropuit gaan, meer mensen van je eigen leeftijd ontmoeten.'

'O, oma, ik ontmoet voortdurend mensen. Dat hoort bij mijn werk. Ik heb gewoon nog niemand ontmoet met wie ik iets zou willen drinken. En op dit moment vind ik dat prima. Ondanks alles wat er is gebeurd voel ik me eindelijk weer mezelf, ook al moet ik tegenwoordig elke avond die stomme bandenspanning controleren. Ik voel me weer de oude.'

Gavin Rozwell, die zich tegenwoordig Charles P. Brighton noemde, slenterde door de Franse wijk in New Orleans. Hij genoot van het nachtleven, de achterlijke toeristen, de bespottelijke dronkaards en de korte afstand tussen zijn luxe hotelsuite en winkels, restaurants en muziekcafés. Voor een man als hij was het doodeenvoudig om op te gaan in de mensenmenigte.

Ditmaal had hij weer voor gladgeschoren gekozen en hij had zijn haar een heel stuk laten groeien. Daarna had hij het felrood geverfd omdat hij uit ervaring wist dat mensen alleen een rode haardos zouden onthouden, en verder bijna niets.

Als iemand ernaar zou vragen, dan was hij in New Orleans om onderzoek te doen voor zijn roman, om zich onder te dompelen in de cultuur en sfeer van de stad.

Charles P. Brighton was een opgeblazen kwal, nog een personage dat Rozwell graag speelde.

Maar ondanks zijn waardering voor het Vieux Carré en de vermakelijkheid van het spelen van een opgeblazen kwal (met een flink trustfonds) voelde hij een, zoals Charles het zou noemen, behoorlijke ennui.

Na zijn laatste moord – rust in vrede, Robin – had hij zich vreemd onbevredigd gevoeld. Ze was het volmaakte doelwit geweest. Aantrekkelijk, meegaand en goed van vertrouwen. De leningen die hij met haar huis als onderpand had afgesloten, het geld van haar bankrekening en het bedrag dat hij voor haar gloednieuwe Hyundai had gekregen hadden hem bijna zeventigduizend dollar opgeleverd. Het was een fluitje van een cent geweest.

Eigenlijk was het te makkelijk gegaan, dacht hij terwijl hij verder kuierde met een wegwerpbeker rum punch. Het misleiden van een vrouw die ernaar snakte om een relatie te beginnen bood geen enkele uitdaging. En Robin had niet eens goede vrienden gehad. Haar zus was er geweest, maar ze hadden niet op elkaars lip gezeten.

Robin was een kolfje naar zijn hand geweest, maar was uiteindelijk een teleurstelling gebleken. Hoewel zij verrukt was geweest met alle aandacht die hij aan haar besteedde, had zij hem bijna doodverveeld. Toch had het hem geen climax, geen kick bezorgd toen hij haar tot zijn opluchting eindelijk kon vermoorden.

Per slot van rekening draaide het niet alleen om geld. Daar betaalde hij natuurlijk wel het luxeleventje mee dat hij wilde en verdiende, maar de moord gaf hem de roes, de extase. Die bezorgde hem de roem waar hij na afloop weken, zelfs maanden op kon teren.

Behalve bij Robin. Of bij die stomme huisgenote van Morgan Albright.

Hij moest die kick, die roes, die verdomde extase hebben! Daar had hij verdomme recht op.

Er liepen twee vrouwen langs hem heen. Jong, en degene rechts had naar zijn smaak een wat te dikke kont. Piepkleine shortjes, piepkleine topjes. Ze vroegen erom, dat stond buiten kijf. Toen hoorde hij hun aangeschoten gelach.

Het zou een makkie zijn om ze allebei te vermoorden. Achter hen aan lopen naar de volgende kroeg en hun drankjes betalen.

Spelend met dat idee hield hij ze in het oog. Er zou niet veel voor nodig zijn om ze mee te lokken naar zijn hotelsuite. Vrouwen dachten altijd dat ze veilig waren als ze met meer waren. Het zou kinderspel zijn om ze allebei te drogeren als het niet anders kon. Of om alleen Dikbil uit te schakelen zodat hij zich een tijdje met de brunette kon vermaken.

Van die fantasie fleurde hij helemaal op dus gooide hij zijn beker rum punch weg en glipte in hun kielzog een stampvolle groezelige kroeg binnen waar het koele bier rijkelijk vloeide en zwoele zydeco uit de boxen klonk. Op de piepkleine dansvloer wreven mensen met hun billen langs elkaar en stonden vrouwen met hun tieten te schudden. Aangezien de mensen rijen dik voor de bar stonden had hij tijd genoeg om hen te observeren. Dikbil was de knapste en bovendien had ze blond haar, als hij bereid was de ruim twee centimeter lange zwarte uitgroei door de vingers te zien. Maar de brunette was langer en slanker, de lichaamsbouw waar zijn voorkeur naar uit ging.

Combineer die twee en je hebt een winnaar, dacht hij terwijl hij in zijn geheugen prentte dat de vrouwen allebei een gin fizz bestelden. Zou het kamermeisje morgenochtend dan niet schrikken?

Hij ging half achter ze staan. 'Maak er maar drie van,' zou hij zeggen.

Maar ennui was geen reden om dom te doen, hield hij zich voor. Hij kon ze best vermoorden – en hij wist al precies hoe hij dat zou aanpakken – maar dan zou hij zijn spullen moeten pakken en uit New Orleans moeten vertrekken met alleen het geld dat die sletten op zak hadden. Zo werd het spel niet gespeeld.

Hij slenterde weer naar buiten, maar aangezien hij zijn fantasietje niet uit zijn hoofd kreeg, kocht hij ergens een honkbalpet, een T-shirt van de New Orleans Saints en een maffe zonnebril.

Misschien zou het aanpassen van de spelregels hem uit zijn dip halen.

Met zijn haar onder de pet gepropt, het T-shirt over zijn eigen kleding en de zonnebril op zijn neus liep hij de groezelige kroeg weer in.

Dikbil schudde met alles wat ze had op de dansvloer en de brunette stond bij de bar te giechelen met twee studentikoze types.

Hij besloot een biertje te bestellen en af te wachten of er zich een gelegenheid zou voordoen.

Die diende zich echter al aan voordat hij iets tegen de barkeeper had kunnen zeggen. Dikbil liep naar de toiletten achter in de zaak. Misschien moest ze plassen, misschien moest ze kotsen, maar hij vond de kans hoe dan ook te mooi om te laten schieten.

Hij telde tot tien en liep toen achter haar aan.

Op de dansvloer verdrongen de mensen zich en ook bij de bar en de tafeltjes was het druk. De muziek weerkaatste tegen de muren.

In gedachten oefende hij zijn benevelde *Oeps, verkeerde deur* voor het geval er nog iemand anders in het damestoilet was.

De muziek overstemde zijn binnenkomst. Er stond niemand voor de wasbak die aan de muur was bevestigd. Onder de halve deurtjes van de twee hokjes zag hij slechts een paar voeten. De gelegenheid werd steeds mooier.

Langer wachten had geen nut, dus deed hij de deur achter zich op slot. Heel riskant, maar die spanning had hij nodig.

Zodra hij het slot van het wc-hokje hoorde opengaan kwam hij in actie.

Ze sperde haar bruine ogen open toen hij de deur naar binnen toe openduwde. Grote, bijna mooie bruine ogen waar een glazige blik in verscheen toen hij zijn vuist in haar gezicht ramde.

Bijna zonder een kik te geven zakte ze omlaag en hij hurkte naast haar neer en sloot zijn handen om haar keel. 'Kijk me aan, Dikbil. Ik wil het licht zien doven.'

Ze was te dronken en te beneveld om erg tegen te stribbelen en ze sloeg alleen zwakjes met haar handen en maakte gorgelgeluiden terwijl een Cajun accordeon een lang, opzwepend loopje ten beste gaf dat tegen de muren van het toilet pulseerde.

Hij sloeg haar gade terwijl ze stierf en wachtte op de roes. En toen hij niet meer dan een vage tinteling van tevredenheid voelde, gaf hij haar nog een stomp. 'Vieze teef.' Hij smakte haar hoofd tegen de zijwand van het toilethokje en trok toen het crossbody tasje van haar lichaam.

Dat stak hij achter zijn broeksband en vervolgens liet hij haar op de vloer van het hokje liggen. Toen hij het damestoilet weer verliet, was de muziek nog aan het stampen, stonden de mensen nog te dansen en lachte de brunette kakelend om iets wat de studenten hadden gezegd. Het liefst zou hij haar ook vermoorden, gewoon omdat ze daar was, omdat ze het goede lichaam, maar de verkeerde haarkleur had.

Nadat hij zijn zonnebril had weggegooid liep hij naar de volgende zijstraat, deed daar zijn pet af en gooide die gewoon op de stoep in de veronderstelling dat iemand hem wel zou oprapen.

Onder het lopen stelde hij zich het gegil en de chaos voor als de volgende vrouw het toilet van die achenebbisjkroeg in zou gaan. Gelukkig wist hij daar nog enige voldoening uit te putten. En zou die brunette zich niet schuldig voelen? Een beetje bij de bar staan flirten met twee dronkelappen terwijl haar vriendin werd vermoord. Nog meer voldoening.

Zijn moeite was niet voor niets geweest, dacht hij. Het kon nooit kwaad om iets nieuws te proberen. Hij had iemand vermoord op een openbare plek, dus ere wie ere toekomt.

Maar het werd duidelijk de hoogste tijd om een nieuw doelwit uit te kiezen. Hij had andere vrouwen op het oog en zijn eerdere keus voor Saaie Robin had niet aan zijn verwachtingen voldaan.

Het leed geen twijfel dat Morgan daar wel aan zou voldoen.

Maar nu nog niet, dacht hij terwijl hij weer naar zijn hotel liep. Want als zij voor de tweede keer aan de beurt kwam, moest hij er iets heel bijzonders van maken.

In mei, toen alles in bloei stond, zag de spreadsheet van Morgans budget er een stuk positiever uit. Misschien was het leven in het algemeen wel positiever, dacht ze. Dankzij haar goede baan, die ook nog eens royale fooien opleverde, had ze meer vrije tijd dan ze de afgelopen tien jaar had gehad. En daar maakte ze gretig gebruik van.

Toen ze haar dames plannen hoorde maken om het toilet beneden een opfrisbeurt te geven, ging ze er zelf een kijkje nemen. Wat maten opnemen, een bezoekje brengen aan de bouwmarkt, vervolgens een paar uur hard werken maar daarna had je ook eer van je werk, dacht ze.

Ze was net bezig om de puntjes op de i te zetten toen ze thuiskwamen.

'Morgan, we zijn er weer! Wat een dag,' babbelde Audrey. 'Echt een dag om een wijntje bij het eten te nemen.'

Morgan, die net klaar was met het rechthangen van de reproducties die ze had opgehangen, deed een stap naar achteren en pakte de tuinbak die ze als provisorische gereedschapskist had gebruikt.

'Heb je tijd om te eten voordat je...' Audrey, die net langs de openstaande toiletdeur liep, bleef staan en slaakte zowaar een gilletje. 'Wat... Hoe heb je... O mijn god. Mam, kom eens kijken.'

'Waar moet ik naar kijken? Ik wil deze stomme schoenen uittrekken.' Maar toen bleef ook Olivia voor de deuropening staan. Na langzaam een keer met haar ogen te hebben geknipperd sloeg ze haar armen over elkaar. 'Nee maar,' zei ze.

'Ik weet dat jullie je klusjesmannen wilden bellen en een nieuwe wasbak en modernere kraan wilden gaan kopen en alles opnieuw verven en zo, maar eigenlijk was het maar een klein klusje en deze wasbak is prachtig.' Ze streek even over het ouderwetse witte porselein. 'De chromen poten en de armaturen waren wat gedateerd en het leek me een goed idee om de poten matzwart te verven en een bijpassende kraan te kopen. En nu de muren subtiel roze zijn heeft het geheel iets supervrouwelijks met een vleugje dramatiek, vooral door die nieuwe lamp met bling en deze oude spiegel die ik op zolder heb gevonden. Daar ligt trouwens heel veel prachtig spul.'

'Die spiegel heb ik kort voor Audreys geboorte gekocht,' mompelde Olivia.

'En hij is echt schitterend. Hij hoefde alleen te worden schoongemaakt. En ik heb het frame zwartgeschilderd zodat het bij de rest past. Een paar nieuwe handdoeken op die zwarte stang als frisse touch. Ik heb een van je viooltjes gepikt voor de vensterbank en een nieuwe lampenkap gekocht. Dat kleedje komt bij de rommelmarkt vandaan. Het is hier en daar vaal, maar ik vond dat dat voor wat extra karakter zorgde.'

Morgan pakte de bak anders vast, een beetje bang dat ze te ver was gegaan. 'Maar als jullie het niet mooi vinden, kunnen jullie altijd nog de klusjesmannen bellen.'

'Ik vind het enig. Kijk mam, al het roze en zwart komt terug in die schattige bloemenposters. Alles is even mooi. Chic, een tikje vrouwelijk en schattig. Waar heb je geleerd hoe je kranen moet installeren?'

'Ik heb heel veel opgepikt bij dat bouwbedrijf in Maryland.'

'Het zat al in je.' Nog altijd met haar armen over elkaar liet Olivia haar blik over de muren gaan. 'Dat heb je van je opa. Het is heel anders dan ik me had voorgesteld en ik dacht echt dat die wasbak zijn beste tijd gehad had.'

'Het is een prachtig ding.'

'Nu wel. Het is echt heel anders dan ik me had voorgesteld. Veel mooier. En nu wil ik weten hoeveel je hieraan hebt uitgegeven.'

'Ik woon hier ook. Ik maak gebruik van dit toilet. En ik heb genoten van elke minuut die ik ermee bezig ben geweest.'

'Mam, het is een cadeau.' Audrey legde haar hand op haar moeders schouder. 'En iemand heeft me geleerd dat je cadeaus in dankbaarheid moet aanvaarden.'

'Om mijn oren geslagen met mijn eigen woorden. Dank je wel, Morgan. De gereedschapskist van je opa staat in zijn werkplaats. Ik wil dat je hem haalt en gaat gebruiken.'

'Dat zal ik doen.'

'En de volgende keer dat we hier iets willen opkalefateren, zullen we eerst met jou overleggen. Goed, tijd om te gaan koken. En ik kan inderdaad ook wel een wijntje gebruiken, Audrey.'

'De wijn sla ik over, maar tegen een maaltijd zeg ik geen nee. Ik heb honger als een paard. Maar eerst moet ik het gereedschap opbergen en me alvast verkleden voor mijn werk.'

Toen Morgan zich uit de voeten had gemaakt keek Audrey nog een keer rond in het toilet. 'Net als bij de tuin had ik geen idee dat ze dit allemaal kon.'

'Maar verbaast het je?'

'Nee, eigenlijk niet. Het heeft haar zo blij gemaakt,' ging ze verder terwijl Olivia en zij naar de keuken liepen. 'Niet alleen onze reacties, maar ook het denkwerk en de uitvoering. Ze wil iets terugdoen, mam. Dat moet je haar toestaan.'

'Ik weet het. Het wringt een beetje, maar ik weet het. Wat denk je van kip met rijst en een lekkere salade?'

'Klinkt goed.' Audrey liep naar de voorraadkast om de rijst te pakken. 'Ik ken mijn dochter veel minder goed dan zou moeten.'

'Er was een tijd dat ik mijn dochter veel minder goed kende dan zou moeten. Dat hebben we rechtgezet. En jij zult dit rechtzetten.'

'Ik hoop het. Voorlopig is het genoeg dat ze hier is en dat ze gelukkig is. Weet je? Na de afgelopen yogales bedankte Drea me omdat ik zo'n slimme, vaardige dochter heb. En ik kon alleen maar denken dat Morgan dat niet aan mij te danken heeft.'

'Dat zie je verkeerd, Audrey. En dat zal je merken wanneer jullie relatie zich herstelt.'

Toen mei had plaatsgemaakt voor juni veranderde Morgan de kleur van de signatuurdrankjes van lavendelpaars in abrikoosgeel met apricot colada's en warme of koude abrikoosthee. Omdat haar proefperiode voorbij was en het terras van Après was geopend, zette ze er in haar werk een tandje bij.

Nadat ze haar ideeën duidelijk voor zichzelf had geformuleerd ging ze ermee naar Nell. Die verliet net haar kantoor toen ze eraan kwam. 'Je hebt vast geen minuutje tijd voor me?' vroeg Morgan.

'Als we kunnen praten onder het lopen, kan ik je een paar minuten geven. Ik moet de aankleding voor een evenement in de Presidential-suite controleren.'

'Een cocktailfeest voor vijftig mensen. Loren staat achter de bar, Marisol en Kevin doen de bediening.'

'Jij houdt alles goed bij. Wijn, bier, frisdrank, warme en koude hapjes en verscheidene minidesserts.' Nell drukte op de knop voor de lift en wenkte dat Morgan naar binnen moest stappen. Daarna stapte ze er zelf in en hield haar pasje voor het schermpje om toegang te krijgen tot de exclusieve club-etage. 'Waar wilde je het over hebben?'

'De mensen die we voor het hoogseizoen in dienst hebben genomen doen het prima. Opal heeft de nieuwe obers en serveersters heel snel de fijne kneepjes van het vak bijgebracht.'

'Laat dat maar aan haar over.'

'Om met haar te beginnen: ik wil haar graag voordragen voor een bonus. Ze heeft veel tijd en energie gestoken in het trainen van het nieuwe personeel, en dat heeft zijn vruchten afgeworpen. Ik heb een uitgebreid verslag gemaakt dat ik je zal toesturen.'

'Ja, doe dat.' Nell stapte de lift uit en ging naar links.

'Ik vind deze etage prachtig. Rustiek en elegant door de hoge plafonds en balken, de warme kleuren en de antieke Amerikaanse meubels en kunst. En de Lounge is ontzettend uitnodigend met die grote open haard, alle bloemen en de comfortabele meubels die je gewoon smeken om wat langer te blijven zitten.'

'Ja, dat vinden wij ook.' Aan het einde van de gang hield ze haar pasje voor een scherm naast een dubbele deur.

'Jemig, wauw. Hier ben ik nog niet eerder geweest. Heel presidentieel.'

In de ruime foyer met dromerig blauw behang stond een rustieke bank. Een lage, ovale tafel met bloemen en kaarsen erop werd geflankeerd door twee stoelen met een hoge rugleuning. Aan haar rechterkant zag ze een slaapkamer met daarin een bed waar een donzig wit dekbed op lag. Tegen het hoofdeinde, dat was bekleed met een chique matgouden stof, lag een heel stel kussens.

De foyer grensde aan een woongedeelte dat groot genoeg was voor twee banken en een lange eettafel die gedekt was met wit tafellinnen en waar een aantal rechauds op stonden. De mobiele bar stond al opgesteld in de hoek. Er was een glazen wand met openslaande deuren die toegang gaven tot een terras en daarachter lag het allermooiste aan de hele suite: het spectaculaire vergezicht.

Het meer, dat was bespikkeld met kajaks en kano's, had een blauwe glans tegen de achtergrond van groene heuvels en ronde bergtoppen.

'Ik heb de foto's op internet gezien, maar dit kun je gewoon niet op beeld vastleggen.'

'Twee slaapkamers, twee badkamers en een apart toilet. Plus iets wat wij de provisiekamer noemen, waar we de door de gast gewenste snacks en drankjes kunnen neerzetten. En tijdens een feest als dit kan het personeel daar schalen en dienbladen en zo kwijt.'

'Het is prachtig, zonder dat het stijf en formeel voelt.'

'Het was een heel gevecht om de binnenhuisarchitect te laten doen wat wij wilden. Maar uiteindelijk hebben wij gewonnen. Wat kan ik verder nog voor je doen?'

'Sorry, ik ben helemaal afgeleid en betoverd. Ik wil een van de nieuwelingen graag opleiden tot barkeeper. Bailey Myerson. Ze komt hier uit de stad en ze werkt om haar masterstudie te betalen. Ze is een uitstekende serveerster en ze heeft aangegeven dat ze het graag wil leren. Nu het terras open is, kunnen we wel iemand gebruiken die overal kan worden ingezet.'

'Heb je het al aan Opal gevraagd?'

'Ik wilde het eerst met jou bespreken.'

'En je hebt vast al een uitgebreid verslag geschreven.'

'Jazeker.'

'Stuur maar. En zeg tegen Opal dat ik graag van haar wil horen hoe zij erover denkt.'

'Oké. En als laatste stel ik voor om Nick te benoemen tot assistent-manager met de bijbehorende salarisopslag. Hij verdient het, Nell. Daar hoeft hij geen extra uren voor te gaan draaien. Hij functioneert nu al als assistent-manager als ik er niet ben en bij elke wisseling van dienst staat hij klaar om me te vertellen wat de eventuele problemen zijn en wat er bijbesteld moet worden. Bovendien is hij altijd bereid om in te vallen als we hem nodig hebben.'

'In zijn driemaandelijkse evaluaties schreef Don altijd dat Nick een uitstekend arbeidsethos heeft, goed in teamverband kan werken en zijn werkzaamheden geroutineerd uitvoert, maar dat hij de vaardigheden mist om een goede manager te zijn.'

'Dat ben ik niet met hem eens.'

'Ik was het ook niet met hem eens, daarom hadden we Nick in eerste instantie jouw baan aangeboden. Waarom denk je dat hij deze baan wel zal willen?'

'Omdat hij alles al doet wat ik van een assistent verlang, en als ik ooit meer nodig heb, zou hij dat zonder meer leveren. Het enige wat bij nog mist zijn de functieomschrijving en de salarisschaal.'

'Dat zou betekenen dat hij een vast salaris krijgt en niet meer per uur wordt betaald.'

'Maar als hij als assistent-manager wordt betaald, zal hij meer gaan verdienen dan hij nu doet, en ik ben ervan overtuigd dat jij dat zult regelen. Dan krijgt hij eindelijk het loon dat hij waard is.'

'Stuur me je verslag maar. Zet die in de provisiekamer,' beval Nell toen de mensen van de catering een roltafel naar binnen duwden waar flessen wijn en ijsemmers met gekoelde flesjes bier erin op stonden. 'Vraag het hem. Aangezien we hem eerst jouw baan hebben aangeboden, zullen we dit zeker goedkeuren als hij de functie wil. Vraag het hem en als hij het wil, moet je hem naar mij sturen en dan kunnen we de voorwaarden bespreken.'

'Dank je. Heb je nog hulp nodig bij de voorbereidingen hier? Ik heb nog een kwartier voor mijn dienst begint.'

'Nee, dat hoeft niet,' zei Nell toen er een roltafel vol glaswerk naar binnen werd gereden. 'Ik heb alles onder controle. De helft daarvan moet achter de bar en de andere helft naar de provisiekamer.'

Toen Morgan in de lift naar beneden stond om naar Après te gaan, pakte ze tevreden haar telefoon om haar verslagen te verzenden.

Daar begroette Nick haar met zijn gebruikelijke glimlach. 'Daar is ze dan! Het loopt storm op het terras. Wie wil er op zo'n heerlijke dag nou niet buiten zitten? En onze apricot colada is net op nummer één van de lijst met cocktails beland.'

'Echt waar?'

'Je moet meer puree bestellen.'

Hij maakte nog een paar bestellingen klaar terwijl zij achter de bar ging staan en het rooster en de inventaris voor de komende avond bekeek.

Ze wachtte een rustig moment af. 'De familie Jameson gaat vragen of je de assistent-manager wilt worden, met het bijbehorende vaste salaris.'

'Hè? Maar ze hebben jou toch al?'

'En ze hebben jou, en ze waarderen je. Je doet het werk al, Nick. Het wordt tijd dat je daarvoor wordt betaald. Je gaat niet meer uren werken, maar je krijgt wel een vast salaris. Ik heb ze aangeraden je het salaris te geven naar aanleiding van je ervaring, je vaardigheden en het loon dat anderen met deze functie verdienen.' Ze noemde het bedrag en liet hem toen lang genoeg alleen om de volgende twee gasten te bedienen.

'Waarom zouden ze me zo veel betalen voor werk dat ik nu al doe?'

'Om dezelfde reden dat jij hier al jaren werkt. Ga naar huis, denk erover na en bespreek het met Corrine. Als je besluit erop in te gaan, moet je contact opnemen met Nell, dan zal zij de voorwaarden en details met je bespreken.'

'Heb je dit allemaal met Nell besproken?'

'Dat hoort bij mijn werk, zoals het tot jouw werk zal behoren om het me te vertellen als ik iets over het hoofd zie.'

Hij liep naar haar toe en drukte een zoen op haar wang. 'Dank je. Uit de grond van mijn hart. Wat we ook besluiten, ik ben je heel dankbaar.'

Hij zou de positie accepteren, dacht ze toen hij uitklokte. Ze had zijn vrouw – en hun schattige baby'tje – ontmoet en ze wist dat Corrine een verstandig type was.

Goed, die taak kon ze afvinken, dacht ze terwijl ze naar Opal in de zaal keek. Hopelijk zou ze ook de volgende zonder al te veel verzet kunnen afvinken.

15

Toen zich weer een rustig moment voordeed – dat volgens Morgan te danken was aan het feest in de Presidential-suite en aan het feit dat het etenstijd was – riep ze een van haar meer ervaren serveersters bij zich. 'Ik neem even pauze.'

'Jij neemt nooit pauze.'

'Nu wel. Ga jij achter de bar staan, maar hou ook een oogje op je eigen tafels. Tien minuten. Het is hier momenteel heel rustig.'

Ze liep om de bar heen en tikte Opal op haar schouder. 'Ik wil je even spreken.'

'Denk je soms dat ik daar tijd voor heb?'

'Ja. Suzanne, neem jij Opals tafels er even bij. Tien minuutjes.'

Mopperend volgde Opal Morgan de bar uit. 'Ik moet de nieuwelingen in de gaten houden. Het terras zit vol.'

'Ja, maar de toog en de tafeltjes niet.' Ze liep naar buiten en bleef pas staan toen ze uit het zicht waren en niemand hen kon horen. 'Ik wil even met je over Bailey praten.'

Opal schoot onmiddellijk in de verdediging. Ze zette haar handen in haar zij en de ogen onder haar bot afgeknipte pony spuwden vuur. 'Ze doet het goed. Als je een probleem met haar...'

'Ze doet het meer dan goed. Ik wil haar leren hoe ze bartender moet worden.'

'Ik heb haar net bijgebracht hoe ze in de bediening moet werken. Ik kan haar niet missen. Een goede manager hoort dat te weten.'

'Ik ben een goede manager, en we kunnen jouw klachten over mij wel een andere keer bespreken.'

En aangezien Opal duidelijk klachten had, zou dat moeten gebeuren, dacht Morgan. 'Zeg maar welke dag jou uitkomt, dan zal ik wat vroeger komen. Maar ondertussen kan ik best een extra barkeeper gebruiken en volgens mij heeft Bailey de energie en de kwaliteiten om zowel voor als achter de bar te werken, net waar we haar nodig hebben. Daardoor zou ze een kleine loonsverhoging krijgen en nieuwe vaardigheden leren. Nell wil graag weten hoe jij daarover denkt.'

Opal balde de handen die ze in haar zij had gezet tot vuisten. 'Ben je achter mijn rug om gegaan?'

'Nee. Ik ben naar mijn directe leidinggevende gegaan om deze aanbeveling te doen. Dat is mijn werk. Jij hebt de leiding over de bediening, dus nu wil jouw baas jouw mening hierover horen. Bailey wil graag leren en ik wil haar die kans bieden. Als jij haar niet kunt missen, maar ze het wel graag wil, kan ik haar op haar vrije dagen trainen. Daar kunnen we een rooster voor opstellen.'

'Misschien heeft die meid ook nog een privéleven.'

'Als het haar niet schikt, kan ze weigeren. Vraag het haar zelf maar.'

Nu sloeg Opal haar armen over elkaar. 'En als ze nee zegt, schrijf jij zeker in haar evaluatie dat ze onwillig is en weinig ambitie heeft.'

'Waarom zou ik dat in godsnaam doen? Jezus nog aan toe, Opal.'

'Waag het niet om me uit te kafferen.'

Ze kon de pot op, dacht Morgan. Echt, ze kon de pot op. 'Waag jij het niet om me ervan te beschuldigen dat ik een teamlid ondermijn. Als ze de training niet wil, kan ze nee zeggen, en hebben we het er niet meer over. Het is aan haar. Jij kunt hindernissen opwerpen zoveel je wilt, maar waag het niet om mij daarvan te beschuldigen. Noem maar een dag, een half uur voor onze dienst begint. Dan praten we dit voor eens en altijd uit.'

'Ik ben goed in mijn werk.'

'Dat ben je zeker. En als we hier samen niet uit komen, zullen we allebei ons werk blijven doen en ons aan elkaar blijven ergeren. Daar kan ik mee leven. Vergeet niet om Nell te vertellen wat je van de plannen voor Bailey vindt.'

Morgan ging terug naar binnen en nam de bar over terwijl ze haar best deed om niet witheet van woede te blijven.

Nog geen tien minuten later kwam Bailey naar de bar. 'Opal zei dat je nu misschien tijd hebt om met me te werken omdat het zo rustig is.'

'Prima.' Blij dat Opal geen hindernissen had opgeworpen gebaarde Morgan dat Bailey aan de andere kant van de toog moest komen. 'Tot je weer in de bediening nodig bent, ga je me hier assisteren,' zei ze. 'Zorg dat er steeds voldoende ijs is, maak de garneringen klaar, vervang flessen en was glazen af. Op dit moment zijn de krukken leeg, dus is er alleen tafelbediening. Het gaat erom dat je alles binnen handbereik hebt en daarvoor heb je goede communicatie nodig met de obers en serveersters.'

'Dat snap ik.'

'Hierachter is alles schoon, goed georganiseerd en kalm. Zelfs als het heel druk wordt en je achterloopt, moet je kalm zijn. Zorg dat je netjes blijft werken, dan zul je die kalmte makkelijker kunnen vasthouden. Zet gebruikte flessen weer op de goede plek terug. Elke keer, of het nou een dure fles is of dat je hem uit deze flessenhouder hebt gepakt.'

Ze wees naar de ruimte onder de toog. 'Tenzij een klant een specifiek merk of label noemt, gebruik je deze. Zie je die twee vrouwen die net binnenkomen? Dat zijn oude vriendinnen die een paar dagen samen uit zijn. Ze zullen hier op een kruk gaan zitten.'

Toen de vrouwen dat inderdaad deden, liep Morgan naar ze toe om ze te begroeten. 'Hoe waren de massages?'

'Hemels.' De vrouw links – in de vijftig, bril met een rood montuur, blond haar in een slordige staart – slaakte een zucht. 'Het verbaast me dat we nog rechtop kunnen zitten.'

Haar vriendin – donker, krullend haar, slaperige bruine ogen – lachte. 'Maar we gaan ons best doen want we willen als afsluiting zo'n heerlijke apricot colada drinken.'

'Regel ik. Moet ik ze op jullie kamerrekening zetten?'

'Graag.'

Morgan knikte goedkeurend toen Bailey haar een schaaltje barsnacks overhandigde. 'Voor deze gebruiken we cognacglazen,' zei ze tegen Bailey terwijl ze ijs in de blender deed. 'Opbouwen en mixen. Halve abrikozen op zware siroop. Ananasconcentraat, kokosmelk, rum en een witte crème de cacao.'

'Je hebt helemaal niets afgemeten.'

'Jawel, maar op het oog en door te tellen.' Ze drukte op de knop.

'Ik ben dol op dat geluid,' zei de brunette. 'Het is hier vanavond rustig.'

'Dat is altijd zo halverwege de week en bovendien is er een besloten feest in een club-suite.'

'En ze hebben ons niet eens uitgenodigd,' zei de blondine.

'Pech voor hen, maar fijn voor ons.' Morgan goot de drankjes in de cognacglazen en decoreerde die allebei met een stukje ananas. 'Geniet ervan.'

Bailey was snel van begrip en ze begon de blender te wassen. 'Ik snap wat je bedoelt met op het oog, maar wat bedoel je met "door te tellen"?'

'Ik tel altijd tot vier. Met mijn manier van schenken duurt het vier seconden voor je dertig milliliter hebt. Neem een lege fles mee naar huis en leen een barmaatje. Gebruik water. Meet het eerst uit, dertig milliliter, vijfenveertig en dan zestig in een glas. Gebruik een ander glas om het vrij schenken te oefenen. Op het oog en door de seconden te tellen.'

'Zo van één-mississippi, twee-mississippi?'

'Ja, precies. Door het serveren kun je al goed met mensen omgaan. Achter de tap gaat het niet veel anders, maar je moet wel oefenen, bekend raken met de verschillende soorten alcohol, verschillende drankjes en het jargon.'

'Sommige termen ken ik al door het werken in de bediening.'

'De rest leer je wel. Als je een vraag hebt, stel hem dan.'

'Ja, ik heb er een. Hoe wist je dat ze aan de bar zouden gaan zitten?'

'Ze waren hier gisteravond ook en toen vertelden ze me dat ze graag aan de bar zitten omdat je daar interessante mensen kunt ontmoeten.'

Ze maakten wat bestellingen voor de tafels klaar en Morgan vertelde Bailey precies hoe dat proces in zijn werk ging.

Ja, Bailey leerde snel, dacht Morgan opnieuw, en ze moest zich inhouden om niet automatisch achter de bar op te ruimen.

Vanuit haar ooghoek zag ze Liam onder de boog door lopen. Hij was in gezelschap van een vrouw wier rode haar minstens een meter lang was en die een zwart jurkje droeg van nauwelijks een meter lang.

En ze hoorde Bailey 'Shit' mompelen.

Morgan keek haar even aan. 'Probleem?'

'Nee. Ik... Ik ken haar, die vrouw bij Liam Jameson. We hebben bij elkaar in de klas gezeten.'

'Laat me raden. Een van de gemene meisjes.'

'Nou en of. Maar goed, in elk geval weet ik dat ze niet aan een van mijn tafeltjes zal zitten.'

'Kalmte,' bracht Morgan haar in herinnering. 'Ze zullen eerst naar de toog komen, hun bestelling opgeven en dan aan een tafeltje gaan zitten. Zo doet Liam het altijd.'

En dat was precies wat ze deden.

'Hoi Morgan. Hoe gaat-ie?'

'Zijn gangetje. Het zal zo wel drukker worden. Het feest boven is bijna afgelopen. Wat mag het zijn?'

'Wat wil jij, Jessica?'

'Een heel droge martini met Hangar 1, Carpano Bianco en drie olijven. Picholine-olijven als je die hebt.'

Automatisch koelde Morgan een martiniglas.

'Dat klinkt me veel te ingewikkeld,' zei Liam. 'Doe mij maar wat ik altijd neem.'

'Ik zal ze naar jullie tafeltje laten brengen. Wordt het vanavond binnen of buiten?'

Voordat hij antwoord kon geven, liet Jessica een kort lachje horen. 'Bailey? Bailey Myerson? Ik had je bijna niet herkend door wat je met je haar hebt gedaan. Sta je tegenwoordig achter de bar?'

'Dag Jessica. Dat is een tijd geleden.'

'Zeg dat wel. Bailey en ik zaten bij elkaar in de klas.' Jessica keek omhoog naar Liam en stak haar arm door de zijne. 'Dus jij woont weer in Westridge.'

'Nee, ik ben hier alleen tijdens de zomervakantie.'

'Ik ben hier een weekje op bezoek. Ik woon tegenwoordig in New York. Goh, we moeten echt even bijkletsen als je niet hoeft te werken, vind je niet? Laten we maar aan dat tafeltje gaan zitten, Liam. Dan kunnen zij rustig verder werken.'

'Best. Ik spreek jullie nog wel.'

'We gaan de perfecte martini maken zelfs al mogen we haar niet,' verkondigde Morgan. Terwijl ze Bailey Liams pilsje liet tappen, deed zij voor hoe het moest.

'Ik breng de drankjes wel.' Bailey tilde het dienblad op. 'De middelbare school ligt achter ons en ik ben nu een grote meid.'

Zoals voorspeld werd het binnen het uur een stuk drukker en liet

Opal weten dat ze Bailey over een kwartier weer nodig had in de bediening.

'Ik heb al ontzettend veel geleerd. Dank je wel, Morgan.'

'Graag gedaan. Dat meen ik echt.'

Liam ging op een kruk zitten. Ditmaal was hij alleen.

'Nog eentje?'

'Nee, doe maar een cola. Ik ga zo naar huis.'

'En je date?'

'Het was geen date, we hebben alleen wat gedronken. Ik vind je haar trouwens heel leuk zitten, Bailey.'

'O.' Blozend streek ze er met haar hand overheen. 'Dank je. Ik moet terug naar mijn tafels.'

'Neem eerst je pauze. Je hebt nog tien minuten tegoed.'

'Werkt ze niet achter de bar?' vroeg Liam toen Bailey zich weghaastte.

'Ze is in opleiding. Bailey studeert en ze werkt hier alleen in de zomervakantie. Heb jij niet bij haar op de middelbare school gezeten?'

'Wij zaten op Lincoln. Verschillende schooldistricten. Een van mijn vrienden heeft in die tijd een poosje verkering met Jessica gehad, dus ik ken haar een beetje. We kwamen elkaar eerder vandaag tegen in de stad.' Hij hief zijn cola op en rolde met zijn ogen. 'Sommige mensen veranderen echt nooit. Ik hou van katten, maar niet van die op twee benen.' Hij kromp even ineen. 'Dat was vast heel seksistisch van me.'

'In dit geval zie ik het door de vingers. Hoe vond ze haar drankje?'

'Ze zei dat het lekker was, maar dan op zo'n toontje dat je gebruikt voor inferieure dingen. En eerder, toen Bailey de drankjes kwam brengen, zat ze haar te stangen. Je kent het wel.' Hij drukte zijn duim en wijsvinger op elkaar en draaide ze met een ruk om. 'Maar Bailey glimlachte alleen en zei dat het heel interessant was om voor de vakantie naar huis te gaan en dan iemand van de middelbare school tegen het lijf te lopen die geen spat was veranderd. Haar glimlach was heel vriendelijk, maar het was geen compliment.'

'Heel goed van haar. Maar ongemakkelijk voor jou.'

'Eerder fascinerend.'

'Ik zou zeggen dat je daar mooi aan bent ontsnapt.'

'Ja, dat geloof ik ook.'

Ze hield een luchtig gesprekje met hem op gang en een tweede met de groep die halverwege de toog zat, maakte ondertussen bestellingen klaar en keek met een half oog naar de zaal.

'Weet je,' zei Liam toen ze weer bij hem kwam staan. 'Ik heb een schoolvakantie geassisteerd achter de bar.'

'O ja?'

'Zo gaat dat bij de familie Jameson. Je werkt een tijdje op elke afdeling zodat je weet hoe alles reilt en zeilt. Of je zou het dan moeten weten. Maar ik weet bijna zeker dat ik het er heel slecht vanaf heb gebracht.'

'Vast niet.'

'Wat jij nu doet, kon ik dus niet. Ik zit hier naar je te kijken terwijl je het doet en ik begrijp gewoon niet hoe je het voor elkaar krijgt.'

Ze boog zich een stukje naar hem toe. 'Ik kan niet skiën.'

'Dat kan ik de komende winter verhelpen.'

'Daar zul je nooit de kans voor krijgen. Gekke laarzen die vastzitten aan twee smalle planken op een besneeuwde heuvel? Nooit van mijn leven.'

'Nu is het een uitdaging.' Hij stond op en legde wat contant geld neer. 'Ik ben gek op uitdagingen. Tot ziens.'

'Prettige avond.'

Vlak voor sluitingstijd liep Opal met grote passen naar de bar. 'Morgen, een half uur voor onze dienst begint.'

'Goed. Laten we afspreken in de wijnkelder. Het gaat verder niemand iets aan.'

'Best.'

Morgan zag dat Opal echt heel kwaad was. Maar in elk geval zou ze binnenkort weten waarom. Hoopte ze.

Ze deelde haar dag zo in dat ze voor hun confrontatie in de namiddag tijd had om naar Crafty Arts te gaan en alvast een fototentoonstelling te bekijken die haar dames voor het weekend hadden geboekt. Voordat ze van huis ging, haalde ze de post uit de brievenbus en sorteerde die op verschillende stapeltjes.

Ze zag dat de enige brief voor haar afkomstig was van een creditcardbedrijf. Vast reclame, dacht ze toen ze de envelop openscheurde en al aanstalten maakte om de brief in de papierbak te gooien.

Maar toen bleef ze als aan de grond genageld staan terwijl ze het eerst ijskoud en toen heel heet kreeg.

Drieduizendtweehonderdzesentachtig dollar en achtentwintig cent. Op een creditcard die niet van haar was, voor aankopen die zij niet had gedaan in twee winkels in New Orleans, waar ze nog nooit was geweest.

Alles in haar binnenste begon te beven. Haar keel trok samen, haar longen werkten niet meer. Een afschuwelijk moment werd haar blikveld grijs. Ze voelde zich niet omlaag zakken, maar zat opeens op de keukenvloer met een ruis in haar oren en de brief in haar hand geklemd.

Moeizaam kwam ze overeind en liep met wankele passen naar de gootsteen. Ze boog zich eroverheen tot de misselijkheid voldoende was weggetrokken om koud water in haar gezicht te kunnen spetteren.

Nog altijd trillend wist ze een keukenkruk naar zich toe te trekken en erop te gaan zitten. Vervolgens legde ze haar voorhoofd op het aanrecht en zo bleef ze zitten tot ze weer adem kon krijgen en na kon denken.

Ze pakte haar telefoon, scrolde door haar contactenlijst en belde FBI-agent Beck.

'Hij is... Hij is in New Orleans. Althans, dat was-ie.'

'Morgan.'

'Ik... Hij... heeft nog een creditcard op mijn naam weten te krijgen. Morgan Nash Albright. Ditmaal heeft hij ook mijn tweede naam gebruikt. Het overzicht zat net bij de post. Ruim... Ruim drieduizend dollar.'

'Morgan, ik wil dat je rustig blijft.'

'Kan ik niet.'

'Blijf kalm. Ik wil dat je me dat afschrift mailt. Maak er een foto van met je telefoon en mail die naar mij. We zullen iemand bij je langs laten komen om het origineel op te halen, dus gooi dat niet weg. Maar stuur me een kopie. Kun je dat?'

'Ja.'

'Hou je je aan de voorzorgsmaatregelen die we hebben besproken?'

‘Ja.’

‘Goed zo. Morgan, ik weet dat dit heel naar is.’

‘Naar?’ Ze moest een hand voor haar mond slaan om niet hysterisch te gaan lachen.

‘Maar ik wil dat je goed naar me luistert. Dit is nog een fout van hem. Hiermee heeft hij verraden waar hij is, of was. Hij heeft ons een manier aangereikt waarmee we hem op het spoor kunnen komen.’

‘Denk je dat hij hier zal komen?’

‘Hij wist dat je dat overzicht zou krijgen en hij zal hebben geweten wanneer je het zou ontvangen, met een marge van een dag of twee. Het zou dom van hem zijn om nu naar Vermont te gaan. Hij wil dat je bang bent. Dat je van slag bent en in de war. Hij wil zichzelf wijsmaken dat je voortdurend aan hem moet denken.’

Ze deed haar ogen dicht. ‘Zoals hij ook steeds aan mij denkt, hoor ik je tussen de regels door zeggen.’

‘Als hij dat doet, maakt hij daardoor fouten en neemt hij dit soort onnodige risico’s. Als je wilt, kunnen we bij je langskomen.’

‘Nee, nee. Zorg dat jullie hem vinden.’

‘We zijn ermee bezig, dat verzeker ik je. Stuur me die foto.’

‘Oké. Ik stuur hem nu naar je toe. Ik... Ik moet zo naar mijn werk. Als je iemand stuurt voor dat overzicht moet die naar mijn werk komen.’

‘We zullen het regelen. En zodra we nieuwe informatie hebben, nemen we contact met je op. Dat verzeker ik je ook.’

Ze stuurde het berichtje en dwong zichzelf toen om naar haar oma’s thuiskantoor te lopen om een grote gele envelop te pakken. Daar stopte ze het afschrift in, deed de envelop dicht en stopte hem in haar handtas.

In plaats van naar de winkel te gaan, reed ze een poosje doelloos rond tot ze zich weer wat kalmer voelde, voor zover dat mogelijk was.

Als gevolg daarvan was ze een paar minuten te laat voor haar ontmoeting met Opal.

‘Mijn tijd is even kostbaar als de jouwe, hoor.’

‘Het spijt me.’ Ze gaf geen nadere verklaring terwijl ze in de koele wijnkelder tegenover elkaar stonden.

Met samengeknepen ogen bestudeerde Opal Morgans gezicht. ‘Voel je je niet goed of zo?’

'Ik voel me prima. Jij hebt specifieke klachten. Dit is hét moment om die op tafel te leggen.'

'O, dat zal ik zeker doen. Als jouw oma en Lydia Jameson elkaar niet van vroeger hadden gekend had jij deze baan nooit gekregen.'

'Daar heb je waarschijnlijk gelijk in.'

'Laat dat waarschijnlijk maar weg. De Jamesons proberen altijd mensen promotie te geven die al voor ze werken. Jij bent niet de enige in dit resort die drankjes kan mixen. En je bent ook nog eens langzaam omdat je flirt met iedere man die binnenkomt, vooral als ze Jameson heten. Een beetje avances met ze maken. Het is een schande en het plaatst ons allemaal in een slecht daglicht.'

'Flirten? Avances maken? Nou moet je verdomme ophouden.'

'Ga niet tegen me vloeken.'

'O, flikker toch op! Doe maar een melding over me. Het scheelde verdomme maar een haartje of je had me een slet genoemd.'

'Wie de schoen past...Gisteravond zag ik je met Liam en je doet echt je uiterste best om aanhalig te worden met Miles. Je telkens door hem naar je auto laten brengen na sluitingstijd. Het zou me niks verbazen als je het zelfs met Nell zou aanleggen als je dacht dat dat je verder zou helpen.'

Daar moest Morgan onwillekeurig om lachen. 'Dat moet ik in gedachten houden voor het geval ik geen triootje met Miles en Liam kan regelen.'

Opals gezicht werd vuurrood. 'Je moest je schamen.'

'Nee, jij moest je schamen voor zulke vunzige gedachten. Ik schat de gasten in, ook als ze Jameson heten, zodat ik mijn conversatie daarop kan aanpassen. Of het nou mannen of vrouwen zijn. Dat hoort bij mijn werk. Ik was gisteravond niet met Liam aan het flirten. We voerden een gesprek dat voornamelijk over Bailey ging.'

'Nadat je haar naar het terras had gestuurd om die trut te bedienen.'

'Ik heb haar niet gestuurd. Ze wilde zelf gaan en ze heeft zich prima staande gehouden. Net zoals ze zich prima staande heeft gehouden achter de bar. Dat zag Liam en daar heeft hij zijn bewondering voor uitgesproken, dus als het hem tot nu toe was ontgaan wat ze allemaal kan, weet hij dat nu wel.'

'Gaat hij je voortaan na sluitingstijd naar je auto brengen? Wil je de twee broers soms tegen elkaar uitspelen door het hulpeloze vrouwtje uit te hangen? "O, er is me iets naars overkomen, bescherm me toch."'

Oprecht geschokt deinsde Morgan een stap achteruit. 'Ja, er is me iets naars overkomen. Maar mijn beste vriendin heeft iets veel ergers meegemaakt. Ze is dood. Hij heeft haar halfdood geslagen en haar vervolgens gewurgd. Ze was zesentwintig.'

Opnieuw werden Opals wangen rood. 'Ik vind het heel erg wat haar is overkomen, maar...'

'Er is geen maar. Er is verdomme geen maar. Als zij niet toevallig verkouden was geweest en zijn plannen in het honderd had laten lopen zou ik waarschijnlijk dood zijn. Hij wil mij ook dood hebben. Hij wil me vermoorden.'

'Dat zeg jij, en...'

'Ja, dat zeg ik. En de FBI-agenten. En als de vrouw die hij veertien dagen geleden heeft vermoord het nog kon, zou zij het ook zeggen. Want hij heeft het medaillon van mijn oma, dat hij van mij had gestolen, achtergelaten op haar lichaam.'

Ineens ontplofte ze. Alles wat ze had opgekropt kwam tot uitbarsting, zo heet als het vuur van de hel. 'Dus jij denkt dat ik een spelletje speel? Dat ik de familie Jameson zover probeer te krijgen dat ze... ja, wat eigenlijk? Medelijden met me krijgen? Ik waarschuw je: wat je ook van mij persoonlijk vindt, dit laat je erbuiten. Waag het godverdomme niet om dit erbij te betrekken.'

'Iedereen heeft problemen. Dat betekent niet dat je uit het niets ergens wordt aangenomen of een speciale behandeling verdient. En het geeft je ook niet het recht om het aan te leggen met de echtgenoot van een andere vrouw.'

'Ik heb het met niemand aangelegd. En als je het nu over mijn zogenaamde geflirt met Miles of Liam hebt, die zijn niet getrouwd.'

'Nee, maar Nick wel.'

'O, jezu... Je weet zelf toch wel dat dat bespottelijk is? En trek je nu werkelijk het oordeel van de familie Jameson of hun recht om aan te nemen wie zij willen in twijfel?'

'Nee, maar ik heb recht op mijn eigen mening.'

'Die je nu hebt gegeven. En aangezien je zo'n lage dunk van mij hebt, vraag ik je nogmaals of je voortaan liever overdag wilt werken?'

'Nee.'

'Goed, dan zullen we elkaar gewoon tegen de haren in blijven strijken.' Ze had erger het hoofd geboden, dacht Morgan. Op dit moment moest ze zelfs erger het hoofd bieden. 'Ik ga mezelf of mijn manier van werken niet veranderen om aan jouw maatstaven te kunnen voldoen. Als je manager spijt het me dat we dit niet op een productievere manier kunnen oplossen, maar zolang we allebei goed ons werk blijven doen, zullen we moeten roeien met de riemen die we hebben. Maar als vrouw zeg ik dat je je voortaan met je eigen zaken moet bemoeien. Goed, was er verder nog iets?'

'Ik heb je verder niets te zeggen.'

'Oké. Tijd om aan het werk te gaan.'

In Après was het redelijk druk voor de vroege avond en een deel van haar kalmeerde door de vertrouwde aanblik toen ze achter de bar ging staan. Terwijl Nick zijn dienst afrondde, tapte zij alvast een paar pilsjes.

'Ik heb gisteravond met de grote baas gesproken en ik ben vanochtend voor mijn dienst met Nell gaan praten. Je kijkt nu naar je nieuwe assistent-manager.'

'Fantastisch!' Ze gaven elkaar een high-five. 'Dat nieuws had ik vanavond echt even nodig. Hoog tijd dat jij naar huis gaat om het te vieren.'

'Ik heb mijn moeder gebeld nadat ik het contract had ondertekend. Ze moest een beetje huilen. Zoals moeders doen, weet je wel.'

'Ahh.'

'En toen zei ze dat ik binnen een half jaar de manager zou zijn.'

'Hé!'

Lachend rekende hij af met een gast. 'Ik vroeg hoe ik voor meer kleinkinderen moest zorgen als ik de hele tijd aan het werk ben en toen hield ze er meteen over op. En ze zei dat ik je moest bedanken omdat je me een zetje hebt gegeven.'

'Graag gedaan. Tot morgen.'

Ze stond achter de toog en keek door de glazen wand naar de tafeltjes op het terras. En ze beloofde zichzelf dat ze dit zou doorstaan.

Ze zou het doorstaan omdat ze geen andere keus had.

En ze moest het haar dames vertellen – op dat punt had ze ook geen andere keus.

De volgende ochtend ging ze naar beneden en werd helemaal vrolijk toen ze haar moeder en haar oma, allebei al gekleed om naar hun werk te gaan, koffie zag drinken op het terras, omgeven door bloemen. Zo dadelijk zou zij een domper op dat ochtendritueel zetten, maar ook dat zouden ze doorstaan.

Nadat ze haar eigen versie van een ochtendkoffie had gemaakt voegde ze zich bij hen.

'Wat ben jij vroeg op,' zei haar moeder. 'Je oma en ik zitten hier net heerlijk te genieten omdat we pas om elf uur naar de winkel hoeven te gaan. Misschien zelfs pas om twaalf uur.'

'En ik vind dat we op de terugweg pizza moeten halen. We zullen zo vroeg thuis zijn dat jij nog mee kunt eten voordat je weg moet,' zei Olivia.

'Wie zegt er ooit nee tegen pizza?'

Morgan ging zitten en nam een momentje voor zichzelf. Een momentje maar.

Een kolibrie, die schitterde als een smaragd in het zonlicht, propte zich vol bij de voedersilo terwijl een donsspecht als een bezetene met zijn snavel in een vetblok pikte. De planten die ze in de lente in de tuin hadden gezet bloeiden, liepen uit en groeiden welig.

Hier, tijdens dit ene momentje was alles goed, zoet en lieflijk. En dat wilde Gavin Rozwell verpesten. Daar wilde hij voorgoed een einde aan maken. Dat kon ze hem onmogelijk toestaan. 'Ik heb gisteren met de FBI-agenten gesproken.'

'Wat is er gebeurd?' Audrey ging abrupt rechtop zitten.

'Ik wil jullie verzekeren dat ze ermee bezig zijn, maar ik heb gisteren een afschrift van een creditcard gekregen. Maar de kaart noch de aankopen zijn van mij.'

'Dat onmens,' begon Olivia, 'want ik weiger hem een mens te noemen, is oneindig wreed.'

'Zeg dat wel. Maar volgens agent Beck heeft Rozwell hiermee weer een fout begaan en ik geloof haar. Hij heeft dingen gekocht in New Orleans, dus nu weten ze dat hij daar op die dagen is geweest.'

'Hij wil je bang maken.'

'En dat is hem gelukt, oma, maar nu gaat het wel weer. Echt, mijn confrontatie met Opal... Of nee, laat ik het beestje bij zijn naam noemen, mijn ruzie met Opal Reece in Après was bijna erger. En in dit geval handelt de FBI alles af. Zij zullen contact opnemen met het creditcardbedrijf en zijn gangen in New Orleans nagaan. Met een beetje mazzel bedenken ze misschien een manier om erachter te komen waar hij daarna naartoe is gegaan. Het is te veel gevraagd om te hopen dat hij daar nog steeds is, maar in elk geval zullen ze zijn spoor kunnen oppikken. Denk ik.'

'Laten we een uitstapje plannen. Lekker een paar daagjes weg. Naar het strand,' zei Audrey. 'Onder parasols zitten en mai tais drinken.'

'Mam.' Morgan gaf een klopje op haar moeders hand. 'Met mai tais op het strand lossen we dit niet op. En ik werk veel te kort in Après om al vakantiedagen op te kunnen nemen. Ik ben heel voorzichtig. Iedereen is heel voorzichtig en dat is klote. Weet je wat ik wil? Ik wil hier lekker buiten zitten en naar de vogels in de tuin kijken in de wetenschap dat Gavin Rozwell achter de tralies zit. De dag waarop dat eindelijk kan, zal een ware feestdag zijn.'

'Op die dag zullen we geen koffie maar mimosa's drinken,' verkondigde Olivia. 'Maar waar ging die ruzie met Opal over? Zij is toch de hoofdserveerster van Après? Ik ken haar niet zo goed.'

'Ik had haar uitgenodigd voor een gesprek om de lucht tussen ons te klaren, en dat hebben we gisteren gehad. Zelf was ik behoorlijk chagrijnig vanwege dat creditcardgedoe, maar ik wilde het niet afzeggen. Maar dat doet er niet toe. Ze heeft een hekel aan me. Ze walgt ervan dat ik manager ben geworden dankzij mijn connecties. Ergens heeft ze een punt, maar ik heb wel de juiste kwalificaties en ik ben verdraaid goed in mijn werk.'

'Natuurlijk ben je dat.'

'Als moeder moet je dat wel zeggen, mam. Ze begon te zeiken dat ik te traag ben achter de bar, wat gelul is, en bovendien zijn onze inkomsten gestegen. En daarna beschuldigde ze me ervan dat ik flirtte met alle mannen die wat komen drinken aan de toog, en dan vooral mannen met de achternaam Jameson.'

'Dat is bezopen!' Audreys verontwaardiging was duidelijk in haar stem te horen. 'En zelfs al doe je dat wel, wat dan nog? Flirten is niet verboden in dit land.'

'Anders zouden er heel wat barkeepers achter de tralies zitten. Het gaat niet alleen om het maken van drankjes, maar ook om de interactie met de klant. Je moet de mensen het gevoel geven dat ze bijzonder zijn. Of jezelf juist onzichtbaar maken, mochten ze dat willen. Ze werkt lang genoeg in Après om dat te weten.'

'Hoe ga je deze situatie aanpakken?' wilde Olivia weten.

'Ik ga helemaal niks doen. Het is niet mijn probleem dat zij graag wil werken terwijl ze zich inwendig loopt op te vreten over haar manager. Bovendien wéét ik gewoon dat ze verwacht dat ik hier een aantekening over zal maken in haar evaluatie. Toevallig ga ik die vandaag afmaken. Maar waarom zou ik dat doen? Ze is goed in haar werk. Ze hoeft mij niet aardig te vinden.'

'Slimme meid. Zo te horen is het een onaangenaam mens.'

'Alleen tegen mij, kennelijk. De obers en serveersters zijn dol op haar en de gasten mogen haar graag. Mensen die voor een tweede keer komen weten nog wie ze is en de familie Jameson heeft haar hoog zitten.' Morgan haalde haar schouders op. 'Ik kan haar wel aan.'

'Slimme meid,' zei Olivia nogmaals. 'Echt zo sterk als een Nash-vrouw.'

'Nash-vrouwen krijg je er niet zomaar onder. Ik ga nu naar binnen om die evaluaties af te maken. Ik kan ze net zo goed een dag eerder bij Nell inleveren, want ze zijn toch al bijna klaar.'

'Je kunt ook je laptop mee naar buiten nemen en van deze heerlijke dag genieten terwijl je werkt.'

'Kijk, dat is pas een goed idee.' Morgan wees met haar vinger naar Audrey. 'Ik ben zo terug.'

Audrey keek haar na toen ze naar binnen ging en richtte haar blik toen op haar moeder.

'Ze redt zich wel, schat. Wij staan voor haar klaar.'

'Ik weet dat ze zich zal redden. Of nou, dat weet ik bijna zeker. Maar.'

'Als wij haar konden beschermen met onze bezorgdheid, dan droeg ze nu een ondoordringbaar harnas.'

'Daar zeg je wat. In elk geval is ze vlak bij ons terwijl we ons zorgen om haar maken.'

'Dit keer wel.'

16

FBI-agenten Beck en Morrison stonden in het damestoilet met twee wc-hokjes van een kroeg die Bourbon Beat heette. Veertien dagen geleden was Jennie Glade hier naar binnen gelopen op zoek naar haar vriendin en had ze Kayleen Dressler dood aangetroffen op de vloer van het eerste hokje.

Hoewel het onderzoek nog gaande was, had men de voorlopige conclusie getrokken dat het een willekeurige aanval was geweest.

Het uit Mobile in Alabama afkomstige slachtoffer was op bezoek geweest bij haar vriendin en had verder niemand in de kroeg of in de stad gekend.

'De plaatselijke politie beschouwt het als een overval met fatale afloop. Niets seksueels,' vervolgde Morrison zijn verhaal. 'De aanvaller, waarschijnlijk een man, is haar gevolgd naar het toilet, heeft haar met een klap tegen haar gezicht uitgeschakeld en haar vervolgens gewurgd. Toen ze al dood was, heeft hij haar nog een keer met haar slaap tegen de zijwand van het hokje geslagen. Ze had een handtasje bij zich met daarin haar legitimatie, een lippenstift en een Visa-card. Ook had ze wat contant geld bij zich. Hoeveel is niet zeker, maar minder dan tweehonderd dollar.'

'Dit moet Rozwell zijn geweest, Quentin.'

'Niet zijn gebruikelijke werkwijze of slachtoffer.'

'Dat was Nina Ramos ook niet. Maar deze moord doet wel aan die van haar denken. Een harde klap, gevolgd door de moord zelf en dan nog een klap als het slachtoffer al dood is. Die klap na de dood wijst op frustratie. Hij heeft niet gekregen wat hij wilde en dat was hun schuld.'

Omdat hij dezelfde mening was toegedaan, knikte Morrison. 'Het slachtoffer was blond en viel in de door hem gewenste leeftijdscategorie. Maar deze werkwijze is nieuw, Tee. Dit is een drukke bar en hij had makkelijk gestoord kunnen worden. Of iemand had hem het toilet in of uit kunnen zien gaan en een signalement kunnen geven.'

'Waarschijnlijk heeft hij hen gevolgd. Ze waren op kroegentocht. Hij was rusteloos, op jacht, en Morgan Albright spookte door zijn hoofd. Het slachtoffer ging de dansvloer op. Hij hield haar in de gaten. Zij ging naar het toilet. Haar vriendin stond aan de bar te praten en had niet door dat Kayleen naar het toilet ging.'

'Mensen waren aan het drinken, dansen en probeerden elkaar te versieren,' pakte Morrison de draad op. 'Niemand zag dat Rozwell haar volgde. Ongeveer een kwartier lang merkte niemand dat ze niet terugkwam of dat Rozwell het toilet uit kwam en de bar verliet.'

Beck liep naar de deur. 'Hij gunde haar een minuutje en liep toen achter haar aan. Ging het damestoilet in. Als daar toevallig nog iemand anders is, heeft hij pech. Dan moet hij zich verontschuldigen, schaapachtig lachen en weer weggaan. Maar er was verder niemand, dus hij bleef binnen. En hij deed de deur achter zich op slot.'

'Daarna hoefde hij alleen te wachten tot ze de deur van het wc-hokje opendeed,' ging Morrison verder. 'Hij gaf haar een stomp in haar gezicht.' Morrison demonstreerde het gebaar. 'Ze wankelde naar achteren en viel versuft op de grond. De muziek in de bar stond keihard.'

'Zelfs al had ze geschreeuwd, niemand zou haar hebben gehoord, Quentin. Hij dacht aan Morgan Albright terwijl hij Kayleen wurgde. Maar ze was Morgan niet en het gaf hem geen kick. Dus sloeg hij haar hoofd tegen de wand waarna hij haar tas pakte en wegliep. Hij ging terug naar zijn hotel en is nog dezelfde avond of de volgende dag vertrokken.'

'Klinkt logisch.'

'Ja, vind ik ook. Een suite met een mooi uitzicht in een goed hotel. In de Franse wijk.'

'Ja, precies,' zei Morrison instemmend. 'Helemaal zijn stijl.'

'Laten we dat hotel gaan zoeken. En als we er zeker van zijn dat we het hebben gevonden, zal ik contact opnemen met Morgan.'

De ellende hield maar niet op, dacht Morgan terwijl ze haar telefoon neerlegde. Ze had nauwelijks zesendertig uur gehad om van de schrik van het creditcardafschrift te bekomen en nu was er opnieuw een vrouw dood.

Vermoord door Rozwell.

Een arme vrouw die toevallig een avondje was gaan stappen samen met haar vriendin. Hij had haar niet gekend en volgens Beck had hij ook geen onderzoek naar haar gedaan. Hij had haar gewoon willekeurig gekozen.

Ze hadden zijn hotel gevonden. Hoewel hij zijn haar had geverfd of een rode pruik had gedragen, waren ze erin geslaagd zijn hotel te vinden. Hij had uitgecheckt op de middag na de moord, nadat hij eerst wat boodschappen had gedaan met een valse creditcard die op háár naam stond. Daarna had hij een taxi genomen naar de luchthaven.

Maar volgens de beelden van de beveiligingscamera's was hij de terminal niet in gegaan.

Het enige wat zij kon doen was doorgaan met haar leven, hield Morgan zich voor. En dat betekende dat ze naar haar werk moest.

Op vrijdagavond werd er een repetitie voor een huwelijksdiner gehouden, waardoor Après 's avonds niet alleen vol zat met hotelgasten die een weekendje in het resort logeerden en mensen uit de buurt, maar ook met mensen die na het oefendiner nog een afzakkertje kwamen nemen.

Daar was ze blij om, want door de drukte had ze geen tijd om over Rozwell te piekeren.

Die avond hielp Bailey haar weer achter de bar, waarschijnlijk omdat Bailey een beroep had gedaan op Opal, zo vermoedde Morgan. Maar hoe Bailey het ook voor elkaar had gekregen, Morgan maakte dankbaar gebruik van haar.

'Maak jij de bestelling van deze tafel maar klaar. Een shiraz, een chardonnay, een huis-champagne en een pinot grigio. Een dubbele portie kaasfrietjes en vier borden.' Omdat Morgan wist dat Bailey het aankon, pakte ze zelf de blender om drie apricot colada's te maken.

Op de automatische piloot maakte ze bestellingen klaar, kletste met gasten en bood proefglaasjes aan wanneer een gast niet wist welk bier, wijn of whisky hij moest kiezen.

Een man van in de veertig kwam naar de toog en wenkte haar met een gekromde vinger.

'Wat kan ik voor u doen?'

'Mijn tafelgenoten en ik spelen "dit-drankje-kent-de-barkeeper-nóóit". Jij bent nog jong en je doet dit werk vast nog niet zo lang, dus ik schat mijn kansen heel gunstig in.'

'Wat krijgt u als u wint?'

'Dan betalen de anderen morgen de huur van de golfbaan.'

'Sympathiek van ze. Om welk drankje gaat het?'

Glimlachend bewoog hij zijn wijsvinger heen en weer. 'Je mag het niet googelen.'

Ze maakte een afwerend gebaar met haar handen.

'Een The Bone.'

'Ik ben kennelijk ouder dan ik eruitzie. Moet ik hem met Wild Turkey Rye of met bourbon maken?'

'Godverd...' Maar daarna begon hij te lachen. 'Met Rye. Vier, graag.'

'Vier echte mannendrankjes. We brengen ze zo naar uw tafel. En het spijt me van de golfbaan.'

Ze koelde vier glazen en pakte twee cocktailshakers zodat ze er twee tegelijk kon maken. Het gaf haar een oppepper, net als het stel dat een fles champagne bestelde om hun verloving te vieren.

'God, wat is dit leuk!' Ademloos vulde Bailey de garneerunit bij. 'Ik weet dat het superdruk is, maar toch is het leuk. Waarschijnlijk omdat het allemaal nieuw voor me is.'

'Voor mij is het niet nieuw en ik vind het ook nog steeds leuk.' Er steeg gelach op bij een tafel achter in de zaak. 'En niet alleen voor ons.'

De zaak stroomde vol. Mensen die een wandel- of fietstocht hadden gemaakt, mensen die hadden gegolfd, mensen op huwelijksreis, de bruiloftsgasten en nog veel meer.

Rond middernacht kwam Miles binnen. Hij ging op zijn vaste plekje zitten en pakte zijn telefoon.

Ze schonk een cab sauv voor hem in. 'Je boft dat je een plekje hebt kunnen vinden.'

'Het resort is dit weekend helemaal volgeboekt. Zo te horen zit de helft van de gasten hier.'

'Je had het hier een uur geleden moeten horen. Het wordt net weer een beetje rustiger.'

Ze liep naar een stel dat net het laatste van hun merlot en wodka-tonic opdronk. 'Nog een rondje?'

'Je komt als geroepen. En we willen ook graag zo'n portie pittig gekruide frites bestellen.'

'Het spijt me, de keuken sluit om middernacht.'

'Toe, kom op.' De man tikte nadrukkelijk met een vinger op zijn horloge. 'Het is nog maar vijf over twaalf. Misschien had je wat eerder bij ons moeten komen.'

'Mijn excuses voor de vertraging. Ik zal zien wat ik voor u kan doen.'

Omdat ze wist dat de frituur in de keuken al uit was gezet, besloot ze de bestelling bij roomservice te plaatsen.

'Die frites kosten even tijd, dus die krijgt u van het huis.'

'Zo mag ik het horen.'

'Dank u wel voor uw geduld.' Heel rustig liep ze terug naar de toog.

'Inwendig rol ik nu met mijn ogen,' mompelde Bailey.

'Als dat aan de buitenkant maar niet te zien is.'

Met een uitdrukkingsloos gezicht kwam Opal naar de toog. 'Twee bellini's, een apricot colada en een corona.'

'Ik regel die corona wel en ik zal de lege glazen meenemen. Bedankt dat ik hier vanavond mocht werken, Opal. Ik leer er zo veel van.'

'Morgen heb ik je weer nodig op je vaste plek.'

'Ik zal er zijn.'

Terwijl de blender zoemde, pakte Morgan de flûtes. Vervolgens gaf ze de fles champagne aan Bailey. 'Maak jij ze maar.'

'Echt? Mijn eerste officiële cocktails.'

Terwijl ze met een half oog keek of Bailey goed schonk, deed Morgan de blender uit en maakte de colada af.

'Dat ziet er volmaakt uit. Goed gedaan.' Morgan zette de drankjes op het dienblad. Net toen ze even een blik op Opal wilde werpen, zag ze ineens een beweging.

Ze zag hém naar de glazen deuren naar het terras lopen. Hij hield zijn hoofd afgewend, maar ze ving een glimp op van zijn profiel. Het goudblonde haar, het postuur, zelfs de manier waarop hij bewoog.

Alles in haar werd slap.

'Hé, Morgan. Ben je…'

En toen werd alles woest.

Ze snelde om de toog heen, wist hem vlak voor de deuren te bereiken en greep hem bij zijn arm. 'Jij klootz...'

Toen hij zich geschrokken omdraaide, staarde ze in het gezicht van een vreemde.

'Sorry. Het spijt me vreselijk. Ik dacht dat u...'

'Nou, ik ben blij van niet.' Met een verwarde glimlach keek hij haar aan. 'Vervelend ex-vriendje?'

'Het spijt me vreselijk,' zei ze opnieuw. Ze draaide zich om en terwijl haar adem in haar longen bleef steken en haar blikveld aan de randen grijs werd, rende ze hard weg.

'Terras, tafel drie.' Opal schoof het dienblad naar Bailey. 'Breng deze bestelling weg en ga daarna weer achter de bar staan.'

Ze snelde weg, in het kielzog van Miles. Voor het damestoilet bleef hij staan en wees enkel.

Opal ging naar binnen en zag Morgan naar adem happend op de vloer zitten met haar rug tegen de muur gedrukt.

'Rustig.' Opal hurkte en nam Morgans gezicht in haar handen. 'Langzaam ademhalen.'

'Gaat niet. Ik krijg geen adem.'

'Jawel. Adem langzaam in. Goed zo, heel langzaam.'

'Het doet pijn. Mijn borst doet pijn.'

'Dat geloof ik graag. En nu langzaam uit. En nu weer in. Je hebt een paniekaanval, dus we gaan proberen je weer kalm te krijgen. Goed zo. Inademen en weer uitademen. Mijn zus heeft ook een tijd paniekaanvallen gehad nadat ze door een klootzak was aangerand toen ze studeerde. Goed zo, gewoon blijven ademen.'

'Ik dacht, ik dacht dat hij...'

'Ja, dat had ik al begrepen. Even volhouden.'

Opal kwam overeind, liep naar de deur en deed die open. 'Ze heeft een glas water nodig.'

Toen Opal weer terugliep, had Morgan haar benen opgetrokken en haar gezicht tegen haar knieën gedrukt. 'Het gaat wel. Het gaat alweer. Ik schaam me dood.'

'Doe niet zo stom.' Toen er op de deur werd geklopt, liep Opal ernaartoe en pakte het glas water aan. 'Geef ons nog eventjes,' zei ze tegen Miles.

‘Rustig opdrinken.’ Ze knielde opnieuw voor Morgan neer. ‘Niet achteroverslaan.’

‘Dank je wel. Hij leek echt sprekend op hem tot ik...’

‘Weet je zeker dat hij het niet was?’

‘Ja.’

‘Gelukkig maar dat je toen bent opgehouden.’ Terwijl Morgan slokjes water nam, bleef Opal op haar hurken zitten. ‘Je stond op het punt hem een dreun te verkopen.’

‘O, god.’ Ze liet haar hoofd weer zakken. ‘Dat zou alles nog erger hebben gemaakt.’

‘Nou, het toont dat je pit hebt. Meer pit dan ik dacht. Eigenlijk hield ik je voor iemand die haar slachtofferrol probeert uit te melken. Daar bied ik je bij dezen mijn excuses voor aan.’

‘Laten we zeggen dat we quitte staan.’ Ze deed haar ogen dicht, leunde even met haar hoofd tegen de muur en maakte toen een schrikbeweging. ‘Jezus, ik ben achter de toog vandaan gegaan. Bailey...’

‘Kan het wel een paar minuten alleen af. Ik heb haar in de gaten gehouden. Je traint haar op de juiste manier. Maar je werkt dan ook met een echt talent.’

‘Dat is waar, maar ik moet nu toch terug.’

‘Nou, je krijgt alweer wat kleur en je trilt niet meer. Probeer eerst maar op te staan, daarna zien we wel verder.’

Toen ze stond, knikte Opal even. ‘Heel goed.’

Ze leidde Morgan naar de gang bij de lobby waar Miles liep te ijsberen. ‘Jij mag het nu overnemen,’ zei Opal, waarna ze terugliep naar de boog.

‘Kom, dan breng ik je naar huis,’ zei Miles.

‘Nee. God, nee. Ik moet weer naar Après.’ Aan zijn blik zag ze dat hij wilde zeggen dat ze met hem mee moest gaan en ze hief een hand op. ‘Ik moet echt terug. Voor mezelf, Miles. Als ik dat niet doe, heeft hij alweer een ronde gewonnen.’

Nadat hij haar een hele poos had aangekeken, gebaarde hij naar de boog.

‘Het spijt me van...’

‘Hou er nou maar over op,’ zei hij.

Hij liep terug naar zijn barkruk en zij ging weer achter de toog staan.

Nadat ze een zwabber had gepakt, gaf ze een kneepje in Baileys arm. 'Sorry dat ik je in de steek heb gelaten.'

'Geeft niks. Gaat het weer een beetje?'

'Ja, alles in orde.'

'De frites zijn gebracht, en ik heb een bestelling drankjes gemaakt met de huismerken uit de flessenhouder.'

'Geweldig. Wil je iets voor me doen?'

'Tuurlijk.'

'Probeer uit te zoeken wat de man drinkt die ik bij zijn arm heb gegrepen. Ik wil hem en zijn gezelschap een rondje op mijn kosten aanbieden voor sluitingstijd.'

'Doe ik.'

Steunend op de steel van de zwabber keek Morgan naar de mensen op de barkrukken. Het stel van de frites leek elkaar weinig te melden te hebben, dacht ze. Alcohol en koolhydraten waren niet altijd voldoende om de stemming te verbeteren.

De twee vrouwen die samen zaten te giechelen terwijl ze chardonnay dronken, deden haar denken aan de dode vrouw en haar vriendin in New Orleans en ze voelde een steek van pijn in haar hart.

Aan het einde van de bar was Miles in de weer met zijn telefoon.

'Tafel van vijf,' rapporteerde Bailey. 'Twee Heady Toppers, een mojito, een margarita met ijs en een merlot.'

'Bedankt. Doe jij de biertjes en de wijn maar.'

Ze bracht de drankjes zelf naar buiten en liet de koele nachtlucht over zich heen stromen terwijl ze over het terras liep. 'Deze krijgen jullie van mij,' zei ze terwijl ze de drankjes ronddeelde. 'Met mijn nederige excuses.'

'Nou, heel erg bedankt, maar het viel wel mee. Het had anders kunnen aflopen als je me had geraakt met de stomp die je me volgens mij wilde geven.'

'Mijn rechtse hoek is vernietigend.' Met een wat geforceerd glimlachje balde ze haar biceps even en zette toen een aantal lege glazen op haar blad, terwijl zijn vrienden in lachen uitbarstten.

'Je ex is vast een knappe klootzak.'

'Jij bent knapper. Nogmaals bedankt voor je begrip. Geniet ervan.'

Wat rustiger liep ze weer naar binnen.

Het stel van de frites betaalde de rekening en legde één dollar fooi op de bar. De giechelende dames bestelden nog een keer hetzelfde bij de laatste ronde.

Morgan liet Bailey hun wijn doen en overhandigde haar toen de dollar. 'Hou maar als geheugensteuntje. Zelfs als je alles goed doet, zijn er mensen die geen fooi geven.'

'Wat een klootzak.'

'Ik weet vrijwel zeker dat zijn vrouw dat met je eens is. Maar goed, als hij morgen weer komt, zullen we opnieuw alles doen zoals het hoort.'

'Omdat we trots zijn op ons werk, zelfs wanneer de gast een vrekkige klootzak is.'

'Ja, zelfs dan. En omdat wij het resort vertegenwoordigen.'

Tegen enen zaten er – buiten en binnen – nog maar een paar gasten en ruimde het personeel de tafels af. Ook de giechelende dames hielden het voor gezien en liepen lachend de bar uit, net toen de man die niet Gavin Rozwell was naar de toog kwam.

'Nog bedankt voor het drankje.'

'Heel graag gedaan.'

'Als je onder het genot van een drankje ooit nog eens wilt praten over vervelende ex-vriendjes dan...' Hij legde een visitekaartje op de bar en wierp haar een glimlach toe. 'Ik ben blij dat je me die mep niet hebt verkocht.'

'Ik ook.'

Toen hij vertrok, boog Bailey zich naar Morgan toe en zei: 'Hij probeerde je te versieren.'

'Soms gebeurt dat.' Ze stak het visitekaartje in haar zak. 'Miles wil vast een glas ijskoud bronwater zonder prik. Daarna mag je uitklokken. Je hebt het vanavond goed gedaan, Bailey.'

'Ik kan nog wel even blijven en helpen bij het afsluiten.'

'Dat heb je al gedaan. Je hebt de vuilnisbakken geleegd en er nieuwe vuilniszakken in gedaan, je hebt de tappen schoongemaakt en dichtgedraaid en je hebt de bakken met ijsblokjes opgeruimd. En je hebt ook nog de glazen afgewassen en de schone weer teruggezet. Ik raak hier nog aan gewend.'

'Opal zei dat ik hier dinsdag een paar uur kan komen werken, als het mag van Nick. Op dinsdag heb ik dagdienst.'

'Goed idee, en dat zal hij prima vinden. Dan kun je het verschil zien tussen zijn en mijn manier van werken.'

Toen de laatste gasten de zaak verlieten en het personeel gedag zei en vertrok, ging Morgan door met de sluitingswerkzaamheden. Daar hield ze pas mee op toen Miles achter de toog kwam staan.

'Zitten, jij.'

'Maar ik moet nog...'

'Ik weet hoe je een bar moet afsluiten. Zitten.'

'Jij weet niet per se hoe ik een bar afsluit en bovendien is het mijn taak.'

Hij negeerde haar en begon flessen schoon te vegen. 'Ik heb lang geleden een paar maanden achter de bar geassisteerd. Bovendien heeft Bailey al een groot gedeelte gedaan.'

'Ze let goed op.' En dat geldt ook voor jou, dacht Morgan erachteraan.

Zwijgend werkten ze door. Nadat ze de bier- en de wijnkoelkast had aangevuld, wilde ze die op slot doen.

'Laat de wijnkoelkast open en ga nu even zitten. Wil je een cab sauv of drink je liever iets anders?'

'Ik heb niet gezegd dat ik iets wil drinken.'

'Maar stel dat, wat zou je dan willen?'

Ze had zichzelf nooit bijzonder koppig gevonden, maar zelfs als ze dat wel was, zou hij het waarschijnlijk van haar winnen.

'Iets lichters, dan. Een pinot grigio.'

Hij schonk een rode en witte wijn in en deed daarna de wijnkoelkast op slot.

'Laten we ze mee naar buiten nemen. Je mag dan moe zijn,' ging hij verder, 'maar je bent ook nog gespannen. Tijd om je te ontspannen.'

Hij pakte beide glazen en wachtte tot ze voor hem langs liep en de terrasdeur opendeed. Nadat ze die weer achter zich dicht had gedaan, ging hij aan het dichtstbijzijnde tafeltje zitten.

'Leek hij echt zoveel op Rozwell?' vroeg hij.

Hoofdschuddend staakte ze haar verzet en nam plaats. 'Nee. Het kwam door zijn postuur en zijn kapsel. En hij ging nonchalant, maar stijlvol gekleed.'

'Hm-m. Heeft Jen je geleerd om een moorddadige etterbak te achtervolgen en hem op zijn gezicht te timmeren?'

'Natuurlijk niet. Ik, eh... reageerde gewoon.'

'Ik zat vlakbij. En om een beveiliger te roepen hoefde je alleen maar een paar keer op je telefoon te tikken.'

'Ik kon niet meer nadenken, en dat heb ik verdomme ook niet geprobeerd.' Ze nam een slokje wijn. Koel en licht, net als de buitenlucht. 'Het is geen excuus, maar ik denk dat ik nooit zó zou hebben gereageerd als hij niet onlangs nog een andere vrouw had vermoord.'

'Wanneer?'

'Dat weet ik niet precies. Een paar weken geleden. Ik heb het pas net gehoord. En hij heeft weer een creditcard op mijn naam genomen.' Ze vertelde hem het hele verhaal. 'Ze hebben het hotel gevonden waar hij logeerde. Hij had zijn haar geverfd of hij droeg een rode pruik. De dag nadat hij haar had vermoord heeft hij uitgecheckt en is hij met een taxi naar de luchthaven gegaan, maar hij is de vertrekhal niet in gegaan. Hij heeft een auto gestolen van het parkeerterrein voor lang parkeren. Pas vijf dagen later kwam de eigenaar van die auto terug en deed aangifte, dus Rozwell kan nu overal zitten.'

'Hij zou hier nooit langs de beveiliging zijn gekomen om vervolgens rustig bij Après naar binnen te lopen.'

'Ik heb geen moment aan de beveiliging gedacht. Ik kon helemaal niet meer denken. Ik raakte in paniek.'

'Niet waar.' Miles bleef haar strak aankijken. 'Je raakte pas in paniek toen je merkte dat je de verkeerde vent bij de arm had gepakt. Voor die tijd zag je eruit als iemand die op het punt stond om flink van zich af te bijten. Heb je vaker paniekaanvallen?'

'Voor de moord op Nina eigenlijk nooit. Maar erna? Een paar, denk ik, maar niet zo erg als die van vandaag.'

'Je kunt beter kwaad worden, dat is een gevoel waaraan je je kunt vasthouden. Ga je hem nog bellen? Die vent die je voor Rozwell aanzag? Hij heeft je zijn visitekaartje gegeven,' voegde Miles eraan toe toen ze hem niet-begrijpend aankeek.

'O. Nee. Beslist niet. Als je in een bar werkt, is zoiets onder alle omstandigheden onverstandig. Om over deze omstandigheden nog maar te zwijgen. En de laatste vent met wie ik uit ben geweest, al was het maar een paar keer, was een seriemoordenaar. Daardoor heb ik even mijn bekomst van daten.'

'Je begint je weer beter te voelen.'

Ze hief haar hoofd en keek naar de sterren. 'Ja, ik geloof het wel.'

'En dan was er nog die etterbak met zijn frites.'

'O, ja. Die spande echt de kroon.' Ze hief haar glas bij wijze van toost. 'Zo'n kerel die weet dat een fooi van één dollar op de toog leggen beledigender is dan helemaal geen fooi geven.'

'Hoe steekt hij in elkaar?' vroeg Miles. 'Ik weet dat je je daar een idee over hebt gevormd.'

'Hij vindt het leuk om een klootzak te zijn, vooral tegenover bedienend personeel of zijn ondergeschikten. Daardoor voelt hij zich belangrijk. Hij had een Rolex om die zo te zien echt was en zijn kamernummer is dat van een exclusieve club-suite, dus hij kan het zich veroorloven om wél vrijgevig te zijn. Maar zo zit hij niet in elkaar. Als baas is hij afschuwelijk: ongeduldig, veeleisend en grof. Gewoon omdat hij ermee wegkomt.'

Miles nam een slok van zijn wijn en keek haar aan. 'En hoe zit het met zijn vrouw?'

'Ze heeft geen woord gezegd, maar ze heeft me één keertje snel aangekeken met een blik van: "Dus jij denkt dat dit erg is? Je moest eens weten waar ik mee te kampen heb." Als je het mij vraagt, begint ze het zat te worden.' Ze haalde haar schouders op. 'Tot zover mijn observaties vanachter de bar.'

'Die komen overeen met de mijne van aan het einde van de toog. En toch hou je van mensen.'

'De man die ik bijna een klap heb verkocht, vatte het heel sportief op. De twee dames aan de bar, die een heel gewone hotelkamer delen, hebben een fooi van vijfentwintig procent gegeven. En Opal heeft haar werkplek verlaten, iets wat ze nóóit doet, om mij over die idiote paniekaanval heen te helpen. En nu help jij me om een moeilijke avond van me af te schudden terwijl je ook thuis in je boxershort tot diep in de nacht naar ESPN had kunnen kijken. Dus, ja: ik hou van mensen.'

Hij keek aandachtig naar het laatste restje wijn in zijn glas voordat hij het opdronk. 'Ik luister eigenlijk meer naar ESPN dan dat ik ernaar kijk. En voor hetzelfde geld draag ik slips.'

'Nee, jij bent absoluut een boxershort-type. En dát is absoluut een ongepaste opmerking van mijn kant,' zei ze. 'Tijd om naar huis te gaan.'

Toen zij overeind kwam, deed hij hetzelfde. 'Ik rijd je naar huis.'

'Wat? Nee. Het gaat wel weer.'

'"Het gaat wel weer" is niet "ik voel me weer prima". We nemen jouw auto. Een van de nachtportiers rijdt wel achter ons aan in de mijne.'

'Maar ik voel me echt prima.'

Hij hield zijn hand op. 'Autosleutel, graag. Je kent de procedure.'

'Die zit in mijn tas. Ik vind dit stom.'

'Het is onverstandig om de operationeel directeur stom te noemen.'

'Ik zei niet dat jij stom was,' mompelde ze terwijl ze de glazen pakte. 'Alhoewel.'

Hij deed de terrasdeur achter hen op slot en wachtte tot zij de glazen had opgeruimd en haar tas had gepakt.

'Luister, Miles...'

'Autosleutel.' Ze griste de sleutel uit haar tas en liet hem in zijn hand vallen. 'Op dit moment hou ik helemaal niet zo van mensen.'

'Dat is waarschijnlijk een stap in de goede richting.' Hij deed de verlichting uit.

Beide auto's stonden al bij de ingang te wachten. Ze voelde zich belachelijk toen ze op de passagiersstoel ging zitten en Miles achter het stuur kroop. 'Je hebt lange benen,' merkte hij op. 'Ik hoef de stoel nauwelijks te verzetten.'

Ze klikte haar gordel vast. 'Als je het terrein van het resort verlaat, moet je de stad in rijden en dan...'

'Ik weet hoe ik bij je huis moet komen.'

'O.'

'Grootouders,' zei hij terwijl hij reed. 'De jouwe en de mijne waren met elkaar bevriend. Ik ben een paar keer met mijn opa bij jullie thuis geweest.'

O ja, dat had haar oma haar verteld, herinnerde ze zich ineens.

'Jouw opa heeft me ooit geholpen om een vogelhuisje te bouwen voor een project op school.' Hij wierp haar een korte blik toe. 'Ik heb er een tien voor gekregen.'

'Maar jij houdt niet van mensen.'

'Ik vond jouw opa wel aardig.'

'Ik ook.' De stijfheid in haar schouder smolt weg. 'Ik vond het altijd heerlijk wanneer ik mocht komen logeren. Het lag eraan waar mijn vader op dat moment was gestationeerd, maar na de scheiding van mijn ouders kwamen we hier 's zomers meestal een week. En misschien nog een paar dagen met kerst, afhankelijk van waar we op dat moment woonden.'

'Je bent nogal vaak verhuisd.'

'Heel vaak,' beaamde ze. 'Eerst vanwege het leger, en daarna leek mijn moeder zich nergens te kunnen settelen. Maar ik had nooit gedacht dat ze zich hier zou vestigen. Of dat ik dat zou doen.' Ze verschoof op haar stoel. En omdat ze zich een stuk beter voelde en omdat ze het echt wilde weten, vroeg ze: 'Heb jij ooit overwogen om ergens anders te gaan wonen?'

'Het bevalt me hier.'

'Ik bedoel, als jullie hier geen familiebedrijf hadden en zo.'

'Dan zou het me hier nog steeds bevallen.'

Ze had hem goed ingeschat, dacht Morgan. Dat was fijn om te weten. 'Het komt door je wortels. Die gaan hier heel diep. Ik ben altijd jaloers geweest op mensen die ergens geworteld zijn.'

'Je hebt tijd in overvloed om hier zelf diep te wortelen.'

Hij reed soepel over de verlaten wegen en daarna door de stille straten van Westridge.

Dat ze tijd – en nog zoveel meer – was kwijtgeraakt, betekende niet dat ze geen tijd had. Ze was hier meer uit noodzaak dan uit vrije keuze komen wonen, maar het was een begin. En nu ze hier woonde, merkte ze dat ze zich thuis begon te voelen.

Ze hield net zoveel van deze straten nu ze verlaten waren als ze van hun drukte overdag genoot. Ze vond het net zo fijn om in haar eentje een boswandeling te maken als om in een rumoerige bar te staan.

Ze had weliswaar geen huis dat ze in haar thuis kon veranderen, maar ze had wel een thuis. Toen hij de oprit op draaide, hoefde ze zichzelf niet voor te houden dat ze daar dankbaar voor moest zijn.

Hij trok de sleutel uit het contact.'Alsjeblieft.'

Ze stak een hand uit, dankbaar voor het uur dat hij haar had gegeven, en pakte eerst zijn hand even vast. 'Dank je wel.' Haar hart sloeg over, een keer maar, toen ze in zijn ogen keek. Daarna nam ze de sleutel aan en trok ze haar hand terug.

Toen ze ieder aan een kant van de auto stonden, drukte ze op de centrale deurvergrendeling. 'Welterusten, Miles.'

'Doe de voordeur achter je op slot.'

Natuurlijk keek hij haar na tot ze naar de voordeur was gelopen en die open had gemaakt. Ze wierp een korte blik achterom en voelde een schokje dat ze niet wilde voelen. Daarna ging ze naar binnen en deed de deur achter zich op slot.

Hij was heel vriendelijk voor haar geweest toen ze die vriendelijkheid harder nodig had gehad dan ze wilde toegeven. Terwijl ze de trap op liep, hield ze zich voor dat het gezien de omstandigheden niet alleen onverstandig was om zichzelf meer te laten voelen dan dankbaarheid, maar dat het zelfs een enorme vergissing zou zijn.

Hij was een knappe, interessante man, mijmerde ze. Ja, hij was beslist aantrekkelijk. Was het dan niet logisch dat ze zelf ook enige aantrekkingskracht en interesse voor hem voelde? Absoluut, zolang het daar maar bij bleef.

Ze ging op de rand van haar bed zitten en probeerde de kriebels in haar buik te negeren. Dat veelzeggende gevoel van fladderende vlinders. Was Nina maar hier om dit mee te kunnen bespreken.

17

Zondag was zijn vrije dag en Miles was van plan om er weinig tot niets mee te doen. Geen dringend werk, geen afspraken – zelfs niet met familie – en geen crises, groot of klein, aan de horizon.

Weliswaar moesten er wat huishoudelijke karweitjes worden gedaan, maar daar kon hij van genieten nu hij die niet tussen zijn andere werkzaamheden in hoefde te proppen.

Hij sliep uit – op zijn manier – wat inhield dat hij voor negenen opstond en de hond naar buiten liet. Daarna, omdat hij zo slim was geweest een koffiezetapparaat in zijn inloopkast te installeren, genoot hij van zijn eerste zondagse kop koffie op het balkon van zijn slaapkamer.

Zoals gewoonlijk patrouilleerde Howl langs de grens van de achtertuin om die te beschermen tegen eventuele indringers. Soms vroeg hij zich af wat er in het hoofd van die hond omging en trok dan meestal de conclusie 'niet bijster veel'.

Daarna ging hij naar de kelder waar zijn privéfitnessruimte was, en nadat hij daar een dik uur had getraind was hij bijzonder met zichzelf ingenomen.

Vervolgens nam hij een lange douche. Een zondagochtend traktatie. Nadat hij een lading wasgoed in de wasmachine had gestopt en de hond eten had gegeven, maakte hij roerei en roosterde een bagel voor zichzelf. Met een tweede kop koffie ging hij op het terras achter zijn huis zitten om de krant te lezen op zijn tablet en in het zomerzonnetje te genieten van zijn ontbijt.

En vanwege die zon hing hij zijn wasgoed daarna buiten te drogen.

Nadat hij het bed had verschoond en schone handdoeken in de badkamer had opgehangen deed hij de afwas waarna hij zijn taken binnenshuis als afgerond beschouwde.

Omdat deze dag erom vroeg deed hij wat dingetjes in de tuin. Meer hoefde niet omdat het hoveniersteam van het resort de tuin bijhield wanneer hij er geen tijd voor had.

Maar toch, hij wist hoe je een tuin moest onderhouden omdat hij, als onderdeel van zijn opleiding, een zomer had meegedraaid met het hoveniersteam.

Howl lag op het gras in de zon en keek toe.

Hij werkte in stilte omdat hij stilte altijd op prijs stelde. De enige geluiden waren het getjilp van vogels – wat hem eraan herinnerde dat hij de voedersilo's moest bijvullen – zacht gegrom van de hond en het gezoem van nijvere bijen.

Zoals altijd wanneer hij de hele zondag vrij had, liet hij zijn telefoon opzettelijk binnen aan de oplader hangen. Als er zich iets belangrijks voordeed, zou iemand hem wel komen halen. Maar anders was hij een dag lang onbereikbaar.

Bij wijze van experiment haalde hij een tennisbal uit de tuinschuur, liet hem even aan Howl zien en gooide hem toen weg. En zoals altijd keek Howl het ding na tot het weer op de grond belandde. Daarna wierp hij Miles een blik toe van: *Wat? Ga dat ding lekker zelf halen.*

'Wat ben jij nou voor hond?'

Howls zachte gegrom en gesputter was het hondenequivalent van schokschouderen.

Dus haalde Miles de bal zelf op en legde hem terug in de schuur.

Tegen tweeën had hij het droge wasgoed opgevouwen en weer opgeborgen en stond de zonnethee te koelen. Alle karweitjes zaten erop. Met de rest van de dag voor zich kwam hij even in de verleiding om toch op zijn telefoon te kijken. Hij zou het niet doen, een kwestie van zelfdiscipline, maar de verleiding was er.

Hij kon een boek gaan lezen op de veranda aan de voorkant. Of hij kon zijn wandelschoenen aantrekken om een flinke wandeltocht te maken. Dan moest hij wel de hond meenemen want het leek hem oneerlijk tegenover het beest om dat niet te doen.

Het meest logische was eerst de wandeling en dan het boek, maar als hij het andersom deed, kon hij na het wandelen iets te eten afhalen in de stad en hoefde hij niet zelf te koken.

Wat hij ook zou besluiten, het moest iets in de buitenlucht worden, aangezien hij het misdadig vond om een volmaakte zomerse zondagmiddag te verspillen door binnenshuis te niksen.

En ondanks Morgans opmerking over ESPN keek hij nauwelijks televisie, dus ook geen sportprogramma's.

Door de herinnering aan haar achteloze opmerking moest hij aan haar denken, iets wat hij de hele ochtend juist opzettelijk had vermeden. Eigenlijk hoorde hij alleen aan haar te denken in haar hoedanigheid van barmanager. Maar hij vond haar verdomd interessant. Het stond buiten kijf dat ze buitengewoon goed was in haar werk. En zoals Nell tijdens de laatste familievergadering had gezegd, mochten ze zich gelukkig prijzen met iemand die even creatief als efficient was.

Hij vond het niet fijn om zich zorgen over haar te maken, maar daar leek hij niet mee op te kunnen houden. Het moment waarop haar razende woede was omgeslagen in hulpeloze paniek toen ze die hotelgast bij zijn arm had gepakt, stond nog op zijn netvlies gebrand. Voor die woede had hij bewondering gehad en bij het zien van haar paniek had hij medeleven gevoeld.

Morgan was alles kwijtgeraakt en ze had heel diep in zichzelf moeten graven naar de kracht om opnieuw te beginnen.

Daar had hij ook bewondering voor. Sterker nog, daar had hij respect voor.

Ze had dromen, levensdoelen en de hoop die te verwezenlijken, dacht hij terwijl hij het boek pakte waar hij nog nauwelijks in was begonnen. Hoeveel van die dingen had Rozwell haar afgenomen?

Iemand wilde haar vermoorden en herinnerde haar daar voortdurend aan en toch slaagde zij erin om elke ochtend gewoon op te staan, naar haar werk te gaan en haar leven te leiden. Althans het leven dat ze hier opnieuw aan het opbouwen was.

De combinatie van kwetsbaarheid en veerkracht fascineerde hem.

Hij kon zichzelf wel voorhouden dat die fascinatie niets te maken had met haar knappe uiterlijk, maar hij hield er niet van om tegen zichzelf te liegen. Dat uiterlijk, dacht hij, de manier waarop haar gezicht begon te stralen als ze glimlachte, de manier waarop ze zich achter de bar bewoog. Dan leek het wel alsof ze op een dansvloer stond. En dan haar ogen, glanzend groen en op de een of andere manier altijd waakzaam.

Jezus nog aan toe, hij moest echt ophouden met aan haar te denken. In gedachten gaf hij haar een plekje naast zijn in de lader zittende telefoon en besloot zijn boek te gaan lezen.

Net toen hij naar de voordeur liep, begon Howl te janken. De hond mocht natuurlijk mee naar buiten, en dan zou Miles de deur open laten staan zodat hij naar believen naar binnen en naar buiten kon. Maar omdat hij de riem nu niet bij zich had, wist die hond donders goed dat hij op de veranda moest blijven. Het huis lag weliswaar een stuk bij de weg vandaan, maar toch.

'Nee, ik ga je nu niet uitlaten,' zei Miles waarna hij de voordeur opendeed.

En daar stond ze, onder aan het trapje van de veranda. Alsof hij haar had opgeroepen door slechts een paar minuten aan haar te denken.

Ze droeg een rood T-shirt en een vale spijkershort en de aanblik van haar lange benen werd hem bijna even te veel. Ze hield een bakje in haar handen en hoewel ze een zonnebril droeg, zag hij de bewonderende blik waarmee ze omhoog keek.

'Jij hebt torentjes,' zei ze en de bewondering in haar ogen werd nog groter.

'Ik niet. Het huis.'

'Twee torentjes,' zei ze. 'En een hond!' voegde ze eraan toe toen Howl de veranda op liep.

Howl bromde en gromde zacht en stootte toen drie keer een hoog gehuil uit terwijl hij enthousiast kwispelend op haar af liep.

'Torentjes en een pratende hond!'

Miles voelde de hond naast hem dansen van opwinding. Net toen hij 'zit' tegen de hond wilde zeggen, overtrad Howl een basisregel. Hij rende de veranda af en racete naar Morgan toe.

In plaats van te schrikken leek ze het alleen maar leuk te vinden. Ze nam de bak onder een arm zodat ze op haar hurken kon gaan zitten om het dier te begroeten.

Howl likte haar, drukte zich tegen haar aan en ging toen op zijn rug liggen zodat ze hem over zijn buik kon wrijven waarbij hij de hele tijd geluidjes van blijdschap maakte.

Zelfs bij mijn vader stelt hij zich niet zo aan, dacht Miles. Maar goed, Morgan bleef lachen terwijl ze aaide, kirde en haar neus in zijn vacht duwde. 'O, wat een brave hond. Wat een vreselijk brave hond! Wat ben jij knap! Hoe heet je? Hoe heet hij?'

'Howl. Ik heb hem zo genoemd omdat hij...'

Howl deed zijn naam meteen eer aan door een gehuil uit te stoten waar Morgan om moest lachen.

'Hij moet op de veranda blijven als hij niet is aangelijnd.'

'O, maar... O, vanwege de weg. Slim. Kom, Howl. Ik wil je niet in de problemen brengen. Het spijt me, mijn schuld.'

Ze kwam overeind en ging op haar bijna flamingo-achtige benen staan en de hond dartelde – *dat beest dartelde nooit* – vrolijk naast haar toen ze naar de veranda liep.

'Sorry,' ging ze verder, 'ik raakte afgeleid door die torentjes. Ik wilde dit bakje op je veranda zetten en je daarna een appje sturen. Het was niet mijn bedoeling om je vrije dag te verstoren.'

'Wat zit erin?'

'Ik heb koekjes voor je gebakken.' Ze stak hem het bakje toe.

'Heb jij...' – was hij zonet nog verbaasd geweest, nu was hij totaal verbijsterd – '... koekjes voor me gebakken?'

'Als bedankje voor vrijdagavond, al moet ik bekennen dat het mijn moeders idee was. Dat ze lekker smaken komt voornamelijk doordat zij me bij elke stap heeft verteld wat ik moest doen. Maar het bedankje is oprecht gemeend.'

Hij pakte het bakje aan, maakte het open en proefde een koekje terwijl zij de hond liet smelten door een kus op zijn snuit te drukken.

'Lekker.' Toen Howl hem heel even aankeek, schudde Miles zijn hoofd. 'Nee, niet voor jou.'

'Nee, jij mag geen chocolate chip-koekjes.' Morgan aaide Howls oren. 'Die zijn niet goed voor je. Wat is hij eigenlijk?'

'Een hond.'

'Ik bedoel wat voor ras?'

'Dat weet niemand. Als ik een gok moet doen, heeft een old english sheepdog een beagle besprongen.'

'Wat een combinatie. Ik probeer er spijt van te hebben dat ik je op je vrije dag ben komen storen, maar anders zou ik Howl nooit hebben ontmoet. En...'

Zodra ze naar hem opkeek, wist hij dat het veel moeilijker zou worden om haar iets te weigeren dan Howl.

'Heb je vijf minuutjes?'

'Waarschijnlijk wel.'

'Zou ik... zou ik een van die torentjes vanbinnen mogen bekijken? Even snel?'

'Waarschijnlijk wel,' herhaalde hij. 'Waarom?'

'Ik ben nog nooit in een torentje geweest. Ik heb iets met huizen en het jouwe is een echt heel mooi victoriaans exemplaar. En die torentjes maken het extra mooi.'

'Oké.'

'O, bedankt. Vijf minuutjes, niet langer. Dan laat ik je weer met rust en kun jij aan je koekjes beginnen.'

Hij wenkte haar binnen.

'O, het is echt een heel mooi huis. Echt prach... jullie hebben de binnenmuren hier de rondingen van het torentje laten behouden als zitkamer, leeskamer of als wat-je-maar-wiltkamer. En dat houtwerk! Je hebt plafondrozetten. O, de vloeren. Zijn die oorspronkelijk?'

'Ja.'

De blik waarmee ze door de gang naar de woonkamer keek, gaf hem het gevoel dat hij zojuist de grot van Aladdin voor haar had geopend.

'Schitterend, ze zijn echt schitterend. En die ramen! Sorry, ik ben mijn eerste minuut aan het verspillen. Ik ben dol op huizen. Vooral op oude. Nieuwbouw is gewoon zo, nou ja... zo nieuw. Hier voel je echt de geschiedenis van het pand. Ik bedoel, kijk dat trappenhuis nou toch.'

Toen ze naar de trap liep en de hoofdspil streelde, dribbelde de hond liefdevol achter haar aan.

'Je zult via die trap naar boven moeten als je de rest van het torentje wilt zien.'

'Graag. Hij is zo stijlvol, maar niet formeel of met overdreven versierselen. Het voelt aan als een thuis,' zei ze terwijl ze de trap op liep en ze haar vingers zacht over de leuning liet gaan. 'En het is natuurlijk een thuis. Het jouwe.'

'Nu wel.'

Terwijl hij haar voorging over de eerste etage bedacht hij hoe bizar het was om haar een rondleiding te geven met een bakje zelfgebakken koekjes in zijn hand.

Toen ze zijn kantoor binnenging, stootte ze een kreetje uit dat het midden hield tussen een kreun en een zucht. Hij beval zichzelf om dat geluid niet sexy te vinden.

Dat lukte hem niet.

'O ja! Volmaakt, echt volmaakt. De gebogen muren, het uitzicht uit die grote ramen – al dat prachtige, natuurlijke licht dat naar binnen stroomt. Heb je je bureau naar de deur gekeerd omdat je door dat uitzicht niet aan werken toekomt? Planken die de rondingen van de muur volgen en dan die schoorsteenmantel met houtsnijwerk en metaalwerk! Het is absoluut betoverend. En daar die hightech computer op dat prachtige antieke bureau met chocoladebruine leren stoelen. Op die manier respecteer je de geschiedenis van het huis en kun je toch op een moderne manier je werk doen.' Ze gaf een vriendschappelijke stomp tegen zijn biceps. 'Je krijgt een pluim van me. Een heel grote.' Daarna bukte ze om de uitzinnige Howl te aaien waarbij er wat grijze vachtharen ronddwarrelden. 'Ga jij lekker opgerold in een van die stoelen slapen als je pappie werkt?'

'Op die stoel mag hij niet en zijn pappie ben ik al helemaal niet. Hij is een hond. Ik niet.'

'Ah.' Maar ze zei het glimlachend. 'Ontzettend bedankt dat je me mijn zin hebt gegeven.'

'Wil je de rest dan niet zien?'

'Heel graag. Ik zou niet weten hoe de rest volmaakter kan zijn dan je kantoor, maar ik wil het dolgraag zien.'

Toen hij zijn kantoor uit liep, volgde ze hem.

'Het is een groot huis,' zei ze.

'Ik hou van ruimte.'

'Ik ook. Mijn huis in Maryland was tamelijk klein, maar ik wilde de boel binnen openbreken om alles wat ruimer te maken. En ik was van plan een extra etage op het huis te laten zetten om slaapkamers te creëren en dan op de begane grond mijn kantoor in te richten. Maar eerst wilde ik mijn eigen succesvolle bar hebben. Maar ach...' Haar stem stierf weg toen ze de bovenste verdieping van het torentje betrad. 'Alweer zo volmaakt. Het is net een schuilplaats. Een plekje waar je languit op een bank kunt liggen of 's winters bij het haardvuur van een glas whisky kunt nippen terwijl je diepzinnige gedachten hebt. Of je kunt gewoon voor het raam gaan staan en naar… alles buiten kijken.'

Ze zuchtte opnieuw en aaide de hond die niet van haar zijde wilde wijken. 'Nu kan ik "in een torentje staan" van mijn lijstje met dingen-die-ik-nog-eens-wil-doen afstrepen.'

'Heb jij een lijstje?'

'Ik zweer bij lijstjes. Lijstjes en spreadsheets. Tot ik de jouwe zag, wist ik niet eens dat "in een torentje staan" op dat lijstje stond. En nu kan ik het afstrepen op dezelfde dag dat het erop is verschenen. Dat is een behoorlijk goede ruil voor een stel zelfgebakken koekjes.'

Ze draaide zich weg van het raam waar het zonlicht over haar heen stroomde.

Hij vroeg zich af hoe ze eruit kon zien alsof ze hier helemaal thuishoorde.

'En nu laat ik je met rust, zoals ik had beloofd. Al wordt het moeilijk om afscheid te nemen van mijn nieuwe vriendje.'

'Wil je hem hebben?'

'Hou op.' Toen ze langs hem liep, tikte ze vermanend met haar wijsvinger op zijn arm. 'Je hebt zeker ook nog zo'n reusachtig grote zolder met blootliggende dakgebinten? Zo een die vol ligt met schatten?'

'Wil je die ook nog zien?'

'Belofte maakt schuld, maar misschien sta ik dan binnenkort weer koekjes te bakken en dat is moeilijker dan het lijkt. Het huis van mijn oma heeft zo'n zolder. Op mijn vrije dagen hou ik daar soms mijn zoektochten.'

'Waar zoek je dan naar?'

'Schatten. Als je maar een heel klein budget hebt, word je vanzelf creatief. Een paar weken geleden heb ik er bijvoorbeeld een prachtige oude lamp gevonden. Nieuwe lampenkap erop, nieuwe bedrading aanbrengen en klaar.'

Hij dacht aan haar lange, slanke vingers. 'Dus jij hebt nieuwe bedrading aangebracht in een lamp?'

'Google weet alles, en persoonlijk vond ik dat makkelijker dan koekjes bakken. En als bijkomend voordeel hoef ik niet meer op mijn vrije dagen te koken, want dat was niet altijd een succes. In plaats daarvan word ik aangemoedigd om nieuwe bedrading aan te brengen in oude lampen of om een oude tafel opnieuw te vernissen, als ik er een tegenkom.'

'We hebben hierboven waarschijnlijk ook wel oude lampen.'

'Die vind je op alle zolders. Ik waardeer het echt, Miles.' Weer beneden draaide ze zich naar hem om en wierp hem nog een glimlach toe.

'Ik heb er een portie koekjes aan overgehouden.'

'Die koekjes zijn een bedankje omdat jij vrijdagavond wist wat ik nodig had en ervoor zorgde dat ik het kreeg, ook al was ik er in eerste instantie niet happig op. Dus...' Ze liep naar de voordeur, maar draaide zich toen om. 'Ik wil je graag een vraag stellen en erbij zeggen dat ik akkoord ga met welk antwoord je me ook geeft.'

'Wil je de kelderruimte soms ook zien?'

Ze begon te lachen. 'Nee... nou ja, eigenlijk wel, maar dat wil ik nu niet vragen. Je moet mijn vraag even helemaal buiten het kader van het resort zien. Ik stel je een vraag als privépersoon aan jou als privépersoon, mits je dat goedvindt, natuurlijk.'

'Hoe kan ik nou weten of het goed is voordat je me de vraag hebt gesteld?'

'Dat is waar. Het is een beetje ongemakkelijk. Kijk, het zit zo. Ik ben behoorlijk goed in het inschatten van mensen. Nou ja, met een grote uitzondering, maar doorgaans kan ik dat behoorlijk goed. Als je telkens de nieuweling op school, in de wijk of op de speelplaats bent, dan leer je zoiets. Ik tenminste wel. Dus ik wil je vragen of ik het helemaal mis heb als ik zeg dat ik het gevoel heb dat er wellicht iets tussen ons opbloeit.'

Ze gebaarde eerst naar hem en toen naar zichzelf. 'Buiten het kader van het resort, dus,' herhaalde ze snel. 'Ik weet hoe het is wanneer een leidinggevende dat soort druk uitoefent. Als studente heb ik om die reden ooit ergens ontslag genomen. Maar ik heb niet het idee dat er zoiets tussen ons speelt. En ik wil van mijn kant ook geen druk op jou uitoefenen. Maar ik vroeg me gewoon af of ik jouw gevoelens juist heb ingeschat. Of je toevallig belangstelling voor me hebt buiten het kader van het resort.'

'We werken allebei binnen het kader van het resort, Morgan.'

'Inderdaad. Ja. Oké. Nou, bedankt voor de bezichtiging van het torentje en mijn knuffelpartij met Howl. Geniet van de koekjes.'

Hij wachtte tot ze de deur had geopend en hield zich voor dat hij moest wachten tot ze weer buiten stond. Maar dat deed hij niet. 'Je hebt het niet verkeerd ingeschat.'

Ze deed de deur weer dicht en leunde ertegenaan. 'Godzijdank. Oké, nu wordt het een vraag die uit twee delen bestaat. Kunnen we het erover eens worden dat mijn baan buiten schot blijft als wat er nu tussen ons opbloeit daadwerkelijk iets wordt? Ik hou van mijn werk, Miles. En als ik jou goed heb ingeschat, hou jij zeker van het jouwe. Maar daar gaat het nu niet om, en ik weet dat het vanwege jouw positie moeilijker voor jou is dan voor mij in mijn positie.'

'Omdat ik je misschien beu word en je zou kunnen ontslaan?'

'Ten eerste is Nell mijn directe leidinggevende en ten tweede, en nog belangrijker, zou je dat niet doen, want zo ben je niet. Maar ik zou kwaad kunnen worden en een klacht kunnen indienen wegens seksueel grensoverschrijdend gedrag.'

'Ten eerste heb ik een akelig goede advocaat, namelijk mijn vader, en bovendien zou niemand je geloven. En ten tweede, en nog belangrijker, zou je dat nooit doen, want zo ben je niet. Ik heb ook mensenkennis.'

'Nee, dat zou ik nooit doen. We zouden alles, heel duidelijk, zwart op wit kunnen laten zetten. Dat we iets met elkaar zijn begonnen door wederzijdse aantrekkingskracht en belangstelling zonder druk of dwang van jouw of mijn kant. Je vader zou zo'n contract kunnen opstellen. Howl kan het ondertekenen als getuige.'

'Het is maar goed dat je dat laatste erbij zei, want daardoor weet ik dat je een geintje maakte. En dat "iets" is seks, Morgan. Als we denken dat het ervan zal komen, moeten we dat woord durven zeggen.'

'Ook als de seks niet goed is, beloof ik geen ontslag te nemen of het jou te verwijten.'

'Dan kan ik beloven dat ik je niet zal ontslaan en dat ik het jou niet zal verwijten. Maar als de seks tussen ons niet goed is dan ligt dat aan jou. Ik ben er namelijk heel bedreven in.'

'Nu maak jij een geintje. Het trieste is dat ik dit al heel lang niet heb gedaan, wat gedeeltelijk verklaart waarom dit gesprek zo ongemakkelijk is. Je zult me in het begin op een glijdende schaal moeten beoordelen.'

Hij wist niet wat hij van haar of van deze situatie moest denken, maar hij wist wel dat dit een belangrijk moment was.

'Krijg je doorgaans een cijfer van de mannen met wie je naar bed gaat?'

'Dat weet ik niet meer. Het is een paar jaar geleden.'

'Een páár jaar?'

Ze trok haar schouders op en stopte haar handen in de zakken van haar kleine spijkershort. 'Je hoeft het niet in te wrijven.'

Hij stak een vinger op en liep naar een tafel om de bak met koekjes neer te zetten. 'Ik ga dit belachelijke gesprek, dat ik op een vreemde manier heel opwindend vind, voortzetten en je naar het waarom vragen. Dat je het afgelopen jaar geen seks hebt gehad, snap ik wel, maar al een paar jaar niet?'

'Ik had het druk met andere dingen.'

'Ik heb het ook druk met van alles en nog wat, en dat is nog steeds zo.'

'Ik had twee banen.' Toen hij daar niet op reageerde, haalde ze zuchtend haar schouders op. 'Maar goed, daar kwam bij, en dat zal je ego strelen, dat er in die periode niemand is geweest die ik zo leuk vond dat ik tijd voor hem vrij wilde maken. Tot nu toe. Ik vind het niet erg als dit iets eenmaligs wordt of iets kortstondigs of...'

'Ik wou dat je ophield met praten.'

'Maar wat graag. Het wordt tijd dat ik ga.' Ze deed de voordeur open. En toen weer dicht. Daarna liep ze op hem af tot ze vlak voor hem stond, en drukte haar mond op de zijne.

Voor iemand die beweerde dat ze dit al heel lang niet meer had gedaan, bleek ze bijzonder vaardig.

Vaag hoorde hij de kwispelende staart van de hond op de vloer slaan toen Morgan haar armen om hem heen sloeg. Hoewel het hem moeite kostte, besloot hij haar de leiding te laten nemen. Voor deze ene keer.

Ze betoverde hem, ontstak een vuur in zijn bloed. En toen liet ze hem weer los.

'Ik wil nog iets zeggen.'

'Praat jij altijd zoveel?' vroeg hij. 'Dat zou me toch wel zijn opgevallen?'

'Ik vind dat we, in dit geval, het hele ritueel van daten wel kunnen overslaan. Je weet wel, iets gaan drinken, uit eten gaan, een filmpje pakken, een theatervoorstelling bezoeken, salsadansen. Wat je normale patroon ook is.'

'Ik heb geen patroon.'

'Maar als je dat wel had, zouden we het kunnen overslaan en zou ik het mijne kunnen overslaan. Mijn hele "kalmpjes aan dan breekt het lijntje niet" en "laten we het een paar weken aankijken"-routine. We zouden meteen aan de seks kunnen beginnen.'

Deze vrije zondag belandde met stip op nummer één van zijn lijstje met beste zondagen ooit. 'Dus je neemt me niet eerst mee uit eten?' vroeg hij.

'Dat etentje houd je tegoed,' zei ze, waarna ze haar mond opnieuw op de zijne drukte.

Hij draaide haar om en leidde haar door de gang naar de woonkamer omdat ze dat verdomde vuur in hem had ontstoken en de slaapkamer te ver weg was.

Tijdens het omdraaien trok hij haar T-shirt uit en gooide het opzij.

'Ik wil geen commentaar op mijn ondergoed.' Ademloos trok ze zijn shirt uit. 'Toen ik het vanochtend aantrok, wist ik niet dat ik seks zou hebben.'

'Nou, laten we dan zorgen dat we het niet meer kunnen zien.' Met een hand maakte hij het haakje van haar beha los en ze rilde even.

'Jij bent hier goed in.'

'Sst.' Hij legde haar op de bank. 'Ik hou van stilte.'

Stil zijn lukte niet helemaal door alles wat hij zijn handen en mond met haar lichaam liet doen. Het was heerlijk om weer door een man te worden aangeraakt, zijn lichaam op het hare te voelen, haar mond door de zijne in bezit te laten nemen. Ze voelde de schokken van genot in elke cel van haar lichaam.

Ze liet haar handen genietend over zijn lichaam gaan, en zijn warme huid en harde spieren zetten haar helemaal in vuur en vlam. Zijn mond was precies zoals ze zich had voorgesteld op de momenten dat ze daar van zichzelf over had mogen fantaseren. Hartstochtelijk en magistraal. Haar hart bonkte toen hij zijn mond bezitterig over haar lichaam liet zwerven.

Een streling van zijn vingers was genoeg om haar naar een hoogtepunt te katapulteren. Het golfde door haar heen, benam haar de adem, deed haar hoofd tollen en haar lichaam zinderen van spanning. Zonder haar tijd te geven om te herstellen stookte hij het vuurtje weer op, haar kreten smorend met zijn mond terwijl ze haar lichaam onder hem boog.

Toen was hij diep in haar, maar bewoog hij zich niet, tot ze haar heupen kantelde en de wereld gek werd.

Met zijn tijgerogen keek hij haar aan, terwijl zij haar benen om hem heen sloeg en hem aanspoorde om sneller en dieper te stoten.

Terwijl hij toekeek, zag hij het genot op haar gezicht, en de schok ervan in haar ogen. Ze kon meer aan en het kostte hem al zijn zelfbeheersing om meer te geven dan te nemen. Toch bleef hij geven terwijl haar lichaam in hetzelfde ritme bewoog als het zijne. Hij ging door tot ze het opnieuw uitschreeuwde, tot haar hand de armleuning van de bank vastgreep alsof ze wilde voorkomen dat ze zou opstijgen.

Hij bleef geven tot ze slap en uitgeput onder hem lag. Pas toen stond hij zich zijn eigen hoogtepunt toe.

Ze had nog urenlang, misschien zelfs dagenlang, kunnen zweven op de echo's van het genot. Of zelfs wekenlang. Ze concentreerde zich op het zweven, het genot en het gevoel van zijn bonzende hart tegen het hare. En op de bevrediging die ze ervoer nu zijn lichaam even slap en ontspannen was als het hare. Het mocht dan een tijd geleden zijn geweest, maar het was haar gelukt.

En omdat ze nu toch voor het grijpen lagen, liet ze haar handen over zijn rugspieren gaan. 'Je spieren vallen niet op onder je onzichtbare pak.'

Hij bewoog zich niet. 'Heb ik een onzichtbaar pak?'

'Ja, dat draag je elke dag. Nou ja, nu misschien niet, maar anders wel.'

'Hoe zit dat pak er dan uit?'

'Antracietgrijs, het colbert met één rij knopen, gemaakt van die fijne Italiaanse wol. Een fris wit katoenen overhemd, staalblauwe stropdas van satijn met halve Windsor en zwarte oxfordschoenen met neuskap. Vanzelfsprekend ook Italiaans.'

'Dat is wel een heel precieze omschrijving.'

'Als ik een miljoen dollar had, zou ik durven wedden dat er iets in je klerenkast hangt wat daar verdomd veel op lijkt. Het staat je goed.'

'Waarom is dat pak onzichtbaar?'

'Omdat de mensen het niet hoeven te zien om te weten dat jij de leiding hebt. Dat is gewoon zo. Maar nu zijn we naakt en dat is ook heel fijn.'

Hij drukte zichzelf wat omhoog en keek haar aandachtig aan. 'Misschien heeft de seks je zicht vertroebeld en draag ik het nog steeds.'

Ze glimlachte slechts. 'Nee. Nu zijn we naakt. Ik heb je uit de kleren gekregen. Het was mijn idee en daar wil ik alle lof voor hebben.'

'Het was meer een concept dan een idee, en ik had jou eerder uit de kleren dan jij mij. Maar goed, ik hoefde ook niet zoveel te doen aangezien jij een piepklein shortje droeg.'

'Ik had eigenlijk plannen om een bankje te schuren en verven nadat ik je die koekjes had gebracht, dus... O shit! Ik moet mijn dames een appje sturen. Ik had gezegd dat ik zo terug zou zijn.'

'Jouw dames?'

'Mijn moeder en mijn oma. Mijn telefoon ligt nog in de auto. Ik was echt alleen van plan om die koekjes op de veranda te zetten. Maar toen was er dat torentje, de hond en de seks. Ik moet mijn telefoon hebben.'

'Je bent naakt,' bracht hij haar in herinnering. 'Mijn tuin heeft weinig inkijk, maar misschien is het niet handig om naakt naar je auto te lopen.'

'Dan kleed ik me eerst aan.'

'Oké.' Hij liet zijn hoofd zakken en drukte zijn lippen tegen de zijkant van haar hals. 'Dat is een optie.'

'En dat ga ik ook doen.' Ze deed haar ogen dicht en voelde zich weer wegzweven. 'Over een minuutje.'

'Oké,' zei hij opnieuw waarna hij zijn mond op haar kaak drukte.

'Nee. Wacht. Verdomme. Ik wil niet dat ze zich ongerust maken.'

Toen hij verschoof, wurmde ze zich onder hem uit en raapte haar kleren op. 'Het is handiger dat ik iets verzin, maar ik wil niet liegen, want dat is ook niet de bedoeling. Als je wilt, kan ik wel zeggen dat je me een rondleiding door je huis hebt gegeven.'

'Waarom zou ik dat willen?'

'Voor het geval je liever niet hebt dat ze, de mensen, weten dat wij seks op jouw bank hebben gehad. Ik vind het niet erg als je dat stil wilt houden.'

'Je piekert te veel.'

'Dat is waar.' Ze trok haar kleren aan terwijl hij toekeek. 'En daar kan ik niet mee ophouden. Toen ik met mijn dames naar yoga ging, moest ik doen alsof ik mediteerde. Maar ik durf te wedden dat de anderen hetzelfde deden.'

'Echt veel te veel. Toe, pak je telefoon en vertel je dames dat het nog wel even duurt voordat je terug bent.'

'Dat het nog wel even duurt?'

'Je bent me een etentje schuldig. Maar daar denken we wel over na nadat ik je piepkleine shortje nog een keer heb uitgetrokken. En wat de rest aangaat? Waarom zou ik het erg vinden als andere mensen weten dat wij iets met elkaar hebben? Trouwens, als je thuiskomt zul je eruitzien als een vrouw die seks heeft gehad, en de kans is groot dat je dames dat door zullen hebben.'

Hij had 'iets met elkaar hebben' gezegd, dacht ze. Meer dan alleen seks op de bank.

'Hou op met piekeren,' raadde hij haar aan, waarna hij zijn boxershort pakte. 'Haal die telefoon. Ik stel voor dat we onze activiteiten naar de slaapkamer verplaatsen.'

'Ik wil je slaapkamer graag zien.'

'Geweldig. Wordt geregeld.'

'Ik ga mijn telefoon halen. Weet je nog dat ik zei dat je het type was voor een boxershort?' bracht ze hem in herinnering. 'Howl doet alleen maar alsof hij slaapt,' voegde ze eraan toe, waarna ze naar de voordeur rende.

Miles wierp een korte blik naar de hond die opgekruld voor de open haard lag, met een oog open. 'Bemoei je met je eigen zaken.'

18

Zijn slaapkamer kon zich meten met het gedeelte van zijn huis dat ze al had gezien, dat besloot ze althans nadat ze daadwerkelijk de kans kreeg om hem echt goed te bekijken.

En dat ze dat deed vanuit het midden van een fantastisch hemelbed maakte het alleen maar mooier. Ze zag een sierlijke, uit marmer opgetrokken open haard, grote deuren die uitkwamen op een balkon en een gezellige zithoek. Aan de donkerblauwe muren hingen werken van plaatselijke kunstenaars wat een sfeer van ontspannen comfort opriep.

En nu ze onder hem lag, voelde ze zich zowel ontspannen als comfortabel.

Ze stelde zich voor dat er in de prachtige cederhouten dekenkist aan het voeteneinde van het bed dekens en spreien lagen, en dat de dubbele mahoniehouten deuren met zes panelen van zijn kledingkast waren.

Ze durfde nog steeds dat denkbeeldige miljoen erom te verwedden dat hij ergens in die kast een pak had hangen dat heel erg leek op het pak uit haar fantasie.

Door de open deur had ze een glimp opgevangen van de aangrenzende badkamer en een groot vrijstaand bad op klauwpoten. Dat was echter bij een glimp gebleven aangezien hij haar net de kleren van het lijf had gerukt terwijl hij haar de slaapkamer in trok.

'Je piekert weer.'

'Nee, het is meer bewonderen dan piekeren. Dit is een prachtige kamer. Als die torenkamer op de tweede etage een soort schuilplaats is dan is deze kamer een toevluchtsoord. Hier werk je vast niet.'

'Niet als het aan mij ligt.'

'Maar jouw werk is heel belangrijk.' Verstrooid speelde ze met zijn haar. 'En dat maakt mijn werk weer gemakkelijker.'

'Hoezo?'

'De meeste gasten die Après binnenlopen zijn blij. Ze hebben net een wellnessbehandeling in de spa gehad, lekker gewandeld, iets avontuurlijks gedaan of een lekkere maaltijd gegeten. En dat blije gevoel willen ze vasthouden als ze iets drinken. De service is uitstekend en dat kan alleen wanneer de leiding het goede voorbeeld geeft. En dat geldt ook voor de aandacht voor details. Dat merk je ook in de stad als jullie gasten daar gezellig komen winkelen. Elke keer dat ik bijspring in Crafty Arts zie ik gasten van het resort binnenkomen en die vertrekken zelden met lege handen. Dat maakt jouw werk zo belangrijk.' Ze merkte dat ze zo loom was dat ze meteen in slaap zou vallen zodra ze haar ogen dichtdeed en ze streelde zijn rug nog een laatste keer. 'Dit was een tijdje geleden. Ik moet ervandoor.'

'Je bent me nog een etentje schuldig. Ik heb een paar steaks uit de vriezer gehaald toen jij je telefoon pakte. Die zal ik barbecuen. Als jij de rest regelt, staan we quitte.'

'De rest? Wat is de rest?'

'Het is maar een steak op de barbecue, Morgan. Doe gewoon iets met aardappels.'

Hij wil dat ik blijf eten, dacht ze. En op zich was dat geweldig, al was er één probleempje. 'Ik kan eigenlijk maar twee "ietsen" met aardappelen die niet uit een zak uit de vriezer komen, en slechts één daarvan heb ik vaker dan een keer klaargemaakt. En meestal is er dan iemand bij die zegt wat ik moet doen.'

'Improviseer maar wat.'

'Oké dan.'

Later kreeg ze de kans om de badkamer beter te bekijken, tijdens een sexy, stomend intermezzo in de grootste douchecel die ze ooit had gezien, behalve dan op het Home and Garden-televisiekanaal.

Ergens vond ze het jammer dat ze niet eens lippenstift had meegenomen, maar ach, hij had de rest van haar toch al naakt gezien.

Daarna nam hij haar mee naar de keuken.

'O, wat slim gedaan. Een grote open ruimte, want dat is modern, maar wel met oog voor de oorsprong. Dat hebben mijn oma en mijn moeder ook gedaan in hun tudor-huis. Kook jij vaak? Dat fornuis ziet er namelijk angstaanjagend uit.'

'Nee, niet vaak. Genoeg om me te redden.'

'Mezelf redden bestond vroeger uit een salade, een afhaalmaaltijd of een bezorgmaaltijd.'

'Met aardappelen uit de vriezer.'

'Mijn aardappelkroketjes zijn uit de kunst. Ik kan wel varkenskarbonaadjes klaarmaken. Maar dat is ook het enige. En Mexicaanse aardappelen. Die zijn heel pikant.'

'Ik hou van pikant.'

Ze liep naar de glazen deuren. 'Je achtertuin is geweldig. En er staan kruiden in, dus ik kan verse gebruiken. Het is een recept van Nina's moeder, maar het probleem is dat ze, net als iedereen bij mij thuis, het niet nodig vindt om de ingrediënten precies af te wegen.'

'Jij weegt de ingrediënten ook niet precies af als je achter de bar staat,' merkte hij op.

'Val me niet lastig met logica wanneer ik me druk maak over aardappelen. Waar liggen die trouwens?'

Hij wees naar een onderkastje waarin ze mandjes van staaldraad en rode aardappelen vond.

'Heb je een borsteltje?'

'Onder de gootsteen. Hoelang duurt het om die aardappels klaar te maken?'

'Ongeveer een uur zodra ik... Verdomme, ik had die oven eerst moeten voorverwarmen. Zie je nou? Ik heb begeleiding nodig. Jezus, wat heeft dat ding veel knoppen.'

Omdat hij het grappig vond, liet hij haar zelf uitzoeken hoe het fornuis werkte terwijl hij een fles wijn uitkoos. 'Er is ook witte als je dat liever hebt.'

'Nee, cab sauv is prima. Kijk eens aan! Gelukt. Denk ik. Het angstzweet breekt me nu al uit.'

Terwijl zij de aardappelen boende, zat Howl naast haar en drukte zijn kop tegen haar been. Miles liep naar de deur, deed die open en zei: 'Eruit.'

'Ik heb geen last van hem, hoor.'

'Hij moet patrouilleren.'

'O ja?'

'Zijn idee, niet het mijne.' Hij deed de deur weer dicht en keek haar toen aan. 'Ga je nu zeggen dat deze maaltijd om een salade of om een groene groente vraagt?'

'Nee, integendeel.'

'Ik krijg langzaam het idee dat jij heel misschien, bijna, de volmaakte vrouw bent.' Hij zette een glas wijn naast haar op het aanrecht.

'Ik lust best salades of groene groenten, maar op dit moment maak ik me druk over aardappelen. Andere dingen kan ik er niet bij hebben. Ik heb die snijplank nodig en een van die messen die daar aan die magneetstrip hangen, zoals in een restaurantkeuken.'

'Pak maar.'

'Daarna moet ik kruiden en specerijen, olijfolie en een bakplaat hebben. En een keukenschaar of een kruidenschaartje zodat ik buiten wat van die verse kruiden kan knippen. Het lijkt inderdaad alsof hij patrouilleert.'

'Dat doet hij ook.' Hij pakte een bakplaat en een keukenschaar voor haar, en wees toen op de fles olijfolie met schenktuit en daarna op een kast. 'Daar staan de specerijen.'

Hij keek toe terwijl zij de aardappelen in partjes sneed. Opnieuw geamuseerd door haar opperste concentratie, leunde hij met zijn rug tegen het aanrecht en nipte van zijn wijn.

Hoewel hij oprecht kon genieten van de zondagen die hij in zijn eentje doorbracht, vond hij het verrassend aangenaam om haar in zijn keuken te hebben.

Ze mompelde iets over knoflook en hij wees opnieuw.

Toen ze de tuin in ging om kruiden te knippen, onderbrak Howl zijn bezigheden om naar haar toe te rennen voor een volgende ronde wederzijdse bewondering.

Weer binnen hakte ze de kruiden fijn en haalde nog meer spullen uit de kast met specerijen. Ze strooide van alles over de aardappelen en roerde het geheel toen om met een houten lepel zodat alle partjes bedekt waren. Ze pakte de pepermolen en maalde de peper – die ze in eerste instantie duidelijk was vergeten – over de aardappelen en roerde alles toen nog een keer om.

'Oké, volgens mij moet dit het zijn. Nou, daar gaan we dan.' Ze schoof de bakplaat in de oven en stelde de timer in.

'Je zei dat het een uur in de oven moest, maar je hebt de timer op een half uur gezet.'

'Ja, want dan moet ik alles nog een keer doorroeren. Waarom weet ik niet en het kan me ook niet schelen. Zo staat het nou eenmaal in het recept.' Ze pakte haar wijn, zei 'Poeh!' en nam een slok. 'Heb jij ook in de keuken gewerkt als deel van je opleiding in het resort?'

'Reken maar.'

'Vandaar dat je keuken er zo ordelijk uitziet. Ik heb nooit leren koken. Dat deed mijn moeder altijd. Als mijn vader op uitzending was lieten we vaak een maaltijd bezorgen of gingen we uit eten. Maar anders aten we stipt om zeven uur. En dan zaten er wél groene groenten bij.'

'Streng, hoor.'

'Nou en of. Achteraf bekeken besef ik dat ze altijd nerveus werd als ze ging koken. Ik moest de tafel dekken, maar zij controleerde steevast of ik het goed had gedaan. Alles keurig op een rijtje. Militaire precisie. Na de scheiding is ze daar een tijdje mee doorgegaan, maar daarna flanste ze meestal snel wat in elkaar of lieten we iets bezorgen.' Schouderophalend nam ze nog een slok wijn. 'Maar goed, daar komt mijn keukenfobie misschien vandaan. Tegenwoordig kookt ze samen met mijn oma en dan praten en lachen ze. Mijn moeder bakt brood.'

'Van bloem?'

'Ja. Ongelooflijk, hè?' Lachend schudde ze haar haar naar achteren. 'Ze zegt dat ze er rustig van wordt, en dat lijkt ook echt zo te zijn. Tot nu toe heb ik weten te ontsnappen aan haar pogingen om het mij te leren. Zeg, waartegen bewaakt Howl de tuin eigenlijk als hij patrouilleert?'

'Dat is onduidelijk. Eventuele eekhoorns glippen langs hem heen. Maar ik heb nog nooit een beer of hert in de tuin gezien. Kom, dan gaan we buiten zitten.' Hij nam de fles mee.

Howl verzaakte zijn plichten, dribbelde dartel naar de tafel op het terras en legde zijn kop op Morgans schoot.

'Wat is het hier stil,' mompelde ze. 'Daar geniet je vast van.'

'Jazeker. Zie je je vader nog vaak?'

'Hmm? O, nee. Nooit. Het ontbreekt me aan de gewenste chromosomen. Maar daar ben ik blij om,' voegde ze eraan toe. 'Anders zou ik nu waarschijnlijk salueren of gesalueerd worden.'

'Er zijn genoeg vrouwen die het leger in gaan.'

Lachend rolde ze met haar ogen. 'De kolonel is er heilig van overtuigd dat vrouwen hun plaats moeten kennen. En vrouwen horen niet in uniform, tenzij ze administratief werk doen of verpleegster zijn.'

'Strenge man.'

'Breek me de bek niet open, hij is een vrouwenhater tot in het diepst van zijn ziel. Als kind wist ik niet dat daar een naam voor was, maar ik herkende het wel. Maar goed, hij is meteen na de scheiding hertrouwd, dus daar bleek wel uit waarom hij van ons af wilde. Volgens mij zijn we op deze manier allemaal beter af.'

Vanuit haar standpunt bekeken misschien, maar Miles kon zich niet voorstellen dat hij op die manier een kind uit zijn leven zou bannen.

'Patrouilleert Howl ook wanneer jij aan het werk bent?'

'Wat hij doet als ik er niet ben, is zijn zaak.'

'Maar wat als het regent? Of in de winter?'

'Hij heeft zelf besloten dat hij hier wilde wonen.' Miles haalde zijn schouders op. 'In de zijtuin staat een hondenhok.'

Howl begon zacht te grommen alsof hij wist dat dit gesprek over hem ging.

'O, nee toch? Lig jij 's avonds laat altijd te rillen in je hok?'

'Het is verwarmd.' Hij gaf het niet graag toe, maar zowel de hond als de vrouw staarde hem aan. 'En in de bijkeuken zit een hondenluik.'

'Nou, oké. Dan heb je het mooi voor elkaar,' zei ze tegen Howl. 'Jij zorgt goed voor je huisdier,' vervolgde ze tegen Miles.

'Hij is geen huisdier. Ik zie hem meer als huurder.'

'Als huurder.' Met pretlichtjes in haar ogen keek ze over de rand van haar wijnglas. Die expressieve groene ogen. 'Hoe betaalt hij zijn huur dan?'

'Door beren bij de vogelsilo's weg te houden en door herten uit de tuin te weren.'

'Oké. Dat zal ik in gedachten houden als ik zelf een hond neem. Ik wilde er eigenlijk al eentje toen ik mijn huisje kocht, maar dat leek me oneerlijk. Ik had twee banen en was nauwelijks thuis. Op dit moment is mijn oma nog niet klaar voor een nieuwe hond. Niet nadat ze mijn opa en hun labrador binnen een paar weken is kwijtgeraakt.'

'Bij mijn vader is het precies zo. Hij is er nog niet klaar voor, dus verwent hij Howl wanneer hij maar kan.'

'Dat snap ik best. Wie kan er nou weerstand bieden aan zo'n koppie?' zei ze zangerig terwijl ze Howls wollige kop in beide handen nam.

'Je timer gaat.'

Ze rende naar de keuken.

'Ik kan wél weerstand aan je bieden,' zei hij tegen Howl waarna hij de barbecue aandeed.

Toen ze zei dat ze haar steak graag medium rare had, werd ze voor hem nog meer de volmaakte vrouw. Tijdens hun maaltijd ging Howl – die zijn eten al op had en de regels kende – een eindje verderop liggen.

'Dan staan we nu quitte,' zei Miles terwijl de zon langzaam in het westen begon te zakken.

'Als het bereiden van een halve maaltijd daar genoeg voor is, vind ik het prima. En ik sta op het punt om je ego nog een keer te strelen.'

'Kom maar op.'

'Ik voel me zo ontspannen. Volgens mij ben ik in geen tijden... nee, waarschijnlijk ben ik nog nooit zo ontspannen geweest. Dank je wel.'

'Ik wil best "graag gedaan" zeggen, maar volgens mij was het genoegen geheel aan mijn kant.'

'En ik heb er alleen maar koekjes voor hoeven bakken. Als extraatje zal ik ook de afwas doen voordat ik opstap. Afwassen kan ik heel goed.'

Toen ze samen de keuken aan kant hadden gemaakt, pakte hij haar bij haar heupen en tilde haar op. 'Laten we de dag eindigen waar we hem zijn begonnen,' zei hij waarna hij haar weer naar de bank droeg.

Nadat ze weer klaar waren op de plek waar ze waren begonnen, kleedde ze zich opnieuw aan.

'Zie ik er echt uit alsof ik de hele middag en het merendeel van de avond heb liggen vrijen?'

'Ja. Ik heb me goed van mijn taak gekweten.'

Ze haalde een hand door haar haar. 'Dan is de reactie die ik bij thuiskomst zal krijgen jouw schuld. Braaf zijn, hoor,' zei ze tegen

Howl terwijl ze hem net zo lang knuffelde en aaide tot hij uitzinnig was van blijdschap.

'Jij hebt morgen vrij.'

'Maandag is de dag voor leuke dingen.'

'Voor mij niet, maar ik moet rond een uur of zeven 's avonds wel weer thuis zijn. Kom dan terug.'

Ze wendde haar blik af van de hond en keek toen recht in Miles' fascinerende ogen. 'Ik kan eerst naar de stad rijden en een pizza meenemen.'

'Goed idee. Bestel dan een grote. Eentje met pepperoni. Verder mag alles erop, alleen geen champignons.'

'Oké.'

Nadat hij zijn boxershort had aangetrokken bracht hij haar naar de voordeur. 'Tot morgen.' Daarna zette hij haar klem tegen de deur en kuste haar tot ze helemaal week vanbinnen was.

'Welterusten. Jij ook, Howl.'

Hij bleef in de deuropening staan en deed de deur pas dicht toen ze in haar auto was gestapt en was weggereden.

En nadat hij dat had gedaan liet de hond een treurig gejank horen.

'Je bent een volwassen vrouw,' zei Morgan streng tegen zichzelf terwijl ze van haar auto naar de voordeur liep. 'Een volwassen, single vrouw. Je mag best seks hebben.'

Bovendien konden ze haar geen huisarrest geven.

Ze liep naar binnen en zette het alarm aan. Ze overwoog serieus om de laffe uitweg te kiezen en meteen naar haar kamer te gaan. Daar kon ze de deur achter zich sluiten en een waanzinnige vreugdedans uitvoeren. Want ze had namelijk geen gewone seks gehad. Nee, ze had heel veel waanzinnige seks gehad waardoor ze nu het gevoel had dat ze zowel drie dagen lang kon slapen als een berg kon beklimmen.

Nee, dat zou laf en onbeleefd zijn, dacht ze toen ze hun stemmen in de keuken hoorde. Dus liep ze door naar achteren. Heel nonchalant, dacht ze zelf. Ze trof haar dames aan bij het aanrecht met een kop thee en een plak cake.

Audrey wierp haar een glimlachje toe, knipperde even met haar ogen en glimlachte vervolgens breeduit. 'Je bent precies op tijd voor oma's beroemde *pound cake*. Heb je al gegeten?'

'Ja. Het spijt me dat ik zo lang ben weggebleven.'

'Op je vrije dag moet je plezier maken. Ga lekker zitten en neem een kop thee. We overwegen die cake op de kaart van het café te zetten. Neem een plak en vertel wat je ervan vindt. We spelen met het idee om hem te serveren met frambozen en slagroom.'

Aangezien de dames al thee hadden gezet pakte Morgan een kopje uit de kast.

'En? Zijn Miles en jij uit eten geweest?'

Morgan voelde haar rug jeuken nadat Olivia de vraag had gesteld. 'Nee, hij heeft een paar steaks gegrild. En ik heb het enige aardappelgerecht gemaakt dat ik ken.'

'Wat leuk.'

De jeuk veranderde in een branderig gevoel toen ze een gebaksbordje pakte.

'En ja, we hebben seks gehad. Heel veel seks. En morgen ga ik weer naar hem toe voor nog meer seks.'

Er viel een hoorbare stilte toen ze de stolp van de cakeschaal optilde.

'Toe maar.' Olivia nam een slok van haar thee. 'Dat moeten heel bijzondere koekjes zijn geweest.'

Toen Audrey in lachen uitbarstte, kon Morgan enkel staren.

'O, ga toch zitten.' Audrey tikte op een kruk. 'Je oma en ik weten heus nog wel hoe het was. We zullen geen nieuwsgierige vragen stellen. Ook al willen we dat wel.'

'Ik sterf van nieuwsgierigheid,' gaf Olivia toe.

'Maar toch doen we het niet. Je eerste keer heb ik gemist. Ja, toch?'

'Ja.' Morgan pakte een vork en ging zitten. 'Tijdens mijn studie. Geen geweldige ervaring.'

'Ik heb die van jou ook gemist,' zei Olivia tegen Audrey. 'Maar ik wist dat het was gebeurd toen je thuiskwam na de voorjaarsvakantie.'

'Een blik op dat uniform en ik was verkocht.'

'Heb je het over pa? Was pa je eerste?'

'De eerste en enige.'

'Dat hij de enige is geweest, is je eigen schuld. Ik durf te wedden dat die sommelier je dezelfde blik in je ogen kan bezorgen die Morgan nu in de hare heeft.'

'Mama,' vroeg Audrey, 'was papa dan niet jouw eerste?'

'Alsjeblieft, hou toch op.' Grinnikend at Olivia een hap cake. 'Denk even aan de tijd waarin we toen leefden. Vrije liefde, meid.' Ze maakte het vredesteken met haar hand. 'Nee, hij was niet mijn eerste. Maar wel mijn beste.' Ze keek Morgan aan. 'Ik weet dat Miles een goede vent is. Misschien een beetje een workaholic, maar dat geeft niet want dat ben jij ook. Hij zal je niet onder druk hebben gezet om met hem naar bed te gaan, en jij ziet er niet uit als een vrouw die iets tegen haar zin heeft gedaan. Al die dingen zijn belangrijk.'

'Ik geloof dat ik het initiatief heb genomen. Hij heeft torentjes.'

'Is dat een seksuele toespeling? Moet ik dat opzoeken in de *Urban Dictionary*?'

'Nee, oma.' Ditmaal schoot Morgan in de lach. 'Echte torentjes. Op zijn huis. Hij betrapte me toen ik er verlekkerd naar stond te staren. En hij heeft een schat van een hond. Ik vroeg of ik een torentje vanbinnen mocht zien, en het is echt fantastisch, en van het een kwam het ander.'

'Hou je van hem? Of ben ik dan bemoeizuchtig?' vroeg Audrey.

'Kennelijk heb ik een heel ouderwetse dochter grootgebracht. Ik snap niet hoe dat is gebeurd. Audrey, ze zijn jong, gezond, single en volwassen.'

'Ik vind hem heel aardig,' verduidelijkte Morgan. 'En natuurlijk ook aantrekkelijk. Hij is heel interessant en heeft een heel gelaagde persoonlijkheid. En ja, ik heb respect voor zijn arbeidsethos en zijn toewijding voor het familiebedrijf. We zien wel waar het eindigt, maar ik ben heel tevreden met het punt waarop we nu zijn. Die cake is trouwens heerlijk. Nu herinner ik me hem weer. En hem serveren met frambozen en slagroom lijkt me een uitstekend idee. Het zal er mooi uitzien en zalig smaken.'

'Als je morgen naar Miles gaat, kun je wat cake voor hem meenemen,' stelde Audrey voor.

'Niet nodig. Hij heeft nog koekjes. En ik neem pizza mee.'

'Ah.' Met een zucht liet Olivia zich achterover zakken. 'Pizza en seks. Die goeie ouwe tijd. Het is moeilijk om niet jaloers te zijn op de jeugd. Maar omdat ik dus oud ben, ga ik nu naar boven zodat ik in slaap kan vallen terwijl ik een boek lees.'

'Jij bent helemaal niet oud, oma.' Morgan kwam van haar kruk af om Olivia te omhelzen. 'Jij bent tijdloos. Ik doe de afwas wel.'

'Tijdloos.' Olivia trok Morgan nog een keer tegen zich aan. 'Ook als je niet mijn enige kleinkind was, zou je vanwege die omschrijving mijn lievelingskleinkind zijn. Welterusten, dames.'

'Ze is inderdaad tijdloos,' beaamde Audrey. 'Ik kan alleen maar hopen dat ik over een jaar of twintig nog even energiek ben als zij nu is.'

Misschien kwam het door de stemming of anders door het moment, maar Morgan draaide zich om naar haar moeder. 'Ik ga wel een nieuwsgierige vraag stellen.'

'Ik kan me niet voorstellen dat ik iets heb wat jouw nieuwsgierigheid waard is.'

'Waarom is er na de scheiding niemand meer voor je geweest?'

'O, dat weet ik niet, Morgan.' Audrey zuchtte zacht en begon een beetje te blozen. 'In eerste instantie wist ik niet wat ik moest doen of waar. Jij was nog jong genoeg om een moeder nodig te hebben en ik moest werken. Ik was nergens goed in.'

'Waarom zeg je dat? Dat is gewoon niet waar. Jij kon op stel en sprong een heel huis inpakken en dan in een nieuw huis alles binnen de kortste keren weer uitpakken. Jij deed het huishouden en wanneer hij er niet was, stond je overal alleen voor. Ik hoefde nauwelijks huishoudelijke klusjes te doen.'

'Ik wilde dat je vriendjes en vriendinnetjes zou maken en dat je net zo'n gelukkige, zorgeloze jeugd zou hebben als ik had gehad. En dat was natuurlijk stom van me, want jouw jeugd leek in niets op de mijne.'

'Het gaat nu even niet om mij. Ik heb jou iets gevraagd, en nu besef ik dat ik dat al een hele tijd geleden had moeten doen. Jij was niet gelukkig. Je deed alsof je dat wel was, maar je was het niet. Waarom ben je bij hem gebleven?'

'Omdat ik van hem hield. O, ik heb vanaf het allereerste begin zielsveel van hem gehouden en het heeft lang geduurd voordat ik eroverheen was.' Doelloos draaide ze haar theekopje rond op het schoteltje. 'Misschien was dat het probleem wel. Ik was meteen smoorverliefd. Ik wilde alleen maar een goede echtgenote en een goede moeder zijn, maar ik ben in beide tekortgeschoten.'

'Hou op! Dat méén ik.'

'Je bent nooit iets tekort gekomen, behalve een vaste woonplaats en een vaste groep vrienden. En juist die waren heel belangrijk voor je. Jij vond het afschuwelijk als we weer moesten verhuizen. En na de scheiding ben ik hetzelfde blijven doen. Ik was zo bang om een fout te maken of om te bekennen dat ik er een had gemaakt dat ik ze bleef maken. Jij hebt een eigen thuis gecreëerd, een eigen leven, dus...'

'Het gaat nu niet om mij,' herhaalde Morgan.

'Nou, goed dan.' Audrey slaakte een diepe zucht en knikte toen. 'Ik ben bij hem gebleven omdat ik van hem hield en omdat ik wilde dat jij een vader had. Ik wilde... en het heeft lang geduurd voordat ik dit besefte, maar ik wilde dat we allebei hetzelfde zouden hebben als mijn ouders hadden en wat ik had gehad omdat zij een goed huwelijk hadden.'

'Opa en oma waren dol op elkaar. Ze hielden van je.'

'Altijd. Gewoon altijd. Het is me niet gelukt om dat voor ons tweeën te verwezenlijken en dat gaf me het gevoel dat ik tekort was geschoten.'

'Hij is tekortgeschoten,' verbeterde Morgan haar moeder. 'Hij heeft ons in de steek gelaten.'

'Ja. Ja, dat is waar. Ik heb in jouw bijzijn nooit lelijke dingen over hem gezegd omdat ik hoop bleef houden dat zijn houding tegenover jou zou verzachten, dat hij contact met zijn enige kind zou zoeken. Maar dat heeft hij nooit gedaan en dat zal hij ook nooit doen.'

'Hij heeft nooit van me gehouden.'

In Audreys ogen welden tranen op, maar ze schudde haar hoofd en nam een slok thee. 'Nee. En dat vind ik vreselijk. Hij heeft nooit van ons gehouden. Of hij is er op een gegeven moment mee opgehouden. Dat heb ik nooit precies geweten. Wij waren niet het gezin dat hij wilde of waar hij recht op meende te hebben. Ik werd altijd doodzenuwachtig vlak voordat hij thuiskwam.'

'Dat was aan je te zien.'

'Ouders kunnen soms echt blind zijn voor wat hun kinderen weten. Ik was bang voor hem. Niet lichamelijk, hoor,' voegde ze er snel aan toe. 'Dat nooit. Maar ik was bang dat ik hem teleur zou stellen, en ik deed niet anders. Hij wilde eigenlijk geen kinderen, maar als het dan moest, wilde hij een zoon. En toen heb ik hem teleurgesteld door hem een dochter te geven. Na jouw geboorte wilde hij dat ik me zou laten steriliseren. Ik was vierentwintig, nog maar net, en ik wilde meer kinderen. Het is waarschijnlijk het enige wat ik hem ooit heb geweigerd. Dus toen heeft hij zich laten steriliseren en daarmee was de kous af.'

'Op zijn manier is hij best wreed.'

'Nee, nee. Het was geen wreedheid, Morgan. Hij vond gewoon dat hij altijd gelijk had en hij had starre opvattingen. Ik wilde een kind en ik had er een. Zolang jij schoon, weldoorvoed en goedgemanierd was en een goede opleiding kreeg, vond hij dat hij aan zijn plicht had voldaan. Hij wilde niet dat ik buitenshuis werkte, dus dat deed ik niet. Mijn taken bestonden uit het zorgen voor jou en het huis, waar we op dat moment ook woonden. En wat die twee dingen betreft ben ik naar zijn maatstaven nooit boven 'voldoende' uit gekomen. We pasten niet bij elkaar,' besloot ze. 'Ik had bij hem weg moeten gaan en samen met jou naar huis moeten gaan. Maar dat had betekend dat ik was mislukt, dus dat heb ik niet gedaan. En toen heeft hij mij verlaten. Hij leerde iemand kennen die hij wel wilde en die wel bij hem paste. Dus hij vertelde me dat hij een scheiding ging aanvragen en zette de voorwaarden uiteen. Eigenlijk had ik daar niet van moeten schrikken, maar dat deed ik wel. Ik had er niet zo intens verdrietig om moeten zijn, maar dat was ik wel.'

'Nadat we bij hem weg waren gegaan, heb je 's nachts nog wekenlang in je bed liggen huilen.'

'En ouders maar denken dat een kind niets doorheeft,' mompelde Audrey. 'Maar goed, ook toen ben ik niet teruggegaan naar mijn ouders. Opa en oma mochten hem niet. Ze respecteerden hem als mijn man en jouw vader, maar er is nooit wederzijdse genegenheid geweest. Dus ik ben niet teruggegaan, want dat zou hebben betekend dat ik een mislukkeling was.'

Dat begreep Morgan maar al te goed. Had zij na Rozwell niet precies hetzelfde gedaan?

'In plaats daarvan heb ik jou van hot naar her gesleept terwijl ik mezelf wijsmaakte dat we uiteindelijk het ideale plekje zouden vinden om ons te settelen. Maar eigenlijk was ik op de vlucht voor mijn mislukking.'

'Je bent niet mislukt.'

'Zo voelde het wel. De dag nadat onze scheiding erdoor was is hij hertrouwd.'

'Dat wist ik niet. Zo snel?'

'De dag erna. God, dat was echt een klap in mijn gezicht. Zo gemakkelijk te worden vervangen na al die jaren mijn best te hebben gedaan om aan zijn wensen te voldoen. Dus ik sloeg op de vlucht en toen jij ging studeren voelde ik me pas echt verloren.'

'Mam.'

'Toen begreep ik dat ik jou meer nodig had dan jij mij. Jij lijkt heel erg op oma, lieverd. Sterk, gedreven, onafhankelijk en, jezus nog aan toe, zo slim. Maar op een gegeven moment drong het ook tot me door dat ik je prima had grootgebracht, helemaal in mijn eentje. Toen ik uiteindelijk toch terugging naar mijn ouders, voelde dat niet als mislukking, maar als thuiskomen. En na verloop van tijd merkte ik dat ik niet meer van hem hield en zag ik onze relatie, en hém, een stuk duidelijker. Hij was de mislukkeling, precies zoals je zei. Mislukt als echtgenoot en al helemaal als vader. En wij hebben nu een goede band.'

'Meer dan goed. Ik heb je nooit bedankt omdat je zo veel in je eentje hebt moeten doen. Bij dezen.'

'Dat betekent veel voor me.' Ze kneep even in Morgans hand. 'Ik ben zo trots op je. Soms vind ik het jammer dat we niet eerder naar mijn ouders zijn gegaan, want daar zou je een stabiele thuissituatie hebben gehad. Maar als ik dat wel had gedaan, zouden we hier nu misschien niet samen zitten.'

'Ik had een bloedhekel aan die verhuizingen.'

'O, lieverd. Dat weet ik.'

'Maar die hebben me wel gemaakt tot wie ik nu ben. Dus daar hoef je geen spijt van te hebben. Ik vond je toen zwak, mam, maar eigenlijk was je ongelooflijk sterk. En nog steeds. Je bent een echte Nashvrouw.'

Audrey boog zich naar voren en sloeg haar armen stevig om Morgan heen. 'Om puur egocentrische redenen ben ik blij dat je met Miles naar bed bent geweest.'

Morgan barstte in lachen uit en liet zich achterover zakken. 'O ja? Hoezo?'

'Omdat het, vraag me niet waarom, een deur heeft geopend. Eentje die ik te lang dicht heb gehouden en waarvan ik niet meer wist hoe ik hem moest openen. Maar nu zijn we samen door die deur gegaan. En het gaat goed met ons.'

'Meer dan goed. Ik ben blij dat ik weer thuis ben komen wonen. De reden daarvoor is afschuwelijk, maar ik ben blij dat ik nu hier ben. Zeg, heb je zijn naam gehouden omwille van mij?'

'Ik... ik wilde niet dat je een andere achternaam zou hebben dan je moeder.'

'Ik vind dat je een andere naam moet nemen. En ik verdomme ook.' Dat leek haar ineens zo'n goed idee dat ze zich afvroeg waarom ze het niet eerder had bedacht. 'Weet je, mam, we hebben allebei dezelfde tweede naam: oma's achternaam.'

'Opa heeft het nooit erg gevonden dat zij haar meisjesnaam wilde houden. "Livvy Nash, kom eens kijken," zei hij vaak.'

'Dat weet ik nog. We zouden alle drie hetzelfde heten als we de naam Nash zouden aannemen. Een officiële naamsverandering. Nash-vrouwen, mam. Zo moeilijk kan dat toch niet zijn?'

'Wil je dat graag?'

'Dat wil ik graag van jou weten.'

'Nash-vrouwen. Ja. O, dat lijkt me wel iets.'

'Laten we er dan werk van maken.'

'Als jij er zeker van bent, kan ik Rory Jameson morgen wel bellen om te vragen hoe we het moeten doen.'

'Ja, doe dat. Laten we worden wie we echt zijn, mam. Audrey en Morgan Nash.'

Later op haar kamer bekeek ze zichzelf in de spiegel. Ze kon niet bepalen of ze eruitzag als een vrouw die een heleboel heerlijke seks had gehad, maar ze vond wel dat ze eruitzag als een vrouw die een onverwachte tevredenheid had gevonden.

Goed, de reden dat ze die had gevonden had een afschuwelijke oorzaak, en daar ging ze Gavin Rozwell echt niet voor bedanken. En de kolonel trouwens ook niet.

Maar ze woonde nu samen met sterke vrouwen, ze had werk waar ze dol op was en ze had – althans voorlopig – een man die ze heel leuk vond en die haar ook heel leuk vond.

'Morgan Nash,' mompelde ze waarna ze in de spiegel naar zichzelf glimlachte. 'Dat ben ik, en dat kan niemand me afpakken.'

19

Voordat ze pizza gingen eten hadden ze seks, en dat verbaasde haar niets. Toen ze uiteindelijk onder het genot van een wijntje aan de pizza begonnen, vertelde ze Miles over het gesprek dat ze met haar dames had gehad. Ondertussen kauwde Howl op het gigantische bot van buffelhuid dat ze speciaal voor hem had gekocht voordat ze de pizza was gaan halen.

'Je had gelijk dat ze het aan me zagen, en ik ben inmiddels ook te weten gekomen dat mijn oma een beetje een hippie van de vrije liefde was voordat ze met mijn opa trouwde.'

'Dat wist ik al.'

'Hoe dan?'

Hij hief zijn glas. 'Ik heb ook een oma. En hoewel zij niet echt van de vrije liefde was, heeft ze zich wel eens laten ontvallen dat ze bewondering had voor de levenshouding die je oma in haar jonge jaren had. Volgens mij is ze daar zelfs een beetje jaloers op.'

'Echt? Als de tijd en de gelegenheid zich aandienen, moet ik mijn oma maar eens naar die levenshouding vragen. Ik heb ook een lang gesprek met mijn moeder gehad over de kolonel, en dat had ik eigenlijk al veel eerder moeten doen. Ik was nog een kind, dus behoorlijk egocentrisch en ik heb toen nooit echt gemerkt hoeveel kritiek hij altijd op haar had. Of hoe moeilijk ze het heeft gehad met de scheiding. Ze wilde telkens verhuizen en dat vond ik afschuwelijk. Ik wilde een plek waar ik me kon settelen.' Ze wierp een blik op zijn achtertuin. 'Zoals jij hebt. Wat ik toen niet begreep was dat ze niet wispelturig of zwak was. Ze probeerde zich alleen staande te houden. Ze hield van hem. Ik snap niet waarom, maar ze hield van hem.'

'Liefde is iets vreemds en onverklaarbaars.'

'Kennelijk.' Ze pakte nog een pizzapunt en nam een hap. 'Heb jij het ooit gekend?'
'Nee.'
'Ik ook niet. Ik heb me wel eens flink tot iemand aangetrokken gevoeld, maar nooit dat laatste stapje naar liefde gezet. De kolonel heeft nooit zulke gevoelens voor ons gekoesterd. Het was fijn om dat helder te krijgen in het gesprek met mijn moeder. Ze heeft vandaag trouwens met je vader gesproken.'
'Oké.'
'Om te vragen hoe je de naam Albright officieel kunt laten veranderen in Nash. Dat is zowel de achternaam van mijn oma als de tweede naam van mijn moeder en mij. Mijn moeder is zich Albright blijven noemen vanwege mij, en ik heb die naam gehouden omdat ik hem nou eenmaal had. Maar het kan ook anders. Het is op zich geen ingewikkelde procedure maar er komen wel veel stappen bij kijken, te beginnen bij het hof voor familie- en erfrecht. Maar dat gaat je vader voor ons regelen. En dan zijn er nog tig documenten die moeten worden veranderd.'
'Rijbewijs, burgerservicenummer, paspoort.'
'Ja, precies. Uiteindelijk krijgen we dan spiksplinternieuwe identiteitspapieren. Al is het natuurlijk niet echt een nieuwe identiteit, we nemen alleen een naam aan die past bij wie we zijn. Bij ons drieën.'
'Maar de meisjesnaam van je moeder is toch Kennedy?'
'Ja, maar het voelt goed om straks alle drie Nash te heten. Die hele naamsverandering voelt goed. Dus dat is nog een voordeel van al die seks die we hebben gehad.'
'Ik heb plannen voor nog meer seks. Eens kijken of dat ook nog iets oplevert.'
Over de rand van haar wijnglas glimlachte ze naar hem. 'Mag ik vragen hoe het vandaag op je werk is geweest of laat je dat soort onderwerpen liever achter op het resort?'
'Je kunt het werk nooit achterlaten op het resort. Zo gaat dat bij een familiebedrijf.'
'Dat snap ik helemaal. Mijn dames hebben het altijd over een nieuw kunstwerk of een nieuw idee. Toen ik gisteravond thuiskwam, zaten ze aan de pound cake omdat ze hadden besloten die in het café te gaan verkopen. Dus, hoe was het op je werk?'

'Maandagochtendvergadering met alle afdelingshoofden, met een verzoek van de hoofdbutler om zijn keuken en de opslagruimten te vernieuwen. En daarna de rapportages van de boekhouding, maar die kon ik gelukkig even, zij het veel te kort, opzijschuiven toen Jake langskwam.'

'Jake?'

'Jake Dooley.'

'Commissaris Dooley?' Even kon ze geen adem krijgen. 'Is er iets ge…'

'Nee. We zijn goede vrienden. We hebben samen op de middelbare school gezeten. Dus ik… nou ja, ik beschouw hem als familie.'

'Ik heb hem ontmoet tijdens de opening van het café. Ik wist niet dat jullie bevriend waren.'

'Ja, vanaf onze puberteit. Hij wil het touwenparcours huren als teambuildingactiviteit voor zijn korps. Dat regelt hij verder met Liam.'

Gewoon normale dingen, dacht Morgan. Wat heerlijk om over normale dingen te kunnen praten.

'Heb jij dat touwenparcours al geprobeerd?'

'Ja, zo gaat dat nou eenmaal bij de familie Jameson. Als we de gasten een activiteit aanbieden, hebben we die eerst zelf uitgeprobeerd. Al hebben we mijn grootouders ervan vrijgesteld.'

'Hoe heb jij het ervanaf gebracht?'

'Best aardig. Liam is verdomme net Spider-Man, maar ik deed het best aardig. Jij zou het ook eens moeten proberen.'

'Misschien doe ik dat wel… in een volgend leven. Al denk ik dat ik het wel kan, want ik ben tegenwoord heel gespierd.'

'Hm-m.'

'Ja, echt. Vergeleken met vroeger, dan.'

'Zullen we armpje drukken?'

'Nee. Maar na de pizza kunnen we wel een partijtje worstelen.'

Hij nam nog een pizzapunt. 'Je bent verdomme echt bijna de volmaakte vrouw.'

Toen ze weer thuis was en in bed stapte, voelde ze zich inderdaad bijna volmaakt.

Halverwege de werkweek kwam hij op een avond met zijn broer en zus naar de bar. Alweer een bespreking van de derde generatie, dacht ze toen ze aan een tafeltje achter in de zaak gingen zitten.

Toen hun serveerster naar de bar kwam met de bestelling, maakte Morgan die klaar. Drie Après-burgers en een dubbele portie kaasfrietjes om te delen. Liams favoriete tapbiertje, een witte wijn voor Nell en een cab sauv voor Miles. En een fles bronwater zonder prik voor de hele tafel.

Terwijl Morgan werkte, sloeg ze hen gade.

Ze zaten te praten. Soms moesten ze lachen, schudden ze hun hoofd of rolden ze met hun ogen. Licht gekibbel... of nee, eigenlijk was het meer debatteren. Gesprekspauzes om even met hun serveerster te praten.

Ze bleven bijna anderhalf uur en kwamen even naar de toog voordat ze vertrokken.

'Het zit lekker vol voor halverwege de week,' merkte Nell op.

'Zonder die stortbui zou het op het terras drukker zijn geweest.'

'Nu je over het terras begint, ik moet nog iets met je bespreken. Morgen is prima, hoor. Het gaat om een lastminuteboeking voor het terras. Een surpriseparty voor iemand die jarig is. Een groep van zesentwintig mensen. Ze willen het hele terras boeken, volgende week donderdag tussen zeven en elf 's avonds.'

'Dat moet lukken.'

'De bijzonderheden bespreken we morgen wel.'

'Ik ben hier.'

'Ik heb jou nog niet gezien op het nieuwe touwenparcours,' merkte Liam op.

'Dat ga ik beslist nog eens doen over, eh... een jaar of vijftien, twintig.'

'Je moet het echt eens proberen. Ik help je wel, mocht je er... ha ha, geen touw aan vast kunnen knopen. Nog een prettige avond.'

'Jij ook.'

Toen Miles zonder iets te zeggen met hen naar buiten liep, trok ze alleen haar wenkbrauwen even op en ging door met haar werk.

Twee minuten later kwam hij weer binnen.

'Nog een cab sauv?'

'Nee. Aanstaande zondag is de maandelijkse familievergadering bij mij thuis.'

'Oké.'

'Waarom ga je op vrijdagavond niet met mij mee naar huis?'

Ze veegde de bar droog. 'Laat ik dan toevallig een gaatje in mijn agenda hebben.'

'Fijn. Ik moet nu iets afhandelen, dus tot dan.'

'Nog een prettige avond,' zei ze bijzonder vriendelijk en professioneel. En daarna maakte ze glimlachend de volgende bestelling klaar.

Op zaterdag hielp ze hem in de tuin, waarmee ze bewees dat ze verstand had van tuinieren. Hij genoot meer van haar gezelschap dan hij had verwacht.

Op een gegeven moment moest hij binnen een paar telefoontjes afhandelen die met zijn werk te maken hadden en bleef zij buiten met de hond.

Toen hij de tuin weer in liep, zag hij een oude kuip op tafel staan waar ze bloemen in had gelegd. Vervolgens zag hij Morgan de tennisbal door de tuin gooien. Tot zijn verbijstering rende Howl er niet alleen vrolijk achteraan, maar rende hij ook weer vrolijk naar haar terug met de bal tussen zijn tanden geklemd.

'Wel verdomme!'

Met de bal in haar hand draaide ze zich om. 'Sorry. Ik zag de bal toen ik die kuip pakte en ik dacht dat die vast voor Howl was om er achteraan te rennen.'

'Hij is erachteraan gerend.'

'Eh, ja. Hij is een hond.'

'Dat doet hij nooit. Geef hier.'

Ze drukte de met hondenkwijl bedekte bal in zijn hand.

Miles gooide de bal, maar Howl bleef zitten en staarde hem aan.

'Ah.' Morgan schraapte haar keel maar kon haar lach niet verhullen. 'Ik snap het.'

'Echt waar? Meen je dat?' Miles ging de bal zelf weer halen. Hij liep ermee terug terwijl Morgan in haar zwarte shortje en haar nauwsluitende witte topje Howl tussen zijn oren stond te aaien. Hij gaf de bal aan Morgan. 'Gooi nog eens.'

Toen ze de bal gooide, rende Howl er weer kwispelstaartend en met stralende ogen achteraan. Vervolgens dartelde hij naar haar terug en liet de bal in haar uitgestoken hand vallen.

'Brave hond!'

'Mijn reet! Dit is gewoon beledigend. Zeg, wie geeft jou eigenlijk te eten?'

Howl leunde liefdevol tegen Morgans benen, en Miles wist zeker dat hij zich de spottende grijns niet had ingebeeld.

'Misschien denkt hij dat je er eigenlijk geen zin in hebt. Wil je het nog een keer proberen?'

'Nee.'

Ze gooide de bal zelf. 'Aangezien je morgen die familievergadering hebt, leken die bloemen me een leuk idee. Ik kan ze voor je in een vaas zetten voordat ik me ga omkleden voor mijn werk.'

'Tuurlijk, ga je gang.'

Nadat ze Howl uitbundig had geprezen – iets waar de hond duidelijk van genoot – legde ze de bal terug in de tuinschuur. Toen ze weer naar binnen gingen, wilde Miles de deur eigenlijk dichtdoen om de hond buiten te laten, maar juist op dat moment keek Howl zo innig verliefd naar Morgan dat hij het niet over zijn hart kon verkrijgen.

'Heb je een vaas?' vroeg ze terwijl ze haar handen waste.

'Onder in de buffetkast in de eetkamer. Kies er maar een. Biertje?'

'Nee, bedankt. Ik ben bier nooit echt lekker gaan vinden.'

'Cola?'

'Graag.' Ze hurkte neer en opende een van de lage deuren van de buffetkast. 'Wauw, wat een verzameling.'

'Mijn oma heeft de vazen die ze wilde houden meegenomen toen ze verhuisden. Eigenlijk is het voornamelijk háár verzameling.'

'Deze is prachtig.' Ze hield een gladgeschuurde houten vaas omhoog. Komt die bij Crafty Arts vandaan?'

'Ja. Een kennis van me maakt ze. Afgelopen herfst heeft hij daar een tentoonstelling gehad.'

'Hij is volmaakt.' Ze nam hem mee en begon de bloemen te schikken. 'Jij kent vast een heleboel mensen. Dat is het voordeel als je heel lang op dezelfde plek woont en bij elkaar op school hebt gezeten.'

'Niet iedereen blijft.'

'Nee, natuurlijk niet. Maar veel mensen wel, toch? De meeste mensen die in Après werken zijn hier opgegroeid of wonen hier al jaren. Niet per se in Westridge, maar in de omgeving.'

'Er is hier veel werkgelegenheid.' Hij overhandigde haar een glas. 'Goede scholen, weinig misdaad, een hechte kunstenaarsgemeenschap. De omgeving is mooi, je kunt tal van buitenactiviteiten doen en we zijn hier vlak bij een nationaal park.'

'De kamer van koophandel kan de winters hier zeker niet bekorten?'

'Die leer je vanzelf waarderen.' Omdat hij graag naar haar keek, leunde hij met zijn biertje in de hand tegen het aanrecht. 'Je kunt hier skiën, wandeltochten maken op sneeuwschoenen, schaatsen op het meer, ijshockeyen of ijsvissen.'

'Ik snap niet waarom iemand zo graag wil vissen dat hij een gat in het ijs boort en daarna in een hutje gaat zitten.'

'Ieder zijn meug.'

Ze keek hem aan. 'Doe jij het wel eens?'

'Nooit van mijn leven. Het is steenkoud,' zei hij. Toen ze begon te lachen, haalde hij zijn schouders op. 'Maar er zijn zat mensen die het graag doen. Het gaat niet alleen om het vissen, maar ook om het bier en de kameraadschap. Liam vindt het leuk, maar voornamelijk omdat hij en opa graag met zijn tweeën op het ijs zitten te keuvelen. En dan maakt hij een rondje langs de hutten om overal wat te ouwehoeren en gaat hij weer terug om opa alle nieuwtjes te vertellen.'

'Liam heeft de sociale vaardigheden van een cruiseleider. Maar, dat is hij eigenlijk ook wel een beetje.' Ze deed een stap naar achteren, keek aandachtig naar het boeket in de vaas en stak een paar bloemen anders.

'Ik kan hetzelfde over jou zeggen.'

'Over mij? Niet echt. Hij is een natuurtalent, bij hem is het aangeboren. Ik heb er hard voor moeten werken. Als serveerster of barkeeper mag je niet verlegen zijn, althans niet wanneer je fooien wilt krijgen. Dat heeft mij echt het laatste zetje gegeven.'

'Ik zou jou niet "verlegen" willen noemen.'

'Tegenwoordig niet meer.' Ze zette de vaas midden op het keukeneiland. 'Maar je hebt me vroeger niet gekend. Ik had mijn eerste date pas tijdens mijn studie.'

'Waren alle tienerjongens soms blind en doof?'

Dat leverde hem niet alleen een glimlach op, ze liep zelfs naar hem toe om hem een kus te geven. 'Ik was het stille, spichtige nieuwe meisje dat altijd vooraan zat en braaf haar huiswerk had gedaan omdat dat nou eenmaal zo hoorde, maar wel vurig wenste dat de leraar haar niet de beurt zou geven. Daarna ging ik naar de universiteit en omdat ik wist dat ik daar vier jaar zou blijven, kon ik mezelf een beetje opnieuw uitvinden. Toen heb ik geoefend.'

'Geoefend?'

'Nou en of. Zo van: vandaag ga ik met drie mensen praten en luister ik naar wat ze te zeggen hebben. Vandaag ga ik naar dat ene cafeetje, en ik ga daar niet ineengedoken in mijn eentje aan een tafeltje zitten, want ik wil er een baantje krijgen. Na verloop van tijd hoefde ik er niet meer telkens bij na te denken of me ervoor op te peppen.' Ze tikte op zijn borstkas. 'Jij bent altijd zelfverzekerd geweest. Maar sommige mensen doen alsof tot ze hebben geleerd hoe dat moet.'

'Zo te zien heb je het geleerd.'

'Ja.' Ze liep terug en herschikte nog een bloem in de vaas. 'Ik neem aan dat Liam altijd omringd is geweest door vrienden of door mensen die graag zijn vriend wilden zijn. Nell was op school vast een populaire meid, maar niet iemand die bij het groepje gemene meisjes hoorde. Ze is knap, ze heeft stijl, ze is slim en ze heeft een sterk rechtvaardigheidsgevoel. En jij? Volgens mij was jij meer een eenling met een kleine, hechte vriendengroep. Zoals de politiecommissaris. Niemand van jullie heeft ooit met verlegenheid geworsteld omdat jullie altijd wisten wie jullie waren. Ik heb moeten uitzoeken wie ik wilde worden en, eh... zijn.'

'En is dat gelukt?'

'Jazeker.' Ze drukte zich ontspannen en ongedwongen tegen hem aan, met de bloemen die ze had geschikt achter zich. 'Hij dacht dat hij dat van me had afgepakt. Rozwell. Dat is zijn doel: je je identiteit afnemen en je uitwissen. Een tijdlang heb ik gedacht dat hij daarin was geslaagd. Maar nee dus. Wat hij me ook heeft ontnomen, ik ben nog steeds mezelf.'

Hij liet een hand over haar rug gaan. 'Volgens mij heb jij nooit hoeven uitzoeken wie je echt was. Je persoonlijkheid was er al die tijd al, je moest haar alleen aan de oppervlakte zien te brengen.'

'Wat een leuke manier om het te zien. En dit...' – ze hief haar gezicht op en kuste hem opnieuw – '... was heel fijn. Maar nu moet ik naar boven om me om te kleden voor mijn werk. Ik wil niet te laat komen. De baas mocht me eens ontslaan.'

De hond volgde haar de trap op. Miles deed bijna hetzelfde, maar zei toen tegen zichzelf hij niet zo stom moest doen. Toen ze een half uur later terugkwam – haar kapsel in model, perfect opgemaakt en in frisse werkkleding – zat hij aan de ontbijtbar te werken.

'Ik moet ervandoor. Veel plezier morgen tijdens de vergadering. En jij...' Ze boog zich voorover naar de hond. 'Jij moet braaf zijn en de bal ook halen voor Miles.'

'Miles heeft besloten dat spelletje niet meer met hem te spelen.'

'Zuurpruim.' Toch gaf ze hem een kus.

Hij liep met haar naar de voordeur en kon maar net voorkomen dat hij haar vroeg om na haar dienst terug te komen. Maar hij hield zich voor dat hij niet zo hard van stapel moest lopen.

Met de jammerende hond naast zich keek hij haar na terwijl ze naar haar auto liep. Misschien speet het hem dat hij het haar niet had gevraagd, maar ze hadden allebei tijd en ruimte voor zichzelf nodig.

Nadat hij de deur achter zich dicht had gedaan, merkte hij dat de stilte hem ineens ergerde, en tot zijn ergernis vond hij dat ergerlijk.

Want hij hield van rust.

Hij ging terug, pakte zijn halflege biertje en zijn laptop en ging ermee naar buiten waar hij zich weer aan zijn werk wijdde.

Het maaltijdgedeelte van de familievergadering zou deze keer bestaan uit karbonaadjes van de barbecue, gemarineerd in de speciale saus van zijn opa, de aardappelsalade van zijn oma, gegrilde groenten en zijn moeders aardbeientaart.

Maar zaken gingen voor de maaltijd, dus verzamelden ze zich met glazen zonnethee of limonade rond de eettafel en werd de vergadering geopend.

Evenementen – zomerbruiloften, verlovingsfeesten, familiereunies – passeerden de revue en er werden een paar nieuwe all-inclusive vakantieaanbiedingen voor komende herfst besproken.

Nell bracht Nicks promotie en een aantal veranderingen op de menukaarten ter sprake en nam vervolgens door wat er allemaal goed – of minder goed – was gegaan tijdens de picknick bij het meer.

'De reacties van de gasten waren allemaal heel positief,' zei ze. 'Zelfs zo positief dat ik er in de herfst mee wil doorgaan, zolang het weer dat toelaat. De herfstkleuren van de bossen in Vermont zijn altijd een publiekstrekker, helemaal als we er een kampvuur aan toevoegen en de gasten zelf *s'mores* laten maken. Uit de boekhouding blijkt dat die inkomsten die we bij de restaurants en de roomservice mislopen ruimschoots worden gecompenseerd door de boekingen voor de picknicks.'

'Geef die picknickers er een plaid bij, zoals we ook doen bij de mensen die op het terras zitten,' stelde Mick voor. 'Aan het einde van de zomer en het begin van de herfst kan het 's avonds fris worden, vooral voor mensen met oude botten.'

'Dan moeten we meer plaids bestellen. Ik denk dat het dat wel waard is.'

Hij keek van zijn vrouw naar Miles. 'Miles?'

'De reacties zijn positief en dat zien we terug in de inkomsten. Ik vind het prima.'

'Dan geef ik het woord aan jou,' zei Nell tegen Liam.

Toen Liam aan het einde van zijn verslag kwam, zei hij: 'Donderdag houdt het politiekorps van Westridge hun teambuildingdag op het parcours. Ik zal ze zelf begeleiden en dan wil ik ook foto's maken voor de website. Volgens mij moeten we de vrijwillige brandweer hetzelfde pakket aanbieden, met dezelfde korting.'

'Dat vind ik een goed plan.' Zijn moeder nam een slokje thee. 'En met wat slimme marketing komen er misschien ook andere politie- en brandweerkorpsen. Maar laat die foto's door een fotograaf nemen, Liam. Jij hebt het al druk met die agenten.'

'De website moet worden bijgewerkt. Daar ben ik al mee bezig,' zei Miles. 'We kunnen het maken van die foto's er wel aan toevoegen. Ik zal contact opnemen met Tory.' Hij maakte een aantekening. 'Om er zeker van te zijn dat ze donderdag tijd heeft om die foto's te maken.'

'Dat bespaart mij weer moeite. Dan is het nu jouw beurt,' zei Liam tegen hem.

Het duurde even, maar toen had hij een samenvatting gegeven van de inkomsten van die maand, de wijzigingen in het personeelsbestand, de huidige en toekomstige moderniseringen en had hij voorbeelden laten zien van de vernieuwde website en een aantal nieuwe brochures. 'En het kwam onlangs bij me op dat we ijsvissen kunnen aanbieden als activiteit. Dat sluit mooi aan bij de teambuildingoefeningen en die marketing.'

'Moeten we nu echt alweer aan de winter denken?' verzuchtte

Nell. 'Ik ben nog maar net gewend aan het dragen van sandalen.'

'Of je eraan wilt denken of niet, het wordt vanzelf weer winter. Stel je voor: een ijsviswedstrijd van drie dagen met contant prijzengeld. Ik denk dat er voornamelijk mensen uit de omgeving op afkomen,' ging Miles verder. 'Ongetwijfeld ook gasten van het resort, maar het moet een wedstrijd worden waar iedereen aan mee mag doen. We moeten het inschrijfgeld redelijk houden. En dan kunnen we, zeg... een stuk of tien vissen een merkje geven. Pa, kun jij uitzoeken hoe dat juridisch zit? Alle deelnemers moeten natuurlijk wel een visakte hebben. Zes van die vissen geven we een merkje met een waarde van honderd dollar. De rest krijgt een merkje ter waarde van duizend dollar... met één uitzondering: de hoofdprijs van tienduizend dollar.'

'Dat moet een joekel van een vis zijn.' Mick wreef in zijn handen. 'Schrijf mij maar vast in.'

'Je weet best dat wij niet mee mogen doen. Ook met inschrijfgeld zouden we erop kunnen verliezen, maar een dergelijk evenement is goed voor het gemeenschapsgevoel en de marketing. Als het succes heeft kunnen we er een jaarlijkse wedstrijd van maken.'

'Ik vind het een briljant idee.' Lydia knikte even naar hem. 'Maar jij houdt helemaal niet van ijsvissen. Dat doe je echt nooit. Hoe ben je hier zo bij gekomen?'

Hij haalde zijn schouders op. 'De winters hier zijn lang. We zouden er een heleboel gratis publiciteit aan overhouden. Plaatselijke televisieteams die even komen kijken, aandacht op internet, mond-tot-mondreclame. We zouden er flink mee kunnen adverteren op onze website en op social media.'

'Laten we een stuk of twintig vissen uitzetten. Zoek jij maar uit hoe alles juridisch in elkaar zit, Rory,' zei Mick tegen zijn zoon. 'Wat betreft het winnen van contante prijzen en zo.'

'Doe ik.'

'Dus vissen van honderd dollar, van vijfhonderd dollar, van duizend dollar en de joekel van de hoofdprijs.'

'We kunnen ook prijzen uitloven voor het mooist versierde hutje. Dat moet toch leuke plaatjes opleveren, nietwaar?' mijmerde Drea. 'Dat hoeven geen geldprijzen te zijn. Een gratis overnachting of een gratis weekend in het hotel, kortingsbonnen voor de spa of voor de winkels, de restaurants of de bars. We zouden een kraampje kunnen neerzetten dat warme chocolademelk en koffie verkoopt en misschien ook cakejes en zo. Daar kunnen Nell en ik ons mee bezighouden. Iets soortgelijks als we in januari tijdens het ijssculpturenfestival doen, Nell.'

'We kunnen er een reusachtig succes van maken.' Liam knikte en maakte zelf ook aantekeningen. 'Dit had ik zelf moeten bedenken.'

'Wees jij nou maar blij dat je de eer mag opstrijken voor je touwenparcours,' raadde zijn moeder hem aan.

'O, dat ben ik ook. Is er verder nog iets? Ik verga van de honger.'

'Er is nog één ding en dat heeft zowel met het resort als met de privésfeer te maken.'

'We runnen een familiebedrijf.' Drea hief haar handen op. 'Bijna alles is hier een mengeling tussen zakelijk en privé.'

'Precies,' beaamde Miles. 'Vandaar dat ik jullie bij dezen wil laten weten dat ik iets met Morgan Albright heb.' Hij verwachtte een stilte en wellicht ook een ogenblik van verwarring. Hij kreeg ze allebei.

'Je hebt dus iets met Morgan,' zei Drea langzaam. 'Bedoel je dat jullie daten?'

Nell wierp Miles een boze blik toe. 'Nee, mam. Hij gaat met haar naar bed. Verdomme nog aan toe, Miles.'

'Sorry. Had jij soms met haar naar bed gewild?'

'Goh, wat grappig. Zijn er in Vermont niet genoeg vrouwen om uit te kiezen? Moest je nou per se naar bed gaan met iemand die in het resort werkt, en dan nog wel op mijn afdeling?'

'Nogmaals mijn excuses. Ik had alle anderen al gehad. Zij bleef als enige over. Als ik genoeg heb van haar, stort ik me op New Hampshire.'

'Zo kan-ie wel weer, kinderen.' Hun vader hief zijn handen op met de palmen naar buiten. 'Genoeg! Ten eerste gaat dit om Miles' privéleven, en daar heeft hij evenveel recht op als wij. En ten tweede heeft niemand hier aan deze tafel of elders reden om aan te nemen dat hij ooit een vrouw of werkneemster tot een seksuele relatie zou dwingen.'

'Misschien denkt Morgan daar anders over.'

Liam maakte een ongeduldig sisgeluid en keek zijn zus aan. 'Kom op, Nell. Morgan werkt inmiddels lang genoeg voor ons om haar een beetje te kennen. Als zij het gevoel had dat ze onder druk was gezet, wat ik trouwens geen seconde geloof, niet als het om Miles gaat, dan was ze naar jou, naar oma of naar mam gegaan. Of, en dat lijkt me veel waarschijnlijker, ze had tegen Miles gezegd dat hij moest opkrassen. Ik heb gezien hoe ze met gasten omgaat die bijna over de schreef gaan. En jullie ook.'

'Ik weet ook dat ze een traumatische gebeurtenis achter de rug heeft. Een ingrijpende traumatische gebeurtenis die nog niet voorbij is.'

'Dat weet ik.' Miles sprak koel en afgemeten, een duidelijk waarschuwingsteken. 'En jij gaat over de schreef als jij denkt dat ik daar misbruik van zou maken.'

'Dat denk ik niet. Ik zeg alleen dat zij dat misschien kan denken. Ik moet met haar spreken. Ja, dat moet echt,' verkondigde ze voordat Miles kon reageren. 'Ik ben haar directe leidinggevende. Ze valt onder mijn verantwoordelijkheid.'

'Ik heb ook iets te zeggen.' Als Lydia Jameson sprak, viel niemand haar in de rede. 'Rory heeft gelijk als hij zegt dat dit om Miles' privéleven gaat, en ik vind dat zijn familie dat moet respecteren. En zijn familie behoort hem te vertrouwen want hij heeft ons nooit reden gegeven dat niet te doen. Maar Nell heeft óók gelijk,' ging ze verder. 'Op zich twijfel ik er niet aan dat Miles er zeker van is dat hun relatie op wederzijdse gelijkheid is gebaseerd, maar ik vind wel dat Nell, als Morgans chef, een open en eerlijk gesprek met haar moet voeren. Ze is de kleindochter van Olivia Nash, dus ongetwijfeld heeft Liam óók gelijk. Als zij geen relatie van deze aard met Miles zou willen hebben, zou ze hem dat duidelijk hebben gemaakt.'

Ze liet een korte stilte vallen. 'Maar we mogen niet vergeten wat ze heeft meegemaakt, waar ze nog steeds mee te maken heeft. Nell, volgens mij zouden we het allemaal waarderen als jij voor morgen een afspraak met Morgan maakt voor een privégesprek. Ik neem aan dat je daarna alle antwoorden zult hebben die ons in staat stellen om twee vrijgezelle volwassenen hun privéleven te laten leiden.'

'Ik zal het regelen.'

'Dat is dan afgesproken.' Mick sloeg zacht met een vuist op de tafel. 'En Miles zal ongetwijfeld respecteren wat Morgan over de zaak te zeggen heeft.'

'Ja, natuurlijk.'

'Ze is een bijzonder aantrekkelijke vrouw,' zei Mick met een glimlach. 'In allerlei opzichten. En ze is een aanwinst voor het resort. Wij zorgen goed voor onze mensen. Ik wil nog wel even opmerken dat het typisch iets voor Miles is om dit tijdens deze vergadering ter sprake te brengen. Laten we dan nu de barbecue aansteken.'

Eenmaal buiten trok Nell Miles even mee. Drea zag het en kromp ineen.

'Laat ze het onderling maar uitvechten.' Rory gaf een kneepje in haar schouder. 'Wij hebben geen tere zieltjes grootgebracht.'

'Dat is precies waar ik bang voor ben. Ik moet er niet aan denken dat hier ruzie van komt.'

'Dat zou niet voor het eerst zijn.'

'Vertel mij wat. Maar je hebt gelijk, laat ze het zelf maar uitvechten. Wij komen later wel langs om de spreekwoordelijke bloedspetters op te vegen.'

Nell trok Miles mee naar de zijkant van het huis. 'Luister, ik moet dit even doen.'

'Je hebt je zegje al gedaan en iedereen was het met je eens.'

'Het is natuurlijk niet zo dat ik je niet ken of je niet vertrouw.'

'O, nee?'

'Nee, en dat weet je donders goed. Dus doe maar niet zo uit de hoogte.'

'Soms krijg ik geen hoogte van jou.'

Ze beende een paar meter bij hem vandaan en toen weer terug. 'Ik laat me niet door jou op de kast jagen.'

'Wedden dat ik het kan?'

'Miles!' Ze stak haar handen omhoog en drukte toen even met haar vuisten tegen haar slapen. 'Jij kunt medeleven tonen aan een vrouw, je kunt je kwaad maken als iemand zijn macht misbruikt, subtiel of openlijk, om een vrouw tot seks te dwingen. Maar jij zult nooit weten hoe het voor die vrouw is om in zo'n positie te verkeren.'

'Jij dan wel?'

'Ja, ik wel. Ik weet hoe het is om klem te worden gezet door een vent die vindt dat ik hem leuk moet vinden, hem dankbaar moet zijn of moet doen wat hij wil. En...'

'Wat zeg je nou, verdomme?' Hij pakte haar bij de armen en keek haar aan. 'Wie? Wie heeft dat met je gedaan?'

Ze keek hem aan met een uitdrukking die het midden hield tussen genegenheid en minachting. 'Wil je soms dat ik namen ga afratelen, te beginnen op de middelbare school? Vergeet het maar. Ik ben toen voor mezelf opgekomen en dat blijf ik doen. Maar ik weet hoe het voelt, en jij kunt dat niet weten. En ja, Liam heeft gelijk. Ik heb gezien hoe ze zich gedraagt. Maar jij bent geen gast en ook geen gewone werknemer. Jij bent de baas. Daarom ga ik met haar praten om vast te stellen dat zij geen enkele twijfel of aarzeling voelt over een seksuele relatie met jou. Is het eigenlijk puur seksueel?'

'Wie wil dat weten? Mijn zus of het hoofd van de afdeling Hospitality?'

'In dit geval je zus, denk ik.'

'Dan weet ik het nog niet.'

Ze knikte. 'Snap ik. Ik weet het in zulke gevallen ook nooit.'

'Mijn zus heeft geen seksuele relaties. Zij is puur en onbezoedeld.'

'Ja, hoor.' Ze gaf hem een paar tikjes tegen zijn wang. 'Net als onze moeder die drie keer een kind ter wereld heeft gebracht na een onbevlekte ontvangenis.'

'Volgens mijn theorie wel.'

'Ik hou van je, Miles. En je hebt me niet op de kast gekregen, dus ik heb de weddenschap gewonnen.'

'De dag is nog niet voorbij.'

Na lang gepiekerd te hebben over de plek waar ze het beste met Morgan kon afspreken stuurde Nell haar uiteindelijk een appje met de vraag of ze maandagochtend om tien uur naar het huis van de familie Nash mocht komen.

Daar zou Morgan zich op haar gemak voelen en zouden haar moeder en oma al naar hun werk zijn, dacht ze.

Toen ze aankwam, deed Morgan de voordeur al snel open.

'Hoi, fijn dat ik even mocht langskomen. Ik was helemaal vergeten hoe mooi dit huis is. Ik kom niet vaak in dit deel van de stad.'

'Kom binnen. In eerste instantie was ik verbaasd dat je vanochtend wilde komen, maar daarna besefte ik dat ik het had kunnen weten.'

'Heeft Miles het je verteld?'

'Nee, hij heeft niets gezegd. Maar ik weet dat jullie gisteren een familievergadering hadden, dus ik neem aan dat daar ter sprake is gekomen dat Miles en ik iets hebben.'

'Dat is precies hoe hij het noemde. Is dat niet opmerkelijk?'

'Laten we er maar even voor gaan zitten. Zullen we naar de woonkamer gaan? Wil je koffie?'

'Ja, lekker. Ik moet zeggen dat je goed kunt zien dat hier drie vrouwen wonen, en dat bedoel ik absoluut niet beledigend. De inrichting is heel vrouwelijk. En het ruikt hier ook vrouwelijk. O, die tuin! Gewoonweg prachtig. Wat een leuke voedersilo's.'

'Ja, vind je niet? Koffie, café latte, cappuccino? Zeg het maar.'

'Een café latte lijkt me heerlijk.'

'Dan neem ik er ook een. Neem plaats.'

'Jullie achtertuin heeft iets artistieks en rustgevends. Ik heb mezelf ervan kunnen weerhouden om een appartement te kopen en in plaats daarvan heb ik een klein huis gekocht. Ik vond dat het klein genoeg moest zijn om zelf te kunnen onderhouden. En de tuin moest ook klein zijn, om dezelfde reden. Maar dat is me niet gelukt.'

'Dat kan ik bijna niet geloven.'

'Er is altijd wel iets waar ik niet aan toe kom of op de lange baan schuif. Zo van "dat doe ik morgen wel of volgende week", en ik weet dat alles zich opstapelt als je dat doet. Dus toen besloot ik dat het efficiënter zou zijn als ik iemand zou inhuren om de boel bij te houden.'

'Op die manier zorg je wel voor werkgelegenheid,' merkte Morgan op.

'Daar zeg je wat. Maar goed, jullie achtertuin is veel mooier en kunstzinniger dan de mijne. Komt dat windorgel bij Crafty Arts vandaan?'

'Ja.'

'Ik denk dat ik daar op weg naar mijn werk even langsga om er eentje te kopen. Vind je het goed om buiten op het terras te gaan zitten?'

'Dat is een van mijn lievelingsplekjes.'

20

Toen ze aan de tuintafel zaten, keek Nell nog een keer rond. 'Ik zou hier dolgraag wonen. Drink jij je melk en suiker-drankje met koffiesmaak hier elke ochtend?'

'Meestal wel.'

'Miles heeft een Zen-plek die hier op lijkt, en hij maakt echt tijd om elke week in zijn tuin te werken. Tenzij hij tot over zijn oren in het werk zit. Maar dat weet je vast al.'

'Ja, hij heeft een prachtige tuin.'

'Oké, tja.' Nell streek haar haar, dat die dag los hing, achter haar oor. 'Ik wil niet dat dit gênant wordt.'

'Te laat.'

Nell bromde instemmend. 'Ik vrees dat we "gênant" niet kunnen vermijden. Ik wilde hier met je praten, bij jou thuis en niet op mijn kantoor, zodat je je zo veel mogelijk op je gemak zou voelen.'

'Dat waardeer ik. Heus. Kan ik meteen ter zake komen over de persoonlijke gevolgen voor mij en vragen of je me gaat ontslaan?'

'Wat? Jezus, natuurlijk niet. Nee. Zet dat onmiddellijk uit je hoofd.' Onder het praten schoot Nells hand de lucht in alsof ze iets wilde wegwuiven.

'Goed, oké.' Morgan slaakte een diepe zucht. 'Dan laat ik mijn angst varen en blijft alleen de gêne over.'

'Ik wou dat het niet gênant was, want dit gaat om jouw welzijn. Ik ken Miles natuurlijk. En ik hou van hem, maar ik sta, of liever gezegd zit, hier als jouw directe leidinggevende, iemand die jouw belangen behartigt. Ik weet dat Miles en jij nu een persoonlijke relatie hebben, maar ik wil van jou horen, en je kunt het me echt in vertrouwen vertellen, of je je op enige manier onder druk gezet voelt om die relatie aan te gaan. Zelfs als Miles niet…'

'Hou maar op, want het antwoord is een luid en duidelijk nee. Hij heeft me niet onder druk gezet, en ik voelde me niet onder druk gezet. Het initiatief kwam niet van zijn kant, maar van de mijne. En ik dacht dat je me daarom misschien zou ontslaan.'

'O. Momentje, hoor.' Ze pakte haar koffie en nam een slok. 'Dát heeft hij er niet bij gezegd. Logisch natuurlijk, want we hebben het tenslotte over Miles. Maar het zou wel handig zijn geweest. Dan zouden we dit gesprek alsnog hebben gevoerd, maar het zou handig zijn geweest.'

'Ik zal het je vertellen. Hij was meer dan lief voor me na dat incident tussen die gast en mij op vrijdagavond, nu bijna een week geleden. Daar heb je inmiddels vast wel over gehoord.'

'Ja, en ik vind het vreselijk rot voor je dat het is gebeurd.'

'Ik vond het zelf ook bepaald niet leuk. Maar zelfs daarvoor had ik het gevoel dat Miles misschien belangstelling voor me had. Daar heeft hij nooit iets van laten blijken, maar verdorie Nell, je wéét toch gewoon wanneer een man in je geïnteresseerd is? Misschien interpreteer je zijn signalen verkeerd, maar je hebt wel een bepaald gevoel.'

'Ja, dat is waar.'

'Ik was niet van plan om te laten merken dat ik ook wel wat in hem zag omdat ik mijn werk leuk vind en bovendien nodig heb, maar ik heb wel koekjes voor hem gebakken.'

'Echt waar?'

'Een ideetje van mijn moeder.'

'Dat geloof ik meteen.' Lachend schudde Nell haar hoofd en nam nog een slok koffie. 'Dus jij hebt koekjes voor hem gebakken?'

'Met een heleboel hulp, maar inderdaad. Ik was van plan om ze op zijn veranda te zetten, maar toen zag ik de torentjes.'

'Het is een prachtig huis.'

'Zeg dat wel. Toen kwam Howl naar buiten rennen en ik was meteen verkocht, en Miles keek zo verbluft. Ik vroeg of ik zo'n torentje vanbinnen mocht bekijken. Ik was nog steeds niet van plan om toe te geven aan mijn gevoelens voor hem. Het ging me enkel om die torentjes. Maar toen ik weer weg wilde gaan, voelde ik...'

'Vertel vooral verder.'

'Ik wist gewoon dat mijn gevoelens wederzijds waren, dus toen vroeg ik hem of hij ook gevoelens of belangstelling voor mij had. Zijn antwoord was zo behoedzaam dat ik bang was dat ik zijn signalen verkeerd had geïnterpreteerd. Maar toen zei hij dat ik ze goed had geïnterpreteerd. Vervolgens hebben we de situatie besproken en overlegd hoe we die, met wederzijdse instemming, moesten aanpakken. En toen nam ik dus het initiatief, en van het een kwam het ander.' Morgan haalde haar schouders op. 'Weet je zo genoeg?'

'Hij zou me dat nooit allemaal hebben verteld. Ik ben blij dat jij dat wel hebt gedaan.'

'Als dit tot problemen leidt... weet ik niet wat ik moet doen. Mijn baan, hier wonen met mijn dames, en nu Miles? Al die dingen hebben ervoor gezorgd dat ik me eindelijk weer meer mezelf voel. En eigenlijk wil ik geen ervan opgeven.'

'Waarom zou je? Je bent een prima manager en dit is een prachtig huis met een fijne uitstraling. En hoewel Miles me als broer soms godsgruwelijk kan ergeren, weet ik dat hij een interessante man is met een sterk moreel besef. Ik wilde alleen vragen hoe jij hier gevoelsmatig in stond. Nu ik dat weet, kan ik met een gerust hart zeggen dat dit jouw privézaken zijn.'

'Fijn. Bedankt. En oef! Ik weet dat ik waarschijnlijk niet zijn gebruikelijke type ben.'

'Ik geloof niet dat hij een bepaald type heeft.'

'Ik bedoelde eigenlijk zoals die vrouw met wie hij tot voor kort iets had.'

'Carlie Wineman? Doe me een lol.' Nell rolde met haar ogen. 'Een profiteur herken ik uit duizenden, al heeft dat bij haar een tijdje geduurd. En eigenlijk zou ik dit niet moeten zeggen, maar wat kan het mij ook schelen? Op dit moment ben ik even Miles' zus en niet het hoofd van Hospitality. Luister, die vrouw is ontzettend knap en ze weet hoe ze met haar uiterlijk moet pronken. Ze heeft verstand van kunst en wijn, ze kan skiën als de beste en ze spreekt Frans als een Française.'

'Niets van dat alles geeft me zelfvertrouwen.'

'Ik ben nog niet klaar. Na een tijdje, en het heeft echt even geduurd omdat ze zich heel charmant kon voordoen, begreep ik dat Miles voor haar een stap omhoog was op de sociale ladder. Ook in financieel opzicht. Bovendien vond ze dat ze samen een knap stel waren.

Alles aan haar heeft de diepgang van een regenplas, behalve haar ijdelheid.'

'Oké, misschien komt er een tikkeltje zelfvertrouwen terug.'

'Ik vind je aardig. En ik vind je goed bij Miles passen. Ik weet niet of het alleen om de seks draait, maar...'

'Dat weet ik ook niet.'

'Snap ik. Toen ik Carlie eenmaal had leren kennen, kreeg ik een hekel aan haar. En ze paste totaal niet bij Miles. Ik was dolblij toen hij het uitmaakte. Ik hou van mijn broer, zelfs wanneer hij me woest maakt, wat met enige regelmaat gebeurt. Maar ik maak hem ook met enige regelmaat woest.'

'Omdat jullie zoveel op elkaar lijken.'

Over de rand van haar kopje keek Nell haar ijzig aan. 'Nou maak jij me ook woest.'

'Dat weet je toch wel? Jullie zijn allebei heel zelfbewust. Jij bent hier naartoe gekomen omdat je me op mijn gemak wilde stellen. Dat was vriendelijk en attent van je. Miles is ook vriendelijk en attent, maar stroever in zijn manier van doen. Liam is zorgelozer, maar jullie zijn alle drie goed in jullie werk. Gedeeltelijk komt dat door een goed arbeidsethos, maar het komt ook door jullie grote liefde voor de familie en het bedrijf dat die familie heeft voortgebracht.'

'Misschien had je psychologie moeten gaan studeren.'

'Een goede barkeeper is een psycholoog die drankjes mixt. Vond jij dat deel van je opleiding hier leuk? Liam heeft me verteld dat jullie op alle afdelingen van het resort stage hebben gelopen.'

'Heeft hij dat gezegd? Nou, dat is waar. Ik kan niet zeggen dat ik het werk leuk vond, maar die stage was zeker nuttig. Het heeft me geleerd dat er meer bij komt kijken dan alleen het klaarmaken van drankjes. Maar goed, ik zou hier graag nog een uurtje blijven zitten, want ineens weet ik weer wat lekker relaxen betekent, maar nu moet ik gaan, want ik heb vandaag namelijk niet vrij. Ik moet een windorgel kopen en daarna door naar mijn werk zodat jij weer van je vrije dag kunt genieten.'

'Ik vind het fijn dat je bent langsgekomen.'

'Ik ook.' Nell kwam overeind. 'Ik maak niet makkelijk vrienden, maar degenen die ik maak zijn blijvertjes. Potverdorie, in dat opzicht lijk ik precies op Miles. Maar goed, laten we een keertje samen gaan lunchen.'

'Lunchen?'

'Of iets drinken. Nu klinkt het alsof ik je mee uit vraag. Nou ja, in zekere zin is dat ook zo. Zo van: laten we eens kijken of we vrienden kunnen worden.'

'Ik maak ook niet gemakkelijk vrienden. Het lijkt me leuk om ergens te gaan lunchen of wat te drinken.'

'Geweldig. Ik stuur je wel een appje met de eventuele gaatjes in mijn rooster. Kijk, en dat is precies de reden waarom ik niet makkelijk vrienden maak.'

'Ik ben een groot liefhebber van roosters.'

'Een goed uitgangspunt voor een potentiële vriendschap.'

Nadat ze hartelijk afscheid hadden genomen, ging Morgan even zitten en liet de opluchting over zich heen komen. Ze zou niet worden ontslagen, ze zou niet hoeven kiezen tussen de man en de baan, terwijl ze die allebei wilde hebben.

En het allerbelangrijkste was dat Miles het aan zijn familie had verteld.

'Ik heb echt het gevoel dat ik bezig ben om uit het dal te klauteren,' zei ze zachtjes.

Gavin Rozwell genoot van de warme oceaanbries, het goudgele strand van South Carolina en het plaatselijke zeebanket. Hoewel hij vanaf zijn veranda aan de voorkant de zee, het strand en de zonsopkomst kon zien, moest hij bekennen dat hij het balkon van zijn hotel miste.

Maar een man die voor een aantal maanden een hotelkamer boekte, liep in het oog en lokte praatjes uit. En een man die een strandhuis huurde viel niet op. Hij moest ervoor zorgen dat de beloning tegen de opoffering opwoog.

Hier gaf hij zich uit voor Trevor Caine, een succesvolle ghostwriter die druk bezig was met een project en – hopelijk – tijd zou vinden om zijn veel te lang verwaarloosde roman af te maken.

Hij had gekozen voor een sportieve, enigszins sjofele uitstraling, want die paste het beste bij deze strandomgeving en zijn huidige personage. Hij had zijn haar donker kastanjebruin geverfd, met wat highlights erin, en hij had een sikje laten groeien. Bronzer uit een spuitbusje en een garderobe die uit shorts, T-shirts en versleten spijkerbroeken bestond vervolmaakten het uiterlijk van een strandganger. Zijn finishing touch bestond uit een Mets-honkbalpetje dat hij een beetje had ingedeukt zodat het er versleten uitzag en een Ray-Ban-zonnebril.

Niet alleen was zijn gedaanteverwisseling compleet, hij zag er ook nog eens verdomd goed uit.

En terwijl hij er zo goed uitzag, maakte hij – af en toe – een strandwandeling, maar meestal zat hij achter zijn laptop. In plaats van te schrijven ging hij verder met zijn onderzoek en schaafde hij zijn voorlopige plan bij.

Zijn doelwit, Quinn Loper, bezat haar eigen strandhuis dat een flinke overwaarde had. Ze was eigenaar – en manager – van een schoonmaakbedrijf dat het contract had gekregen om de strandhuizen hier schoon te maken.

Zelf knapte ze het vuile werk allang niet meer op, en voor een vergoeding, die varieerde al naar gelang de werkzaamheden, bood ze ook schoonmaakdiensten als stoffen, de grote schoonmaak, ramen lappen enzovoorts aan mensen uit de omgeving aan.

Quinn was in het bezit van een bachelordiploma en een goedlopend bedrijf. En aan vaderskant had ze welgestelde grootouders die na hun pensionering van New York naar Myrtle Beach waren verhuisd vanwege het weer en de vele golfbanen.

Haar moeder was om het leven gekomen bij een ongeluk toen ze zes was. Boe-hoe wat zielig! Daarna had haar vader haar en haar zus van acht meegenomen naar South Carolina om dichter bij familie te wonen.

Haar vader was zeven jaar daarna hertrouwd en woonde tegenwoordig in Atlanta. Haar zus was onlangs met een vrouw getrouwd. Begrijpen deed hij dat niet, maar ach, elk diertje zijn pleziertje, nietwaar? Het stel had in Charleston een oud huis in plantagestijl gekocht en omgebouwd tot een bed and breakfast.

Een zeer ondernemende familie!

Hij beschouwde Quinn als een eersteklas doelwit. Ze stond al een paar jaar op zijn lijstje, en na Dikbil in New Orleans – wat een teleurstelling! – was hij meer onderzoek naar haar gaan doen.

Alleenstaand. Niet lesbisch, zoals haar grote zus. Achtentwintig jaar en sportief genoeg om bijna elke ochtend op het strand hard te lopen. Ze was ook lid van de plaatselijke sportschool. Ze werkte thuis zodat ze geen kantoorruimte hoefde te bekostigen en ze had zestien mensen in dienst, voltijds of deeltijds.

Ze leverde de schoonmaakapparatuur en -middelen onder de naam van het bedrijf: Beachy Clean.

Die naam vond hij wat al te schattig, maar het bedrijf was wel succesvol. Die vrouw had vijfenzeventigduizend dollar overwaarde op haar huis van één hoog met vier slaapkamers, twee badkamers, een apart toilet, een veranda aan de voor- en de achterkant en een hot tub. Ze reed in een Mercedes cabriolet en had ook nog een Dodge pick-up.

Haar zakelijke rekening was financieel gezond, en haar privérekeningen – nou ja, dankzij dat bachelordiploma en haar rijke grootouders zat ze er behoorlijk warmpjes bij.

Hij had uitgerekend dat hij tussen de twee en tweeënhalve ton aan haar zou overhouden nadat hij haar had vermoord en was weggereden in haar Mercedes. De pick-up, voorzien van alle denkbare opties, was weliswaar nieuwer, maar die cabriolet was simpelweg schitterend.

Nu hij zijn onderzoek had afgerond en zijn alter ego in gereedheid was, hoefde hij alleen nog een 'spontane' ontmoeting te regelen.

Vlak na zonsopkomst liep hij naar het strand. Als ze ging hardlopen, deed ze dat altijd rond dit tijdstip. Die dag en de dag erna rende hij ruim drie kilometer zonder haar tegen te komen. Hij moest zich voorhouden om geduldig te zijn en hij herinnerde zich eraan dat hij op deze manier een herkenbaar patroon had geschapen voor andere vroege vogels die een strandwandeling maakten of koffiedronken op hun veranda die uitkeek op zee.

De vent met zijn Mets-petje die elke ochtend gaat joggen.

Op dag drie was ze eerder op het strand dan hij, en zorgde hij dat hij een stukje achter haar kwam te lopen.

Lange benen, strak lichaam. Precies zoals hij zijn vrouwen graag had. Door de opening in de achterkant van haar honkbalpet stak een lange paardenstaart. Afgezien van de haarlengte deed ze hem aan Morgan denken.

Misschien had zij meer rondingen, maar ze deden hem allebei aan zijn moeder denken, en dat vond hij prima. Een eersteklas vangst.

Na anderhalve kilometer keerde ze om. Hij had voldoende afstand gehouden zodat ze elkaar precies lang genoeg tegemoet renden. Met een glimlach tikte hij tegen zijn pet en wees toen even naar de hare. 'Zet hem op, Mets!'

'Ze doen het goed dit jaar,' reageerde ze, nauwelijks buiten adem, zonder haar pas te vertragen.

'Goeie slagmannen,' Hij rende een stukje door, draaide zich toen om en volgde haar opnieuw terwijl hij op ongeveer twee meter afstand van haar bleef.

Toen ze vertraagde tot een wandeltempo rende hij haar voorbij en zwaaide even. Ze zou nog een meter of vierhonderd doorlopen. Hij had haar geobserveerd met zijn verrekijker om haar gewoonten te leren kennen. Tijdens het wandelen zou ze haar cooldown doen, een beetje rekken en strekken en dan via het pad tussen de huizen die aan het strand lagen teruglopen naar haar eigen huis.

Op die plek stopte hij en boog zich voorover terwijl hij zijn handen op zijn knieën drukte en wat begon te hijgen tot ze dichterbij kwam.

Met een flauw glimlachje rechtte hij zijn rug. 'Het is een mooie omgeving voor hardlopen, maar ik ben er niet aan gewend om op nat zand te rennen.'

'Je hebt het best goed gedaan.'

'Jij deed het beter. Kom je uit New York?'

'Daar ben ik geboren.' Terwijl ze op veilige afstand bleef, ging ze op één been staan om haar voorste dijspier even te stretchen. 'Maar ik woon al bijna mijn hele leven hier.'

Dat was duidelijk te horen aan haar zuidelijke accent.

'Mijn opa heeft me de liefde voor de Mets bijgebracht. Kom jij uit New York?' vroeg ze op haar beurt.

'Ik ben direct na mijn studie in Brooklyn gaan wonen. Daar vond ik niet alleen mijn eigen stekkie, maar ook mijn favoriete honkbalteam. Leuk om in South Carolina een mede-Mets fan te ontmoeten. Ze spelen vanavond tegen de Mariners. Bassitt tegen Castillo.'

'Ik kijk ernaar uit. Ben je hier met je gezin op vakantie?'

'Ik ben alleen. Werkvakantie. Het uitzicht is hier echt fantastisch.' Hij gebaarde achter zich. 'Ik zit in een huisje dat twee straten achter die grote huizen aan het strand staat. Mijn huisje heet Riding the Wave.'

Dat zou ze natrekken, dacht hij. Precies wat hij wilde.

'Trevor Caine.' Hij stak haar een hand toe.

'Quinn Loper. Nog een prettige vakantie hier.'

'O, ik geniet met volle teugen. Misschien zie ik je morgen weer tijdens het hardlopen.'

Ze liep al weg, maar draaide zich half om en zei glimlachend: 'Wie weet.'

De dag erna had hij het uitstekend getimed en rende ze vlak achter hem. Hij vertraagde zijn tempo precies genoeg. 'Geweldige wedstrijd gisteren,' riep hij.

Hij had de wedstrijd zelf niet bekeken, maar wel alle wedstrijdstatistieken en de hoogtepunten doorgenomen. 'Dat dubbelspel aan het einde van de negende inning? Gaaf!'

Ze renden samen nog een eindje door terwijl ze wetenswaardigheden over de wedstrijd uitwisselden. Toen zij haar pas tot een wandeltempo vertraagde, deed hij hetzelfde.

'Ik volg jouw voorbeeld,' zei hij tegen haar. 'Rustig uitlopen. Ik denk dat ik te veel heb gezeten en niet genoeg tijd in de sportzaal heb doorgebracht.'

'Ik heb hetzelfde als ik het niet regelmatig doe. Wat doe je voor werk?'

Hij kon merken dat ze de basisinformatie over het personage dat hij had gecreëerd al wist.

'Ik ben schrijver en werk aan een roman. Maar dat zeg ik al drie jaar.' Dat liet hij vergezeld gaan van een schaapachtige glimlach. 'Tot ik die af heb, verdien ik de kost als ghostwriter.'

'Ghostwriter? Dus jij schrijft een boek en iemand anders zet er zijn of haar naam op?'

'Nee, zo eenvoudig ligt het niet. Je moet het zo zien: als iemand iets heeft geschreven vijl ik de tekst bij tot iets leesbaars. Of als iemand een idee heeft dat hij niet goed op papier krijgt dan werk ik dat uit.'

'Lezen en honkbal zijn mijn hobby's.'

Dat wist hij al, vandaar zijn pet en zijn alter ego.

'Voor wie heb je allemaal geschreven?'

Glimlachend haalde hij zijn schouders op. 'Kijk, ghostwriters zijn onzichtbaar. Dat mag ik niet zeggen. Dat ben ik contractueel verplicht. Ik ben hier gekomen om een project voor een cliënt af te ronden en om flink wat tijd aan mijn eigen boek te kunnen besteden.' Hij keek uit over het water. 'En het gaat voorspoedig. Ik denk dat ik het boek dat ik op contractbasis schrijf aan het einde van de week af heb. Daarna heb ik geen excuses meer en moet ik verder met mijn eigen boek.'

Hij wierp haar een korte blik toe. Ontspannen en achteloos, maar hij liet er wel iets van belangstelling in doorschemeren. 'Wat voor boeken lees jij graag?'

'Boeken met een goed verhaal. Thrillers, detectives, romantiek, horror, fantasy. Als ik erbij kan wegdromen ben ik tevreden.'

'Dat is het doel van een schrijver. Wat doe je als je niet leest of naar honkbal kijkt?'

'Dan leid ik een schoonmaakbedrijf. Beachy Clean houdt jouw huis schoon.'

'Echt?' Hij schoof zijn honkbalpet wat naar achteren. 'Dus jij maakt mijn strandhuis schoon?'

'Niet ik zelf. Ik leid het bedrijf dat dat doet.'

Ze zei niet dat het haar bedrijf was, dacht hij. Ze was voorzichtig.

'Ik denk dat ik in het vervolg beter ga opruimen voordat de schoonmakers langskomen. Ik moet voorkomen dat ze tegen jou zeggen dat ik een sloddervos ben.'

Er verscheen brede glimlach op haar gezicht.

'Schoonmakers zijn net ghostwriters. Héél discreet. Ik moet aan het werk. Succes met het schrijven.'

'Bedankt.'

Het was zijn bedoeling geweest om op dag vier samen te gaan hardlopen, maar toen kwam ze niet opdagen. Dan maar op dag vijf. Op dag zeven nodigde ze hem uit om iets te gaan drinken, iets wat hij pas twee dagen later aan haar had willen vragen.

Hij liet er een uitnodiging om samen te gaan dineren op volgen – gewoon een gezellig avondje als vrienden, met een vriendschappelijke afscheidszoen na afloop. Daarna liet hij opzettelijk een dag voorbijgaan.

'Ik heb de hele nacht stug doorgewerkt.' Hij veinsde grote blijdschap. 'Ik kreeg ineens inspiratie en toen kon ik niet meer stoppen.'

'Je eigen boek zeker?'

'Ja, precies. Helemaal van mij.'

'Waar gaat het over?'

'Dat wil ik nog niet zeggen. Puur bijgeloof, hoor. Ik heb het gevoel dat mijn inspiratie zal verdwijnen als ik erover praat.' Hij keek omhoog naar de krijsende zeemeeuwen die boven hen vlogen. 'Dit was duidelijk het juiste moment en de juiste plek. Als ik het ooit afmaak, en dat gaat beslist lukken, en als ik het gepubliceerd weet te krijgen, en ook dat gaat me lukken, zal ik je een exemplaar sturen. Ik heb echt het idee dat het 's ochtends hardlopen met jou heeft geholpen om het balletje aan het rollen te krijgen.'

'Dat is geweldig, Trevor.'

'Wat zeg je ervan als ik je mee uit eten neem, misschien morgenavond, om het te vieren?'

Ze glimlachte. 'Dan zeg ik: doe dat.'

Het duurde bijna drie weken voor de paringsdans tot een etentje bij haar thuis leidde. Dat gaf hem de gelegenheid om de indeling van haar huis te bestuderen en een paar minuutjes alleen te zijn met de laptop in haar kantoor.

Ze wilde seks en dat was niet erg, dat viel te verwachten. Dat kon hij wel opbrengen, want door over de moord te fantaseren kon hij een erectie krijgen.

Bovendien had ze een laptop in haar slaapkamer en daarmee had hij twee manieren om haar leven binnen te dringen.

Hij leerde haar grootouders kennen, at gebarbecuede ribbetjes bij hen op het terras. En omdat de kans zich voordeed, zette hij zijn programma ook op de computer in het thuiskantoor van die ouwe vent. Hij kon net zo goed wat extra's pakken door een flinke hap uit hun investeringsportefeuille te nemen.

Daarvoor hoefde hij slechts een paar dagen aan zijn schema toe te voegen.

De hele opzet kostte hem niet meer dan een maand, en hij had er twee voor uitgetrokken. Nadat hij leningen had afgesloten op naam van Quinn Loper en zich het bedrag had toegeëigend, plunderde hij haar rekeningen en spekte het geheel door honderdduizend dollar van haar opa te stelen.

Hij overwoog even om de grootouders ook te vermoorden, maar dat zou hem geen kick geven. Die kick kreeg hij echter wel door zich hun schok en tranen voor te stellen nadat hij hun geliefde kleindochter had vermoord.

Hij glipte hun huis in terwijl zij lagen te slapen. Ze hadden hun ramen open laten staan om de oceaan te kunnen horen. De idioten! Nadat hij zijn programma had verwijderd sloop hij weer naar buiten.

Quinns ramen stonden niet open, maar haar voordeurslot bleek een lachertje. Hij bewoog zich door het donkere huis en ging haar slaapkamer binnen. Even kwam hij in de verleiding om haar eerst wakker te maken zodat ze langer de tijd zou hebben om tot zich door te laten dringen wat er gebeurde, langer de tijd om het te voelen en om bang te worden. Maar ze sportte veel en hij wist dat ze zich niet zomaar gewonnen zou geven.

Daarom ging hij voorzichtig op het bed zitten en pinde haar armen vast onder zijn knieën. Haar ogen schoten open toen hij zijn handen om haar hals legde.

Ze kon slechts een piepje uitstoten, maar ze probeerde hem af te werpen, onder hem vandaan te rollen.

'Jij bent gewoon de zoveelste hoer.' Hij kneep steeds harder zodat ze geen lucht meer kreeg en hij zag haar ogen wegrollen. 'Je vindt jezelf heel bijzonder, maar dat ben je niet. En ik zorg dadelijk dat je helemaal niets meer bent.'

Haar mond ging open terwijl ze vocht om adem te kunnen halen. Onder zijn knieën, die op haar armen drukten, klauwden haar vingers in de lakens. Ze trappelde met haar hielen.

'Ik heb alles gepakt wat ik wilde hebben. Snap je? Je huis, je bedrijf. Het is nu allemaal van mij en alles wat jij ooit hebt bereikt doet er niet meer toe omdat jij nu niets meer bent.'

Ze hield op met vechten en begon te stuiptrekken. Zelfs in het schemerduister zag hij het leven uit haar ogen verdwijnen.

Daarna was zij niets meer en was hij een god.

O, de opwinding. Die schoot door hem heen, heet, fel en krachtig.

Maar het was niet volmaakt, dacht hij.

Hij had ervan genoten, veel en veel meer dan bij Dikbil in New Orleans, maar het was niet volmaakt. Niets zou ooit nog volmaakt zijn, tot hij Morgan had vermoord.

Hij haalde de armband die hij in Morgans lade had gevonden uit zijn zak en deed hem om Quinns pols. 'Hier, voor jou. Ik wil haar eraan herinneren dat ze nog niet van me af is.'

Hij pakte de sleutel van de Mercedes, maakte de korte rit naar zijn gehuurde strandhuis en zette zijn spullen in de auto. Die had hij voor de moord al ingepakt, net zoals hij toen zijn sik had afgeschoren, zijn haar zwart had geverfd en een nieuwe identiteit had gecreëerd.

Tegen de tijd dat ze gevonden werd, zou hij de cabriolet al hebben omgeruild bij een bevriende heler in North Carolina, en met een nieuwe auto op weg zijn naar het westen.

Terwijl hij de nacht inreed, glimlachte hij tegen zichzelf. 'En zo doe je dat.'

Morgan wenste dat de zomer eeuwig zou duren. Elke dag, weer of geen weer, was een bouwsteen voor haar nieuwe leven. Een leven, zo ontdekte ze, waar ze oprecht van hield.

De tragedie waardoor ze op dit nieuwe pad terecht was gekomen kon niet ongedaan worden gemaakt, maar ze was hoe dan ook van plan om het pad te bewandelen en onderweg te genieten van het landschap. Daar kon ze dankbaar voor zijn en dat wás ze ook.

Op een zonnige dag besloot ze om wat van die dankbaarheid te tonen met een verrassing voor haar dames. 'Ik vind het echt heel aardig dat je me wilt helpen,' zei ze tegen Miles.

Onder het rijden in Miles' stoere SUV stak Morgan haar hand naar achteren om Howl te aaien die zich tegen haar stoel drukte. 'Ik weet dat je in de weekends je eigen routine hebt.'

'Het is maar een routine. Geen geboden die in steen staan gebeiteld.'

'Maar goed, ik kan dat betonnen voetstuk nooit in mijn eentje tillen, vandaar dat het al een jaar of tien in de werkplaats van mijn opa ligt. Maar ik denk dat het ons met z'n drieën wel zal lukken.'

'Ja, de hond is vast een grote hulp.'

'Hij is hier voor de morele ondersteuning. Nietwaar, Howl? En hij houdt er een uitje aan over. Net een minivakantie.'

'Als je een hond bent is het elke dag vakantie.' Hij parkeerde de auto op de oprit van het tudor-huis.

'Mijn dames komen pas na drieën terug, waarschijnlijk zelfs later. Dit gaat ons lukken.'

'Elke keer dat je dat zegt klink je iets minder overtuigd.'

'Ik moet er gewoon aan beginnen. Ik ben zenuwachtig, maar dat gaat wel over als ik bezig ben.'

Ze ging voorop en leidde hem om het huis heen terwijl Howl alles bekeek en overal aan rook tijdens zijn hondenvakantie.

'Ik heb het zonnepaneel voor de pomp gisteren al naar buiten gebracht zodat het kon opladen, maar de rest staat nog in de werkplaats. Daar staat ook een dolly, maar ik durfde die betonnen sokkel niet in mijn eentje te verplaatsen.' Ze wierp Miles een glimlach toe. 'Ik heb jou meegenomen voor je spierkracht.'

'Jullie achtertuin ziet er mooi uit,' merkte Miles op.

'Als we hiermee klaar zijn, zal hij nog mooier zijn. Dit is het enige wat er nog aan ontbreekt. Nou ja, het enige tot ik weer iets nieuws heb verzonnen.'

De werkplaats, een verweerd vierkant gebouw van cederhout met een felblauwe deur, stond helemaal achter in de tuin, verscholen tussen de bomen. Erachter stroomde een smalle beek.

'Het is nog precies zoals ik me herinner. De hond die je opa had toen ik klein was, lag graag languit in die beek. Af en toe zaten onze opa's op oude klapstoelen met een biertje te ouwehoeren. Als ik meekwam, had hij altijd een koude cola voor me.'

'Hij was dol op kinderen.' Ze opende de deur van de werkplaats. 'Ze hadden eigenlijk een groot gezin gewild, maar oma had medische complicaties.'

'Wat jammer. Jezus, het lijkt wel alsof er hier niks is veranderd. "Alles hier heeft zijn eigen plek, Miles," zei hij vaak. "En alles hoort op zijn eigen plek te liggen. Als je een stuk gereedschap nodig hebt, wil je geen tijd verdoen met zoeken."'

Ze streek met een hand over een werkbank en keek om zich heen naar het elektrische gereedschap, het pennenbord waar het handgereedschap aan hing, de grote rode gereedschapskist en de geëtiketteerde glazen potten waar schroeven, spijkers en sluitringen in zaten. 'Vreemd genoeg ruikt het hier nog steeds naar hem. Ik denk dat oma zijn gereedschap daarom niet heeft weggegeven of verkocht. Voor mij was dat heel handig bij al mijn kleine projecten.'

Miles liep naar een betonnen voetstuk dat minstens een meter hoog was en een brede bovenkant had. 'Dit ding?'

'Ja. Ik weet niet hoe hij eraan is gekomen, en oma weet het ook niet. Ik hoop dat hij het eens is met de plannen die ik ervoor heb. Ik heb al gaatjes geboord in de kikker.'

Miles liep door naar de betonnen kikker die op een andere werkbank stond.

Die zat in kleermakerszit op een verhoging in een brede koperen schaal. Zijn handpalmen lagen als kommetjes omhoog op zijn knieën en hij had een engelachtige glimlach op zijn gezicht.

De gaten in de tot kommetjes gevormde handpalmen verrieden wat Morgan van plan was.

'Wil je water uit zijn handen laten komen?' vroeg Miles.

'Zodra ik hem zag, wist ik wat hij moest worden. Ik wil een fonteinpomp onder de verhoging installeren, en de draad van het zonnepaneel door het voetstuk laten lopen. Zie je de gaatjes die ik heb geboord? Het ding loopt op zonne-energie.'

'Heeft je opa je geleerd hoe je met een boor moet omgaan?'

'Niet echt. Zo vaak ben ik hier niet geweest, en dat vind ik eigenlijk heel jammer. Maar hij heeft me de basisvaardigheden bijgebracht. Hoe je een hamer en spijkers gebruikt en dat je alles twee keer moet meten voordat je gaat zagen. En er zijn altijd instructiefilmpjes op YouTube te vinden. Heus, dit gaat lukken.'

Terwijl de hond door de werkplaats zwierf, haalde Miles de dolly. 'Weet je al wáár je het wilt neerzetten?'

'Nou en of, dat weet ik precies.'

'Dat zeggen vrouwen altijd.'

'Wat ongelooflijk seksistisch. Wellicht waar, maar desalniettemin heel seksistisch.'

Miles kantelde het voetstuk om de dolly eronder te schuiven, maar hield plotseling op en keek haar even aan. 'Jezus, Morgan.'

'Ik weet het, dat ding is loodzwaar. Daarom staat het hier misschien nog steeds. Kom, met z'n tweeën lukt het wel.'

Samen wisten ze het gevaarte op de dolly te krijgen. Miles rolde het om en zij hield het in evenwicht.

'Als dat ding omvalt, probeer het dan niet op te vangen,' sprak hij waarschuwend. 'Gewoon laten vallen.'

'Het gaat niet vallen.'

Het was niet makkelijk en kostte heel veel kracht en zweet, maar ze bleek inderdaad precies te weten waar het ding moest komen. In de volle zon, net buiten de schaduw van de treurperzik en voor een border met bloeiende Nikko Blue hortensia's.

'Oké, hou hem daar! Ze rende terug om een plaat leisteen te halen – waarin al een gat was geboord – en haalde daarna de fonteinpomp en de elektriciteitsdraad.

Nadat ze de pomp had geplaatst, zetten ze het voetstuk op de plaat leisteen.

Miles duwde ertegen. 'Alleen een tornado krijgt dit ding omver.'

'Precies.'

Ze rende weer terug, gevolgd door Howl, om de kikker en de schaal te halen.

'Kijk, die pomp past onder de verhoging waar de kikker op zit, en die verhoging past weer in de koperen schaal. Die schaal komt trouwens uit de winkel en is gemaakt door een kunstenaar hier uit de buurt. En de leiding loopt dan door de verhoging en komt uit in de kont van de kikker. Wil jij de tuinslang pakken?' vroeg ze terwijl ze wees. 'Die is lang genoeg om het voetstuk te bereiken. Dat heb ik gecontroleerd.'

'Dat verbaast me niets.'

Ze had echt overal rekening mee gehouden, dacht hij toen hij naar de kraan liep, die opendraaide en terugkwam met de tuinslang.

'Het gaat werken,' mompelde ze.

'Moet ik water in de schaal spuiten?'

'Graag. Weerkaatst de zon niet prachtig op het koper? Ik heb nog even overwogen om een normaal vogelbadje te nemen als schaal, maar het koper valt zo lekker op. Ik vind die kikker echt superschattig. Compleet Zen, zo noem ik hem. Ik denk dat mijn dames het enig zullen vinden. Goed, dan komt nu het moment van de waarheid.'

Ze zette de pomp aan en wachtte, wachtte.

Uit de omgekeerde handpalmen spoten mooie fonteintjes omhoog waarvan het water weer terugviel in de koperen schaal.

'Het werkt!' Ze draaide een rondje, pakte Miles beet om hem een kus te geven en draaide daarna nog een rondje. 'O, is het niet schattig? Schattig, een beetje eigenzinnig en uniek.'

'Jeetje, jij bent écht handig. Je hebt verdorie een fontein gemaakt.'

'Ik heb mezelf geleerd om handig te zijn. En eigenlijk heb ik de onderdelen alleen samengevoegd. Ik vind het prachtig. Als zij het niet mooi vinden, zullen ze zeggen van wel, maar dat zal ik dan doorhebben. Laten we op het terras gaan zitten en kijken hoe het er vanaf daar uitziet. Ik ga iets te drinken voor ons halen.'

DEEL 3

Wortels

Schoonheid, kracht en jeugdigheid zijn zaken die verwelken,
plicht, geloof en liefde zijn als bloemen met eeuwig frisse kelken.
– George Peele

Want de liefde is sterk als de dood;
de ijver is hard als het graf.
– Hooglied

21

Tijdens het volschenken van twee glazen deed Morgan een dansje. Aan de andere kant van het keukenraam, achter het terras, spoot de Zen-kikker water de lucht in. De rest van de zomer of zelfs een deel van de herfst voordat de wind te koud werd zouden haar dames daar onder het genot van ochtendkoffie of een avondwijntje glimlachend naar kunnen kijken. Het kostte haar geen enkele moeite om het voor zich te zien.

Precies op het moment dat ze de koelkast opende om de kan limonade te pakken ging de deurbel en ze deed de koelkast weer dicht. Vast een pakje, dacht ze, waarna ze naar de voordeur liep om open te doen. Maar omdat de nieuwe regels van haar leven al een gewoonte waren geworden, keek ze eerst door het raam ernaast. En ineens vloeiden alle kleine pleziertjes van de dag weg.

Ze deed open voor de twee FBI-agenten. 'Jullie zouden hebben gebeld als hij was opgepakt, want dat zouden jullie me meteen willen vertellen. Dus dat is het niet.'

'Nee, Morgan. Het spijt me. Mogen we binnenkomen?' vroeg Beck.

'Ja, natuurlijk.' Achter hen deed ze de deur weer dicht. 'Wie was ze?'

'Laten we eerst even gaan zitten.'

'Sorry, ja. Ik...' Ze wierp een blik in de richting van de keuken. 'Ik ben niet alleen. Mijn...'

Wat moest ze zeggen? Ze kon hem niet haar vriendje noemen, want zo jong was hij niet meer. Partner ging ook niet, want ze beschouwde hen niet als partners, niet echt. Minnaar klopte, maar hij was meer dan dat.

'Buiten. Miles. Miles Jameson. We hebben iets.' Dat klonk redelijk en was waar. 'Hij hielp me met een klus in de tuin. Hij is overal van op de hoogte.'

'Ja, we hebben hem gesproken.' Ook Morrison wierp een blik in de richting van de keuken. 'Wil je naar buiten gaan zodat hij ook kan horen wat we te vertellen hebben?'

Nee, dacht ze. Ze wilde samen met Miles in de zon zitten, limonade drinken en naar de fontein kijken. Maar... 'Hij moet het sowieso weten. Ik werk in het resort. Dat is van zijn familie. En zoals ik al zei hebben we iets. Ik ging net limonade voor ons halen.' Met een lachje haalde ze een hand door haar haar. 'Een typische zomerse zondagmiddag. Ik zal nog twee glazen pakken.'

Ze ging hen voor naar de keuken. Ze zag dat Miles de tuinslang alweer om de haspel had gerold en met zijn handen in zijn zakken naar de kikkerfontein stond te kijken.

'Moet ik iets dragen?' vroeg Morrison.

'Nee, ik pak wel een dienblad. Gaan jullie maar vast naar buiten. Ik heb even tijd nodig. Een minuutje maar.'

Terwijl ze het dienblad pakte, deed ze haar best om tot rust te komen. Door het raam zag ze dat Miles zich verbaasd omdraaide waarna zijn ontspannen gezicht verstrakte.

Ze deed ijsblokjes in nog twee glazen en liep toen met het blad naar buiten. Miles en de FBI-agenten waren nog niet gaan zitten.

De zonnestralen weerkaatsten op de koperen schaal en de kikker liet zijn vredige glimlach zien.

Waarom het zoveel voor haar betekende dat Miles naar haar toe liep en het blad van haar overnam wist ze niet.

'Ga zitten,' zei hij.

Hoewel het meer als een bevel klonk, werd ze er nog iets kalmer door.

Nadat ze was gaan zitten, schonk hij de limonade in de glazen waardoor de ijsblokjes begonnen te knappen. Het klonk haar als mitrailleurvuur in de oren. Howl legde zijn kop op haar knie.

'Wie was ze?' vroeg Morgan opnieuw.

Beck nam het voortouw. 'Ze heette Quinn Loper en ze was achtentwintig en single. Ze had een eigen bedrijf in Myrtle Beach, South Carolina. Ze voldoet precies aan zijn profiel, al was ze financieel een stuk welvarender dan zijn meeste andere slachtoffers. En in dit geval is het hem ook gelukt toegang te krijgen tot de rekeningen van haar grootouders. Die heeft hij lichamelijk niets gedaan, maar hij heeft ze wel voor een ton getild. Al had hij veel meer kunnen nemen.'

'Hij heeft ze hun kleinkind ontnomen,' gaf Miles terug.

Beck knikte naar hem. 'Ja, en misschien vond hij dat genoeg voor deze keer.'

'Hij heeft voor twee maanden een strandhuis gehuurd, onder de naam Trevor Caine,' ging Morrison verder. 'De kans bestaat dat hij die identiteit nooit meer zal gebruiken, maar je moet hem toch aan je dossier toevoegen. Hij deed zich voor als schrijver.' Hij gaf een overzicht van alle feiten en al het bewijs dat ze hadden verzameld.

Vervolgens nam Beck het weer over. 'Vermoedelijk heeft hij geen hotelkamer genomen, maar een huis gehuurd omdat er in Myrtle Beach veel vakantiehuisjes aan het strand zijn. Op die manier trok hij minder aandacht.'

Ze boog zich voorover en legde een hand op die van Morgan. 'Morgan, ik weet dat het lijkt alsof we geen vorderingen maken bij onze pogingen om hem op te sporen en tegen te houden, maar het is ons gelukt om zijn spoor te volgen toen hij New Orleans verliet en uiteindelijk hebben we het autoverhuurbedrijf weten te traceren waar hij de auto heeft gehuurd om mee naar South Carolina te rijden. Hij had zijn uiterlijk veranderd, maar twee personeelsleden daar hebben hem geïdentificeerd, dus we wisten welke naam hij gebruikte en hoe hij eruitzag. Met die informatie hebben we zijn spoor weten te volgen naar Myrtle Beach. We hebben het hotel gevonden waar hij een paar dagen had gelogeerd.'

Morgan knikte zwijgend.

'We hebben de plaatselijke politie op de hoogte gebracht. We waren net navraag aan het doen bij de verhuurbedrijven in Myrtle Beach toen er alarm werd geslagen over Quinn Loper. We hebben hem op een paar uur na gemist.'

'Maar desondanks is ze dood. Het spijt me, ik weet hoeveel tijd en moeite jullie hieraan besteden. Maar ze is toch dood.'

'Ja.'

Dat woordje klonk zo spijtig dat Morgan wenste dat ze de vreselijke waarheid niet hardop had uitgesproken.

'We waren te laat. Maar hij heeft fouten gemaakt. Hij heeft haar auto gestolen, een heel dure Mercedes-cabriolet. En hij is vergeten het trackingsysteem uit te schakelen.'

'Wat betekent dat precies? Ik heb zelf geen heel dure auto.'

'Het is een ingebouwd systeem. Het betekent dat de politie zijn spoor, of dat van de auto, heeft kunnen volgen.' Miles kneep zijn ogen tot spleetjes. 'Maar jullie hebben hem niet.'

'Nee, maar we hebben wel degene die de auto heeft gekocht en die al eerder voertuigen van Rozwell heeft gekocht of ingeruild. Die persoon hebben we gearresteerd.'

'Weet hij waar Rozwell is?'

Morrison nam het woord. 'Hij beweert van niet, en we geloven hem. Naar eigen zeggen dacht hij dat Rozwell een autodief was. Over de moorden wist hij niets. We zijn geneigd om ook dat te geloven, vooral nu hij heeft besloten met ons mee te werken omdat hij anders de kans loopt om te worden aangeklaagd als medeplichtige aan meervoudige moorden na de feiten.'

'We weten voor welk voertuig Rozwell de Mercedes heeft ingeruild,' zei Beck. 'En op welke naam hij dat heeft laten zetten. We hebben een beschrijving van hoe hij er toen uitzag en in welke richting hij na afloop is weggereden. Dat zijn blunders van zijn kant, Morgan. Die wijzen erop dat hij steekjes laat vallen. We hebben een opsporingsbevel laten uitgaan voor het voertuig, uitgeschreven op de naam die hij momenteel gebruikt.'

'Komt hij hiernaartoe?'

'Volgens onze informatie heeft hij een kaart opgeroepen op zijn laptop terwijl zijn nieuwe auto in orde werd gemaakt voor hem. Hij heeft een route naar het westen uitgestippeld, vermoedelijk helemaal tot Kansas, dus hij komt niet deze kant op. Wij denken dat hij nog niet klaar is voor jou.' Beck opende haar aktetas en haalde er een bewijszak uit. 'Dit heeft hij achtergelaten op het slachtoffer.'

'Mijn armband.' Ondanks de warmte van het zomerlicht werd haar huid ijskoud. 'Die heeft hij gestolen toen hij Nina vermoordde.'

'Hij wil je laten weten dat hij aan je denkt. Ervoor zorgen dat je geen moment rust krijgt. Maar in werkelijkheid kent hij geen rust. Anders zou hij niet zoveel fouten hebben begaan. Hij heeft verstand van auto's en technologie, maar hij heeft niet aan het trackingsysteem in de Mercedes gedacht.'

'We kunnen je naar een safehouse brengen,' begon Morrison.

'Mijn moeder en mijn oma wonen hier. Stel dat hij hier komt om mij wat aan te doen en zich op hen afreageert omdat ik er niet ben?' Bij dat vooruitzicht, het risico, voelde ze de knoop in haar maag in ijs veranderen. 'En hoelang kan ik ergens opgesloten zitten? Een week, een maand, een jaar? Zo kan ik niet leven. Dat kan niemand. Miles...'

'Nee, daar heb je gelijk in,' zei hij. 'We doen inmiddels alles wat jullie ons hebben aangeraden. Als we meer kunnen doen, moeten jullie dat zeggen en dan zullen we dat ook doen. Hoe vaak moet ze zich door hem laten afpakken wat ze heeft, wie ze is? Hoe vaak moet ze opnieuw beginnen?'

Zwijgend sloeg Morgan hem gade. Zijn stem bleef volkomen rustig, maar was zo kil dat hij de lucht liet bevriezen. Zijn onzichtbare pak, dacht ze. Dat had hij speciaal voor haar aangetrokken. Wat hij zei, hoe hij het zei, betekende op dat moment alles voor haar.

'Zij heeft zijn zelfvertrouwen een knauw gegeven. Ja, toch?' vroeg Miles. 'Jullie hebben profielschetsers... Is dat niet de reden dat hij er een puinhoop van maakt? Zij heeft een deuk in zijn schild geslagen en daarom moet ze boeten. Maar hij wil zorgen dat haar schild ook deuken oploopt en dat haar zelfvertrouwen wordt ondermijnd. Anders was hij wel meteen achter haar aan gegaan. Het moet aan hem knagen, maar hij heeft al ruim een jaar gewacht. Hij is bang voor haar. En dat kan hij verdomme ook maar beter zijn.'

'Ik spreek je niet tegen,' zei Beck. 'Maar als wij hem niet weten te stoppen, komt hij vroeg of laat hiernaartoe. Want inderdaad, het knaagt aan hem. De drie vrouwen die hij heeft vermoord nadat Morgan het er levend vanaf heeft gebracht waren plaatsvervangers. En een surrogaat is nooit zo bevredigend als het origineel.'

'Het is te hopen dat jullie hem voor die tijd hebben gevonden.'

Beck ging ontspannen zitten, pakte haar limonade, maar zette die weer neer. 'Als hij in South Carolina nog een dag had gewacht... We liepen net het verhuurbedrijf binnen dat hij had gebruikt voor zijn strandhuis. Als we een paar uur eerder waren geweest... Maar dat waren we niet en hij heeft niet gewacht.'

'Ik heb het hier heel moeilijk mee.' Morgan streelde Howls kop. 'Maar jullie ook.'

'Het is ons werk,' begon Beck, toen haar telefoon en die van Morrison opeens begonnen te piepen. 'Pardon.' Ze stond op en liep een eindje bij hen vandaan.

'Is dat jouw hond?' vroeg Morrison aan Morgan.

'Nee. Hij is van Miles.'

'Een hond nemen is best een goed idee. Die schrikt mensen af. Je zou...'

'We hebben een doorbraak,' viel Beck hem in de rede. 'Hij heeft ingecheckt in een hotel in Kansas City, Missouri. De plaatselijke politie gaat er nu op af. We moeten ervandoor. We nemen wel weer contact met je op.'

Morgan stond op om ze uit te laten, maar ze haastten zich al weg. 'Succes,' riep ze hen achterna. 'Deze keer misschien,' zei ze tegen Miles.

'Wie weet. Zo te zien voel je je goed.'

'Denk je?'

'Geen paniekaanval.'

'Dat is een meevaller. Ik wil even zeggen dat ik heel erg waardeer wat je daarnet zei.'

'Ik heb van alles gezegd.'

'Dat ik mijn leven niet nog een keer door hem laat afpakken, dat hij bang voor mij moet zijn. Je kwam voor me op. Het is belangrijk dat ik weet dat ik voor mezelf kan opkomen, en dat jij ervan overtuigd bent dat ik dat kan en zal doen, maar toch vind ik het fijn dat je voor me opkomt. Dat is heel belangrijk.'

Even zei hij niets, maar sloeg hij haar alleen gade, zittend op haar stoel, waar de hond languit onder lag. 'Morrison had trouwens wel gelijk. Je moet Howl hier houden. Ik weet niet of hij een goede waakhond is, maar hij zal in elk geval lawaai maken.'

'Moet hij zijn luxe hondenhok dan opgeven?'

'Volgens mij is hij bereid om in de regen te slapen zolang jij hem af en toe over zijn kop aait.'

Glimlachend wreef ze even met een voet over Howl. 'Jij bent zijn thuis, zijn wortels. Ik weet hoe het is om plotseling ontworteld te worden, dus nee. Maar bedankt voor het aanbod. Weet je, dit is meer dan een zaak voor die agenten. Ze willen hem tegenhouden, en niet alleen omdat ze ervoor betaald krijgen.'

Ze zweeg even en nam een slokje van haar limonade. 'Volgens mij heb ik een deuk in zijn schild geslagen, precies zoals ze zeiden. Als alles wat mij is overkomen, of bespaard is gebleven, hem dusdanig van zijn stuk heeft gebracht dat ze hem kunnen vinden, kunnen tegenhouden... Dan zal ik daar blij om zijn. Meer dan blij. En ik hoop dat hij weet dat ik hier een goed leven heb, ondanks alles wat hij van me heeft afgepakt. Dat ik nu dingen heb waarvan ik niet wist dat ik ze wilde. Hopelijk brengt dat hem ook van de wijs.'

'Ik wil dit gewoon even achter de rug hebben.'

Tot haar verbazing pakte hij haar hand. Hij was spaarzaam met zijn fysieke uitingen van genegenheid.

'Zal ik het leuk vinden?'

'Daar gaat het niet om. Ik voel me tot je aangetrokken. Nogal wiedes, anders zouden we hier niet zitten. Ik vind het fijn om bij je te zijn en niet alleen vanwege de seks. Gek genoeg vond ik het ook erg leuk om te zien hoe je van een kikker een fontein weet te maken.'

'Daar heb je me bij geholpen.'

'Ik was alleen de dommekracht en laat me even uitpraten. Zelfs als wij niets hadden, zou ik het leuk vinden om je achter de bar bezig te zien. Het lijkt verdorie wel een ballet. Ik hou van je lichaam en ik vind het fijn dat dat vergezeld gaat van een goed stel hersens. Maar even afgezien van dat alles, wat in feite allemaal verschillende aspecten van aantrekkingskracht zijn, heb ik waanzinnig veel bewondering voor je.'

Haar aanvankelijke verbazing veranderde op slag in verbijstering. 'O, nou. Wauw.'

'Laat me nou even uitpraten,' herhaalde hij. 'Ik heb geen idee wat ik zou hebben gedaan als mij hetzelfde was overkomen als jou. Als ik alles had verloren wat jij hebt verloren, om nog maar te zwijgen over de manier waarop. Als me iemand was ontvallen die me zo na stond, want Nina was praktisch een zus voor je. Ik hoop vurig dat ik nooit zal hoeven ontdekken of ik net zo moedig ben als jij. Nu mag je weer wat zeggen.'

'Ik geloof dat ik sprakeloos ben.'

'Dat is dan ook voor het eerst.'

Howl bewoog zich, bromde wat en kroop onder haar stoel vandaan.

'Ik geloof dat je dames thuis zijn.'

Voordat hij zijn hand kon wegtrekken, verstrakte ze haar greep en stak ze haar andere hand uit om zijn vrije te pakken. 'Jij hebt net een enorme klap voor me verzacht. Later zal ik bedenken wat ik nog meer wil zeggen, maar jij hebt het verzacht.'

'Miles, wat leuk om je te zien!' Lieflijk in roze stapte Audrey de achtertuin in. 'Nee, blijf lekker zitten. O, daar is de lieve hond waar Morgan ons over heeft verteld. Wat ben jij een knapperd,' zei Audrey zangerig terwijl ze zich bukte om de kwispelstaartende Howl te aaien. 'Moet je jou nou horen. Ik ben het met je eens.' Ze moest lachen toen hij blafte. 'Het is echt een schitterende dag. En een drukke. We hebben bijna... O. Morgan! Waar heb je dat vandaan? Wat prachtig. Een vogelbad, een fontein. Een yoga-kikker! Wat schattig. Mam! Kom eens kijken!'

Geamuseerd en aangenaam verrast keek Miles toe.

Morgans moeder, zo mooi als een plaatje in haar roze zonnejurk, wipte op en neer met haar handen onder haar kin tegen elkaar gedrukt. Morgan had dezelfde kin, dacht hij, en dezelfde lange, smalle handen met lange, slanke vingers. Toen stapte Olivia Nash de tuin in, nog altijd zo slank als een tiener, in een witte linnen broek en een mouwloze lipstickrode blouse. Ook in haar kin, en haar jukbeenderen, herkende hij Morgan.

'Wat is er aan de hand, Audrey? Dag, Miles, en hallo, Howl. Heb jij geen lief koppie?'

'Dank je,' zei Miles, wat beide dames een lach ontlokte.

'Jullie allebei.'

'Mam, kom eens kijken?' Met haar ene hand pakte Audrey haar moeders arm en met haar andere wees ze.

'Wel alle... O.'

'Morgan heeft ons een yoga-kikkerfontein gegeven.'

'Nee, die heeft ze hoogstpersoonlijk gemaakt,' verbeterde Miles haar.

'Ik heb hem niet gemaakt. Ik heb gewoon de verschillende delen gevonden en die samengevoegd.'

'Morgan, dat is de definitie van "iets maken".'

'Dat is die oude betonnen sokkel waar je vader nooit een doel voor heeft weten te verzinnen, Audrey. En dat is de koperen schaal van Doug Gund. Ik zag dat we hem hadden verkocht, maar niemand heeft gezegd dat jij hem had gekocht, Morgan.'

'Ik had ze gevraagd om dat niet te doen. Staat hij daar goed? Vinden jullie hem leuk?'

Olivia bekeek de fontein aandachtig en klopte Morgan toen even op haar schouder. 'Dat zou hem echt een kick hebben gegeven.' Ze boog zich naar voren en drukte een zoen op Morgans kruin. 'Hij zou vreselijk trots op je zijn. Ik vind het enig. Maar ik vind het nog leuker dat jij zijn handigheid hebt geërfd.'

Met een hand op Morgans schouder en haar arm om die van Audrey geslagen wendde Olivia zich tot Miles. 'Ze heeft jou zeker om hulp gevraagd om dat zware stuk beton daarheen te slepen?'

Hij spande alleen een van zijn bicepsen.

'Ik hoop dat Howl en jij blijven eten. We hebben op de terugweg mooie tilapiafilets gekocht en die wil ik blakeren. Hou je van pittig, Miles?'

'Welke man doet dat niet?'

'Dat is dan geregeld. Zo te zien hebben jullie bezoek gehad.'

Morgan stond op en pakte de glazen van de agenten. 'Ga zitten, dan haal ik schone glazen en zal ik jullie erover vertellen.'

Audrey hield haar tegen door haar hand even op Morgans arm te leggen. 'Dit heeft met hem te maken. Met Gavin Rozwell.'

'Ja, maar het is niet alleen slecht nieuws. Laat me eerst even glazen halen.'

Audrey keek haar na. 'Ik ben blij dat jij hier was, Miles. Gelukkig was ze niet alleen.'

'Daar ben ik ook blij om, maar ze heeft wel gelijk. Het is niet alleen slecht nieuws.'

Olivia ging zitten. 'Vertel maar, en je hoeft het niet mooier te maken dan het is.'

In de felle zomerzon terwijl er een heel zacht briesje waaide, luisterden ze naar Morgan. En hij zag dat Audrey haar dochters hand pakte en dat Olivia strak naar Morgans gezicht bleef kijken.

'Hij heeft ervoor gezorgd dat Quinn om hem ging geven,' mompelde Audrey. 'Hij heeft de tijd genomen om haar vertrouwen te winnen en ervoor te zorgen dat ze om hem ging geven.'

'Omdat wreedheid voor hem voorop staat. Hij heeft haar grootouders niet vermoord, want zo gaat hij niet te werk,' ging Olivia verder. 'Maar ik denk dat hij dat vooral niet heeft gedaan omdat hij wist hoeveel verdriet ze hiervan zouden hebben. Hij wil wreed zijn. Wat leidt die kerel een ziek, verknipt leven.'

'Het wordt tijd dat hij zijn leven achter de tralies doorbrengt. Hoog tijd.'

Morgan kneep even in haar moeders hand. 'Misschien binnenkort, mam. Hij heeft een fout gemaakt door het trackingsysteem niet uit te schakelen, en de FBI heeft ook heel veel informatie gekregen van zijn... ik weet niet precies hoe ik hem moet noemen... die autokerel.'

'Maar hij kan op elk moment weer van auto wisselen,' merkte Olivia op.

'Dat is waar, maar ze weten waar hij is. Dat laatste had ik nog niet verteld. Toen ze hier waren, kregen ze een alert. Hij had een kamer gehuurd in een hotel in Kansas City en de plaatselijke politie ging eropaf. Misschien hebben ze hem al. Het kan voorbij zijn.'

Hij besloot even te gaan winkelen, zijn benen te strekken en tegelijk de omgeving van het hotel te verkennen. Het was zijn gewoonte om te kijken hoe de verkeerspatronen waren en wat de trekpleisters waren. Bovendien was hij de strandlook meer dan zat. Zijn huidige identiteit vroeg om artistiekerige kleding. Indiase sandalen en Vanssneakers met dierenprint, zwarte jeans, wat nieuwe overhemden en een platte strohoed.

Hij had het zo naar zijn zin dat hij op het terras van een bistro ging zitten en een glas malbec en een warm stokbroodje met rosbief bestelde. Hij zette zijn tassen met aankopen onder het tafeltje, pakte zijn laptop en las de nieuwsberichten over Myrtle Beach.

Daar had je haar! Een goede foto, stralende glimlach en zongebleekt haar. Hij moest toegeven dat de politietekening van Trevor Caine – de verdachte – niet slecht was. Maar ach, Trevor Caine bestond niet meer, net zomin als Quinn Loper.

Onder het eten las hij het artikel en was lichtelijk teleurgesteld dat ze hem, zijn ware ik, nog in verband moesten brengen met Caine of de moord. Hij rekende erop dat dat zou gebeuren. Een man verdiende tenslotte erkenning voor zijn prestaties.

Zouden de stuntelige FBI-agenten Beck en Morrison al op deze zaak zijn gezet? Hij hoopte van wel want het bezorgde hem enorme voldoening om hen keer op keer om de tuin te leiden.

Hadden ze Morgan al ingelicht? O, dat hoopte hij van harte. In gedachten bracht hij een toost uit en stelde hij zich voor dat ze lag te trillen van angst in een donkere kamer met de deur op slot terwijl haar moeder en oma huilden van bezorgdheid.

Zijn eigen moeder had heel wat tijd doorgebracht in donkere kamers terwijl ze lag te herstellen van blauwe ogen en gebroken ribben.

Hij maakte zichzelf een compliment dat hij zich niet had ontdaan van de goedkope sieraden die hij uit Morgans lade had gestolen. Die stukken achterlaten bij de vrouwen die hij had afgemaakt was briljant, al zei hij het zelf. En dat zei hij inderdaad.

Wat zou ze denken als ze te horen kreeg dat een lijk haar goedkope, prullerige armband droeg? Hij beeldde zich in dat ze zich hysterisch huilend opkrulde tot een balletje, smekend om iemand die haar kon beschermen.

Hij beloofde zichzelf dat hij dat met eigen ogen zou aanschouwen. En daarmee zou dat vervloekte evenwicht eindelijk zijn hersteld voordat hij haar vermoordde.

Nadat hij zijn wijn had opgedronken, betaalde hij de rekening en omdat zijn fantasieën hem in een goed humeur hadden gebracht, gaf hij een flinke fooi. Carter John Winslow III kon vrijgevig zijn dankzij een groot trustfonds. Dat stelde hem in staat om zich aan zijn kunst te wijden zonder zich druk te maken over een salaris.

Al had hij dat achtergrondverhaal op dat moment niet nodig. Hij zou slechts een paar dagen in Kansas City blijven. Zijn plan was om de grens met Mexico over te steken en een suite te boeken in een resort aan de westkust. Een fijne vakantie. Die had hij zo langzamerhand wel verdiend.

Had hij die wandeling niet gemaakt, geen nieuwe kleren gekocht en geen terrasje gepakt, dan zou hij de politieauto's en de zwarte SUV niet voor zijn hotel hebben zien stoppen.

Dan zou hij niet op enige afstand in de straat hebben gestaan toen er agenten uit de voertuigen stapten en de hotellobby binnenstormden.

Dan had hij niet gewoon door kunnen lopen, gewoon verder kunnen lopen terwijl zijn hart bonsde in zijn keel en zijn oren suisden van pure schrik.

Hoe hadden ze hem gevonden? Hoe? Hij had zijn Caine-identiteit al weggedaan voordat hij die teef had vermoord. Hij had geen enkel spoor achtergelaten.

Ondertussen liep hij verder.

Op de een of andere manier had hij een spoor achtergelaten en nu was zijn Winslow-ID onbruikbaar. En al zijn spullen – contant geld, andere identiteitsbewijzen, elektronica, kleren – zouden zij nu hebben.

Het zweet dat zijn huid bedekte werd ijskoud toen hij een drogisterij binnenging. Hij moest haarverf hebben, een schaar en een tondeuse om zijn haar te knippen en wat andere basisbenodigdheden.

Mexico was van de baan. Het was een te groot risico om de grens over te steken. Het noorden, hij zou naar het noorden gaan. Montana, of Wyoming, ergens waar meer koeien dan mensen waren en waar de mensen zich met hun eigen zaken bemoeiden.

Hij kon niet naar zijn auto gaan, dus moest hij er een stelen. Een of ander oud barrel dat hij zonder sleutel kon starten. En hij moest een plek vinden waar hij zijn kapsel kon veranderen. Een goedkoop motel. Hij had contant geld bij zich en was nog in de gelegenheid om bij zijn bankrekeningen te komen.

Een goedkoop motel, zijn uiterlijk veranderen, een auto stelen en maken dat hij dat vervloekte Kansas City uitkwam.

Nee, nee, eerst de auto stelen en maken dat hij wegkwam. Wegversperringen, klopjacht. Zijn hoofd tolde door al zijn angsten, alle mogelijke doemscenario's.

Zonder iets te kopen verliet hij de winkel en liep vervolgens net zo lang door tot hij bij een bushalte kwam. Hij stapte in de eerste die langskwam, met zijn hoofd gebogen en afgewend, want in bussen hingen camera's. Die rotdingen hingen tegenwoordig bijna overal.

Gelukkig had hij zijn laptop, dacht hij. Dat was tenminste iets. Maar zijn handen trilden en er verzamelde zich meer zweet aan de onderkant van zijn rug.

Het kostte hem bijna een uur om lopend, rijdend en weer lopend een geschikte auto te vinden op de enorme parkeerplaats van een Walmart-filiaal.

De eigenaars hadden niet de moeite genomen om hem op slot te doen. De auto stonk naar knabbelspek en volle luiers, maar hij hoopte dat het kinderzitje op de achterbank voor een zekere dekmantel zou zorgen.

Hij wist de wagen te starten en reed vervolgens helemaal naar Interstate 29, waar hij in noordelijke richting verderging. Hij vloekte toen hij moest stoppen om te tanken, maar hij had benzine nodig want hij moest doorrijden tot hij weer veilig was.

Bij de pomp betaalde hij met de Visa-card op naam van Luke Hudson die hij had bewaard zodat hij Morgan niet zou vergeten. Dat was een minder groot risico dan naar binnen gaan – camera! – of de card op naam van Winslow te gebruiken.

Hij zou naar Nebraska gaan om daar ergens een goedkoop motel te nemen waar hij zijn kapsel kon veranderen. Morgenochtend kon hij dan alles kopen wat hij nodig had om een nieuwe identiteit te creëren.

Onder het rijden sloeg hij kwaad op het stuur. Al zijn spullen! Allemaal weg, verdomme.

Hij moest zijn ademhaling zien te vertragen en zich concentreren op het rijden. Want als hij werd aangehouden...

Hij zou niet worden aangehouden. Hij kon niet worden aangehouden, dus zou het niet gebeuren.

Ga naar Nebraska. Hij wiegde van voor naar achter om te kalmeren. Hij moest een armetierig motel zien te vinden waar niemand hem een blik waardig zou keuren. Ook moest hij de gestolen auto lozen – vliegveld, parkeerterrein voor lang parkeren – om wat tijd te winnen. Bij een klotevliegveld in dat klote-Nebraska.

Of een autosloperij. Daar waren er vast talloze van tussen die verrekte graanvelden.

Nummerplaten verwisselen en auto lozen. Misschien tegen contante betaling een nieuwe kopen van een boerenkinkel. Of er een huren; wachten en er een huren zodra hij zijn nieuwe identiteitsbewijs had.

Hij kon geen besluit nemen. Nadenken lukte niet.

Eerst moest hij een plek vinden waar hij zich kon verschuilen en kon bedenken wat zijn volgende stap moest worden.

Voor het eerst van zijn leven was Gavin Rozwell op de vlucht.

22

Morgan zat in het stille, lege huis. Omdat ze half verwachtte een paniekaanval te zullen krijgen, hield ze haar telefoon in haar hand om snel om hulp te kunnen bellen. De aanval bleef echter uit, dus stond ze op en stopte de telefoon terug in haar zak.

Ze besloot aan het werk te gaan om haar gedachten te verzetten. Binnenkort was de zomer voorbij en de herfst vroeg om nieuwe signatuurdrankjes. Ze kon wat onderzoek doen en wellicht ook haar vage Halloween-ideeën voor Après wat meer uitwerken.

Als ze lekker buiten ging zitten, kon ze zich tot rust laten brengen door de Zen-kikker.

Toen de bel ging, maakte ze een sprongetje van schrik en voelde ze haar borstkas samentrekken. Bewust uitademend hield ze zich voor om niet aan haar paniek toe te geven. Met haar handen op de rugleuning bleef ze rustig in- en uitademen tot ze in staat was naar de voordeur te lopen.

Door het raam zag ze Miles en een man die ze niet kende. Ze deed de deur open.

'Morgan, dit is Clark Reacher. Hij gaat je bewakingscamera's installeren.'

'Mijn wat?'

'Miles heeft me al verteld wat je nodig hebt, dus ik hoef je mijn verkooppraatje niet te geven.' Reacher, een man van rond de veertig met een vriendelijk gezicht en een pezig postuur, glimlachte naar haar. 'Dit is het beste wat we hebben.'

'Ik leg het haar wel uit. Begin jij alvast maar.'

'Maar...' sputterde Morgan tegen.

Miles greep haar gewoon bij de arm en trok haar mee naar de keuken. 'Je krijgt camera's aan de voor- en achterkant en bij de zijdeur.

Als iemand binnen probeert te komen, krijg je een melding. Dankzij de videodeurbel hoef je niet uit het raam te kijken als iemand aanbelt. Je kijkt gewoon op je telefoon, je tablet of wat dan ook. Clark gaat het allemaal regelen.'

'Dat heb ik niet besteld. Heeft oma dit geregeld?'

'Nee, ik.'

'Je kunt toch niet zomaar...'

'Kom, dan gaan we naar buiten.'

'Miles, je kunt dit niet zomaar regelen zonder het eerst met ons te bespreken.'

'Zeker wel, en dat heb ik dus ook gedaan.' Zachtjes duwde hij haar naar buiten. 'Ik denk niet dat je dames zullen protesteren.'

'Nou, ik protesteer wel.' Ze gaf geen duimbreed toe. 'Je kunt die apparatuur niet allemaal laten installeren in het huis van een ander. Dat is meer dan opdringerig.'

'Ik geef toe dat het opdringerig is, maar ik laat het toch installeren. Dit zal je moeder, je oma en jou meer gemoedsrust geven. Net als mij overigens.' Hij zweeg een tel. 'Je wilde de hond niet hebben.'

'Jezus nog aan toe!'

'Denk eens aan de avonden dat jij moet werken en zij hier alleen zijn!'

'Het is niet eerlijk om hen tegen me te gebruiken.'

In zijn tijgerogen verscheen een woeste blik. 'Eerlijkheid zal me aan mijn reet roesten. Ik heb me afgevraagd hoe het zou zijn om iemand te verliezen die belangrijk voor me is, iemand om wie ik geef. Dat idee stond me niet aan en ik ben niet van plan het te laten gebeuren. Jij bent belangrijk voor me.'

'Dat is echt niet eerlijk.' Ze draaide zich van hem af en wreef met haar handen over haar gezicht.

'Nee, inderdaad. Ik wilde helemaal niet dat je belangrijk voor me zou worden, maar toch ben je dat. Dus dit gaat gebeuren. Het is opdringerig, niet eerlijk. Wen er maar aan.'

Niemand had haar ooit zo gecommandeerd. De kolonel had haar niet belangrijk genoeg gevonden en haar moeder had altijd haar overredingskracht gebruikt.

Ze probeerde te bedenken hoe ze hiermee moest omgaan. 'Je had het eerst gewoon kunnen opperen. Dan hadden we erover nagedacht.'

'Terwijl je er nu over nadenkt, wordt het meteen geregeld. Als je oma er met me over wil praten, zal ik daar tijd voor vrijmaken. Ik hou niet van die rotsystemen,' voegde hij eraan toe. 'Het hele idee ervan staat me tegen. Maar hier, op dit moment, is het nodig.'

'Ik vind het niet fijn dat er zo over me heen wordt gewalst.'

'Kan ik inkomen. Het is klote en zodra die lul in de cel zit, zal ik mijn verontschuldigingen aanbieden. En als het een troost voor je is: als Clark hier klaar is, gaat hij ook zo'n systeem bij mij thuis installeren. Dat vind ik net zo vervelend als jij, maar je brengt nou eenmaal ook tijd door in mijn huis.'

Ze keerde zich weer om en plofte in een stoel. 'Ik voel me er hulpeloos door.'

'Dat is stom, en dat ben je helemaal niet. Je hebt zijn schild gedeukt, weet je nog? Nu krijg jij ook een schild en dat zal ondoordringbaar zijn.' Hij ging tegenover haar zitten. 'Ergens heb je nog steeds het idee dat je een zwakkeling bent omdat je bent teruggegaan naar je moeder en je oma. Dat is nonsens. Terugkomen en opnieuw beginnen na alles wat je hebt meegemaakt, bewijst dat je sterk bent. Sterk genoeg om een schild dat je cadeau wordt gedaan aan te nemen en er gebruik van te maken.'

'Het is superoneerlijk als je met logica komt aanzetten.' Ze drukte haar vingers tegen haar ogen. 'Het is nu gewoon al een lange dag geweest en hij is nog lang niet voorbij.' Ze legde haar handen op het tafelblad. 'De FBI heeft me verteld hoe de zaken ervoor staan.'

'Oké.'

'Ik moet een stukje lopen. Kunnen we eventjes rondlopen? Ik heb wat Zen nodig.'

'Tuurlijk. Een momentje.'

Toen hij zijn telefoon pakte, drukte ze haar vingers opnieuw tegen haar ogen. 'Je moet weer aan het werk. We doen dit wel een andere keer.'

'Doe niet zo stom. Een momentje.'

Hij stond op en liep een stukje weg. Terwijl hij samen met zijn assistent wat afspraken verzette, vroeg hij zich af waarom een slimme, verstandige vrouw als Morgan het zo moeilijk vond om hulp te accepteren. Even later liep hij weer terug en stak zijn hand uit. 'Goed, een stukje lopen.'

'Ze hebben hem nog niet. Laat ik dat vooropstellen.'

'Maar?'

'Toen de politie de hotelkamer binnenviel, troffen ze hem niet aan, maar hebben ze wel veel van zijn spullen gevonden. Kleren, identiteitsbewijzen, elektronica. En de auto die hij na het verkopen of inruilen van de wagen van zijn laatste slachtoffer heeft verkregen stond in de garage van het hotel. Ze hebben de naam waarop hij de suite had geboekt. Hij was gaan winkelen en had ergens geluncht. Ze hebben de afschrijvingen van zijn creditcard.'

Bij de fontein stopte ze, dus bleef hij naast haar wachten, kijkend naar het opspuitende water en het zonlicht dat op het koper scheen.

'Vanwege het tijdstip van die afschrijvingen vermoedden ze dat hij de politie het hotel in zag gaan toen hij terugkwam van zijn lunch – die hij had betaald met een pasje dat op een nieuwe naam stond. Het was allemaal een kwestie van timing.'

'Dus ze hebben alles wat hij op de hotelkamer had achtergelaten en zijn auto,' vatte Miles het samen.

'Ja, en ze zijn nog meer te weten gekomen. Hij heeft een heel stuk gelopen en is daarna in een bus gestapt. Via het hotel kenden ze zijn nieuwe uiterlijk – door getuigenverklaringen en de camerabeelden uit de lobby. Hij heeft dus een bus gepakt, en hij staat ook op de camera die daarin hing. En omdat ze weten waar en hoe laat hij is uitgestapt, denken ze dat hij een auto heeft gestolen op de parkeerplaats van een Walmart. Ze hebben het merk, model en kenteken van die auto. Hij heeft getankt met een pasje op naam van het alias dat hij gebruikte toen ik hem leerde kennen. Die wagen is inmiddels teruggevonden op het terrein voor lang parkeren bij het vliegveld van Omaha, Nebraska. Daar zijn ze nu.'

'Hij is op de vlucht.'

'Dat zeiden zij ook. Ze doen navraag bij hotels, motels en autoverhuurbedrijven en ze trekken meldingen van gestolen auto's in Omaha na. Hij is de vertrekhal niet ingegaan. Daar leken ze zeker van te zijn. De kans bestaat dat hij een andere auto heeft gestolen op diezelfde parkeerplaats. Dat zoeken ze nog uit.'

Ze had niet alleen een deuk in Rozwells schild geslagen, dacht Miles. Ze had het vernietigd. En dat baarde hem zorgen. 'Hij is zijn werktuigen en zijn apparatuur kwijt.'

'Toen hij het hotel verliet, had hij een laptoptas bij zich,' zei Morgan. 'Hij heeft nog wel iets, maar aangezien hij heeft getankt met de Visa-card op naam van Luke Hudson, vermoeden ze dat hij geen enkel identiteitsbewijs meer bij zich heeft dat niet bij de politie bekend is. Voorlopig althans.'

'Om nieuwe te maken heeft hij apparatuur nodig, en een plek waar hij zich zolang kan verschuilen terwijl hij dat doet. Hij is in Omaha of omgeving, en jij niet, Morgan.'

'Weet ik. En ik weet ook dat zij gefrustreerd zijn. Ik hoorde hoe teleurgesteld agent Beck was, hoewel ze haar stem heel goed effen kan houden. Ze balen dat ze zo dichtbij waren. Ze hebben hem op een paar minuten na gemist. Maar ze zijn ook opgewonden omdat ze hem op de hielen zitten. Maar goed... zo staan de zaken ervoor.'

'Hij heeft het verkloot en dat kan hem onmogelijk zijn ontgaan.'

Misschien voelde Miles zich ook gefrustreerd, maar Morgan hoorde alleen tevredenheid in zijn stem. 'Voor iemand die zo veel van technologie weet, is hij toch mooi vergeten om het trackingsysteem uit te schakelen. En hij heeft getankt met een creditcard die al bekend was. Hij had het risico moeten nemen om naar de kassa te gaan en contant te betalen. Op die manier zou het langer hebben geduurd om hem op het spoor te komen.'

Daar had ze niet aan gedacht. Alles ging ook zo snel. 'Misschien wel.'

'Waarschijnlijk wel. Een klein tankstation dat niet aan de snelweg ligt. En dan dat terrein voor lang parkeren, die truc heeft hij toch al eerder gebruikt? Het zou slimmer zijn geweest om de kentekenplaten te wisselen en de gestolen auto ergens van de weg te rijden.'

'Ja. Ik... Ja.' Zijn koele logica kalmeerde haar. 'Dat was niet slim. Hij was niet slim.'

'Hij is naar dunbevolkt gebied gegaan, dus waarom maakt hij daar geen gebruik van? In plaats daarvan heeft hij zijn heil gezocht in een relatief grote stad. Hij had de auto ook ergens goedkoop kunnen laten overspuiten zodat hij er nog flink wat kilometers mee kon rijden voordat hij hem ergens dumpte. Dan de advertenties lezen en een rammelbak kopen, direct van de eigenaar, handje contantje, en weer een flink eind rijden.'

Met een frons keek ze hem aan. 'Als ik ooit voor de politie op de vlucht ben, wil ik jou aan mijn zijde. Wat zou jouw volgende stap zijn?'

Zonder enige aarzeling zei hij: 'Mijn patroon veranderen. Een goedkoop motel nemen waar niemand zich voor me interesseert. De spullen regelen die ik nodig heb om mijn uiterlijk weer te veranderen en een paar nieuwe identiteitsbewijzen te maken. Hij moet nog bij zijn geld kunnen.'

Omdat hij haar wilde afleiden, dacht hij hardop verder terwijl ze door de tuin liepen. 'Ik zou naar een grote stad gaan en bij minstens twee verschillende banken een rekening openen zodat ik wat geld kon laten overmaken. Daarna zou ik mijn patroon nog meer veranderen door een schilderachtige en afgelegen plek te zoeken en daar een huis of blokhut te huren. Daar zou ik een tijdje blijven zodat ik na kon denken over de vele manieren waarop ik het heb verkloot.'

Hij keek even achterom en zag Clark de camera bij de achterdeur ophangen.

'En als er genoeg tijd zou zijn verstreken,' ging Miles verder, 'dan zou ik een privévliegtuig boeken en naar... misschien wel de Canarische Eilanden gaan om daar lekker lang vakantie te vieren.'

'De Canarische Eilanden?'

'Bijvoorbeeld. Die zijn een heel eind weg. Maar dat gaat hij allemaal niet doen.'

'Nee, inderdaad. Maar waarom denk jij van niet?'

'Het is vrij duidelijk dat hij geen fouten kan toegeven. Als hij erachter komt dat ze de auto al vanaf South Carolina hebben gevolgd, dan ligt dat niet aan hem. Dat is de schuld van de kerel bij wie hij de auto heeft ingeruild. En de eigenaren van de auto die hij daarna stal hadden moeten zorgen dat de tank vol was. Dan had hij geen oud ID hoeven gebruiken om benzine te kopen.'

'Maar de hele situatie is vooral mijn schuld omdat ik nog leef.'

'Precies.' Hij legde zijn handen op haar schouders en draaide haar om zodat ze de camera's kon zien. 'Daarom doen we dit. En geen van die dingen die ik je net heb verteld gaat hij doen, want hij kan alleen dwangmatig in vaste patronen handelen. Dat heeft hij nodig. Eventueel kan hij er kortstondig van afwijken, maar alleen als het de schuld van een ander is. Maar hij keert er altijd naar terug. Hij heeft het lef niet om zijn hele leven om te gooien en ergens anders een nieuw bestaan op te bouwen.'

'Wat je niet zegt, is dat hij hiernaartoe zal komen vanwege diezelfde dwangmatigheid. Omdat hij is wie hij is.'

'Dat hoef ik niet te zeggen, want dat weet je al. Maar Morgan, de kans is nu een heel stuk groter dat zij hem eerst zullen vinden.'

'Denk je dat echt? Ik hoor liever de harde waarheid dan een leugentje om bestwil.'

'Ja. Naar aanleiding van alles wat je me net hebt verteld, geloof ik dat zeker. Hij is op de vlucht, hij is in paniek en hij verkloot de boel. Dat geldt allemaal niet voor jou. Bovendien is hij in zijn eentje.' Hij liet zijn handen van haar schouders over haar armen gaan, en toen weer omhoog. 'Jij bent niet alleen.'

'Maar ik zal wel moeten leren leven met camera's bij de deuren.'

'Iets wat miljoenen mensen kennelijk naar volle tevredenheid doen.'

'Die dingen zullen helpen mijn dames te beschermen als ik er 's avonds niet ben.' Ze keek omhoog in zijn gezicht. 'Maar het blijft opdringerig.'

'Ja. En dus?'

Met een zucht legde ze haar hoofd tegen zijn schouder. 'Nou, dan moet Clark me maar laten zien hoe het allemaal werkt zodat ik het mijn moeder en oma kan voordoen. Maar ik ga je niet bedanken. In elk geval nu nog niet.'

'Mij een zorg. En het kan me ook niet schelen dat je gaat tegensputteren als ik zeg dat je me vanaf nu een appje moet sturen als je thuiskomt na het afsluiten van Après.'

'Jezus nog aa...'

'Een kort berichtje. "Ik ben thuis" of "Donder op". Verstuurd als je thuis bent en alles op slot hebt gedaan.'

'Je weet al hoe laat ik thuiskom.'

'Inderdaad.'

Onwillekeurig streelde ze even over zijn wang. 'Ik zal je er alleen mee wakker houden.'

'Dat is mijn probleem. Het enige wat ik van je vraag is dat je me een paar woordjes stuurt. Laat me alsjeblieft niet op je schuldgevoel hoeven te werken, iets wat mijn moeder bij hoge uitzondering doet, maar wat altijd heel doeltreffend is.'

Toen ze niet geërgerd, maar geamuseerd keek, wist hij dat ze zou doen wat hij vroeg. 'Hoe doet ze dat precies?'

'Goed, je hebt erom gevraagd.' Hij zorgde dat zijn stem zowel toegeeflijk als liefhebbend klonk. *'Ik begrijp gewoon niet waarom je me zo ongerust wilt maken. Het is niets voor jou om zo egoïstisch te doen. Ik vraag echt niet veel van je en je zou mij er een enorm plezier mee doen.'*

'O, dat is… dat is meesterlijk.'

'Ze doet het niet vaak. Dat is ook niet nodig want de nawerking kan jaren aanhouden,' zei hij enigszins gegriefd. 'Decennia zelfs. Een kort berichtje, Morgan. Als je veilig binnen bent.'

Nee, niemand had haar ooit zo gecommandeerd. En behalve haar familie had niemand zich ooit zo om haar welzijn bekommerd. 'De langeafstandsversie van me nakijken tot ik uit het zicht ben verdwenen of het huis binnenga. Nou goed, maar kom niet bij me klagen als ik je slaapritme verstoor.'

'Laten we maar naar Clarks uitleg gaan luisteren. Volgens hem is het heel simpel.'

'Ik ga je niet bedanken voor de camera en die deurbel, maar…' Ze legde haar handen om zijn gezicht en zoende hem. 'Ik ben blij dat je zo kort na het telefoontje over Rozwell langskwam. Het was fijn om er met jou over te kunnen praten en ik stel het op prijs dat je je afspraken hebt verzet om me daar de gelegenheid voor te geven. Daar bedank ik je wel voor.'

'Ik zei al dat je belangrijk bent. Goed, laten we kijken hoe dat vervloekte ding werkt, aangezien ik er zelf straks ook met een word opgezadeld.'

Ze nam zijn handen weer in de hare. 'Dat gedeelte bevalt me wel.'

'Leedvermaak. Ik kan het je niet kwalijk nemen.'

Toen Miles bij haar wegging, belde hij zijn kantoor en verzette nog een afspraak. Hij zou tot 's avonds laat op kantoor blijven om de verloren tijd in te halen. In tegenstelling tot een psychopaat kon hij zijn schema wel veranderen als de situatie erom vroeg.

En daarom reed hij terug naar het stadje en ging naar het politiebureau. Hij bofte want Jake zat in zijn kantoor boos naar zijn computerscherm te staren, met een beker koffie naast zich.

'Godzijdank. Afleiding. Administratie, de wortel van alle kwaad. Doe de deur dicht.' Hij gebaarde ernaar. 'Ik neem vijf minuutjes pauze. Wie heeft jou op dit uur uit de kooi gelaten?'

'Mijn deur staat altijd open.' Hoewel Miles wist dat de koffie naar gesmolten teer zou smaken, schonk hij zich toch een beker in uit Jakes koffiepot. 'Heb je vandaag al van de FBI gehoord?'

Jake legde zijn voeten – zoals altijd gestoken in lage zwarte Converse-sneakers – op zijn bureau. 'Waarom vraag je dat?'

'Omdat Morgan me net het laatste nieuws heeft verteld.'

'Ik heb niets meer van ze gehoord sinds Morrison me belde om te vertellen dat ze hem hadden gemist in Kansas, maar wel een goudmijntje op zijn hotelkamer hadden aangetroffen. Eindelijk lacht het geluk die klootzak niet meer toe, maar naar jouw gezichtsuitdrukking te oordelen, heeft hij nog niet de pech gehad om opgepakt te worden.'

'Nog niet.'

Miles vertelde hem de rest en Jake luisterde onderuitgezakt terwijl hij zijn koffie dronk. Iemand die hem niet goed kende, zou denken dat hij wegdoezelde, maar Miles kende hem door en door.

'Hij is niet alleen op de vlucht, hij laat een spoor achter. Hij is langzaam aan het instorten. Hij is er niet aan gewend dat dingen verkeerd gaan en in tal van opzichten is alles voor hem verkeerd gegaan nadat hij zijn kans met Morgan heeft gemist.'

Twee zielen, één gedachte, dacht Miles. Dat was het voordeel als je iemand al je hele leven kende. 'Denk je dat hij zal blijven vluchten?'

'Voorlopig wel. Hij moet een hol vinden waar hij in kan wonen, en dat aan zijn maatstaven voldoet, zodat hij vervanging kan regelen voor een aantal zaken die hij is kwijtgeraakt. Spullen die hij niet alleen nodig heeft om door te kunnen gaan met wat volgens hem zijn werk is, maar die ook zijn zelfvertrouwen weer wat zullen opvijzelen. Hoe kun je je nog superieur voelen als je een deel van de spullen kwijt bent die je hielpen om je boven iedereen verheven te voelen? Hij zal niet alleen bang zijn, maar ook razend.'

'En?'

'Miles, als je een hondsdolle hond kwaad maakt, zal hij je naar de keel vliegen. Maar goed, ergens in die hondsdolle hond schuilt een menselijk brein, dus hij zal alles doen wat hij kan om zichzelf te beschermen voordat hij haar naar de keel vliegt.' Jake nam nog een slok koffie. 'En je hoeft het niet te vragen. Ik zal regelmatig politieauto's langs haar huis blijven sturen. Nu zelfs nog vaker.'

'Ik heb Clark zo'n beveiligingssysteem laten installeren dat je kunt checken op je telefoon. Hij is er nu ook een bij mij aan het installeren, aangezien ze soms blijft slapen.'

Jake snoof. 'Miles Jameson die zo'n nieuwerwets smart-systeem op zijn oude huis laat zetten? Jongen, jij hebt het lelijk te pakken.'

'Ik heb wat ik heb. Bovendien is het maar tijdelijk.'

'Morgan of dat systeem?'

Miles deed zijn mond al open om iets te zeggen, maar haalde toen alleen zijn schouders op.

'Nou, ik moet bekennen dat ik nooit heb gedacht dat je zou kiezen voor iemand als die veeleisende brunette. Maar dat blondje past precies in je straatje.'

'Ik heb geen straatje.'

'Kerel, we hebben allebei een straatje. Ze is knap, maar dat komt voor jou pas op de tweede of derde plaats. Ze is verdomd veerkrachtig, en dat past echt in je straatje, net als slim, verantwoordelijk en gesetteld.'

En dat was het nadeel als je iemand al je hele leven kende, dacht Miles. 'Ze heeft nog geen kans gehad om zich te settelen.'

'Maar dat wil ze wel, hè? Dat zie je zo. Ik vind haar heel aardig, maar zelfs als dat niet zo was, zou ik doen wat ik kan om te zorgen dat haar niks overkomt.'

'Dat weet ik.' Hij rekende er zelfs op. 'Ik moet aan het werk.'

'Ik ook. Maar eerst moet ik je iets vertellen omdat ik op de vriendschapsrijstrook van ons straatje woon.'

'Hebben straatjes rijstroken?'

'Het onze wel. Daarom vertel ik je nu dat ik je zus mee uit eten heb gevraagd.'

Miles, die net opstond, ging weer zitten. 'Wat?'

'Ik had er wat overredingskracht voor nodig, maar gisteravond zijn we uit eten geweest en nu ik een bres in haar muur heb geslagen, heb ik haar kunnen overhalen om aanstaande zondag met me te gaan kajakken. Dat zou allemaal geen verrassing voor je moeten zijn aangezien ik je al op ons tiende of elfde, hoe oud waren we ook alweer, heb verteld dat ik met je zus ging trouwen.'

'Je hebt me ook verteld dat je de Everest ging beklimmen en werper zou worden bij de Red Sox.'

'Ach, sommige dromen vervagen, andere niet. Of in dit geval: sommige dromen vervagen maar keren dan terug in felle, sprekende kleuren.'

'Ik wil hier niet over denken,' besloot Miles. 'Ik wil er niet aan denken dat Nell precies in jouw straatje past of aan jullie tweeën in felle, sprekende kleuren. Dat is... eng.'

Met een grijns zei Jake: 'Ik ben al twintig jaar je beste vriend. Als je mij niet kunt vertrouwen met Nell, wie dan wel?'

'Jij hebt geen zus.'

'Dat is waar.'

'Dus ga ik er niet aan denken.' Nu stond hij wel op. 'Maar ik zal één ding zeggen: ze heeft zwakke plekken. Misschien zijn ze onzichtbaar, maar ze zijn er wel.'

'Miles, ik ken Nell ook al twintig jaar. Ik weet wie ze is. En ik kan je vertellen, en dat is de zuivere waarheid, dat de kans groter is dat ze mij zal kwetsen dan andersom, aangezien ik al vanaf mijn tiende, met tussenpozen, een zwak voor haar heb.'

'Hoe het ook afloopt, op een van jullie zal ik kwaad zijn.' Hoofdschuddend liep Miles naar de deur en bleef daar even staan. 'Nell en jij zijn toch nog niet...'

Toen hij zijn zin niet afmaakte, glimlachte Jake opnieuw en trok hij ook zijn wenkbrauwen op.

'Nee, nee, vergeet maar dat ik die vraag bijna heb gesteld. Ik wil het niet weten.'

Hij reed terug naar het resort, waar hij eigenlijk meteen naar zijn kantoor had willen gaan. Maar in plaats daarvan liep hij dat van Nell in.

'O, Miles. Jou moet ik net hebben. Ik ben net wat laatste veranderingen aan het doorvoeren voor de picknick van volgende week en...'

'Waarom heb je me niet verteld dat Jake en jij aan het daten zijn?'

Nell hield haar hoofd schuin. Daarna wikkelde ze de drie kettinkjes die ze droeg om haar vinger en keek hem glimlachend aan. 'Nou, dat valt onder de noemer, eh... wat was het ook alweer? O ja. Dat gaat je geen reet aan.'

'Jij bent mijn zusje. Hij is mijn oudste vriend. Zo te horen gaat het me wel degelijk aan.'

Ze pakte de felblauwe waterfles met het logo van het resort van haar bureau. 'Miles, je wilt me toch niet echt gaan voorschrijven met wie ik iets mag hebben?'

'Nee, maar dit ligt anders.'

'In welk opzicht?'

'Zus.' Hij hief een hand op. 'Beste vriend.' En de andere. 'En je weet best dat Jake al jaren een oogje op je heeft.'

'Iets wat hij bewonderenswaardig goed heeft weten te onderdrukken. Al zou je het ook ergerlijk kunnen noemen, afhankelijk van je standpunt. Hoe dan ook, we zijn samen uit eten geweest en het was heel gezellig. Bel de krant maar.'

'Hou even op. Jullie gaan zondag kajakken.'

Ze kneep haar ogen tot spleetjes en zette het flesje met een klap weer neer. 'Vertelt hij je soms alles?'

'Nee. En ik wil ook niet alles weten. Maar er is verdomme een code, Nell. Als een vriend iets krijgt met je zus, dan zegt hij dat tegen je. Het zou fijn zijn geweest als mijn zus me had verteld dat ze iets had met mijn vriend.'

'Hij is ook een vriend van mij, en het was maar een etentje. Dat is alles. Als ik besluit dat het meer zal worden, dan is dat mijn zaak en mijn keus. Dus hou je erbuiten.'

Nu ging hij zitten. 'Ik heb ooit een date, eentje maar, gehad met... Ik ben haar naam vergeten. Ze hoorde bij je vriendinnengroep op de middelbare school.'

'Candy.'

'Ja. Die naam alleen al had me op andere gedachten moeten brengen. Maar goed, één date dus, en toen heb je wekenlang tegen me lopen snauwen.'

'Ik ben volwassen geworden. En jij?'

'Ik hou van je.'

'Ik ook van jou, sukkel.'

'Ik hou van Jake.'

'Jezus, Miles. Ik ben niet van plan hem naar mijn bed te slepen, hem te gebruiken tot hij niet meer kan en hem dan aan de kant te gooien. Of andersom. Je zou ons allebei beter moeten kennen.'

'Begin niet over een bed.'

Haar eerdere drift maakte plaats voor geamuseerdheid. 'Ik ben van plan om seks met hem te hebben. Al dan niet in een bed.'

'Hou alsjeblieft je mond.'

'Als,' voegde ze eraan toe, 'we besluiten om eerst nog een of twee dates te hebben en we het dan allebei willen. Ondertussen ben ik bevriend geraakt met Morgan, zowel op het werk als daarbuiten. Ik vind het moeilijk om de tijd te vinden, of te maken, voor vriendschappen buiten mijn werk en mijn familie. Maar we hebben samen geluncht en we zijn 's avonds een keer wat gaan drinken. Je zou bijna kunnen zeggen dat zij en ik aan het daten zijn.'

Als reactie sloeg hij zijn handen voor zijn gezicht en wreef hard.

'Jij gaat met haar naar bed. Moet ik me nu zorgen maken?'

'Nell...'

'Miles,' zei ze op dezelfde overdreven geduldige toon. 'Jij en ik beginnen nooit zomaar een relatie en nemen die zeker niet lichtvaardig op. En hoewel dit ook onder de noemer "Dat gaat je geen reet aan" valt, kan ik je vertellen dat ik al een tijdje iets voor Jake voel.'

'Jezus. Dat heb je nooit verteld.'

'Denk aan de noemer,' kaatste ze terug. 'Kijk, toen ik zag wat Morgan allemaal heeft meegemaakt en hoe ze daarmee omgaat, besefte ik ineens hoe snel je leven en je plannen kunnen veranderen. Als Jake me niet mee uit eten had gevraagd, zou ik hem hebben gevraagd. Ik wil weten of het echt iets kan worden. Daar zul je gewoon mee moeten leven.'

'Ik ga terug naar er niet aan denken.'

'Heel verstandig.'

'Morgan.' Hij stond op en pakte een cola uit haar koelkastje. 'Ik kom net bij haar vandaan.'

'Merk je dat ik niet aan je vraag wat je daar halverwege een werkdag deed?'

'Ik laat zo'n camerasysteem bij haar thuis installeren.'

'Aha.' Nadenkend knikte ze. 'Dat is een heel goed idee.'

'Ze vindt het niks, maar ze went er wel aan. Vlak voordat ik bij haar was, had ze nieuws gehad over Rozwell. Ik zal je even de belangrijkste punten vertellen en dan moet ik ervandoor. Ik loop vandaag al enorm achter. Kun jij de rest van de familie op de hoogte brengen?'

'Tuurlijk.'

Ze maakte aantekeningen terwijl hij haar alles vertelde.

'Ik heb over… shit, al over vijf minuten een bespreking met mam. Ik zal het haar vertellen. Hé, laten we straks een hapje gaan eten zodat we hier wat dieper op in kunnen gaan. Je hebt dit dus al aan Jake verteld?'

'Ja, daardoor weet ik… de rest. Ik ben al laat.'

'Ik ook.'

Ze stonden allebei op.

'Hé.' Ze liep naar hem toe en sloeg haar armen om hem heen, haar woede vergetend. 'Maak je niet te veel zorgen. Hoe beter ik haar leer kennen, hoe meer me duidelijk wordt dat ze heel onafhankelijk is. En daarnaast staan wij, de FBI en de plaatselijke politie aan haar kant.'

'Jake noemde hem een hondsdolle hond met een menselijk brein.'

'Dat is een heel goede omschrijving.'

En dat was iets om zich zorgen over te maken, dacht Miles.

23

Elke keer dat Morgan dacht dat ze in haar work-outs het optimale punt had bereikt, verzon Jen een nieuwe vorm van marteling. En de allerergste was deze piramidetraining die bestond uit deadlifts, tricep kickbacks, overhead presses en bicep curls in de godinnenhouding.

Zwetend bereikte ze de top van de piramide en gaf toen haar innerlijke kameel de vrije teugel tijdens een drinkpauze van dertig seconden – langer gunde Jen haar niet – waarna ze haar best moest doen om niet huilend de weg omlaag weer af te leggen.

Je wordt sterk, sprak ze zichzelf vermanend toe. Sterk genoeg om Rozwell tegen zijn keel te stompen. En na de laatste pijnlijke herhaling legde ze de gewichten neer.

Maar was het toen voorbij? Nee, dat was het niet.

Daarna moest ze nog twaalf pijnlijke minuten buikspieroefeningen doorstaan met gewone crunches, bicycle crunches, de gehate inchworm en nog veel meer tot haar buikspieren even fel brandden als de rest van haar lichaam.

Buiten adem, helemaal slap en uitgeput bleef ze met gesloten ogen op haar matje liggen. 'Wanneer zal ik dit eindelijk niet meer haten?'

Behulpzaam gooide Jen haar een sporthanddoek toe. 'Waarom doe je dit?'

Achter haar gesloten oogleden rolde Morgan met haar ogen. 'Om sterk te worden, sterk te zijn en sterk te blijven.'

'En het werpt vruchten af. Sinds je eerste keer hier heb je je gewichten en je aantal herhalingen verdubbeld. Je hebt tegenwoordig flinke spierballen.'

Morgan draaide haar hoofd om en opende een oog. Daarmee bekeek ze haar armen. 'Min of meer.'

'Echt flinke spierballen voor jouw lichaamstype en bouw. Hup, ga water drinken en stretchen.' Met een glimlach stak Jen haar hand uit. 'Weer een succesvolle metamorfose door "Body by Jen". Wat ik zie, bevalt me wel.'

Morgan pakte Jens hand beet en kwam kreunend overeind. 'Mijn Body by Jen voelt anders alsof erop is geslagen met duizend hamertjes.'

'Water drinken en stretchen,' herhaalde Jen. 'Dan voelt het niet meer zo. Je hebt al veel bereikt, meid. Ga zo door. Hoi, Nell.'

'Jen. Ik heb een vrij uur.'

'Nou, dat mag wel in de krant.'

'Zeg dat wel.' Gekleed in haar zwarte short en tanktop pakte Nell twee dumbbells van zevenenhalve kilo. 'Ik maak even wat tijd voor iets leuks.' Ze nam de juiste positie aan en begon met een shoulder press en keek even naar Morgan. 'Zo te zien ben jij net klaar met het leuks.'

'Ik ben klaar. Helemaal afgepeigerd. Ze is een monster.'

'Daar ben ik trots op. Ga stretchen,' zei Jen nogmaals en haar vlechtjes met kralen zwaaiden heen en weer toen ze wegliep om een nieuw slachtoffer te zoeken.

Morgan begon aan haar stretches en keek Nell boos via de spiegelwand aan. 'Uitslover.'

'En daar ben ik trots op. Ik hoopte al dat ik je zou tegenkomen voor je dienst begint. Mam heeft me net verteld dat de familie Friedman voor hun feest van aanstaande zondag nog een bar wil.'

'Ze hebben er al twee.'

'En nu willen ze er drie. Een voor mixdrankjes en in plaats van een tweede voor wijn, bier en non-alcoholisch, willen ze die opsplitsen. Een bar voor non-alcoholische drankjes en een voor bier en wijn.'

'Ik vraag Bailey wel of ze die wil nemen.'

Soepeltjes ging Nell over op crazy eights voor haar biceps. 'Is ze daar klaar voor?'

'Eerder daarvoor dan voor een wijn- en bierbar. Het is een mooie gelegenheid voor haar om solo achter de bar te staan. Ik laat het je wel weten. Als zij niet kan, zal ik Nick vragen of hij wil, of anders wil hij zijn dienst misschien wisselen met mij en zal ik het doen. Becs heeft schilderles op vrijdagavond, dus ik wil haar alleen vragen als we echt niemand anders hebben. En Tricia is tot zaterdag op vakantie.'

'Ik laat het aan jou over. Zeg, hoe is het nu?'

Morgan sloeg haar handen ineen achter haar rug en bewoog ze vervolgens omlaag waarbij ze een geluid maakte dat duidelijk op opluchting wees. 'Volgens mij staan mijn botten in brand.'

'Blijven stretchen, en dat bedoelde ik niet.'

'Ik heb al een paar dagen niets gehoord. Het laatste wat ik weet is dat ze de auto hebben gevonden die hij had gestolen nadat hij de eerste auto op het vliegveld in Omaha had gedumpt. Die tweede heeft hij ook geloosd, nadat hij eerst de nummerplaten had verwisseld, bij een truckerscafé in South Dakota. Ze vermoeden dat iemand hem daar een lift heeft gegeven, naar het westen, want hij is mogelijk gezien in Wyoming. Die tip gingen ze natrekken.'

'Dus hij is nog altijd op de vlucht en hij gaat steeds verder hiervandaan. Dat is positief.'

'Zo probeer ik het ook te zien.'

'Zou ik ook doen. Maar ik weet niet of het me zou lukken.' Nell wisselde haar dumbbells voor die van zes kilo en begon aan tricep extentions. 'Hoe bevalt het nieuwe beveiligingssysteem?'

'Mijn dames vinden het geweldig. Wie had dat kunnen denken?' Nadat Morgan haar eigen triceps had gestretcht, moest ze toegeven – zoals meestal – dat het brandende gevoel in warmte was veranderd en dat ze zich in plaats van uitgeput nu zelfingenomen voelde. 'Ze hebben verdomme een kersentaart voor Miles gebakken.'

'O, daar ben ik gek op. Die heeft die stiekemerd mooi voor zichzelf gehouden. Jou een beveiligingsinstallatie opdringen was heel bemoeizuchtig van hem, Morgan. En dat is Miles nooit tenzij zijn genegenheid zwaarder weegt dan zijn sterke voorkeur zich overal buiten te houden.'

'Ja, dat weet ik. En nu we het daar toch over hebben, hoe bevalt je driehoeksverhouding je?'

'Heb ik een driehoeksverhouding?'

'Jij, Jake, Miles.'

Lachend legde Nell de lichtere dumbbells neer. 'Ik doe mijn best om van de een te genieten en de ander te negeren. En nu we het daar inderdaad over hebben, waarom gaan we niet een keertje met zijn allen uit eten en maken we er een kwartet van? Wat zeg je van aanstaande zondag als je vrij bent?'

'O.' Nadat Morgan met haar schouders had gerold begon ze met het stretchen van haar benen. Toen Nell de zwaardere gewichten weer pakte voor de volgende ronde shoulder presses, vroeg ze zich af hoe Nell de dumbbells zo regelmatig omhoog kon brengen zonder te gaan zweten. 'Zou dat niet een beetje ongemakkelijk zijn?'

'Dat lijkt me niet. Ik denk dat het goed zal zijn voor Miles om Jake en mij als een stel te zien.'

'Zijn jullie dat?'

'Volgens mij gaat het die kant langzamerhand wel op. Ik kan het wel regelen en ervoor zorgen dat het lekker ongedwongen wordt.'

'Laat Miles barbecuen,' stelde Morgan voor. 'Dat doet hij graag en dat is niet alleen ongedwongen, maar het past ook goed bij de situatie. Familie en vrienden.'

'O, briljant. Waarom ben ik daar zelf niet opgekomen?'

'Misschien kun je Liam ook uitnodigen met een date? Dan verandert de driehoek in een zeshoek. Denk ik.'

'Echt briljant. Ik zal het regelen.'

'Laat maar weten wanneer. Goed, voor vandaag ben ik klaar in deze martelkamer. Hé, als je een gaatje hebt, kom dan even naar Après. Ik wil je een paar mogelijke signatuurdrankjes voor de herfst laten proeven.'

'Doe ik. Laat de ideeën vooral komen, Morgan.'

'Ik heb een onuitputtelijke voorraad.'

Ze verliet het fitnesscentrum en kwam sterk in de verleiding om de lift te nemen in plaats van de trap. Maar nadat ze haar schuldgevoel en haar gemakzucht tegen elkaar had afgewogen liep ze toch naar de trap.

Die Miles net af liep. 'Is Nell in het fitnesscentrum?'

'Ze staat te pronken met haar dumbbells van zevenenhalve kilo.'

'Mooi. Ik moet iets met haar bespreken en als ik haar een appje had gestuurd terwijl ze met de gewichten bezig is, zou ze dat hebben genegeerd.' Hij hield zijn hoofd schuin en nam haar aandachtig op met zijn bruingroene ogen. 'Je ziet er goed uit.'

'Meen je dat nou?'

'Ik meen bijna altijd wat ik zeg. Je ziet er een beetje rozig en dauwig uit.'

'Dat heet zweet.'

'Staat je goed.'

Tot haar stomme verbazing kwam hij vlak voor haar staan, legde zijn hand onder haar kin en kuste haar. Diep en innig.

'Staat je echt heel goed. En nu moet ik Nell te pakken zien te krijgen.'

Na die woorden liep hij weg en liet haar onder aan de trap staan met haar sporttas in haar hand. Binnen het zicht van de receptionisten van de spa, die net deden alsof ze niets hadden gezien.

Een deel van de vrijdagmiddag werkte Morgan in de tuin met haar moeder en oma. De vorige avond had het kort geonweerd waardoor het onkruid zich heel gemakkelijk los liet trekken, en zij moest terugdenken aan de donderslagen die haar wakker hadden gemaakt in Miles' bed.

En hoe ze samen, ook toen de onweersbui alweer voorbij was, als die donderslagen over dat bed hadden gerold. Ze keek even naar haar moeder die dode bloemen uit rozenstruiken knipte. Ze neuriede erbij en leek volmaakt tevreden. Alsof al die jaren van verhuizen en zoeken uiteindelijk hier waren samengekomen. Op dit moment, op deze plek.

Morgan leunde achterover op haar hielen en veegde zweet van haar voorhoofd. 'Hoe voelt het om weer Audrey Nash te heten?'

'Precies goed. Ach, ik denk dat Albright nooit echt bij me heeft gepast, of ik paste niet bij Albright. Wie had kunnen denken dat het zo eenvoudig was om iets terug te nemen wat de hele tijd al van mij was?' Nu keek ze zelf ook op. 'Jij wist dat. Hoe voelt het om Morgan Nash te zijn?'

'Alsof ik een oude deur achter me heb dichtgetrokken en een nieuwe heb geopend. Ergens had ik dat niet verwacht. Net zoals ik niet had verwacht hier gelukkig te worden.'

'O, Morgan.'

'Ik ben hiernaartoe gegaan omdat ik geen andere keus had en die eerste nacht voelde ik me zo somber en hopeloos, mam. Een beetje alsof ik stijf bevroren was, net als de winter. Maar nu de zomer ten einde loopt, is het precies andersom. Ik ben bijna dertig en ik woon in het huis van mijn oma, maar ik heb het gevoel dat ik vol licht, hoop en energie zit. De afgelopen maanden hebben me laten zien wie jij bent, wie oma is en wie ik ben. En ik mag de Nash-vrouwen wel.'

'Ik ook.'

'Tijd voor een pauze,' riep Olivia, die een kan zonnethee op de tuintafel zette. 'Die zon is vreselijk fel, maar daar hoor je me niet over klagen, want de winter zal lang en koud zijn. Maar omdat die zon fel is, wordt het tijd om even te gaan zitten.'

'Goed idee.' Morgan liep naar het terras.

Met haar handen in haar zij keek Olivia om zich heen. 'Volgens mij heeft de tuin er nog nooit zo mooi uitgezien. De dingen die jij hebt toegevoegd geven alle kleuren nog iets extra levendigs, Morgan. Daar ga ik lekker even van genieten nu het nog kan.'

Audrey ging ook zitten. Ze zette haar hoed af en waaierde zich er koelte mee toe. 'Ik klaag niet, maar pfoe! Vanavond krijgen we weer een onweersbui en die zal de boel hopelijk een beetje afkoelen.'

Morgan dacht aan onweersbuien en aan Miles en glimlachte toen ze de thee inschonk. 'Ik hou wel van een flinke bui. En ik zou het ook niet erg vinden om een beetje af te koelen. Miles zei dat ik vanavond mijn wandelschoenen mee moet nemen.'

'Je hebt tot nu toe niet echt de tijd genomen om een lekkere wandeling te maken. Je ging altijd graag met opa mee.' Audrey pakte een glas thee en wreef met de koude buitenkant langs haar wang voordat ze een slok nam. 'Ik ben blij dat je iets leuks gaat doen, iets wat niets met werk te maken heeft. En zelfs tuinieren is werk.'

'Ik heb anders het vermoeden dat Miles en Morgan iets hebben gevonden wat geen werk is. En,' voegde Olivia eraan toe, 'het is vast ook geen fanatiek potje rummikub.'

'Afgezien daarvan,' zei Audrey lachend. 'Het is belangrijk om gedeelde interesses te hebben als je een relatie met iemand hebt. En dan heb ik het niet dáárover,' zei ze voordat Olivia kon reageren. 'Wat dat betreft heb ik een fout gemaakt. Maar papa en jij niet. Jullie hadden zo veel gemeenschappelijke interesses. De kolonel en ik... hadden die dus helemaal niet. Morgan en Miles hebben dingen gemeen. Ze houden allebei van tuinieren, het resort, honden en nu ook van wandelen. En zondag geven jullie je eerste dinertje als stel.'

'Ik weet niet of je het echt een dinertje kunt noemen.'

'Nou, er komen mensen eten en het wordt vast gezellig.'

'Ik heb het gevoel dat ik jullie in de steek laat nu ik in het weekend zo vaak bij hem ben.'

'Doe niet zo gek.' Dat wuifde Olivia weg. 'Je moeder en ik vinden het fijn om te weten dat je bij een goede man bent. En je moet dingen doen met mensen van je eigen leeftijd. Vrienden maken. Vriendschappen horen erbij als je je ergens settelt. Die houden je gelukkig en gezond.'

'Mama en ik hebben onze maandelijkse leesclub, yogalessen, de winkel en nu ook nog het café. Het is leuk om af en toe te gaan lunchen met een vriendin. Daar maken we allebei tijd voor,' zei Audrey.

'En morgenmiddag gaan we eten bij Tom en Ida. Iedereen moet een gerecht meenemen. Dat betekent dat we onze buik rond zullen eten en heerlijk zullen roddelen.' Olivia slaakte een zucht van genoegen. 'We zijn nog geen oude knarren die verzorging nodig hebben.'

'En we hebben de magische deurbel. Ik ben dol op dat ding.'

Hoofdschuddend keek Morgan even naar de camera bij de achterdeur. 'Ja, dat weet ik. Ik snap er niks van, maar ik weet dat jij er gek op bent.'

Audrey spreidde haar handen en keek Morgan glimlachend aan. 'Vorige week kreeg ik een melding en zag ik een FedEx-bezorger een pakje voor de deur leggen. Het is net een geheim raampje.'

'De zon schijnt lekker, de tuin is prachtig en elke keer dat ik naar die gekke kikker kijk moet ik lachen. Bovendien gaan we dit weekend allemaal iets leuks doen. Kan niet beter, meiden. Laten we ervan genieten.'

Morgan nam zich voor om er inderdaad van te genieten.

Op een drukke vrijdagavond genoot ze van het werk in Après en van de gasten en verheugde ze zich op een wandeling op zaterdag en een gezellig samenzijn op zondag. 'We gaan van plaats verwisselen, Bailey.'

'Sorry, wat?'

'Ik ga jou assisteren.'

'O, maar...'

'Als je hulp nodig hebt, ben ik gewoon hier, maar laten we een uurtje kijken hoe het gaat.'

'Weet je het zeker?'

'Anders zou ik het niet hebben voorgesteld.' Morgan gaf haar een duwtje naar voren. 'Jij bedient de tap.'

En omdat ze het prima deed, maakte Morgan er anderhalf uur van. 'Kijk, zo moet het dus.'

'Ik vergat om zenuwachtig te zijn.'

'Je hebt nog maar een paar weken voordat je studiejaar weer begint, dus ik stel voor dat je de eerstvolgende keer dat we samen dienst hebben twee uur de leiding neemt. Maar nu heb je eerst pauze. Die heb je dubbel en dwars verdiend.'

Het was heel bevredigend, dacht Morgan terwijl ze bestellingen klaarmaakte. Echt heel bevredigend om iemand het vak bij te brengen. Goed bij te brengen. In Baileys geval niet als toekomstige carrière, maar wel als manier om behoorlijk te kunnen verdienen tot ze haar carrière had uitgestippeld.

'Je hebt het helemaal aan haar overgelaten.' Opal verscheen voor de bar. 'Je heb je op de achtergrond gehouden en haar alles zelf laten doen. Als ik iets of iemand verkeerd heb ingeschat, geef ik dat ruiterlijk toe. Ik heb jou verkeerd ingeschat.'

'Dat kan wel eens wederzijds zijn geweest.'

'Ja, die kans bestaat. Twee zomersignatuurdrankjes, één mineraalwater met prik en ijsblokjes en een dubbele Bombay gin met tonic.'

'Komt eraan.'

'Ik heb een neefje dat net eenentwintig is geworden. Hij werkt nu een maand of zes, zeven in de keuken van de Lodge. Hij heeft het er niet erg naar zijn zin, maar het is een baan. Stel dat hij wil leren om barkeeper te worden, wil jij hem dan trainen?'

'Als Nell de overplaatsing goedkeurt wel.'

'Mooi.'

Ze verwachtte Miles pas weer te zien als ze straks naar zijn huis ging, maar rond sluitingstijd kwam hij Après binnen.

'Ik heb tot laat gewerkt.'

'Dat kun je wel zeggen.'

'We zullen zo je tas uit je auto halen. Je kunt met mij meerijden.'

'Maar dan is mijn auto hier en ik niet.'

'Die halen we morgen wel. Heb je je wandelschoenen bij je?'

'Zoals gevraagd.' Als afsluiting van wat zij als een uitstekende dienst beschouwde, deed ze alle lichten uit. 'Ik ben vandaag gebeld door een vriend,' zei ze tegen hem toen ze naar buiten liepen.

'O.'

'Door Sam. Hij en Nina... het was heel serieus tussen hen. Hij hield van haar en stond op het punt om te vragen of ze bij hem in wilde trekken toen het allemaal gebeurde.' Ze bleef bij haar auto staan en haalde haar tas eruit.

'Hebben jullie nog steeds contact?'

'Ja, en hij gaat minstens een keer per maand bij Nina's ouders eten. Hij wilde me vertellen dat hij iemand heeft leren kennen.'

Eenmaal in zijn auto wachtte hij tot ze haar gordel had vastgeklikt. 'Vind je dat vervelend?'

'Nee. God nee. Hij heeft al een paar maanden iets met haar en het is... dik aan. Daarom wilde hij het me vertellen. Het is echt een aardige vent, Miles. Ik ben blij voor hem. Het drong ineens tot me door dat het ondertussen bijna anderhalf jaar geleden is. In sommige opzichten lijkt het langer terug, maar in andere voelt het als gisteren. Ze heet Henna. Ze is juridisch medewerker. Haar kat heet Susie en ze is gek op dat beest. Ze houdt van oude films, van die echt oude zwartwitfilms, en ze leest graag thrillers.'

'Dat is heel wat informatie,' merkte Miles op.

'Nadat hij mijn eerste reactie had gehoord, hield hij niet meer op over haar. Dus ik ben blij voor hem. O, en ze skiet, dus komende winter wil hij met haar komen logeren in het resort zodat we elkaar kunnen ontmoeten. Jezus, ik hoop maar dat ik haar aardig vind. Als dat niet zo is, zal ik doen alsof, maar ik hoop van wel.'

'Je vindt haar nu al aardig, dus als ze niet compleet anders is dan hij haar heeft beschreven, zit dat wel goed. Heb je vanavond nog problemen gehad?'

'Integendeel.' Ze was dol op deze middernachtelijke ritten door de stille duisternis terwijl de wereld sliep. De wind die door de open raampjes naar binnen stroomde, een uil die ergens diep tussen de bomen riep.

'Een drukke zomerse vrijdagavond,' ging ze verder. 'Ik heb Bailey ongeveer anderhalf uur de leiding gegeven en ze deed het prima. O, en ik heb mijn eerste terugkerende gasten gehad. Een echtpaar dat afgelopen maart een week in het resort heeft gelogeerd met hun zoon, diens vrouw, en hun twee kleinkinderen.'

'En je herinnerde je hen nog?'

'Alleen hun gezichten. De namen was ik vergeten. Gelukkig herkende ik de gezichten wel, dus kon ik ze welkom terug heten. En omdat ze hun drankjes op de rekening van hun kamer lieten zetten, kon ik hun namen opzoeken. James, of eigenlijk Jim, en Tracey Lowe.'

'Die komen hier twee keer per jaar sinds hun zoon, Manning, op de universiteit zat. Manning heeft zijn vrouw Grace hier tijdens een van hun zomervakanties leren kennen. Ze zijn ook op het resort getrouwd, uit sentimentele overwegingen. Hun kinderen heten Flynn, die moet een jaar of zes zijn, en Haley, van ongeveer vier.' Hij reed de oprit op.

Hoofdschuddend zei ze: 'En dan denk ik dat ik veel informatie onthoud. Sommige dingen daarvan hebben ze me verteld toen ze een slaapmutsje kwamen drinken.'

'Het resort moet het hebben van trouwe klanten en persoonlijke aandacht. De Lowes komen al twee keer per jaar logeren sinds ik op de middelbare school zat.'

Ze liepen naar de voordeur en Howl liet drie blaffen horen, gevolgd door zijn kenmerkende gehuil.

'Beter dan een alarmsysteem, ook een mét camera's.'

'Het aanbod om hem mee te nemen staat nog.'

Miles deed de deur van het slot, en de hond stond even te dansen op een plek en rende toen naar Morgan toe.

'Heb je me gemist. Ja? Ja!' Terwijl zij Howl overstelpte met liefde, sloot Miles het huis af.

'Wil je nog iets?'

'Alleen deze lieve hond.' Ze hield haar hoofd schuin en keek Miles nadenkend aan. 'En jou misschien.'

'De hond heeft zijn eigen bed.' Na die woorden tilde hij haar op en gooide haar over zijn schouder.

Ze begon te lachen toen Howl gromde en voor Miles uit de trap op rende. 'Nou, dit is nieuw.'

'Ik gun je voeten wat rust na een lange dienst.'

'O, is dat het? De meeste mannen zouden voor het romantische in-de-armen-nemen hebben gekozen in plaats van voor het over-de-schouder.'

'Ik ben niet als de meeste mannen.'

'Dat heb ik gemerkt. Weet je, zelfs ondersteboven is je huis mooi.'

Hij droeg haar naar de slaapkamer die werd verlicht door een driekwart volle maan en sterren die werden versluierd door een dun wolkendek. Daar liet hij haar op het bed vallen en bedekte haar lichaam meteen met het zijne. 'En hoe vind je het nu?'

'Ik ben gesteld geraakt op dit specifieke uitzicht.' Terwijl ze hem aandachtig opnam, en hij hetzelfde deed bij haar, liet ze haar handen over zijn rug naar beneden gaan, en weer terug.

'Ik vind het mijne mooier.' Met zijn ogen nog strak op de hare gericht, drukte hij de lichtst mogelijke kus op haar mond. 'Je hebt een gezicht.'

'Ik heb zeker een gezicht.'

'Het is een verdomd mooi gezicht.' Ditmaal drukte hij zijn mond weer heel zacht op de hare, maar net ietsje langer. 'Dat vond ik al bij de eerste keer dat ik het zag.'

'Achter de bar.'

'Nee, de eerste keer. Bij de herdenkingsdienst voor je opa.'

'O. Ik geloof niet dat ik jou daar heb gezien. Eigenlijk denk ik niet dat ik ook maar iemand heb gezien. Die dienst is een grote waas.'

'Alles stond op je gezicht te lezen. Verdriet, schuldgevoel, het verlangen om je terug te trekken, om even alleen te zijn om alles te verwerken. En ik weet nog dat ik me afvroeg of ik dat zag omdat ik me precies hetzelfde voelde.'

Weer kuste hij haar, ietsje inniger, ietsje langer.

'En de volgende keer dat ik dat gezicht zag, en dat was wel achter de bar, zag ik nog iets anders. Iets achter het voorkomen van de vriendelijke, efficiënte bartender.'

Hij verplaatste zijn mond naar het kloppende adertje in haar keel en constateerde tevreden dat het als een bezetene begon te kloppen. 'Ik zag lef vermengd met kwetsbaarheid. Dat gezicht is waanzinnig fascinerend. Ik zie het graag terwijl mijn handen je betasten.'

'Ik wil je handen op me voelen.'

Daarop bedekte hij haar handen met de zijne en gebruikte zijn mond, alleen zijn mond, om haar op te winden. 'Dat komt heus nog wel.'

Hij liet een hand los om de knoopjes van haar blouse open te maken, waarna hij zijn mond langzaam over de ontblote huid omlaag liet gaan en vervolgens even traag weer omhoog.

De volgende kus liet hij duren en duren, tot hij haar hele lichaam slap voelde worden. Hij had niet genoeg tijd voor haar genomen, dacht hij. Dat kwam door het laat naar bed gaan en vroeg opstaan. Maar dat zou hij nu wel doen.

Behendig opende hij de voorsluiting van haar witte beha met de diep uitgesneden kanten cups, waarvan hij wist dat ze die speciaal voor hem droeg. En heel, heel zacht liet hij zijn vingers over haar huid strelen terwijl zijn tong langs de hare streek en haar zachte kreun van genot door hem vibreerde.

Ook gaf hij zijn ogen de kost terwijl hij de tijd nam om haar keurige werkkleding uit te trekken, waarbij de zwarte en witte kledingstukken flink gekreukt raakten. En al die tijd voelde hij haar huid trillen van opwinding onder zijn lippen en handen.

Langzaam trok hij haar rits omlaag en drukte zijn mond op haar borst, maar zacht, zo zacht. Zonder enige haast bewoog hij zijn vingers naar beneden om te plagen, niet meer dan dat, al kantelde ze haar heupen tegen die vingers en veranderde haar zachte gekreun in hortende zuchten.

Terwijl hij zich naar beneden bewoog, haar strakke broek over haar heupen trok en zijn lippen op haar buik drukte, merkte hij dat het onbeschrijflijk erotisch was om zelf helemaal aangekleed te zijn terwijl hij het lichaam dat onder hem lag te sidderen van verlangen ontdeed van alle kleren.

Met zijn blik op haar – op dat gezicht – gericht bracht hij haar hoger om dat verlangen te stillen. Ze trilde onder hem, schokte, precies op het moment dat de eerste bliksemschicht de kamer wit maakte, en op een van haar hortende zuchten hoorde hij zijn naam.

Daarna volgde de donderslag.

Hij nam bezit van haar, zij stond het toe. En in die overgave ontdekte ze macht. Ze kon alles aan wat hij haar gaf tot de extase haar lichaam liet schudden zoals de plotselinge windvlaag de ramen deed trillen.

Haar lichaam voelde vloeibaar als de regen, alsof ze door zijn handen kon stromen mocht hij dat willen. Onder zijn handen kwam ze omhoog naar de plek waar de wereld heet en de lucht dik was en vervolgens zweefde ze weer omlaag naar onmogelijke zachtheid en warmte.

Toen hij zich omhoog drukte om ruw zijn overhemd uit te trekken, drukte ze haar handen tegen zijn harde, sterke borstkas. En hoewel hij heerlijk, zo heerlijk de tijd nam, voelde ze zijn hart in razend tempo kloppen.

'Dat gezicht,' mompelde hij, en tot haar ontroering klonk zijn stem ademloos. 'Dat ziet er prachtig uit als ik in je ben.'

'Ik wil je in me.'

Weer bliksemde het, zodat ze werd verlicht op het moment dat ze haar armen om hem heen sloeg.

Hij kwam op haar liggen en keek naar haar toen hij heel langzaam in haar gleed. Daarna hield hij zich bewegingloos terwijl zij weer omhoog werd gestuwd en om hem heen verstrakte.

'Miles.'

'Rustig aan,' mompelde hij, nogmaals heerlijk de tijd nemend.

Terwijl de storm woedde, gunde hij haar die tijd, om het opnieuw te laten aanzwellen en opnieuw te breken.

Vervolgens nam hij haar handen in de zijne en drukte zijn mond op de hare en braken ze samen terwijl ze op die manier verbonden waren.

Hij lag op haar en kon zich niet herinneren zich ooit zo voldaan te hebben gevoeld. De onweersbui, die alweer verder trok, smeet de laatste regendruppels tegen de ruiten. Waar zonet nog bliksemschichten hadden geflitst, keerde het maanlicht terug.

In de bibliotheek sloeg de klok die nog van zijn overgrootvader was geweest drie keer.

Hij hief zijn hoofd op om haar gezicht te kunnen zien en, ja, ook daarop zag hij een voldane uitdrukking. 'Dat gezicht,' zei hij weer en hij zag haar mondhoeken omhoog krullen.

24

Ze sliep als een blok en werd gewekt door de geur van koffie. 'Tijd om op te staan.'

Nadat ze haar ogen knipperend open had gedaan, staarde ze naar Miles. Die stond naast het bed, al helemaal aangekleed.

'Hoe laat is het?'

'Tijd om op te staan.' Hij pakte haar hand en trok haar omhoog tot ze zat. 'Waarom doen vrouwen dat toch?' vroeg hij verwonderd toen ze het laken mee omhoog nam. 'Ik heb je naakt gezien. Ik heb je tieten gezien en geconstateerd dat die mooi in proportie zijn met de rest van je.'

'Nou, daarom,' was het enige wat ze zei. Toen zag ze de beker op het nachtkastje. 'Je hebt koffie voor me meegenomen!'

'Ik heb iets voor je meegenomen wat zich uitgeeft voor koffie. Sla het achterover en sta op. Je hebt een half uur.'

'Hoelang ben jij al op?'

'Lang genoeg om een snelle douche te nemen, échte koffie te drinken, me aan te kleden en dat spul te maken dat jij 's ochtends drinkt.'

'Oké, dat kan ik allemaal wel in een half uur. Geen probleem. En het is lief dat je me koffie hebt gebracht, zelfs al heb je geen respect voor hoe ik hem drink. Waar is Howl?'

'Op patrouille. Een half uur,' herhaalde hij, waarna hij naar de deur liep. 'Ik moet een paar mensen bellen.'

Omdat ze het als een uitdaging had opgevat, liep ze precies een half uur later de trap af. Ze droeg haar wandelshort en -schoenen, een blauw T-shirt en een rood petje. Op haar rug hing een kleine rugzak met anti-insectenspray, een waterfles, een EHBO-setje, een zak studentenhaver plus een aantal andere zaken die zij essentieel vond. Ze trof hem aan in de keuken waar hij nog een koffie dronk. 'Helemaal klaar?'

Hij draaide zich om en keek naar haar. 'Wat maakt vrouwen in wandelschoenen en een short toch zo aantrekkelijk? Zonnebrand? Anti-insectenspray?'

'Ik heb me ingesmeerd en ingespoten en in mijn rugzak zit meer.' Ze liep naar de bijkeuken voor de riem. 'We nemen Howl toch wel mee?'

'Ja, dat verwacht hij.'

Nadat Miles zijn eigen rugzak had omgedaan, vertrokken ze door de achterdeur. Toen de hond de riem zag, ging hij prompt zitten en wendde zijn kop af.

'Hij vindt de riem beledigend.'

'Ja, logisch. Alsof jij geen brave hond zou zijn,' kirde ze tegen hem terwijl ze naar hem toe liep. 'De allerbraafste hond. Maar zonder riem mag je niet mee op avontuur.'

Hij liet zich de vernedering welgevallen.

'We gaan met de auto.'

'O, ik dacht dat we het pad zouden nemen dat hier ongeveer een kilometer vandaan begint.'

Omdat zij de hond had, pakte Miles haar vrije hand. 'De Birch Trail is een leuk rondje, en als we klaar zijn kunnen we jouw auto gaan ophalen.'

'Ik vind het prima. Ik zal wel een beetje uit vorm zijn,' zei ze toen ze in de auto stapten. 'Het is een paar jaar geleden dat ik een flinke wandeltocht heb gemaakt. Tijd om het weer op te bouwen zodat ik langere wandeltochten kan gaan maken in de herfst wanneer de bladeren van kleur veranderen, en dat zal niet lang meer duren. Ik ben hier nog nooit in de herfst geweest.'

'Dan stikt het van de toeristen.'

'Wat goed is voor het resort en de stad.'

'Ja, maar dan worden de paden wel heel druk. Vandaag zullen we ook niet alleen zijn, de zomer trekt ook mensen aan. Maar lang niet zo veel als in september en oktober.'

'Ik verheug me erop. Niet zozeer dat de zomer voorbij zal zijn, maar dat ik de herfst zal zien.'

Toen hij zijn auto naast de hare parkeerde, stapte ze uit en deed haar rugzak weer om voordat ze Howl uit de achterbak liet.

'De route is acht kilometer,' zei Miles. 'Maar je kunt een stuk afsnijden en dan is hij maar vijf.'

'Acht kilometer kan ik wel aan.' Nog een uitdaging.

'Het zal iets langer worden omdat we eerst naar het touwenparcours en de tokkelbaan moeten lopen. Daar begint het pad.'

'In de lente heb ik een paar keer een fiets gehuurd om op die manier het terrein van het resort te verkennen en een beter idee te krijgen van waar alles is. Ik heb serieus overwogen om er een te kopen, maar de afstand van mijn huis naar het resort is te groot om te fietsen en bovendien is dat 's avonds toch te gevaarlijk.'

'Een fiets hoeft niet alleen een vervoermiddel te zijn.'

'Nee, waarschijnlijk niet.' Maar ze kon zich nog geen 'zomaar'-aankopen permitteren. Nog niet.

'Maar goed, de manier waarop alles is ingedeeld is heel logisch. Eerst het pad om het meer en dan de overige wandelroutes, in elk geval die waarvan ik de bordjes heb gezien, en daarna de tokkelbanen, de klimmuur en dat schattige kinderspeelplaatsje. Ik ben ook naar de Adventure Outlet gegaan. Daar heb ik de fiets gehuurd. Het is echt heel slim dat het huren of kopen van sportspullen zo makkelijk gaat, en dat de winkel in het zicht ligt van de skiliften en de pistes. En dan heb je het meer zelf nog.' Ze bleef even staan en keek naar het blauwe water dat was bespikkeld met kajaks en kano's. En naar de bergen, even groen als hun naam, die erin werden weerspiegeld. 'Ik heb nog nooit gekajakt. Jij zeker wel?'

'Tuurlijk. Daar zullen we in een weekend een keertje tijd voor maken.'

'Het is heel bijzonder om dit allemaal binnen handbereik te hebben.'

'Vanwege dat meer en het uitzicht hebben mijn overgrootouders het land gekocht en er de eerste herberg en een paar blokhutten gebouwd.'

'Je boft maar dat ze zo'n vooruitziende blik hadden. En met alles wat je familie er sindsdien mee heeft gedaan. Er zijn wel meer gebouwen neergezet, maar met respect, als ik tijdens mijn fietstocht een hut zag, leek het altijd alsof die er vanzelf was gegroeid.'

Howl was de vernedering van de riem helemaal vergeten en liep druk snuffelend over het pad.

'Het gerucht gaat dat jullie willen overstappen op elektrische pendelbusjes.'

'Ja, als de herfst op zijn hoogtepunt is. We laten meer laadstations installeren.'

'Ook slim.'

Ze kregen het touwenparcours in het oog, dat tussen de bomen verscholen lag. Hoofdschuddend keek Morgan naar de gasten die hoog boven haar hoofd klommen, balanceerden en slingerden.

'Ik zie me dat wel doen,' zei ze toen Miles haar meetrok naar het begin van de wandelroute. 'Maar alleen bij een zombie-apocalyps of de onvermijdelijke invasie van buitenaardse wezens die per se de mensheid willen uitroeien. Misschien zullen er dan bruggen en muren van touw moeten worden gebouwd en moet je leren je evenwicht te bewaren op zwaaiende autobanden en houten planken. Maar tot die tijd houd ik het bij een fikse wandeling als ik avontuur wil.' Ze verschoof haar rugzak een beetje. 'Kijk, hier doe ik het voor,' voegde ze eraan toe toen ze het met berken omzoomde pad beklommen, waaraan Birch Trail zijn naam te danken had. 'Het is hier nu al schitterend.'

'Het wordt nog veel mooier. Als je vindt dat jij de riem lang genoeg vast hebt gehouden, moet je het zeggen.'

'Wij redden ons best. Ik ga een miljoen foto's nemen, het is maar even dat je het weet. Zoals hier. O, dit herinner ik me. Wilde lupine.' Toen ze op haar hurken ging zitten om de paarse stengels mooi in beeld te krijgen gaf Howl haar een lik over haar wang.

Miles wachtte telkens geduldig als ze bleef staan om gevlekt leverkruid of wat haar aandacht ook maar trok op de bast van berken en oeroude esdoorns vast te leggen.

Ze passeerden een groep die het pad omlaag liep en werden ingehaald door een ander stel dat net als zij omhoogging.

Hij vond het gezellig met haar. Tot zijn opluchting praatte ze niet de hele tijd, maar hield ze van de stilte en het vogelgezang. Eigenlijk had hij de afgelopen tijd te weinig tijd vrijgemaakt voor de dingen waar hij van hield, dacht hij. Zoals een flinke berg- of boswandeling.

Opeens bleef ze staan en hief haar hand op. 'Wacht. Ik hoor... Is dat een waterval?'

'Na de volgende bocht in het pad. Klein, maar schilderachtig. Little

White Falls, heet hij. Daar eindigt het land van het resort, dus daar kunnen we de kortere weg terug nemen of we kunnen de langere route nemen die door het National Park loopt. Het gaat straks nog veel steiler omhoog.'

'Zonder meer de langere weg, maar eerst wil ik de waterval zien.'

Die tuimelde omlaag en stroomde in de lagergelegen rivier, schuimend wit tegen het slappe-theebruin.

'Het is echt prachtig. Het lijkt wel muziek.'

Het water stroomde sprankelend over de rotsen en de opspattende druppels zorgden ervoor dat de rivier zijn bedding liet zien. Op de plekken die in de schaduw lagen werd de lichtval getemperd door met mos begroeide takken. Toch bereikten de zonnestralen, zo fel als laserstralen, ook het water.

Het stel dat hen eerder had ingehaald nam een paar selfies en keerde toen om zodat ze het pad naar beneden konden nemen. Een groep van drie kwam overeind van een lage rotsrichel en liep verder omhoog over het pad.

Miles nam Howls riem over zodat zij voor de zoveelste keer haar telefoon kon pakken. Terwijl zij foto's maakte, haalde hij de inklapbare drinkbak uit zijn rugzak en schonk er water in.

Dat likte Howl dankbaar op.

Hij hurkte neer om de hond een tweede keer in te schenken en keek precies op tijd op om haar een foto van hen tweeën te zien maken.

'Sorry, ik kon de verleiding niet weerstaan. Ik heb een oude plastic bak in mijn rugzak gestopt, maar die drinkbak is beter.' Ze hief haar gezicht op naar de hemel. 'Deze plek is echt volmaakt. Ik heb een bloedhekel aan selfies.' Over haar schouder keek ze hem aan.

'Ik ook.'

'Maar hier is een waterval en ik wil graag een uitzondering op mijn geen selfies-regel maken.'

'Ga je gang.'

'Jij moet er ook op. Het is een waterval, Miles. En de lichtval is perfect. Alsjeblieft, voor een keertje?'

Hij had dit kunnen verwachten, en hij wist dat alleen een eikel zou weigeren. Op zich vond hij het niet erg om een eikel te zijn, maar hij vond het wel erg om dit moment te bederven. Dus liep hij naar haar toe.

'Dank je.' Ze hief haar telefoon op en draaide er net zo lang mee tot ze de camerahoek vond die ze zocht. 'Ik tel tot drie. Niet boos kijken.'

'Dat doe ik niet.'

Om zijn boze blik te verjagen, draaide ze haar gezicht net voldoende om haar lippen op zijn wang te kunnen drukken. Toen zijn mondhoeken een heel klein beetje krulden, nam ze de foto.

'Wat is er gebeurd met "ik tel tot drie"?'

'Dit was beter. Kijk.' Ze klikte op de foto. 'We staan er schattig op. En dit ga ik vaker doen.' Ze deed de telefoon in haar zak. 'Dat zweer ik ten overstaan van deze magische waterval.'

Ze klommen verder. Het werd inderdaad steiler en Morgan vermoedde dat het aan Jens meedogenloze trainingen te danken was dat ze hier klom zonder dat haar spieren protesteerden.

Een groep tienerjongens dartelde voorbij als antilopen terwijl ze kakelden als hyena's.

'Ja, ja, het is allemaal leuk en aardig tot iemand een enkel breekt,' zei Miles.

'Hoe oud schatte jij ze? Een jaar of zestien. Dan voel je je onkwetsbaar.'

'Waar was jij op je zestiende?'

'Ik zou het je echt niet kunnen vertellen. Ik had altijd een boekje waarin ik plaatsen en de datums opschreef. Ook na de scheiding bleven we zo vaak verhuizen dat ik daarmee doorging. Maar toen ik ging studeren heb ik het weggegooid, wat stom van me was. Ik was er klaar mee.' Ze maakte een handbeweging alsof ze iets weggooide. 'Maar eigenlijk was het niet meer dan een driftbui, waar ik later spijt van had.'

'Als je ooit de plaatsen en datums weer wilt combineren, weet je moeder die vast wel.'

'Misschien wel, maar...'

Ze was met stomheid geslagen toen de wereld zich ineens voor haar opende. 'O god! Dat heb je me niet verteld.'

'Nu is het een leuke verrassing. Geen slecht uitzicht.'

'Het is adembenemend.'

Een landschap van bergen, valleien, heuvels en rivieren spreidde zich uit in levendige tinten groen, tere tinten blauw en het stevige grijs van oprijzende rotspartijen. De ronde toppen die tot in de verte zichtbaar waren getuigden van ouderdom en volharding.

Ik ben hier, ik was hier lang geleden al en ik zal hier nog heel lang blijven.

Ze zag de plooien en inkepingen van het land en het water, de dichter wordende bossen, de stijgende paden, alles glashelder onder de brede koepel van de hemel. En als een cadeautje, de witte buiteling van een waterval in de verte.

Een schilderij, dacht ze, zonder lijst en te zien voor iedereen die op deze plek stond. Hoe zou het eruitzien als er mistvlagen omhoog kropen en de heuvels wazig maakten? Of als de bomen schitterende herfstkleuren kregen of de winter zijn felle winterkleed zou verspreiden?

Vandaag was het toonbeeld van de zomer, met al het leven op zijn hoogtepunt.

De stilte was muziek.

'Ik moet het nog een keer doen.' Ze draaide zich naar hem toe. 'Sorry, maar dit is te volmaakt om het niet te doen.' Ze hield haar camera omhoog. 'Het is je eigen schuld. Het kan me niet eens schelen of je boos kijkt.' Ze sloeg een arm om zijn middel en hield de camera wat schuin.

Toen ze de foto had genomen, wees ze naar Howl. 'Jouw beurt. Zit. Brave honden zitten.' Ze liet zich op haar hurken zakken en nam hem goed in beeld, met zijn blije ogen en zijn kop verwachtingsvol schuin.

Later bedacht Miles dat dat heel goed het moment kon zijn geweest dat hij smoorverliefd op haar was geworden. Toekijken hoe zij de hond probeerde over te halen om voor haar te poseren – en verdomd als het beest het niet deed – en de absolute vreugde die ze putte uit dat ene moment en uit deze plek waar de haviken bijna geluidloos door de lucht zweefden.

Het moment dat ze stralend, anders kon hij het niet noemen, naar hem opkeek, omringd door de wereld die tot dan toe altijd van hem was geweest.

Daarna stond ze op, borg haar telefoon op en pakte zijn hand. 'Dank je. Je had geen mooiere dag en geen mooiere route kunnen kiezen.'

'In de herfst weet je hier niet wat je ziet.' Hij knikte naar het vergezicht.

'Ongetwijfeld, maar nu is het zo op en top zomer.' Ze richtte haar blik weer op het uitzicht en legde haar hoofd even tegen zijn schouder. 'De herfst is gul, de winter is verstilling, de lente is het begin. Maar de zomer is bloei.'

De stilte werd verstoord door stemmen die omhoog dreven over het pad, dus hij liep verder. Het moment opzijschuivend zette hij de wandeling voort met haar en de hond.

'Nou heb je het voor elkaar, hoor,' zei ze toen het bochtige pad naar beneden liep. 'Voortaan moet ik hier veel meer tijd voor vrijmaken. Al is het af en toe maar een uurtje op een vrije dag. Hoe denk jij over kamperen?'

'Ik ben van mening dat de mensheid zich sinds de tijd van de grotbewoners of pioniers heeft ontwikkeld door hard werken, innovatie, noodzaak en geluk. En ik respecteer hun inspanningen en waardeer de vooruitgang op het gebied van sanitair binnenshuis, isolatieglas, stevige matrassen en breedband. Ik zie geen enkele noodzaak om ervoor te kiezen al die vernieuwingen te negeren en in een tent te gaan slapen.'

'Jij zegt dus nee tegen kamperen. Dan is het maar goed dat ik ook een groot ontzag heb voor vooruitgang en innovatie. Maar ik durf te wedden dat je het wel kunt, wat weer goed van pas komt in het geval van die zombie-apocalyps of de invasie van buitenaardse wezens.'

Opeens bleef ze stokstijf staan. 'Daar loopt een beer.' Nog geen twee meter voor hen stak er een het pad over. 'Een echte beer.'

'Hij is niet geïnteresseerd in jou.' Maar Miles nam de riem over toen Howl zacht begon te grommen en kwispelen. 'Bruine beer, meestal niet agressief. Daar gaan we geen selfie mee nemen.'

'Dat is geen seconde bij me opgekomen. Het is een beer. Een hele grote.'

Maar het dier sjokte gewoon verder en verdween tussen de bomen.

'Laten we hem een minuutje voorsprong geven. Je bent toch een paar keer met je opa gaan wandelen? Ben je toen nooit een beer tegengekomen?'

'Nee. Hij had me wel verteld wat ik dan moest doen en wat ik niet moest doen. Ik weet nog dat ik teleurgesteld was dat we er nooit een hebben gezien. Nu vraag ik me af waarom.'

'Soms krijgen we er een op het terrein van het resort. Vooral bij de hutten.'

Onder het lopen keek ze in de richting die de beer had genomen, maar ze zag er geen spoor meer van. 'Ik zou het waarschijnlijk wel spannend vinden om er een te zien. Mits ik in een hut zat.'

Schouderophalend zei hij: 'Zij waren hier eerst.'

Daarop keek ze hem glimlachend aan. 'Lief dagboek, vandaag heb ik een waterval gezien, kilometers ver uitgekeken over bergen en is er een beer langs me heen gelopen.'

'Doe je dat? Een dagboek bijhouden?'

'Nee. Wie heeft daar nou tijd voor? Maar als ik het deed, zou ik die beer zeker vermelden. Zeg, als ik mijn auto weer heb, wil ik naar de bakker gaan om een toetje te halen voor morgen.'

'Nell maakt een taart die ze vaker heeft gemaakt.'

'Kan Nell bakken?'

'Soms. En ik ga barbecuen en jij doet die aardappelen van je. Ze wil niet achterblijven.'

'Dat vind ik leuk aan haar. Haar strijdvaardigheid. Het moet een uitdaging voor haar zijn om tussen twee broers in te zitten.'

'Misschien is het een uitdaging om de oudste te zijn.'

'Is dat zo?'

'Niet echt. Maar het had gekund.'

'Dat is het niet omdat jullie een team zijn wanneer het erop aankomt. Daar is een van jullie hutten. Kijk toch hoe mooi die tussen de bomen staat, met schommelstoelen op de grote veranda. Ik had niet door dat we al zo dicht bij het resort waren.'

'We zijn bijna terug op de plek waar we zijn begonnen.'

'Ja, nu zie ik het.'

Ze staken het bruggetje over de smalle beek over en opeens eindigde het pad bij het touwenparcours.

Daar zag ze Liam, die net een paar harnassen op een bank legde.

'Lekker gelopen?' riep hij toen ze naar hem toe liepen.

'Het was heerlijk. Watervallen, mooie doorkijkjes en beren. Geen liefhebbers vanmiddag?' vroeg ze, naar het lege parcours boven haar hoofd kijkend.

'Het is gereserveerd voor een groep.' Hij stak haar een harnas toe.

'Wat?' Haastig sloeg Morgan haar handen in elkaar achter haar rug. 'Nee.'

'Dit is het volmaakte besluit van een wandeling.'

'Nee, helemaal niet. Dit is volmaakt om je te laten gillen als een vijfjarige of om je op te krullen als een balletje en om je mammie te jammeren.'

'Je hebt geen hoogtevrees.' Miles pakte een harnas en trok het aan. 'Dat heb je wel bewezen bij het uitzichtspunt.'

'Nee, ik heb geen hoogtevrees, maar...'

'Anders zouden we dit overslaan.'

'Ik heb geen hoogtevrees, maar wel een heilig ontzag voor de zwaartekracht.'

'Je valt echt niet. Zie je dit?' Liam hield het harnas omhoog en liet haar de karabijnsluiting aan het veiligheidskoord zien. 'Deze klik je vast en dan ben je gezekerd. Het komt pas los als je hem zelf losmaakt. Je zit te allen tijde vast aan een veiligheidskoord, zelfs als je op een platform staat.'

'Maar waarom zou ik daarboven op een platform staan?'

'Dat is leuk!'

'Ach, als ze bang is...' Miles liet de woorden hangen en begon zijn harnas weer uit te trekken.

'"Bang" is een groot woord.' En ze wist dat hij het expres had gebruikt. 'Behoedzaam. Ik noem het liever behoedzaam.'

'Wat ga je doen als de zombies uitzwermen?' vroeg Miles.

'Een pijnlijke dood sterven en dan de rest van mijn zombiebestaan hersens eten. Verdomme, dit is een hinderlaag!' Ze greep het harnas beet. 'Laat maar zien hoe dit ding werkt.'

Terwijl Liam de haken vastmaakte, keek hij haar glimlachend aan. 'Dat kan makkelijk drie keer jouw gewicht houden. We gaan allebei met je naar boven, maar eerst leg ik je hier op de grond de basisregels uit.'

'Ik sta graag op de grond.'

Liams uitleg was gedegen en de basisregels leken niet al te moeilijk.

'En Howl?'

Miles maakte zijn riem vast aan de poot van het bankje, zette water neer en legde er een kauwstaaf bij. 'Hij redt zich wel,' zei hij, en hij overhandigde haar een helm.

Eigenlijk was ze helemaal niet zo fanatiek, dacht ze, maar toch klom ze achter Liam aan naar het eerste platform terwijl Miles haar volgde. Op het platform, ver boven Howl, legde Liam het veiligheids- en zekeringssysteem nog een keer uit.

'De brug zal een beetje deinen als je op die houten kruizen stapt, maar je zit vast.'

'Ga jij maar eerst.'

'Best. Ik zal op het volgende platform op je wachten.'

Het leek wel alsof hij over een stevige stenen brug op nog geen meter boven een kabbelend beekje liep, dacht Morgan toen ze hem nakeek.

'Je redt het wel,' zei Miles achter haar.

Na hem een bedenkelijke blik te hebben toegeworpen, hield ze haar adem in en stapte van het platform af. Het deinde inderdaad, maar ze hield haar blik strak op het volgende platform gericht, zelfs toen Howl beneden begon te janken.

Ze viel niet, en ze eindigde ook niet vernederend bungelend.

'Je deed het geweldig! Wil jij nu eerst?'

'Nee, als tweede bevalt me prima.'

'Weet je nog wat je moet doen?'

'Ja, ik heb het niet-vallendeel heel goed begrepen.'

Ze sloeg Liam gade toen hij over verticale stammen liep die haar onnodig smal voorkwamen. Ook vond ze de afstand ertussen onnodig breed. Toen ze even achteromkeek, zag ze Miles met hetzelfde gemak over de brug lopen als zijn broer.

Uitslovers, dacht ze, waarna ze heel zorgvuldig haar eerste karabijnhaak losmaakte en bevestigde aan de volgende draad. Om hem uit te proberen gaf ze er een flinke ruk aan en deed toen de tweede los.

De stammen deinden ook, maar de angst om halverwege te verstijven dreef haar verder en zorgde ervoor dat ze telkens een been uitstak om op de volgende stam te stappen. Het feit dat ze net op tijd een paar gilletjes wist te onderdrukken gaf haar meer zelfvertrouwen.

Er waren smalle houten schommels die zwaaiden, een touwnet waar je je een weg overheen moest banen.

Liam liet een jubelkreet horen toen ze bij beide onderdelen de overkant wist te bereiken. 'Hartstikke goed! Je kunt hier wel komen werken!'

Nee, dacht ze terwijl ze zich heel voorzichtig een weg baande over een lange verticale boomstam en daarna over iets wat in wezen een strak koord was. Dat nooit. Ze klom in een touwladder en voelde haar buikspieren gillen toen ze al wiebelend en naar haar evenwicht zoekend het bandenparcours aflegde.

Maar de trapeze vond ze ronduit eng. Ze zag hoe Liam hem vastgreep en als een acrobaat van rustpunt naar platform slingerde.

Haar hart bonsde, haar spieren trilden. Dit was verdorie hard werken! Maar ze pakte de trapeze beet, haalde diep adem en zette zich af.

En het leek alsof ze vloog. Een tel, misschien twee leek ze te vliegen met de lucht op haar gezicht en op haar lichaam terwijl ze de zwaartekracht tartte. Toen ze op het laatste platform landde, schalde haar lach door de lucht.

'Wauw!' Ze sloeg haar armen om Liam en draaide zich toen om naar Miles, die stond te wachten op het een-na-laatste trapezerustpunt. 'Wie had dat gedacht?'

En hij wist dat dat hét moment was. Daar stond ze, haar gezicht nog rood van inspanning en plotselinge vreugde, met haar armen nog om zijn broer geslagen.

Haar glimlach had de hele wereld kunnen verlichten. Zijn gevoelens gleden niet van genegenheid naar liefde, veranderden niet van wellust naar voor altijd. Nee, hij roetsjte omlaag, diep en hard. Geen enkel veiligheidssysteem had zijn val kunnen breken.

Dat maakte hem ademloos, verbijsterd en een beetje pissig. Daarom zei hij tegen zichzelf dat hij er later wel over na zou denken. Later, nadat hij zijn hoofd had leeggemaakt en zij niet vlakbij stond om hem af te leiden.

Toen Liam en zij naar beneden klommen, zwaaide hij naar hen en voegde zich op de grond bij hen.

'Was dat niet leuk?'

'Leuker dan ik had verwacht,' zei ze tegen Liam. 'Veel leuker zelfs.'

'Wil je nog een keer? Ik heb nog tijd voordat de volgende groep komt. Ik wist niet precies hoelang het zou duren, maar je bent een natuurtalent.'

'Een keer is genoeg. Dat meen ik echt.'

'Wat dacht je van de tokkelbaan of de klimmuur?'

'Ga nou gauw weg.' Lachend gaf ze hem een duw. 'Nee, dank je de koekoek.'

'Volgende keer doen we de tokkelbaan. Dat geeft echt een kick en je kunt kilometers ver kijken.'

'Je bent gestoord. Je broer is gestoord,' zei ze tegen Miles. 'Ik ga Howl losmaken.'

'Ze is geweldig,' zei Liam toen ze wegliep, maar toen schuifelde hij even met zijn voeten. 'Hoor 's, ik probeerde haar niet te versieren of zo.'

'Weet ik. En daar zou ze toch niet op ingaan.'

'Nou, je kijkt anders een beetje pissig, dus...'

'Nee, niet daarom en ja, ze deed het prima.'

'Ik vind haar echt heel aardig. Niet alleen in het algemeen, maar voor jou, bedoel ik. Ik vind dat ze goed bij je past.'

'Ik ook.' Miles maakte het riempje van zijn helm los en zag dat de hond haar begroette alsof ze net terugkwam van de oorlog. 'En daarom ben ik misschien een beetje pissig.'

Liam gaf alleen een klap op zijn schouder. 'Daar kom je wel overheen. Dat pissige, bedoel ik.'

'Misschien wel. Fijn dat je dit wilde doen. Het leek me dat ze zich beter op haar gemak zou voelen bij jou dan bij een van je medewerkers.'

'Het was leuk.' Hij nam het harnas aan van Miles. 'Ze heeft lef, dat moet je haar nageven. En voordat we naar haar toe gaan, is er nog nieuws over die klootzak?'

'Niks concreets. Ze trekken nog steeds aanwijzingen na in het westen van het land. Misschien in Oregon. Daar kwam de laatste aanwijzing in elk geval vandaan.'

'Misschien kan hij binnenkort niet verder en duikt hij in de Stille Oceaan.'

'Daar kan ik mee leven, maar het is beter als ze die hufter weten te vinden. Ze zal zich pas helemaal veilig voelen als ze weet dat hij achter slot en grendel zit.'

'Hij kan niet eeuwig op de vlucht blijven, Miles. Dat kan niemand.'

Nee, dacht Miles, maar dat was nou net het probleem. Vroeg of laat zou Rozwell ophouden met vluchten en nog een poging wagen.

Thuis lokte hij haar onder de douche. Niet alleen omdat hij naar haar verlangde, al deed hij dat zeker, maar ook in de hoop dat de seks zijn hoofd zou legen en hij zijn evenwicht zou hervinden.

Dat was niet het geval.

Toen zij naar haar werk ging, dwaalde hij door zijn huis, zich afvragend hoe ze zoveel van de ruimte in beslag kon nemen ook als ze er niet was.

Hij ging naar zijn kantoor, keek rond in het torentje dat haar zo had betoverd. Hij werkte een tijdje. Dat vulde ook wat ruimte.

Maar zijn gedachten keerden telkens terug naar die momenten. Het moment bij het uitkijkpunt toen hij het gevoel had dat hij langzaam viel. Daarna het moment op de touwen toen hij het idee kreeg dat hij weg roetsjte.

En er waren nog andere momenten geweest, moest hij bekennen. De eerste maal dat hij haar achter de bar had zien werken. Die zachte klik in zijn binnenste waar hij geen acht op had geslagen. Alle keren dat hij haar had nagekeken als ze wegreed in die oude rammelbak, terwijl hij zich ondersteboven had gevoeld door haar. Helemaal ondersteboven. En elke keer dat hij haar had gadegeslagen tijdens haar trainingen omdat ze per se sterk genoeg wilde worden om zichzelf te kunnen beschermen.

Er waren talloze momenten geweest voor de ochtend dat hij naar buiten was gestapt en haar met haar bak koekjes in zijn voortuin had zien staan.

'En nu?'

Naast zijn stoel gaf Howl brommend zijn mening te kennen.

'Ik heb jouw advies niet nodig. Zij heeft je om haar vinger gewonden, of jij haar om die van jou. Ach, volgens mij is het wederzijds.' Hij liet zich achterover zakken en deed zijn ogen dicht. 'Dus zo staan de zaken ervoor.'

Afwezig legde hij een hand op Howls kop en besefte dat zijn broertje gelijk had gehad. Hij was bijna over zijn eerdere irritatie heen. 'Over een paar uur is ze weer thuis.'

En zo stonden de zaken er ook voor, dacht hij. Zij zou thuiskomen en dan zou hij op haar zitten wachten.

'Jij kunt net zo goed je laatste patrouille lopen.'

Ze gingen naar beneden en terwijl Howl voor het laatst die dag zijn ronde liep, schonk Miles zich een glas cab sauv in. Dacht aan haar.

Wachtte tot ze thuiskwam.

25

Die teef had zijn leven verpest.

Gavin Rozwell staarde naar de gestage regen door het raam van het flutmotel dat aan een achterafweggetje in Oregon lag. Hij dacht aan zonnige Mexicaanse stranden, aan luxe hotelsuites met donskussens en aan een balkon waar je de zon onder kon zien gaan boven een blauwe zee en aan champagne in ijsemmers.

Hij dagdroomde over hoe het voelde om maar met zijn vingers te hoeven knippen om bediend te worden en over slenteren door zonovergoten straten in de wetenschap dat hij alles kon krijgen wat hij wilde.

Alles waar hij recht op had.

Morgan Albright – of Nash, zoals ze zich nu noemde – had hem dat ontnomen. Tijdelijk natuurlijk, maar ze had het hem ontnomen.

Hij voelde die vervloekte FBI-agenten in zijn nek hijgen, soms bijna letterlijk wanneer hij bang, gedesoriënteerd en badend in het angstzweet wakker werd op een hobbelig matras in een donkere, sjofele kamer.

Tegenwoordig liet hij een nachtlampje branden omdat de duisternis te veel bewegende schaduwen had.

Hij kon ze maar niet helemaal afschudden. Hoe vaak hij zichzelf ook voorhield dat ze hem nooit zouden zoeken, en nooit zouden vinden, in een krottige motelkamer in een compleet verregende uithoek, toch voelde hij hen langzaam dichterbij komen.

Twee keer had hij het computersysteem van de staatspolitie gehackt, een keer in Idaho en een keer in Oregon – en had hij tot zijn woede en angst ontdekt dat ze zijn signalement hadden aangepast.

De tekeningen leken niet sprekend, maar voldoende om zich genoodzaakt te voelen zijn uiterlijk opnieuw te veranderen.

Hij had een ander kapsel genomen en zijn baard laten staan. Ditmaal waren zowel zijn haar als zijn baard onverzorgd en vaalbruin. Een bril met een goedkoop zwart montuur maakte zijn vermomming af, maar hij haatte het gezicht dat hem in de spiegel aankeek.

Met behulp van make-up waren de rimpels rond zijn ogen dieper geworden en zijn huid had de bleke tint van iemand die te veel binnen zat. Zijn gewicht was al toegenomen door alle fastfood en het gebrek aan hotels met een sportzaal.

Om de dag wisselde hij van locatie en voertuig. Roestige pick-ups en kamers die naar schimmel roken.

En die teef leidde een heerlijk leventje aan de andere kant van het land. Ze lachte hem uit daar in haar achterlijk grote huis. Zelfs wanneer hij 's nachts een lamp aan liet, hoorde hij haar lachen.

Talloze keren stelde hij zich voor dat hij haar vermoordde, op talloze manieren. Maar die zoete dromen versplinterden elke keer in duizenden scherven als hij haar in zijn gedachten hoorde lachen, als hij haar hete adem in zijn nek voelde.

Dit kon zo niet doorgaan. Dit zou zo niet doorgaan.

Hij had een plek nodig. Luxe moest misschien nog even wachten, maar hij had snel een fatsoenlijke plek nodig waar hij zich een paar weken kon verschuilen. Een week of drie. Een maand. Een plek met een goede douche, waar de kletterende regen hem geen koppijn bezorgde. Ergens waar hij kon nadenken, plannen smeden en voorbereidingen treffen.

Hij zou naar het zuiden gaan en Nevada in rijden. De woestijnhitte zou de schimmel uit zijn hersens branden en zijn bloed weer opwarmen.

Hij zou nu vertrekken, vanavond nog, onder dekking van de duisternis en de regen.

Bij dat idee voelde hij opwinding in zijn binnenste opwellen. Hij zou naar het zuiden gaan, de zon tegemoet, terwijl zij hem in het drassige noordwesten zochten. Maar eerst zou hij naar het westen gaan, in de richting van de kust. Het barrel dat hij gisteren had gestolen zou hij dumpen en dan een pick-up voor zichzelf regelen. Voor die klote FBI'ers zou hij wat niet te missen sporen achterlaten om de indruk te wekken dat hij naar het noorden was gegaan, naar de staat Washington.

Maar stiekem zou hij teruggaan naar het zuiden. Naar de zon. Waar hij kon nadenken en plannen maken.

Ditmaal glimlachte hij naar de regen terwijl hij Morgans gezicht opriep. Zij zat daar lekker in dat achterlijk grote huis en dacht dat ze hem had verslagen. Dat ze had gewonnen.

'Geniet maar van de rest van de zomer want ik kom eraan, kreng.' Nu was hij degene die lachte.

Toen Miles zondagochtend wakker werd, stak hij zijn hand uit naar haar. Omdat hij alleen leegte voelde, deed hij zijn ogen open en keek naar wat haar kant van het bed was geworden, in elk geval in het weekend. En hij realiseerde zich dat die lege plek hem niets beviel. Hij was eraan gewend geraakt dat zij die vulde, was gewend geraakt aan haar manier van slapen. Op haar linkerzij, met een hand onder het kussen alsof ze zichzelf wilde verankeren.

Geërgerd, en toen nog geërgerder omdat hij zich ergerde, ging hij zitten en kwam tot de ontdekking dat de hond hem ook in de steek had gelaten.

Hij stond op en trok een sportshort aan met het vage plan om na de koffie te gaan trainen – of beter nog: na de seks. Toen hij beneden kwam en naar de keuken liep, hoorde hij gemummel uit de woonkamer komen. Hij herkende het als een van de doe-het-zelfprogramma's waar ze dol op was.

En daar was ze, in een slobberige korte broek en een nog slobberiger T-shirt. Ze stond bij het aanrecht dat bedekt was met flessen, hele en uitgeperste citroenen en sinaasappels. Zijn oma's grote kristallen kan had een diepe, bijna paarsrode glans van wat er ook maar in zat.

Nu sneed ze een sinaasappel in plakjes terwijl ze met een half oog naar een stel mensen keek dat lelijke poepbruine keukenkastjes van de muren trok.

'Wat doe je?'

Nog altijd snijdend keek ze op. 'Goedemorgen. Nou, ik wax mijn surfboard. Dat zie je toch?'

'Ha ha.' Hij liep meteen naar het koffiezetapparaat.

'Ik maak sangria. De smaken hebben tijd nodig om zich te mengen. Ik had het gisteravond toen ik thuiskwam willen maken, maar jij had andere ideeën, dus doe ik het nu zodat het kan trekken.'

Hij keek achterom terwijl hij een beker pakte. 'Ik had vanochtend ook andere ideeën.'

Dat leverde hem een glimlach op, waarna ze de plakjes sinaasappel in de kan deed. Daarna pakte ze een citroen. 'Dat zal moeten wachten. We moeten een dinertje voorbereiden.'

Koffie, koffie, koffie, dacht hij. En terwijl die doorliep, liet de geur hem watertanden. 'Het is geen dinertje.'

Zij had precies hetzelfde gezegd, dacht ze. Maar nu ging ze helemaal mee in de definitie van haar moeder en oma. 'Er komen mensen op bezoek voor wie wij gaan koken. Kortom: een dinertje. En ik weet dat ik me er drukker om maak dan jij, maar ik doe dit soort dingen niet vaak. Eigenlijk bijna nooit. De laatste keer...'

Ze was klaar met de citroen en begon aan de limoen. 'De laatste keer was toen Nina en ik hadden gekookt voor Sam en de man van wie ik dacht dat hij Luke Hudson was. Maar vandaag zal die herinnering voorgoed verdrijven.'

Het was belangrijk, dacht hij. Wat voor hem een ontspannen zomeravondje met familie was, was heel belangrijk voor haar. Om allerlei redenen. Daarom liep hij bij de koffie vandaan, ging achter haar staan en sloeg zijn armen om haar heen. 'Is dat de grootste karaf die je kon vinden?'

Hij voelde haar lachen, voelde dat haar lichaam zich ontspande.

'Jij denkt dat Nell misschien een glas zal nemen uit solidariteit, maar dat jullie mannen het bij bier zullen houden omdat jullie ballen het risico lopen te verschrompelen door iets te drinken dat jullie als te ingewikkeld en meisjesachtig beschouwen.'

'Dat is niet precies wat ik dacht.'

'Sangria is ingewikkeld noch meisjesachtig. Het is het volmaakte zomerdrankje voor volwassenen. En over een paar uur zul je tot de ontdekking komen dat mijn sangria superlekker is.'

Hij liet zijn hand langs haar ruggengraat omlaag gaan en ging toen weer terug naar zijn koffie. 'Niet ingewikkeld, zegt de vrouw die een flinke boomgaard heeft gedecimeerd en een hele verzameling flessen op het aanrecht heeft staan.'

'Een van de vele geheimen van sangria is vers sap.'

Toen de deurbel ging, legde Morgan haar mes neer.

'Ik ga wel,' zei Miles.

‘Ik ben helemaal aangekleed, jij helemaal niet.’

Hij hief een hand op om haar tot zwijgen te brengen en pakte de afstandsbediening om de tv op het kanaal van het beveiligingssysteem te zetten. ‘Het is mijn moeder. Waarom belt ze in godsnaam aan?’

Nadat hij de tv weer op het oorspronkelijke kanaal had gezet en de keuken uit liep, keek Morgan omlaag naar haar kleren en zei: ‘Shit.’

Toen Miles de deur opendeed, keek Drea hem met opgetrokken wenkbrauwen aan. ‘Net pas op?’

‘Waarom ben je niet gewoon binnengekomen?’

‘Voor het geval je uitsliep of iets anders aan het doen was.’ Ze overhandigde hem een mand met perziken. ‘De familie Miller uit Georgia is er.’

‘Hoeveel deze keer?’

‘Veertig kilo. Dus ik ben druk aan het verdelen. Ik weet dat Nell en Liam straks nog komen. Jullie kunnen delen.’

‘Misschien. Jezus, kom toch binnen. We zijn in de keuken.’

‘Ik wil jullie niet voor de voeten lopen.’

‘In de keuken,’ herhaalde hij, en hij liep de gang door. ‘Morgan is genoeg sangria voor heel Barcelona aan het maken. We hebben perziken,’ zei hij, de mand op het aanrecht zettend. ‘Maar die kun je onmogelijk ook in die kan willen doen.’

‘Ik heb voor rode wijn en citrus gekozen, maar als ik dit had geweten...’ Morgan pakte er een, bracht hem naar haar neus en snoof de geur op. ‘Ze zien er heerlijk uit. Dank je, Drea.’

‘Bedank de familie Miller maar. Dat zijn achterneven en -nichten van mij. Ze kweken perziken in Georgia. En ik vind jouw sangria er heerlijk uitzien.’

‘Ik zou je graag een glas aanbieden, maar het smaakt nog niet zoals het moet omdat het nog niet heeft kunnen trekken. Wil je een ijscappuccino?’

‘Ik... Dat klinkt heel bewerkelijk.’

‘Nee hoor, helemaal niet.’

Net toen Morgan de karaf naar de koelkast bracht, stormde Howl de bijkeuken uit en begaf zich kwispelend naar Drea voor een begroeting.

‘Daar is hij dan.’ Drea bukte zich om hem te aaien. Als ze zich al afvroeg waarom Morgan zich zo thuis voelde in de keuken van haar zoon terwijl die in zijn sleetse sportshort koffie stond te drinken, dan hield ze dat voor zich. 'Hoe was de wandeltocht?'

'Geweldig.' Morgan zette de espresso en pakte een kom. 'Tijdens het lopen merkte ik pas hoe erg ik het had gemist.'

'En het touwenparcours?'

'Bedoel je de hinderlaag?' Ze gooide haar haar naar achteren en klopte de koffie door koffiemelk, zoete gecondenseerde melk en een beetje vanille. 'Leuker dan ik had verwacht. Heb jij het al eens gedaan?'

'Dat eist de familietrots. Maar een keer was genoeg. Zijn dat koffie-ijsklontjes?'

Morgan schudde even met de zak die ze uit de vriezer had gehaald. 'Waarom zou je iets lekkers verdunnen met water?'

'Zegt de vrouw die een klein scheutje koffie toevoegt aan haar melk en suiker,' merkte Miles op. 'En misschien wil ik ook wel een ijscappuccino.'

'Ik heb genoeg.' Ze pakte twee hoge glazen, deed de ijsblokjes erin en schonk daar het koffiemengsel overheen.

Drea nam een slokje, en toen nog een. 'Misschien moet je bij mij komen wonen.'

'En ik vraag me af waarom dit de eerste keer is dat ik dit drink,' zei Miles.

'Jij drinkt je koffie altijd zwart,' bracht Morgan hem in herinnering. 'Heel hete zwarte koffie. Ik wilde deze vanavond maken, na het eten. We kunnen zeker maar beter iets doen met al die perziken? Er iets van maken, voor later, bedoel ik.'

Miles wees naar zijn moeder. 'Zij zei dat we ze moeten delen.'

'Nou, dat is toch delen, en het zijn er heel veel. Ik heb echt geen idee.'

'Perzik cobbler,' stelde Drea voor.

'Nog minder idee.'

'Een cobbler is heel eenvoudig. En snel. Beslist te doen voor iemand die net in minder dan twee minuten ijscappuccino's heeft gemaakt.'

'Drankjes zijn geen probleem. Gerechten vind ik een stuk lastiger.'

'Ik kan je laten zien hoe het moet.'

'Echt?'

'Ik heb wel even tijd voor ik perziken naar mijn ouders ga brengen en dan thuis koffieijsblokjes ga maken. En jij moet me appen wat je precies in die kom hebt gedaan.'

'Afgesproken!'

'Ik ga trainen.' Haastig verliet Miles de keuken. Even schoot het door hem heen hoe goed ze in zijn leven paste, alsof hij zijn hele leven had gewacht op het moment dat zij zich er soepeltjes in zou voegen.

Toen hij anderhalf uur had getraind in zijn fitnessruimte, het zweet onder de douche had afgewassen en zich had aangekleed, was zijn moeder alweer vertrokken. Op het aanrecht van de frisse, fonkelende keuken stond een felblauwe schaal met perziken.

'Ik heb perzik cobbler gemaakt.'

'Oké.'

'Nee, luister. Voor mij is dit heel bijzonder. Ik heb hem gemaakt.' Ze wees naar het bakblik dat naast het fornuis stond af te koelen. 'Je moeder zei alleen van nou dit erbij doen, nou dat doen. Ik heb helemaal zelf een dessert gemaakt. We moeten het wel weer opwarmen voor we het serveren,' zei ze. 'Misschien met een bolletje vanilleijs.'

'Oké. Ik had je wel willen helpen met de keuken, hoor.'

'Je moeder heeft me geholpen. Ze stond erop. Volgens haar zal je vader haar aanbidden als ze hem vanavond na het eten een ijscappuccino voorzet, dus staan we nu quitte. Ik mag jouw familie heel graag, Miles.'

'Ik ook… nou ja, meestal dan.'

'Dat is te zien. Ik heb een beetje rondgeneusd,' vervolgde ze. 'Hopelijk vind je dat niet erg, maar dan is het te laat. En ik heb dit leuke servies gevonden, met allemaal verschillende kleuren. De naam ervan is me ontschoten.'

'Fiesta-servies.'

'Ja, dat is het. Ik wilde het vanavond gebruiken. Het is vrolijk en ongedwongen.'

Zijn oma had dat servies ook altijd gebruikt voor tuinfeesten, dacht hij.

'En je hebt de volmaakte glazen voor de sangria. Korte, dikke gekleurde stelen en servetten met fel gekleurde strepen. Ik wilde…' Ze hield op met praten toen hij haar naar zich toe trok en haar kuste. 'Dat vat ik op als instemming.'

'Je mag gebruiken wat je wilt.'

'Ik denk dat we het Waterford-kristal en het mooie porselein beter niet kunnen nemen. En ik weet dat ik nu een beetje doordraaf.'

'Meer dan een beetje. Morgan.' Ze rook naar perzik. 'Laten we even gaan zitten.'

'Ja, goed. Wacht! Het is al bijna twee uur. Ze komen om zes uur voor de cocktails.'

'Dat is pas over vier uur.'

'Ja, maar ik heb dingen te doen. Veel dingen. Bij zo'n woonprogramma heb ik gezien hoe je je tafel zomers kunt dekken en dat wil ik proberen.'

'Ik had het kunnen weten.'

'Dus bloemen, vazen, kaarsen, de hele santenkraam. Ik moet voor de aardappels zorgen en dan zijn er nog de serveerschalen. En ik moet mezelf onder handen nemen zodat ik er goed uitzie.'

'Je ziet er goed uit.'

'Toe zeg. Ik schaam me nog steeds dat ik dit kloffie droeg toen je moeder op bezoek kwam en eruitzag alsof ze zo op de cover van een modeblad met als thema "zomers chic" kon.'

'Ga je elke keer zo doen als we bezoek krijgen?'

'Hopelijk niet, maar ik zal deze hindernis eerst met succes moeten nemen. Jouw huis, jouw broer en zus, de politiecommissaris. Dat is heel wat voor me.'

'Oké dan. Wat moet er nu gebeuren?'

'Dank je,' zei ze met een diepe zucht.

Dat wuifde hij weg terwijl zij de servetten pakte om een ingewikkelde vouwmethode te oefenen die ze op tv had gezien.

Het kon wel wachten, dacht hij. Wat hij tegen haar wilde zeggen kon wachten. Dan kon hij nog langer de tijd nemen om na te denken.

Het kostte verdorie bijna vier uur voordat ze overal tevreden mee was. Bloemen, kaarsen, servetten. Haar aandacht verslapte geen moment al stond ze vrolijk te babbelen tijdens het bereiden van haar aardappelschotel terwijl hij de kip marineerde, de groenten schoonmaakte die hij wilde roosteren en de barbecuesaus maakte.

Onder het werken viel hem opnieuw op hoe goed ze bij hem paste. Toen hij zag dat ze echt uitkeek naar hun etentje, merkte hij dat hij zich er ook meer op verheugde dan hij had verwacht.

Ze had een jurk aangetrokken, waar ze zonder meer de benen voor had. Een luchtig geval in het lichtst mogelijke groen, waardoor hij de hemel dankte voor de zomer.

Eindelijk, toen ze in de tuin stond en een laatste kritische blik op de tafel wierp, knikte ze. 'Het ziet er mooi uit, hè? Alles ziet er mooi uit.'

'Hoe kan het ook anders? Wel jammer dat iedereen zijn servet dadelijk gewoon zal uitslaan nadat je zolang bezig bent geweest om ze chic op te vouwen. Je hebt zelfs een Oost-Indische kers in al die servetten gestoken.'

'Ach, de Oost-Indische kers is niet alleen mooi, maar ook eetbaar.'

'Aha. Ik ga een biertje pakken.'

'Of,' zei ze toen hij naar de koperen bak wilde lopen waarin hij op haar aandringen wijn en bier op ijs had gezet, 'je kunt een sangria proberen.'

'Ik dacht dat die nog moest trekken.'

'Het heeft zes uur gehad. Dat is wel genoeg. Een slokje maar,' zei ze, terwijl ze naar binnen liep. 'Vind je het niks dan vind je het niks.'

Hij keek omlaag naar de hond, die opkeek naar hem. 'Ik wil gewoon een biertje. Ik heb verdomme servetten gevouwen. Ik heb de strijkplank, waarvan ik het bestaan bijna was vergeten, naar buiten gezeuld zodat ze de tafelloper kon persen waar straks barbecuesaus op gemorst gaat worden. Ik heb een biertje verdiend.'

Howl bromde zacht terug en Miles hoorde medeleven. Misschien zelfs saamhorigheid.

Ze bracht de karaf naar de tafel waar de koperen bak, de glazen, cocktailservetjes, bloemen en meer kaarsen op stonden. 'Ik heb er net nog een beetje mineraalwater met prik aan toegevoegd om het te laten mousseren.'

Ze schonk een laagje van twee vingers hoog in een glas, liep ermee naar hem en reikte het hem aan. 'Proef gewoon even.'

Hij nam een slok en trok een chagrijnig gezicht.

'Niet lekker?'

'Nee, ik heb er de pest in omdat het wel lekker is, en ik een biertje wilde.'

'Dat kan altijd nog.' Ze drukte een kus op zijn wang.

Binnen hoorde hij Nells stem. 'We zijn er! Ik zet het toetje op het aanrecht.'

'Shit.' Morgan sloeg zowaar met de muis van haar hand tegen haar voorhoofd. 'Ik heb die cobbler gemaakt. Ik was vergeten dat zij het toetje zou maken. Dan moeten we de cobbler maar binnen laten.'

'Echt niet, we nemen ze allebei. Geen probleem.'

Nell kwam de tuin in, gevolgd door Jake. Ook zij droeg een zomerjurkje en Miles deed zijn best om zich niet voor te stellen wat Jake had 'gedacht' toen hij haar erin had gezien.

Opeens bleef Nell staan en staarde met grote ogen naar de tafel. 'Wauw. Echt. Wauw.' Ze keek naar Morgan. 'Wat ziet het er allemaal vrolijk uit! O, is dat sangria? Laten we een glas nemen. Jake, als Morgan het heeft gemaakt zal het zalig zijn.'

Miles meende Jake een verlangende blik naar het bier te zien werpen, maar hij zei: 'Ja, ik wil wel.'

Toen Liam arriveerde, zaten ze rond een derde tafel sangria te drinken. Liams date heette Dawn en was een ware schoonheid met donkere ogen en pikzwart haar. Na minder dan tien minuten wist Miles dat ze hier niet paste. Ze was heel aardig, maar ze zou nooit geruisloos in Liams leven schuiven als zijn broer daaraan toe was. Of wanneer hij dat niet was.

Hetzelfde gold echter niet voor Nell en Jake. Die kende hij allebei te goed om te negeren wat hij met eigen ogen kon zien. Zij pasten prima bij elkaar.

Liam hield de dames bezig terwijl Miles de barbecue aanstak. En Jake kwam bij hem staan.

'Je zult haar kwetsen,' zei Miles. 'Zij zal jou kwetsen. Dat doen mensen nou eenmaal, daar kunnen ze niks aan doen. Het blijven mensen. En dat is iets tussen de twee mensen die een relatie hebben.'

'Zo is het leven.'

'Ja, maar als jij háár kwetst, doe ik je wat.'

'Je hebt geen keus.'

'Ik bedoel maar.'

'Op dit moment bepaalt zij het tempo. En dat is prima. Ik heb tijd zat.' Jake wierp een blik op de tafel. 'Maar als de tijd op is, zal ik klaarstaan. Zeg, wat heb jij hieraan bijgedragen? De tafel lijkt op iets uit een tijdschrift.'

'Ik heb de slavenarbeid ervoor geleverd.'

'Je hebt het zwaar te pakken, kerel.'

'Ja, ik wel. Ik kan nog niet hetzelfde over haar zeggen. Vanwege Rozwell.'

Jake keek nog een keer naar de tafel en hield zijn stem gedempt. 'Ze denken dat hij op weg is naar de staat Washington. De FBI en de plaatselijke politiekorpsen zijn er druk mee bezig.'

'Dat doet er niet toe. Zolang hij op vrije voeten is, laat het haar niet los.' Op dat moment hoorde hij haar lachen en hij schudde zijn hoofd. 'Maar vanavond wel.'

Ook toen ze met z'n allen aan de vrolijk gedekte tafel met alle bloemen en kaarsen zaten, dacht hij: vanavond wel.

Vanavond was ze er niet mee bezig omdat ze helemaal opging in het moment en deze specifieke hindernis aan het overwinnen was. Ze zat te dollen met Liam, praatte over het impressionisme met Dawn – een onderwerp waar Dawn zich bijzonder voor interesseerde. Met Jake had ze het over honkbal en met Nell over van alles en nog wat.

Hij wist dat het gedeeltelijk een aangeboren talent was, een kneepje van haar vak als bartender. Maar het kwam ook voort uit een sociale inborst en oprechte belangstelling voor haar medemens.

'Nou, Miles, zo te zien kent de geheime saus van de familie Jameson geen geheimen meer voor jou.' Nell duwde haar bord van zich af. 'Volgens mij ben jij de chef-kok voor de volgende familievergadering. Ja, dat weet ik zeker. Ik vind dat je pulled pork moet maken. Ik weet dat je het kunt.'

'Daar ben ik helemaal voor. En deze aardappelen,' voegde Liam eraan toe.

'Dat is Morgans specialiteit.'

'Eén van de twee,' zei ze. 'Maar als het aan mijn dames ligt, zal ik er uiteindelijk nog een derde aan toevoegen.'

'Je dames?' Dawn wierp Morgan een vragend glimlachje toe.

'Mijn moeder en mijn oma. We delen een huis.'

'O.' Ze nam een heel klein hapje kip. 'Woon je bij je moeder? Ik dacht dat je in het resort werkte.'

'Dat doe ik ook. Maar het is fascinerend en plezierig om met drie generaties in een huis te wonen.'

Hoewel Dawn duidelijk haar best deed om een gezellig gesprek te voeren, bracht ze zichzelf in een steeds lastiger parket. 'Nou, je oma voelt zich vast veiliger met jou erbij. Als bejaarde, bedoel ik.'

Miles zag dat Nell haar blik ten hemel sloeg, maar Morgan lachte alleen maar. 'Noem oma vooral geen bejaarde in haar bijzijn. Mijn moeder en zij gaan elke week naar yoga en de paar keer dat ik ben meegegaan waren ze veel leniger dan ik. Ze zijn de eigenaars en managers van het Crafty Arts and Wine Café.'

'O. Daar ben ik geweest. Het is een ontzettend leuke winkel. Volgens mij heb ik je oma daar een keer ontmoet. Ze is heel erg bij de pinken.'

Morgan hief haar glas en deed geen moeite om haar glimlach te verbergen. 'Dat kun je wel stellen.'

Nee, dacht Miles. De donkerharige schoonheid paste hier echt niet.

Toen de toetjes op tafel kwamen, was de zon al ondergegaan in het westen.

'Ik moet je iets opbiechten, Nell,' zei Morgan. 'Ik was vergeten dat jij voor het toetje zou zorgen en toen kwam je moeder langs met perziken.'

'Heb je iets gemaakt?'

'Ze heeft me stap voor stap uitgelegd hoe ik een perzik cobbler moest maken.'

'Toetjeswedstrijd!' riep Liam meteen.

Nell keek hem streng aan. 'Het is geen wedstrijd.'

'Is alles geen wedstrijd?'

Morgan viel Nell bij. 'Nee. Beschouw het maar als je geluksavond, want je krijgt twee toetjes. Wil iemand een cappuccino? Warm of met ijs?'

'Ik heb nog nooit een ijscappuccino gehad.'

'Je zult er geen spijt van krijgen,' zei Miles tegen Jake.

'Heb je ook magere melk?'

Het strekte Morgan tot eer dat ze nogmaals naar Dawn glimlachte. 'Nee, sorry.'

'Misschien een halve, warm.'

'Komt voor elkaar.'

'Ik help je wel even.' Nell stond op en gaf Jake een klopje op zijn schouder om aan te geven dat hij kon blijven zitten.

'Ze is nog jong,' zei ze toen Morgan en zij in de keuken waren. 'En vrij kinderlijk voor haar leeftijd.'

'Inderdaad en ze bedoelde het niet kwaad. Je merkt meteen dat ze uit een rijke familie komt – en daar is niks mis mee.'

'Dat mag ik hopen, want dat geldt ook voor mij.'

'Ze heeft een uitstekende kunstopleiding gehad en nu geniet ze van haar laatste zomer voordat ze aan haar eerste echte baan begint. In een galerie in Chicago, al had ze liever in New York gewerkt.'

'Jij bent meer te weten gekomen over haar dan ik.'

'Ze was vrij open. Het is een aardig, zij het ietwat kinderlijk, meisje waar geen kwaad bij zit. Liam en zij zullen geen seconde meer aan elkaar denken wanneer ze volgende maand naar Chicago verhuist.'

'Nee, dat is waar.'

'Terwijl Jake en jij ontzettend vaak aan elkaar denken.'

'Aanvankelijk meer dan ik wilde, tot ik het ineens wel degelijk wilde. Voor een agent is hij behoorlijk charmant en dat straalt weer op mij af.'

'En, sorry dat het me is opgevallen, hij heeft een lekker kontje.'

'Zeg dat wel. Dat is bijna niet te missen. Nou, die ziet er fantastisch uit,' zei ze toen Morgan de cobbler uit de warmhoudoven haalde. 'Precies als die van mijn moeder.'

'Ze heeft me exact verteld hoe ik hem moest maken. Jouw toetje ziet er prachtig uit. Wat is het?'

'Een *Cherry Dump Cake*. En trek je niks aan van dat "Dump". Je gooit cakebeslag over kersen en doet er een beetje van dit en een beetje van dat bij. Bakken en klaar.'

'Dat zou ik ook kunnen. Echt, dat kan ik ook.'

'Ik stuur je het recept wel. Zijn dat… zijn dat koffieijsklontjes? Dat is briljant. Geef me er 's een.'

Morgan deed wat ze vroeg en Nell zoog erop alsof het een waterijsje was. 'God, die zou ik wel de hele dag kunnen eten. Waarom is dit nooit bij mij opgekomen? Ik regel de toetjes wel. Doe jij de koffie maar.'

Na de heerlijke desserts werd er nog lang nagetafeld, waarna er afscheid werd genomen. Toen Morgan samen met Miles weer buiten zat, fonkelden er sterren aan de hemel.

'Hoe gaat het met die hindernis?' vroeg hij aan haar.

'Die is definitief genomen, dank je. Het was gezellig. Vond jij het gezellig?'

'Ja. Zelfs het nieuwe en binnenkort alweer vergeten meisje had het naar haar zin. Je had haar op haar nummer kunnen zetten vanwege haar opmerking. Maar dat heb je niet gedaan.'

'Het was niet haar bedoeling om kritisch uit de hoek te komen. Ze was gewoon verbaasd. Het is nog nooit bij haar opgekomen dat een volwassen vrouw, een aantal jaar ouder dan zij, vrijwillig in een huis zou gaan wonen met haar moeder, laat staan met haar oma. Liam had het haar duidelijk niet van tevoren verteld.'

'Het zijn jouw zaken, niet die van haar, dus dat zou hij nooit doen.'

'Dat stel ik op prijs. Net zoals ik het op prijs stel dat je me vandaag mijn gang hebt laten gaan. Ik weet dat ik bloedirritant was.'

'Ja, dat kun je wel zeggen.' Haar snelle, ontspannen lach klonk hem als muziek in de oren. 'Het wordt tijd dat je dat goedmaakt.'

'Ik kan het proberen. Wat had je in gedachten?'

'Hetzelfde wat ik vanochtend in gedachten had toen je het te druk had met irritant doen.'

'Juist.' Ze stond op en kwam schrijlings op zijn schoot zitten. 'Ach, dat is het minste wat ik kan doen.'

'Het zal niet het minste zijn als we klaar zijn.'

Hij kwam overeind met haar en al, dus sloeg ze haar benen om zijn middel. 'We moeten de hond binnen roepen.'

'Die is met zijn laatste ronde bezig. Hij weet hoe hij binnen moet komen als hij klaar is.'

'Kunnen we dit nog een keer doen?'

'Geen sprake van.' Hij droeg haar naar binnen. 'Niet als ik weer servetten moet vouwen.'

'Van die taak kun je worden vrijgesteld.'

'In dat geval zal ik je de kans geven om me over te halen.'

'Miles.' Ze drukte haar gezicht tegen de zijkant van zijn hals waardoor ze vonkjes in zijn bloedbaan ontstak. 'Wat ben je toch goed voor me.'

Dat was hij zeker van plan.

26

Tien dagen nadat Gavin Rozwell zijn sjofele motelkamer had verlaten en de regenachtige duisternis was ingereden, waren Beck en Morrison 's avonds aan het werk in een veel minder sjofele motelkamer terwijl het buiten plensde.

Op de muren hadden ze landkaarten geprikt met daarop de routes die zij hadden gevolgd en de routes die waren gevolgd door plaatselijke politiekorpsen en de staatspolitie. Signaleringen waar geen twijfel over bestond waren aangegeven in rood, mogelijke signaleringen in geel.

Naast de kaarten hingen foto's en beschrijvingen van gestolen voertuigen die ze tot Rozwell hadden kunnen herleiden. Die voertuigen verdeelden ze in twee categorieën: teruggevonden en niet teruggevonden.

Ze hadden foto's van de laatste motelkamer in Oregon, de getuigenverklaring van de niet-bijster-geïnteresseerde receptionist en van een uiterst nieuwsgierige serveerster die hem het dagmenu van gefrituurde kip had gebracht in het armzalige eetcafé naast het motel.

Ook hadden ze de verklaring van een naar cannabis en wanhoop ruikende winkelbediende van de Quick Mart waar Rozwell een tray Coca Cola Zero, een grote zak salt and vinegar chips en een pak met zes chocolade-pindarepen had gekocht.

Ze hadden de oude Ford pick-up – een rammelbak met een lekke band, maar geen reservewiel – die Rozwell op een achterafweggetje even buiten Fall City, Washington had gedumpt. Overal in en op die auto waren zijn vingerafdrukken aangetroffen. Ook hadden ze de beschrijving van een als gestolen opgegeven Dodge Ram die was ontvreemd van een oprit op nog geen achthonderd meter afstand van de plek waar de Ford was achtergelaten.

Alle aanwijzingen leidden naar het noorden.

'We hebben zijn spoor weten te herleiden naar dat motel even buiten Alpine, Oregon, omdat hij de buurtsuper daar binnen is gegaan. We hebben zelfs beelden van hem op de bewakingscamera.'

Beck liep heen en weer voor hun geïmproviseerde bord met aanwijzingen terwijl Morrison werkte aan het verslag dat ze elke avond opmaakten.

Beck droeg een mouwloos T-shirt en een katoenen koordbroek die ze altijd droeg tijdens hun onderzoekssessies die tot diep in de nacht duurden en waar ze ook in sliep.

In de afgelopen drie weken waren ze maar achtenveertig uur op hun eigen kantoor in Baltimore geweest en hadden ze slechts twee nachten in hun eigen bed kunnen slapen.

Bij gebrek aan een bureau had Morrison zijn laptop op een bijzettafeltje ter grootte van een putdeksel gezet zodat hij erop kon typen. Zijn leesbril – gekocht bij een Walmart nadat hij op zijn vorige was gaan zitten – gleed telkens van zijn neus.

'Waarom is hij naar die supermarkt gegaan?'

Morrison keek over de rand van zijn leesbrilletje. 'Omdat hij suiker en koolhydraten wilde hebben voor onderweg.'

'Die winkel lag nog geen zestien kilometer bij zijn motel vandaan. En daar staan snackautomaten. Maar in plaats van dat hij de spullen die hij wilde daaruit heeft gehaald, is hij naar die buurtsuper gegaan, terwijl hij donders goed wist dat ze daar een bewakingscamera bij de kassa hebben.'

'Het was meer geluk dan wijsheid dat we die getuige hebben gevonden.'

'Dat is waar, maar zo zijn we uiteindelijk wel bij zijn motel uitgekomen en hebben we de pick-up gevonden die hij op dat parkeerterrein in Molalla had gedumpt. Hij is dus nog in Oregon, maar gaat duidelijk naar het noorden. Salem heeft een grote luchthaven, maar daar heeft hij het voertuig niet gedumpt, zodat wij het vrij makkelijk konden vinden.'

Morrison wreef in zijn ogen waardoor zijn leesbril op en neer ging. 'Niets aan deze zaak is makkelijk.'

'Maar kijk. Hij gaat naar het noorden.' Ze tikte op de kaart. 'Een duidelijk spoor. Oké, oké, het kronkelt een beetje, maar uiteindelijk gaat hij steeds verder naar het noorden. Hij zal de staat Washington in gaan, en het heeft er alle schijn van dat hij zal proberen om de grens met Canada over te glippen of een manier zal zoeken om helemaal naar Alaska te gaan.'

Morrison zette de leesbril af en tikte ermee op de knie van zijn vaal geworden dad-jeans terwijl hij de kaart bestudeerde. 'We zijn niet bezig met het zoeken naar broodkruimeltjes, ze liggen er gewoon en we hoeven ze alleen maar op te rapen.'

'Precies. Is hij ineens zo slordig geworden, Quentin? Of laat hij expres aanwijzingen voor ons achter?'

'Heel goed mogelijk. Hij is van slag. Dat weten we. Hij verblijft tegenwoordig in vervallen motels en rijdt in oude rammelbakken. Uit de getuigenverklaringen blijkt dat hij ook dikker is geworden. Hij is van slag en hij is op de vlucht. Maar…'

Ditmaal knikte Beck. 'Maar.' Ze ging op de rand van het bed zitten en trok haar benen onder zich op. 'Ik krijg steeds sterker het gevoel dat hij een spelletje met ons speelt. Die pick-up die we gisteren hebben gevonden is verdomme net een neonpijl die naar het noorden wijst.'

Morrison ging staan en strekte zijn rug tot die kraakte. O, wat miste hij zijn extra stevige matras in Baltimore. 'Het komt erop neer,' begon hij, 'dat hij het na zijn mislukking met Morgan een heel jaar zonder moord heeft gedaan.'

'Voor zover we weten,' preciseerde Beck.

'Ja, voor zover we weten. En afgaand op onze huidige kennis heeft hij sinds Myrtle Beach geen moord meer gepleegd. Daarvoor had hij zijn tempo versneld: Arizona, New Orleans, Myrtle Beach. Drie moorden binnen een half jaar.'

'Kennelijk wilde hij de tijd die hij had verloren, dat jaar waarin hij geen moorden heeft gepleegd, goedmaken.' Beck stond op, liep naar de grote kaart en tikte op Arizona. 'Die moord heeft hij gepland. Hij heeft de tijd genomen om het weer net zo goed te plannen als vroeger.'

'Maar die moord op Dressler in New Orleans was een opwelling. Die wijst op impulsiviteit, een verlies van zelfbeheersing. Alsof hij stoom moest afblazen. Heel slordig van hem.'

'Daarna moest hij nog een moord plegen om weer in zijn oude

ritme te komen. En hoewel hij zijn tijd heeft genomen voor het slachtoffer in Myrtle Beach en daar flink wat geld heeft buitgemaakt, is hij zonder zijn kenmerkende precisie te werk gegaan. Hij hield geen rekening met het trackingsysteem in de Mercedes en dat was slordig. Na Nina Ramos is hij zijn scherpte kwijtgeraakt, die hij zelf als een soort finesse beschouwt.'

'En nu heeft hij zijn tempo opnieuw vertraagd. Hij is bijna al zijn dure apparatuur kwijt, plus alle identiteitsbewijzen die hij had gemaakt, en sinds Missouri is hij op de vlucht. We kunnen dus stellen dat hij van slag is, zich niet langer op vertrouwd terrein bevindt en dat hij fouten maakt. Maar...'

Beck knikte opnieuw. 'Hij is ook kwaad. En wie geeft hij de schuld van dat alles?'

'Morgan Albright, eh... Nash,' verbeterde Morrison zichzelf. 'En ons.'

'En ons.' Hij zou ons een klein beetje kunnen laten boeten door ons op een dwaalspoor te zetten.'

'Denk jij dat hij binnenkort achter Nash aangaat?'

'Nee.' Ze schudde haar hoofd. 'Niet nu hij weet dat we hem op het spoor zijn. Hij moet ons in zijn nek voelen hijgen. Denk jij van wel?'

'Nee. Hij is van slag, Tee. Hij heeft tijd nodig om tot rust te komen, om alles te plannen. Ergens in zijn zieke brein weet hij dat hij fouten heeft gemaakt. En zij is zijn grootste fout.'

Hij pakte de fles ginger ale die hij naast het bijzettafeltje op de vloer had gezet aangezien hij daar geen ruimte had door zijn laptop en alle paperassen. Hij nam een slok en trok een vies gezicht omdat het warm was geworden.

Daarna ging hij weer zitten en draaide zijn stoel naar haar toe. Haar kamer rook naar de geurkaars die ze altijd meenam op reis. Ze werkten altijd in haar kamer omdat de zijne volgens haar naar een mannenkleedkamer rook.

Daar had ze geen ongelijk in.

Hij ging zitten, strekte zijn benen uit en liet zijn brein tot rust komen door de geur van de kaars. Die rook naar pioenroos, net zoals zijn moeders tuin in mei altijd had gedaan.

Omdat Beck Morrisons manier van werken kende bleef ze zwijgend op bed zitten.

'We moeten contact opnemen met commissaris Dooley en met de beveiliging van het resort zodat zij ook waakzaam zijn.'

'Dat ben ik met je eens.'

'Maar subtiel is hij niet. Het is of zwart of wit bij hem. Als hij ons naar het noorden leidt... hoe meer ik erover nadenk, hoe meer ik het gevoel krijg dat jij gelijk hebt.'

'Dan gaat hij in werkelijkheid naar het zuiden,' maakte Beck zijn zin af.

'Ja, verdomme. Hij had al plannen om naar Mexico te gaan. Dat weten we via zijn kamer in Kansas City. Misschien heeft hij een vals paspoort weten te bemachtigen. Maar dan heeft hij nog een heel lange reis voor de boeg.'

'Jij denkt dat hij dichter in de buurt zal blijven. Nou, ik ook. Moet je die regen toch horen, Quentin. Ik zou een moord doen voor wat echte zonneschijn en een beetje warmte. En ik durf je linkeroog eronder te verwedden dat hij er ook zo over denkt.'

'Mijn linkeroog is mijn slechte oog. Goed, dan gaan we naar het zuiden. We hebben hier genoeg onderzoek gedaan om nu jouw neus naar het zuiden te volgen. Vertrekken we zodra het licht wordt?'

Ze keek naar het raam met het gordijn ervoor en luisterde naar de regen. 'Als er hier dan licht is.'

'We zullen licht gaan zoeken.'

'En we zullen hém vinden. Ditmaal glipt hij ons niet door de vingers, Quentin. En we zullen ervoor zorgen dat hij niet bij Morgan in de buurt komt. Al ben ik bang dat hij nog een slachtoffer zal maken voordat we hem te pakken krijgen.' Ze schudde haar hoofd en haalde haar schouders op. 'Verdomme. Weet je wat ik ga doen wanneer we die klootzak te pakken hebben?'

'Nou?'

'Nadat ik jou een kus op je mond heb gegeven, en wen maar vast aan het idee, ga ik naar huis om een kindje te verwekken met mijn buitengewoon geduldige echtgenoot.'

'Meen je dat nou?'

'Ik zweer het op je linkeroog. Als deze zaak me iets heeft geleerd is het dat het leven voor de levenden is. We gaan die etterbak oppakken en daarna gaan we leven.'

'Daar kan ik me wel in vinden.' Hij klapte zijn laptop dicht en verzamelde zijn spullen. 'Die ginger ale drink ik wel op mijn eigen kamer. Tijd om te gaan slapen.'

Gavin Rozwell, die zich nu Leo Nesser noemde, genoot van het zonlicht in de woestijn. Hij voelde zich verfrist, herboren. Zelfs de sjofele motelkamer kon zijn stemming niet bederven.

Hij had zijn haar bijgeknipt – het zat nog steeds slordig, maar nu leek dat ook de bedoeling. Hij had lightener door zijn haar gekamd en het daarna in een staartje gedaan. Zijn baard had hij geschoren tot een stoppelbaardje met een soul patch. En met een zelfbruiner had hij zijn bleke gezicht een lichte gloed gegeven. Hij vond dat hij er met dit nieuwe uiterlijk, de groene contactlenzen en het John Lennon-brilletje beslist niet slecht uitzag. Met zijn Birkenstock-sandalen en gerafelde spijkerbroek kon hij doorgaan voor een rondtrekkende kunstenaar.

Zijn spijkerbroek had hij een hele maat groter moeten kopen, maar daar ging hij binnenkort iets aan doen. Want hoewel zijn brein hem vertelde dat een buikje – zelfs een nepbuikje – zijn vermomming zou vervolmaken, wilde hij zijn oude lichaam terug. Daarom maakte hij lange wandelingen in de zinderende hitte, waarbij hij een schetsboek en een camera meezeulde.

Hij hoorde de lokroep van Las Vegas met zijn chique hotels en bruisende nachtleven. Zelfs Reno fluisterde zijn naam. Maar bij die steden bleef hij uit de buurt. In plaats daarvan wandelde hij door zonovergoten canyons – om de pondjes die hij was aangekomen weer te laten wegsmelten – en vermaakte hij zich door te fantaseren over de FBI-agenten die in het regenachtige, mistroostige noorden ploeterden om hem op te sporen.

Voordat hij zijn gestolen Fiat in een meer had geduwd en had toegekeken terwijl het ding zonk, had hij een spoor achtergelaten dat zelfs een blinde zou kunnen volgen.

Die auto zouden ze uiteindelijk vinden. Maar 'uiteindelijk' zou voor hen te laat zijn.

's Nachts deed hij zijn onderzoek. Hij had een schuilplek nodig en die zouden de canyons en de woestijn hem geven.

In deze omgeving woonden heel wat mensen die de bewoonde wereld vaarwel hadden gezegd en tal van prepper-types die online met elkaar in chatgroepen ouwehoerden. Aan één van hen had hij genoeg.

Hij nam er de tijd voor. Als hij een paar weken of zelfs een paar maanden in de blokhut van de een of andere gek ging wonen, moest hij zeker weten dat hij de juiste gek had gevonden.

Iemand zonder vrienden of familie die langs konden komen om te kijken of alles nog in orde was. Iemand die het preppen serieus genoeg nam om een flinke voorraad voedsel en water in huis te hebben. Iemand met een fatsoenlijk dak boven het hoofd.

Hij mengde zich in de gesprekken van de chatgroepen onder de naam 'nowhereman', vroeg om adviezen en vermeed ruzies. Via die adviezen kwam hij bij andere groepen die hem op hun beurt weer bij andere groepen brachten en die leidden hem weer naar eventuele mogelijkheden bij hem in de buurt.

Die mogelijkheden trok hij na. Te voet of in de auto ging hij de boel beter observeren. Hij at burrito's, vette frites en ging aan het hacken. Hij at chips – onderweg had hij een ernstige chipsverslaving opgelopen waar hij maar niet van afkwam – en reed naar het zoveelste erbarmelijke motel.

Hij kocht een drone en vloog ermee door de canyons en maakte zo een paar goede filmpjes van mensen die zich hadden losgemaakt van de samenleving.

Toen er na selectie twee geschikte huizen overbleven, slaagde hij erin om de namen van de bewoners te achterhalen en deed nader onderzoek naar hen.

De keus bleek eenvoudig. De ene was een zevenenveertigjarige, gepensioneerde sergeant bij de mariniers, die eruitzag alsof hij rotsblokken verorberde voor zijn ontbijt, en de andere was een weduwe van drieënvijftig met pezige armen, die zich op internet 'Prep4Jezus' noemde.

Jane Boot en haar man James waren twaalf jaar geleden in de wildernis tussen Gabbs en Two Springs, Nevada, neergestreken. Klaarblijkelijk was James vier jaar geleden overleden aan een kanker die zich niet had laten weg bidden. Jane was alleen achtergebleven. Ze hield een stel kippen, een melkgeit, en wat varkens die ze zelf slachtte. Ook had ze een rookhuis zodat het vlees langer bewaard kon worden.

Ze geloofde vurig in de Opname in de hemel en de onvermijdelijke oorlog die zou uitbreken tussen de mensheid en buitenaardsen of tussen Amerika en het buitenland en ze was ervan overtuigd dat de communisten alle takken van de overheid leidden. Ze verslond de geposte berichten op QAnon-sites sneller dan hij chips at.

Jane, en de inmiddels-al-een-tijdje-overleden James, waren overtuigde tegenstanders van vaccinaties, de overheid, de lhbti-gemeenschap en alles wat niet met God of vuurwapens te maken had.

Wat Rozwell betrof was de vrouw knettergek. Wat hem echter goed uitkwam, was dat ze kinderloos was en slechts één zus had die al heel lang niets meer met haar te maken wilde hebben, maar dat ze wel toegang tot internet had. Ook had ze een hond gehad, maar die was vorig jaar doodgegaan, waarna ze hem naast haar man had begraven.

Rozwell ging ervan uit dat ze goed bewapend zou zijn en meer dan bereid was om een indringer dood te schieten. Maar daar zou hij wel wat op vinden.

Hij was ruim een kilo afgevallen – nog bijna zeven te gaan – en hij voelde zijn zelfvertrouwen groeien toen hij haar computerbestanden hackte alsof hij met een mes door de boter ging.

Zoals verwacht had ze een pick-up en uit haar boekhouding op de computer bleek dat ze twee keer per maand haar huis verliet om naar Gabbs of naar Two Springs te gaan. Daar verkocht ze haar eieren, geitenmelk en de snuisterijen die ze maakte van goedkope kralen en gelooide varkenshuid.

Walgelijk.

Ze maakte geen gebruik van Amazon, UPS of FedEx. De onverharde weg naar haar huis was afgesloten door een ijzeren hek en de twee stoffige hectaren grond rond het huis waren afgezet met einden prikkeldraad waar een hele reeks bordjes aan hing met de tekst OPROTTEN GVD.

Maar ze had een blokhut, een schuur, een waterbron, indoor sanitair en zonnepanelen om haar elektriciteit op te wekken. Daar had haar handige man voor gezorgd voordat hij aan zijn eeuwige rust in de grond begon. Anders zou Rozwell het erop hebben gewaagd met de marinier.

Hij maakte verkenningsvluchten met zijn drone. Hij observeerde. Hij wachtte af.

Op een dag zag hij haar naar de schuur gaan en ditmaal reed ze naar buiten in de pick-up.

Eindelijk!

Als een aasgier hield hij haar vanuit de lucht in de gaten en zag dat ze flessen melk en dozen eieren uit de blokhut haalde en die in koelboxen op het laadplateau van de pick-up stopte. Daarna sjouwde ze een krat naar buiten – waarschijnlijk met de snuisterijen – en laadde die ook in.

Ze had een hagelgeweer en iets waarvan hij aannam dat het een gewoon geweer was in het wapenrek achterin, en ze droeg een holster met handvuurwapen.

Ze sloot de schuurdeur af met een hangslot, liep terug naar de blokhut en deed daar hetzelfde mee.

In haar stoffige laarzen en spijkerbroek leek ze broodmager, maar hij durfde te wedden dat ze behoorlijk sterk was.

Met de drone volgde hij haar terwijl ze, stofwolken opwerpend, over de onverharde weg reed. Maar voordat ze bij het ijzeren hek was, liet hij de drone terugkeren.

Aangezien ze in de laatste journaalpost van haar boekhouding 'Gabbs' had geschreven, nam hij aan dat ze nu naar het oosten zou rijden, naar Two Springs. Hij stapte in zijn pick-up en haalde een wegenkaart tevoorschijn die hij zogenaamd zou bestuderen mocht ze toevallig zijn kant op kijken.

Het duurde even voordat ze het ijzeren hek bereikte, dat ze vervolgens opende, waarna ze erdoorheen reed. Aan de andere kant moest ze weer uitstappen, het hek dichtdoen en weer afsluiten.

Toen ze daarna in oostelijke richting wegreed, wist Rozwell dat het geluk hem weer toelachte.

Hij wachtte tien minuten – die een eeuwigheid leken te duren – om er zeker van te zijn dat ze niet onverwacht terug zou komen. Hij kon de hangsloten niet met een betonschaar openknippen want dat zou ze zien. Maar in zijn motel had hij veel tijd zitten prutsen aan hangsloten met slothaken met behulp van wikiHow.

Het kostte hem moeite, en tegen de tijd dat hij klaar was met het eerste hangslot liep het zweet in stralen van hem af. Het kostte hem bijna een half uur om ze alle drie open te krijgen, maar uiteindelijk kon hij het hek opendoen. Hij liep terug naar zijn pick-up, reed door het hek en deed de sloten weer dicht.

Dit deel van zijn plan had hij bedacht tijdens de vele uren dat hij de boel hier in de gaten had gehouden en de uren die hij in zijn motelkamer had gezeten. Het was zaak om zijn pick-up goed uit het zicht te houden. Hij reed om het huis heen en wist het voertuig met moeite door de nauwe opening tussen de zijkant en de stal van de geit te rijden. Er kwamen krassen op de autolak, maar wat kon hem dat schelen? Daarna reed hij door tot hij bij de plek kwam waar alsemstruiken groeiden en waar ze verschillende draden prikkeldraad boven elkaar had gespannen.

Via zijn drone had hij van tevoren de plekken bepaald waarop zijn pick-up onzichtbaar zou zijn. Ze zou die niet zien als ze naar de schuur reed omdat die door het huis en de alsemstruiken aan het zicht werd onttrokken. Maar als ze naar de kippen ging, zou ze zijn auto wel zien.

In dat geval zou hij haar meteen onderscheppen.

Boven de achterdeur van haar huis – die ook was afgesloten met een hangslot – zat een afdak waaronder een krukje op drie poten stond dat ze gebruikte wanneer ze de geit molk.

Voor alle ramen zat een dicht rolgordijn dus kon hij nergens naar binnen kijken.

Hij pakte een van zijn flesjes water uit de pick-up en ging in de schaduw op het krukje zitten.

Hij zou haar oude, gammele pick-up van verre horen aankomen, dus hij kon zich net zo goed even ontspannen.

Hij deed wat spelletjes op zijn telefoon, dronk af en toe wat water en verlangde naar een hotelsuite met airconditioning in het Plaza-hotel in Las Vegas. Of nee, hij verlangde naar een uitzicht op water. Door de cactussen, het zand en de steile canyonwanden hunkerde hij naar water.

Het Casa Cipriani-hotel, als hij besloot naar New York te gaan.

Maar de westkust leek hem ook wel wat. De Post Ranch Inn, in Big Sur.

Of...

En daar had je haar. Rammel, rammel, bonk, bonk.

Dat werd verdomme tijd ook.

Hij ging staan en omdat hij niet het risico kon nemen zijn ogen te gebruiken, gaf hij zijn oren goed de kost.

Hij hoorde haar pick-up tot stilstand komen en ja, daar klonk het gekraak van de schuur. Nu moest hij wachten tot ze de motor zou uitzetten en de schuurdeur weer krakend dicht zou gaan.

Hij moest haar van achteren zien te overmeesteren en besloot haar te verrassen op het moment dat ze het hangslot van de deur van de blokhut opende. Dan zou ze haar handen vol boodschappen hebben. Na deze tripjes kwam ze altijd thuis met vers fruit en verse groenten.

Eerst hoorde hij dat de schuurdeur werd dichtgedaan en daarna klikte het hangslot. Toen kwamen haar voetstappen naar het huis toe, dus glipte hij naar de zijkant van het huis waar de schuur stond en drukte zich tegen de muur waarna hij zijwaarts lopend verderging.

Ineens hielden de voetstappen op.

Hij waagde een snelle blik.

Ze stond met haar rug naar hem toe en droeg een krat met jutezakken erin. Uit een ervan stak een wortel.

Ze keek omlaag.

Ineens zag hij het ook. Zijn bandensporen, zijn voetstappen.

Prompt liet ze het krat vallen en tastte naar het pistool dat aan haar zij hing.

Hij vloog op haar af.

Ze trok het wapen en wilde zich net naar hem toe draaien toen hij tegen haar op knalde. Alsof je tegen een zak knekels botste, dacht hij, terwijl haar wapen door de lucht vloog.

Ze smakten zo hard op de grond dat hij haar hoofd tegen de zijkant van de smalle veranda hoorde kraken. Dat leek haar echter weinig te deren, want meteen daarna ramde ze een elleboog in zijn buik.

Hij zag het mes pas toen ze ermee in zijn arm sneed. Maar de pijn en de geur van zijn eigen bloed ontketende een razernij in hem. Hij greep de hand waarin ze het mes hield en draaide die om. Hij voelde haar pols breken als een dor twijgje waar je op stapt. En hij genoot van de hoge gil die ze slaakte toen hij zijn vuist in haar gezicht ramde.

'Je hebt me gesneden!' Zijn stem klonk even hoog als haar gil terwijl hij bleef stompen. 'Kreng! Vieze hoer!'

Haar gegil veranderde in een gorgelend gekreun toen hij haar hoofd tegen de rand van de veranda sloeg.

Ook het gegorgel hield op. Ze maakte geen geluid meer en lag er roerloos bij. Ze staarde hem alleen aan met nietsziende ogen terwijl hij overeind kwam en een hand om zijn arm klemde.

Het bloed droop over zijn vingers en bevlekte de grond, net als het hare had gedaan. Ze had hem een jaap van vijftien centimeter tussen zijn schouder en zijn elleboog bezorgd. 'Daar houd ik verdomme een litteken aan over!'

Razend bleef hij tegen haar lichaam schoppen en stampte er daarna bovenop. 'Boontje komt om zijn loontje, stomme ouwe trut!'

Hij wist dat ze de pijn niet meer zou voelen, wist dat ze voor die eerste schop al dood was geweest, maar hij kon er niet mee ophouden. Dat lukte pas nadat de combinatie van inspanning en hitte hem duizelig maakte.

Hij raapte de sleutels op die ze samen met het krat had laten vallen en liet haar liggen terwijl hij naar de deur liep en het slot openmaakte.

Ze had vast verbandspullen in huis. Dat had iedere prepper.

Hij liep door de woonkamer waar een bank met holle rugleuning en één stoel stonden en ging naar de keuken. Die was twee keer zo groot als de woonkamer en had lange aanrechten van houten planken, waarschijnlijk het werk van haar handige echtgenoot. Aan de muren hingen planken die vol stonden met blikken en potten met conserven en glazen voorraadpotten met droge etenswaren.

In een oude kast, misschien ook zelfgemaakt, vond hij een verbandtrommel, doosjes met gaas, flesjes met waterstofperoxide, ontsmettingsmiddelen, alcohol, pijnstillers, verband, de hele reutemeteut.

Hij spoelde de snee schoon in de gootsteen van de keuken. Dat brandde als een gek en er stroomden dikke stralen bloed uit. Hij klemde zijn kiezen op elkaar en goot er toen waterstofperoxide op, wat brandde als het hellevuur.

Tranen biggelden over zijn wangen, maar hij hield vol en gebruikte vlinderpleisters om de snee dicht te maken. Daarna smeerde hij er ontsmettingsmiddel op en deed er gaas omheen.

Hij dronk koud water rechtstreeks uit de kraan. Ze had Exedrin Extra Sterk in huis en daar nam hij er in een keer drie van.

Vervolgens liep hij naar buiten en keek hij naar haar lichaam. Hij was verdomme absoluut niet van plan om haar te begraven, maar hij kon haar hier ook niet laten liggen. Dan zou ze gaan stinken en bovendien voelde hij er niets voor om steeds maar naar haar lijk te moeten kijken. Ook wilde hij het risico niet lopen dat iemand anders met een drone het zou zien.

Hij sjorde haar om het huis heen, naar de achtertuin, waarbij ze een breed bloedspoor achterliet, maar dat kon hem verdomme niets schelen.

Eenmaal bij het prikkeldraad doorzocht hij haar zakken. Walgelijk, maar noodzakelijk. Hij vond een stapeltje bankbiljetten, meer sleutels, een oud zakhorloge en een zakmes.

Hij haalde de betonschaar uit zijn pick-up, knipte het prikkeldraad door en sleepte haar verder tussen de struiken waar hij haar achterliet.

De gieren en kraaien zouden zich wel over haar resten ontfermen, dacht hij.

Nadat hij zijn pick-up naar de voorkant van het huis had gereden, bracht hij zijn spullen naar de veranda. Hij had zich voorgenomen om nooit meer iets achter te laten in een kamer, dus hij had alles bij zich wat hij nodig had. Hij droeg de betonschaar naar de schuur en knipte het hangslot open.

Een goudmijntje, dacht hij. In de schuur zag hij naast nog meer keurig opgeslagen proviand ook gereedschap en diervoeder. Geen plaats voor de tweede pick-up, maar dat gaf niet.

Met de betonschaar in zijn hand liep hij terug naar het huis. Toen hij het bloedspoor in het oog kreeg, verscheen er even een spottende glimlach op zijn gezicht. Hij pakte het krat op en droeg de boodschappen naar binnen.

Wie wat bewaart die heeft wat.

Toen hij een blik op zijn kloppende arm wierp, zag hij dat de snee door het verband heen had gebloed, dus ververste hij het gaas en maakte daarna de grendel van de deur in de keuken open.

Hij had een soort wasruimte verwacht en was aangenaam verrast bij het zien van de afgesloten ruimte. Met een glimlach keek hij om zich heen.

Ze mocht dan als een kluizenares in een grot hebben geleefd, ze had wel een hoop elektronica in huis. Degelijk spul, en daar zou hij goed gebruik van maken. Verder had ze nog een heel scala aan gereedschappen die je met zonne-energie kon opladen. Elektrische aanstekers, zaklampen, powerbanks, waterzuiveraars, een soort kleine, opvouwbare zonne-oven en een reservegenerator, ook op zonne-energie.

Invasies, communisten, burgeroorlog of de Opneming, Prep4-Jezus was op alles voorbereid, dacht hij.

Aan de muur, naast een afbeelding van Jezus, hing iets wat volgens hem een AR-15 was, of hoe het wapen waar al die schietgrage gekken dol op waren ook maar heette.

Hij liep rond als een jongen in een speelgoedwinkel. Ineens viel zijn oog op de brandkast. 'Is dat even een leuke verrassing.'

Eigenlijk wilde hij zich douchen, schone kleren aantrekken, zijn spullen uitpakken en het zich gemakkelijk maken, maar in plaats daarvan ging hij op zoek naar de cijfercombinatie.

Hij kwam achtereenvolgens in een wasruimte waar wel een oude wasmachine, maar geen wasdroger stond, een badkamer die niet overhield en een eenpersoonsslaapkamer.

Aan de muur hingen nog meer afbeeldingen van Jezus en een oude gerafelde vlag met de tekst DON'T TREAD ON ME.

In de kast, in een metalen doos met alweer een hangslot vond hij papieren. Oude brieven, kopieën van geboorteakten, een trouwakte en de eigendomsakte van het land waar hij nu op stond en... de cijfercombinatie van de brandkast.

Hij liep terug naar de woonkamer, en aangezien de brandkast met bouten aan de vloer was bevestigd, ging hij op de ruwhouten vloer zitten en opende het ding met de cijfercombinatie.

Er lag contant geld in dat hij glimlachend op de grond uittelde. 'Zesendertigduizenddriehonderdtweeënzestig dollar.' Hij gooide zijn hoofd achterover en lachte. 'Jane, jij dooie hoer, bedankt voor de fooi.'

Nadat hij zich had gedoucht, ververste hij het verband om zijn wond en trok schone kleren aan.

Haar handdoeken voelden aan als schuurpapier en na een blik op haar lakens wist hij dat daar hetzelfde voor gold. Hij zou een ritje naar Two Springs maken. Dat was het dichtstbijzijnde stadje en bijna twee keer zo groot als Gabbs. Daar zou hij nieuwe lakens van Egyptisch katoen en wat fatsoenlijke zeep kopen. Met haar geld.

Hij gooide haar kleding in het krat en verdomd als hij niet nog meer geld vond. Gewoon een paar honderd dollar her en der verstopt, en met contant geld kon je alle kanten op.

Aangezien hij honger had gekregen van al die inspanning, pakte hij een lekkere, dikke pruim van de laatste boodschappen die ze bij leven had gedaan.

De geit mekkerde, de kippen tokten en de twee varkens knorden. Die eieren leken hem wel wat, maar hij was verdomme niet van plan om die geit te melken, zelfs al had hij geweten hoe het moest. En hij wist zeker niet hoe je zo'n rotvarken moest slachten.

Maar goed, als die stomme beesten de hongerdood stierven, zou hij ze moeten opruimen. Om die situatie in elk geval voorlopig te voorkomen ging hij naar de schuur en pakte daar wat voer voor de geit. Hij pompte zelfs wat water uit de bron om in de emmer van het beest te doen.

'Nu ik verdomme toch voor boerenknecht speel, kan ik net zo goed wat te bikken maken.'

Eieren waren er in overvloed en in de vrieskist vond hij varkensvlees en kippen die niet meer legden. Ook lagen er hele broden in voorzien van een datum.

Jezus nog aan toe, dat kreng had haar eigen brood gebakken.

Hij wist niet hoe hij het vlees moest klaarmaken, maar daar had je Google voor. Voorlopig zou hij genoegen nemen met de eieren.

Een speurtocht door haar voorraden leverde hem ruim voldoende conserven en een paar flessen goede whisky op.

Hij maakte roerei dat weliswaar een beetje aangebrand was, maar toch zijn honger stilde en hij vulde dat aan met wat er nog over was van zijn zak chips en twee vingers goede whisky.

Al etend maakte hij op zijn telefoon een boodschappenlijstje met alles wat hij moest kopen in Two Springs. Lakens, handdoeken, zeep, wat goede wijn, kaas, crackers en meer zakken chips. Misschien wat dipsaus als extraatje.

Na de avondmaaltijd ging hij op de veranda zitten en besefte dat hij zich, ondanks de brandende pijn in zijn arm, voor het eerst in weken, vele weken, ontspannen voelde.

Gedeeltelijk kwam dat door de moord. Die had hem een vage opwinding bezorgd, al had hij haar te snel naar zijn zin gedood. Maar zoals de eieren zijn honger hadden gestild, had het doden van deze vrouw zijn moordzucht voorlopig bevredigd.

En de rest? Nu hij over een onderkomen beschikte, had hij alle tijd. Hier zouden ze hem nooit vinden. Want waarom zouden ze hem hier komen zoeken? Hij was de zon, zij waren de regen.

Zij zouden nog steeds in een kringetje rondlopen wanneer hij er klaar voor was om definitief af te rekenen met Langbeen Morgan.

Dat moment zou aanbreken.

En nu? Hij besloot zich nog een whisky in te schenken en wat te experimenteren met de speeltjes die Dooie Jane had achtergelaten.

Want eigen haard was tenslotte goud waard.

27

Omdat Miles op zondag de familievergadering/gezamenlijke maaltijd had, besloot Morgan op zondagochtend uit te slapen en daarna wat te gaan tuinieren met haar oma.

Ze moest lachen toen ze zag dat ze allebei een strooien flaphoed, een short met grote zakken en versleten hoge sneakers droegen en een zonnebril op hadden. 'We lijken net een stel hippie-boeren, oma.'

'Dit is mijn eigen stijl, jij bent een na-aper.'

Morgan gooide de uitgebloeide bloemen in een felpaarse bak. 'Mam ziet er altijd uit alsof ze is weggelopen uit een tijdschrift dat *Stijlvol Tuinieren* heet. Ze heeft mij nooit geleerd hoe dat moet. Ik wist trouwens niet dat ze vandaag naar de zaak zou gaan.'

'Darlie is vanochtend wakker geworden met een buikgriep, al is dat volgens mij een eufemisme voor een kater. Maar het is een lieve meid en een goede vakantiehulp en ze verdient het om af en toe uit de band te springen.'

'Mam en jij zijn goede werkgevers.' Ze veegde wat zweet van haar voorhoofd en keek om zich heen. Weet je, ik zal nooit meer terug kunnen naar een kleine tuin. Ik ben ontzettend verwend geraakt met jullie tuin en die van Miles. Nina heeft me besmet met het tuiniersvirus, en we hadden ons achtertuintje echt heel mooi gemaakt. Maar nu wil ik ineens een stuk rotstuin, schaduwborders en gedeeltes met snijbloemen.'

'En een Zen-kikker fontein.'

'Reken maar. De winters in Vermont duren lang, dus ik wil zo veel mogelijk bloeiende planten, zodat we in de lente, de zomer en tot diep in de herfst bloemen hebben.'

'Dus je blijft hier bij ons?'

Verbaasd keek Morgan haar aan. 'Waar zou ik anders naartoe moeten?'

'Dat is helemaal aan jou, kindje van mijn kindje. Persoonlijk hoop ik dat je hier blijft, maar dat is een wens van je moeder en mij. Je had weinig keus toen je hier kwam, maar je hebt er het beste van gemaakt. Je hebt nu ongeveer een half jaar gehad om hier te settelen en te kijken of het je hier bevalt, dus als je nu blijft, is dat een weloverwogen keus.'

'Dat is het ook.' Morgan hurkte en trok wat verdwaald onkruid uit de aarde. 'Ik wist niet wat ik moest beginnen toen ik hier aankwam. Mama en jij hadden die kamer voor me ingericht, en ik wist niet wat ik daarvan moest denken. En toen kreeg ik die baan bij het resort. Weliswaar niet de baan waar ik al die jaren plannen voor had gemaakt. Het is niet mijn eigen bar, maar ik voel me er wel thuis.' Schouderophalend keek ze haar oma aan. 'Ik heb al allemaal mooie momenten gehad, met jou en mam, op mijn werk en in mijn eentje in dit prachtige huis. Ik heb gezien hoe mama en jij hier samenwonen, niet alleen als familie maar ook als vriendinnen. En dan bedenk ik dat ik me daarvoor heb afgesloten omdat ik iets wilde bewijzen.'

'En? Heb je dat gedaan? Heb je iets bewezen voor jezelf?'

'Ja. Die hele toestand met Gavin Rozwell draaide om hem en niet om mij. Ik heb hard gewerkt en ik had een leven voor mezelf opgebouwd omdat ik het wilde en omdat ik het kon. Maar omdat ik per se alles in mijn eentje wilde doen, heb ik dingen gemist, oma, zoals dit moment met jou. Daardoor heb ik mam en jou nooit echt leren kennen en dat betekent weer dat ik mezelf ook nooit echt heb leren kennen, denk je niet?'

Met een glimlach legde Olivia haar hand onder Morgans kin en bewoog die zacht op en neer. 'Je gezonde verstand heb je van mij geërfd.'

'Mam is zachtaardig, hè? Zachtaardiger dan jij en ik.'

'Dat is ze altijd geweest. Voor Audrey is het glas altijd halfvol of nog voller en bovendien kan het glas altijd worden bijgevuld. Maar dat wil niet zeggen dat ze geen ruggengraat heeft.'

'Dat heb ik pas gemerkt toen ik hier kwam wonen.'

'Na de dood van je opa was ze mijn steun en toeverlaat.' Olivia keek naar de werkplaats omdat ze hem daar zonder enige moeite voor zich kon zien. 'Toen mijn wereld instortte, was zij mijn rots in de branding. Zij heeft wekenlang in haar eentje in de winkel gestaan. Ik wilde de zaak verkopen.'

'Dat wist ik niet.'

'Ik leefde van minuut tot minuut, en bij de dag van morgen kon ik me niets voorstellen. Ik kon er gewoon niet bij dat de liefde van mijn leven me zomaar was ontvallen. Maar je moeder heeft ervoor gezorgd dat ik niet aan mijn verdriet ten onder ging. Zij heeft me overeind gehouden tot ik weer op eigen benen kon staan. En ze heeft jou laten gaan omdat jij je eigen leven moest leiden,' zei Olivia vriendelijk. 'En dat vergt liefde en kracht van een moeder.' Olivia slaakte een zucht. 'De kolonel heeft haar verdomme echt een rotstreek geleverd. En nu ik dat een keer gezegd heb, zullen we het er nooit meer over hebben. Hij heeft haar een knauw gegeven, maar uiteindelijk heeft ze haar draai weer gevonden. En dat geldt ook voor jou. Wij zijn tenslotte Nash-vrouwen.'

'Nou en of. Laat me je dan nu vertellen, van vrouw tot vrouw, van Nash tot Nash, dat ik inderdaad heb overwogen om hier weer te vertrekken vanwege Rozwell, want als ze hem niet te pakken krijgen en hij opnieuw achter me aan komt, dan zal hij hier komen. En mam en jij zijn hier.'

Voordat Olivia iets kon zeggen, stak Morgan een hand op. 'Ik weet wat je wilt gaan zeggen. Nash-vrouwen kunnen dit wel aan. Kunnen hem wel aan.'

'Precies.' Om haar woorden kracht bij te zetten prikte ze met een vinger in Morgans buik.

'En dat geloof ik ook. Er zijn talloze redenen dat ik hier graag wil blijven, maar als ik dat niet geloofde, zou ik het niet kunnen.'

'Mooi zo.' Olivia ging staan en strekte haar rug. 'En nu ga ik mijn neus in zaken steken die me niets aangaan en vragen of een van die talloze redenen misschien Miles Jameson is.'

'Hij hoort er beslist bij. We bekijken het dag voor dag. Of eigenlijk weekend voor weekend, maar hij hoort er beslist bij.'

'Heb je daar genoeg aan? Weekend voor weekend?'

'Dat is al meer dan ik had verwacht. Maar dat ligt ook aan mij,' voegde Morgan eraan toe terwijl ze door de tuin liepen. 'Ik heb nooit tijd gemaakt om te daten, laat staan voor een relatie. Ik had het te druk met mijn doelen verwezenlijken.'

'Daar is niks mis mee.'

'Nee, maar stel dat je dan niet anders meer kunt? Hier, bij jullie zijn heeft me geleerd dat ik niet alles alleen hoef te doen. Ik kan een carrière hebben die me voldoening geeft en tegelijk een fijn leven leiden. Ik kan hard werken en toch tijd maken voor familie én om samen te zijn met iemand die me gelukkig maakt.'

'Jij hebt je draai gevonden. Jij bekijkt alles niet door een roze bril zoals je moeder dat doet, of liever gezegd deed. Jij wilt je niet laten verblinden door een man, maar je kunt wel degelijk veel en innig van iemand houden.'

'Verliefd op hem worden behoorde in eerste instantie niet tot mijn plannen.' Met een zucht duwde Morgan haar hoed naar achteren. 'In het verleden zijn er jongens geweest die ik aardig en aantrekkelijk vond en met wie ik graag samen was. Tijdens mijn studie heb ik een vriendje gehad.'

'Dat mag ik hopen!'

Morgan barstte in lachen uit en rolde met haar ogen. 'Oma, ik zeg gewoon dat het in eerste instantie niets meer was dan dat lijstje. Ik vond hem aardig, voelde me tot hem aangetrokken en vond het fijn om bij hem te zijn. Na hem zijn er nog twee anderen geweest die aan dat lijstje voldeden. Maar daarna heb ik geen tijd meer gemaakt voor dat soort dingen. En toen kwam Miles.'

'En deze keer is het anders.'

'Ja, voor mij wel. Voor mij wel,' herhaalde ze. 'De aantrekkingskracht? In dat opzicht was het in één keer raak. Ik bedoel, kijk eens goed naar hem. En er was ook niet veel tijd voor nodig om hem aardig te vinden. Voor iemand die beweert niet van mensen te houden, weet hij verdomd goed hoe hij voor ze moet zorgen. En of ik het fijn vind om bij hem te zijn? Nou en of, wauw!'

Ditmaal barstte Olivia in lachen uit.

'De liefde heeft me stukje bij beetje, van momentje tot momentje beslopen.'

'Dat is het fijnste dat je kan gebeuren.'

'Echt?'

'In eerste instantie wilde ik alleen lekker van bil gaan met je opa,' mijmerde ze, en ze begon te lachen toen Morgan gegeneerd snoof. 'Maar hij palmde me ongemerkt in. De liefde heeft mij toen ook beslopen.'

Opnieuw keek ze naar de werkplaats en zag hem in gedachten in de deuropening staan met een grijns op zijn gezicht. 'En toen zei hij op een dag: "Livvy Nash, er is niemand die zo veel van je zal houden als ik. Dus laten we gaan trouwen." Ik stond op het punt om "Ben je gek geworden?" tegen hem te zeggen, maar in plaats daarvan flapte ik eruit "Ja, dat is goed." Mijn Steve had een plan en heeft me erin meegetrokken. En daar ben ik blij om. Ik heb er geen dag spijt van gehad.'

Was het niet wonderbaarlijk om iemand te hebben die van je houdt zoals je bent en daar dan een leven lang mee doorgaat, dacht Morgan. 'Ik vind het prettig om een plan te hebben. Ik denk dat ik dat van mijn vader heb. Maar dit behoorde niet tot mijn plan. Bovendien hebben Miles en ik van tevoren een soort afspraak gemaakt. Dus ik vind het niet erg om het weekend voor weekend te bekijken. Daar heb ik genoeg aan. Hij zal mijn hart niet breken. Hij is niet wreed of kil. Hoe het ook afloopt, ik zal het aankunnen omdat ik die momenten heb gehad. En dit is nu mijn thuis en Après is mijn stekkie.'

'Ik wil je iets vertellen, en daarna gaan we flink wat hortensiatakken knippen. Die zetten we dan overal binnen neer en daarna gaan we lekker zitten met een groot glas limonade.'

'Oké, vertel.'

'Als je echt veel van iemand houdt en bereid bent om voor hem te kiezen, dan moet je werk van hem maken. Als de liefde niet wederzijds is en hij niet voor jou wil kiezen, dan is hij degene die wat misloopt. Liefde is moedig, Morgan. Liefde komt voor zichzelf op.'

'Dat klinkt heel logisch.'

'Dat is het ook. Het is de waarheid.'

'Ik raak er net aan gewend dat ik verliefd op hem ben. Het zal nog wel even duren voordat ik daar echt klaar voor ben.'

'Als je eenmaal zover bent, weet je wat je te doen staat. Jij bent niet bang aangelegd. Laten we nu die hortensia's gaan knippen.'

Ze zetten die prachtige blauwe hortensia's overal in het huis neer. Maar in plaats van glazen limonade te pakken, haalde Morgan ingrediënten en benodigdheden voor cocktails tevoorschijn.

'Ik heb wat hulp nodig.'

'Met cocktails maken? Ik heb geen enkel bezwaar tegen een borrel voor drie uur op de zondagmiddag, maar jij bent de expert als het op drankjes mixen aankomt.'

'Je hoeft ook niet te mixen. Je moet proeven en beoordelen en daarna zeggen welke van de drie het lekkerst is als ons signatuurdrankje voor komende herfst. Neem telkens twee kleine slokjes, want ik ga voor elke kandidaat verschillende soorten sterke drank gebruiken. En verschillende soorten sterke drank door elkaar drinken is waarschijnlijk hoe Darlie aan haar "buikgriep" is gekomen.'

'Weet ik. Daar heb ik vroeger zelf genoeg ervaring mee gehad.'

'Ik had twee potentiële drankjes, maar toen kreeg ik ineens een idee voor een derde. Dus je zult er drie moeten beoordelen.'

'Heb je Nell of Drea nog niet laten proeven?'

'Die hadden het allebei te druk. Bovendien kan ik op deze manier het winnende drankje aan Nell laten proeven.'

Handenwrijvend ging Olivia aan de ontbijtbar zitten. 'Nou, kom maar op.'

'Goed, de eerste kandidaat. Ik begin met een lekkere, droge riesling, gevolgd door een perenbrandy. De spa heeft deze herfst namelijk allemaal spulletjes met perengeur in de aanbieding. Goed, de peren eau-de-vie is dus...'

'Levenswater? Zoveel Frans ken ik nog wel.'

'Het is een perenbrandy, en die geeft de riesling wat pit.'

'Wie houdt er nou niet van een beetje pit?' Zichtbaar genietend legde Olivia haar kin op haar vuist om te kijken wat Morgan deed. 'Het ziet er nu al mooi uit.'

'Het wordt straks nog mooier. Een scheutje orange curaçao, óók voor de pit, en nog wat honingsiroop als zoetje. Daarna nog vijf, dus geen zes of vier, druppels van een kruidenbitter voor een vleugje dropsmaak.'

'Het klinkt even mooi als het eruitziet.'

'Als dit de winnaar wordt, wil ik hem serveren in een klassiek breed champagneglas met een perenschilletje als garnituur.'

Toen ze klaar was met mixen reikte Morgan haar oma het glas aan. 'Een slokje. Denk goed na over de smaak en onthoud die. Dan nu het volgende drankje. Hé, hallo mam. Je komt als geroepen. Nu heb ik twee voorproevers.'

'Ik had je pas rond een uur of vier verwacht,' zei Olivia.

'Darlie voelde zich weer beter en ze heeft haar excuses aangeboden. Wat drinken we en waarom?'

'Wij zijn Morgans officiële voorproevers die het signatuurdrankje voor de komende herfst mogen kiezen.' Olivia nam een slokje en zoals haar was gevraagd dacht ze na over de smaak. 'Dit is echt heel erg lekker.' Ze nam nog een slokje. 'Het is heerlijk, en ik hou niet eens zo van peer.'

'Nou, ik wel en ik kan wel een borrel gebruiken. Het was vanochtend razenddruk in de zaak, mam. Een reisgezelschap van drieëntwintig mensen.'

'Hou het bij twee slokjes, want er komen zo nog twee drankjes aan,' zei Morgan tegen haar moeder.

'O, dit is lekker. Zoet, maar fris. Mag ik echt maar twee slokjes nemen? Het was me het ochtendje wel. Er zaten twee zussen in die groep die een meningsverschil kregen, echt bijna slaande ruzie, over wie van hen het schilderij *Secret Garden* van Lacy Cardini als verjaardagscadeau aan hun moeder mocht geven.'

'Dat schilderij kost achthondervijfenzeventig dollar.' Olivia stak een vuist de lucht in. 'Jippie!'

'Ik heb ze kunnen overhalen om de kosten te delen, maar daar heb ik werkelijk al mijn diplomatieke gaven voor moeten aanwenden.'

'Als ik de andere twee drankjes heb klaargemaakt, moeten jullie die proeven en beoordelen. Daarna zal ik de winnaar voor jullie maken.'

'Wat wordt het volgende drankje? Ik ga er even voor zitten.'

'Deze is op basis van wodka. Ik ga perenpuree mengen met een eenvoudige suikersiroop en wat nootmuskaatpoeder. In dit geval gebruik ik een van tevoren gekoeld martiniglas. Dan komt de wodka erbij, wat Tuaca en wat B&B, dat is een combinatie van bénedictine en brandy, en daarna schud ik het geheel. Dus de smaken die jullie zullen proeven zijn vanille en citrus, maar wel met wat kruidige herfsttonen. En dan afwerken,' zei ze terwijl ze het drankje inschonk en de garnering toevoegde, 'met drie dunne, in halve maantjes gesneden stukjes peer, ongeschild.'

Olivia nam een slok. 'Ons meisje weet wat ze doet. Ik zie de bladeren gewoon van kleur veranderen.'

'Nou ik, nou ik.' Audrey pakte het glas van haar moeder af. 'Mmm. Tijd om de open haard aan te steken. Hij is heerlijk, Morgan. Ik weet niet welke van de twee ik het lekkerst vind.'

'Neem nog even geen besluit. We hebben nog één kandidaat. Voor dit drankje meng ik perenpuree, van geschilde peren, met honing en limoensap tot een dikke siroop.'

'Het klinkt nu al lekker,' zei Olivia.

'Met wat bourbon erbij wordt het nog lekkerder.' Ze deed de ingrediënten in de mengbeker en voegde er ijsblokjes aan toe. Daarna deed ze de deksel erop en schudde alles door elkaar.

'In alle drie gaat een hoop werk zitten.'

Morgan glimlachte naar haar moeder. 'Daarom zijn het ook signatuurdrankjes.' Ze schonk het drankje in een breed whiskyglas. 'Daarna gieten we er nog wat ginger ale bij voor het mousserende effect en garneren we het met een perenschilletje.'

'Proef jij deze maar als eerste, Audrey.'

'Eigenlijk drink ik nooit bourbon, maar ik zal het proberen.' Ze nam een slokje, deed haar ogen dicht en zei: 'Mmm. Ik geloof dat ik kinderen '*trick or treat*' hoor roepen bij de voordeur.'

'Nou ik,' zei Olivia, gevolgd door een 'Asjemenou.'

'Oké, denk even terug aan alle drie en neem zo nodig nog een slokje. Ik wil dat jullie je hand onder de bar houden en één, twee of drie vingers opsteken. Je kunt geen fout antwoord geven. Een van die drankjes doet straks niet meer mee.'

Geamuseerd keek Morgan toe terwijl haar dames van elke cocktail nog een slokje namen.

'Goed, en dan nu handen omlaag en vingers gereed houden. En... laat maar zien! De laatste? Jullie allebei? Menen jullie dat nou?'

'De keus was niet makkelijk,' gaf Audrey toe. 'Maar na dat laatste slokje was ik verkocht. In alle drie proefde je de herfst, maar die laatste zong het bijna uit.'

'Ik had zelf ook een lichte voorkeur voor nummer drie, dus dat maakt het unaniem. Nou, dat was makkelijk.'

'Van deze kant van de ontbijtbar in elk geval wel. En als oudste lid van dit panel, pik ik nu het winnende drankje in.'

'Ik zal er ook eentje voor jou maken, mam.'

'Nee, nee. Die andere twee waren ook fantastisch. Ik moet gewoon nog even beslissen welke van de twee ik ga opeisen. Ik denk dat ik de middelste neem. De gulden middenweg, dat past precies bij me. En ik kan niet geloven dat ik hier om, hoe laat zal het zijn... kwart voor drie 's middags cocktails zit te drinken. Ik wilde eigenlijk brood gaan bakken. En we moeten straks nog koken.'

'Laten we die cocktails opdrinken en een pizza bestellen.'

Audrey keek Morgan aan en schoot in de lach. 'Dat klinkt... als een uitstekend idee. Wat zeg jij ervan, mam?'

'Ik zeg: proost.'

Terwijl de Nash-vrouwen op het terras cocktails dronken, zat de familie Jameson rond de eettafel te vergaderen.

Nell keek op haar tablet. 'Goed, het laatste punt op mijn agenda wordt de signatuurcocktail voor Après. We moeten ook een alcoholvrije variant kunnen aanbieden en een speciale herfstkoffie. Die items komen na Labour Day op de menukaart. Morgan is er nog niet over uit welke cocktail het moet worden, maar ze heeft me verzekerd dat ze er begin volgende week eentje klaar heeft zodat ik die kan keuren. Wat de koffie aangaat, heeft ze tegen me gezegd dat ze iets gaat doen wat ze een Overpeerlijke Koffie noemt. Vatten jullie 'm?'

'Ha ha,' zei Liam.

'Het wordt een combinatie van koffie, gepocheerde peer, kaneel, kruidnagel, enzovoort. Toen ik "dat is veel te bewerkelijk" zei, heeft ze er eentje voor me gemaakt. Ik ben verkocht. We kunnen de peer in "Overpeerlijke" dik en gecursiveerd op de kaart laten drukken. Als verkoopprijs dacht ik aan vier dollar.'

'Slim gevonden,' merkte Drea op. 'Maar ze is dan ook een slimme dame. In oktober hebben we de bruiloft van de Stevensons, en de bruid wil peren gebruiken in haar decor. Ik ga Morgan vragen of ze daar ook een signatuurcocktail met peer voor kan bedenken, een andere dan die we in Après gaan serveren, dan kan ik de bruid een zetje in die richting geven. Heeft ze jou al verteld wat de cocktail wordt, Miles?'

'Nee.'

Ze had hem ook niets over de speciale koffie verteld, maar eerlijk gezegd leek hem dat ook geen drankje waar hij 'ik ben verkocht' op zou zeggen. Al was hij ervan overtuigd dat het goed zou verkopen.

Ze hadden het wel over hun werk gehad, een beetje dan, dacht hij terwijl zijn moeder verslag deed van de komende evenementen. Maar als puntje bij paaltje kwam, was hun tijd samen... gecomprimeerd.

Tot zover hadden ze daar genoeg aan gehad. Zou dat zo blijven?

Hij zette die gedachte van zich af en concentreerde zich weer op de vergadering terwijl hij zich voorhield dat het geen pas gaf om onder werktijd aan Morgan te denken. Maar was ze hier niet aanwezig, in de vorm van de bloemen die ze zaterdagochtend op de tafel had gezet?

Nadat zijn moeder klaar was, kwam Liam aan de beurt met de activiteiten voor de herfst. Wandeltochten door de natuur, fotografie-excursies, teambuildingoefeningen, kinderweekenden en pakketaanbiedingen voor de herfstvakantie. Daarna kwamen tuinonderhoud in het najaar, het najaarsonderhoud in het algemeen, veiligheidscontroles en het opmaken van de kwartaalinventaris aan bod.

Nadat het zakelijke gedeelte was afgerond, ging alle aandacht uit naar het eten. Zoals hem was gevraagd had hij pulled pork gemaakt. Veel te bewerkelijk naar zijn zin, maar in elk geval was hij daarmee vrijgesteld van het maken van andere gerechten.

En ook bij de maaltijd was Morgan voor hem aanwezig, aangezien zij hem had verteld dat er voor zondagmiddag en -avond volmaakt weer werd verwacht en dat hij daarom de bontgekleurde borden moest gebruiken. En verdomd als ze niet aan de ontbijtbar was gaan zitten om een stapel servetten kunstzinnig te vouwen. Ook had ze een reusachtige kan met sangria gemaakt.

'Wat ziet dit er mooi uit.' Nadat zijn moeder een blik op de tafel had geworpen, keek ze hem veelbetekenend aan. 'Ik bespeur een vrouwenhand.'

'Kennelijk heeft Morgan iets met servetten. En met sangria.'

'Nou, ik ga het proberen.' Zijn opa schonk zich een glas in. 'Wil jij ook, Lydia?'

'Ja, lekker. Volgens mij hebben we na onze vakantie in Spanje nooit meer sangria gedronken. Hoeveel jaar is dat nu geleden? Tien?'

'Ik denk het wel. Ik weet niet wat ik van gepocheerde peren in koffie moet denken, maar die sangria is verdomd lekker. Ik proef de zomer er gewoon in, en binnenkort is die weer voorbij. Kijk nou, Rory heeft Howl geleerd hoe hij moet apporteren.'

Nee, eigenlijk had Morgan dat gedaan, dacht Miles. Maar de hond weigerde nog steeds om de bal te halen voor de man die hem kost en inwoning verschafte.

Zonder hier aanwezig te zijn, was ze er toch, door die verdomde hond, die stomme servetten en de bloemen die op tafel stonden. Die vrouw was alom aanwezig.

Ze aten de pulled pork, de door zijn vader bereide coleslaw, de aardappelsalade van zijn oma en de maiskolven die zijn opa op de barbecue had gelegd.

Omdat hij het hoofdgerecht had klaargemaakt en dus niet hoefde te helpen bij het afruimen en afwassen, nam hij zijn oma na de maaltijd even apart. 'Heb je een minuutje voor me?'

'Ik hoop dat ik er meer dan een heb. Laten we een eindje gaan lopen. De tuin ziet er bijzonder mooi uit deze zomer. Van al mijn kleinkinderen heb jij de groenste vingers.'

'Ik denk dat die stage bij het hoveniersteam vruchten heeft afgeworpen.'

'Kennelijk.' Onder het lopen gaf ze hem een arm. 'Ik heb vorige week geluncht met Olivia Nash. Ze vertelde me dat Morgan ook iets had toegevoegd aan hun tuin. Een Zen-kikker fontein. Heb jij haar daarbij geholpen?'

'Ik heb alleen spierkracht geleverd. Ik vind dit huis en de tuin echt geweldig, oma. Dat vertel ik je eigenlijk veel te weinig.'

'Ik zie toch dat je het mooi vindt, daar heb ik genoeg aan. Jij wilt me om de ring vragen.'

Abrupt bleef hij staan, waarna hij haar verbijsterd aankeek. 'Hoe weet je dat nou weer?'

'Lieve jongen, ik ken je toch? We kennen je allemaal.' Ze boog zich iets naar hem toe. 'Ik heb beloofd dat jij die ring zou krijgen als je de juiste vrouw had gevonden om hem te dragen. Maar misschien wil zij zelf een ring uitkiezen.'

'Nee.' Hij schudde zijn hoofd. 'Ze zal het belangrijk vinden dat die van jou is geweest, van familie. Heus, dat vindt ze belangrijk. Maar ik wil die ring alleen van je hebben als jij zeker weet dat je hem wilt weggeven.'

Lydia keek naar de trouw- en verlovingsring die ze allebei al ruim vijftig jaar droeg. Ze liet de ring met de carré geslepen diamant erop van haar vinger glijden. 'Het is belangrijker dat jij het zeker weet, en ik zie dat je dat bent. Ik draag de gelofte en het leven dat daarbij hoort. Ik geef jou de ring die aan die gelofte vooraf gaat. Wil je het nu aan de anderen vertellen?'

'Laat ik daar maar mee wachten tot ik weet wat haar antwoord is.'

'Voor een slimme jongeman, kun je soms heel dom zijn. Ze weten het al. Ik kan je niet vertellen wat haar antwoord zal zijn omdat ik niet in haar hart kan kijken, althans niet helemaal. Maar ik kan wel zeggen dat ze een bofkont is.' Lydia legde de verlovingsring in zijn hand en sloot zijn vingers er toen omheen.

'Misschien is dit niet wat ze wil. Niet zozeer de ring, maar alles wat erbij komt kijken.'

'Daar zul je achter moeten komen, nietwaar? Het leven bestaat uit een reeks sprongen. Kom, laten we de anderen gaan vertellen wat ze eigenlijk al weten.'

Hij hoefde geen woord te zeggen, want zodra ze het huis binnengingen, zag hij zijn moeder naar de linkerhand van zijn oma kijken. Daarna zag hij dat er tranen in haar ogen verschenen.

'O, doe dat nou niet.'

'Daar heb ik recht op. O, Rory. Ons jochie gaat trouwen.'

'Dat weet ik nog niet. Toe, wacht even.'

'Wat een geluk dat ik niet heb geprobeerd om haar te versieren.'

Prompt sloeg zijn snelle paniek om in hoon voor zijn broer. 'Ja, daar zou je succes mee hebben gehad.'

'We zullen het nooit weten. Gefeliciteerd, kerel. Ze is een lot uit de loterij.'

Mick pakte Lydia's linkerhand en bracht die naar zijn lippen. 'Mijn eigen lieve schat. Ik vind dat we het samen goed hebben gedaan.'

'Wil iedereen alsjeblieft niet zo hard van stapel lopen? Als ze nee zegt, verandert er verder niets.'

'O, hou je mond.' Nell liep naar hem toe en sloeg haar armen om hem heen. 'Ten eerste doet ze dat niet, en ten tweede... wat moeten wij dan, haar ontslaan? Ze is niet alleen de beste barmanager die we ooit hebben gehad, ze is inmiddels ook een vriendin van me.'

Daarna sloeg zijn vader zijn armen om hen beiden heen waarna hij in zijn oor fluisterde: 'Ga niet op een knie als je dat aanzoek doet. Dat is niet haar stijl.'

'Dat was ik ook niet van plan. Luister mensen, ik méén het. Iedereen moet even tot bedaren komen. Ik moet het haar nog vragen, en tot ik dat heb gedaan, wil ik dat iedereen zijn mond houdt.'

Het geklingel van de deurbel redde hem. 'Ik doe wel open.'

Hij had niet zo hard van stapel moeten lopen, dacht hij. Hij had haar antwoord moeten afwachten en daarna zijn oma pas om de ring moeten vragen. Nu was zijn hele familie in rep in roer.

Toen hij de deur opende en Jake zag staan, verdween al het andere naar de achtergrond.

'Sorry dat ik stoor. Ik heb aangebeld omdat ik weet dat jullie vandaag de familievergadering hebben.'

'We zijn al klaar, hoor.' Hij wist het gewoon. Natuurlijk wist hij het. 'Rozwell. Er is weer iemand dood.'

'Niet dat we weten. Maar ik ga zo naar Morgan om haar op de hoogte te brengen van de vorderingen van het onderzoek. Ik heb die FBI-agenten gevraagd of ik dat mocht doen. Maar ik wilde jou eerst inlichten.'

'Je kunt het nu net zo goed aan de hele familie vertellen. Wil je een biertje?'

'Gaat niet, ik heb dienst.'

'Het opgewonden geroezemoes binnen stierf weg toen Jake samen met Miles de kamer in liep.

'Jij hebt nieuws,' zei Nell meteen.

'Het is meer een update. Ik heb hier even een tussenstop gemaakt, maar ik ga zo naar Morgan.'

'Laten we allemaal even gaan zitten.' Rory gebaarde naar de eetkamer.

Toen iedereen had plaatsgenomen, legde Jake zijn handen op de tafel. 'Ze hebben Rozwells spoor naar het noorden gevolgd, helemaal naar de staat Washington. Even leek het erop dat hij zou proberen om de grens met Canada over te steken. Het idee was dat hij dan in Canada naar het oosten zou rijden om vervolgens naar het zuiden, naar Vermont te gaan.'

'"Was", zei je?'

'Ja, opa,' zei Jake terwijl hij Mick aankeek. 'Beck en Morrison, de twee FBI-agenten die het onderzoek leiden, de mensen die hem waarschijnlijk het beste kennen, vermoeden dat hij hen om de tuin wil leiden. Hij heeft een behoorlijk duidelijk spoor naar het noorden uitgezet, maar is zelf naar het zuiden gereisd. Ik moet zeggen dat ze mij hebben weten te overtuigen. Dus zij zijn ook naar het zuiden vertrokken. De rest van de FBI-agenten en de plaatselijke autoriteiten zoeken nog steeds in het noordwesten. Ook worden de grensovergangen goed in de gaten gehouden.'

'Waarom naar het zuiden?' wilde Miles weten. 'Even in korte bewoordingen.'

'Hij is uit zijn element, hij logeert in goedkope motels en rijdt in gammele, oude auto's. Bovendien heeft hij al sinds South Carolina geen moord meer gepleegd. Mijn excuses,' zei hij onmiddellijk. 'Dat klinkt cru.'

'Nee, realistisch,' sprak Lydia hem tegen. 'Morgan hoort bij onze resortfamilie. Bovendien,' voegde ze eraan toe terwijl ze Mick kort aankeek, 'hebben Mick en ik ons een beetje ingelezen over hem en zijn type. Hij heeft de kick van het moorden nodig. Hij verkracht zijn slachtoffers zelden of nooit. Hij haalt zijn bevrediging en zijn machtsgevoel uit de moord zelf.'

'Precies. De FBI gaat ervan uit dat hij wéét dat ze hem op de hielen zitten, te dichtbij voor hem om zo'n moord te riskeren. Te dichtbij om te kunnen doen waar hij echt naar smacht,' zei Jake.

'Morgan vermoorden,' mompelde Drea.

'Ja. Maar als hij hen weet af te schudden, en ook dat geeft hem een kick, kan hij zich herpakken. En zij vermoeden dat hij naar het zuiden is gegaan, compleet de andere kant op. Hij houdt van zon, en onderweg naar het noordwesten heeft het verdomd veel geregend. Dus nu gaan ze in Nevada, Arizona en Californië zoeken. Ze rekenen erop dat hij overmoedig zal worden als hij denkt dat hij hen te slim af is geweest. Wat voor iedereen aan deze tafel het belangrijkst is: de FBI gaat ervan uit dat hij niet deze kant op komt. Althans, nog niet.'

'We zullen de beveiliging van het resort opdracht geven goed op te letten.'

'Ja. En geloof me, Miles, dat doet de politie van Westridge nu al.'

'Het is wel een heel groot gebied om uit te kammen,' merkte Liam op. 'Nevada, Arizona, Californië. Daar zou je New Mexico en Utah ook nog aan kunnen toevoegen.'

'Dat is waar, en ik had jullie graag wat concretere informatie gegeven. Maar als de FBI gelijk heeft, en zelfs als ze het mis hebben en hij toch naar Canada probeert te vluchten, betekent dat in elk geval dat hij niet híér is.'

'Hij zal zich opnieuw vermommen,' zei Nell.

'Waarschijnlijk heeft hij dat al gedaan. Hij is overigens flink zwaarder geworden, ongeveer tien kilo, en hij is gefilmd met een bewakingscamera in een buurtsuper. Ze hebben me de beelden toegestuurd, en ik kan jullie vertellen dat deze hele toestand aan hem vreet. En dat is het hem nou, die supermarkt. Daar had hij niet naar binnen hoeven gaan. Hij heeft er alleen wat junkfood gekocht, en vanaf daar hebben ze zijn spoor kunnen volgen naar zijn motel, waar hij toen alweer weg was. Maar in dat motel stonden snackautomaten. Hij moet hebben geweten dat er een camera in die buurtsuper hing en toch is hij er naar binnen gegaan zonder zijn gezicht te verbergen.'

'Hij wilde gezien worden,' concludeerde Miles.

'Zo komt het over op de FBI, en zo zie ik het eigenlijk ook.'

'We vinden het fijn dat je hier bent gekomen om het ons te vertellen, Jake. Ga je nu met Morgan en haar familie praten?'

'Ja,' zei hij tegen Mick.

'Toe, ga met hem mee.' Drea legde een hand op Miles' arm. 'Ga maar. Jij hoort nu daar te zijn. Wij zullen de boel hier netjes achterlaten en Howl te eten geven.'

'Goed, dan ga ik. Dank je wel. Ik rijd wel met jou mee, Jake.'

'Kom je later nog bij mij langs, Jake?' vroeg Nell.

'Reken maar.'

Miles deed er het zwijgen toe tot ze in Jakes auto zaten. 'Heb je ons echt alles verteld?'

'Ja, behalve wat ik tussen de regels door heb gelezen. Zij denken dat hij opnieuw zal toeslaan zodra hij het idee heeft dat hij hen heeft afgeschud. En hij heeft een voorsprong opgebouwd.'

Toen niemand opendeed, merkte Miles dat zijn zenuwen begonnen op te spelen. Alle drie de auto's stonden op de oprit, maar niemand kwam naar de voordeur.

‘Laten we achterom gaan,’ stelde Jake voor. ‘Het is een mooie avond. Misschien zitten ze buiten en hebben ze de deurbel niet gehoord.’

‘Die deurbel hoort een signaal naar hun telefoons te sturen.’

Ze waren nog maar nauwelijks om het huis gelopen toen ze vrolijk vrouwengelach hoorden. De steen die op zijn maag had gelegen verdween zo snel dat hij bijna begon te wankelen.

En daar zaten ze alle drie, met een pizzadoos en cocktailglazen op tafel. Als hij zich niet vergiste, waren ze allemaal een tikkeltje aangeschoten.

‘Dames,’ begon Jake.

Audrey slaakte een gil die overging in een lach. ‘O god. Ik schrok me dood.’

‘Ik heb aangebeld, maar dat hebben jullie waarschijnlijk niet gehoord. En jullie hebben je telefoons ook niet onder handbereik.’

‘Nee, we...’ Haar lach verstomde en ze legde een hand op Morgans arm. ‘Schatje.’

‘Zeg het snel,’ zei Morgan. ‘Alsjeblieft.’

‘Ze hebben hem nog niet, maar voor zover bekend heeft hij in de tussentijd ook niemand vermoord. Maar ik heb wel nieuws over het onderzoek.’

‘Oké, oké.’ Morgan wreef over haar gezicht. ‘Sorry. We hebben onze telefoons zeker binnen laten liggen. We hebben wat gedronken. De nieuwe signatuurdrankjes voor de herfst. Eigenlijk hebben we best veel gedronken.’

‘Pak er een paar stoelen bij,’ zei Olivia uitnodigend. ‘Als het moet, kunnen we alle drie heel snel ontnuchteren. Informatie is macht, Morgan. En wij hebben de macht hier.’

Ze luisterden toen Jake hen op de hoogte bracht van de stand van zaken. Miles zweeg en keek enkel naar Morgans gezicht terwijl ze de informatie tot zich nam.

‘Nevada, Arizona in augustus.’ Ze liet haar handen gevouwen op tafel liggen. ‘Daar is het niet gewoon zonnig, maar daar heb je felle, brandende zon en ongenadige hitte, of niet soms?’

‘Ik ben er nog nooit geweest, maar inderdaad. Ze hopen nu dat hij denkt dat hij hen van zich af heeft geschud en dat hij zich op een luxehotel zal trakteren. Hij ziet er niet goed uit, Morgan. Als je wilt, kan ik je de beelden laten zien. Daar hebben ze me toestemming voor gegeven.'

'Ja, die wil ik graag zien.'

Jake pakte zijn telefoon, startte het filmpje en gaf de telefoon toen aan haar.

'O. Ik zou hem zo niet hebben herkend, althans niet meteen. Hij ziet er ouder uit, niet alleen door zijn haar en baard, maar hij ziet er gewoon ouder uit. En hij is aangekomen. Hij is pafferig geworden.'

'Hij ziet eruit alsof hij gestoord is,' zei Audrey, die meekeek over Morgans schouder.

'Maar nu zie je dat aan hem en vroeger niet. Echt niet.'

'Laat mij ook eens zien.' Olivia stak haar hand uit. 'Kijk, daar heb je hem. Hij weet dat hij wordt gefilmd.' Ze keek Jake even aan. 'In de winkel hebben we ook bewakingscamera's. Mensen die iets willen stelen, kijken soms "zogenaamd onopvallend" rond om te zien waar de camera's hangen.'

'Ja, zo gaan winkeldieven te werk.'

'Hij is veel van zijn flair en stijl kwijtgeraakt, en dan heb ik het niet over zijn haar en zijn gewicht. Hij had stijl, zelfvertrouwen en charme. En ik weet nu dat hij die dingen als wapens gebruikte, maar nu lijkt hij die ook echt niet meer te hebben.'

'Zo denken Beck en Morrison er ook over. En zoals iedere verslaafde hunkert hij naar bevrediging. Zolang hij er zo uitziet, zal hij niet achter jou aan komen. Dat is hun inschatting, en dat ben ik wel met hen eens. Maar we zullen de boel hier goed in de gaten houden. Dat beloof ik.' Hij kwam overeind. 'Als jullie nog vragen hebben of als jullie iets met me willen bespreken, bel me dan. Ik ben dag en nacht bereikbaar.'

'Bedankt.' Morgan keek naar Miles. 'Blijf je hier of moet je weer terug?'

'Ik blijf nog even. Bedankt voor de lift, Jake.'

'Graag gedaan.'

Nadat Jake was vertrokken, keek Audrey Miles aan. 'We hebben vanmiddag drankjes geproefd om te bepalen wat het signatuurdrankje voor de herfst wordt.' Ze zorgde dat ze stralend bleef glimlachen terwijl ze hem in de ogen keek. 'Geen makkelijke keus, en we hebben onze taak heel serieus genomen. Morgan, ga het winnende drankje eens voor Miles te maken. Hij heeft er tenslotte een gevestigd belang in.'

'Dat is waar.' Omdat hij begreep wat Audreys bedoeling was, keek hij Morgan aan. 'Het lijkt me lekker. Ik heb al gehoord van je plannen om koffie te ontheiligen, dus die sla ik af. Maar dat nieuwe signatuurdrankje wil ik wel proberen. En vergeet niet om je telefoon mee naar buiten te nemen.'

'Zal ik doen. Gun me een paar minuutjes.'

Ze zag pips, dacht Miles. Door de alcohol en het nieuws van Jake zag ze wat pips. Desondanks stond ze op en ging naar binnen.

'Wat wil je me vertellen?' vroeg Miles toen Morgan buiten gehoorsafstand was.

'Niks, maar ik heb wel een verzoek. Neem haar straks mee naar huis, Miles. Ze moet dit even vergeten. Als ze hier blijft, gaat ze op haar kamer zitten piekeren. Ja toch, mam?'

'Ga een wandeling met haar en de hond maken. Ga met haar naar bed. Leid haar af.'

Hoewel hij het niet van plan was geweest, haalde Miles de ring toch uit zijn zak. 'Ik heb al iets in gedachten om haar af te leiden.'

Audrey sloeg een hand voor haar mond terwijl Olivia met tot spleetjes geknepen ogen naar de ring keek. 'Dat is Lydia's verlovingsring.'

'Goed gezien. Die wordt van Morgan, als ze hem tenminste wil.'

'O, nee. Wáág het niet.' Olivia priemde met haar vinger naar Audrey. 'Als jij gaat huilen, begin ik ook. Als ze ons ziet huilen, vat ze dat vast verkeerd op, en hij gaat haar die ring verdomme niet nu geven. Slik je tranen weg, Audrey Nash. Huilen van blijdschap doen we straks wel wanneer ze weg zijn.'

'Oké, oké. Ik ben zo blij, Miles. Je had me niet blijer kunnen maken.'

'We zullen zien wat zij ervan vindt.'

'Audrey, zet je zonnebril nú op. We konden dus kiezen uit drie drankjes,' begon Olivia. 'Maar daar is ze al, dus nu kun je zelf proeven.'

Hij pakte het glas dat Morgan hem aanreikte en keek er aandachtig naar. 'Het ziet er aantrekkelijk uit. Wat zit erin?'

Ze wist een glimlach op haar gezicht te toveren. 'Proef eerst maar, daarna mag je raden.'

Omdat hij dacht dat ze daar behoefte aan had, speelde hij het spelletje mee. 'Bourbon,' zei hij nadat hij een slokje had genomen. 'Ik proef bourbon, gember en peer. Zit er ook honing in?'

'Heel goed. En wat limoen. Wat vind je ervan?'

'Je hebt me die andere twee niet laten proeven, maar deze is lekker. Echt een herfst- of winterdrankje. Hoe ga je het noemen?'

'Voorlopig noem ik het "Peer met stekeltjes". En dan bedoel ik niet die peervormige cactusvijgen, want die zitten er niet in. Als ik het later nog wat heb bijgeschaafd, wil ik het "Even Kalmperen" noemen.'

'Leuk gevonden. Nell zal er blij mee zijn.'

'Dat hoop ik wel.'

'Ze beweerde ook dat ze jouw koffie-sabotage lekker vond. Het zit hier trouwens heel prettig. Die kikker gaat maar door. Ik vraag me af waar ik zo'n ding kan neerzetten.'

'Ik moet nog een keertje op jouw zolder kijken.'

Hij nam een slok van zijn drankje en keek haar aan. 'O ja?'

'Daar ligt vast van alles. Misschien wel zo'n oude spiegel met een interessante vorm. Die kun je aan de rand van je tuin achter de daglelies zetten.'

Een praatje zou haar afleiden. Luchtig babbelen was niet zijn sterkste punt, maar hij kon een poging wagen. 'Waarom zou ik een spiegel in mijn tuin willen?'

'Vanwege het licht, de weerkaatsing en omdat het interessant staat. Waarschijnlijk heb je er op zolder meer dan een liggen.'

'Misschien. Laten we eens kijken.'

'Nu? Ik bedoelde niet nu meteen. Ik moet eigenlijk...'

'Ga maar gauw,' zei Audrey. 'Na die pizza en die cocktails denk ik dat ik vroeg onder de wol kruip. Ga lekker met Miles mee.'

'Hij heeft zijn drankje nog niet op.'

'En dat is maar goed ook.' Hij zette zijn glas neer en ging staan. 'Want jij hebt er al meer dan één op, dus ik ga rijden. Ik ben met Jake meegereden, dus dit lost meteen het probleem op hoe ik thuis moet komen.' Hij greep haar hand en trok haar overeind.

'Maar ik heb geen...'

'Je hebt spullen bij mij thuis liggen. Heb je je telefoon nu bij je?'

'Ja, maar...'

‘Geniet van de rest van jullie avond.’

‘O, dat zullen we doen.’ Audrey wierp hem een stralende glimlach toe. ‘Tot morgen, lieverd.’

Het lukte Audrey haar tranen in te houden terwijl Miles Morgan meetrok, maar daarna liet ze die de vrije loop. ‘O, mam. Mijn meisje. Ons meisje.’

28

'Ik heb de keuken niet schoongemaakt,' klaagde Morgan. 'En dat is mijn taak.'

'Dan krijg je een avondje vrij. Hoe groot moet die spiegel zijn?'

Hij pakte haar autosleutel en duwde haar zachtjes in de auto.

'Wat? O, dat weet ik pas als ik hem zie. Jezus, wat hebben we veel gedronken.'

'Dat is me opgevallen. Dit is de eerste keer dat ik je dronken zie.'

'Ik ben niet dronken, maar ik kan beslist niet achter het stuur kruipen. We waren niet van plan om nog ergens naartoe te gaan.' Ze legde haar hoofd achterover. 'Ze hadden het zo naar hun zin. Wij alle drie. Ik zweer je, oma kan mam en mij zo onder de tafel en daarna onder de vloerplanken drinken. En daar was ze al een heel eind mee op weg. Ze was vroeger een heel wilde meid,' babbelde Morgan verder. 'Wist jij dat? Ik heb altijd wel een vaag vermoeden gehad, maar ik had geen flauw idee hoe wild precies. Voor mij waren ze gewoon mijn grootouders. Ze is naar Woodstock geweest. Ze heeft mijn opa meegesleept naar Woodstock. Hét Woodstock. Ze beweert dat ze cannabis heeft gerookt met Janis Joplin. Misschien heeft ze dat verzonnen, maar wie zal het zeggen? En nu woont ze in dat grote prachtige oude huis, geeft ze leiding aan twee bedrijven en maakt ze kip uit de oven en pound cake. Je gaat het je toch afvragen.'

'Wat?'

'Door welke kronkelige levenspaden een vrouw als mijn oma van Woodstock en Janis Joplin uiteindelijk hier is beland?' Ze gebaarde naar het stadje waar ze doorheen reden. 'Hier, in Westridge, Vermont. Ze is een eigen zaak begonnen, ze gaat naar yoga en naar bijeenkomsten van de leesclub. Hoe is het haar gelukt om niet alleen tevreden, maar ook gelukkig en voldaan te zijn? Maar goed, we hebben het vanmiddag heel erg leuk gehad.'

'Ja, dat was me al opgevallen.' Later zou hij wel boos op haar worden omdat ze haar telefoon niet bij zich had gehad.

'Je had niet met Jake mee hoeven komen, maar ik ben blij dat je dat wel hebt gedaan. Ik hoop dat mama en oma vanavond vroeg naar bed gaan en zich niet al te veel zorgen over dit alles maken.'

'Je hebt dat filmpje gezien. En je had gelijk. Hij is zijn scherpte kwijt.'

'Mijn moeder had ook gelijk. Hij is gestoord. Je kon de waanzin gewoon zien. In Maryland kon hij die gestoorde kant verborgen houden. Ik heb het toen nooit aan hem gemerkt. Niemand heeft dat gemerkt. Hij dartte en deed mee aan de pubquiz, kocht rondjes en kletste over gamen met Sam. Geen mens heeft toen zijn gestoorde kant gezien.'

'Maar nu is hij niet meer in staat om die te verbergen.' Nadat ze op zijn oprit tot stilstand waren gekomen, keek Miles haar aan. 'En dat maakt het makkelijker om hem te pakken.'

'Ik hoop het. Ik ben nu aangeschoten genoeg om te gaan zeuren dat ik wil dat het voorbij is. Ik wil gewoon dat dit voorbij is.'

'Ik ben niet aangeschoten en ik wil ook dat dit voorbij is. En dat was geen zeuren. Als je zit te zeuren, zeg ik het wel.'

Dat ontlokte haar een glimlach. 'Ja, zo ben jij.'

Hij stapte uit en liep om de auto heen toen zij hetzelfde deed. Achter de voordeur hoorden ze Howl al huilen.

Eenmaal binnen begroette de hond Miles met een snelle blik en een kort gekwispel. Daarna bedolf hij Morgan onder een vloedgolf aan genegenheid.

'Misschien komt het door hoe je ruikt,' zei Miles. 'Dat geurtje is erg lekker.'

'Nou, bedankt. Wie is er dan een brave hond? Heb je het leuk gehad vandaag? Vast wel. Heeft je grote broer jou ook nog wat pulled pork gegeven?'

'Ik ben zijn broer niet. Ik ben zijn huisbaas.'

'Let maar niet op hem, hoor. Zullen we nu naar de zolder gaan? O, dat wordt leuk.'

'Een ander keertje. Ik wil graag met je praten.'

Ze ging rechtop staan en hij zag dat ze haar gezicht volledig uitdrukkingsloos maakte. 'Oké.'

'Ik denk dat we beter kunnen gaan zitten.'

Met de hond bijna tegen de zijkant van haar been gekleefd, liep ze met hem mee en nam plaats op een stoel.

'Ik had dit eigenlijk heel anders willen doen. Hoe precies wist ik nog niet, maar in elk geval niet zo. Maar dat jij een beetje aangeschoten bent, geeft mij een duidelijk voordeel. Waarom zit je er nou bij alsof je zo bij de rector moet komen?'

'Dat doe ik niet. Zeg het nou maar gewoon. Ik kan het wel aan.'

'Goed. Ik ben verliefd op je.'

Haar gezicht bleef uitdrukkingsloos, zelfs toen ze even met haar ogen knipperde. 'Hè? Wat?'

'Je hebt me wel gehoord, maar voor de duidelijkheid zal ik het nog een keer zeggen: ik ben verliefd op je.'

'Ik moet even gaan zitten.'

'Je zit al.'

'Dan moet ik even gaan staan.' Ze stond op, maar ging meteen weer zitten. 'Ik ben duizelig en dat komt niet door de drank. Miles...'

'Toe, houd je mond.' Zijn stem klonk heel ongeduldig. 'Jij hebt onderweg de hele tijd gepraat, dus wees nu even stil. Ik was nog niet uitgesproken.'

Aangezien ze niet wist wat ze moest zeggen, zweeg ze.

'Ik heb dit niet gepland. En ik heb het ook niet zien aankomen, wat ik wel had moeten doen. Ik kan ook niet beweren dat het me langzaam heeft beslopen, want ik merkte het aan allerlei dingen. Het zit hem bijvoorbeeld in de manier waarop je handen bewegen als je achter de bar staat. Hoe je hersens werken, hoe je hart werkt, hoe je lichaam werkt. Alles bij elkaar.'

Omdat Miles haar bleef aankijken, zag hij niet dat Howl naar hem toe kwam en zich dicht tegen zijn knie drukte.

'Maar het drong pas goed tot me door bij de waterval, en daarna bij het uitkijkpunt. En na afloop van Liams verdomde touwenparcours was ik helemaal verkocht. Dus ik ben verliefd op je, Morgan. Ik heb het niet gepland, en het maakt ook geen deel uit van onze eerdere afspraak. Al was dat meer een leidraad dan een afspraak. Ik begeef me nu buiten het kader van onze afspraak, dus wen er maar aan.'

'Ik, eh...'

'Ik ben nog steeds niet uitgesproken.' Hij haalde de ring uit zijn zak. 'We gaan trouwen.'

Hij zei het zo achteloos dat hij net zo goed 'We gaan straks een film kijken' had kunnen zeggen.

Ze staarde hem aan en haar mond bewoog, maar het duurde nog een minuutje voordat die daadwerkelijk woorden kon vormen. 'Dat... dat is de ring van je oma.'

'Herkent elke vrouw een diamanten ring vanaf twee meter afstand? Aangezien ik verliefd op je ben en we ons nu toch al buiten het kader van onze afspraak bevinden, gaan we trouwen.'

Ze bleef hem aankijken en stopte haar hoofd toen tussen haar knieën.

'Jezus, is dit echt het moment waarop je moet overgeven?'

'Ik ben niet misselijk. Ik krijg alleen geen adem. Blijf daar en laat me ademen.' Ze zwaaide met een hand alsof ze hem weg wilde duwen, al had hij geen vin verroerd.

'Als je poëzie wilt, kan ik misschien het grootste deel van "De raaf" voor je declameren. En ik ken ook een paar dingen van Yeats.'

'Houd je mond. Heb je die ring aan je oma gevraagd vanwege Jake... door wat Jake jou heeft verteld voordat jullie naar ons kwamen?'

'Ik had haar er al om gevraagd voordat Jake kwam. Op de dag dat opa en zij vijftig jaar getrouwd waren, heeft ze tegen me gezegd dat ik ernaar moest vragen wanneer ik de vrouw had gevonden met wie ik mijn leven wil delen. Wanneer ik daar zeker van was. Er klaar voor was. Jij bent die vrouw. Ik ben er zeker van. Ik ben er klaar voor. Zeg nou maar ja, Morgan.'

'Dus voordat,' mompelde ze waarna ze haar hoofd optilde. 'Niet vanwege.'

Bij het zien van zijn norse blik, vertraagde haar hartslag.

'Het is geen krachtveld tegen psychopaten. Het is een ring. Een symbool. Het is verdomme een vraag waarop ik antwoord van je hoop te krijgen.'

Ze ging met een hand over haar gezicht. 'Je hebt me geen vraag gesteld. Je hebt dingen opgesomd. Wacht.' Voordat hij iets kon zeggen, hief ze haar hand op. 'Het is raar. Vanochtend, toen oma en ik in de tuin bezig waren, zei ik tegen haar dat ik verliefd op je ben. Dat de liefde me had beslopen. Dat ik het niet had verwacht en er ook niet naar op zoek was geweest. Dat ik dit gevoel nog nooit eerder heb gehad, maar dat ik wel wist wat het was. Ik dacht dat je me wilde vertellen dat we alles op een lager pitje moesten zetten.'

'Dat was dan stom van je.'

'Echt? Nou, misschien. Wijt dat maar aan de cocktail met wodka. Dat was de tweede kandidaat voor het signatuurdrankje. Ik heb het vanmiddag bij wodka gehouden. Bourbon heb ik eigenlijk nooit lekker gevonden.'

Hij bleef haar aankijken en begon te glimlachen.

'De koning van het oerwoud.'

'Wat?'

'Jouw ogen. Daar is het voor mij misschien wel allemaal mee begonnen. Of met je bruisende, warme, hartelijke persoonlijkheid. Maar laten we het erop houden dat het je ogen waren,' besloot ze toen hij moest lachen. 'Tijgerogen, dacht ik. Eigenlijk is de leeuw de koning van het oerwoud, maar wat maakt het uit? Die ring. Ik kan er maar niet over uit dat je... dat je me juist die ring wilt aanbieden omdat ik de kracht en de betekenis van dat symbool begrijp. Uitgerekend dat symbool.'

'Er is me geadviseerd niet op een knie te gaan.'

'Nee, doe dat alsjeblieft niet. Je zou er belachelijk uitzien. En blijf daar nu even staan zodat ik mijn gedachten weer op een rijtje kan zetten. Trouwen... Miles, ik heb met eigen ogen gezien hoe kil en rampzalig het huwelijk van mijn moeder was. En een van de redenen daarvoor was ik. Een kind,' corrigeerde ze zichzelf voordat hij kon protesteren. 'Een meisje om precies te zijn. Dus voor mij is het belangrijk om te weten hoe jij...'

'Ik wil kinderen, mocht je dat soms bedoelen. Kinderen, meervoud. Jongens of meisjes kan me niets schelen. Ik wil kinderen. Ik wil een gezin. Met jou. Dit is een groot huis. Dat zouden we kunnen vullen met een groot gezin.'

Ze kreeg tranen in haar ogen. 'Dat wil ik echt heel graag. Met jou.'

'Laten we de rest dan ook maar meteen uit de wereld helpen. Als jij ergens je eigen bar wilt beginnen, zul je een enorm gat achterlaten in het resort. Maar het staat je vrij om dat te doen en in dat geval zal ik je steunen. De familie trouwens ook, mocht je je daar zorgen over maken. Maar begrijp een ding goed: Après is toch al van jou.'

Vroeger had ze zo lang plannen zitten maken. En toen was alles ineens veranderd.

En nu? 'Ik wil in Après blijven.'

'Oké, goed. Maar dan zul je wel naar de familievergaderingen moeten komen.'

'Echt?'

'Ja, dat valt onder de arbeidsvoorwaarden.' Hij aarzelde zo kort dat het haar bijna ontging. Maar niet helemaal. 'Het zijn een heleboel voorwaarden, Morgan.'

'Daar heb ik geen probleem mee. Je familie weet het vast al omdat je die ring hebt.'

'Ja, mijn familie weet het al. De jouwe trouwens ook.'

'Heb je het mijn dames verteld? Ja, natuurlijk. Zo ben jij.' Overweldigd veegde ze meer tranen weg. 'Wil je... blijf daar gewoon even zitten tot ik mezelf weer in de hand heb, oké? Ik wil niet huilen wanneer je die ring om mijn vinger doet. Niet díé ring.'

'Nou, schiet op dan.'

'Rozwell.'

'Nee.' Ineens werd zijn toon messcherp. 'Laat hem erbuiten. Hij speelt hier geen rol in. Dit gaat om jou en mij.'

'Je hebt gelijk. Heb je dit echt nu gedaan omdat ik had gedronken?'

'Ja.'

'God, dat vind ik echt geweldig. En ook al heb je me niet daadwerkelijk gevraagd, het antwoord zou toch ja zijn geweest, beneveld of broodnuchter. Je mag nu wel gaan staan.' Zij deed hetzelfde en stak hem haar linkerhand toe.

Hij deed de ring om haar vinger en draaide er even aan. 'Hij is je iets te groot. We zullen hem kleiner laten maken.'

'Ik kan ook gewoon dit doen.' Ze balde haar hand tot een vuist. 'Voor altijd.'

'Ja, dat werkt ook. Ik ga morgen wel wat later naar mijn werk. Dan kunnen we naar de juwelier zodra die opengaat.' Hij pakte haar vuist en drukte er een kus op. 'Ik vind dat die ring jou goed moet passen omdat jij goed bij mij past.' Hij deed de ring weer af en schoof hem om haar wijsvinger. 'Kijk, daar past hij wel. Draag hem tot morgen maar zo.'

'Problemenoplosser,' mompelde ze waarna ze zijn gezicht naar het hare trok.

De kus verwarmde alles in haar, deed alles in haar ontvlammen. Ze had liefde, en de belofte om een leven mét liefde op te bouwen.

Ja, ze zou Rozwell hier buiten laten, maar ze wist nu wel – en dat stond als een paal boven water – dat ze alles, maar dan ook alles in het werk zou stellen om het leven dat ze elkaar net hadden beloofd te verdedigen. 'Je mag het best nog een keer tegen me zeggen.'

'Wat?'

Ze nam zijn gezicht in beide handen. 'Miles.'

'Ik ben verliefd op je. En ik zal je ook meteen vertellen dat ik dat nog nooit tegen een andere vrouw heb gezegd. Jij bent de eerste.'

'En het is mijn taak om ervoor te zorgen dat ik ook de laatste ben. Ik hou van je, Miles. Jij bent ook mijn eerste.'

Hij drukte zijn voorhoofd tegen het hare. 'Dan wacht mij ook een taak.' Hij tilde haar op. 'Laten we de zaak meteen maar bekrachtigen.'

'Ja, graag.'

'Ik vind dat we dat moeten doen op de plek waar het is begonnen.'

Ze begon te lachen terwijl hij haar naar de bank droeg. 'Nog iets wat ik leuk aan je vind. Je bent vreselijk sentimenteel.'

'Nee, ik ben praktisch. Die bank is het dichtst bij.'

'Praktisch en sentimenteel.'

Ze ploften samen op de bank. 'Sst,' zei hij terwijl hij haar blouse uittrok. 'Ik ben bezig de zaak te bekrachtigen.'

De volgende ochtend, terwijl de opwinding nog steeds duidelijk voelbaar was, wachtte ze tot de juwelier haar vinger en de ring had opgemeten.

Toen Miles haar aanbood om een 'tijdelijke vervanger' voor haar te kopen, schoot ze bijna opnieuw vol.

'Nee, ik kan wel even wachten. Dat is die ring wel waard.'

'Willen jullie misschien trouwringen uitkiezen?' Met een stralende glimlach keek de verkoopster hen aan. 'Die kunnen we dan ook op maat laten maken.'

'Daar had ik nog niet eens bij stilgestaan. Moeten we dat doen? Wil jij een ring dragen?'

'Ja, ik wil ook wel iets blijvends,' zei Miles. 'Maar hou de mijne eenvoudig. Een gladde ring, zonder edelstenen. Zoiets.'

'We kunnen er allebei wel zo een nemen.'

'Dat kan natuurlijk.' De verkoopster bleef stralen. 'Maar mag ik jullie een idee aan de hand doen? Met zo'n prachtige, klassieke verlovingsring, een erfstuk, is het misschien mooi om ook voor een klassieke trouwring te kiezen. In die vitrine daar hebben we er een paar liggen.'

Die woorden waren voldoende om Morgan naar de afgesloten vitrine te lokken.

'O, o. Die zijn echt verbazingwekkend mooi.'

Miles had gezien waar haar blik meteen naartoe was gegaan en hij wees. 'Die moet het worden.'

'Miles...'

'Een uitstekende keus.' De verkoopster liet er geen gras over groeien en maakte de vitrine open. 'Die komt uit dezelfde periode als de solitaire ring. Het is een platina eternity ring bezet met diamantjes. In totaal twee karaat in gewicht, dus die solitaire zal hem niet in de schaduw stellen. De ringen vullen elkaar mooi aan.'

'Probeer hem eens.'

'Doe jij haar die ring maar om.' Heel gewiekst gaf de verkoopster de ring aan Miles. 'Dan kun je meteen oefenen. Zo te zien past die uitstekend. Je hebt er de handen voor. Mooie, slanke vingers.'

'Ik vind dat hij je goed staat,' zei Miles.

'Die ring zou iedereen goed staan. Maar...'

'Vind je hem soms niet mooi?'

'Ik vind hem schitterend. Natuurlijk vind ik hem mooi, iedereen zou hem mooi vinden. Maar jij hoeft toch niet...'

'We nemen hem. En die andere ook. Die herenring.'

'O god.' Het ging allemaal zo snel, dacht ze een beetje duizelig. Echt bliksemsnel, maar het voelde gewoon goed. 'Ik geloof dat ik weer even moet gaan zitten.'

'Toe, even flink zijn. En geef die ring nu terug. Je krijgt hem pas als we gaan trouwen.'

'Ik zal hem inpakken. Echt een bijzonder goede keus. Ik kijk zo even of we de herenring ook in de juiste maat hebben. Je kunt iets aan de binnenkant laten graveren, zonder extra kosten.'

'Nee, we laten het bij...'

'Neem zijn maat maar op en dan mag hij die trouwring kopen. En daarna moet je opkrassen, Miles. Ga naar je werk,' zei Morgan tegen hem. 'Ik koop jouw ring. Zo hoort dat nou eenmaal. En ik bepaal of ik iets aan de binnenkant wil laten graveren.'

'Maar ik moet hem dragen.'

'Ja.' Ze trok Miles naar zich toe en gaf hem een kus. 'En daar zit je dan mooi aan vast.'

Ze wist al precies wat ze erin wilde laten graveren.

AFSPRAAK IS AFSPRAAK.

Van de juwelierszaak ging ze meteen door naar Crafty Arts. Als eerste zag ze haar moeder, die met een paar klanten stond te praten.

Zodra Audrey haar in het oog kreeg, hield ze op met praten en toen ze de gezichtsuitdrukking van haar dochter las, begon ze op haar tenen op en neer te wippen. Daarna rende ze op Morgan af en omhelsde haar.

'Het is gebeurd. Het is gebeurd. O, laat eens zien. Waar is de ring?'

'Die moest op maat worden gemaakt, een halve maat kleiner. Dat kost een paar dagen. Maar ik heb een foto.'

'Ze heeft een foto! Mag ik het al vertellen? Mag ik het aan de grote klok hangen? Echt, dat wil ik dolgraag. Toe, laat me,' zei ze toen Morgan begon te lachen. 'Dit is mijn kleine meid, en ze heeft zich net verloofd.'

Alle vrouwen in de zaak begonnen te klappen, en een aantal van hen kwam naar hen toe om de ring te bekijken.

'Ik heb alleen maar een foto. Hij moet op maat worden gemaakt.' Ze hield haar telefoon omhoog.

'Wat is dit ineens voor kabaal?' vroeg Olivia terwijl ze de trap af liep. Ze liep onmiddellijk naar Morgan en zoende haar op beide wangen. 'Hij is een goede vent en hij is je bijna waard. Mimosa's op kosten van het huis voor het personeel en de klanten. We gaan drinken op een moedig, nieuw begin.'

Rozwell had de pest aan Nevada. Hij had de pest aan die klotewoestijn en aan die vieze, lelijke hut waar hij noodgedwongen moest wonen. Hij had de pest aan het rimpelige, korstige litteken op zijn arm. Maar hij had vooral de pest aan de eenzaamheid, de afzondering, het aanhoudende niets.

Hij had verdorie eieren en hij kon geen ei meer zien.

Hij moest voor zichzelf koken en na afloop alles weer opruimen, en dat was hij verdomme ook spuugzat. Hij had conservenblikjes geopend, heel veel conservenblikjes, en hij had zelfs geprobeerd om wat stukken kip uit de vrieskist te braden.

Die bleken na bereiding aan de buitenkant verbrand en aan de binnenkant te roze, en ook daar had hij de pest aan. Rijst koken ging hem een stuk beter af omdat hij nauwkeurig de instructies van internet opvolgde.

Hij had een paar hamburgers klaargemaakt met iets waarvan hij dacht, hoopte, dat het rundergehakt was, maar hij had er geen broodjes bij.

De door zijn nu dode gastvrouw meegebrachte etenswaren waren op waardoor hij op eieren, blikken en pakjes moest leven. Hij wist dat hij er nog een keer op uit moest om eten te kopen dat hij gewoon kon opwarmen. En wat snacks.

Wat gaf het dat hij de rest van de aangekomen kilo's niet was kwijtgeraakt? Misschien was hij zelfs zwaarder geworden. Ach, wat maakte het verdomme uit? Als hij zijn leven weer op de rit had, trainde hij die kilo's er zo af.

Wat kon hij hier anders dan eten, onderzoek doen, met de elektronica spelen, televisiekijken op zijn laptop en nog meer eten?

Hij was vergeten om de geit water te geven, waardoor hij het dode, nutteloze dier naar de plek had moeten slepen waar de vrouw lag. Althans, wat er nog van haar over was. En wat er nog over was, stonk zo ontzettend dat hij bijna zijn ontbijt eruit had gegooid.

Hij had inderdaad lakens en handdoeken gekocht, maar zonder wasdroger droogden die keihard op. Dus hij zou een lijst maken en boodschappen gaan doen.

Eten was het belangrijkst. Maar hij raakte ook door de sterke drank heen. Misschien kon hij in Two Springs een fatsoenlijke maaltijd kopen, eentje die hij niet zelf hoefde klaar te maken en waarna hij niet hoefde af te wassen. Niemand zou hem zoeken in deze godverlaten woestijn, maar hij moest voorzichtig blijven en zich niet te veel onder de mensen begeven, al wilde hij niets liever dan stemmen horen en beweging zien.

Hij miste het voeren van gesprekken, ook al wist hij dat alles wat hij tijdens zulke gesprekken zei zorgvuldig uitgedachte leugens waren.

Toen hij zich erop betrapte dat hij in zichzelf ging praten, probeerde hij daarmee op te houden. Maar net als met de chips lukte hem dat niet.

Een lijst maken, naar Two Springs rijden, daar uit eten gaan, boodschappen doen en weer wegwezen.

In zichzelf mompelend beende hij door het huis, dat in een kooi was veranderd. Behalve dan die ene kamer aan de zijkant. Dus ging hij daarnaartoe, want dat vertrek kalmeerde hem altijd.

De afbeeldingen van Jezus had hij van de muren getrokken omdat hij niet meewarig aangekeken wilde worden door een kerel die zich aan een kruis had laten nagelen.

Hij ging zitten, een man met een pafferig gezicht en een dikke buik, die naar zweet, stof en slecht gewassen kleding rook. In zijn geverfde haar was uitgroei te zien en zijn nagels moesten worden geknipt.

'Laten we eens kijken hoe het met onze goede vriendin Morgan gaat. Wat zou dat magere kreng nu uitspoken?'

Hij bekeek haar normale afschrijvingen en uitgaven. Boodschappen, verzekeringspremie, benzine en de maandelijkse betaling aan haar hebberige grootmoeder. Toen hij een rekening van zevenhonderd dollar nog wat zag die ze bij een juwelier in Westridge had betaald, trok hij zijn wenkbrauwen op.

'Wat is dit, Morgan? Word je verkwistend? Dat kunnen we niet hebben, nee, dat kunnen we niet hebben. Niet nu ik vastzit in dit afschuwelijke oord. Tijd voor een kleine herinnering. Tijd om iets van me te laten horen.'

Hij liet zich achterover zakken en trommelde met zijn onverzorgde nagels op de ruwhouten tafel. 'Eens even denken, eens even denken.'

Hij deed zijn ogen dicht en sukkelde bijna op de stoel in slaap, maar hij schudde zich wakker en krabde aan zijn buik.

Via haar account bestelde hij wat sletterige kleding. Ze was tenslotte een hoer. Daarna bezocht hij een andere site en toen nog een, waar hij alles kocht waar zijn oog op viel. Vuilniszakken omdat zij een stuk vuilnis was en luchtverfrissers omdat vuilnis stonk. Hij zorgde ervoor dat elke aankoop onder de vijfhonderd dollar bleef.

Hij had er zo veel lol in dat hij doorging en bij een onlinebloemist een grafkrans bestelde en er een kaartje bij schreef.

MORGAN, IK ZAL JE NOOIT VERGETEN.

'Dat moet genoeg zijn. Ja, dat is prima.'

Door alle pret had hij trek gekregen, dus hij ging naar de keuken en opende een blik chili. Hij nam de moeite niet om het op te warmen, maar at het rechtstreeks uit het blik.

'Nog een paar weken, meer niet. Gewoon om heel zeker van mijn zaak te zijn. En niet lang daarna naar het oosten. Misschien kan ik in Vermont nog wat van die mooie herfstkleuren meepikken. Ja, precies. Eerst van die kleuren genieten, nietwaar? En daarna maak ik haar hartstikke dood. Ik maak haar hartstikke dood, en als ik haar heb laten boeten voor wat ze mij heeft aangedaan is de rekening eindelijk vereffend.' Hij gooide het lege blikje in de richting van de vuilnisemmer en likte zijn vork af. 'Als ik haar eenmaal heb laten boeten, wordt alles weer als vroeger. Die meid brengt ongeluk. Ja, ze heeft mij ongeluk gebracht.'

Nu hij zijn buik vol had besloot hij een dutje te doen. Hij zou die lijst maken en morgen naar de stad gaan. Hij had geen zin om zich nu op te frissen. Dat kwam morgen wel. Morgen betekende dat hij weer een dag dichter bij het moment was waarop hij de zaken eindelijk zou regelen.

Terwijl hij op de lakens lag die de nacht ervoor al kletsnat waren geworden van zijn zweet, reden Beck en Morrison net Gabbs uit en gingen op weg naar Two Springs.

Ze hadden navraag gedaan bij alle aan de rand van de stad gelegen motels en het enige hotel in het stadje zelf, dat twaalf kamers had. Daarna waren ze alle winkels en eetcafés afgegaan en hadden vervolgens een bezoek gebracht aan het politiebureau om met de plaatselijke agenten te praten.

Dat had hun bijna de hele dag gekost en het had helemaal niets opgeleverd. Na afloop gingen ze naar een restaurantje waar het heerlijk koel was, en aten daar verrassend lekkere enchilada's.

'We zitten er niet naast, Quentin. Ik zweer dat we het bij het rechte eind hebben. Sinds wij naar het zuiden zijn gegaan is hij geen enkele keer meer gesignaleerd in de staat Washington.'

'Maar hier is ook nergens een spoor van hem te bekennen.'

'Nog niet. Maar ik voel dat we in de buurt komen.'

'Misschien is hij inmiddels wel volledig ingestort en heeft hij een lange pauze ingelast. Of we hadden maar half gelijk en hij is naar het oosten gegaan. Naar Montana, Colorado of Arizona.'

'Laten we nog even volhouden. We geven het nog een dag. We boeken hier twee hotelkamers, nemen de hele zaak nog een keer door en gaan dan slapen. Morgen maken we een frisse start en gaan we naar het nationale park om de boswachters in te lichten. Als we hem niet vinden, lassen we een pauze in. Ik wil weer in mijn eigen bed slapen, naast mijn man.'

'Nog één dag,' beaamde hij. 'We kunnen wel een pauze gebruiken om ons hoofd weer helder te krijgen en een nieuwe invalshoek te bedenken. Ik krijg zo langzamerhand het gevoel dat we in kringetjes ronddraaien, Tee. Volgens mij hadden we gelijk toen we dachten dat hij ons naar het noorden wilde lokken. Dat hadden we goed ingeschat. Ik weet alleen niet of we het nu bij het rechte eind hebben. Hij is verdomme nergens te bekennen.'

'Nog één dag hier, dan een pauze en daarna gaan we er weer tegenaan. En als we hier toch blijven overnachten, kunnen we wel een biertje nemen.'

'Daar kan ik me wel in vinden.'

In het resort, ruim voor aanvang van haar dienst, klopte Morgan op de deur van Lydia's kantoor. Ze wist dat de matriarch op haar kantoor zou zijn, net zoals ze wist dat het nieuws al de ronde had gedaan. Ze had hier eigenlijk mee willen wachten tot ze de ring weer om haar vinger had, maar omdat het nieuws toch al rondging, koos ze voor dit moment.

'Binnen!'

Ze opende de deur. 'Kan ik je even spreken? Ik heb straks een vergadering met Nell, maar als je tijd hebt, wil ik graag even met je praten.'

'Ja, prima. Kom binnen en ga zitten. Dat geeft mij de gelegenheid om jou te vertellen dat Mick en ik bijzonder blij zijn.'

'Dank je, dat is fijn om te horen. Maar eigenlijk wilde ik jou bedanken... Ik had een heel samenhangende en welgemeende speech voorbereid. Ik heb hem geoefend. Maar nu is alles ineens weg. Ik kan nauwelijks onder woorden brengen wat het voor mij betekent dat je mij de ring toevertrouwt die je van Mick hebt gekregen. De ring die jij zo lang hebt gedragen. Ik beloof je dat ik hem zal koesteren en ik zal mijn uiterste best doen om een goede partner voor Miles te zijn.'

'Hij zou me niet om die ring hebben gevraagd als ik je niet had kunnen vertrouwen. En ik zou hem niet zo bereidwillig hebben afgestaan als ik niet wist dat jij hem zou koesteren.'

'Dat zal ik doen. Dat doe ik al. Die ring is betoverend mooi. Dat klinkt stom, maar...'

'Dat klinkt helemaal niet stom.' Lydia's kenmerkende rode lippen plooiden zich tot een heel warme glimlach. 'Voor mij in elk geval niet. En aangezien jij dezelfde mening bent toegedaan maakt het me heel blij dat jij hem zult dragen. De familie Nash en de familie Jameson. Eigenlijk verbaast het me niets. Je oma en ik zullen Miles en jou met veel plezier lastig vallen over jullie bruiloftsplannen. Ik heb hem ernaar gevraagd, en toen zei hij dat je de manager van Après wilt blijven.'

'Ja.'

'Dan verwachten we je op de familievergadering van september mét een verslag. Nell kan je wel helpen met het opstellen ervan.'

'Ik zal er zijn.' Ze ging staan. 'Bedankt voor alles.'

'Kom nog een keer bij me wanneer de ring op maat is gemaakt. Ik wil graag zien hoe hij staat.'

'Zal ik doen.'

'O, en Morgan, ik vond het leuk dat je het Fiesta-servies uit de kast hebt gehaald bij Miles en dat je de servetten zo kunstig had gevouwen. Het zijn dat soort kleine details die een huis tot een thuis maken. En daar ben jij al mee begonnen.'

29

Toen Morgan Après binnenliep, begroette Nick haar met een stevige knuffel. 'Gefeliciteerd, de beste wensen en wat je dan ook maar zegt bij dit soort gelegenheden. Ik ben zo blij voor je!'

'Dank je wel. Ik ben ook heel blij voor mezelf.'

'Toe, laat zien. Laat eens... Hé, waar is de ring?' In Nicks diepbruine ogen verscheen een uitdrukking van verbijstering en gekrenktheid. 'Wat krijgen we nou? Heeft hij je niet eens een ring gegeven?'

'Die wordt nu op maat gemaakt.'

'O.' Zijn gezichtsuitdrukking veranderde van opluchting in goedkeuring en ten slotte in teleurstelling. 'Dan duurt het nog even voordat ik hem kan zien schitteren.'

'Maar ik heb er wel een foto van op mijn telefoon.'

'Laat zien. Momentje.' Met een brede glimlach wendde hij zich tot een gast op een barkruk die net zijn keel had geschraapt. 'Excuus. Wat mag het zijn?'

'Twee signatuurcocktails, graag.'

'Wordt geregeld. Mijn vriendin, tevens mijn baas, heeft zich net verloofd. We zijn allemaal heel blij.'

'Wij toevallig ook!' De vrouw op de kruk ernaast stak haar linkerhand uit en liet haar ring zien. 'Hij heeft me gisteravond tijdens het diner onverwacht gevraagd.'

'Gefeliciteerd. Hij is prachtig. Die drankjes zijn van het huis, Nick,' zei Morgan tegen hem terwijl hij de cocktails klaarmaakte.

'Wat aardig van je.'

'Uit solidariteit.'

'Haar ring wordt op dit moment op maat gemaakt,' flapte Nick eruit. 'Maar ze heeft er wel een foto van.'

'O, die willen we graag zien. Nietwaar, Trent?'

'Tuurlijk.' Hij leek een stuk geïnteresseerder in het drankje, maar hij deed zijn plicht en keek even op Morgans telefoon. Zijn verloofde hapte echter even naar adem. 'Wat een schitterende ring. Het lijkt wel een erfstuk.'

'Van zijn grootmoeder geweest.'

'Allemachtig...' Nick zette de drankjes neer. 'We praten straks wel verder. Nell heeft buiten een tafel gereserveerd voor jullie bespreking.'

'Dan kan ik maar beter gaan. Nogmaals gefeliciteerd, allebei. Geniet van jullie drankjes.'

Op weg naar buiten hielden obers en serveersters haar staande met nog meer felicitaties en omhelzingen. Het voelt inderdaad alsof we hier een familie zijn, dacht Morgan. Ze zat nog maar net toen Nell zich naar haar toe haastte.

'Ik ben laat. Ik vind het vreselijk om te laat te komen, maar zoiets kan gebeuren.'

'Je bent maar twee minuutjes te laat.'

'Te laat is te laat. Ik heb cafeïne nodig. Is Nicks ijscappuccino even lekker als de jouwe?'

'Ja, natuurlijk.'

'Geweldig. Hé, Barry, een ijscappuccino, graag. Jij, ook?' vroeg ze aan Morgan.

'Ja, waarom niet?'

'En ik heb de lunch overgeslagen. Zullen we een kaasplankje delen? Ik moet echt iets eten aangezien ik zo meteen de potentiële signatuurcocktail voor de herfst moet proeven.'

'Ik hou van kaas.'

'Fijn. Bedankt, Barry. Nou,' zei ze snel, 'het zakelijke gedeelte komt zo wel. Eerst wil ik alles horen.'

'Waarover?'

Nell kneep haar ogen tot spleetjes en keek Morgan strak aan. 'Doe me een lol! Het enige wat Miles zei, was: "Ja, ja, ik heb haar de ring gegeven en die wordt nu op maat gemaakt." Ik wil de bijzonderheden horen. Hoe heeft hij je gevraagd?'

'Hij heeft me niet zozeer gevraagd, hij heeft het me eigenlijk meer verteld.'

Nell liet zich achterover zakken en op haar gezicht lag een uitdrukking die het midden hield tussen daar-kijk-ik-totaal-niet-van-op en afkeer, die typisch was voor een broer of zus. 'Ach, wat is hij toch romantisch.'

'Maar dat kwam pas nadat hij had gezegd dat hij van me hield. Dat deel heeft hij echt heel goed gedaan.'

'Oké.' Bereid om haar oordeel nog even op te schorten, pakte Nell het glas mineraalwater dat Barry al had neergezet. 'Begin even bij het begin.'

'Nou, het begin was eigenlijk al begonnen toen mijn dames en ik de drie finalisten voor de herfstcocktail gingen proeven. Met groot enthousiasme.'

'O, dit wordt een verhaal waarvan ik ga genieten.' En dat deed ze ook. Toen ze was uitgelachen had ze de helft van haar ijscappuccino op en was bijna het hele kaasplankje leeg. 'Oké, daar wil ik hem wel wat punten voor geven. En jij bent blij. We zijn allemaal blij. Ik hoop dat je dat weet.'

'Ik ben zeker blij en ik weet dat jullie dat ook zijn.'

'Dus wanneer en waar gaat het gebeuren? Weten jullie dat al?'

'In heel vage termen. Ik heb hem gevraagd of het in de lente kon, en toen zei hij dat hij dat prima vond zolang ik voor oudejaar maar bij hem ben ingetrokken. Hij wil dat we samen het oude jaar uitluiden en het nieuwe inluiden.'

'Oké.' Nell hield een cracker in haar ene hand en stak haar andere omhoog. 'Daar krijgt hij bonuspunten voor. Voor Miles staat dat bijna gelijk aan kleffe romantiek. In de lente, dus. En wáár gaan jullie trouwen?'

'Ik weet dat we het hier kunnen doen, en dat zou heel mooi zijn, maar...'

'Het is niet echt werkgerelateerd, maar zo voelt het dan wel.'

'Misschien een beetje, maar eigenlijk wil ik gewoon graag in zijn huis trouwen.'

'Jouw huis,' bracht Nell haar in herinnering. 'Dan is het ook jouw huis geworden. Volgens mij is dat de perfecte keus, mocht mijn mening ertoe doen. Een lentebruiloft in de tuin. Wat vindt Miles er eigenlijk van?"

'Hij zei: "Wat je ook kiest, ik vind het prima."'

'Dat geloof je toch niet echt? Stel je voor dat je eist dat hij een lila jacquet draagt zodat het goed bij de seringen van je bruidsboeket past?'

'Dat schrijf ik even op, want ik wil zijn gezicht wel eens zien als ik het hem voorstel. Hij wil niet met elk wissewasje worden lastiggevallen. Dus zolang ik niet zo'n jacquet of een koets met paarden wil, wat ik trouwens niet wil, vindt hij alles best.'

'Het is goed om je aanstaande te kennen. Je moet ook weten dat mijn moeder haar steentje wil bijdragen. En ik ook.'

'Ik zou wel gek zijn als ik twee experts opzij zou schuiven, vooral omdat ik weet dat ik heel wat hulp nodig zal hebben.'

'Wil je dat nog een keer zeggen?' Nell tikte op haar telefoon. 'Dan kan ik het even vastleggen voor de toekomst.'

'Ik wil graag hulp bij het plannen van de bruiloft,' zei Morgan gehoorzaam. 'Was getekend, Morgan Nash.'

'Oké, dat is dan vastgelegd.'

'Als ik Miles een beetje ken, wil hij dat Jake en Liam zijn bruidsjonkers zijn. Sterker nog, dat is het enige waar hij tot nu toe heel stellig over was. Nell, zou jij mijn bruidsmeisje willen zijn?'

Nell pakte Morgans hand. 'God, ik hoopte al dat je dat zou vragen. Heel graag.'

'O, wat fijn. Wat denk je van een paarsbruine jurk? Geintje,' zei ze toen Nells mond openviel. 'Ik verwacht net zo'n gezicht van Miles als ik over dat lila jacquet begin. Ik weet dat ik de kleuren nog moet uitkiezen, maar wat die ook worden, het belangrijkste is dat ze iedereen goed staan. Zou je het raar vinden als ik Jen ook als bruidsmeisje vraag om de boel een beetje in evenwicht te brengen?'

'Dat vind ik een fantastisch idee. En dan even een heikele vraag. Je vader?'

'Nee.' Het kwam er gemakkelijk uit, en zonder enige spijt. 'Om talloze redenen, nee. Ik stuur hem wel een kaart, maar géén uitnodiging.'

'Wil je door iemand naar het altaar worden gebracht?'

'Ja. Door mijn moeder en mijn oma.'

Nell kreeg tranen in haar ogen en ze stak opnieuw haar hand op. 'Oké, ik ben geen doetje, maar dat raakte me echt. Nog een fantastisch idee, en ook een heel lief gebaar, Morgan. Heb je het al aan hen verteld?'

'Ze moesten huilen. Wij alle drie. Maar het was een heel ontroerend moment.'

'De voorbereidingen worden superleuk en de bruiloft zal volmaakt zijn. Niets of niemand zal die bederven.' Nell schoof haar kopje opzij en haalde even diep adem. 'We gaan zijn naam hier nu niet noemen. Maar ik ga ervan uit dat Jake je het laatste nieuws heeft verteld.'

'Ja.'

'Morgan, op het moment dat je Après overnam, werd je als familie van ons. Zo gaat dat in de familie Jameson. En nu word je zelfs nog meer familie. Wij waken over je. Als we ook maar iets voor je kunnen doen, moet je het zeggen en dan regelen we het.'

'Ik heb nooit geweten hoe erg ik naar familie verlangde tot ik mezelf toestond er eentje te krijgen. Dat wordt me telkens opnieuw duidelijk. En als we dan toch familie zijn, wil ik je iets vragen... Hoe zit het tussen Jake en jou?'

'O, daar kan ik van alles over vertellen.'

Nell keek naar de andere tafeltjes, naar de mensen die iets dronken, iets aten of zaten te genieten van de zomerdag die langzaam overging in een zomeravond. 'Hij was zo slim om net zo lang te wachten tot ik er klaar voor was of er bijna klaar voor was. Of ik dat zelf nou besefte of niet. Persoonlijk ben ik nog niet helemaal toe aan de stap die Miles en jij gaan zetten. Ik wil het eerst een poosje uitproberen, want zo ben ik nou eenmaal. Samenwonen, bedoel ik. Hij heeft een mooi huis, maar ik vind het mijne mooier.' Ze haalde haar schouders op en pakte haar mineraalwater. 'Het mijne ligt dichter bij mijn werk, en het zijne ligt dichter bij zijn werk. Mijn praktische ik weet dat het voor hem als politiecommissaris belangrijk is om dicht bij de stad te wonen.'

'Zoek dan een leuk huis dat halverwege ligt. Dan is het niet meer Jakes huis of Nells huis, maar het huis van Jake en Nell.'

'Samen een huis kopen? Dat is... heel slim. Een compromis en een verbintenis tegelijk. Dat zou hij leuk vinden. En ik ook. Misschien. Ja, misschien. Het zal echt fijn zijn om een zus te hebben.'

'Ja, dat denk ik ook.'

'Luister, zus. Maak een drankje voor me klaar en dan kunnen we het zakelijke gedeelte bespreken.'

Aan de andere kant van het continent was Rozwell al vroeg naar Two Springs gereden om de heetste uren van de dag te vermijden. Wat een grap, dacht hij zuur. Die hitte ging nooit echt weg. Hij wilde dit tripje zo snel mogelijk achter de rug hebben. Snel wat handdoeken, wat eten en wat fatsoenlijke sterke drank kopen.

Hij wilde stemmen horen ook al waren die van stomme woestijnratten.

Het stadje stelde nauwelijks iets voor. Hij zou het een gehucht hebben genoemd. Maar er waren wel winkels waaronder een heel beperkte supermarkt, een paar restaurants die weinig voorstelden en twee bars, waarvan één met een slijterij. Er was ook een sheriffskantoor dat zo uit een western leek te komen, maar over de politie hier maakte hij zich geen zorgen. Aan de rand van het stadje stond een groepje huizen dat iemand met een gevoel voor humor misschien een buitenwijk zou noemen.

Het stadje lag op een paar kilometer van de westelijke rand van het Humboldt-Toiyabe Nationaal Park – wat hij totaal oninteressant vond – en keek uit op de bergen.

Het lag er zo dichtbij dat verveelde dagjesmensen of achterlijke wandelliefhebbers en kampeerders er een bezoekje konden brengen, dus veel van de winkels verkochten souvenirs en kampeer- en wandelartikelen. En er was natuurlijk een ruim aanbod van vuurwapens.

Hij mocht dan geen fan van vuurwapens zijn, maar hij had meer dan eens slangen gezien. Hij had geprobeerd om die beesten te doorzeven met het pistool dat hij van Dooie Jane had afgepakt, en daarna met het hagelgeweer en het gewone geweer die hij in haar hut had gevonden.

Vervolgens had hij de AR-15 uitgeprobeerd, die werkelijk niets van de slang had overgelaten. Hij was zich doodgeschrokken van de kracht van dat wapen. Hij had dat ding weer aan de muur gehangen en besloten om het bij het pistool te houden.

Jane had een hele voorraad munitie gehad, maar een deel daarvan had hij verspild met het schieten op die verdomde slangen. Hij had ook nog een cactus aan flarden geschoten, gewoon om het geluid te horen.

Hij had opgeschreven welke munitie er nodig was voor het pistool. Het kon geen kwaad om daar wat extra van te kopen.

Aangezien hij hongerig wakker was geworden, had hij zes eieren gegeten en het laatste beetje bacon dat hij in de vrieskist had gevonden. Jane had er een datum op gezet – heel nuttig – maar hij had het zelf moeten snijden waardoor de plakjes bijna allemaal te dun of te dik waren.

Dus zou hij verdomme ook bacon kopen. En worst. En alles wat hem verder maar lekker leek.

Als eerste kocht hij handdoeken. Zoals hij al had ontdekt was er in heel dat klote Two Springs geen Egyptisch katoen te krijgen. Maar hij nam genoegen met wat er wel te koop was. Hij kocht een nieuwe koekenpan, aangezien hij de andere had laten aanbranden in de hut, waarna hij het ding zo ver mogelijk had weggesmeten.

Hij ging naar de slijterij en kocht er bier, wijn, whisky, wodka, mixdrankjes en tonic. Een fles tequila? Waarom ook niet, verdomme.

'Geeft u een feestje?' vroeg de kassabediende, waar hij een 'ho-ho-ho' aan toevoegde alsof hij de Kerstman was.

Met opgetrokken lip keek Rozwell hem aan. 'Ja, ik ben een enorm feestbeest.'

'Dat geloof ik graag.' De kassabediende ontweek Rozwells blik, pakte de drank in en overhandigde hem zijn wisselgeld.

Nadat hij alles in de pick-up had geladen, ging hij munitie kopen. Hij nam drie dozen kogels met holle punt voor zijn geërfde Colt 45 en dacht: yeehaw, ik ben godverdomme een revolverheld.

Vervolgens ging hij naar de supermarkt.

Chips, koekjes, snoepgoed, frites uit de diepvries. Waarom had hij daar niet eerder aan gedacht? Bacon, worstjes, diepvriespizza. Die pizza deed hem aan Morgan denken. 'Dat kreng zal haar verdiende loon krijgen,' mompelde hij waarna de vrouw die ongeveer een halve meter achter hem stond snel de andere kant op liep.

Diepvriesmaaltijden. Opwarmen en klaar! Kaas! Melk! Ontbijtgranen, brood, boter. Limoenen voor een lekkere tequila. Bananen. En aardappelen omdat elke idioot kon uitzoeken hoe je aardappelen moest bakken. Uiteindelijk had hij twee volle mandjes.

Bij de kassa scande de caissière zijn boodschappen. Ze had een gezicht dat zo rond was als een taart en ze droeg een bril die telkens van haar neus gleed.

Dat ergerde hem zo dat hij zin kreeg om een mep tegen die stomme brillenglazen te geven, zodat ze glas in haar ogen zou krijgen en die zouden gaan bloeden.

'U hebt flink ingeslagen,' zei ze opgewekt.

Hij vertrok zijn lippen tot iets waarvan hij dacht dat het een vriendelijke glimlach was. 'Precies. Ik heb flink ingeslagen. Een man moet toch eten, of niet soms?'

'Ja, meneer.' Ze bleef strak naar de boodschappen kijken. 'Dat is waar.'

Hij droeg de boodschappentassen naar buiten en zette de diepvriesartikelen in de cabine waar de airconditioning, voor zover die nog werkte, zou zorgen dat de spullen op de terugweg niet zouden ontdooien.

Toen hij de rest inlaadde, merkte hij dat hij bijna buiten adem was door de krachtsinspanning en de hitte. Hij draaide de dop van de fles cola die hij in de supermarkt had gekocht en ging ermee achter het stuur zitten.

Bij zijn volgende flinke slok stikte hij bijna omdat zijn adem opeens stokte.

Hij startte de motor en wierp een snelle blik in de achteruitkijkspiegel.

Zijn adem stokte opnieuw, en ondanks de loeihete cabine kreeg hij het ineens ijskoud.

Hij zag ze. Ze kwamen net uit het eetcafé, hetzelfde tentje waar hij had willen ontbijten, ware het niet dat hij te hongerig was geweest om te wachten tot zijn bestelling werd klaargemaakt.

Dit kón gewoon niet. Het moest een luchtspiegeling zijn of het kwam door een bepaalde lichtval. Hij wreef in zijn ogen onder zijn zonnebril, maar het tweetal verdween niet. En nu kwamen ze zijn kant op.

Die klote FBI-agenten. Die etterbakken van een Beck en Morrison. Daar liepen ze over het houten trottoir.

De paniek gonsde in zijn oren en toen hij gas gaf, sprongen er tranen in zijn ogen. Onder het rijden sloeg hij met een hand op het stuur. Hoe? Hoe? Hoe?

De pick-up rammelde en schudde terwijl hij het ding zo hard mogelijk liet gaan. Want ze waren in de buurt. Ze zaten hem op de hielen.

Hij moest zo snel mogelijk terug naar het huis van Dooie Jane. Hij had zijn nieuwste regel gebroken en zijn kleding, apparatuur en contant geld in het huis achtergelaten. Te veel om opnieuw te verliezen. Hij had zich niet aan die regel gehouden omdat zij hier niet hoorden te zijn.

Waarom waren ze hiernaartoe gekomen?

Bij het hek sprong hij uit de auto waarbij zijn benen het bijna begaven. Hij was doornat van het angstzweet en zijn vingers trilden zo hevig dat hij stond te prutsen met de sleutels van de hangsloten. Nadat het hem eindelijk lukte om het hek open te krijgen, reed hij erdoorheen en herpakte zich toen zodat hij het weer achter zich op slot kon doen. Gewoon voor de zekerheid.

Hij scheurde over de oprit terwijl hij moeite had zijn hoofd dusdanig helder te krijgen om te kunnen nadenken. Hij moest gewoon even nadenken. Hij zou de pick-up van die ouwe vrouw nemen. Ook een rammelkast, maar een stuk beter dan zijn eigen rammelkast. Misschien, hij wist niet hoe, was het de FBI gelukt om de voertuigen die hij gebruikte te traceren.

Hij had de hut voor vertrek op slot gedaan – het zekere voor het onzekere – dus moest hij al die hangsloten nu weer openmaken. Binnen ging hij razendsnel aan de slag. Hij propte vies wasgoed bij schoon. Zijn ademhaling klonk als een gierende storm terwijl hij zijn eigen apparatuur verzamelde en wat van haar apparaten afkoppelde om mee te nemen.

Het geld, het geld, het geld en de identiteitsbewijzen die hij net klaar had. De vuurwapens, de munitie, de messen. Inclusief het exemplaar waar dat dooie kreng hem mee had gestoken.

De kippen tokten terwijl hij naar de schuur rende en de deur openrukte. Hij smeet het gereedschap – zijn betonschaar, een pikhouweel, een bijl, een hamer – met veel kabaal in de laadbak van de pick-up.

Stofwolken vlogen op toen hij plankgas naar de hut reed en daar tassen, koffers en aktetassen in de laadbak gooide. Hij dwong zichzelf om voorzichtiger te zijn tijdens het inladen van de apparatuur en legde het pistool onder de chauffeursstoel. Het geweer en het hagelgeweer zette hij in het wapenrek.

Laat ze nu maar komen. Hij zou ze aan flarden schieten.

Hij had water en eten nodig.

Toen hij dacht aan al het eten dat hij had gekocht, vermengde zijn woede zich met de angst. Woest rukte hij het portier van de andere pick-up open en trok de diepvriesmaaltijden, de diepvriespizza en de pakken melk eruit en smeet die op de grond. Tijd en geld, allemaal verspild.

Van woede begon hij te schreeuwen. En terwijl hij schreeuwde, brak er iets in hem, op de plek waar toch al een barst had gezeten.

Hij bleef staan en keek naar de beschadigde melkpakken die klotsend leegliepen op de grond, naar de gedeukte dozen met pie's uit de koeling, de gefrituurde kip met jus, de Dove-ijsjes en de extra pikante cheddar.

Ineens begon hij daverend te lachen, zo hard dat de tranen over zijn wangen liepen. In zichzelf grinnikend laadde hij de andere etenswaren, de drank en de handdoeken van de ene pick-up in de andere.

Hij had het hier godverdomme wel bekeken. Hij was er klaar mee. Hoog tijd om dit hoofdstuk te sluiten. Tijd voor een afrekening. Tijd dat die teef de rekening gepresenteerd kreeg.

'De tijd is daar, zei de walrus,' mompelde hij terwijl hij een van Janes zeildoeken met parachutekoord over de laadbak van de pick-up bond.

Net toen hij in de pick-up wilde stappen, dacht hij: wat kan het mij ook verrekken? Hij liep terug, scheurde de doos met Dove-ijsjes open, griste er eentje uit en rukte de wikkel ervanaf.

Op weg naar het hek, at hij de reep op. 'Adios, Jane!' riep hij zijn mond vol proppend met ijs en chocolade. 'Bedankt, maar niet heus.'

Hij maakte het hek open en reed erdoorheen. En nadat hij de sleutels van de hangsloten uit het raampje had gegooid, zette hij koers naar het oosten.

Toen Beck en Morrison de straat overstaken naar hun auto stond de supermarktmedewerkster bij de ingang een Marlboro te roken om haar zenuwen tot rust te brengen.

'Hé! Jullie zijn toch die lui van de FBI?'

'Mevrouw.' Morrison bleef naast het portier aan de bijrijderskant staan, want hij had de toss verloren om wie er mocht rijden. 'Wij zijn FBI-agenten Morrison en Beck.'

'Deb zei dat er gisteren FBI-agenten rondneusden en een of andere gek zochten. Gisteren had ik vrij.' Ze nam een flinke trek van haar sigaret. 'Ik had zonet zelf met een gek te maken. Die vent had een waanzinnige blik in zijn ogen. Hij kocht genoeg eten voor een heel bataljon. Toen hij me aankeek en naar me glimlachte, liepen de rillingen me over mijn rug.'

'Echt?' Beck voelde zelf een rillinkje van opwinding en liep naar haar toe. 'We hebben de manager een schets gegeven van de man naar wie we op zoek zijn. Hebt u die al gezien?'

'Nee. Ik klok in, doe mijn werk en klok weer uit. Ik bemoei me met mijn eigen zaken. Dat zouden meer mensen moeten doen.'

'Zou u hem nu voor ons willen bekijken?' Beck opende haar aktetas en haalde een van de schetsen uit een dossiermap.

'O, jawel hoor. Ik heb even wat vroeger pauze genomen omdat die gek me behoorlijk van slag heeft gebracht.' Ze pakte de schets en schoof haar bril wat verder op haar neus. Ze schudde haar hoofd. 'Nee. De vent van daarnet had korter haar, een beetje onbestemd blond... voor zover ik kon zien. En hij...' Ze zweeg even en fronste haar voorhoofd. 'Wacht even. Misschien is hij het toch. Het zit hem in die ogen. Die waanzinnige blik erin. Maar die vent van zonet had geen volle baard, meer een stoppelbaard, en ik denk dat hij dikker was in zijn gezicht. Maar die ogen...'

'En zijn lengte?' vroeg Morrison. 'Hoe groot schat u hem in?'

'Ongeveer één meter tachtig. Misschien net iets kleiner.'

'Heeft hij nog iets tegen u gezegd?'

'Ja, hij zei dat een man toch moest eten. "U hebt flink ingeslagen," zei ik tegen hem, want hij had twee boodschappenmandjes vol eten, en toen zei hij "een man moet toch eten".'

'Had hij een accent?'

'Hij klonk niet alsof hij uit deze contreien kwam.' Schokschouderend nam ze nog een trekje van haar sigaret. 'Eerder uit het oosten. Het kan hem zijn, maar ik durf er geen eed op te doen. Maar er was iets niet in de haak met die vent. En dáár durf ik wel een eed op te doen.'

'Hebt u toevallig nog gezien in wat voor auto hij reed?'

'Nee, sorry. Meestal roep ik Tiny erbij om de boodschappen van de klant in te pakken en naar de auto te brengen. Hij werkt hier als vakkenvuller. Maar dat heb ik net niet gedaan. Ik wilde gewoon dat die kerel weg zou gaan. Ik heb hem niet eerder in de stad gezien. Ik heb hem tenminste nog nooit bij de kassa gehad. Maar hij had een hele karrenvracht aan diepvriesmaaltijden ingeslagen, dus hij woont vast in de buurt.'

Hoewel de vrouw haar naam en haar contactgegevens in eerste instantie liever niet wilde geven, deed ze dat uiteindelijk toch.

'Hoe groot is die kans?' vroeg Morrison.

'Groot genoeg om nog even snel navraag te doen. Stel dat jij Rozwell bent en dat het je is gelukt om een huisje te bemachtigen dat dicht genoeg bij dit stadje ligt om daar boodschappen te doen, wat zou je dan verder nog kopen?'

'Als ik hier vastzat, zou ik flink wat alcohol inslaan.'

'Ja, jij wel. Laten we onze intuïtie volgen en die schets nog een keer bij de slijterij laten zien, Quentin.'

Toen ze de slijterij in liepen, keek de winkelbediende op uit zijn paperback. Dit was niet dezelfde winkelbediende van gisteren, dacht Beck. Misschien was het zijn jongere broer.

'Kan ik u helpen?'

'We zijn van de FBI. Ik ben agent Beck en dat is agent Morrison.' Beck hield haar penning omhoog.

De winkelbediende gleed van zijn kruk. 'O, hallo!'

'We zijn naar iemand op zoek.'

'Zolang ik het maar niet ben.'

Beck wierp hem haar allervriendelijkste glimlach toe. 'Nee, hoor. Het gaat ons om deze man.'

De winkelbediende pakte de schets aan en verplaatste zijn gewicht toen van zijn ene op zijn andere voet. 'Dat is grappig. Nou ja, min of meer.'

'Wat precies?'

'Hij lijkt een beetje op de man die hier ongeveer een uur geleden was. Rond zijn ogen lijkt hij er wat op. En ja, die mond ook, denk ik. Ik mocht hem niet.'

'Nee?' Beck boog zich iets naar hem toe. 'Waarom niet?'

'Nou, die vent sloeg zo veel in dat ik de zaak de rest van de dag wel had kunnen sluiten. Dat zou mijn broer, hij is de eigenaar van de winkel, nooit merken omdat de omzet voor vandaag hoger zou zijn dan anders. Maar je kon gewoon zien dat het een rotzak was. Door zijn uitstraling, snapt u? Hij kocht zo veel drank dat ik hem vroeg of hij een feestje gaf. Toen wierp hij me zo'n gemene blik toe dat ik wenste dat ik mijn mond had gehouden. Volgens mij is dit hem, maar dan met korter haar. Wat heeft hij gedaan?'

'Hebt u ook gezien in wat voor auto hij reed?'

'Ik heb nog even naar buiten gekeken en toen zag ik dat hij de dozen drank in een pick-up laadde. Een ouwe Chevrolet, rood en onder de roestplekken. Maar wat heeft hij nou gedaan?'

Ze hadden de slijterij echter alweer verlaten.

'Het is hem, Quentin. Ik zweer het je, ik voel het aan mijn water.'

'Laten we de sheriff maar gaan inlichten. Rozwell moet ergens onderdak hebben gevonden. Je slaat niet zoveel eten en drank in als je een lange autorit gaat maken of in een motel logeert.'

'Misschien heeft hij mensen gegijzeld. Dat is weliswaar niet zijn stijl, maar binnen een half uur rijden vanaf Two Springs liggen een aantal huizen en kleine ranches. Of misschien heeft hij een verlaten huis gevonden. Als hij diepvriesmaaltijden heeft gekocht, moet hij de beschikking hebben over een koelkast en een fornuis of een magnetron. En dat hij naar dit stadje is gekomen en minstens twee winkels binnen is gegaan betekent dat hij zich veilig voelt.'

Terwijl ze zich naar het kantoor van de sheriff haastten, hielden ze de straten goed in het oog.

'Hij zou nog steeds in de stad kunnen zijn,' zei Morrison. 'Maar dat is onwaarschijnlijk gezien die diepvriesmaaltijden.'

'Ja, die ontdooien nogal snel in deze hitte. Hij moet hier in de buurt wonen.'

Het bureau van de sheriff had een hal met een receptiebalie en nog twee andere kamers voor de twee hulpsheriffs, die allebei in deeltijd werkten. Achter in het gebouw bevonden zich twee cellen, een unisekstoilet en een geïmproviseerd aanrecht waar een warmhoudplaatje en een koffiepot op stonden. De airconditioning maakte veel lawaai en verspreidde de geur van koffie door het hele gebouw.

Sheriff Neederman, een broodmagere, getaande man van ongeveer vijfenveertig, had zijn eigen kantoor waarvan de deur openstond.

'Kijk eens aan, de FBI. Ik had jullie niet terugverwacht.'

'Lucy Wigg van de Two Springs Market en Kyle Givens van Givens Liquor and Beer hebben zojuist Gavin Rozwell geïdentificeerd aan de hand van onze schets. Hij is vanochtend in beide winkels geweest.'

'Verdomme nog aan toe. Weten jullie dat zeker?'

'Behoorlijk zeker. Hij heeft voedsel ingeslagen, waaronder diepvriesproducten en sterkedrank, en dat duidt erop dat hij hier in de buurt onderdak heeft. Tamelijk dicht in de buurt. We moeten een zoektocht beginnen.'

'Daar zullen we jullie bij helpen. Een van mijn hulpsheriffs is op een melding af, maar ik zal de ander naar het bureau laten komen. Ik zal de staatspolitie inlichten, dan hebben we meer mankracht.'

'Hij rijdt in een rode Chevrolet pick-up. Een ouder model, volgens onze getuige. U kent de omgeving hier, sheriff. Waar zou onze man zich volgens u het best kunnen verschuilen?'

'Ik zal een paar telefoontjes plegen en daarover nadenken.'

Toen hij klaar was, spreidde hij een landkaart uit. 'Zien jullie deze huizen? Daar en daar? Er zijn hier niet veel huizen, maar een vreemdeling wordt meteen door de mensen opgemerkt. Het wordt anders als je de woestijn of de bergen in trekt. Daar heb je ranches op schrale grond en de mensen die speciaal daar zijn gaan wonen omdat ze niemand in de buurt willen hebben. En dan zijn er natuurlijk nog de preppers, de survivalisten en die lui die anti-alles zijn. Maar die zouden de rode loper niet voor hem uitrollen. Ook niet voor ons, trouwens.'

'Als we ons op dat soort mensen richten... wie van hen woont dan alleen? Iemand zonder gezin... want dat zou hij te veel moeite vinden,' zei Beck tegen haar partner. 'Het is makkelijker om één persoon uit te schakelen. Hij zal privacy willen als hij besluit om zich ergens te verschansen.'

'Nou, je hebt Riley, gepensioneerd marinier: een norse, verzuurde ijzervreter.' Neederman tikte op de landkaart. 'Zijn huis is verdomme net een fort. En dan heb je Jane Boot. Haar echtgenoot is een tijdje geleden gestorven, maar zij is hier blijven hangen. Ze komt ongeveer een keer per maand naar de stad om eieren en geitenmelk te verkopen. Zo taai als wat. Ze prept voor een oorlog of voor de Opneming, welke van de twee ook maar als eerste komt.'

'De vrouw,' zei Morrison. 'Hij kiest voor de vrouw. Die is makkelijker te overmeesteren dan de marinier.'

'Nou, laten we gaan kijken of dat klopt.'

'Ik ga wel voorop. Ze heeft geen telefoon, daar gelooft ze niet in. En ze heeft haar terrein afgezet met een hek en prikkeldraad. Ik heb een betonschaar in de pick-up liggen. Maar als ze gewoon thuis is en haar arme geit zit te melken, zal ze flink kwaad worden.'

Twintig minuten later stopten ze bij het open hek.

Neederman zette zijn pick-up dwars op de weg om de uitrit te blokkeren en stapte toen uit. Hij raapte een sleutelbos op en schudde zijn hoofd toen Beck haar autoraampje opendeed.

'Jane zou dat hek nooit open laten staan. Er lagen sleutels op de grond. Godverdomme.'

'Hebt u een kogelvrij vest bij u, sheriff?'

Hij duwde zijn hoed naar achteren. 'Ja, ja. Godverdomme,' zei hij nog een keer. 'Ze laat dat hek nooit open staan.'

'Laten we die vesten dan maar aantrekken. Roept u maar versterking op. Mijn partner en ik nemen de leiding over. Hij is onze voortvluchtige.'

Hij keek Morrison even heel venijnig aan. 'Als hij Jane wat heeft aangedaan, is hij ook mijn voortvluchtige.'

Nadat ze hun kogelvrije vesten hadden aangetrokken, reden ze door het openstaande hek.

'Hij is hier niet meer, Tee. Dit betekent dat hij lucht van ons heeft gekregen.'

Met een strak gezicht reed ze verder.

'Daar staat de rode pick-up en er liggen allemaal boodschappen omheen. De voordeur staat open en de deur van dat bijgebouw ook.'

'Iemand heeft even een driftbui gehad,' mompelde Morrison.

'Daar lijkt het wel op, maar laten we zorgen dat we niet worden neergeschoten als hij hier toch nog is.'

Ze reed tussen het bijgebouw en de hut door waarna ze de auto als schild gebruikten om uit te stappen.

'Gavin Rozwell! Dit is de FBI. Kom naar buiten met je handen omhoog.'

Geen enkel geluid behalve het tokken van kippen en het wroeten van varkens.

Ze pakte een steen en gooide die om schoten uit te lokken. Er gebeurde niets. Ze gooide er nog een die tegen het huis knalde.

'Oké, Quentin. Laten we kijken of er iemand binnen is.'

Ze kwamen uit dekking en renden half gehurkt naar de deur. Hij ging als eerste naar binnen en richtte zijn wapen hoog, zij kwam achter hem aan en richtte laag.

Binnen rook het naar zweet en stof en het leek wel alsof er een kroegruzie had plaatsgevonden.

Nadat ze het huis hadden doorzocht, deden ze hetzelfde met de schuur.

'Ze heeft een Ford Ranger pick-up, uit... 2015 of 2016, denk ik. Ik zal het laten natrekken,' zei Neederman tegen hen. 'Blauw, medium blauw, en ik zal het kenteken laten natrekken. Zou hij haar hebben meegenomen?'

'Dat lijkt me sterk.'

Hij wreef over zijn nek. 'Ik ga kijken of ik haar ergens kan vinden,' zei hij tegen Beck. 'En de geit.'

'Hij moet ons vanochtend hebben gezien. Waarom zou hij er anders vandoor zijn gegaan nadat hij al dat eten had gekocht?' Beck moest zich beheersen om niet tegen de ontdooiende verpakkingen te schoppen. 'Hij kwam de supermarkt uit en zag ons. Of hij had al die boodschappen al gedaan. Dat is waarschijnlijker. Hij is in de pick-up gestapt en hiernaartoe gereden. Daarna heeft hij alles op de grond gegooid, zijn spullen gepakt en is hij vertrokken.'

'Hij is weer op de vlucht, Tee.' Omdat ze er allebei behoefte aan hadden, legde hij een hand op haar schouder. 'Hij is opnieuw op de vlucht geslagen, hij is doodsbang en hij is bezig om door te draaien. Laten we het signalement van haar pick-up aan alle instanties doorgeven.'

'Ze ligt hier!' riep Neederman. 'En de geit ook. Wat er nog van hen over is, ligt hier. Jezus nog aan toe, hij heeft haar gewoon op de grond laten liggen,' zei hij toen Beck en Morrison zich bij hem voegden. 'Hij heeft haar gewoon op de grond laten liggen voor de aaseters.'

30

Halverwege een benauwde ochtend die smeekte om een stevige onweersbui deed Morgan de voordeur open voor Jake. ‘Kom binnen. Zal ik koffie zetten? Hebben we dat nodig?’

Hij deed de deur achter zich dicht. ‘Zullen we iets kouds nemen? Zijn je dames thuis?’

‘Nee, die zijn naar hun werk.’

Wat hij ook kwam vertellen, ze wist dat het slecht nieuws was. Ze voelde het naderende onheil prikken onder haar huid.

‘Ik geloof niet dat de zonnethee al klaar is, maar we hebben cola.’

‘Dat is ook prima. Morgan, vind je het goed om nieuws over Rozwell van mij te horen? Je mag de FBI ook bellen als je het liever rechtstreeks van de bron hebt.’

‘Ik stel het op prijs dat je tijd vrij hebt gemaakt om het me zelf te komen vertellen.’ Kijk nou, mijn handen trillen niet meer, dacht ze terwijl ze ijsblokjes in de glazen deed. De tijd dat ze ogenblikkelijk een paniekaanval zou krijgen was voorbij. ‘Hij heeft weer iemand vermoord, hè? Ik wéét het gewoon door het gespannen gevoel in mijn buik.’

‘Ja. Laten we hier even gaan zitten, dan zal ik je vertellen wat ze mij hebben verteld. Het gaat om wat er gisteren in Nevada is gebeurd.’

‘Nevada. Dus ze hadden gelijk toen ze vermoedden dat hij naar het zuiden zou gaan. Ik vind het fijn dat ze gelijk hadden. Dat is in elk geval iets.’

Terwijl hij haar op de hoogte bracht, liet Morgan zich achterover zakken en luisterde stomverbaasd toe. ‘Weet je, ik kan me gewoon niet voorstellen dat hij in de afgelegen hut van een prepper heeft gewoond. Wel dat hij haar heeft vermoord, en dat vind ik afschuwelijk, maar de rest?’

'Jij hebt hem geknakt. Zo zie ik het. Jij hebt een einde gemaakt aan zijn zegereeks, en dat heeft hem geknakt. Alle lof voor de FBI en voor Becks goede intuïtie, maar haar partner en zij zullen de eersten zijn om toe te geven dat het stom toeval was dat zij in dat stadje waren op hetzelfde moment dat Rozwell er inkopen deed.'

'En zij denken dat hij daar een paar weken is geweest?'

'Bijna drie. De FBI heeft de gangen van zijn slachtoffer weten te reconstrueren tot en met de laatste keer dat ze naar het stadje is gegaan. Het was niet ongewoon dat ze zich een maand of nog langer niet liet zien. Ze weten dat de vrouw drie weken geleden nog in het stadje is geweest om eieren, melk en wat leren spulletjes te verkopen. Ze heeft toen ook boodschappen gedaan en de tank van haar pick-up volgegooid. En ze hebben de gangen van Rozwell weten te herleiden tot een verblijf in een motel ongeveer vijftig kilometer verderop, en daar is hij geweest tot de dag dat zij naar Two Springs ging.'

'Ik snap het. Ik snap het.'

'Die vrouw was actief in online chatgroepen van preppers, survivalisten en religieuze randgroeperingen. Volgens de FBI is Rozwell berichtjes blijven sturen naar die chatgroepen, terwijl hij zich uitgaf voor haar, en ik heb begrepen dat ze met ingang van negentien dagen geleden subtiele verschillen hebben ontdekt in haar berichten en antwoorden. Het is begonnen op de avond nadat zij naar het stadje was gegaan om boodschappen te doen.' Jake aarzelde even, maar vertelde toen verder. 'Ze zullen een autopsie op het lichaam doen, en misschien kunnen ze dan het tijdstip van overlijden vaststellen. Morgan, iedereen in dat stadje die met de FBI heeft gesproken en gisteren contact met hem heeft gehad, heeft verklaard dat ze konden zien dat er iets niet met hem in de haak was. Of hij kan dat niet langer verbergen of het kan hem niets meer schelen. Die vrouw had vuurwapens, Morgan. Een hagelgeweer en een gewoon geweer. Overal op het terrein zijn lege patroonhulzen aangetroffen. En ze droeg altijd een Colt op haar heup.'

'Nou, daar heeft ze weinig aan gehad.'

'Waar het om gaat is dat hij die wapens heeft meegenomen. Hij heeft een AR-15 laten liggen, en daar mogen we blij om zijn, maar de rest heeft hij bij zich. En hij heeft munitie voor de Colt gekocht toen hij in het stadje was. Vroeger maakte hij nooit gebruik van vuurwapens.'

'Hij is ook niet meer de man die hij vroeger was.'

'Dat zijn de profielschetsers met je eens. Alles wat er in die hut is aangetroffen wijst erop dat hij de regie is kwijtgeraakt.' Omdat hij haar als een vriendin beschouwde en omdat ze een soort van zus van hem zou worden, pakte Jake haar hand. 'Zij gaan ervan uit dat hij nu geen keus meer heeft en dat hij hier wel naartoe móét komen.'

'Een deel van me is opgelucht, want ergens zit je toch te wachten tot de deur krakend opengaat en je het monster ziet opdoemen. Op de achtergrond speelt het altijd mee, bij alles wat ik doe. Vergelijk het met een mol die gangen graaft in je tuin. Op het oog ziet alles er keurig uit, maar voor je het weet stort de hele boel in.' Ze wierp een blik op haar cola en keek hem daarna recht in de ogen. 'Omdat hij al die wapens heeft meegenomen ben jij bang dat hij me gewoon zal doodschieten, als ik naar mijn auto loop of boodschappen doe. Maar dat zal hij niet doen. Dat kán hij niet. Die manier is te snel en te definitief voor hem.'

'Hij is niet meer de man die hij vroeger was,' herhaalde Jake.

'Dat is waar, maar je kunt niet veranderen wie je diep vanbinnen werkelijk bent. Hij wil me pijn doen, hij wil zien dat ik bang ben. Hij wil me laten boeten voor alles wat er in zijn leven is misgegaan na... na Nina.' Nadat ze even met haar schouders had geschud, pakte ze haar cola. 'Ik vind het ongelooflijk dat ik hem maar een paar weken heb gekend, en hem toch zo duidelijk voor me zie. Het idee dat hij wekenlang op de manier heeft geleefd die jij me zonet hebt verteld... Ja, dat wil hij me betaald zetten. Me vermoorden is niet genoeg voor hem, hij wil me eerst laten lijden.'

'Dat ben ik met je eens, maar ik ben ook bang dat ik het misschien mis heb.'

'Hij heeft me alles afgenomen, Jake. Alles behalve mijn leven. En moet je nu kijken.' Ze gebaarde om zich heen. 'Nog geen twee jaar later gaat het weer goed met me. Meer dan goed. Ik heb een thuis, een familie en een man die van me houdt. Ik heb een goede baan, een leuk leven en vrienden. Hij is de grote verliezer. Hij is wanhopig en op de vlucht. Mij even snel vermoorden, maakt dat niet goed. Voor hem is het persoonlijk geworden.'

Toen de deurbel ging, keek ze automatisch op haar telefoon om te controleren wie het was. 'Het is... iemand die bloemen komt bezorgen. Het is...' Ze gaf haar telefoon aan Jake.

Er verscheen een koele blik in zijn ogen voordat hij opstond. 'Dit regel ik wel.'

Het duurde even voordat ze zichzelf weer in de hand had en achter hem aan liep. Ze had in een oogopslag gezien dat het een rouwkrans was. Terwijl Jake bij de voordeur de geschrokken bezorgster ondervroeg, bestudeerde Morgan de rouwkrans en de boodschap.

MORGAN, IK ZAL JE NOOIT VERGETEN.

Nee, dacht ze. Ze zou hem ook nooit vergeten.

Omdat hij wist dat het verwisselen van de nummerplaten niet afdoende zou zijn, kocht Rozwell een verfspuit en wat erwtgroene verf waarmee hij Janes blauwe pick-up op een verlaten woestijnweg overspoot.

Het zag er niet uit, en het kostte hem veel tijd om de verf van de koplampen en de achterlichten te krijgen, maar zijn pick-up voldeed niet langer aan het politiesignalement.

Zo kon hij vast wel een tijdje ongemerkt blijven rondrijden, vooral omdat de politieagenten in dit deel van het land oerstom waren.

Overnachtingen in een motel, hoe erbarmelijk dan ook, waren te riskant, dus reed hij in een ruk naar Utah terwijl de dag plaatsmaakte voor de avond. Hij werd gedreven door woede en angst en op de been gehouden door cafeïne en koolhydraten.

Het werd tijd om zijn goede oude gewoonten weer op te pakken, besloot hij, dus reed hij naar de luchthaven in Salt Lake City om op het parkeerterrein voor lang parkeren een bijzonder noodzakelijk dutje te doen.

Voor het ochtendgloren werd hij wakker. Hij had het heet en hij voelde zich beroerd, maar hij meende dat het geluk hem weer toelachte toen hij een MPV zag, compleet met BABY AAN BOORD-bordje. Dat ding moest daar tijdens zijn siësta zijn geparkeerd.

Die wagen was minstens vijftien jaar oud, schatte hij, maar wel brandschoon.

Het kostte hem ruim een half uur, maar toen zat hij erin. Hij schakelde het alarm uit, kreeg de motor aan de gang – kijk, hij was het nog niet verleerd – en legde zijn spullen van de pick-up in de auto.

De MPV had 320.000 kilometer op de teller, maar hij kon er nog wel mee naar Colorado komen. Daar zou hij in een min of meer fatsoenlijk motel kunnen overnachten. Voorlopig nog geen hotels, hield hij zichzelf voor.

Een lekkere warme douche, tijd om zich op te knappen, te eten en te slapen. Daarna zou hij de beste route plannen om bij Morgan te komen.

Samen met Miles sloot Morgan vrijdagavond de bar af.

'Beck heeft me een paar uur geleden gebeld.'

Hij hield meteen op met zijn bezigheden. 'En dat vertel je me nu pas?'

'We hadden het druk. Jij had het druk. En ik vertel het je nu toch? Een beveiliger heeft Rozwells pick-up gezien op het parkeerterrein voor lang parkeren bij de luchthaven van Salt Lake City. Hij heeft geprobeerd om de pick-up groen te spuiten, maar het blauw scheen erdoorheen. Het heeft de FBI een tijdje gekost om erachter te komen welke auto hij daar heeft gestolen. Een rode MPV. Ik geloof dat ze het over een Kia had. Hij heeft intussen een heel stuk afgelegd, maar ze weten inmiddels dat hij heeft overnacht in een Days Inn, in Colorado.'

'Zullen we even gaan zitten?'

'Nee, ik voel me prima. Echt waar. Hij heeft die MPV gedumpt op een parkeerterrein van een Walmart in South Dakota en daar een SUV gestolen door de eigenares, een vrouw van zestig, te bedreigen met een vuurwapen. Hij heeft haar vastgebonden met een parachutekoord, een prop in haar mond gestopt en haar achterin gegooid. Hij heeft haar bewusteloos geslagen waardoor ze een hersenschudding heeft opgelopen, maar hij heeft haar niet vermoord. Dat is in elk geval iets. Ze doen nu onderzoek naar wat agent Beck een heel betrouwbare melding in Minnesota noemt. Zij gaat er overigens niet van uit dat hij die SUV lang in zijn bezit zal houden of dat hij het risico zal nemen om het ding bij een van zijn bevriende helers in te ruilen. Ze hebben de beveiliging van de luchthaven in Minneapolis gewaarschuwd om naar hem uit te kijken.'

'Is dat alles?'

'Ja, voorlopig wel.'

'Morgan.' Hij pakte de hand waaraan zij zijn ring droeg. 'Dit betekent iets, hoor.'

'Het betekent alles voor me.'

'En "het druk hebben" betekent niets,' voegde hij eraan toe. 'Als ze jou iets over die klootzak vertellen, dan wil ik het ook meteen weten. Niet pas als het minder druk is. Meteen. Geen uitstel. Ik wil ook dat je me elke avond dat je niet bij mij bent een appje stuurt als je thuiskomt. Ook daar valt niet over te discussiëren.'

'Je hebt gelijk. Het spijt me.'

'Daar koop ik niks voor.'

'Weet ik.' Glimlachend legde ze een hand tegen zijn wang. 'Maar het spijt me toch.'

'Je zou nu al bij me kunnen intrekken.'

'Het voelt verkeerd en onprettig om mijn dames alleen te laten op het moment dat hij werkelijk deze kant op lijkt te komen.'

'Ik kan ook bij jullie intrekken.'

Ze wist dat hij dat echt zou doen. Hij zou het niet leuk vinden, maar hij zou het doen.

'Ons huis is zo veilig als maar kan. En morgen ga ik Jen vragen of ze nog wat zelfverdedigingsoefeningen met me wil doen. Luister even naar me, oké? Ik heb hier namelijk een hele tijd over nagedacht. Eerder had hij me misschien wel kunnen vermoorden. Toen was ik er niet op voorbereid, en misschien ben ik dat nog steeds niet. Hij heeft Nina vermoord door haar te verrassen. Ze was ziek en ze was klein, Miles. Maar nu ben ik er wel op voorbereid en zal hij mij niet verrassen. Ik ben sterker dan toen en bovendien ben ik kwaad.'

'Allemaal leuk en aardig, Morgan. Maar toch.'

'De politie rijdt heel vaak door mijn straat. Elke avond rijdt er een hulpsheriff achter me aan als ik van mijn werk naar huis ga. Ik neem aan dat we een politieagent of een FBI-agent bij ons in de woonkamer zullen krijgen als hij de grens van Vermont weet te bereiken.'

'Als hem dat lukt, kom ik bij die agenten in de woonkamer zitten.'

'Afgesproken. En nou moet je niet kwaad op me worden, maar ik wíl dat hij komt. Ik wil dit achter de rug hebben. Ik wil naar trouwjurken en bruidsboeketten kijken en het liedje voor onze eerste dans kiezen, en ik moet nog besluiten welke tint lila het mooiste is voor jouw jacquet.'

'Ga je dat allemaal nog doen… Watte? Nee.'

'Ik had dat lila bewaard om je van je à propos te brengen. Dit leek me wel een geschikt moment. Kom, laten we het niet meer over Rozwell hebben en naar huis gaan.'

'Prima. Maar geen lila.'

'Nou, als ik voor een combinatie van pioenrozen en seringen kies, is een beetje lila, in de vorm van een boutonnière met een sering, misschien wel leuk. Maar daardoor moet ik ineens aan ridderspoor en pronkerwten denken of aan tulpen en spierstruik. Praat me er niet van.'

'Jou op je praatstoel krijgen over boeketten is zo goed als het allerlaatste wat ik wil.'

Buiten pakte hij haar hand weer en meende hij de eerste tekenen van de herfst te ruiken. 'Wat vind je van "Stand by Me"?'

'Wil je vanavond een film kijken?'

'Nee, niet de film. Het liedje. Voor de eerste dans. Omdat ik absoluut van plan ben om bij jou te blijven, en het is jou geraden om hetzelfde te doen.'

De spanning viel van haar af en maakte plaats voor een sentimenteel gevoel vanbinnen. 'Jij hebt óók nagedacht over de dingen die voor de bruiloft moeten worden geregeld.'

'Bij tijd en wijle.'

'Je suggestie voor het lied is hierbij aanvaard. Het is een goede keus, maar dan moet jij akkoord gaan met een seringentakje als boutonnière, mocht ik dat willen.'

'Eén takje maar?'

Ze stak haar duim en haar wijsvinger op om de grootte aan te geven.

'Daar ga ik mee akkoord.'

Ze draaide zich naar hem toe en sloeg haar armen om hem heen. 'Ik hou van je, Miles.'

'Nog zoiets wat je geraden is.'

Later, terwijl zij lagen te slapen, bereikte Rozwell Wisconsin in een Dodge pick-up die hij contant had afgerekend bij een tweedehands autoverkoper in St. Paul.

Hij had inmiddels plannen gesmeed.

Morgan meldde alle pakketjes die ze toegestuurd kreeg en de bedragen die van haar rekening werden afgeschreven. Ook hield ze er een eigen lijst van bij.

Begin september voerde ze een gesprek met haar dames.

'Ik weet dat jullie je zorgen maken, maar dat is precies wat hij wil. Hij wil dat we ons zorgen maken en dat ik bang ben. Maar daardoor weet ik juist dat hij wanhopig is.'

'Wanhopig én gevaarlijk,' merkte Olivia op.

'Ja, maar ik zal niet roekeloos of onvoorzichtig worden. Hij is al dagenlang in de auto onderweg zonder pauzes. Ze weten in wat voor auto hij nu rijdt omdat hij in St. Paul een pick-up heeft gekocht met contant geld. De FBI werkt samen met het creditcardbedrijf. Ik gebruik mijn creditcard niet, nergens voor. En gisteren hebben ze gezien dat er weer een aankoop mee is gedaan.'

'Waarvoor?' wilde Audrey weten. 'Wat nu weer?'

'Hij moet over de bruiloft hebben gehoord. Hij heeft twee dozijn zwarte rozen besteld.'

'Met een kaartje erbij? Je hoeft ons niet te ontzien, Morgan.'

'Dat doe ik ook niet, oma. Echt niet. Op dat kaartje stond enkel: GEEN BRUILOFT, WEL EEN BEGRAFENIS. En dat was niet slim van hem,' ging ze haastig verder omdat haar moeder bleek wegtrok. 'Gewoon niet slim. Elke steek onder water is een waarschuwing, terwijl hij zich eigenlijk gedeisd moet houden. Maar er is nog meer.'

'Voor de draad ermee. Ik wil alles horen,' zei Olivia.

'Ze hebben beelden van hem van een bewakingscamera op de autoveerboot waarmee hij naar Michigan is overgestoken. Hij heeft die pick-up waarschijnlijk door een professionele autospuiterij laten overspuiten en toen de kentekenplaten verwisseld, maar ze hebben hem weten te achterhalen. Tegenwoordig is hij weer blond en gladgeschoren. Maar zijn kilo's is hij nog niet kwijt.'

'Het is alsof hij opnieuw een spoor voor ze achterlaat,' mompelde Audrey. 'Net als de vorige keer.'

'Inderdaad, en daar houdt de FBI ook rekening mee omdat ze hem in zuidelijke richting naar Indiana hebben kunnen volgen.'

'Waarom zou hij dat doen?' Olivia stond op en ijsbeerde door de keuken. 'Waarom is hij niet naar Ohio gegaan en langs de Grote Meren doorgereden naar Vermont?'

'Ik heb geen idee, oma. Ik heb een hele tijd met agent Beck gesproken. Morrison en zij hebben allerlei theorieën. Misschien probeert hij hen opnieuw van zich af te schudden. Of zoekt hij een plek waar hij zich een paar dagen kan verschuilen om wat bij te slapen en te wachten tot ze het opgeven. Of om te wachten tot mijn aandacht verslapt. Daar zou hij zich wat kunnen opknappen, want volgens Beck en Morrison ziet hij er onverzorgd uit. Wat ze wel weten, is dat hij een omweg van minstens driehonderdtwintig kilometer heeft gemaakt... als hij echt van plan is om hiernaartoe te komen. En ik weet dat ze hem zo goed als op de hielen zitten.'

'Dat is niet goed genoeg.'

'Dat vinden zij ook. Agent Beck klonk vreselijk gefrustreerd. Ik wilde niet naar mijn werk gaan zonder jullie dit eerst te vertellen. Op dit moment is hij ruim zestienhonderd kilometer bij ons vandaan, en misschien last hij binnenkort een pauze in. Ik wil graag dat jullie even aan iets anders denken omdat ik over een paar minuten naar mijn werk moet. Ik wilde jullie de trouwjurk laten zien die ik heb gevonden.'

Ze pakte haar telefoon en veegde over het scherm om bij de website te komen.

'O, Morgan. Wat een prachtige jurk! Eenvoudig en elegant.'

Morgan voelde dat haar spieren zich ontspanden door de goedkeurende woorden van haar moeder. Audrey had nou eenmaal kijk op kleding.

'Ik wilde iets simpels. Iets schitterends, maar wel simpel.'

'En je hebt iets "simpelweg schitterends" gevonden. Ik vind het model prachtig, met een klein beetje subtiele flair van de rok. Maar je gaat je trouwjurk niet online kopen.'

'Maar zonet zei je nog dat...'

'De stijl ervan past precies bij je, en de jurk is heel geschikt voor een lentebruiloft in de tuin, maar je gaat je trouwjurk niet via internet kopen. We zullen voor volgende week een afspraak voor je maken bij de bruidswinkel in Westridge. Dat is een prachtige zaak. En je moet Miles' moeder, oma en zus... en Jen meevragen.'

'O, maar...'

'Heel veel mensen, heel veel meningen, inderdaad.' Audrey gaf een paar klopjes op de hand van haar dochter. 'Maar het is een belangrijk ritueel. Je moet die jurk kunnen aanraken en hem natuurlijk ook passen.'

'Maar ik kan hem toch terugsturen als hij...'

'Wat denk je hiervan?' Als het echt moest, walste Audrey zo over iedereen heen. 'Als je daar echt niets moois kunt vinden, iets wat je blij maakt en je laat stralen, mag je die jurk van de website bestellen en zal ik niet protesteren. O, en die jurk betaal ik.'

'Mam.'

'Toe, gun me dat.' Audrey kreeg tranen in haar ogen. 'Dat wil ik echt heel graag. Ik wil je die jurk graag geven.'

'Geen tegenspraak, Morgan. Het is onbeleefd om een geschenk te weigeren dat met liefde wordt gegeven. Die bruiloft wordt ons cadeau aan jou. Van je moeder en van mij. Het doet er niet toe wie er betaalt, kindje van mijn kindje. Het gaat erom dat je deel uitmaakt van onze liefde. Ik verwacht dat alle tegenwerpingen over wie er gaat betalen afkomstig van de familie van de bruidegom zullen komen. Maar we zijn bereid om compromissen te sluiten. Dat maakt óók deel uit van die liefde.'

'Ik heb al een spreadsheet gemaakt en een budget opgesteld.'

'Allicht, zo ben jij. O, wat lijkt ze veel op jou, mam. Die praktische inslag heeft ze beslist niet van mij. Nu kun je daarmee ophouden en hoef je alleen nog aan de leuke kanten te denken. De kleuren die je wilt, de bloemen, de muziek, de gastenlijst. We zullen proberen om voor aanstaande maandag een afspraak voor je te maken bij de bruidsmodezaak. Dan ben je vrij en kunnen we er met zijn allen een leuke middag van maken.'

'We praten later verder, maar nu moet ik echt naar mijn werk. Ik moet Miles eerst alles vertellen wat ik jullie net heb verteld. Dat heb ik hem beloofd.'

Hij leidde ze naar het zuiden, naar Indianapolis waar hij een garage had gehuurd met een gloednieuwe creditcard. Daar parkeerde hij de pick-up en nam toen een Uber naar de luchthaven waar hij meteen doorliep naar de terminal voor privévluchten.

Hij droeg een donkere pruik met een mannenknotje en hij had veel tijd besteed aan het creëren van een heel kort sikje. Hij nam zijn laptop mee aan boord als handbagage en liet de enige koffer die hij bij zich had door het luchthavenpersoneel in het vrachtruim zetten. Hij was niet bang dat zijn legitimatie de controle niet zou doorstaan – want daar had hij ook veel tijd aan besteed.

Tijdens de vlucht naar Middlebury, Vermont, dronk hij één glas wijn en at hij twee zakjes chips leeg uit het mandje met gratis snacks. Hij kon er gewoon niet van afblijven.

Een privévlucht betekende dat zijn bagage niet zou worden gecontroleerd. De Colt was veilig weggestopt in zijn koffer, net als het mes.

Tegen de tijd dat de FBI hem vanuit Indianapolis weer op het spoor zou komen – als hun dat ooit zou lukken – zou hij de klus hebben geklaard. Daarna zou het geluk hem weer toelachen.

De volgende keer dat hij het vliegtuig nam, zou de bestemming een heerlijk tropisch strand met een vijfsterrenhotel zijn. Daar zouden de afgelopen afschuwelijke maanden vervagen als een nare droom.

'Er klopt iets niet.' Beck stond in de zoveelste motelkamer naar de zoveelste landkaart te kijken. 'Het klopt niet, Quentin.'

'Hij heeft ons opnieuw bedot.'

'Dat denk jij dus ook? Er is geen andere reden te bedenken voor die enorme omweg. Heel langzaam begint hij weer helder na te denken. Hij is er nog niet helemaal, maar het komt in de buurt. Hij heeft een plan gemaakt. Dat is mijn idee.'

'We moeten naar het noordoosten. We laten dit gebied wel over aan de FBI-agenten uit Indiana en aan de plaatselijke politie. Wij moeten naar Vermont.'

'Dat ben ik met je eens. Sterker nog.' Ze keek hem aan. 'Laten we het vliegtuig nemen en meteen vertrekken. Ik wil Morgan zien, ik wil weten hoe het met haar gaat. Ik wil nog een keer zien welke veiligheidsmaatregelen ze in het huis en het resort hebben genomen en ik wil een gesprek met de politiecommissaris. We moeten de veiligheidsmaatregelen een voor een met hen doornemen. Ik krijg weer een akelig voorgevoel.'

'We zullen wel toestemming moeten vragen om te vertrekken.'

'Laten we dat dan doen. Ik wil daarginds zijn.'

'We kunnen proberen om hem vanaf daar weer op het spoor te komen. Volgens mij heeft hij die pick-up ergens gedumpt. Hij heeft dat ding gekocht en daarna gedumpt.'

'Dat denk ik ook. Laten we gewoon naar Vermont gaan zodat we tijd hebben om de situatie daar te beoordelen. Als we het mis hebben, krijgen we een douw.'

'De vorige keer hadden we het niet mis.'

Na een probleemloze vlucht landde Rozwell in Middlebury. Zijn huurauto stond al op hem te wachten. Toen hij op de met leer beklede stoel van de Mercedes sedan ging zitten, voelde hij een bijna duizeligmakende golf van plezier.

'Ik ben er weer!' Grinnikend streelde hij het stuur en keek daarna met een grijns naar het dashboard met alles erop en eraan. 'Kijk, nu zijn we op de goede weg, nu zijn we verdomme op de goede weg!'

Hij neuriede een wijsje terwijl hij Morgans adres invoerde in de gps.

Een rit van tweeëndertig minuten klonk hem prima in de oren.

Toen Miles Après binnenliep, had Morgan in elke hand een cocktailbeker en voerde ze tegelijk een gesprek met twee vrouwen aan de toog. Een beetje theater, dacht hij terwijl ze de drankjes inschonk en in elk glas een cocktailprikker met drie dikke olijven zette.

Ze had er een gave voor. Beide vrouwen brachten na hun eerste slok een toost op haar uit en Morgan maakte een buiginkje.

'Het zit hem allemaal in de polsbeweging,' verkondigde ze waarna ze Miles in het oog kreeg.

Hij liep naar de bar, maar sprak Bailey aan. 'Dit is je laatste avond bij ons.'

'Ja. Ik ga iedereen hier missen. Morgan heeft een sollicitatiegesprek bij een club vlak bij de campus voor me geregeld.'

'Laat na afloop even weten hoe dat is gegaan. En als je hier volgend jaar zomer wilt komen werken, ben je welkom. Ik moet Morgan eventjes spreken. Kun jij de bar overnemen?'

'Tuurlijk. Ik heb een heel goede training gehad.'

Morgans gedachten schoten alle kanten op terwijl ze met hem naar buiten liep. 'Ik dacht dat jij de rest van vandaag vrij had genomen. Is het...'

'Niets om je druk over te maken, en ik sta inderdaad op het punt om naar huis te gaan. De FBI-agenten zijn op weg hiernaartoe. Of zullen dat zeer binnenkort zijn.'

'Hiernaartoe? Waarom?'

Hij leidde haar naar de paden die door de tuinen van het resort kronkelden.

De avonden waren koeler geworden en de beboste heuvels lieten de eerste herfstkleuren zien.

'Kennelijk willen ze de veiligheidsmaatregelen bij jou thuis controleren. Ze hebben contact met Jake opgenomen en hij heeft mij gebeld. Hij denkt dat ze ook willen kijken hoe het met jou gaat.'

'Oké, dat is prima. Dat vind ik eigenlijk heel fijn. Ik wil hen graag ook persoonlijk spreken. Dan kan ik ook zien hoe het met hen gaat.'

'Jake wil dat ze Westridge een extra FBI-agent toewijzen, en dat zal ik hun ook op het hart drukken.'

'Miles, hij kan besluiten om hier morgen te komen of over zes maanden. Hoelang moet ik bewaking krijgen en in de gaten worden gehouden?'

'Zolang als het nodig is. Jij moet gewoon je leven leiden, Morgan. Dat is wat je tot nu hebt gedaan en wat je nog steeds doet. Dat moet zo blijven. Daar kan hij niets aan veranderen. Maar als hij komt, wanneer dat ook is, zullen we hier klaarstaan met alle mogelijke middelen. En morgen wil ik jouw dames spreken.'

'Waarover?'

'Over dat ik een paar nachten in de week bij jullie kom logeren. Jij drie nachten bij mij en ik twee of drie nachten bij jou. Dat is een mooie verdeling. Daar kunnen we later wel over kibbelen, jij hebt nu tenslotte dienst, maar het zal hoe dan ook gebeuren.'

'Dat is al de tweede keer vandaag dat er iemand over me heen walst. En dat bevalt me niks.'

'Dat kan ik je niet kwalijk nemen, maar het zal gebeuren. Hé, de bomen krijgen herfstkleuren.' Hij keek naar de oprijzende heuvels en bergtoppen in de verte. 'De tijd verstrijkt en de seizoenen veranderen. Maar wat niet verandert, en ook niet meer zal veranderen, is dat jij nu van mij bent.'

'Zeg, wacht eens even...'

'We zijn van elkaar. We zijn mensen die goed zorgen voor wat van ons is, nietwaar?'

'Daar heb jij je bij lange na niet zo goed uit gekletst als je denkt.'

'Misschien niet, maar... het is wel de waarheid. Ik moet de hond eten gaan geven. Stuur me een appje zodra je thuis bent.'

'Zodra ik afscheid heb genomen van hulpsheriff Howe en de voordeur achter me heb dichtgedaan.'

'Doe die voordeur ook op slot.'

'Ja, ja, ja. Straks wil je zeker ook nog een codewoord of een of ander stopwoord.'

'We zullen het er later wel over hebben waar ik aan moest denken bij de term "stopwoord", maar dat is geen slecht idee.' Hij fronste en dacht erover na. 'Het tegenovergestelde van een stopwoord is geen slecht idee.'

'Nou, geweldig. Als Rozwell erin slaagt om hulpsheriff Howe en het bewakingssysteem te omzeilen en hij binnen is en ik met hem aan het worstelen ben, zal ik gewoon zeggen dat hij even moet wachten tot ik Miles een appje met ons codewoord heb gestuurd. Ananas.'

'Ananas is stom.' Afwezig drukte hij een kus op haar voorhoofd terwijl hij erover nadacht.

'O, dus ananas is stom?'

'In deze context wel. Probeer Howl erin te verwerken.'

'Meen je dat nou?'

'Alle mogelijke middelen. Anders blijf ik hier tot sluitingstijd om je hoogstpersoonlijk thuis te brengen.'

'Om daarna onder het bed en in alle kasten te kijken?' Terwijl ze het zei, wist ze dat hij zich zorgen maakte. Vooral wanneer hij niet bij haar in de buurt was, want dan had hij de situatie niet in de hand. 'We zullen het andersom proberen,' zei ze. 'Ga naar huis, ga in je torentje zitten en beantwoord al je appjes en e-mails en doe alle andere dingen waar je vandaag niet aan toe bent gekomen. En als ik je een appje stuur met iets als "Zeg Howl welterusten" moet je onmiddellijk komen.'

'Daar kun je op rekenen.'

In de keuken waren Olivia en Audrey bijna klaar met de afwas terwijl ze praatten over wat hun het meest bezighield.

Trouwplannen.

'We kunnen in die bruidswinkel ook naar jurken voor onszelf kijken.' Audrey waste de wijnglazen af die ze tijdens het avondeten hadden gebruikt. 'We moeten er perfect uitzien als we met Morgan naar het altaar lopen. Of naar wat er in de plaats van het altaar staat. Ik krijg nog steeds tranen in mijn ogen dat ze ons daarvoor heeft gevraagd.'

'Geen ruches, Audrey. Ons meisje wil het eenvoudig houden.'

'Eenvoudig, zonder ruches, maar wel volmaakt.'

Olivia pakte een theedoek om de glazen met steel af te drogen. 'Het is ze geraden om een goede band te kiezen want ik wil dansen tot ik erbij neerval. Wie had afgelopen winter, toen ze hier kwam wonen, kunnen denken dat we een bruiloft zouden plannen voor komende lente?'

'We zullen niet alleen weten dat ze gelukkig is, mam. We zullen het met eigen ogen kunnen zien. We zullen deel uitmaken van het leven dat ze aan het opbouwen is. Dat zal ik nooit als vanzelfsprekend beschouwen. Nooit.'

'Als je nu weer gaat snotteren en sentimenteel wordt, dan word ik het ook. Dus ik stel voor dat we daarmee ophouden en naar een film gaan kijken.'

'Ik heb wel zin in een film.'

'Dan ga ik popcorn maken.'

'Ik zet nog even de vuilnis buiten. Laten we een vrolijke film uitkiezen,' voegde ze eraan toe terwijl ze de vuilniszak van de keuken dichtknoopte en de gft-bak pakte. Ze liep ermee naar de zijkant van het huis, liet de vuilniszak in de daarvoor bestemde container vallen en leegde de gft-bak in de groencontainer.

Ze hoorde hem pas toen hij zijn arm al om haar keel had geslagen en het pistool tegen haar slaap drukte.

'Eén kik en ik schiet je door je hoofd. Jij moet mama zijn. Laten we naar binnen gaan, mama.'

'Morgan is niet thuis. Ze is er niet.'

'Dat wéét ik.' In plaats van de trekker over te halen, draaide hij het wapen om en gaf haar een flinke mep met het handvat. 'Denk je soms dat ik stom ben? Heeft zij je soms verteld dat ik stom ben? Doorlopen!'

Haar zicht vertroebelde van tranen, pijn en angst terwijl hij haar naar de keukendeur sleurde.

'De popcorn is zo klaar,' zei Olivia. 'Ik maak twee kommen omdat jij altijd moeilijk doet over zout.' Ze draaide zich om en verstijfde.

'En jij moet oma zijn. Ga op de vloer liggen, oma. Met je gezicht omlaag, anders knal ik mams kop van haar romp.'

Zijn gemene glimlach veranderde in een brede grijns. 'Hé! Is dat popcorn?'

31

Even overwoog hij hen allebei te vermoorden. Niet met het pistool, dat zou te veel lawaai maken. Maar hij had het mes van Dooie Jane, en bovendien waren er nog andere manieren.

Zou het niet leuk zijn om haar gezicht te zien wanneer ze thuiskwam en ze hun bebloede lichamen zag?

Maar zo was het ook gegaan met... Hoe heette dat kleine kreng ook alweer? Ach, wat kon het hem ook schelen? Het was niet genoeg geweest, gewoon niet pijnlijk genoeg.

Ditmaal zou hij haar dwingen om toe te kijken terwijl hij hen vermoordde. Op die manier zou ze die beelden in haar hoofd hebben als hij haar vermoordde.

Ze moest en zou lijden. Ze moest en zou boeten.

Hij had een lelijk litteken op zijn arm. Haar schuld. Hij was flink aangekomen. Ook haar schuld. En een paar uur geleden was een van zijn achterste kiezen pijn gaan doen. Ook haar schuld.

Elk uur dat hij had doorgebracht in een muffe motelkamer, elke kilometer die hij in een gammele pick-up of een aftands busje had gereden. Haar schuld.

Hij verdiende het beste, en daar had hij hard voor gewerkt. Als hij haar eenmaal had vermoord, zou het geluk hem weer toelachen. Al zijn pech leefde in haar.

Hij had die twee krengen gedwongen om de mooie, stevige eetkamerstoelen naar de woonkamer te slepen en daarna had hij die ouwe gedwongen om de andere met kabelbinders aan een stoel vast te maken. Hij had haar eerst wel een paar klappen moeten verkopen, maar dat vond hij niet erg.

Daarna had hij die ouwe oma lekker strak met kabelbinders aan een stoel gebonden en vervolgens, voor de zekerheid, een rol ducttape gebruikt. Eerst hadden ze geprobeerd om rustig tegen hem te praten en daarna huilerig en smekend, dus had hij nog wat extra ducttape over hun monden geplakt.

Hij beende een tijdje door het huis om het te verkennen terwijl hij popcorn in zijn mond propte.

Toen hij de stoelen hoorde bonken, liep hij de woonkamer weer in.

'Als jullie dat nog eens flikken dan krijgen jullie een kogel in je knie of misschien in je buik.' Hij ging tegenover hen op de bank zitten met de kom popcorn op schoot. 'Wanneer ze binnenkomt, zal ze jullie zien. Dat is deel één van het plan. Dan zal ze weten dat dit haar schuld is. Alles is haar schuld. Hebben jullie enig idee wat ze mij heeft gekost? Wat ze van me heeft afgenomen?'

Terwijl zijn boosheid aanzwol, kwam de woede naar buiten. 'Ik heb als een zwerver moeten leven, als een mislukkeling. En ondertussen woonde zij hier! Ik durf te wedden dat ze boven een groot, zacht bed heeft. Dat ga ik straks wel bekijken. Dit is een groot, oud huis, verdomme. Ik zie wat antiek staan en een paar erfstukken. Waarom krijgt zij dit allemaal terwijl ze mijn leven heeft verpest? Nou, ik ben gekomen om het terug te pakken, snappen jullie? Ik pak alles terug.'

Hij wilde nog meer popcorn pakken, merkte dat de kom leeg was en smeet hem door de kamer. Glas versplinterde en vloog in het rond.

Binnen een fractie van een seconde veranderde zijn gezichtsuitdrukking van woedend in kalm en nadenkend. 'Ik heb dorst gekregen. Laten we eens kijken wat jullie in huis hebben. Als ik ook maar één geluidje van jullie hoor, zal Morgan jullie dood aantreffen in een plas bloed.'

Toen ze hem in de keuken hoorden rondlopen, verplaatste Olivia zich opnieuw, zachtjes, zodat Audrey haar hand en haar vingers dusdanig kon manoeuvreren dat ze het mobieltje uit haar moeders zak kon halen.

De harde plastic kabelbinder sneed in haar pols, die begon te bloeden, maar ze bleef het proberen. Ze voelde haar hart bonzen toen haar vingers de bovenkant van de telefoon raakten.

Toen hoorden ze hem terugkomen.

'Jullie zijn steenrijk, krengen.' Hij nam een grote slok uit de fles cola. 'Ik heb ook wat lekkere wijn zien staan, maar die bewaar ik voor later. Ik heb een helder hoofd nodig om mijn werk te doen. Over steenrijk gesproken.'

Hij liep naar Olivia toe en trok de tape van haar mond. Hij begon te stralen bij het zien van de plotselinge pijn op haar gezicht. 'Dit huis moet een fortuin waard zijn en jullie hebben vast nog een hele hoop geld op effectenrekeningen en zakelijke rekeningen staan. Er is geen enkele reden dat een vrouw als jij dat allemaal moet hebben. Geld is het voorrecht van mannen, oma.'

'Ik ben bereid om alles over te schrijven op jouw naam. Dan kun je met elke cent verdwijnen en het leven leiden dat je hebt verdiend.'

'Dat zeggen ze allemaal... als ik ze die kans bied. Ik wil helemaal niet dat jij me iets gééft, verdomme. Als ik iets wil, néém ik het. Begrepen?'

Hij sloot zijn hand om haar keel. 'Begrepen?'

Toen ze knikte, verminderde hij de druk. 'Je hebt vast een mooie laptop. Jij gaat zeggen waar die staat en je vertelt me het wachtwoord, want anders pak ik een van die plastic zakken uit de keuken en doe die over háár hoofd. Dan mag je toekijken terwijl ik haar laat stikken.'

Ze vertelde het hem.

Toen hij de laptop ging halen, probeerde Audrey het mobieltje opnieuw te pakken.

Bailey bleef wat langer om de bar samen met Morgan te sluiten.

'Laat nu en dan eens wat van je horen,' zei Morgan. 'Ik wil weten hoe het met je studie gaat en hoe je bijbaantje bevalt, want ik weet zeker dat ze je zullen aannemen. Laat gewoon weten hoe het met je gaat.'

'Doe ik. Beloofd. Ik vind het heel leuk om weer terug te gaan, maar ik zal jou en alle anderen missen. Misschien kun je een plekje als bartender voor me open houden tijdens de kerstvakantie.'

'Als je dan wilt komen werken, ben je welkom.'

Bailey keek nog een laatste keer om zich heen. 'De zomer is nu echt voorbij.'

'Hij heeft nog een beetje kracht in zich, maar inderdaad, je kunt voelen dat hij langzamerhand afscheid neemt. Dit wordt mijn eerste herfst in Vermont.'

'Dat wist ik niet.'

'Het leger. Studie. Ik kwam hier eigenlijk alleen met Kerstmis en af en toe tijdens de zomervakantie. Ik kijk ernaar uit.' En naar alle volgende herfsten. 'Zullen we gaan?'

'Ja. Dan zie ik je weer tijdens de kerstvakantie.'

Ze liepen samen naar buiten. Morgan zag hulpsheriff Howe tegen zijn patrouillewagen leunen, druk in gesprek met iemand van het nachtwakersteam.

Het is routine geworden, dacht ze. Politieagenten, beveiligers, allemaal routine.

Bailey draaide zich om en gaf haar een omhelzing. 'Wees voorzichtig.'

'Dat is mijn plan. En doe je best op de universiteit.'

'En dat is mijn plan.'

Morgan liep naar haar auto. 'Dag, Jerry. Dag, hulpsheriff.'

'Goedenavond, Morgan. Rij voorzichtig.'

'Ik kan niet anders met een politieagent achter me.'

Tijdens de rit liet ze het werkgedeelte van die dag van zich afglijden en liep ze in gedachten de volgende dag na. Er moest een was worden gedraaid, ze had een afspraak bij de kapsalon waar ze de styliste het soort trouwjurk wilde laten zien dat ze in gedachten had zodat ze plannen konden maken voor het kapsel op haar trouwdag.

Nell had haar een fotograaf aangeraden, eentje die ook de goedkeuring van Morgans dames had, en met wie ze nog een afspraak moest maken. Ze wist dat veel stellen ook verlovingsfoto's lieten maken, maar ze vond niet dat Miles en zij zo'n stel waren.

Bovendien hadden ze de selfies van hun wandeltocht.

De lichte ergernis die hij eerder in haar had wakker geroepen was helemaal weggetrokken. Hij maakte zich zorgen omdat hij van haar hield, bracht ze zichzelf in herinnering. Als ze die liefde aanvaardde – en dat deed ze zeker – moest ze ook aanvaarden wat erbij kwam kijken.

Zij mocht een codewoord dan stom vinden, maar misschien konden ze er over een paar jaar om lachen, als Rozwell in een extra beveiligde gevangenis zat.

Miles bleef steevast op tot ze hem een appje had gestuurd. Dat zei hij weliswaar niet, maar dat kon niet anders aangezien hij altijd binnen een paar seconden reageerde. Gewoon een kort berichtje: *Ga maar slapen.* Of: *Morgen praten we verder.* Nooit alleen: *Welterusten.*

Elke avond dat ze niet samen waren wachtte hij tot hij wist dat ze veilig thuis was. Eigenlijk moest ze daar dankbaar voor zijn.

'Daar ben ik dankbaar voor,' mompelde ze.

Nadat ze de auto op de oprit tot stilstand had gebracht, stapte ze uit en deed hem op slot. Hulpsheriff Howe liet zijn auto stationair lopen aan het begin van de oprit en wachtte tot ze naar de voordeur was gelopen. Nadat ze het slot had opengedraaid en de deur openduwde, draaide ze zich nog even om en zwaaide naar hem. Daarna deed ze de deur achter zich dicht en schakelde het alarmsysteem weer in.

Ze liep meteen naar de trap en wilde naar boven gaan, maar een geluid in de woonkamer liet haar even omkijken.

Alles in haar versteende.

Ze zag de blauwe plekken op de gezichten van haar moeder en oma, en ze zag de angst en het verdriet in hun ogen.

Met een waanzinnige lach sprong Rozwell op vanuit zijn verstopplek achter de bank. 'Verrassing!' schreeuwde hij, zwaaiend met een pistool in zijn ene en een mes in zijn andere hand. 'Als je schreeuwt of een onverwachte beweging maakt, snijd ik hun keel door en schiet ik jou dood. Dan ben ik alweer vertrokken voor je op de grond valt.'

Wat ze ook moest doen, wat het ook zou kosten, hij mocht haar dames niets aandoen, dacht ze koortsachtig.

'Ik ga niet schreeuwen, Gavin. Wat zou dat voor zin hebben? En jij gaat me niet doodschieten. Dat is jouw stijl niet. Veel te gemakzuchtig.' Ze keek hem recht in de ogen, want als ze haar moeder zou aankijken, zou ze instorten. 'Jij bent niet gemakzuchtig, en je bent niet helemaal hiernaartoe gekomen om me simpelweg dood te schieten.'

'Jij vindt jezelf heel slim, hè?'

'Slim genoeg, maar jij bent de slimste. Je weet dat ik niets kan doen terwijl jij mijn familie in je macht hebt. Zolang zij in leven zijn, kan ik niets doen.'

In leven houden, ik moet ze in leven houden. Meer kon ze op dit moment niet doen.

'Dat klopt, kreng. Jij kunt helemaal niets doen. Ik ben de baas. Ik ben altijd de baas. Hé, vond je de bloemen mooi?'

'Nee.'

Zijn haar was weer blond, maar het glansde niet meer, en zijn kapsel was ongelijkmatig en slordig. Ze kon zien dat hij make-up droeg, en op de plekken waar hij eroverheen had gewreven, was zijn rode huid zichtbaar, het resultaat van te veel woestijnzon. Hij zag er niet fit en elegant uit, maar opgeblazen en verfomfaaid. Op zijn arm zat een akelig litteken, rimpelig en rood opgezet.

Ze probeerde zich alles te herinneren wat Jen haar had geleerd. Wegrennen kon niet. Geen mens zou haar horen schreeuwen. Zich verstoppen ging ook niet. Als ze de kans kreeg, zou ze vechten, beloofde ze zichzelf.

Hij had haar een keer bespeeld, maar ditmaal zou ze hem bespelen, dacht ze.

'Je wilde me bang maken. En dat is je gelukt. Je wilt me nu ook bang maken. Nou, dat ben ik. Ik kan het risico niet waard zijn dat je nu neemt, Gavin. Ik stel niets voor.'

'Jij hebt mijn leven verpest.'

'Dat heb ik niet ge...'

Ze maakte haar zin niet af omdat de telefoon in haar zak een signaal gaf dat er een appje was binnengekomen. Het pistool dat hij in zijn hand hield was nu – heel stabiel – op haar gezicht gericht.

Langzaam tilde ze haar handen op. 'Het is mijn telefoon. In mijn zak. Ik zal hem niet pakken.'

'Wie belt je nu, verdomme? Het is twee uur 's nachts.'

'Het is een appje. Dat is het signaal van een appje. Het is niets. Ik zal hem niet pakken.'

Hij deed een stap achteruit en ramde het pistool onder haar moeders kin. 'Wie stuurt jou een berichtje om twee uur 's nachts? Als je me iets probeert te flikken, knal ik haar kop eraf.'

'Oké. Alsjeblieft. Het is mijn verloofde. Ik stuur hem altijd een appje wanneer ik thuiskom, om hem te laten weten dat ik veilig ben aangekomen. Doe haar geen kwaad, Gavin. Luister, als ik hem nu geen appje terugstuur om te laten weten dat ik veilig ben, belt hij de politie. Daar zit je niet op te wachten. Ik zal het je laten zien. Kijk maar.'

'Geef me die verdomde telefoon.'

'Ik zal hem pakken en hem aan jou geven.'

Maar in zijn ene hand hield hij het pistool en in zijn andere het mes. Daar had ze rekening mee gehouden, dus kantelde ze het scherm naar hem toe zodat hij het appje van Miles kon lezen.

Waar ben je verdomme?

'De klootzak. Stuur een appje terug. Blijf daar staan zodat ik kan zien wat je schrijft. Als je wat flikt, zul je wat beleven, Morgan.'

'Ik zal niets doen. Ze is mijn moeder. Ik doe niets.'

'O ja? Ik heb mijn moeder gedood. Als je me wat flikt, dood ik de jouwe.'

Ze hield het scherm schuin zodat hij kon zien wat ze typte.

sorry. afsluiten van de bar is iets uitgelopen maar ben nu thuis wens howl welterusten en ga slapen hou van je

'Wie is Howl, verdomme?'

'Zijn hond,' schreeuwde Morgan terwijl de tranen in haar ogen sprongen toen hij haar moeders hoofd met een ruk achterover trok. 'Het is zijn hond maar. Dat is gewoon iets wat ik hem altijd schrijf. Hij zou het gek vinden als ik het niet deed. Alsjeblieft. Ik heb gedaan wat je wilde.'

Het signaal klonk weer. In gedachten biddend draaide Morgan het scherm zodat Rozwell het bericht kon lezen. Ondertussen trilde haar hand.

Doe ik. Welterusten.

Hij heeft het begrepen, dacht ze. Hij heeft het begrepen.

'Laat die telefoon vallen.'

Toen ze dat had gedaan, stampte hij erop.

'En nu doe je een stap naar achteren, tenzij je wilt dat mijn vinger verkrampt.'

Binnen een halve minuut had Miles zijn huis verlaten en zat hij in zijn auto.

Op het moment dat Morgan het appje verstuurde, stapten Beck en Morrison in Middlebury uit het vliegtuig.

De baas van het grondpersoneel begroette hen. 'FBI. Jullie zijn laat.'

'Onze vlucht vertrok later door de weersomstandigheden in Indianapolis.'

'Ja, daar zijn we van op de hoogte gesteld. Er staat een auto voor jullie klaar.' Hij wees en overhandigde hun de sleutel. 'Wij zetten jullie bagage er wel in.'

'Dat resort ligt hier toch zo'n twintig à vijfentwintig minuten vandaan?' vroeg Morrison.

'Rond dit tijdstip zijn jullie er over twintig minuten. Ook toevallig. Jullie toestel is al het tweede privévliegtuig dat hier vannacht vanuit Indianapolis is geland. Dat eerste vliegtuig kon nog net voor die weersomslag opstijgen.'

'Wacht.' Beck greep hem bij zijn arm. 'Dus hier is nog een privévlucht uit Indianapolis geland? Hoeveel passagiers waren er aan boord?'

'Eentje maar. Een kerel. Hij zag er rijk uit. Er stond al een huurauto, een Mercedes C-klasse, voor hem klaar. Hé! Jullie vergeten de bagage!' schreeuwde hij terwijl zij naar de auto renden.

'Bel commissaris Dooley.' Beck kroop razendsnel achter het stuur.

'Ben al bezig.'

Terwijl Miles door de stad jakkerde, belde hij Jake.

'Hij heeft haar te pakken.'

'Wat? Ik heb net bericht van Nathan gehad. Hij heeft haar een paar minuten geleden het huis in zien gaan.'

'Hij heeft haar. Hij is binnen. Ga ernaartoe.'

'Wacht op mij.'

'Nee.'

'Godverdomme.' Jake trok snel zijn kleren aan. Net als Nell.

'Ik ga mee,' zei ze.

'Geen sprake van.'

'Ik heb mijn eigen auto, dus of ik rij met jou mee of ik ga in de mijne. Maar ik ga hoe dan ook. Dit gaat om familie.'

Morgan deed een stap naar achteren en hield haar handen omhoog als teken van onderwerping. 'Ik weet dat je het afgelopen jaar veel hebt moeten doorstaan. Of eigenlijk het afgelopen anderhalf jaar.'

'Jij weet helemaal niets.'

'Ik weet dat je Nina niet wilde. Je wilde mij.'

'O ja, zo heette ze! Jezus, ik werd er gek van dat ik niet op haar naam kon komen.'

'Ik heb een einde gemaakt aan je successen en sindsdien heb je niet meer het leven kunnen leiden dat jij wilt.'

'Het leven dat ik heb verdiend.'

'Ook dat. Maar ik heb mijn leven wel gewoon kunnen leiden. Eigenlijk is dat niet eerlijk. Oké, ik ben mijn huis kwijtgeraakt en mijn spaargeld en zo, maar ik ben er nog.'

Ze spreidde haar armen en deed opnieuw een stap naar achteren. Zorg dat hij naar jou toe komt, dacht ze. Leid hem bij hen vandaan.

'Ik heb hier al die tijd in dit prachtige huis gewoond. Een nieuwe auto gekocht. Maar dat wist je natuurlijk al. Jij weet alles van mij. Je weet ook dat ik een sexy verloofde heb. En hij is nog rijk ook.'

'Dus jij neukt de baas, Morgan?' Hij glimlachte vals. 'Wat afgezaagd.'

'Niet als het succes heeft.' Ze trok haar schouders op en liet ze weer zakken. 'En hij heeft een schitterend huis. Ik heb iets met huizen. Maar dat weet je al. En zie je deze?' Ze hield haar hand omhoog en bewoog haar vingers zodat de diamant fonkelde. 'Echt Gavin, als puntje bij paaltje komt, heb ik dit allemaal aan jou te danken. In Maryland moest ik keihard werken en had ik twee banen. Ik moest op mijn centen letten en woonde in een piepklein huis. Maar toen kwam jij.'

Ze deed nog een stap naar achteren. 'En ik maakte een einde aan je successen. Ik heb je geluk regelrecht door de plee gespoeld. Door mij zat de FBI je op de hielen. Je hebt me boodschappen gestuurd in de vorm van dat medaillon en die armband. Nou, ik heb het begrepen, hoor.'

'Die wijven hadden jou moeten zijn.'

'Maar dat waren ze niet. Bij hen heb je je handen gebruikt omdat je daar behoefte aan had. Geen pistool, geen mes. Je beleeft er geen lol aan als je je handen niet gebruikt. Het moet persoonlijk voor je zijn, helemaal in mijn geval. Het moet intiem zijn. Dat pistool is beneden je waardigheid en zal je niet de kick geven die je nodig hebt. Dat weten we allebei.'

'Ik heb verdomme geen pistool nodig.' Hij legde het wapen op de schoorsteenmantel achter zich. 'En ook geen mes.' Hij stopte het terug in het foedraal aan zijn riem.

'Dat weet ik, Gavin. Ik heb erover gedroomd dat jouw handen zich om mijn keel sluiten. Ik heb gedroomd dat ik jou smeek om me in leven te laten zodat ik verder kan met het leven dat ik hier ben begonnen. Een leven dat ik aan jou te danken heb. Maar dat doe je nooit.'

Hij begon te glimlachen en liep langzaam op haar af. 'Smeek me er dan nu om. Ik wil je horen smeken.'

'Alsjeblieft, doe me geen kwaad. Pak alles wat je wilt, maar doe me geen kwaad.'

'Ik ga pakken wat ik wil. Eindelijk.'

Ze ademde even diep in alsof ze wilde gaan schreeuwen toen zijn handen zich om haar keel sloten.

Daarna deed ze precies wat Jen haar had geleerd.

Razendsnel bracht ze haar knie omhoog en drukte haar duimen in zijn ogen.

En toen stond hij ineens te schreeuwen.

Op het moment dat zijn greep iets verslapte, ramde ze de zijkant van haar hand tegen zijn neus. Ze zag het bloed eruit spuiten en voelde het op haar gezicht spetteren.

Daarna trok ze zich terug met alle kracht die ze in zich had om daarna met haar vuist tegen zijn keel te slaan.

Toen hij op de grond viel, rende ze naar het pistool, maar hij greep haar voet waardoor ze viel. Half uit instinct, half door haar lessen trapte ze naar achteren. Ze schreeuwden het allebei uit toen haar voet zijn gebroken neus raakte.

Op het moment dat de deur met een knal openging, dacht ze dat hij het was en ze krabbelde overeind en greep het wapen.

Ze had nog nooit een pistool in haar hand gehad, nooit verwacht dat te zullen doen, maar ze draaide zich er razendsnel mee om. Ze zag Miles met gebalde vuisten boven Rozwell uittorenen.

'Miles, Miles, neem deze. Alsjeblieft.'

'Op de grond richten, Morgan. Alles is goed, alles is nu oké.'

Zodra hij het pistool van haar had overgenomen, hurkte ze om de tape van haar moeders mond te trekken. 'Sorry, het spijt me. Dit gaat pijn doen.'

Ze trok de tape los en deed daarna hetzelfde bij haar oma.

'Het spijt me, het spijt me vreselijk.'

'Hou op,' beval Olivia.

'Je hebt ons gered, schatje van me. Je hebt ons gered.'

Een paar seconden later kwam Jake de kamer binnen met getrokken pistool, dat hij weer liet zakken toen hij het tafereel in ogenschouw nam. 'Krijg verdomme nou wat. Nell, bel een ambulance.'

'Hij kan wel wachten,' zei ze terwijl ze achter hem aan binnenkwam.

'Nell, in godsnaam.'

'Houd je mond, Miles. Ik ga iets zoeken waar ik hen mee los kan snijden. Ik vind wel iets.'

'Eerste lade naast de keukendeur,' zei Olivia rustig, al stonden haar ogen vol tranen. 'En we kunnen wel wat water gebruiken. Alsjeblieft.'

'Ik zal het halen. Hij heeft een mes aan zijn riem, Jake.'

'Ja, ik ziet het. Ik pak het wel. De FBI komt eraan,' zei hij terwijl Miles het pistool in zijn hand aan Jake gaf en toen water ging halen. 'Zij hebben me gebeld vlak nadat Miles me belde. Morgan, heb jij hem zo toegetakeld?'

Ze keek omlaag naar Rozwell en knikte.

'Goed gedaan. Ben je gewond?'

'Nee.'

'Dames, zijn jullie gewond?'

'Hij heeft ons een paar tikken verkocht. Hij heeft Audrey meer pijn gedaan dan mij.'

'Hun polsen en enkels hebben ontvellingen, Jake.' Met de schaar in haar hand hurkte Nell om de kabelbinders door te knippen.

'Haal de verbandtrommel.' Met gesloten ogen van opluchting, sloeg Audrey haar armen om haar moeder en haar dochter heen. 'In het kastje in de bijkeuken. Boven de wasdroger. We zijn nog in orde. We zijn allemaal nog in orde.'

Rozwell kreunde toen Jake hem in de boeien sloeg.

'Nou, hij niet.' Olivia's hand trilde een beetje toen ze het glas water pakte dat Miles haar aanreikte. 'Hij had de pech om tegen een Nash-vrouw op te lopen. Je hebt hem bespeeld, Morgan. Ze heeft hem bespeeld. Ze heeft hem zover gekregen dat hij zijn pistool en zijn mes weglegde. Dat was slim, moedig en gedurfd,' wist ze nog uit te brengen voordat ze begon te huilen.

Morgan keek omhoog naar Miles. 'Je had me begrepen.'

'Ik had je begrepen.'

'Ik had jou ook begrepen. Ik wist dat je zou komen.' Ze drukte zich overeind en wankelde een beetje. 'Mijn benen werken niet meer.'

'Ik vang je wel op.' Hij trok haar tegen zich aan en hield haar stevig vast terwijl hij zijn gezicht tegen haar haar drukte. 'Ik vang je wel op.'

Beck en Morrison arriveerden eerder dan de ambulance en liepen door de kapotte voordeur.

Rozwell lag in foetushouding op de vloer met twee blauwe ogen en een gezwollen neus waar bloed uit drupte. Audrey en Olivia zaten naast elkaar op de bank terwijl Nell hun polsen verbond.

'Miles, we kunnen wel een paar ijskompressen gebruiken.'

'Ik pak ze wel. Ik weet waar ze liggen.'

Toen hij haar stem hoorde, probeerde Rozwell zijn blik op haar te richten. 'Ik vermoord je.'

'Nee.' Miles ging in zijn blikveld staan. 'Dat doe je niet. Ze heeft je verslagen. Daar zul je mee moeten leven. Morgan Nash heeft jou verslagen.'

'Ben je gewond?' vroeg Beck haar.

'Nee, ik ben nog heel,' hield Morgan vol. 'We mankeren geen van allen wat,' zei ze tegen de FBI-agenten. 'Ik moet ijskompressen halen.'

'Dat snappen we,' zei Morrison. 'Goed werk, commissaris.'

'Dit heb ik niet gedaan. Het was Morgan. Ze heeft wel wat bloed op zich, maar dat is allemaal van hem. We hebben een ambulance gebeld en die komt eraan. Daar zul je hem hebben,' voegde hij eraan toe toen hij de sirene hoorde. 'Hij heeft medische verzorging nodig. Hij heeft een gebroken neus, zijn keel is gekneusd en zijn ogen hebben wat gebloed. Zijn kaak is misschien ook gebroken.'

'Ik ga wel met hem mee.' Morrison knikte naar Beck. 'Handel jij de boel op de PD af?'

'Doe ik. Maar in de eerste plaats wil ik onze excuses aanbieden voor het feit dat we net te laat waren.'

'Nee, dat is niet waar,' zei Morgan, die net de kamer weer in kwam. 'Jullie hebben me al die tijd gesteund. Als jullie dat niet hadden gedaan, als jullie me niet zo goed op de hoogte hadden gehouden, had ik dit niet gekund. Hem aan het lijntje houden. Als jullie hem niet op de hielen hadden gezeten en ervoor gezorgd hadden dat hij telkens moest vluchten, zou hij hier al veel eerder zijn geweest. Lang voordat ik er klaar voor was.'

'Toch had ik hem liever te pakken gekregen voordat jij je erop moest voorbereiden. Als jullie morgen een verklaring willen afleggen is dat prima, maar ik heb ze wel nodig.'

'Hier, mam.' Morgan legde voorzichtig een ijskompres tegen haar moeders slaap. 'Ik weet niet hoe hij binnen is gekomen, maar toen ik iets voor tweeën thuiskwam, had hij ze al aan die stoelen vastgebonden. Met kabelbinders en ducttape. Hier, oma.' Ze drukte het tweede ijskompres zacht tegen Olivia's gekneusde wang. 'Ik ga thee zetten.'

'Niks thee. Ik wil een whisky. Een dubbele.' Olivia pakte de hand van haar dochter. 'Maak er maar twee van.'

Rond het ochtendgloren, terwijl het in het oosten langzaam licht werd, zat Morgan samen met Miles op het terras een glas wijn te drinken. Howl, die door Nell was opgehaald, lag onder de tafel te slapen met een poot op haar voeten.

'Ze zijn eindelijk in slaap gevallen. Ik had liever gehad dat ze even naar het ziekenhuis waren gegaan.'

'Die twee zouden jou of dit huis nooit alleen laten. En volgens de ambulancebroeders hoefden ze niet naar het ziekenhuis.'

'Weet ik, weet ik. Ik vind alleen dat...' Ze probeerde het van zich af te zetten, en zei in plaats daarvan: 'Ik heb nog nooit wijn gedronken tijdens het ochtendgloren.'

'Het is ook een lange nacht geweest.'

'Dat stomme codewoord bleek toch niet zo stom te zijn.'

'Zonder dat had ik het ook wel geweten. Je gebruikte geen interpunctie en geen hoofdletters. Zo schrijf jij je appjes niet.'

'Ik wist niet zeker of je dat zou zien. Ik ben blij van wel. Ik wist dat je eraan kwam toen je "welterusten" schreef. Jij schrijft nooit "welterusten".'

'Ik lig nooit erg rustig in bed als jij ergens anders bent.'

Toen ze haar hand uitstak en de zijne pakte, zei ze met verstikte stem: 'Dat verklaart een hoop.'

'Wil je alsjeblieft niet gaan huilen? Ik kan zelf ook niet zoveel meer hebben. Ik ga het grootste bloemstuk kopen voor Jen dat je je kunt voorstellen.' Hij kuste de hand die de zijne omvatte. 'Je hebt hem echt flink toegetakeld, kampioen.'

'Ik was zo kwaad toen ik ze daar allebei zo hulpeloos zag zitten, vol met blauwe plekken en onder het bloed. Hij zou hun niet aandoen wat hij Nina had aangedaan. En ik zag dat hij zwak en zenuwachtig was, en heel boos. Ik hoefde alleen maar naar hem te luisteren, tegen hem te praten en hem in te schatten. Ik hoefde eigenlijk alleen een heel goede bartender te zijn.' Ze pakte haar wijn en nam een slok. 'Daarna hoefde ik alleen nog maar te doen wat Jen me had geleerd om hem flink toe te takelen.'

'Nou, je was me net voor. Dat vind ik niet eerlijk.'

'Jij hebt de voordeur ingetrapt.'

'Ja. En die zal ik weer laten maken. Voordat ik je appje kreeg, dacht ik dat ik wist hoeveel ik van je hield. Kennelijk niet, dus. Heel even voelde ik de wereld onder mijn voeten wegzakken. Wil je me dat nooit meer aandoen?'

'Dat ben ik absoluut niet van plan. Hij zal nooit meer op vrije voeten komen. Later zal ik Sam bellen om het hem te vertellen. Daar heeft hij recht op. Net als Nina's familie. Sam moet het ze persoonlijk gaan vertellen. En daarna hoeven we nooit meer aan Rozwell te denken.'

'Ik neem vandaag vrij. En jij neemt vanavond vrij.'

'Ik heb niemand die mijn dienst kan overnemen.'

'Nell regelt wel een invaller voor je. Dat is haar taak. Het is nu jouw taak om wat te slapen en voor je dames te zorgen. En laat hen ook voor jou zorgen. Mijn taak is om voor jou en je dames te zorgen én om de voordeur te laten maken.'

Ze voelde zich een beetje zweverig, alsof ze zich een paar centimeter buiten haar lichaam bevond. 'Je walst weer over me heen.'

'Omdat je dat nu even nodig hebt. Als ik het nodig heb, mag je over mij heen walsen.'

'Dat klinkt redelijk. Maar laten we pas naar binnen gaan als de zon is opgekomen. Laten we op de zonsopkomst wachten. Dit is een nieuw begin.’

En dat deden ze.

Heb je genoten van dit boek?

Laat dan een review achter op de site van de winkel waar je het gekocht hebt, of op een lezerscommunity als Hebban.nl. Dat helpt andere lezers dit boek ook te vinden.

LEES MEER VAN

Nora Roberts

Grafisch ontwerper Sonya MacTavish is sprakeloos als ze een landhuis erft van haar oom van wie ze het bestaan niet kende. En wat ze ook niet weet, is dat ze niet de enige bewoner van het landhuis is: de geest van een vermoorde bruid is nog altijd aanwezig.

Volgens het testament moet Sonya minstens drie jaar in het huis, aan de kust van Maine, blijven wonen. Ze besluit op onderzoek uit te gaan in de hoop erachter te komen hoe haar vader en oom na hun geboorte gescheiden zijn geraakt en waarom dit al die jaren geheim is gebleven. Trey, de jonge advocaat die haar op het schitterende landgoed ontvangt, merkt Sonya's ongemak meteen op. Hij geeft het toe: het spookt hier inderdaad, maar slechts een beetje. Het duurt niet lang voordat Sonya merkt dat de meubels zich vanzelf verplaatsen en dat muziek schijnbaar uit het niets begint te spelen. In het kantoor van haar oom vindt ze het portret van een vrouw met de naam Astrid. Trey noemt haar 'de eerste verloren bruid'. Het begint duidelijk te worden dat Sonya veel meer heeft geërfd dan alleen een huis. Haar oom liet haar een eeuwenoude vloek na – en een puzzel om op te lossen.

LEES MEER VAN

Nora Roberts

Wanneer Sonya MacTavish het enorme Victoriaanse landhuis aan de kust van Maine erft, heeft ze geen idee dat het in het huis spookt. De voetstappen die ze 's nachts hoort, de deuren die dichtslaan, de muziek die opeens speelt, het zijn geen verzinsels van haar verbeelding. In haar dromen ziet ze glimpen van het verleden. In het heden vindt ze portretten van bruiden. En als ze visioenen krijgt van een antieke spiegel, voelt ze dat er duistere familiegeheimen zijn.

Op een avond, als de spiegel weer aan haar verschijnt, glijdt ze er doorheen, het verleden in. Ze ziet een bruid die vermoord wordt op haar trouwdag, de gouden ring van haar vinger gerukt. Het is een gebeurtenis die zich keer op keer zal afspelen – een eeuwenoude vloek – en een puzzel die ze moet oplossen als ze enige kans wil hebben de vloek te verbreken.